KB043603

유빙

"오랫동안 기다려주신 팬 여러분께
미안함과 감사의 마음을 담아
이 이야기를 전합니다."

유빙

지은이 주신
펴낸이 이형기
펴낸곳 도서출판 가하

초판인쇄   2016년 5월 10일
초판발행   2016년 5월 17일
출판등록   2008년 10월 15일 제 318-2008-00100호

서울 영등포구 양평로 67, 1209 (당산동5가, 한강포스빌)
전화 02-2631-2846   팩스 02-2631-1846
www.ixbook.co.kr

ISBN 979-11-300-0705-2 03810

값 12,000원

Prologue

드넓은 바다를 점령한 거대한 유빙을 본 적이 있나. 빙하에서 떨어져 나와 바다를 떠다니는 얼음 대륙. 100여 년 전, 신도 침몰시킬 수 없다 던 타이타닉 호를 침몰시킨 바로 그 원흉이요, 지구 온난화가 불러온 경이로운 괴물. 하지만 바다 한가운데서부터 수평선에 이르기까지 펼 쳐진 얼음 벌판의 장관을 본다면 당신은 숨이 턱 막히도록 아름답다고 느낄 것이다. 동시에 스스로가 한없이 작고 보잘것없는 존재로 느껴질 것이다. 유빙은 그저 고요하고 평화로이 바다를 점령하고 있는 듯 보 인다. 하지만 사실 그는 떠다니고 있다. '그'라고 했다. 어느 겨울날, 유 빙은 외로움을 달래려는 듯 해안가로 접안해 사람의 발길을 끌어들인 다. 당신이 대자연의 아름다움에 벅찬 감동을 느끼고 차마 숨소리도 내지 못하며 눈시울을 붉히고 있을 때, 그는 떠날 준비를 하고 있다. '그'라고 했다. 언제부턴가 그와 유빙을 동일시하고 있다. 그를 보면 유 빙이 떠오른다. 바다의 외로운 정복자.

이

3월, 도쿄.

희수가 하네다 공항에 도착한 건 저녁 7시였다. 3월의 도쿄는 서울보다 먼저 도착한 봄바람에 한결 포근한 기운이 돌았다. 공항의 내외국인들이 힐끔거리며 그녀를 쳐다봤다. 노골적으로 쳐다보며 찬탄의 휘파람을 보내는 이방인도 있었다. 희수의 차림은 심플했지만 풍기는 분위기는 매혹적이었다. 허리를 가볍게 맨 딥블루의 프록코트는 168센티미터인 그녀를 더욱 늘씬하게 보이도록 했고, 아무렇게나 묶어 올린 포니테일의 헤어스타일이 나이보다 어려 보이는 효과를 주었다. 마치 북유럽 미녀를 연상시키는 우윳빛 피부와 크고 선명한 이목구비가 혹시 혼혈이 아닌가 의심케 했다. 빈티지풍의 캐리어를 끌고서 게이트를 나오던 희수는 일본 의류 기업 유우신(勇進)의 직원을 만났다. 희수는 홈쇼핑의 MD 2년차였고 신제품 기획 회의를 하기 위해 출장을 온 참이었다.

170센티미터 정도 되는 키에 30대 후반쯤 돼 보이는 유우신의 직원은 이번 상품 기획 건으로 계속해서 통화를 해오던 남자였다. 통화로 예상한 느낌보다는 좀더 나이가 들어 보였고 기획을 의논할 때와는 달리 수줍음을 타는 것 같았다. 자기 몸집보다 조금 큰 듯한 양복이 후줄근하다기보다 푸근한 인상을 풍겼다. 하지만 일본인 특유의 친절함과 어색함 사이에서 분위기는 어정쩡했다. 날씨가 좋다, 가보고 싶은 곳이 있느냐, 저녁은 먹었느냐는 의례적인 질문 몇 개를 하더니 조용히 운전만 해서 희수도 도로 상황만 지켜보고 있었다.

도쿄 방문은 세 번째인데 올 때마다 느끼는 거지만 도쿄는 대륙과 떨어져 있어서인지 공기가 좋은 것 같다. 서울 도심에서 느끼는 답답함이나 숨 막힘이 덜하다. 민족 대이동이 있는 명절 때를 제외하곤 항상 짜증 나게 막히는 서울의 도로와도 다르다. 도쿄도 교통체증이 없는 건 아니지만 막힌다기보다 느리다는 느낌이랄까, 다른 나라 땅이라는 생각에 신경이 조금 느슨해져서인지도 모른다. 어디로 눈을 돌려봐도 만개한 벚꽃이 팝콘처럼 터져 있다. 어둠 속에서도 소녀처럼 빛나는 분홍, 분홍, 분홍…….

유우신의 직원이 안내한 곳은 도쿄 시나가와 역 쪽의 고층 맨션이었다. 지난번 출장에서 시나가와 역 근처 호텔에서 묵은 기억이 있었기에 같은 쪽을 안내하려나 했다. 그때의 출장은 유우신과 관련이 없는 다른 업무로 인한 출장이었지만 호텔에 대한 기억이 나쁘지 않아서 은근 기대를 했었다. 그런데 차는 운하 근처의 고급 맨션 앞에 멈춰 섰다. 처음엔 높고 엄청나게 큰 위용에 압도됐고 이런 호사스러운 곳이 숙소라는 것에 의아했다.

"회사 사택입니다. 들어가시죠."

척 보기에도 호화로워 보이는 외관에 잠깐 할 말을 잃었다. 밤이어서 그런지 환하게 켜놓은 조명이 더 화려해 보였고 건물을 둘러싼 정원과 인공 연못은 밤의 정취와 어우러져 고풍스러움마저 자아냈다. 세계적으로 가장 혼잡한 도시 중 하나인 도쿄의 중심에서 느끼는 여유로

움이 신기하기만 했다. 조금은 들뜬 기분과 함께 호기심이 생겼다. 내부는 과연 어떨지 궁금했다.

희수가 차에서 내리려고 한 발을 내딛는데 검은 양복을 입은 남자가 나타나 문을 잡아줬다. 고개를 들어보니 큰 체격에 다부져 보이는 30대 초반쯤으로 보이는 남자였다. 처음엔 경비원인가 했지만 분위기가 좀 달랐다. 빈틈없이 차려입은 말끔한 양복에 날카로워 보이는 눈매가 좀 더 억세면서 긴장된 느낌을 줬다.

"여기 이 사람 따라가시면 숙소까지 안내해줄 겁니다."

"네?"

트렁크에서 희수의 짐을 내린 유우신의 직원은 꾸벅 인사를 했다.

"그럼 내일 오전 회의 시간에 맞춰서 차를 보내겠습니다. 편히 쉬세요."

차를 보낸다고? 희수는 얼떨떨했다. 일개 막내 MD에게 비즈니스 항공권을 보내주고 공항까지 마중 나와준 것만도 감사할 노릇인데 숙소 제공에 차까지 보낸다니 황송하다 못해 당황스러웠다.

"그렇게까지 안 하셔도 되는데……."

유우신의 직원은 다시 깍듯한 인사를 하고 차에 올랐다. 어째 빨리 자리를 피하고 있는 게 아닌가 하는 느낌이 들었다. 전화상으로 업무 이야기를 할 때는 농담도 한 번씩 하면서 스스럼없더니 막상 얼굴을 보니 껄끄러운 걸까. 실수를 하거나 나쁜 인상을 준 건 아닌지 신경이 쓰이기 시작했다.

"지금부터는 제가 안내하겠습니다."

검은 양복의 남자는 당연하다는 듯 희수의 짐을 한 손에 챙겨 들고 앞장을 섰다. 유우신의 직원에게 제대로 감사 인사를 할 겨를도 없이 남자를 따라 건물 안으로 들어갔다. 아파트는 최상의 호텔 이상으로 고급스럽고 쾌적했다. 높은 천장에서는 어마어마한 크기의 샹들리에가 다이아몬드 같은 빛을 발했고 대형 수족관이 벽의 한 면을 가득 채우고 있었다. 왼쪽의 유리창 앞에는 ㄱ자 형태의 넓고 아늑한 휴식 공간을 둘러싸고 야자수가 우거졌고 중앙에는 붉은 카펫이 깔린 긴 계단이 있었다. 영화 '바람과 함께 사라지다'에서 레트가 스칼렛을 안고 성큼성큼 올라갔던 계단이 연상되었다.

"이쪽입니다."

검은 양복의 남자는 캐리어를 가볍다는 듯이 들고 계단을 올라갔다. 따라 올라가자 로비가 나타났다. 호텔처럼 프런트가 있고 남자 직원이 서 있다가 그들을 보고는 빠른 걸음으로 나와 오른쪽의 엘리베이터 버튼을 눌렀다. 엘리베이터 역시 호화로웠다. 번쩍이는 검은 벽은 재질을 알 수 없었지만 고급스러워 보였고 그랜드피아노 같은 것도 거뜬히 들어갈 정도로 넓었다. 검은 양복의 남자를 따라 엘리베이터를 타자 프런트의 직원은 문이 닫힐 때까지 목례를 했다. 얼떨결에 희수도 따라서 가볍게 목례를 하는데 문이 닫혔다. 엘리베이터 안에는 비상 버튼 이외에 다른 버튼은 없었다.

검은 양복의 남자가 카드 키를 꽂자 엘리베이터가 움직였다. 조용하면서도 빠르게 올라가는 기계의 움직임에 살짝 머리가 울렁거렸다.

"몇 층이에요?"

"맨 꼭대깁니다."

그 말처럼 엘리베이터가 멈추고 문이 열리자마자 온화한 봄바람이 느껴졌다. 그리고 눈앞에는 공중 정원이 펼쳐졌다. 희수는 예상치 못한 풍경에 놀라 입이 쩍 벌어졌다. 구름 위 천국의 풍경이 이럴까. 아름다움을 넘어 경이로웠다. 그건 말 그대로 공중에 떠 있는 정원이었고 호화로움의 극치였다. 맨 먼저 눈앞에 들어온 건 청동으로 된 돔 모양의 구조물이 지붕처럼 덮여 있는 야외 욕조. 그 주위로는 넓게 잔디가 깔렸고 갖가지 꽃들이 둥근 형태의 조형을 따라 피어 천연의 향을 풍기고 있었다.

희수는 마치 다른 세상에 온 것 같은 기분에 넋을 잃고 움직일 줄을 몰랐다. 그러자 검은 양복의 남자가 엘리베이터의 문을 잡은 채 희수에게 먼저 내리라며 손짓을 했다. 희수는 엘리베이터 앞에서부터 깔린 자갈길을 따라 걸음을 내딛었다. 뒤따라 내린 남자는 캐리어의 바퀴가 상하지 않도록 다시 캐리어를 들고서 건물 쪽으로 향했다. 자갈길의 끝에는 유리와 흰색 외벽으로 된 건물이 있었다. 건물의 아름다움에 넋을 잃고, 도쿄의 밤 풍경이 한눈에 내려다보이는 전경에 감탄하다가 무심결에 발을 삐끗하고서야 정신을 차렸다.

이게 회사의 사택이라고? 정말 그렇다면 거물급 바이어나 모시는 곳일 것 같은데, 이런 곳에 내가 있어도 돼?

희수는 못 올 곳에 온 듯 불편한 느낌이 들기 시작했다. 환하게 불이 켜진 건물 안으로 들어가자 부담감은 더했다. 실내는 완벽하게 인테리어가 된 고급 호텔이나 리조트 같은 느낌이 들었다. 복층 구조라 천장이 엄청 높고 전체 규모가 한눈에 들어오지 않을 정도로 넓었다. 그럼에도 따뜻한 색감의 가구와 패브릭으로 아늑한 느낌이 들었다. 거실 바닥에는 브라운 계열의 카펫이 깔려 있었고 그 위에 베이지색 가죽 소파와 원목 테이블, 앤틱 장식장이 있었다. 정원을 향해 있는 넓은 창에는 부드러운 질감의 커튼이 끝 간 데 없이 높은 천장에서 바닥까지 흘러내렸다. 식당과 주방으로 이어지는 통로는 머리 위가 아치형이라 마치 유럽의 오래된 성으로 들어가는 느낌이 들었다. 은은한 조명에 튀지 않는 초록색 식물들이 적절히 배치되어 여기서라면 평생이라도 휴식을 취할 수 있을 것 같았다. 그렇다고는 해도 엄청나게 호화스러운 숙소다. 최고급 호텔의 웬만한 스위트룸보다도 크고 쾌적한 공간, 이런 곳에 정말 자신이 머물러도 될까 하는 부담감에 하룻밤만이라도 머물고 싶은 유혹이 스며들었다.

"저기…… 여기 제가 머물러도 돼요?"

"물론입니다. 둘러보시고 머무르고 싶은 방을 정하시면 제가 그쪽으로 가방을 옮겨드리겠습니다."

"아, 괜찮은데…… 그럼 그냥 여기, 제일 가까운 방으로 할게요."

희수는 부담스러운 마음에 얼른 눈앞의 방을 선택했다. 현관에서 가장 가까운 방이었고 맞은편에는 욕실이 있어 편리할 것 같았다.

"2층은 둘러보시지 않겠습니까? 2층에도 방이 여러 개 있습니다."

"괜찮아요. 그냥 이 방으로 할게요."

그러면서도 2층으로 시선이 갔다. 외부에서 얼핏 봐서 확실치는 않지만 다락방이 있을 것 같았다. 철부지 아이처럼 동화 속 주인공 기분을 낼 수 있을까 생각했다가 얼른 망상을 지우고 자신이 정한 방으로 들어갔다. 대부분 현관 쪽의 방은 작기 마련인데 그건 보통의 가정집 구조에나 해당하는 것인가 보다. 그 방은 퀸 사이즈 침대에 안락의자와 테이블, 독서나 일을 할 수 있는 책상과 의자, 파우더 룸까지 갖춰져 있었다. 게다가 경관도 이만저만 좋은 게 아니었다. 침대 오른쪽과 발밑 쪽의 벽이 전면 유리라 커튼을 젖히면 정원의 욕조가 눈앞에 보였다. 유리문을 열고 나가면 바로 자쿠지를 즐길 수 있는 구조다. 너무 마음에 들어 절로 감탄이 흘러나왔다.

"저녁 식사는 어떻게 하시겠습니까? 주문을 하시면 배달을 시켜도 되고, 나가시겠다면 차를 준비하겠습니다."

방의 모습에 들떴다가 희수는 놀라 고개를 돌렸다. 자신의 캐리어를 가지고 들어온 검은 양복의 남자가 뒤에 서 있었다.

"아, 아뇨. 기내식을 먹었어요. 저, 근데…… 유우신의 직원이세요?"

그는 조금 당황한 듯 멈칫하더니 고개를 끄덕였다.

"네. 자세한 제 소개는 나중에 하겠습니다. 필요하신 게 있으시면 거실의 인터폰을 누르시면 바로 오겠습니다. 그럼."

그 역시 어쩐지 서두르는 느낌이 들었다. 왠지 자신을 피하고 있는 느낌마저 든다면 예민한 걸까.

"아, 네. 감사합니다."

검은 양복의 남자가 나가자 실내는 적막감이 돌았다. 크고 휑한 이 공중 저택에 홀로 남았다고 생각하니 살짝 두려운 느낌도 들었다. 그 느낌을 지우려고 일부러 캐리어 가방을 쾅 하고 세게 열어 젖혔다. 짐을 꺼내 서랍장에 정리해 넣었다. 붙박이장에는 여분의 침구와 흰색 가운이 걸려 있었다. 속옷을 정리하는데 왠지 누군가 보고 있는 것 같아서 휙 뒤를 돌아보았다. 아무도 없는 걸 눈으로 확인하고서도 어쩐지 찜찜한 기분이 가시질 않았다. 방금까지만 해도 멋지다고 생각했던 전면 유리의 벽이 불안했다. 일어나 커튼을 치고서 휴대전화를 꺼내 전화를 걸었다. 회사의 선배에게 잘 도착했다는 전화는 이미 했지만 이 상황에 대해선 들은 바가 없어 확인을 해봐야 할 것 같았다.

ㅡ 사택?

선배도 금시초문이라는 반응이다.

"네, 호텔이 아니라 사택이에요. 우리가 기어야 하는 거 아니었어요? 근데 왜 이렇게 잘해줘요? 나 어째 불안한데."

선배의 친숙한 목소리를 듣자 긴장이 풀려 농담이 나왔다. 휴대전화를 스피커 상태로 해두고서 남은 짐을 정리하고 캐리어를 치웠다.

ㅡ 잘해줘? 사택이라며? 커? 웬만한 아파트는 작을걸, 거기?

"아파트가 아니라 거의 저택이에요. 방이 몇 갠지도 모르겠고 정원에 자쿠지까지 있어요."

ㅡ 야, 뻥치지 마. 도쿄에 그런 데가 어딨어. 암튼 너 2년차 주제에 단독 해외 출장씩이나 가고 선배 잘 둔 줄이나 알어. 씨이, 너 이번 기획 성사 못 시키면 알지? 잘해라.

"부담 주지 마요. 일본 쪽이 얼마나 깐깐한 줄 아시면서."

희수는 볼멘소리를 하며 투덜거렸지만 한결 기분이 풀려 소리 내어 웃기까지 했다. 선배와의 수다를 끝내고 엄마에게 전화를 걸었다. 엄마는 작년에 부산지검으로 발령이 나 법원 근처의 사택에서 혼자 지내고 있었다.

희수가 독립을 한 건 대학에 진학을 하고부터다. 부모님이 이혼했을 때 아버지를 선택했고 아버지는 희수가 발레 유학을 위해 영국으로 떠나기도 전에 호주로 이민을 갔다. 부상으로 발레를 못 하게 되고 한국으로 돌아올 수밖에 없는 상황이 되었어도 아버지는 연락이 없었다. 혹시나 희수가 호주로 올까 두려워했을지도 모른다.

엄마와의 통화는 간단했다. 일본 출장을 보고하고 엄마의 남자친구에 대한 시답잖은 농담 정도를 주고받았다. 더 이상 서로의 사생활에 대해서 깊이 터치하지 않는 게 모녀의 성격에 맞았다.

통화를 끝내고 갈아입을 속옷과 세면도구를 챙겼다. 혼자 있는 게 확실한 것 같지만 혹시나 해서 붙박이장에 걸린 목욕 가운까지 챙겨 들고 방을 나왔다. 욕실은 바로 맞은편에 있었다. 바로 씻으러 들어가려다가 궁금증이 생겨 주변을 둘러보고 싶어졌다. 집은 거실과 주방을 기준으로 양쪽으로 길게 복도가 있었다. 왼쪽에는 희수의 방과 욕실, 오른쪽에는 또 다른 방들이 있었는데 개중 한 곳은 문이 잠겨 열리지 않았다.

2층 계단을 올라가자 벽을 따라 책들이 꽂혀 있고 끝에는 TV를 시청할 수 있는 휴식 공간이 있었다. 그리고 맨 끝에는 그녀가 예상한 대로 예쁜 창이 있는 다락방이 있었다. 서면 머리가 천장에 닿을 정도의 높이로 아담하고 아늑했다. 낮은 테이블과 방석이 있어 창으로 들어오는 햇살을 맞으며 차를 마시거나 바둑을 두거나 하면 좋을 것 같은 분위기다.

2층까지 다 둘러본 희수는 이 넓은 공간에 자신밖에 없다는 게 안심이 되면서도 조금 무섭다는 생각도 들었다. 하룻밤 자고 나면 익숙해질지도 모르겠지만 아무래도 이건 좀 부담스럽다. 내일은 호텔로 들어가는 게 좋을 것 같다.

욕실은 그대로 거기서 생활을 해도 될 만큼 컸고 웬만한 것은 다 갖춰져 있었다. 바닥엔 나무판이 깔려 있었고 타원형의 큰 욕조와 화장대, 따로 간단히 씻을 수 있는 별도의 샤워 부스, 누워 쉴 수 있는 긴 의자가 놓여 있었다. 벽면 한쪽은 유리여서 블라인드를 열면 욕조에 앉아서도 정원을 볼 수 있었다. 욕조는 조금 엄두가 나지 않아 샤워 부스에서 간단히 샤워를 했다. 어둡기도 하거니와 긴 시간 혼자 여유를 즐기기엔 낯선 곳의 적막감이 주는 불안감이 있었다.

욕실에 구비돼 있는 목욕용품은 모두 여성용이었고 한 번도 사용 안한 새것이었다. 평소 희수가 즐겨 쓰는 향의 제품들이어서 조금 놀라웠다. 마치 그녀를 위해서 모두 준비해둔 게 아닌가 하는 생각이 들자 더더욱 감사한 마음이 들었다. 해외 출장 어디에서도 받아본 적이 없는 배려였고 환대였다.

샤워를 마친 희수는 연자주색 속옷 위에 가운을 입고선 머리를 말렸다. 따스한 바람에 머릿결이 마르기 시작하자 나른해지기 시작했다. 출장을 위해서 미리 일들을 처리하느라 며칠 동안 꽤 분주했었다. 지난 이틀을 합해 쪽잠 서너 시간을 잔 게 전부였다.

나오기 싫을 만큼 아늑한 욕실에서 나와 방으로 들어가기 전에 주방 냉장고에서 물을 한 병 꺼내 들었다. 냉장고에는 싱싱한 식재료들이 가득했다. 갖가지 채소들과 과일은 물론이고 어디선가 포장해 온 듯한 고급 회와 장어덮밥까지 랩에 깔끔히 싸여 있었다. 특별히 시장하진 않았지만 먹음직스러운 딸기를 보니 군침이 돌았다. 이미 깨끗이 씻어 접시 위에 먹기 좋게 놓인 딸기가 그녀를 유혹하고 있었다. 먹어도 좋을지 허락을 받아야 하는 걸까, 소심한 마음에 살짝 망설였다가 과감히 유리 접시를 꺼내 들었다.

거실의 불을 끌까 생각하다가 너무 어두우면 무섭겠다는 생각이 들어 조명 몇 개는 켜둔 채 방으로 들어갔다. 노트북을 꺼내 들고 침대에 앉았다. 딸기를 먹으며 보고서를 작성하고 있으려니 점점 졸음이 몰려와 견디기 힘들었다. 가운과 브래지어를 벗어놓고 팬티와 잠옷용 셔츠만 걸친 채 이불 속으로 들어갔다. 두툼하면서도 가벼운 이불이 주는 포근함에 녹아서 그대로 잠이 들었다. 그때의 시곗바늘은 9시 40분을 가리키고 있었다.

악몽에 눈을 떴다. 희수는 엎드린 채 눈을 끔벅이고 있었다. 방의 불은 모두 껐지만 조금 열린 커튼 틈으로 보이는 정원의 불빛이 방 안에 스며들어와 있었다. 멍하니 커튼 틈 사이로 정원을 바라보았다.

몇 시간이나 잤을까? 며칠이나 지난 건 아닐까?

세 번째의 일본 출장이지만 방문한 건 총 네 번. 처음 일본을 방문한 건 10년 전이다. 그를 만났던 그때 말이다. 홈쇼핑 회사에 입사하고 선배들과 일본 출장을 떠나게 됐을 때 주춤했었다. 가고 싶지 않았다. 하지만 피할 수 없었고 비행기에서 구토를 했다. 하네다 공항에서부터 열이 났고 한여름인데 심한 독감을 앓아서 응급실에 실려 가는 바람에 출장 내내 호텔에서만 머물러야 했다. 그 뒤로 스트레스가 심하거나 몸이 피곤한 날이면 어김없이 악몽을 꿨다. 특별히 어떤 인물이 등장한다거나 특정한 상황이 있는 건 아니다. 천장이 점점 아래로 떨어져 몸이 납작하게 눌리거나, 높은 빌딩과 빌딩을 연결하는 다리를 건너다가 발을 헛디디는 것 같은 꿈이다. 그리고 방금은 커다란 욕조의 구멍 속으로 빨려 들어가 깊은 땅 속을 헤매는 꿈. 그럴 때면 숨이 막히는 공포에 허우적대다가 대책 없이 눈을 뜬다. 눈을 뜨게 되면 온몸에 소름이 돋는다. 수억만 마리의 애벌레가 온몸을 기어 다니는 것 같은 기분이다. 자신도 모르게 피부를 쓸어본다.

쿵!

소리가 들렸다, 분명히. 순간 온몸이 굳어지고 진짜로 소름이 돋을 것 같았다. 도둑? 강도?

놀라서 침대에 앉아 숨죽이고 귀를 기울였다. 아무런 소리도 들리지 않았다. 잘못 들은 건가?

침대 한쪽에 둔 휴대전화를 보니 새벽 4시 10분. 수면은 충분했다. 희수는 조용히 일어나 침대에서 다리를 내리고 조금 더 귀를 기울였다. 정확히 소리가 났는지 알 수는 없지만 이대로 가만있기엔 찜찜했다. 선반 위의 물건 같은 게 떨어졌을지 몰랐다. 그렇지만 왜? 어딘가의 창문이 열렸나? 셔츠 위에 가운을 걸치고 끈을 꽉 동여맸다. 맨션으로 들어올 때의 보안을 생각하면 침입자가 있다고 생각하기 어려웠다. '미션 임파서블' 같은 영화에서처럼 비행 물체를 타고 위에서 떨어지지 않는 이상 말이다. 그렇다면 여기를 마음대로 출입할 수 있는 사람일까? 그럼 낮에 보았던 유우신의 직원? 찰나의 시간에 머릿속으로 수많은 생각이 스쳤다. 고민하다가 문으로 향했다. 가운의 주머니에 휴대전화를 넣고 무기가 될 만한 걸 찾아 들었다. 반쯤 남은 물병이었다.

희수는 맨발인 채였고, 숨을 죽였고, 무용으로 다져진 몸은 소리 없이 가볍게 움직일 줄을 알았다. 의문의 침입자는 거실에 있었다. 그녀에게 등을 보이고 있는 남자는 회색 양복을 입고 서 있었다. 몸에 착 달라붙어 팔을 움직일 때마다 등의 근육과 견갑골이 두드러져 보였다. 침입자는 엄청나게 컸다. 적어도 키가 190센티미터는 돼 보이고 그녀의 두 배는 될 것 같은 넓은 등판에 팔뚝이 무지 두꺼웠다. 긴 다리를 쩍 벌리고 서 있는 모습으로 봐서는 확실히 도둑은 아니었다. 그래서 안심되기는커녕 대적이 안 될 것 같은 덩치에 위축이 되었다.

놀라서 보는데 남자의 손이 움직였다. 물병의 뚜껑을 여는 손이 엄청 컸다. 그녀가 꽉 움켜쥐고 있는 것과 같은 크기인 물병이 요구르트 병마냥 작게 보였다. 그는 큰 손으로 물병을 들고 뭔가를 입안에 넣은 뒤 물을 마셨다. 알약을 먹는 것 같았다. 낮에 보았던 유우신의 직원은 확실히 아니었다.

"저기⋯⋯."

용기를 내 한 발 다가가려는데 갑자기 남자가 배를 움켜쥐더니 신음

소리를 냈다. 허리를 접으며 소파 쪽으로 가더니 거구의 몸이 털썩 고꾸라졌다. 동시에 희수의 손에서 물병이 떨어졌다. 소리가 나자 소파에 누웠던 남자가 상체를 들고 소파 등받이 너머로 그녀를 보았다.

남자와 눈이 마주쳤다. 그가 소파로 움직일 때 얼핏 보였던 옆얼굴을 포착하고부터 충격이 있었다. 커다란 둔기로 머리를 맞은 것처럼 멍했고 눈앞이 뿌옇게 흐려졌다. 모든 감각이 마비돼 숨을 쉬고 있는지조차 알 수 없었다. 그저 눈앞의 얼굴에 꽂힌 동공이 크게 확장된 채로 얼어붙어버렸다. 너무 놀라 아무 소리도 낼 수 없을뿐더러 아무것도 들리지 않았다.

"아, 내가 잠을 깨웠나 보네."

남자는 잠깐 놀란 얼굴을 하더니 미간을 찡그리고선 고개를 숙이고 숨을 고르고서는 다시 희수를 봤다.

"놀랄 것 없어요. 잠깐 쉬러 왔으니까."

충격에 얼어붙어 있던 희수는 뿌예진 눈을 비볐다. 손등으로 양쪽 눈을 마구 비비고 다시 남자를 보았다. 그래도 시야가 맑아지지 않아서 앞으로 다가갔다. 몸이 차가워지고 다리가 후들거리더니 숨이 막혀왔다. 커다란 솜덩이가 호흡기를 누르고 있는 것처럼 답답해서 마라톤을 한 사람처럼 입을 벌리고 쌕쌕 숨을 쉬었다.

"한국에서 온 바이어죠? 나는 야마구치 쇼라고 합니다. 유우신의 직원이니까 안심하고 들어가서 자요."

모든 감각을 잃고 진공 상태로 멍한 희수의 귓가에 소리가 울렸다. 야마구치 쇼(山口翔)라고? 히가시데 나기(東出凪)가 아니라……. 얼굴이 파랗게 질린 희수의 눈에 자신도 모르는 사이 눈물이 고였다. 자신이 뭘 하고 있는지조차 모르고 남자의 앞에 무릎을 꿇고 내려앉았다. 남자를 봐야 했다.

소파에 앉아 머리를 숙이고 있는 남자의 얼굴을 잡았다. 양손으로 잡고서 들어 올리자 남자는 질끈 감고 있던 눈을 뜨고 희수를 쳐다봤다. 희수는 눈물이 차오른 눈을 크게 뜬 채로 남자의 얼굴을 뚫어지게 살폈다. 닮았다. 너무나 닮았다. 그렇다는 건 다르다는 의미도 되었다.

"호, 혹시…… 혹시…….."

자신의 잠긴 목소리를 듣고서야 진공 상태가 깨졌다. 비로소 감각이 열리고 현재의 상황이 인식되었다.

"히가시데 나기……."

그건 언어가 되어 나오질 못했다. 충격에 억눌린 입술이 제대로 움직여주질 않아서다. 단지 소리뿐이지만 그의 이름을 불렀다. 지난 10년 동안 결코, 절대 소리 내어 부르지 못한 이름이다. 떠올리는 것만으로도 가슴이 너무 아파서, 혀끝에 담는 순간 죽을 것만 같아서…….

뺨으로 눈물 한 방울이 굴러 떨어졌다. 다시 흐려진 시야에 남자의 얼굴을 뚫어져라 담았다. 히가시데 나기를 닮았다. 잊고 싶어도 잊을 수 없는 얼굴, 10년 전 그는 마른 얼굴에 남자다운 골격을 갖고 있었다. 두드러진 광대뼈와 곧고 높은 콧날, 날카로운 턱선. 두껍고 짙은 눈썹에 쌍꺼풀 없이 옆으로 긴 눈, 그리고 적당히 두툼하면서 활처럼 휘어진 섹시한 입술을 가지고 있었다. 눈빛은 매서웠고 과묵했으며, 다정하기보단 거칠고 저돌적이라서 밤의 폭풍 같은 남자였다.

"놀라게 해서 미안합니다. 해치지 않을 테니까 안심하고 그만……."

남자는 신음 소리를 내며 말끝을 흐리더니 배를 움켜잡고 머리를 숙였다. 그리고 보니 검은 얼굴이 심하게 일그러져 있으며 피부도 축축하고 차가웠다. 자신의 아픈 표정을 보이고 싶지 않은지 얼굴을 돌렸다. 질끈 감았다 뜬 남자의 눈은 카펫과 안락의자 사이 허공을 향해 있었다. 자신 안의 고통을 관조라도 하는 듯이 처연했다. 같은 눈매인데 남자의 눈은 나기와 같은 공격성은 찾아볼 수 없었다. 광대뼈와 턱선도 그렇게 도드라져 보이지 않았다. 야생마처럼 거친 나기에 비해 차분하고 정제된 분위기, 성숙한 남자의 얼굴이었다. 같은 얼굴인데 다른 느낌……. 이럴 수도 있는 걸까?

"들어가요. 나도 조금만 있다가 들어갈……."

살짝 몸을 외로 튼 남자의 얼굴이 다시금 일그러졌다. 얼마나 고통이 심한지는 꾹 눌러도 새어나오는 신음 소리만으로도 충분히 느낄 수 있었다. 희수는 충격이 가시지 않은 채로 남자의 표정과 모습을 살폈다. 명치 부위를 큰 손으로 움켜쥐고 있어 양복 상의가 심하게 구겨져 있었다. 소파 끝에 불안하게 앉은 허벅지가 팽팽하게 당겨져 금방이라도 바지가 터져버릴 것 같았다. 힘이 잔뜩 들어간 남자의 허벅지는 희수의 허리와 맞먹을 정도의 굵기였고 쇠파이프로 내리쳐도 끄떡없을 정도로 탄탄해 보였다.

"위경련인가요?"

충격과 눈물에 잔뜩 쉰 목소리가 차분히 흘러나왔다. 희수의 목소리에 남자가 고개를 돌려 쳐다봤다. 다시 눈이 마주치자 쿵 내려앉았던 심장에 비수를 꽂는 고통이 더해졌다. 코끝이 달아오르고 뜨거운 눈물이 고였다. 너무나 그리웠던 얼굴이 바로 눈앞에서 바라보고 있다는 사실이 믿어지지가 않았다. 날카로운 고통이 심장을 관통하는 느낌에 숨이 턱 막혔다. 간신히 정신을 차리고 떨리는 시선을 내렸다.

"누, 눕는 게 좋겠어요. 잠깐이라도……."

"신경 쓰지 말고 들어가요. 약 먹었으니까."

남자의 저음에도 울림이 있었다. 목소리마저 나기와 닮았는지도 모른다. 하지만 이젠 더 이상 나기의 목소리가 생각나지 않는다. 처음엔 잊으려고 노력해도 잊히지 않더니 이제는 아무리 기억하려고 애써도 떠오르지가 않는다. 얼마나 후회했는지 모른다. 그와 사진 한 장 찍어두지 않은 걸, 그의 목소리 하나 남겨두지 않은 걸.

희수는 쓰라린 가슴을 안고 일어나 소파 끄트머리에 쿠션을 내려놓으며 말했다.

"엄마가 위염을 앓고 있어서 가끔 이렇게 아파하곤 하셨어요. 얼마나 고통스러운지 잘 알아요. 진정될 때까지 누워 있어요."

남자는 고통의 신음을 낮게 흘리더니 몸을 움직였다. 한 손은 아픈 쪽을 움켜쥐고서 한 손으로 양복 상의를 벗으려 했다. 보고만 있을 수 없어서 거들었다. 양복은 기성복이 아니라 고급 원단으로 숙련된 재단사가 만든 옷 같았다. 남자의 옷에선 몽환적인 느낌의 묵직한 향이 은은하게 감돌았다. 소매에서 남자의 팔을 빼내다가 우람한 어깨에 손등이 살짝 스쳤다. 그때 남자의 입에서 밭은 숨소리가 새어나왔다. 다시 통증이 시작된 모양이다. 느슨하게 묶인 넥타이를 당기는 남자의 움직임이 거칠었다. 희수가 놓은 쿠션에 머리를 기대 몸을 눕히는 걸 보고서 희수는 양복 상의와 넥타이를 정리했다.

"일본어가 매우 능숙하네요."

남자는 와이셔츠의 맨 위 단추 두 개를 풀었다. 드러나는 목덜미도 번들거리는 걸 보니 온몸이 식은땀으로 젖은 것 같았다. 내색하진 않지만 보이는 것보다 통증이 꽤 심한지도 몰랐다.

"공부를 좀 했어요."

"취업 때문에?"

"그냥…… 일본어를 알고 싶어서요."

10년 전, 히가시데 나기가 죽었다는 소식을 들었을 때 희수는 믿지 않았다. 충격으로 멍했다가 정신 차리고 미친 듯이 자료를 모았다. 그가 살아 있을 법한 증거를 찾아서 신문과 보도 자료를 뒤졌다. 하지만 읽을 수가 없었다. 읽지 못하는 정보는 아무런 소용이 없었다. 조급함을 누르고 사전을 뒤져가며 겨우 그의 아버지 이름을 알게 됐다. 일본 구글에 히가시데 유이토(東出結人)를 검색했다. 일본의 신문에서 그의 이름을 찾았다. 야쿠자 간의 분쟁으로 히가시데 유이토의 아들 히가시데 나기가 서울에서 사망했다는 기사였다. 믿을 수밖에 없었다. 믿기 시작하자 몸이 아팠다. 먹을 수가 없었고 잠을 잘 수도 없었다. 당연히 수업의 집중도도 떨어졌고 자신이 발레를 왜 하고 있는 건지조차 모르게 되었다. 삶의 의지가 사라져버린 거다.

욕실로 간 희수는 대야를 찾아 뜨거운 물을 담고서 수건과 함께 들고 나왔다. 거실로 돌아오니 남자는 와이셔츠 차림으로 누워 있었다. 희수가 놓은 쿠션에 머리를 눕히고서 한 팔로는 눈을 가리고, 다른 손으론 명치 부위를 움켜쥐고 있었다. 길고 넓은 소파를 꽉 채우는 거구의 존재감에 조금 압도되었다.

"복부를 따뜻하게 해주면 좋아요. 셔츠를 조금 올려볼래요?"

대야를 바닥에 놓고 그 옆에 무릎을 꿇고 앉았다. 뜨거운 물에 수건을 적셔 물기를 꼭 짰다. 남자는 희수의 말을 들었는지 못 들었는지, 꼼짝도 않고 있다가 얼굴을 가리고 있던 팔을 내리고서 희수를 쳐다봤다. 남자의 이마는 식은땀으로 젖어 있었다.

"춥진 않아요?"

희수는 따끈한 수건으로 이마의 식은땀을 닦아주었다. 뚫어지게 쳐다보는 남자의 시선을 일부러 피했다. 보면 다시 울어버릴 것만 같았다.

"잘 참네요. 저희 엄마는 응급실로 가는 도중에도 몇 번이나 소리를 지르시곤 했어요. 내장을 비트는 것처럼 아프다던데……."

말과는 달리 머릿속은 다른 생각으로 가득 차 있었다. 시선은 커다란 손이 하나씩 풀어가는 와이셔츠의 단추를 향해 있었지만 머릿속은 온통 나기 생각뿐이었다. 그가 살아 있기만 한다면 뭐든 하겠다고, 발레도 포기하고 그가 원하는 대로 다 하겠다고 기도한 10년 전처럼 말이다.

열여섯, 그땐 모험심으로 가득했고 세상 모두가 내 편이라고 생각해서 겁이 없었다. 가난하지 않았고 예뻤고 재주도 있었으니까. 어린 나이엔 그 정도가 큰 행복이고 행운인 것이다. 하지만 지금은 상처투성이이다. 발레를 포기해야 된다는 선고를 받았을 때는 패닉 상태였다. 살아야 할 이유를 찾지 못했다. 죽고만 싶었다. 그 고통을 감내하고 지금의 커리어우먼이 되기까지는 길고 힘든 여정이었다.

겨우 안정을 찾아가고 있는 이때에 나타난 이 커다란 폭탄은 무슨 의미일까? 하늘에서 보고 있던 그가 점점 잊혀가는 게 서운해 자신을 상기시키려는 걸까? 그렇다면 그럴 필요 없다고 전해주고 싶다. 잊혀가는 만큼 그의 빈자리는 그리움이라는 이름으로 더더욱 깊이 새겨지고 있으니.

넋을 놓은 채 있던 시야에 구릿빛 근육으로 울퉁불퉁한 남자의 상체가 들어왔다. 제대로 단련돼 있는 복근, 치골 근처에 세로로 그어진 한 뼘 크기의 상처와 함께. 다시 몸이 굳어진 희수는 상처에 시선을 뺏겼다. 무심코 생각해버렸다. 혹시 10년 전 교통사고로 얻은 상처가 아닐까?

"맹장 수술 자국입니다."

마치 희수의 생각을 읽기라도 한 듯 남자가 대답했다.

"2년 전에 한 수술인데 흉터가 보기 흉하죠?"

뭘 기대한 걸까. 그는 죽었다.

희수는 말없이 따뜻하게 데워진 수건을 접어 남자의 복부에 올려놓았다. 수건 위로 손을 올려 마사지하듯 조금 눌러주며 남자의 표정을 살폈다.

"많이 아프면 병원엘 가는 게 좋을 것 같은데……."

"그 정도는 아닙니다."

조금 식은 수건을 거둬 다시 뜨거운 물에 담갔다. 물기를 꼭 짠 뒤 남자의 복부에 올리자 남자는 아까와는 다른 신음 소리를 내었다.

"뜨거워요?"

남자는 조금 뜸을 들이더니,

"누구한테나 이렇게 친절합니까?"

무슨 뜻으로 하는 말인지 몰라 남자를 보았더니 농담인 듯 희미하게 미소를 짓고 있었다. 그러다가 이내 통증으로 미간이 좁혀지는 걸 보고서 가볍게 답했다.

"아픈 사람한테는요."

희수는 엄마에게 했던 것처럼 수건 위로 남자의 복부를 살짝 누르며 주물러주었다. 엄마의 배는 수건 없이 맨살에 해주곤 했었다.

"여긴 유우신의 직원들이 상시로 이용할 수 있는 곳인가 봐요?"

"불쑥 들어와서 쉬는 데 방해가 됐군요."

"그런 얘기가 아니라, 부러운 회사다 싶어서요."

희수는 같은 작업을 반복했다. 그렇게 십여 분쯤 흘렀을까, 다시 수건을 데워 남자의 복부 위에 올려놓고는 남자를 쳐다봤다. 얼굴이 한결 편안해 보였고 이마의 식은땀도 보이질 않았다. 그래서인지 희수를 보는 눈빛이 새삼 달라진 것 같았다. 마음을 꿰뚫을 듯이 직구로 응시하는 눈빛이 진지했다. 순간 희수는 그 눈에 홀려서 시선을 떼지 못했다. 그 눈은 노골적인 욕망을 뿜어내던 나기의 눈과 닮아 있었다. 척추를 타고 뜨거운 열기가 피어올랐다. 심장이 뛰고 얼굴이 빨개지고 피부가 까슬까슬 예민해지는 기분, 죽어 있던 세포가 깨어나는 느낌. 10년 전에 느꼈던 것과 같은 열기였다. 자신을 송두리째 뒤흔들어 빨려 들어가게 하는 블랙홀 말이다. 나기가 아닌 다른 남자에게도 이런 기분을 느낄 수 있는 걸까?

남자의 변화가 희수에게 전달되었듯이, 희수의 예민한 변화를 감지한 남자의 눈빛이 더욱 짙어졌다.

"나, 나이를 물어봐도 될까요?"

혼란 가득한 그녀의 질문이 끝나기도 전에 남자의 손이 뻗어왔다. 상체를 일으키지도 않고 긴 팔을 뻗어 그녀의 목덜미를 감아 당기더니 그대로 키스했다.

처음엔 충격으로 멍했다. 입술에 닿는 뜨겁고 부드러운 감촉을 느끼고는 키스를 하고 있다는 걸 깨달았고 소스라치게 놀랐다. 벗어나려고 남자의 어깨를 밀쳤지만 꼼짝도 하지 않았다. 단 한 손으로 목의 뒷부분을 붙잡혀 있을 뿐인데도 마치 쇳덩이에 짓눌린 기분이었다. 남자의 힘은 강철 같았다. 다시 한 번 팔에 힘을 주고 밀어내자 남자의 다른 손이 성가시다는 듯 손목을 낚아채 자신의 손에 깍지를 끼웠다. 벗어날 수도, 피할 수도 없었다. 그런데 다음 순간 찌릿한 감각이 몸을 관통했다. 머리까지 쩡 울리는 그 느낌에 희수는 혼란에 빠졌다.

뭘까, 이 포근하고 안락한 기분은. 지난 10년 동안 몇 명의 남자와 데이트를 했었다. 사귀자는 청에 응했고 호감을 가지고 만났었다. 하지만 번번이 안기지를 못했다. 거부감이 아니라 욕망을 느끼지 못했다. 히가시데 나기가 불러일으켰던 불꽃을 기억하고 있는 몸은 밋밋한 육체의 자극에는 전혀 반응을 하지 않은 것이다. 데이트 상대들은 실망했고 화를 냈으며 심지어 그녀가 불감증인 것 같다며 걱정까지 했다. 짧은 데이트는 이별로 종지부를 찍었고 그때마다 희수는 조금씩의 상처를 입었다. 히가시데 나기가 입힌 상처와는 비교도 되지 않지만 말이다.

그런데 이 남자는 왜 다른 느낌일까? 시간과 공간, 과거와 현재, 세상의 모든 걸로부터 떨어져 완전히 차단되어 완벽히 보호받고 있는 것 같다. 따뜻하다. 편안하다. 다정하다. 이 순간, 이 안에선 맘껏 울어도 좋을 것 같다.

강인한 팔 힘과는 달리 남자의 움직임은 부드럽기 그지없었다. 호흡을 섞으며 느리고도 감미롭게 그녀의 입술을 눌렀다. 두툼한 입술로 물고서 살짝 빨아 당기고는 혀끝으로 간질이듯 훑었다. 희수의 숨결이 달아오르고 자석에 끌리듯 입술이 벌어졌다. 혼란스러움은 호기심으로 번졌고 남자의 입술이 불러일으키는 감각에 집중하기 시작했다. 희수의 입술이 열리자 남자의 혀가 곧장 밀고 들어왔다. 서로의 달뜬 호흡이 섞이고 혀끝이 마찰하는 순간 남자의 키스가 달라졌다. 커다란 몸집이 빠르게 일어나더니 희수의 몸을 가볍게 소파 위로 끌어올렸다. 자세가 역전되어 희수가 소파에 눕혀졌고 그 위로 거구의 몸이 짓누르듯 겹쳤다. 그러는 동안에도 키스는 멈추질 않았고 남자의 호흡은 점점 거칠어졌다. 희수가 정신을 차릴 기회를 주지 않겠다는 듯 다급한 키스가 이어졌다.

나기…… 이건 꿈일까? 꿈이라면 이건 또 다른 악몽일까?

남자는 사막에서 오아시스를 찾은 사람처럼 허겁지겁 희수의 입술을 탐했다. 처음에 보였던 예의 바르고 건조했던 모습은 위경련으로 인한 통증 때문이었을까, 아니면 때를 노린 야수의 가면이었을까. 혼란스러운 머릿속에서 생각들이 어지럽게 뒤엉켰다. 식은땀을 흘리던 남자의 차가운 몸은 어느새 뜨겁게 달아올라 희수의 몸을 완전히 덮어버렸다. 체취마저 달라진 남자는 도망가지 못하도록 희수의 머리를 단단히 잡고서 두 다리까지 자신의 다리 안에 가뒀다.

　단단하고 뜨거운 남자의 몸에 눌린 채 희수는 아무런 저항도 할 수가 없었다. 자신이 숨을 쉬고 있는지, 살아 있는지조차 생각할 수 없었다.

　강하게 혀를 빨아들이는 격렬한 키스가 애끓듯 다급했다. 거구의 몸이 드리운 그림자는 둘만의 세계를 만들어 타오르는 열정을 가두었다. 압도하는 느낌에 온몸이 파르르 떨렸다. 정신이 아득해질 것만 같은데 귓가에 헐떡이는 남자의 숨소리가 들렸다. 목덜미에 입술이 닿았고 손끝에 남자의 단단한 가슴 근육이 느껴졌다. 간신히 눈을 뜨고 남자를 보았다.

　부드러운 목덜미에서 고개를 든 남자는 마치 구원을 바라는 상처 입은 짐승처럼 간절한 눈빛으로 그녀를 내려다보고 있었다. 낯설지가 않았다. 나기가 떠올랐다. 기억 속의 그는 거친 약탈자의 눈을 가진 남자였다. 남자의 눈이 그 눈과 겹쳐 보였다. 희수는 손을 뻗어 다른 듯 비슷한 남자의 얼굴을 만졌다. 열기에 들뜬 붉은 눈과 광대뼈, 홀쭉한 뺨에서 입술까지…… 떨리는 손끝에 아련함이 묻어 스치는 곳곳마다 열망의 아지랑이가 피어오르는 것 같았다. 가슴속에서 무언가 끊어졌다. 가까스로 붙들고 있던 분별력마저 잃어버렸다.

희수의 관자놀이로 눈물방울이 흘러내렸다.

"왜…… 이제 왔어요?"

흘러나온 말은 한국어였다. 욕정이 차오른 남자의 얼굴은 영락없이 히가시데 나기 그대로여서 그에게 하듯 한국어가 나왔다. 몽롱한 머리로 생각했다. 애초에 닮은 사람이라고 생각한 게 잘못 본 건지도 모른다. 이 남자가 히가시데 나기인지도 모른다.

"기다렸는데……."

희수는 눈물로 흐려진 시야로 남자가 그녀의 손바닥에 입술을 누르는 걸 지켜보았다. 마치 소중하고 아끼는 것을 대하는 듯 진한 입맞춤이었다. 구릿빛 피부의 커다란 손에 감싸인 희수의 손은 한없이 연약하고 섬세해 보였다. 남자의 얼굴이 내려와 이마를 맞대었다.

"처음부터 이러고 싶었어. 당신을 처음 본 순간부터."

돌아온 남자의 말은 일본어.

낮게 속삭이는 남자의 깊은 목소리에 눈을 감았다. 나기의 목소리였다. 희수는 10년의 그리움과 슬픔과, 고통으로 먹먹해진 가슴으로 남자를 끌어안았다. 두 팔을 벌리고 굵은 목을 숨이 막히도록 꽉 안았다. 남자의 입술이 얇은 귓불을 애무하다가 다시 입술을 찾았고 희수는 온 마음을 다해 키스에 응했다. 애틋함이 우러나는 달콤한 키스에 희수의 몸은 경련을 일으키며 반응했고 머릿속엔 한 가지 생각밖에 없었다. 이 남자는 히가시데 나기다. 그를 안을 것이다. 그를 가질 것이다. 못다 한 사랑을 위해서 자신의 전부를 내줄 것이다. 그리고 다시는 놓지 않을 것이다.

가운 속 셔츠 위로 남자의 손이 느껴졌다. 젖혀진 가운 사이로 엉덩이까지 간신히 가리고 있는 얇은 셔츠가 드러나면서 그 아래로 가늘고 긴 다리가 노출되었다. 브래지어를 하지 않은 가슴은 셔츠를 밀어올려 뾰족한 윤곽을 드러내고 있었다. 셔츠 위로 솟은 풍만한 젖가슴을 만지던 남자는 그대로 고개를 숙여 유두를 핥았다. 얇은 천이 타액으로 젖으며 분홍빛을 드러내었다. 남자가 물고 빨아대자 젖은 천 속에서 유두가 꼿꼿이 솟아올랐다. 희수는 쾌감을 참지 못하고 신음 소리를 흘렸다. 꽃봉오리가 열리듯 붉은 기운이 번지고 혈관 속 피가 파닥파닥 뛰며 반응했다.

남자는 다시 뜨겁게 신음하는 희수의 입술에 키스했고 희수는 남자를 꽉 껴안고 매달렸다. 이성은 날아갔고 착각과 망상 속을 헤매고 있는지도 모른다. 꿈인지 현실인지 분간도 가지 않는다. 꿈과 현실의 경계는 어디일까?

순식간에 일어난 이 상황이 몽롱하기만 한데 몸 안에 이는 이 불길은 영혼을 태울 듯 생생했다. 남자의 손이 셔츠를 밀어올리고 팬티에 감싸인 엉덩이를 애무했다. 셔츠는 점점 더 위로 끌려 올라가 맨가슴이 드러났다. 한동안 그 가슴을 내려다보는 남자의 눈길에 희수는 얼굴이 빨갛게 달아올랐다. 노골적인 욕구로 팽팽해진 남자의 얼굴은 이미 타인이 아니었다. 오타루, 나기의 집, 나기의 침대로 돌아간 것만 같았다. 시간과 공간의 경계를 잃어버린 희수는 그저 타오르는 욕망에 자신을 맡길 수밖에 없었다. 자극받은 몸은 저절로 파르르 떨렸고 더 이상 통제가 되지 않았다.

"아름다워."

들릴 듯 말 듯 낮게 속삭인 남자는 고개를 숙여 하얀 젖가슴에 키스했다. 희수는 떨리는 손으로 남자의 머리를 쓰다듬었다. 숱 많은 머리칼 속에 가는 손가락을 넣고서 간질이듯 어루만졌다. 남자는 부르르 몸을 떨며 거칠게 희수의 가슴을 파고들었다. 남자의 입술이 크게 부풀어 있는 유방을 머금자 온몸이 녹아내릴 것만 같았다. 자신도 모르게 남자의 셔츠 속으로 손을 밀어 넣었다. 단단하고 두툼한 근육의 감촉이 말할 수 없이 좋았다.

어깨에서 등으로 손을 미끄러뜨리자 가슴을 애무하던 남자의 입에서 거친 신음 소리가 흘러나왔다. 단숨에 셔츠를 벗어던지고는 한순간도 떨어질 수 없다는 듯이 다시 손을 뻗어 희수의 가슴을 만졌다. 산딸기처럼 맺힌 유두를 손가락으로 건드리더니 혀끝으로 핥고 빨았다. 희수는 아랫도리에 뜨거운 기운이 이는 걸 느꼈다. 정신은 점점 몽롱해지고 시야는 흐릿한데 아랫배에서는 불길이 일었다.

다시 고개를 든 남자가 헝클어진 머리를 하고서 붉게 상기된 얼굴로 희수를 보았다. 그 눈은 짙은 욕정으로 젖어 있었다.

"갖고 싶어…… 지금."

남자의 일본어는 울림이 있었다. 하얗게 부서지는 빛의 파도 위에서 희수는 몽롱한 채로 생각했다. 이대로 세상이 끝나버렸으면…… 정작 남자가 한 말의 의미는 제대로 인식하지 못했다. 무슨 일이 벌어지고 있는지도 생각하고 싶지 않았다. 그저 이 황홀한 순간을 영원으로 만들고 싶을 뿐이었다.

남자가 짙은 욕망을 드러내며 다시 다가왔다. 손으론 풍만하게 솟은 젖가슴을 애무하며 입술을 내렸다. 그때 희수는 보았다. 텅 빈 남자의 어깨를. 거대하고 뾰족한 고드름이 정수리에 꽂힌 기분이었다. 안개는 걷히고 꿈은 사라졌다. 충격과 공포에 희수의 몸은 싸늘하게 얼어붙었다. 변화를 느낀 남자가 고개를 들었다.

"왜……."

답을 듣지 않아도, 희수의 표정만으로도 상황이 변했음을 알았는지 욕정에 타올랐던 남자의 얼굴이 눈에 띄게 굳어졌다. 충격에 빠진 희수는 남자를 밀어내고 후다닥 일어나 그대로 도망쳤다. 방으로 들어와 쾅, 문을 닫고선 그 문에 기대어 주저앉았다. 다리가 후들거려 더 이상 서 있을 수가 없었다.

남자는 히가시데 나기가 아니었다. 독수리 문신이 없었다. 어깨에 머리를 두고 몸체는 등으로 뻗어 견갑골 쪽으로 긴 날개를 펼치고 있는 푸른 독수리.

02

10년 전, 오타루.

신치토세 공항에서 탑승한 버스는 오타루를 향해 두 시간여를 달리고 있었다. 현재 기온 영하 3.8도. 각오한 것보다는 춥지 않았다. 미리 챙겨 본 오타루의 관광 사진은 모두 눈 덮인 풍경뿐이었다. 그래서 두꺼운 방한복에 속옷도 몇 벌이나 껴입었다. 등줄기에 땀이 나기 시작한다. 희수는 점퍼의 모자를 벗었다. 그 바람에 정수리에 고정해놓은 당고머리가 흔들거렸다. 점퍼 속에 꽁꽁 동여맨 목도리를 풀고 입까지 틀어막고 있었던 터틀넥을 끌어내리고서야 드러나는 희수의 얼굴. 옆자리의 시후가 보고 있다.

작고 섬세한 희수의 얼굴은 묘하다. 시후보다 한 살 어린 열여섯. 희수는 소녀와 성인 여자의 얼굴을 모두 담고 있다. 감기 기운이 있다더니 볼이 핑크빛이다. 하얀 피부 밑으로 보이는 푸른 실핏줄과 대조돼서 핑크빛이 더 선명하다. 집에서 한 시간 정도 되는 거리에 발레 연습실이 있는데 희수는 혼자 그 길을 걷는 걸 좋아한다. 며칠 전부터 한파가 몰아닥쳤는데도 그 길을 걸었던 게 틀림없다. 감기 걸린 희수는 부드럽게 휘어진 길고 짙은 속눈썹 너머로 풍광을 보고 있다. 마치 다른 세상에 있는 사람처럼 그윽한 눈빛. 때로 시후는 희수가 조금 다가가기 어렵다고 생각한다. 혼자 있어도 자기만의 세상에서 늘 뭔가를 하는 듯 바빠 보여서다.

시후는 희수의 시선을 따라 창 밖을 보았다. 버스 창문으로 보이는 모든 곳이 하얀 눈으로 뒤덮여 있다. 햇살에 보석처럼 반짝이는 눈 사이로 붉고 푸른 지붕이 보이고, 어딘가의 굴뚝에서 피어오른 흰 연기가 구름과 어우러져 푸근한 분위기를 연출한다. 색색의 우산을 쓴 사람들, 송이송이 흩날리는 눈, 왠지 버스 창문을 열면 갓 구워낸 쿠키 냄새가 날 것만 같다.

"야."

"응?"

시후의 손가락이 돌아보는 희수의 볼을 찔렀다. 희수는 미간을 찡그리다가 이내 피식 웃었다. 그 미소에 시후는 얼굴이 살풋 붉어졌다. 그 느낌을 표현할 수 있는 단어가 없는 것 같다. 그저 예쁘다고밖에, 너무 예뻐서 무방비로 보다가 당해버렸다고밖에 설명할 길이 없다.

"장난치지 마. 떨려?"

희수가 묻자 시후는 가소롭다는 듯 픽 웃었다.

"무슨. 야, 근데 너 열 있는 거 아냐? 볼이 뜨겁다."

"더워서 그래. 너 긴장되지?"

"아니래두."

희수는 달달 떨고 있는 시후의 무릎을 보고 다시 시후를 보았다. 근데 왜 다리는 떨어? 하려는데 타고 있는 버스가 정차했다. 버스 앞으로 갈색 지붕의 학교 건물이 보였다. 희수와 시후가 다니고 있는 예술고등학교와 자매결연을 맺은 일본의 고등학교다. 학교에서 나름대로 선별해 뽑혀 온 공연단은 내일 이 학교의 강당에서 공연을 하기로 되어 있다. 오늘은 학교를 둘러보고 공연할 무대를 점검해볼 요량으로 미리 들른 것이다. 그 외, 희수와 시후에겐 다른 목적이 있었다. 정확히 말하자면 시후의 일이다.

마중을 나온 일본의 선생은 꽤 나이가 들어 보였다. 공연단을 이끌고 온 쉰 살의 한국 쪽 선생이 아들처럼 보일 정도였다. 안내를 받아 들어간 곳은 교무회의실. 공연단으로 온 학생 열일곱 명에 인솔 선생 셋을 더해 모두 스무 명이 들어가 공간이 꽉꽉 찼다.

일본의 선생들이 접이식 의자를 가져와 놓는 사이 교장인 듯 보이는 할머니가 들어왔다. 150센티미터가 될까 말까, 정말 작은 할머니가 금빛 안경테를 번쩍이며 한껏 환영의 인사를 했다. 물론 일본어는 전혀 알아들을 수 없었다. 시후가 초조한 듯 복도 쪽을 두리번거렸고, 희수는 손가락으로 시후의 무릎을 찔렀다.

"언제 물어볼 거야?"

작게 속삭이자, 시후가 일본의 선생들을 훑으며 난감해했다.

"몰라. 있다가…… 끝나고."

희수는 시후의 눈동자가 불안스럽게 움직이는 걸 보았다. 보아하니 말은 그렇게 해도 계속 망설이다가 끝내 아무 말도 못 할 게 뻔했다. 희수는 시후를 잘 알았다. 잠깐 호흡을 고르고 손을 번쩍 치켜들었다. 한창 말을 하고 있던 할머니 교장이 뚝 멈추고 희수를 쳐다보았다.

"서희수, 왜 그래? 화장실?"

당황한 우리 쪽 선생이 좀 참으란 듯한 눈치를 줬다. 시후도 놀라서 희수를 쳐다봤다. 희수는 벌떡 자리에서 일어나 일본의 선생들을 향해 예의 바르게 웃으며 물었다.

"다카시데 나기."

어리둥절한 선생들을 향해 다시 또박또박.

"다카시데 나기요. 이 학교 학생 맞나요? 좀 만날 수 없을까요?"

시후가 그러지 말라는 듯 희수의 팔을 잡아당겼다.

"왜? 만나야 되잖아."

"다카시데가 아니야."

"뭐? 그럼?"

희수는 당황해 시후를 내려다봤다. 시후가 민망해하며 작게 속삭였다.

"히가시데 나기야."

"아, 그래?"

희수는 민망한 기색 없이 당당하게 다시 손을 들었다.

"히가시데 나기래요. 히가시데 나기."

"히가시데 군?"

일본 선생이 되묻더니 자기들끼리 서로 얼굴을 쳐다봤다. 카스텔라처럼 말랑하고 달콤하던 환영의 미소들이 싹 사라지고 표정들이 하나같이 차갑게 굳었다. 뭔가 심상찮은 분위기.

일본의 학교에서 마련해준 숙소는 운하가 한눈에 내려다보이는 깔끔한 호텔이었다. 크고 화려한 곳은 아니었지만 정갈하고 아기자기한 게, 유럽의 운치가 느껴지는 건물이다. 희수는 캐리어를 끌면서 시후의 룸으로 따라 들어갔다. 시후와 같이 방을 써야 하는 남학생들이 들어오는 희수를 보고 "우리 같이 자는 거야? 일루 와, 오빠가 재워줄게." 환호하며 짓궂게 장난을 쳤다. 희수는 아랑곳하지 않고 시후의 침대에 걸터앉았다.

"그거 보자."

시후는 청바지 주머니에서 쪽지를 꺼내 희수에게 내밀었다. 일본의 선생이 적어준 쪽지다. 희수는 쪽지를 들여다보고선 미간을 찌푸렸다.

"이게 히가시데 나기란 글잔가 보지? 나 완전 무식하다. 한자 하나도 못 읽겠어. 080-6551-9559, 휴대전화 번혼가?"

시후가 쪽지를 다시 가져가더니 심각한 표정으로 한숨을 내쉬었다.

"너한테 말 안 한 거 있어."

"뭔데?"

희수는 시후를 쳐다봤다. 시후는 불안하게 방 안을 서성거렸다.

뭐가 저렇게 겁이 나는 걸까?

히가시데 나기. 시후의 형이다. 정확히 말하면 아버지가 다른 형. 시후의 어머니가 결혼하기 전에 재일교포와 연애를 하고 낳은 아이였다. 부모의 반대로 아이는 아버지에게 두고 한국으로 끌려와 지금 시후의 아버지와 결혼했다. 그리고 현재 시후의 어머니는 암투병 중이고, 시후의 형을 보고 싶어 하고 있다.

시후가 형에 대해 안 건 두 달 전, 우연히 어머니가 회사의 비서와 하는 얘기를 엿듣고서다. 시후의 어머니는 국내에서 첫 번째로 손꼽히는 한복 디자이너이고 이름을 내건 상장 회사의 대표이기도 했다. 어머니의 병과 숨겨진 아들이 있다는 사실이 대외적으로 알려진다면 회사에 큰 손실이 생길 것이다. 무엇보다 히가시데 나기의 존재에 대해서 시후의 아버지는 전혀 모르고 있었다. 이 일이 밝혀지면 엄청난 파장이 일 거였다. 그래서 시후는 자신이 몰래 나서기로 한 거였고 희수는 기꺼이 시후를 돕기로 했다. 히가시데 나기를 찾아 시후의 어머니에게 데려가는 일 말이다.

"아까 그 일본 선생들 표정 봤지? 친구라고 하니까 이상하게 보잖아."

"학교에 안 나온 것만 봐도 알겠더라. 문제아인가 봐."

"어쩌면 문제아 정도가 아닐 거야. 뭐냐면······."

뭐지? 시후가 뜸을 들였다. 희수는 답답했지만 참고 시후의 말을 기다렸다.

"그 형 아버지 말야."

희수는 집중하고 빤히 시후를 쳐다봤다. 시후는 희수의 옆으로 다가오더니 정신 사납게 짐을 풀고 있는 같은 방의 남학생들을 힐끗 살폈다. 희수는 그럴 필요까진 없을 거라 생각하면서도 시후를 위해 귀를 내밀었다.

시후는 손으로 입가를 가리고 희수의 귀에 속삭였다.

"야쿠자."

시후가 말하고 정말 놀랍지 않느냐, 동의를 구하는 눈으로 희수를 보았다. 솔직히 희수는 믿기지 않았다. 히가시데 나기의 아버지가 야쿠자라고? 그게 무슨 문제지? 믿는다고 하더라도 와 닿지가 않았다.

영화에서나 나오는 야쿠자는 현실감이 전혀 없었으니까.

학생들은 호텔 복도에서 스트레칭을 하고 공연할 안무를 되새기면서 몸을 풀고 있었다. 하루라도 연습을 빠뜨리면 몸이 알아차린다는 걸 잘 알고 있었다. 나이도 어리고 아직 학생의 신분이지만 무대를 위해서는, 무대 위에서만은 모두 프로여야 했다.

호텔에서 한국 학생들을 위해 특별히 마련한 저녁 식사는 아쉽게도 희수의 입에 맞지 않았다. 밥이며 국, 반찬에 모두 설탕이 들어간 맛이랄까. 달콤한 디저트를 좋아하는 시후와 달리 희수는 아저씨 입맛이었다. 얼큰한 국물과 매콤한 김치가 당겼다. 나중에 컵라면으로 몰래 때워야겠다. 회 몇 점을 먹고 젓가락을 내려놓는데 잘 먹는 시후가 보였다. 야쿠자 어쩌고 하면서 시름 가득한 얼굴을 하고 있던 시후는 콧잔등에 밥풀이 묻었는지도 모른 채 밥 두 그릇을 우걱우걱 해치웠다. 발레 댄서들이 모두 단식 투쟁이나 하듯 굶는다고 생각하면 오산이다. 엄청난 체력을 요하는 춤인 만큼 다들 잘 먹어야 했다. 뭐니 뭐니 해도 아직 성장기이기도 하니까 말이다.

저녁을 먹고 인솔 선생의 감시 하에 단체로 운하를 산책했다. 한때는 어마어마한 물류를 배달했을 강이 흐르고 그 강을 따라 수많은 인파가 눈길을 걷고 있었다. 날씨는 좀 더 추워졌지만 사흘째 내리 쏟아졌다던 눈은 그쳤고 곳곳에 드리운 가로등 불빛은 다사로웠다. 공연단 아이들은 군데군데 모여 사진 찍기에 여념이 없었다. 희수는 이어폰으로 공연에 쓰일 음악을 들으며 강물을 바라보았다. 차갑지만 상쾌한 공기에 숨이 탁 트이는 기분이다.

눈을 감고서 깊이 심호흡을 해본다. 잠시 복잡한 생각을 잊고 그저 이 풍경에 빠지고 싶은데 좀처럼 고민을 떨쳐내기가 쉽지 않다. 희수의 부모님은 이혼 소송 중이다. 돌아가면 엄마와 아빠 중 누구의 피보호자로 들어갈지 정해야 한다. 발레 유학을 준비 중이라 어차피 둘 중 누구와도 살지는 않을 거지만 부모 중 하나를 선택해 양육권이라는 걸 줘야 한다. '아빠가 좋아? 엄마가 좋아?'식의 곤란함과는 차원이 다른 숙제다. 속상하고 화가 난다. 잠깐만이라도 숙제를 잊고 싶다.

희수는 다시 깊이 심호흡을 하고 풍경에 집중하려고 애썼다. 어쩐지 어지러움이 느껴지는 건 수면에 반짝이는 불빛이 너무 아름다워서이리라. 희수는 그윽이 겨울 풍경에 빠져들었다.

시후가 옆으로 다가왔다.

"역시 무리겠지?"

배가 채워지니 다시 또 걱정이 되나 보다.

"야쿠자하고 접촉하는 건 안 좋을 거야. 우리 엄마한테도 안 좋을 거구, 내 부탁 같은 건 들어주지도 않을 거야. 만나주지도 않을 것 같구, 만났다가 무슨 일 당할 수도…… 야, 너 듣고 있어?"

희수는 들고 있던 휴대전화에서 이어폰을 빼고 히가시데 나기의 번호를 눌렀다. 늘 그랬다. 시후는 꼼꼼하면서도 과감하게 계획을 세우지만 너무 신중해서 행동으로 옮기는 게 더뎠고, 정작 그걸 행동에 옮기는 건 엉뚱하고 멍하게 정신 빼놓기 일쑤인 희수였다.

"너 그 형 번호 외웠어?"

"한자는 약해도 숫자는 강하잖아, 내가."

신호음이 들려왔다. 침착한 척했지만 조금 긴장이 되긴 했다. 시후는 초조함을 여실히 드러내며 입을 멍하니 벌린 채 희수를 지켜보고만 있었다.

― もしもし。

라고 했다. 저음의 남자 목소리. 순간 희수는 소름이 돋았다. 뭐지, 이 오소소 귀를 간질이는 느낌은? 갑자기 긴장이 몰려왔다. 아무 말도 못 하고, 아니, 숨도 못 쉬고 있는데 전화기에서 다시 남자 목소리가,

― だれ。

그 언어는 분명 질문의 뉘앙스. 거기에도 아무런 대답도 하질 못했다. 이래선 변태 같겠다. 긴장해서 숨소리만 쌕쌕 내뱉고 있으니. 용기를 내서 가까스로 심호흡을 하고 말하려는데 전화가 무심히 끊어졌다.

"뭐래? 받았어?"

"……잠깐만."

아무렇지 않은 척 희수는 다시 전화를 걸었다. 근데 이게 뭐라고 이렇게나 떨리나. 심장을 부여잡고 싶은 걸 참고 조용히 호흡을 가다듬는데 다시 신호음이 들렸다. 좀 더 길게 흘렀고 이대로 안 받으려나 싶은 찰나, 받았다.

― …….

그런데 아무런 말이 없다.

"받았어?"

시후의 다그치는 말에 희수는 조용히 하라고 무언의 눈짓을 하고 차

분히 입을 열었다.

"히…… 히가시데 나기?"

－ …….

못 들었나?

"히가시데 나기."

한 자, 한 자, 힘주어 말했더니,

－ 하아?

저쪽에서 대답했다. 아님 질문인가?

"뭐라는데."

시후가 다시 재촉해서 희수는 아예 등을 돌렸다.

"히가시데 나기 맞습니까? 저는…… 아니, 우린 한국에서 왔어요. 제 이름은, 아니…… 아니, 혹시 하규선 씨라고 아시나요?"

이게 아닌데. 막상 질러놓고는 횡설수설하고 말았다. 설명할 게 너무 많은데 무슨 말을 어떻게 해야 할지, 전화로는 다 전할 수가 없을 것 같았다. 그래서 희수는 다짜고짜 말해버렸다.

"지금 어디세요? 만나요, 우리."

시후가 걱정스러운 눈빛으로 그건 아니라고 손사래를 쳤다. 희수는 당황스러웠다. 아니야? 만나자고 온 거 아녔어? 아니면 뭔데? 그때 전화가 끊이졌다. 멍히니 휴대전화를 들어다보는데 시후가 다그쳤다.

"뭐래? 안 만나겠대? 히가시데 나기 맞어?"

희수가 멍하니 보자 시후는 답답해 못 견디겠다는 듯 희수의 팔을 잡았다. 그때 인솔 선생의 목소리가 들렸다.

"집합!"

밤 11시 20분, 희수는 호텔의 비상구에서 시후를 기다렸다. 히가시데 나기는 전화를 끊기 직전 예의 그 저음으로 말했다.

– 12시. 스스키노 핑크오션.

11시, 공연단의 모든 룸은 강제 소등 당했다. 절대 호텔 밖으로 나가지 말고 자라면서 선생들이 내린 특단의 조치다. 그리고 그들은 호텔 아래 바에서 술을 마시고 있었다. 희수는 몰래 룸을 빠져나와 시후에게 나오라는 문자를 보냈다. 비상구의 문이 열리고 시후가 도둑고양이처럼 살금살금 나왔다.

"뭐야? 어딜 가는데?"

"네가 결정해. 지금 네 형 만나러 갈래? 아님 포기할래?"

"뭐? 아까 형이 만나자고 한 거야?"

"응, 내 생각엔 그래. 가자."

희수는 시후의 손을 붙잡고 비상구 계단을 내려갔다. 아직 마음의 결정을 못 내린 듯 시후는 불안한 기색을 내비쳤다. 사실 희수도 아무런 답을 해줄 수가 없었다. 들은 게 정확한 건지도 확신할 수 없었다. 모든 건 그냥 해보는 수밖에 없다. 그저 직감이고 추측일 뿐이니까.

둘은 호텔을 빠져나와 택시를 탔다. 불안해 보이지 않으려고 기사에게 애써 태연한 척 말했다.

"스스키노 핑크오션."

다른 말은 어떤 것도 할 수가 없었다. 기본적으로 외워뒀던 일본어도 다 까먹고 전혀 기억이 나질 않았다. 그때 시후가 일본어로 기사에게 뭐라고 했더니 기사는 끄덕였다. 어머니를 따라 이곳저곳 여행을 많이 다닌 시후는 기본적으로 외국인을 대하는 데 경계심이나 긴장이 없었다. 일본에도 몇 번 왔었던 경험이 있어 일본어도 꽤 당차게 했다. 다른 것에는 소심하거나 겁쟁이이면서 제가 잘하는 거라고 생각되면 불쑥불쑥 잘도 나서는 녀석이다.

택시 기사의 뭔가 꺼림칙하다는 표정은 지워지지 않았다. 어린 학생 둘이 가출이라도 하는 줄 아는 것 같았다. 그래도 남 사생활 터치 안 하는 일본인답게 아무런 질문도 하지 않고 택시는 출발했다. 한국에서라면 이것저것 꼬치꼬치 캐물었겠지만.

희수는 움츠렸던 어깨를 펴고 참았던 숨을 내쉬었다. 잔뜩 긴장했던지 현기증이 다 나려고 했다.

"스스키노는 삿포로에 있어. 적어도 40분은 걸릴 거야."

휴대전화로 검색을 해보던 시후는 걱정스럽게 말하며 지갑을 꺼내 지폐를 살폈다. 꼼꼼한 녀석. 희수는 싱긋 웃었다.

"그렇지. 내가 장소일 줄 알았다니깐. 이제 정말 네 형 만나는 거다. 어때? 떨려?"

"어, 완전. 아까 그럼 진짜 형이랑 통화했던 거야? 형 어때? 목소리 어때?"

시후는 금세 긴장을 털었는지 질문을 쏟아냈다. 그 기세에 휘말려 희수도 들떠서 이것저것 보태서 좋은 사람인 것 같다며 너스레를 떨었다. 둘이 화기애애하게 얘기하자 택시 기사의 굳은 표정도 조금 풀려 이국의 어린 학생들이 재잘거리는 모습을 흥미롭게 흘긋거리곤 했다.

"니네 형, 한국말 잘해. 내가 분명히 들었어."

그리고 희수는 속으로 '목소리가 참 좋아.'라고 덧붙였다.

택시가 대낮같이 밝은 거리로 들어섰다. 그때까지만 해도 스스키노가 일본의 3대 유흥가라는 걸 알지 못했다. 거리는 휘황찬란한 불빛으로 가득했고 불야성을 이룬 상점의 간판들과 쇼핑객들로 눈이 어지러울 정도였다. 마치 한국의 압구정 거리를 보는 듯했다.

거대한 트리를 지나 이윽고 택시가 선 곳은 핑크색 전구가 알파벳 모양으로 장식된 '핑크오션'의 간판 아래였다. 그 간판에는 아름다운 여자들의 얼굴이 죽 걸려 있었다. 시후가 지갑을 탈탈 털어 택시비를 내고 간판 아래 내려섰다. 너무 당황해서 서로 말도 못 하고 시골 촌닭처럼 간판만 올려다보고 있었다. 특히 시후는 위압감에 기가 눌려 쭈그러들어 보였다.

"여, 여긴 것 같은데…… 전화를 먼저 해볼까?"

"들어가보자."

희수는 과감히 건물 쪽으로 다가섰다. 호기심이 생겼다. 두려움보다 어떤 곳인지 궁금한 게 더 컸다. 입구로 들어가려고 하자 시후가 붙잡았다.

"잠깐만. 여기 좀…… 이상한 거 같애. 우리 들어가면 안 될 것 같은데?"

"무슨 일 있음 바로 뛰자. 신호, 이거."

희수는 손가락을 튕겼다.

"이럼 바로 도망가는 거야."

시후는 마지못해 끌려왔다. 희수도 사실 조금 겁이 났다. 그런데도 궁금했다. 시후의 말에 의하면 히가시데 나기는 한국 나이로 열아홉 살이랬다. 미성년자다. 그런데 이런 곳에서 뭘 하고 있는 걸까?

아래로 점점 내려갈수록 음악 소리가 크게 들려왔다. 계단 양쪽 벽에는 간판에 걸려 있던 여자들의 수영복 사진이 있고 계단 난간엔 핑크색 전구가 주렁주렁 매달려 있었다. 시후도 점점 호기심이 커지는지 어느새 희수의 옆에 서 있었다. 앞으로 계단 세 개만 남겨두고 있던 그때, 핑크색 유리문이 홱 열리더니 술 취한 남자가 허리춤을 붙잡혀 끌려나왔다. 스모 선수 같은 스킨헤드의 덩치가 희수와 시후를 보더니 일본어를 했다. 시후는 공포에 얼어붙어 그 잘하던 일본어를 한 마디도 못 했다. 희수는 숨을 멈췄다가 방패막이처럼 이름을 외쳤다.

"나가시데 나기요!"

"아, 아니……."

떨고 있던 시후가 다급히 정정했다.

"히, 히가시데 나기."

스킨헤드가 시후를 보고 다시 희수를 보더니 술 취한 남자를 계단 위로 던져버렸다. 무슨 말인가를 하더니 문을 열고 섰다. 들어오라는 모양이다. 희수가 앞장서자 시후가 막아섰다.

"내, 내가 갈게. 넌 여기 있어."

희수는 웃었다. 시종 떨고 있는 주제에.

"그래. 갔다 와."

대답하자 시후가 휙 희수를 쳐다봤다. 희수가 놀리듯 웃자 시후도 어색하게 웃었다.

"으이그, 같이 가."

희수는 시후의 손을 잡고 핑크오션으로 들어섰다.

제일 먼저 눈에 띈 것은 양손에 맥주잔을 든 웨이트리스. 핑크색 토끼 머리띠에 흰 수영복 차림으로 아찔한 높이의 통굽 샌들을 신고 있었다. 그리고 실내 가운데에는 공연장처럼 T자형 무대가 있어서 여자들이 봉을 붙잡고 춤을 추고 있었다. 테이블에 앉은 남자들은 춤을 추는 여자들의 수영복 팬티 속으로 지폐를 넣어주었다. 웨이트리스가 커다란 주사기로 남자의 입에 술을 넣어주는 장면도 보였다. 벽면에는 길고 커다란 욕조가 있었고 그 안에서는 여자들이 거품 목욕 중. 남자들은 그녀들의 가슴에 샴페인을 끼얹었다. 시후가 얼굴이 빨갛게 달아올라 고개를 숙이는 반면 희수의 눈은 호기심으로 반짝거렸다.

스킨헤드는 욕조를 지나 복도로 안내했다. 복도는 두 사람이 어깨를 옆으로 틀어야 지나갈 수 있을 정도의 폭이었다. 복도 양쪽에는 검은색 문이 굳게 닫혀 있었다. 음악 소리도 점점 작게 들리는 듯했다. 가슴이 쿵쾅거리기 시작했다. 두려우면서도 기대감 같은 게 있었다. 흥분 때문인지, 감기가 진짜 오려는 건지 얼굴이 뜨거워졌다. 희수는 보라색 카펫을 밟으며 점점 깊숙이 들어갔다. 이윽고 막다른 곳에 다다르자 검은 문이 막아섰다.

스킨헤드가 노크를 했다. 안에서 응답의 소리가 들려왔고 스킨헤드가 문을 열고 안으로 들어갔다. 문이 잠깐 열렸다 닫히는 그 사이 희수는 보았다. 웃통을 벗은 남자의 매끈한 등, 왼쪽 견갑골 부위에 초록색의 문신.

"독수리……."

본 것을 저도 모르게 중얼거리자 시후가 희수의 손을 꽉 잡았다. 시후의 손은 땀이 나 축축했다. 돌아보니 겁에 질려 완전 얼어붙은 표정이다. 희수는 잡은 시후의 손을 장난스럽게 흔들며 웃어 보였다.

긴장 풀어.

다시 문이 열리고 스킨헤드가 나타났다. 들어오라는 손짓을 했다. 희수는 주춤거리는 시후의 손을 놓고 먼저 문 안으로 들어섰다. 방 안에선 미러볼이 춤추고 있었다. 음악이 흐르고 겨우 주요 부위를 가린 짧은 원피스 차림의 여자가 허스키한 목소리로 노래를 부르고 있었다. 원형 테이블과 그 주위를 둘러싼 반원형의 가죽 소파, 그리고 테이블 위에 놓인 술병까지 모두 블랙. 구릿빛 근육질 상체를 드러낸 남자의 바지 역시 블랙 진.

히가시데 나기는 말보로 갑에서 담배를 꺼내 불을 붙였다. 그의 발은 맨발이었다. 그냥 보기에도 꽤 큰 키다. 165센티미터인 자신보다 적어도 20센티미터는 커 보이는 장신. 모델을 해도 될 것 같은 늘씬한 몸이다. 군살이라고는 전혀 붙지 않은 몸은 손가락으로 찔러도 들어가지 않을 만큼 탄탄해 보였다.

정말 히가시데 나기일까? 도무지 열아홉 살로 보이지 않는다. 그렇다고 딱히 몇 살이라고 나이를 가늠할 수도 없는 분위기다. 조금 길다 싶은 앞머리에 가려진 눈이 꽤 날카로워 보였다. 길게, 그리고 깊게 찢어진 눈.

그가 가운데 소파에 앉자 여자의 노래가 끝났다. 미러볼이 멈췄고 여자는 히가시데 나기의 앞에 있는 잔에 술을 조금 따랐다. 그는 담배를 끼운 손가락으로 술잔을 들고서 한입에 털어 넣었다. 그리고 전화로 들었던 것보다 한층 더 낮고 깊은 목소리로 여자에게 말했다. 울림이 있는 간결한 일본어는 거친 파도에도 끄떡 않을 묵직한 바위 속 깊은 동굴 같았다.

여자는 희수와 시후에게 눈길 한 번 주지 않고 룸을 나갔다. 희수는 그의 모습을 살피느라 스킨헤드가 언제 사라졌는지, 시후가 언제 따라 들어왔는지도 알지 못했다. 정신을 가다듬고 보니 작은 토끼처럼 두근거리는 시후의 심장 고동 소리가 느껴졌다. 옆에서 전달되는 시후의 긴장이 희수의 살갗까지 떨리게 만들 지경이었다.

"전화한 게 너야?"

히가시데 나기가 희수를 똑바로 쳐다봤다. 하얀 담배 연기 사이, 처음으로 그의 얼굴을 보았다. 아직 소년티를 벗지 못한 동그란 시후의 얼굴과는 달리 그의 얼굴은 굉장히 어른스러웠다. 겨우 세 살 연상일 뿐인데 그에게선 감히 범접하지 못할 분위기가 풍겼다. 곧은 콧날만큼이나 날이 선 턱선에 입술은 긴 활 모양으로 휘어졌으며 어깨가 넓고 팔이 길었다. 굉장한 미남이다. 서구형의 부리부리한 미남이 아니라 동양계의 얼굴, 단순한 몇 개의 선으로도 그릴 수 있을 것 같은 얼굴인데 잘생김이 뚝뚝 묻어난다.

희수는 가슴이 두근거렸다. 그저 잘생겨서가 아니라 뭔가 속을 울렁거리게 하는 게 있었다. 희수는 얼굴도 몸도 달아오르는 느낌이 들었다. 홀려서 멍하니 보다가 겨우 정신을 차렸다.

"아, 안녕하세요? 저희는 한국에서 왔어요."

"지금 한국말로 하고 있잖아."

"아…… 그렇죠."

표정은 어둡고 차가운데 놀림을 당한 것 같은 기분이 들었다. 당황해서 약간 말을 더듬었나 보다.

"저…… 부탁드릴 게 있어서 왔는데…… 그게…… 아까 전화에서 말씀드렸는데…… 하규선 씨라고 아시나 해서요."

그의 눈빛이 좀 더 날카로워졌다.

"누군데, 넌?"

"저, 내가…… 형 동생이에요. 우리 엄마가 하규선이고."

시후가 불쑥 껴들어 대답했다. 그의 시선이 희수에게서 시후에게로 옮겨졌다.

"그래서?"

표정 변화 없이 그가 되물었다.

"어, 엄마가 아파요. 형을 보고 싶어 해요."

희수가 듣기에도 앞뒤 없는 말이라 황당할 것 같았다. 당황한 시후의 목소리는 계속해서 떨렸고 히가시데 나기의 눈빛에서는 차가움이 번득였다. 망했다. 희수는 직감했지만 어떻게 해야 할지 방법을 찾을 수가 없었다. 좀 더 나긋한 분위기라면 천천히 여러 가지를 설명할 수도 있겠지만 이런 분위기의 상대라면 더 이상 어떤 대화도 이어질 것 같지가 않다.

"그래서?"

다시 흘러나온 그의 대꾸는 몹시 건조했다. 그러고 보니 그는 한국 말이 정말 능숙하다. 발음도 전혀 어색하지 않다. 희수는 어떻게든 대화를 더 이끌어보려고 입을 열었다.

"저기…… 얘기를 좀 더 나눠볼 수 없을까요? 어머니에 대해서 궁금…….'

그때 노크 소리가 들렸다. 그가 대답하자 문이 열리고 웨이터가 얼음 잔이 든 쟁반을 들고 들어왔다. 희수와 시후의 잔으로 가져온 모양이었다. 다른 음료는 없는 걸 보니 술을 마시란 모양이다. 딱 보기에도 미성년자로 보일 텐데 말이다. 그가 두 개비째 말보로에 불을 붙였고 웨이터는 테이블에 잔을 놓았다. 그 틈을 타서 시후가 희수의 귀에 대고 초조하게 속삭였다.

"나 화장실…… 어떡하냐?"

하필.

"지금?"

참으라고 하려는데 시후의 얼굴에 흐르는 식은땀이 보였다. 이미 엄청나게 참은 모양이다. 어쩌면 택시에서부터일 거다. 시후는 긴장하면 늘 이러니까. 참다가 참다가 결국 무대 직전에 꼭 화장실로 달려가고 마니까.

"가자."

하는 수 없이 데리고 나가려는데 시후가 말렸다.

"아니, 넌 있어. 금방 갔다 올게. 같이 가버리면 이 형 가버릴지도 모르잖아."

나 혼자 있으라구?

무섭다고 말하고 싶지만 시후의 절박한 눈빛을 보니 그럴 수도 없었다. 시후는 정말 싸버릴 것 같았는지 희수의 대답도 듣지 않고 휙 방을 나가버렸다. 시후가 닫고 간 문소리에 그가 휙 고개를 들었다. 그 소리에 웨이터도 놀랐는지 술병을 넘어뜨렸다. 당황한 희수가 변명을 하려고 하는데 갑자기 그가 벌떡 일어나며 소리쳤다.

"かぎをかける!"

웨이터가 허리춤에서 빼낸 건 칼이었다. 적어도 20센티미터는 돼 보이는 칼을 그를 향해 휘둘렀다. 칼날은 아슬아슬하게 그의 팔을 스쳤고 그의 몸은 날렵하게 소파로 뛰어올라 웨이터의 얼굴로 발차기를 날렸다. 동시에 그가 다시 외쳤다.

"문 잠그라고!"

놀라서 굳어 있던 희수는 뒤늦게 정신을 차리고 재빨리 문으로 달려가 손잡이의 꼭지를 눌렀다. 달칵 잠기는 것과 동시에 문밖에서 거친 목소리가 들려왔다. 희수는 놀라서 비명을 지르며 문에서 물러섰다. 문을 부수려는지 쿵쾅거리더니 문짝을 도끼로 찍는 것 같은 소리가 들려왔다. 공포에 절로 비명이 터져 나왔다. 희수는 소파 옆 귀퉁이로 몸을 피하며 소리를 질러댔다.

그때 커다란 테이블 위로 웨이터의 몸이 떨어지면서 유리잔이 산산이 부서졌다. 20센티미터 칼은 히가시데 나기의 손에 들려 있었다. 그는 웨이터의 손을 잡아 테이블에 누르더니 칼을 내리꽂았다. 웨이터의 입에서 거친 비명 소리가 터져 나왔고 그 장면을 본 희수는 너무 놀라 아무런 소리도 내질 못했다.

나무짝 갈라지는 소리가 났다. 잠근 문이 부서지고 있었다. 공포에 질려 그 부서지는 문을 보고 있는데 다음 순간 희수의 시야가 온통 검어졌다. 얼핏 드는 정신으로 눈앞을 보니 자신이 어두운 복도를 뛰고 있었다. 히가시데 나기에게 손목을 붙잡힌 채.

03

나기는 차가운 물에 샤워를 하고 나왔다. 어렸을 때부터의 습관이다. 날씨가 아무리 영하 몇십 도까지 내려가도 더운물 샤워는 허락하지 않은 아버지 탓으로 말이다. 알몸인 채로 넓은 거실을 가로질러 곧장 차가운 맥주를 꺼내 길게 한 모금을 마셨다. 수건으로 젖은 머리를 닦으며 침대 쪽으로 걸어갔다. 침실에도, 욕실에도 문은 없었다.

원래 여섯 개의 다다미방에 두 개의 욕실이 있던 주택을 완전히 개조했다. 거치적거리는 건 딱 질색이라 문도 가구도 거의 없애버렸다. 그래서 50평이 넘는 공간은 소리가 울릴 정도로 썰렁했다. 대신 딱 필요한 것들만 놓은 가구들은 모두 주문 제작해 엄청나게 컸다. 침대만 해도 3미터 거인 서너 명이 자도 넉넉할 정도의 크기. 그 침대 한쪽에서 지금 낯선 계집애가 자고 있다. 처음엔 기절한 거였고 지금은 아픈 거다. 체온계가 없어 재볼 수는 없지만 정상 체온은 아닌 게 분명했다.

나기는 젖은 머리를 닦던 수건을 대충 뭉쳐 희수의 머리에 올려놓았다. 간호 같은 걸 해본 적은 없다. 대충 이러면 열이 내리겠지 하는 거였다. 남은 맥주를 마시며 말보로에 불을 붙였다. 알몸인 채로 침대에 걸터앉아 전화를 걸었다. 아버지에게다.

아버지는 전화를 받자마자 대뜸 명령했다.

– 정리되는 대로 연락하마. 꼼짝 말고 있어.

끊으려는 아버지에게 짜증을 냈다.

"이번엔 얼마나요?"

– 24시간 안 걸려.

그리고 전화는 일방적으로 끊어졌다. 조직 내의 싸움에 나기가 휘말리기 시작한 건 중학교 때부터다. 아버지가 조직의 7대 보스가 되고부터 나기는 아버지를 위협하기 위한 도구로 이용되었다. 스스로를 지키기 위해 몸을 단련해야 했고 성격은 예민해졌으며 주위를 믿지 않게 되었다. 당연히 친구도 애인도 없다. 그런 걸 두면 더 복잡해지기만 할 뿐이니까.

하규선, 생모의 존재에 대해서는 알고 있었다. 나기가 걸음마를 뗄 때부터 아버지가 귀에 딱지가 앉도록 말했다. 너를 버린 여자라고. 그래선가, 계집애의 입에서 그 이름을 들었을 때 생모의 존재에 대한 어떤 끌림도, 울림도 느껴지지 않았다.

보고 싶다고? 그러다 죽으라지.

나기는 피우던 담배를 맥주병에 비벼 끄고 침대에 누웠다. 자신의 침대는커녕 자신의 공간, 자신의 차, 집 안 어디에도 다른 사람을 들인 적이 없었다. 집을 아는 사람도 아버지 측근 두 명뿐이다. 침대 한쪽 귀퉁이에 여자를 두고 자본 적이 없는데 밖으로 내칠 수가 없다. 바닥으로 밀쳐 떨어뜨리기에도 뭔가 꺼림칙하다. 작아서일까. 아역 배우처럼 생긴 인형 같은 얼굴 때문일까. 부러질 것처럼 가늘어서일까. 아니다. 클럽의 그런 여자애들과 자본 적도 있다. 절대 그런 것 때문에 이런 기분이 들 리가 없다. 그럼 대체 뭘까? 아랫도리를 긴장시켰던 그 전화 목소리 때문일까.

생각하며 몸을 돌리다가 계집애의 얼굴과 마주쳤다. 뒤척였는지 머리에서 수건이 떨어지고 얼굴이 나기를 향해 있었다. 나기의 주먹보다 작을 것 같은 얼굴에 큰 눈, 꿈꾸는 것처럼 아련한 얼굴을 갖고 있다. 알 듯 모를 듯한 눈빛으로 남자를 미치게 만드는 신비로운 얼굴 말이다.

클럽에서 동그랗게 뜬 눈과 마주친 순간 나기는 처음으로 귓가로 열기가 몰리는 경험을 했다. 목덜미까지 화끈한 열기가 번져 벗은 상체에서 유두 근처로 소름이 돋는 느낌이 들었다. 계집애의 눈은 어두운 조명 아래서도 반짝거렸다. 너무 맑아서 이쪽이 부끄러워지게 만드는 눈이었다. 눈앞에서 작은 입술이 움직이며 달콤한 목소리를 내는 걸 들었다. 순간 숨이 흐트러지고 피가 펄떡거려서, 숨기려고 안간힘을 써야 했다.

클럽의 비밀 통로는 지하 주차장으로 연결되어 있었다. 비상시에 대비해 만들어놓은 몇몇 사람만 아는 비밀 공간이다. 주차된 흰색 벤틀리에 태우려는데 계집애가 반항했다.

"타!"

"싫어요."

두려워하며 도망치려 했다. 화가 나서 그대로 버려둘까 했지만 쫓아오는 놈들이 이 계집애를 가만 놔두지 않을 거란 걸 생각하니 더 화가 났다. 놈들 수중에 이 계집애가 떨어진다는 걸 상상만 해도 기분이 나빴다. 하는 수 없이 나기는 그녀의 뒷머리를 당수로 내리쳐 기절시켜야 했다. 쓰러지는 가는 몸을 안아 차에 태우는데 이상한 기분이 들었다. 자신의 침대에 누운 작은 몸집을 보는 지금 이 기분처럼 말이다.

자고 있던 계집애가 낮은 신음 소리를 냈다. 그러고 보니 얼굴은 붉게 물들어 있고 입술이 하얗게 말라 있다. 나기는 무의식중에 손을 뻗어 그녀의 뺨을 만졌다. 뜨겁다. 따뜻한 게 아니라 일본 난로 고타츠처럼 뜨겁다. 나기는 귀찮음을 무릅쓰고 일어나 앉았다. 열이 점점 더 심해지는 것 같다. 이대로 뒀다간 하얗게 타버릴지도 모르겠다는 생각이 들었다.

"어이."

한 손으로 희수의 머리를 잡고 흔들다가 툭툭 쳤다.

"어이, 정신 차려! 눈 떠."

몇 번이나 거칠게 흔들자 긴 속눈썹이 떨리더니 게슴츠레 희수의 눈이 뜨였다.

"괜찮아?"

"……아파요…… 아파…….”

잔뜩 쉰 목소리다. 그리고 다시 검은 속눈썹이 내리깔렸다. 쿠소! 당황한 나기의 입에서 짜증의 욕설이 튀어나왔다. 잠든 게 아니라 앓고 있었던 모양이다. 나기는 어떻게 해야 할지 몰라서 서성이다가 대충 트레이닝 바지를 꿰입었다. 욕조에 찬물을 틀어놓고서 다시 침대로 와 다짜고짜 희수의 옷을 벗기기 시작했다. 두꺼운 점퍼를 벗겨 던지고 스웨터를 벗기기 위해 일으켜 앉혔다. 작은 몸은 축 늘어진 채 아무런 저항이 없었다.

나기는 걱정인지 불안감인지 모를 기분에 초조해졌다.

"일단 열이다…… 열부터 내리자. 이봐!"

머리 위로 스웨터를 벗기자 얇은 면 티가 나타났다. 짜증이 났다.

"도대체 옷을 얼마나 입은 거야!"

얇은 면 아래로 만져지는 계집애의 얇은 피부는 이미 너무 달아올라 있었다. 머리 위로 면 티를 벗겨내는데 머리카락을 고정하고 있던 고무줄이 튕겨 날아갔다. 그 바람에 묶였던 긴 머리가 등을 받치고 있는 나기의 팔 위로 흘러내렸다. 칠흑처럼 검은 머릿결의 감촉이 비단처럼 부드러워 팔에 소름이 돋았다.

투덜거리며 끈이 달린 속옷을 벗기자 하얀 브래지어가 드러났다. 눈으로 보기에도 꿀처럼 부드러워 보이는 피부가 핑크색으로 물들어 있었다. 단 두 손가락만 쓰더라도 간단히 꺾어버릴 수 있을 것만 같은 가냘픈 목덜미와 움푹 팬 쇄골의 곡선, 그리고 하얀 브래지어 위로 드러나 보이는 봉긋한 젖가슴. 나기의 호흡이 거칠어졌다. 맨 가슴에 닿는 계집애의 가녀린 몸의 감촉에 숨을 쉴 수가 없었다.

그때 희수가 가쁜 숨을 토해내며 몸을 뒤척거렸다.

"뭐…… 뭐하는 거예요?"

나기는 정신을 차리고 희수의 검정색 레깅스를 벗기려고 손을 뻗었다.

"열을 내려야 돼."

"시, 싫어요."

희수가 나기의 손을 밀어냈다. 그의 품에서 벗어나려고 몸을 움직였지만 힘없는 몸은 금세 휘청 하고 침대로 쓰러졌다. 아픈 상태가 아니라고 해도 애초에 상대가 안 되는 파워게임이다. 나기는 시간 끌며 실랑이할 생각이 없었다. 그대로 희수의 몸을 안아 올렸다. 희수가 지푸라기 같은 기운으로 반항해봤자 어떤 장애도 될 수 없었다. 나기는 가볍게 안아든 희수를 곧장 차가운 욕조 물에 담갔다. 놀라 거친 숨을 토해내더니 희수의 눈이 크게 뜨였다.

"그러니까 순순히 벗으면 좋았잖아."

나기는 물속으로 손을 넣어 찰싹 붙어서 더 벗기기 어려워진 희수의 레깅스를 끌어내렸다. 희수는 놀란 얼굴로 버둥거렸지만 움직임이 둔했다. 뜨거운 신음 소리를 내며 몸을 웅크렸다. 다리를 끌어안고선 나기를 원망스럽게 쳐다봤다. 하지만 이내 힘없이 고개를 떨어뜨렸다. 나기의 시야에 파르르 떨리는 젖은 입술이 들어왔다. 정신이 흐릿해지는지 희수의 눈은 자꾸만 깊게 감겼다. 그러면서도 나기의 손을 피해 도망가려고 욕조 위로 기어올랐다.

"가만있어."

"벼, 병원에……."

"지금은 갈 수 없어."

나기는 얄팍한 어깨를 잡아 물속으로 깊이 눌렀다.

"지금 여기서 나가는 건 위험해."

욕조의 수면 위로 치렁치렁한 검은 머리가 둥실 떠올랐다. 아직 브래지어와 팬티가 희수의 몸에 남아 있었지만 나기의 시선을 막아주진 못했다. 물에 젖어 투명해졌기 때문이다. 희수는 정신이 오락가락하는 와중에도 손으로 몸을 가리려고 애썼다.

"시, 시후한테…… 시후를 불러줘요. 시후……."

호소하듯 나기를 보더니 마지막 힘을 짜내 욕조를 꽉 움켜쥐었다가 다시 힘없이 눈을 감았다. 또다시 정신을 잃은 몸이 욕조 속으로 가라앉으려는 찰나 나기의 팔이 가는 허리를 감아 올렸다. 그러자 젖은 몸이 힘없이 나기에게로 쓰러졌다. 가슴팍에 차가운 물이 묻었지만 이내 뜨겁고 부드러운 피부가 느껴졌다.

나기는 목덜미로 여린 숨결을 느꼈다. 그리고 맨가슴에 닿은 부드러운 젖가슴의 감촉. 탐스럽다. 심장이 미치게 요동쳤다. 차가운 물에 얼마나 둬야 하는 건지 몰랐지만 적어도 아직 그녀의 몸이 뜨겁다는 건 알 수 있었다. 또한 짐작했던 것보다 계집애의 몸이 훨씬 성숙하다는 것도.

나기는 손을 뻗어 샤워기를 잡았다. 이대로 정신을 잃은 채 두는 것도 위험할 것 같았다. 안고 있는 희수의 머리 위로 차가운 물세례를 퍼부었다. 물이 튀어 나기도 흠뻑 젖었다. 따갑도록 차가운 물줄기에 희수의 몸이 흠칫 떨리더니 뜨거운 숨을 토해냈다.

"정신 차려. 눈 뜨지 않으면 다 벗겨버린다."

희수가 번쩍 고개를 들었다. 그러더니 곧장 큰 눈을 뜨고 쏘는 듯 나기를 보았다. 조금만 고개를 돌리면 보드라운 입술을 맛볼 수 있는 거리였다. 목덜미에 닿는 뜨거운 숨결이 거칠어지는 게 느껴졌다. 그런데도 나기는 열에 들뜬 눈동자에 사로잡혀 시선이 못 박혔다. 희수의 속눈썹에 물방울이 맺혔다. 나기는 동그란 이마에 달라붙은 긴 머리카락을 떼어주었다. 그러는 와중에도 희수의 눈은 나기를 째려보고 있었다.

"히가시데 나기."

희수가 중얼거렸다. 재차 이름을 확인하는 건지, 부르는 건지 알 수
없었다.

"네 이름은 뭐야?"

나기의 질문에 희수는 두 눈만 깜박거렸다. 그러더니 갑자기 어깨를
부르르 떨면서 신음했다.

"……추워요."

나기는 움직이지 않았다. 품에 안은 가는 몸이 떨리고 있다는 걸 느
꼈지만 놓고 싶지 않았다. 키스하고 싶다든가 안고 싶다, 자고 싶다 같
은 것에 대해서 생각해본 적이 없다. 어떤 여자에게도 말이다. 생각에
앞서 본능이 일었고 고민 없이 해결을 해왔기 때문이다. 그래서 지금
이런 기분이 너무 이상하고 또 짜증이 났다. 어째서 키스하고 싶다는
걸 계속해서 생각만 하고 있는 걸까. 왜 해버리지 않고 망설이고 있는
걸까. 되짚어보면 클럽에서 본 순간부터다. 아니, 전화의 목소리를 들
었을 때부터다. 이 목소리에 키스하고 싶다고 생각했다. 갖고 싶었다.

"추, 추워……."

희수의 입술이 더 심하게 떨렸다. 이가 부딪칠 정도다. 나기는 포기
의 한숨을 내쉬었다. 결국 키스는 행동으로 옮기지 못하고 물러서야
할 것 같다. 왜냐면 이런 한국 계집애랑 얽혀서 좋을 게 없으니까. 스
스로가 생각해도 말 같잖은 스스로의 변명에 실소가 나온다. 하지만
우선은 그 변명으로 해두자. 시작하면 빠져서 헤어 나올 수 없을 것 같
다는 두려움을 인정하긴 싫으니까.

나기는 희수의 몸을 안아 올리려고 무릎 밑으로 손을 뻗었다. 그러자 희수가 몸을 피하며 나기를 밀어냈다.

"나, 나 혼자…… 내가 나갈게요."

"할 수 있겠어?"

희수는 고개를 끄덕였다. 나기는 굳이 고집하지 않았다. 애초에 귀찮은 일을 만드는 게 아니었다. 전화 한 통에, 목소리에 이끌려서 만나주는 게 아니었다. 나기는 일어나며 벽의 가운을 가리켰다.

"저거 입어. 젖은 속옷은 다 벗는 게 좋아."

욕조에 희수를 두고 욕실에서 나온 나기는 곧장 전화기를 들었다. 아버지의 비서에게다. 상황이 괜찮으면 계집애를 병원이든 호텔이든 데려다주라고 할 참이다. 그것도 안 되면 택시를 불러서 태워 보내면 된다. 통화 버튼을 누르려는데 손가락이 멈칫한다. '만약에'라는 경우의 수가 자꾸 방해를 한다. 아버지는 밖의 상황에 대해 설명하지 않았다. 24시간 안에 정리될 거라고 했지만 믿을 게 못 된다. 훨씬 심각한 상황이라면, 아버지의 비서를 누가 미행하고 있다면 더 위험한 상황이 발생할 수도 있다. 집 주위에서 누군가 지켜보고 있다면 나가는 택시를 누가 붙잡아버릴 수도 있는 거다. 젠장. 갑자기 왜 이렇게 생각이 많아진 거야. 결국 전화기를 그대로 내려놓고 말았다.

인기척에 돌아보니 그의 가운을 입은 희수가 서 있다. 어른 옷을 입은 아이처럼 작아서는 가운 깃을 꼭 붙잡고서 떨고 있었다.

"저기…… 내 옷은 어디……."

말하다 점점 주저앉았다. 쪼그리고 앉더니 힘없는 눈길로 그를 보며 다시 말했다.

"죄송한데…… 물 좀……."

나기는 성큼 다가가 희수를 가볍게 안아 들어 침대로 옮겼다. 눕혀 놓고 목덜미를 만져봤다. 아까처럼 델 듯 뜨거운 건 아니지만 뜨겁긴 하다. 정상 체온인지 아닌지 알 수가 없어 답답했다.

"괜찮아?"

희수는 눈을 감은 채 조용했다. 숨소리는 한결 안정된 듯 평온하게 들리는데 물기가 가신 입술이 바싹 말라 보였다.

"어이. 괜찮냐고."

"……졸려요."

잠깐 눈을 깜박이는가 싶더니 다시 감겼다. 순식간에 잠에 빠져들려 는 것 같은 나른한 표정이다. 앙증맞은 콧망울엔 열에 들떴을 땐 보이 지 않던 말간 윤기가 흘렀다.

"물 가져올 테니까 눈 떠."

히가시데 나기가 누군가의, 그것도 계집애의 수발을 들다니 기가 막 혀 코웃음이 터져 나올 지경이다. 나기는 속으로 헛웃음을 지으며 냉 장고에서 물을 꺼냈다.

다시 침대로 오니 여자앤 그새 잠에 빠졌는지 고른 숨소리를 내고 있었다. 그 모습을 보는데 상반된 감정이 떠올랐다. 기껏 물 달래서 가 져왔더니 태평스럽게 잠들었다는 게 약이 올랐고, 보나마나 아직 숫처 녀일 게 뻔한 순진한 계집애에게 욕정을 느끼고 있다는 게 어이가 없 었다.

나기는 차가운 물병을 따서 희수의 입가에 댔다.

"물이야. 마셔."

잠든 희수는 미동도 없었다. 누가 업어 가도 모를 만큼 깊은 잠에 빠진 듯 보였다.

나기는 실소하며 물을 마시고 충동적으로 머리를 숙였다. 손으로 여자애의 뺨을 눌러 입술을 벌린 다음 머금고 있던 물을 흘려보냈다. 그건 엄연히 말해 키스라고 할 수 없었다. 오히려 벌이었고 응징 같은 거였다. 그런데 무심코 저질러버린 그 행위는 나기의 혈관에 뜨거운 기름을 들이부었다.

나기는 고개를 들고 여자애를 보았다. 여전히 세상모르고 잠든 채였지만 본능적으로 물을 삼켰다. 여자애의 입술이 촉촉이 젖었다. 그 모습을 보는데 심장에서 말발굽 소리가 나는 것 같았다. 벗은 상체로 뜨거운 기운이 올라 등 근육이 꿈틀거리고 귓불이 화끈 달아올랐다.

나기는 욕정을 참지 못하고 다시 물을 머금었다. 그리고 여자애의 입에 흘려보냈다. 채 안으로 들어가지 못한 한 줄기의 물이 작은 턱으로 흘러내렸다. 얼른 혀로 닦았다. 혀끝에 도톰한 입술의 감촉이 느껴졌다. 순간 이성이 날아가버렸고, 나기는 여자애의 입술을 핥았다. 부드럽게 건드리다가 입술을 가르고 안으로 혀를 넣었다. 고른 치열 속에서 삭은 혀를 찾았다. 기쁜 전율이 몸을 떨리게 만들었다. 혀끝으로 여자애의 입술 안쪽을 핥고 아랫입술과 윗입술을 번갈아가며 빨았다. 그녀의 입술엔 부드럽고 달콤한 즙이 흘러넘쳤다. 마시고 마시자 작은 혀가 움직여 나기의 입술에 닿았다. 놀라 시선을 들어보니 여자애의 눈은 여전히 감긴 채였다. 잠결에 무심코 나온 반응인가.

"물…… 원해?"

나기가 속삭이듯 묻자 여자애의 눈이 살짝 뜨였다. 잠에 취한 몽롱한 눈으로 나기를 보더니 송아지처럼 긴 속눈썹을 느리게 깜박였다. 나기는 그녀를 깨우고 싶은 마음에, 아니, 다시 키스하고 싶은 마음에 안달이 났다. 고개를 숙여 키스했다. 입술을 물고서 혀로 빨았다. 더 깊게 키스하고 싶은 걸 참고서 입술을 뗐다. 다시 여자애를 보니 비몽사몽인 듯 멍한 표정이다.

"어이, 대답해."

잠들려는 여자애의 뺨을 잡고 살짝 흔들었다.

"원하냐고."

여자애는 귀찮은 듯 미간을 찡그리더니 그에게서 고개를 돌렸다. 대신 작은 목소리로,

"희수예요…… 서희수."

그러곤 미련 없이 깊은 잠 속으로 빠져 들어갔다.

희수는 전신을 길게 늘이며 눈을 떴다. 다리를 귓가까지 쭉 찢어 올리며 스트레칭을 하는 게 잠에서 깨는 습관이었다. 그런데 뭔가 이상했다. 아랫도리가 허전한 게, 순간 팬티를 입고 있지 않다는 느낌이 들었다. 깜짝 놀라 눈을 뜨고 주위를 살피고서야 기억이 되살아났다. 후다닥 다리를 내리고 벌떡 일어나 앉는데 헐렁한 가운 앞자락이 벌어지며 맨가슴이 드러났다. 화들짝 놀라서 얼른 가운을 여몄다. 가운 안은

완전히 알몸이었다. 기분이 이상했다. 이상한 나라의 앨리스가 된 느낌. 풀어진 끈을 찾아 허리를 꽉꽉 조여매고서야 조금 진정이 되었다. 잠결에 풀린 건지, 아니면 간밤에 무슨 일이라도 있었던 건지 불안했다. 기억나는 건 히가시데 나기. 그래, 그 사람이랑 손을 잡고 어두운 복도를 뛰었었지.

실내는 고요했다. 희수는 거대한 침대에서 내려와 덮고 있던 검은 시트를 대충 정리해놓고 주위를 살폈다. 썰렁했다. 맨발에 닿는 바닥의 감촉이 좋다. 반질반질 윤이 나게 닦은 마룻바닥을 보면 누군가, 아니, 적어도 서너 명의 기술자가 땀깨나 흘리며 오랜 시간 정성 들여 닦았을 것 같다. 실내는 불이 켜져 밝았지만 밤인지 낮인지 알 수가 없었다. 두꺼운 장막 커튼이 넓은 창을 다 가리고 있었다. 조용하다. 개미 새끼 한 마리 보이질 않는다. 조심스럽게 커튼을 살짝 들쳐보니 엷은 안개 너머로 푸른 바다가 보였다. 아침의 기운이다.

바닷가 집이라니!

아름다운 풍경에 감탄한 희수는 유리문에 바짝 매달렸다. 발코니가 있었다. 거기로 나가면 맑고 상쾌한 바람이 불어올 것만 같아서 유리문을 열어보려 했지만 꿈쩍도 하지 않았다. 포기하고 그저 넋을 잃고서 바다 풍경을 바라보았다. 멀리 한가로이 새가 날아간다. 주변엔 집도, 사람도 보이지 않는다. 오로지 바다와 파도, 그리고 거친 바위뿐. 아마도 이 집은 바닷가 어느 절벽 위에 세워진 것 같다. 그 생각을 하다 보니 갑자기 불안해졌다.

어딜까, 여긴.

휙 고개를 돌린 희수는 썰렁한 거실을 살폈다. 마호가니빛 가죽으로 된 긴 소파와 테이블이 전부다. 일자로 긴 소파는 스무 명이 앉아도 남을 정도로 넓고 푹신해 보였다. 그 앞에 놓인 테이블 역시 어마어마했다. 원목을 그대로 잘라 만든 것인지 나뭇결이며 옹이, 새가 쪼아댄 흔적까지 그대로. 두께가 20센티미터는 될 정도로 묵직했고 그 위에서 장정 두셋은 누워 잘 수 있을 정도로 넓다. 문제는 그 넓은 테이블 위에 아무것도 없다는 거다. 화병이나 책, 하다못해 리모컨 같은 거라도 놓여 있을 법한데. 도무지 생활감이 느껴지지 않는 집이다. 가정집이 아니라 사무실 같은 걸지도 모르겠다는 생각을 하며 주방 쪽으로 움직였다. 목이 말랐다.

원목 조리대가 있고 불을 피울 수 있는 레인지와 오븐도 있었다. 하지만 수납장을 열어보고선 또 혼란스러워졌다. 냄비나 그릇 같은 조리 기구가 하나도 보이질 않는다. 텅 빈 수납장을 닫고서 냉장고를 찾았다. 냉장고는 빌트인으로 벽에 붙은 커다란 나무문이 냉장고 문이었다. 냉장고 안엔 물과 맥주가 가득했지만 그것 이외엔 아무것도 없었다. 그리고 옆의 냉동고에는 냉동 피자가 차곡차곡 쌓여 있었다. 희수가 먹을 수 있는 건 물뿐이었다. 물을 꺼내 마시려는데 문득 차가운 물줄기를 맞았던 기억이 떠올랐다.

내 팬티!

희수는 곧장 욕실로 뛰어갔다. 욕조 속에 몸을 담갔었다. 그런데 욕조는 깨끗하게 정리돼 있다. 전혀 물기도 없다. 그가 치운 걸까? 사용한 수건의 흔적조차 보이질 않는다. 정신이 없는 와중에도 창피해서 속옷을 꼭 쥐고 있었던 것 같은데 어디에도 보이질 않는다. 침대에도, 타일 바닥에도.

그때 인기척이 들려왔다. 돌아보니 그가 종이봉지를 들고서 들어오고 있었다. 그는 아직 희수를 보지 못한 모양이다. 본의 아니게 희수는 주방 조리대로 걸어가는 그의 모습을 훔쳐보았다. 키가 꽤 큰데도 몸이 날렵해 보인다. 좁은 허리에 엉덩이는 단단해 보이고 다리가 길다. 그리고 역시 맨발. 클럽에서 보았을 때도, 또 이 공간에서도 그는 별로 옷을 입고 있지 않았다. 지금도 역시 외투 같은 건 없었다. 검은 바지에 흰 셔츠뿐. 그래도 갖춰 입은 것처럼 보이는 건 어젯밤 본 모습이 워낙 야성적이었기 때문일 것이다.

시선을 느꼈는지 그가 고개를 돌렸다. 눈이 마주친 희수는 얼굴이 화끈거리는 걸 느꼈다. 긴장이 됐다. 가운을 여미고 천천히 그의 앞으로 걸어갔다.

"아, 안녕하세요?"

그는 대꾸도 않고 봉투에서 작은 상자를 꺼내 뜯기 시작했다.

"저…… 어떻게 된 건지 기억이 안 나는데……."

조금 겁이 났다. 단지 이 상황이 어떻게 된 건지 영문을 몰라서이지, 그가 무서워서는 아니다. 클럽에서 싸우는 것도 봤고, 충분히 나쁜 사람으로 보일 만한 여러 가지를 봤지만 이상하게도 그가 무섭진 않았다.

"혹시, 시후 어떻게 됐는지 알아요?"

그가 상자에서 꺼낸 건 체온계였다. 그는 기괴한 물건을 보듯이 체온계를 만지작거렸다. 이리저리 만지더니 사용 설명서를 펼쳤다. 몇 초 읽는가 싶더니 다시 체온계를 들고서 여기저기 돌리고 눌렀다. 체온계에서 삑삑 소리가 나자 더 짜증 난다는 표정을 지었다.

희수는 답답해져서 그의 손에서 체온계를 가져갔다.

"줘봐요."

태평스럽게 이러고 있을 때가 아닌데.

"제 옷 좀 주시면 좋겠는데요…… 그리고 제 휴대전화도."

그러면서 체온계를 그의 귀에 대려 하자 그의 손이 잽싸게 희수의 손목을 잡았다.

"이렇게 하는 거예요."

그는 희수의 손목을 밀어 체온계를 희수의 귀에 대게 했다. 희수는 자신도 모르게 웃었다.

"왜요? 무서워요?"

그는 무표정하게 희수를 쳐다봤다. 부끄러워진 건 희수다. 시선을 피하는데 때마침 체온계에서 삑 소리가 났다. 희수는 체온계를 떼고 숫자를 읽었다.

"37.2. 정상이에요."

"36.5가 정상이야. 아직 아픈 거야."

"사람마다 그 정도 체온 차이는 있을걸요."

문득 희수는 신기해 그를 쳐다봤다. 오래전부터 아는 사이처럼 이렇게 자연스럽게 대화를 하고 있다니, 이 편한 기분은 뭐지?

그가 봉투에서 꺼낸 것들은 다양했다. 국인지 수프인지 모를 국물 음식과 스시, 청주 한 병, 계란 한 판, 유리잔 두 개, 우유, 아스피린, 그리고 체온계. 설마 이걸 다 날 위해서? 희수는 고개를 쑥 내밀어 국물 음식의 포장을 뜯는 그의 손목시계를 읽었다.

"8시 25분…… 오늘이 12일이죠?"

그는 포장해 온 음식들을 꺼냈다.

"답답해서 그러는데 설명 좀 해주세요. 그리고 휴대전화도 좀 빌려주세요. 시후한테 전화해봐야 될 것 같아요."

"……."

그는 대답 없이 음식 차리는 데에만 열중했다.

"내 말 듣고 있어요?"

"아직 여기서 못 나가."

"왜요?"

"말해도 넌 몰라."

그의 짤막하고 건조한 대화법은 답답하고 조바심이 나게 한다. 남은 속이 타는구만.

"그런 게 어딨어요. 공연이 있어요, 오늘."

"못 나가."

그는 더 이상 설명할 필요가 없다는 듯이 음식들을 소파가 있는 테이블로 옮겼다. 어이가 없있다. 답답했다. 그리고 옷이 필요했다. 뭣보다도 속옷이. 브래지어는 그렇다 하더라도 팬티를 입고 있지 않은 느낌은 너무 불안하고 허전했다. 걸을 때마다 가운 밑으로 바람이 느껴지는 게 정말 이상한 기분이 들었다.

"그래도 전화는 할 수 있잖아요. 시후가 무사한지 걱정돼서 그래요. 공연단도 난리가 났을 텐데…… 설마 지금 나 감금된 거예요?"

"맘대로 생각해."

"히가시데 나기."

따지듯 이름을 부르자 그가 차가운 표정으로 희수의 앞으로 다가들었다.

"그렇게 부르는 건 무례한 거야."

"그럼 뭐라고 불러요?"

희수는 떨렸다. 그의 넓은 가슴이 너무 가까워 체취가 느껴졌다. 전투태세로 목을 꺾고 올려다보았다가 오히려 잘생긴 얼굴에 매료되고 말았다. 깊은 눈빛에 빨려 들어가서 넋을 잃고 쳐다봤다. 멍해져서 바보처럼 입술이 열리고 밭은 숨이 새어나왔다.

"그, 그럼 강시후의 형님, 바지 뒷주머니에 휴대전화가 있는 것 같은데, 부탁인데, 좀 빌려주시겠어요?"

떨림을 누르고 간신히 부탁했는데 그는 대답 대신 바짝 다가왔다. 얼굴이 더 가까워졌다. 마치 키스를 하려는 듯 희수의 입술을 바라보고 다시 눈을 마주쳤다. 희수는 피하지 않고 그의 눈을 똑바로 쳐다봤다. 깊은 바다 속같이 어둡고 깊은 눈빛에 한없이 잠기는 기분이다. 자신의 눈이 젖고 뜨거워지고 있다는 걸 스스로도 느낄 수 있었다.

"어젯밤에 전화 왔었어. 녀석은 무사해. 그리고 네가 안전하다는 것도 알렸어."

"근데 난 왜 여기 있는 거예요?"

그는 보기만 했다.

"왜 숙소로 안 보냈어요? 시후가 데리러 온다고 했을 텐데……."

"귀찮게."

그는 휙 몸을 돌려 소파로 가버렸다. 하지만 희수는 그가 돌아서기 직전 당황하는 걸 느꼈다.

"앉아."

희수는 망설이다가 소파 쪽으로 다가갔다.

"내 옷은요?"

"세탁소."

팬티까지? 그렇게 물을 뻔했다. 민망함을 감추고 그의 옆에 앉았다. 맛있는 냄새가 풍겼다. 치킨 수프였다. 시후가 안전하다니 걱정이 좀 사그라져 눈앞의 음식이 눈에 들어왔다. 낯선 남자 집에서 옷도 제대로 입지 않고 갇혀 있는 건지도 모르는데 걱정은커녕 식욕이 느껴졌다. 뭐, 여기서 나가려면, 이 과묵한 남자한테서 설명이라도 들으려면 기운이라도 있어야지.

"잘 먹겠습니다."

희수는 그가 내민 스푼을 받아들고 수프를 떠먹기 시작했다. 평소 시후는 "넌 너무 조심성이 없어. 세상이 얼마나 무서운데."라며 걱정하곤 했지만 희수의 변명은 단순했다. "그때, 그 순간 그냥 하고 싶은 걸 하는 것뿐이야." 안 그러면 후회할 수도 있으니까. 후회하는 게 제일 싫다. 잃고서 아쉬워하고 슬퍼하는 게 제일 싫다.

맞벌이 부모 대신 키워주신 외할머니가 돌아가시고 나서 희수가 깨닫고 다짐한 게 있다. 있을 때 잘하자. 그리고 감정에 솔직해지자.

맛있는 게 들어가자 식욕이 동해서 연거푸 떠먹었다. 긴 머리가 흘러내려 먹는 데 방해가 됐다. 엄마가 봤다면 그놈의 머리털 당장 안 묶으면 확 밀어버린다고 야단쳤을 거다. 귀찮은 머리를 한 손으로 잡고서 국물을 떠먹는데 다른 쪽 머리가 흘러내리려 했다.

그때 그의 손이 희수의 머리를 잡았다. 희수는 목덜미에 닿는 감촉에 놀라서 굳어버렸다. 그는 아무렇지 않게 희수의 머리를 손가락으로 빗기며 하나로 모았다. 순간 익숙하다는 느낌이 들었다.

희수는 휙 고개를 돌려 그를 쳐다봤다. 뭐지, 이 스스럼없는 행동은? 근데 왜 전혀 어색하지가 않지?

"고무줄 어디 있어?"

"모, 몰라요."

그는 눈으로 고무줄을 찾으려는 듯 바닥을 훑었다.

"어젯밤에…… 무슨 일 있었어요?"

"무슨 일?"

"그러니까…… 내, 내 머리를 만졌다든가…….”

"……만진 게 아니라 말렸지."

말렸다? 머리에 닿았던 따뜻한 기운이 이 사람 손이었나?

희수는 더 캐묻지 않았다. 그러다가 더 민망한 꼴이 드러나버릴 것 같은 예감이 들어서다. 차라리 기억 못 하고 있는 걸로 하는 게 덜 창피할 거 같다. 그는 희수가 치킨 수프를 먹는 동안 계속 머리를 잡고 있었다. 희수가 먹는 걸 지켜보면서.

04

희수는 불편했다. 욕실 문이 없는 것도 그렇고 알몸에 큰 가운만 입고 있는 것도 그랬다. 간단히 얼굴을 씻고 오차 없이 가지런히 쌓인 수건을 하나 꺼내 닦았다. 세면대에 거울이 없다. 꼴이 어떤지 궁금하긴 한데 차라리 안 보는 게 나을지도 몰랐다. 시후가 무사하다는 걸 알고 허기도 채우고 보니 그에 대한 궁금증이 일었다. 이 크고 휑하기만 한 집에서 혼자 사는 걸까?

냉장고 가득한 맥주가 그의 야쿠자 아버지 것일지도 모르지만 그렇게 생각되지는 않았다. 미성년자이고 엄연히 고등학생 신분인데 그는 어제도 오늘도 학교에 가지 않고 있다. 게다가 그는 클럽에서 양주를 마시고 담배를 피우고 여자와 있었다. 등에는 독수리 문신이 있고 사람을 칼로 찔렀으며 차를 운전했다. 도대체 그는 어떤 사람일까? 어떻게 살고 있는 사람일까?

그는 체온계를 사 왔다. 치킨 수프를 말끔히 먹어치우자 청주에 계란을 섞은 걸 억지로 먹게 했다. 아스피린도 삼켜야 했다. 전혀 체계적이지 않은 그의 처방을 들어준 건 정성을 느껴서였다. 서툰 마음이 재미있게 느껴졌다. 어쩌면 차갑고 건조한 이미지와는 달리 다정한 사람일지 모른다는 느낌을 받았다. 뭣보다 설명할 수 없는 뭔가가 자꾸 끌어당긴다. 그 감정은 이성적인 생각과 판단을 하찮게 여겨지게 한다.

단순히 호기심일지 모른다. 이상하고 신기해서. 그냥 궁금한 것뿐인지도 모른다. 아니면 혹시 이게…… 첫눈에 반한다는 느낌일까?

희수는 '반했다'는 생각이 든 순간 가슴이 콩닥콩닥 뛰기 시작했다. 뱃속에서 나비 떼가 파닥파닥 날아다니는 것만 같다. 흥분되면서도 그에 못지않은 크기의 공포감이 엄습했다. 그와 함께하고 싶으면서도 동시에 멀리멀리 달아나고픈 마음. 이건 뭐지? 언제 봤다고 좋아하고 말고 해? 처음 겪는 혼란스러움에 머리가 어질어질하다.

"나, 언제 나갈 수 있어요?"

그는 소파에 그대로 앉아 스시를 먹고 있다. 희수를 챙기느라 이제야 식사를 하는 거다. 희수는 스스로가 야박하다 느끼면서도 따지는 투로 설명을 요구했다.

"11시에 리허설이 있어요. 지금 나가야 돼요. 왜 나가면 안 된다는 건지 잘 모르겠지만, 위험하면 경찰에 신고해요. 경찰이랑 같이 나가면 되잖아요. 아니면 왜 내가 여기 갇혀 있어야 되는지 정확한 이유를 말해줘야죠."

그는 크고 두툼한 생선살을 집어 입에 넣었다. 흐트러짐 없는 젓가락질이 꽤 단정해 보인다. 엄청나게 잘 먹는데도 게걸스럽다는 느낌은 전혀 없다. 문제아, 클럽, 술과 담배가 준 인상들과 달리 가정교육을 잘 받은 도련님 같다. 그는 씹고 있던 스시를 다 삼키고서야 입을 열었다.

"무슨 리허설?"

"공연을 해요. 그쪽 학교 강당에서."

그는 아무런 반응 없이 다시 스시를 집어 먹었다. 정말 대화하기 더럽게 힘든 상대다. 희수는 작전을 바꿔 조금 떨어져 그의 옆에 앉았다.
차근차근 하나씩 풀어보자.

"사실은 어렴풋이 기억이 나요. 어젯밤 일⋯⋯."

"⋯⋯."

"고마워요, 간호해준 거. 그리고 식사도, 재워준 것도⋯⋯ 호텔
로 보내주셨으면 더 좋았겠지만 어쨌든 무사하게 지켜준 거 감사해
요⋯⋯."

희수의 얼굴이 빨개졌다. 욕조 속에 거의 알몸으로 있었고 그에게
안겨서 이리저리 옮겨졌다는 걸 떠올리기가 너무나 창피했다. 그가 어
떻게 봤을까, 어떻게 생각할까 궁금하지만 절대 물어보진 않을 생각이
다. 오히려 어서 빨리 잊어줬으면 좋겠다. 영원히.

"그러니까⋯⋯ 여기서 나가는 방법 없을까요?"

"⋯⋯."

부드럽게 물었건만 쳐다보기만 할 뿐 대답이 없다.

"여기 다른 사람은 안 살아요?"

"왜?"

"아니, 그냥⋯⋯ 그럼, 그 클럽에서 뭐 하고 있었어요?"

몇 초를 더 기다리고서야 겨우 그의 대답을 들을 수 있었다.

"일."

"일?"

한 번 대답을 받아내자 궁금한 것들이 마구 샘솟았다. 희수는 혼란
스러움도 잊고 더욱 다가가 물었다. 그 바람에 가운이 살짝 벌어져 가

슴 계곡이 살짝 드러나 보이는 것도 모른 채.

"웨이터 알바 같은 건 아닐 거 같고…… 무슨 일인지 물어봐도 돼요?"

그는 호기심 가득한 희수를 한 번 보더니 젓가락을 내려놓았다. 어느새 스시 접시가 깨끗이 비워져 있었다. 된장국을 한 모금 마시더니 동봉돼 있던 냅킨으로 입가를 닦았다. 그리고 다시 희수를 보고서 귀찮다는 표정을 지었다.

"쟁알쟁알 시끄럽게. 치워."

"네?"

희수가 채 말뜻을 깨닫기 전에 그는 일어나 욕실로 가버렸다. 희수는 하는 수 없이 먹은 그릇을 치우기 시작했다. 1회용 용기를 모아 담아 왔던 봉지에 넣어두고 남은 냅킨을 물에 적셔 테이블을 닦았다. 설거지라면 집에서 종종 하던 일이라 익숙했다. 욕실 쪽에서 그가 통화하는 목소리가 들렸다. 울려서 크게 들렸지만 일본어라 내용은 전혀 알 수가 없었다. 깨끗이 정리를 하고 나니 살짝 머리가 흔들렸다. 그가 억지로 먹인 계란술 탓인지도 모른다. 먹다 남은 물병을 찾아 물을 마시는데 그가 나타났다. 뚫어지게 바라보는 눈길이 뭔가 심상찮았다. 무슨 일이 또 생긴 건가? 의문의 눈으로 바라보는데 갑자기 휙 몸이 들어 올려졌다. 놀라서 물병을 떨어뜨리고 그를 쳐다봤다.

"왜, 왜 이러는데요?"

그는 성큼성큼 걸어가 침대에 희수를 눕혔다.

"이제 안 아파요."

일어나려는 희수의 몸 위로 그의 몸이 덮쳐왔다. 피할 새도 없이 순식간에 일어난 일이다. 희수는 너무 놀랐지만 비명 같은 건 지르지 않았다. 그저 숨이 가쁘게 차오를 뿐이었다.

"어머니가 검사야?"

그의 표정이 차가웠다. 화가 난 건가?

"우, 우리 엄마요? 어떻게 알았어요?"

순간 그가 한 손으로 희수의 가운을 잡아 옆으로 확 젖혔다. 희수는 놀라 숨을 들이켜며 반사적으로 가운을 움켜잡았다. 간신히 가슴이 노출되는 불상사는 막았지만 그가 더 힘을 가한다면 버티지 못할 게 뻔했다. 희수는 공포감에 그를 쳐다봤다. 아침부터의 친절은 모두 가식이었는지, 원래의 목적은 이것이었는데 자신이 순진하게 그를 믿고 있었던 게 아닌지 두려웠다. 진실을 알고 싶어 열심히 그의 표정을 살폈지만 분노밖에 읽을 수가 없었다.

"비, 비켜요."

그 역시 붉은 기운이 감도는 눈빛으로 그녀를 꿰뚫을 듯 내려다봤다.

"서, 희수라고?"

에델바이스. 갑자기 그 꽃이 생각났다. 그가 부르는 자신의 이름은 에델바이스 같았다. 높은 곳에서 피어나는 솜털 가득한 꽃.

"서희수."

그가 다시 불렀다. 그리고 희수가 꽉 잡고 있는 가운 사이로 손을 밀어 넣었다. 멍하니 에델바이스 따위를 생각하다 깜짝 놀라서 비명을 질렀다. 허둥지둥 가운을 붙잡고 몸부림을 쳤다.

"뭐하는 거예요! 비켜요!"

그의 손을 밀어냄과 동시에 도망가려고 안간힘을 썼다. 하지만 그의 몸에 짓눌려 꼼짝할 수 없었다. 닥치는 대로 때리고 주먹을 휘두르다가 오히려 강하게 제압당하고 말았다. 양손이 세게 눌려 더 이상 움직일 수가 없게 됐다. 가슴이 무방비 상태로 열렸다. 비로소 공포감이 엄습했다. 희수는 씩씩 숨을 몰아쉬며 그를 노려봤다.

"왜 이래요! 놔요!"

"싫어?"

희수가 대답을 하기도 전에 곧장 손이 가운 안으로 파고들어 가슴에 닿았다. 놀란 희수는 일어나려고 다시 버둥거렸지만 기운만 더 빠질 뿐 역부족이었다. 옴짝달싹 못한 상태로 가슴이 심하게 뛰었다. 충격과 수치심에 얼굴이 분홍빛으로 달아올랐다. 그의 손이 젖가슴을 만지고 있었다. 울 것처럼 흐느낌이 새어나왔다. 희수가 공포와 분노에 찬 눈으로 쳐다보자 그가 낮게 쉰 목소리로 재차 말했다.

"싫어?"

그걸 질문이라고! 희수는 두려움과 수치심을 감추고 그를 차갑게 노려봤다.

"싫어요. 못 들었어요? 싫다구요!"

"그래?"

하지만 그는 물러서는 대신 가운 속에서 그녀의 가슴을 더 깊이 주물렀다. 크고 따뜻한 손이 부드럽게 가슴을 애무했다. 그의 손길이 유두를 스치자 몸이 감전된 듯 파들파들 떨렸다. 뱃속이 이상했다. 순간 희수는 혼란스러워져 그를 쳐다봤다. 진지하게 내려다보는 그의 눈빛이 심장을 파고들었다. 왠지 모르게 통하는 느낌, 그의 생각을, 감정을 다 알 것 같은 느낌, 마치 100년 전부터 알아왔던 사람처럼…… 모르겠다. 싫은지 좋은지, 원하는지 원하지 않는 건지. 지금 그가 하려는 행위가 뭔지 모를 만큼 순진하진 않다. 하지만 이런 기분이 될 거라곤 전혀 생각지 못했다. 태어나서 처음 느껴보는 감각들이, 세포들이 반응하고 있었다.

그의 손이 조금씩 힘을 가하며 세게 움직였다. 가운 안에서 그녀의 가슴을 세차게 만지며 유두를 애무했다. 그럴 때마다 몸이 절로 경련을 일으켰다. 점점 더 기분이 이상했다. 몸 안에 작은 벌레들이 기어 다니는 기분. 징그럽다기보다 찌릿한 느낌. 그리고 그 벌레들에게 자신을 내맡기고 한껏 탐하도록 내버려두고 싶은 기분. 뱃속으로 찌르르 흐르는 전율에 놀라 그를 쳐다봤다. 그의 눈가에 붉은 기운이 감돌고 있었다.

"내가 싫어?"

그가 대답을 재촉하듯 젖가슴을 주물렀다. 희수의 작은 반응도 놓치지 않겠다는 듯 뚫어져라 내려다보며.

희수는 떨었고 헐떡였고 들뜬 기분에 어쩔 줄을 몰라 입술만 달싹였다. 순간 그의 손이 가운의 매듭을 풀었다. 꽁꽁 묶어둔 매듭을 간단히 풀고서는 활짝 열어버렸다. 희수의 알몸이 드러났다. 본능적으로 움츠리려는 그녀의 다리 사이로 그의 무릎이 파고들어왔다. 맨살에 그의 셔츠와 바지, 묵직한 아랫도리의 이물감이 고스란히 느껴졌다. 당황한 희수는 달아나려고 다시 몸부림쳤지만 소용이 없었다.

이제 양쪽 가슴이 그의 눈 아래 환히 드러나 있었다. 열여섯, 막 알차게 부푼 소녀의 젖가슴과 무용으로 다져진 몸은 탄력이 넘치고 싱그러웠다. 하얗게 차오른 가슴에 붉은 유두가 꼿꼿하게 솟아올라 있었다. 부끄러웠다. 무용가는 자신의 몸을 아름답게 보이도록 표현해야 한다. 그러기 위해선 늘 자신의 몸을 아름답게 가꾸어야 하고 자신감을 갖고 있어야 한다. 그런데 지금은 자신의 몸이 너무 부끄러웠다. 그래서 화가 났다. 이런 상황을 만든 그에게.

"히가시데 나기."

희수는 무례하게 그를 불렀다. 지금 예의 차리게 생겼나. 그의 시선이 희수의 젖가슴에서 눈으로 옮겨졌다. 그의 눈빛은 붉게 물들어 있었고 숨결도 거칠었다. 그 모습이 너무 강렬하고 뜨거워서 무서웠다. 그가 몰아붙이면 걷잡을 수 없이 빨려들어가버릴 것만 같아서 겁이 났다.

"이러지 마요."

희수의 눈가에 눈물이 고였다. 무섭고 자존심이 상했다.

"싫다구요."

진심인지 확인하려는 듯 희수를 뚫어지게 내려다봤다. 미간이 살짝 좁아지더니 차가운 조소가 스쳤다.

"너는 내가 싫지 않아."

희수는 화가 나서 눈물이 다 났다. 남은 무서워 죽겠는데 무슨 자신감이래? 언제 봤다고. 좋고 싫고 그런 걸 말할 만큼 알지도 못하는데 뭘 믿고 저러나. 그런데 아니라고, 진짜 당신이 싫다는 말이 안 나왔다. 그래야만 이 상황에서 벗어날 수 있을 것 같은데 말이다.

"아, 아직 서로 잘 모르잖아요. 이런 거 싫어요. 제발, 놔줘요."

그러자 갑자기 그의 얼굴에 차가운 비웃음이 스치더니 야수처럼 다가들었다.

"알 필요 없어."

피하기도 전에 키스당했다. 그의 입술은 부드럽고 뜨거웠지만 행위는 거칠었다. 격렬하게 입술을 물어 빨더니 입안으로 혀가 침범했다. 온몸의 피가 빨리는 기분이었다. 첫 키스다. 키스가 이런 거였나! 온몸이 저절로 열리며 자신도 모르게 야릇한 신음 소리가 나왔다. 포박당했던 손이 풀렸고 희수는 그 손으로 그의 어깨를 잡았다. 키스는 점점 더 깊고 뜨거워졌다. 머리를 붙잡혀 움직일 수가 없었다.

강제로 한껏 입이 벌어지고 그의 혀를 받아들였다. 그의 숨소리가 거칠어지고 엉덩이를 만지는 그의 손이 느껴졌다. 허벅지 안쪽으로 파고드는 손. 순간 희수는 놀라서 고개를 돌려 입술을 뗐다. 이성을 잃은 그는 헐떡이는 숨을 내뿜으며 여린 목덜미를 파고들었다. 돌변한 그는 한 마리 맹수처럼 거칠고 무자비했다. 희수의 귓가에 그의 거친 숨소리가 들렸다. 희수는 누려웠다. 몸이 뜨거운 모래 위에 누운 것처럼 타들어가는 기분이다.

"히가시데…… 나기……."

가슴에 키스하려는 그의 얼굴을 가까스로 밀어내고서 급하게 말했다.

"싫어…… 미쳤어……."

두 손으로 그의 얼굴을 움켜잡고서 가슴에서 떼어놓았다.

"나는…… 난 열여섯에 임신하고 싶지 않아요."

무슨 생뚱맞은 소리냐는 듯 보는 그에게 화를 냈다.

"우린 아직 사귀지도 않잖아요!"

동작을 멈추고 희수를 뚫어져라 보던 나기는 천천히 물러났다.

집에서 사람의 목소리가, 그것도 여자애 목소리가 난 건 처음이었다.

조그만 게 큰 눈을 굴리며 쟁알쟁알 말도 많았다. 화를 냈다가 무서워하는 것도 같았다가 호기심에 가득 차서는 턱 밑을 받치고 파고들어왔다.

뭐 이런 계집애가 다 있나.

요상하고 성가시고 불편했다. 그런데도 자꾸만 눈이 갔다. 화장도 하지 않고 눈웃음도 치지 않는데 예뻤다. 심지어 귀도 예쁘다. 뭐가 궁금한지 고개를 갸웃할 때마다 긴 머리칼 속에서 작은 귀가 쫑긋 나타났다. 가는 목소리는 찌릿 가슴을 울려서 소름 돋게 만들었다. 움직일 때마다 보이는 하얀 목덜미와 자신도 모르게 보여주는 가슴 굴곡, 윤기 나는 무릎이 귀여워서 손을 대고 싶었다. 쫑알대는 분홍 입술에 키스하고 싶었다. 무릎 위에 앉혀놓고 맘껏 건드리면 어떤 소리를 낼까 궁금해서 아래쪽이 지잉 울렸다. 참고 있는데 아버지의 전화가 갈증에 불을 붙였다.

상황 종료 소식을 알리면서 아버지는 말했다. 그 아인 안 된다고. 그 아이의 엄마가 부산지검의 검사라고. 그렇잖아도 시끄러운 때에 사소한 문제로 성가시게 하지 말라고. 당장 보내라고. 사춘기 반항도 아닌데 반발심이 일었다. 보내야 한다니 머릿속에서 뭔가 뚝 끊어졌다.

내 거다. 싫다!

그녀의 말대로 사귄다거나, 갖고 싶다거나, 당장 섹스를 해버리지 않으면 미쳐버릴 것 같다거나, 그런 차원의 마음이 아니었다. 그녀를 자신의 옆에서 떼어놓을 수가 없었다. 놓아주기가 싫었다. 첫눈에 꽂혀버린 거다. 아주 지독하게.

나기는 자동차 운전석에 앉은 채로 멀어지는 희수를 지켜보고 있었다. 강시후가 달려와 희수를 안았다. 덩치는 물론 더 크지만 강시후는 아직 한참 어리다. 그녀에 비해서 말이다. 말하는 모습, 표정, 행동에서 드러나는 분위기라는 게 있다. 어떠한 상황이 닥쳤을 때 반응하는 모습을 보면 알 수 있다. 나이와 상관없는 개인 본연의 성품, 기질 같은 거다. 작고 어리지만 그녀에겐 강시후에게는 없는, 콕 집어 말하기 어려운 뭔가가 있다. 그건 인간의 성숙도와 관계가 있다. 그래서 둘은 친구밖에 될 수 없을 것이다. 강시후는 때때로 그녀가 멀다고 느껴질 것이고, 그녀는 자신의 말과 생각을 이해하지 못하는 강시후가 점점 더 답답해질 테니까.

희수는 잠깐 나기의 차 쪽을 돌아보고선 학교 안으로 들어갔다. 세탁소에서 옷을 찾았지만 머리 고무줄은 찾지 못해서 긴 머리가 바람에 휘날렸다. 어젯밤 그 긴 머리를 말리느라 얼마나 오랫동안 드라이어를 댔는지가 떠올랐다. 그렇다고 지루하거나 성가신 시간은 아니었다. 오히려 그 반대다. 부드러운 머릿결의 감촉이 좋아서, 향기에 취해서 밤새 손을 떼고 싶지 않을 정도였으니까. 방해하는 강시후의 전화가 정말이지 싫었으니까.

사귀지 않는 사이끼리 섹스할 수 없다는 그녀의 말에 부끄러움을 느꼈다. 다른 누군가가 그런 소릴 했다면 순진하다 못해 멍청한 소리라고 비웃었을 거다. 그따위 말을 할 거면 꺼지라고 궁둥짝을 차줬을 거다. 그런데 희수의 말에는 오히려 이쪽이 못나게 느껴졌다. 발정 난 짐승처럼 덤비는 남자에게 그녀는 솔직하고 진심이었다. 그런 게 느껴진다니 신기하다. 생각도 마음도, 특히 육체적으로 그녀와는 기가 막히게 잘 통할 거다. 그저 눈빛을 교환한 순간 본능적으로 그녀가 내 것이란 느낌이 들었으니까. 장담컨대 그녀도 같은 느낌을 받았을 것이다. 그래서 싫다는 말 대신 먼저 사귀어야 된다는 고리타분한 말을 했던 거다. 그녀의 이성과 상식으로는 그게 순서였을 테니까.

희수의 모습이 사라진 뒤에도 나기는 차에서 생각에 잠겼다. 태어나서 자신이 원하는 걸 해본 적이 없었다. 이미 자신의 길은 정해져 있었고 어린 시절의 불만은 죽을 고비와 위협을 겪으면서 사라졌다. 어느새 아버지를 따르는 것 이외에 다른 생각은 하지 않게 되었다. 아버지가 정해놓은 길, 아버지를 도와 조직을 이끄는 게 자신한테 허락된 삶이라고, 의무라고 생각해왔다. 딱히 원하는 것도 없었고 원한다는 게 뭔지조차 잊어버렸다. 그런데…….

가슴이 답답하다. 터져버릴 것 같다.

나기는 차를 돌렸다. 학교 운동장을 빠져나가 해안도로를 향해 달렸다. 미치게 달리고 싹 잊어버릴 거다. 진탕 마시고 클럽의 미녀 전부를 데리고 섹스 파티를 벌여야겠다. 오늘은 아버지가 준 특혜를 한껏 누리고 미친 듯 놀고서, 내일은 다시 평소처럼 돌아가는 거다. 서희수를 만나기 전으로.

"하나도 안 물어봤어?"

"어…… 미안."

희수는 난처했다. 그리고 정말 미안한 마음으로 실망한 시후에게 용서를 빌었다.

"정신이 없어서 그 생각을 미처 못 했어. 정말 미안."

"괜찮아. 그때 반응을 봐서는 엄마에 대해서 안 좋은 감정인 것 같았어. 됐어. 너 안 다치고 무사한 것만도 다행이다."

그리고 시후는 뭔가 석연찮은 표정으로 희수를 보았다. 희수는 담담한 미소로 복잡한 생각들을 감췄다. 시후에게 말할 수 없는 비밀이 생겨버렸다.

"근데 너…… 어떡하다 그 형 집에서 잤어?"

"어? ……그냥 도망가다 보니까…… 넌? 넌 어떻게 됐어? 너 그때 화장실 갔잖아."

희수는 자연스럽게 말을 돌렸다. 그의 집에서 단둘이 있었다는 얘기를 하면 난처한 질문들이 더 쏟아질 것이고 그럼 거짓말을 하게 될 것 같아서다.

"말도 마셔. 갑자기 사람들이 소리 지르고 싸우고 도망가고 진짜 영화 한 편 찍었다. 역시 생각을 잘못 한 거 같아. 그 형 아버지 진짜 야쿠자였어."

"정말?"

"너 못 봤냐? 칼 들고 남자들 몇십 명이 엉켜서 싸웠다니깐. 1대 17 같은 건 다 뻥이지. 그냥 엉켜서 완전 개싸움 같았어."

"그걸 다 봤어?"

"봤지. 정신만 있었음 폰으로 찍어두는 건데."

시후는 마치 자랑스러운 무용담을 늘어놓듯이 신이 나서 본 것에 대해 떠들어댔다. 조금 과장은 있겠지만 아예 없는 얘긴 아닐 것이다. 희수 역시 눈앞에서 그가 칼을 든 남자와 싸우는 걸 봤으니까.

무단 외출을 하고 연락이 두절된 것에 대해서 30분 동안 꾸중과 주의를 들었다. 남은 설교는 공연 후에 듣기로 하고 겨우 풀려나서 몸을 풀었다. 희수가 오늘 무대에서 공연할 작품은 백색 발레, 낭만 발레의 대표작인 '지젤'이다. 리허설에도 제대로 참가하지 못했고 이틀 동안이나 제대로 연습을 하지 않은 탓에 초조해졌다. 또래의 학생들에게 보이는 거지만 절대 무대를 망치고 싶지는 않으니까.

희수는 순박하고 청순한 시골 처녀 지젤로 변신했다. 오늘 무대에서 공연할 장면은 신분을 숨기고 나타난 귀족 알브레히트를 만나 사랑에 빠지는 부분이다. 알브레히트는 시후가 맡았다. 어렸을 때부터 같이 발레를 배워왔기 때문에 둘은 그 누구보다도 호흡이 잘 맞았다. 희수는 짙은 분장을 하는 대신 연습에 더 시간을 들였다. 계속해서 음악을 들으며 대기실 구석에서 시후와 연습에 집중했다. 밖이 조금씩 소란스러워지기 시작했다. 일본 학교의 대강당은 1,000명을 수용할 수 있을 정도로 큰 규모의 공연장이었다. 관객석이 가득 차고 공연 시간이 가까워졌다.

첫 번째 무대는 2학년 선배들의 현악 4중주, 두 번째는 1학년의 팬터마임 연극, 세 번째는 3학년 선배들의 아카펠라 공연, 그리고 네 번째가 희수와 시후의 무대다. 차례가 가까워올수록 희수의 걱정도 점점 더 심해져갔다.

"나 화장실 간다."

뒤에서 들리는 시후의 목소리에 놀라서 휙 돌아봤다.

"또?"

시후가 씨익 웃었다.

"장난치지 마. 나 완전 긴장했단 말야."

"올라가면 괜찮아질걸, 뭐. 서희수 강심장인 건 대한민국이 다 알걸?"

자기도 떨리면서도 시후는 희수의 긴장을 풀어주려고 어깨를 가볍게 주물렀다. 이윽고 음악이 흐르기 시작하고 무대의 장막이 올랐다. 희수는 크게 심호흡을 하고 뛰는 듯 경쾌한 걸음으로 무대로 나아갔다. 언제 떨었냐 싶게 한 마리 나비처럼 춤을 췄다. 이어 시후가 등장하고 둘은 무대 위에서 지젤과 알브레히트의 설레는 만남을 연기했다. 떨리고 설레면서도 두렵고 부끄러운 지젤. 알브레히트는 그런 지젤을 사랑스럽게 보며 장난치고 유혹하며 사랑에 빠져든다. 희수가 고난도의 동작을 할 때마다 관객석에서 낮게 탄성이 터져 나왔다. 특히 발끝으로 서서 아라베스크 동작을 하거나 시후가 허리를 잡고 리프트 동작을 할 땐 박수 소리도 들려왔다.

고전 발레에서 지젤은 가장 아름답고 슬픈 여자 주인공으로 꼽힌다. 1막의 끝에서 지젤은 사랑하는 사람의 배신으로 인한 상처로 미쳐서 비극적인 죽음을 맞이한다. 그래서 2막의 지젤은 죽은 영혼, 귀신이다. 희수는 지젤에 대해 생각할 때마다 1막과 2막의 지젤은 전혀 다른 사람이라고 느껴왔다. 사랑의 고통을 겪고 변한 거라고 말이다. 그런데 경쾌한 왈츠 음악에 맞춰 알브레히트와 사랑을 나누는 춤을 추는데도 슬픈 감정이 인다. 그를 보는데 마음이 아프다. 시후의 품에 안겨 두 눈을 마주치고 사랑에 설레는 감정을 표현한 그때, 희수는 히가시데 나기를 떠올렸다. 순간 가슴에 아릿한 통증이 느껴졌고 이유를 알 수 없는 슬픔에 사로잡혔다. 호흡이 흐트러져 시후의 손을 살짝 놓치고 말았다. 다행히 시후가 티 나지 않게 얼른 희수의 팔을 잡아 마지막 포즈를 잡았다. 무사히 무대가 끝났다.

신명나는 사물놀이 공연이 피날레 무대를 장식하고 있을 즈음, 긴장이 다 풀린 희수는 대기실에서 시후와 장난을 치고 있었다.

"여기까지 그걸 가지고 왔어?"

"요즘 내가 한창 빠져 있잖아."

"비켜봐. 나도 해볼래."

희수는 시후를 밀치고 보드 위에 올랐다. 발레 연습 사이사이 쉬는 시간이나 이동할 때마다 시후가 타고 있는 걸 지겹게 봤다. 몇 번 해봤지만 별 흥미를 느끼지 못했었다. 이번에도 맘대로 타지지 않으면 금세 싫증을 느낄 거다. 그래도 히가시데 나기가 아닌 다른 생각을 할 게 필요했다. 그의 키스, 그의 손길이 떠오를 때마다 얼굴이 화끈 달아오르고 있었다. 그런데 방금 무대 위에선 왜 그랬을까? 그를 떠올리면서 왜 갑자기 슬퍼졌나 모르겠다. 화가 나도 시원찮은데.

희수가 보드와 씨름하며 좁은 대기실을 맴도는 걸 보면서 시후는 비웃었다.

"넌 춤추는 애가 운동 신경 진짜 없다."

"가만 있어봐. 이번엔 될 거 같애."

시후는 균형을 잃고 휘청거리는 희수의 손을 잡았다. 그러더니 갑자기 어색한 듯 손을 놓았다.

"너 아까 좀 이상했어."

보드에 정신이 팔린 희수는 건성으로 대답했다.

"뭐가?"

"몰라. 그냥 표정이랑 눈빛이랑 동작이랑, 연습 때랑 다르더라."

"그래? 어제오늘 연습 게을리 한 티가 났구만."

희수는 대수롭지 않다는 듯 대꾸했지만 시후를 똑바로 쳐다볼 수가 없었다. 스스로도 그렇게 느꼈지만 그걸 시후가 알아챘다는 게 조금 놀라웠고 마음을 들킨 거 같이 부끄러웠다.

"너 나한테 뭐 숨기는 거 있지?"

보드 위에 선 채로 멈췄다. 시후의 눈을 피해 고개를 숙이고 있었다. 시후가 다가오더니 희수의 표정을 살피려고 허리를 굽혀 희수의 얼굴을 쳐다봤다.

"뭔데?"

희수는 잠깐 망설이다가 조용히 대답했다.

"나…… 그 사람…… 히가시데 나기…… 자꾸 생각이 나."

"왜? 그 형이 무슨 짓 했어?"

"그게 아니라…… 좋은데 싫고, 싫은데 좋고. 이런 건 무슨 감정이야? 너 연애 해봤잖아. 말해봐. 누구를 좋아하면 이런 기분이야? 자꾸 생각나는데 화나고 보고 싶고 그래?"

멍했다가 놀랐다가 찡그리는 시후의 표정 변화가 웃겼다. 말하고 나니 조금 후련한 기분이 들기도 했지만 마음속 혼란은 여전했다. 중학교 때 두 달 동안 여자친구를 사귀었던 경험이 있는 시후는 조금이라도 알지 않을까? 이 마음이 뭔지.

"그…… 그 형한테 말했어? 네가 좋아하는 거?"

"좋아하는 건지 아닌지 나도 모르는데…… 근데 알지도 몰라."

"어떻게?"

"알 거야. 그냥 그런 느낌이 들어."

시후는 형사가 용의자를 심문하듯이 희수를 째려봤다. 희수는 괜히 말했나 후회가 되었다. 어차피 다신 못 볼지도 모를 사람인데.

"처음부터 다 말해봐. 그 형이랑 있었던 일 다."

"더 말할 거 없어. 끝났는데 뭐. 됐어. 잊어버려."

시후를 밀치고 3학년 선배들 쪽으로 갔다.

"야, 서희수!"

시후의 부름을 못 들은 척하고 선배들에게 애교를 부렸다. 괜히 실없는 얘기를 하며 수다 떠는 와중에 사물놀이가 끝나고 마지막 무대 인사 시간이 되었다. 지젤과 알브레히트의 모습 그대로 다시 무대로 올라 멋지게 턴을 하고 우아하게 인사를 했다. 모든 공연자의 인사가 끝나고 일본의 학생들과 자유롭게 인사를 나누는 시간이 주어졌다. 공연단 모두는 꽃다발을 받았고 학생들과 함께 사진을 찍었다. 발레리나는 남학생 여학생 불문하고 단연코 최고의 인기였다. 일단 겉모습부터가 사진으로 남겨 기념하기에 딱 좋은 모습이랄까. 그런데 시후의 주변에선 여학생 몇몇이 주뼛거리고 있을 뿐이었다.

시후가 작게 투덜거렸다.

"이 타이츠 때문이야. 내가 이것 때문에 발레 안 한다고 했던 거 알지?"

희수는 웃었다. 벌써 8년 전의 일이다. 시후는 딱 달라붙는 발레 의상이 남자의 성기를 도드라지게 보이게 한다는 걸 뒤늦게 알고서 발레를 관두려고 했었다.

"이렇게 같이 찍자. 오케이?"

희수는 휴대전화를 들고 몰려온 여학생들 틈에서 시후를 당겨 팔짱을 끼었다. 알 수 없는 일본어로 말하며 웃어대는 소녀들 사이에서 시후는 얼굴을 붉혔다. 그 모습을 보고 또 여학생들은 키득키득 웃었고, 화기애애한 분위기가 감돌자 어느새 희수와 시후 주변으로 학생들이 잔뜩 몰려왔다. 말은 통하지 않았지만 간단한 영어로, 표정으로, 손짓으로 서로의 의사와 감정이 전달된다는 게 신기하고 재밌었다.

희수와 시후가 일본 학생들과 사진 촬영에 빠져 있을 때 입구 쪽에서부터 술렁임이 일었다. 점점 다가오는 정적에서 "히가시데 군."이라는 단어가 들려왔다.

분위기를 먼저 알아챈 건 시후였다. 희수는 같이 사진을 찍으려고 옆에 선 학생이 깜짝 놀라는 걸 보고서 고개를 돌렸다. 학생들 사이로 그가 다가오고 있었다. 홍해의 기적처럼 양옆으로 갈라진 학생들은 두려운 듯 숨소리도 없이 조용했다. 5백여 명을 집중시키며 등장한 그는 주변 시선은 아랑곳없이 곧장 희수에게로 다가왔다. 희수는 긴장으로 몸이 굳어짐과 동시에 흥분으로 가슴이 두근거렸다. 그를 본 순간 슬픔의 이유를 깨달았다. 보고 싶었던 거다. 그가 옆에 없어서, 어쩌면 다신 못 만날 거라는 생각에 슬펐던 거다.

그는 멈춰 서지 않고, 아무런 말도 없이 희수의 손목을 잡았다. 그대로 희수를 데리고 가려는 걸 시후가 막았다. 희수의 앞을 막아서고선 나기를 제지했다.

"사진 찍으려면 차례 기다려요. 이 학생들이 먼저예요."

나기의 시선이 시후에게 꽂혔다. 아무런 감정도 담기지 않은 표정이 더 무섭게 보였다. 뒤에서 인솔 선생이 거기 무슨 일이냐며 다가왔다. 일이 커지면 곤란하다. 희수는 상황을 수습하려 시후의 등에서 나왔다.

"잠깐 얘기만 하고 올게. 금방 올게."

마주친 시후의 눈빛엔 의심이 가득했다.

"너 어쩌려고? 가면 안 돼."

"괜찮아. 아무 일 없을 거니까 걱정 마."

"야, 서희수."

"잠깐이면 돼."

설명하고 납득시킬 만한 상황이 아니다. 희수는 불만에 찬 시후를 뒤로하고 나기를 지나 먼저 걸어 나갔다. 학생들의 시선이 그녀에게 꽂혔고 인솔 선생이 화난 목소리로 부르는 소리가 들렸지만 멈출 수가 없었다. 발소리는 들리지 않았지만 뒤에서 그가 따라오고 있다는 걸 느꼈다. 겨우 강당에서 나와 사람들의 시선에서 벗어난 희수는 걸음을 멈췄다. 갑자기 어디로 가야 할지 방향을 잃어버렸다. 성큼 다가온 그가 방황하는 희수의 손을 잡고 이끌었다.

"여기, 여기요. 이 교실에 아무도 없……."

빈 교실을 보고 멈추려 했지만 그는 계속해서 복도를 걸어 나갔다. 그의 빠른 걸음에 희수는 조금 뛰어야 했고 복도 바닥에 부딪힌 토슈즈에서 따닥따닥 소리가 났다. 습관이 되어 발끝으로 뛰어서다. 걸어가면서 힐끔 고개를 돌리고 소리 나는 슈즈를 보는 그의 시선이 보였다.

"어디까지 가요? 여기서 얘기해요."

하는데 그가 유리문을 열었다. 차가운 바람이 들어와 희수의 맨살을 할퀴었다. 오프숄더의 지젤 드레스는 얇은 레이스 천을 겹겹이 올려 풍성하도록 만든 무대복이었다. 방한은커녕 찬바람이 술술 들어왔다. 희수가 흠칫하며 몸을 빼는 걸 보고서 그가 자신의 재킷을 벗었다.

"그게 문제가 아니라…… 신발요. 토슈즈는 모래 밟으면 망가져요."

그는 검정색 가죽 재킷을 희수의 어깨에 걸치고서 그대로 희수를 안아 들었다. 건물을 나가 20미터 떨어진 곳에 주차해둔 자신의 차까지 걸어갔다. 희수는 하얀 구름 같은 드레스 자락이 겨울바람에 하늘하늘 흩날리는 걸 보았다. 시선을 들어 그의 얼굴을 볼 용기는 나지 않았다. 그래도 그에게 안겨 걷는 게 전혀 불편하거나 어색하지 않았다. 오히려 요람에 싸인 아기처럼 평온하고 아늑하다고 느꼈다. 단단한 그의 어깨에 두른 팔에 조금 힘을 주었다. 떨어질까 봐, 무게를 조금이라도 덜어주기 위해서라고 속으로 핑계를 대고선 그의 목을 부드럽게 껴안았다. 그리고 그의 어깨에 조심스럽게 머리를 기댔다.

편안했다. 건물 입구로 몰려나온 학생들이, 그리고 시후가 지켜보고 있다는 걸 전혀 의식하지 못할 정도로.

05

방탕하게 놀아보리라 작정하고 클럽으로 갔었다. 그런데 입구에서 밑의 직원이 빨간색 백팩을 내밀었다. 희수가 떨어뜨리고 간 가방이었다. 망가진 핑크오션은 보수 작업 중이었고 클럽의 미녀들은 예기치 않은 휴업으로 모두 출근하지 않았다. 그나마 살아남은 멀쩡한 빈방에서 희수의 가방을 마주하고 앉았다. 그가 즐겨 마시는 위스키와 함께 피해 상황이 정리된 보고서가 올라왔다.

눈에 들어오지 않았다. 위스키에도 손이 가지 않았다. 나기는 눈에 가시처럼 밟히는 가방을 들고 클럽을 나왔다. 그땐 그냥 무작정 보고 싶었다. 봐서 뭘 어쩌겠다는 게 아니라 하룻밤 꿈 같은 계집애를 눈으로 확인해보고 싶었을 뿐이었다.

질투를 했다. 학교의 남학생들이 희수의 가는 몸을 노골적으로 훑어보고 있었다. 방종한 어린 늑대 놈들이 희수를 두고 희롱하는 농담을 들었다. 같이 춤추는 녀석과 잤을까 말까를 두고 자기들끼리 실랑이를 벌이며 낄낄댔다. 평소 같으면 그따위 녀석들 상대도 안 했겠지만 거슬렸다. 메다꽂아버리고 희수를 담은 눈을 도려내고 싶었다. 그걸 실천으로 옮기지 않은 건 더 열받게 하는 상대가 있어서였다. 강시후. 녀석이 그녀의 가냘픈 허리를 만지고, 손등에 키스를 하고, 턱을 쓰다듬고, 품에 안고, 높이 들어 올려 사랑스럽게 바라보았다. 저 녀석을 어떻게 아작 낼까. 부르쥔 주먹이 떨렸다. 상대도 안 되는 가여운 녀석을 무시하고 희수를 보았다.

오늘, 지금 당장, 저 계집애를 내 걸로 만들어버려야겠다.

차에 태우자마자 희수는 운전석과 조수석 사이에 놓인 자신의 가방을 알아봤다.

"이거 내 가방인데? 어디서 찾았어요?"

가방을 열어보더니 지갑이며 휴대전화 등, 물건들이 그대로 다 있다며 좋아했다. 나기는 희수를 태우고 해변 도로를 달렸다. 석양이 지고 있었다. 붉게 물든 하늘이 바다를 적시고 있었다. 희수는 구름 같은 치마 위에 가방을 올려놓고, 그 위에 방전된 휴대전화를 올려놓고 거기에 달린 방울을 만지작거리고 있었다. 정면의 도로만 보고 있어도 희수의 작은 손짓, 숨소리, 표정까지 다 느껴졌다. 불안해 보이진 않는다. 어디로 가냐고 묻지도, 그만 돌아가자고 조르지도 않는다. 가만히 앉아 석양에 물든 바다를 보며 이따금씩 방울을 만지작거릴 뿐이다.

어슴푸레 어둠이 내려앉을 즈음 나기는 바닷가에 차를 세웠다. 차에 타고서 처음으로 희수가 입을 열었다.

"앞에…… 저기 떠 있는 거 보여요? 뭐예요?"

희수가 가리킨 것은 검푸른 바다 위에 하얀 빛을 내며 둥둥 떠 있는 것들이었다.

"유빙."

"유빙?"

"얼음덩어리. 배 타고 좀 멀리 나가면 더 큰 걸 볼 수 있어."

"유빙…… 꼭 누구 같다."

"누구?"

"누구라고 말하는 사람."

"어째서."

"그냥 느낌이."

바다에서 시선을 돌려 희수를 보았다. 이마에서 턱으로 이어지는 그녀의 옆얼굴은 르누아르 그림 속 여인처럼 신비롭게 보였다. 땋아서 묶어 올린 머리가 귀여우면서 우아한 공주님 같은 분위기다. 얼굴에 홀려서 보다가 아래로 시선을 내리면 가슴 뻐근하게 욕망이 솟았다. 가는 목에서 코르셋 모양의 조끼에 감싸인 봉긋한 가슴, 가슴에서 허리, 엉덩이로 이어지는 몸의 곡선이 아름답다. 만지고 싶어서 열이 오른다. 갑자기 목이 타며 더워지기 시작했다. 희수를 위해서 세게 튼 히터 바람이 더 뜨겁게 느껴졌다. 자제력을 잃기 전에 이 욕망을 가라앉힐 게 필요했다.

"거기, 담배."

나기는 희수에게 걸쳐준 자신의 재킷 주머니를 가리켰다. 희수는 양쪽 주머니에 손을 넣어보더니 왼쪽 주머니에서 담배와 라이터를 꺼내 그에게 내밀었다. 주고받다가 손가락이 스쳤다. 잠깐의 접촉이었을 뿐이었는데도 그 보드라움이 전해져왔다. 담배를 꺼내 입에 무는데 손끝이 살짝 떨렸다. 빌어먹을. 지금 빨고 싶은 건 담배가 아니었다. 나기는 신경질적으로 차에서 내려 문을 쾅 닫았다. 차문에 기대 담배에 불을 붙이는데 짜증이 솟구쳤다. 한 모금 길게 빨아봤지만 좀처럼 욕망이 가라앉질 않는다.

지금 그를 괴롭히는 건 그녀의 나이도, 일본과 한국 간의 거리도, 그녀의 어머니가 검사라는 것도, 아버지의 반대도 아니다. 그가 두려운 건, 채워도 채워지지 않을 것 같은, 이전에는 한 번도 느껴보지 못했던 자신의 흉포한 야수성이다. 간밤에는 어렴풋했던 그 실체가 무대에서 춤추는 그녀를 봤을 때 본색을 드러냈다.

자신 안에 괴물이 있다. 희수가 춤추는 걸 그 누구에게도 보이고 싶지 않다고 생각했다. 자신의 집에 가두고서 그녀를 가지고 만지고 안고 온몸을 핥고 싶다고 생각했다. 집 밖으로 한 발짝도 못 나가게 할 것이다. 나만 보게 할 거다. 자신 이외엔 누구도 그녀를 보지 못하게, 그녀가 다른 존재를 알지 못하게 말이다. 그리고 그건 평생, 영원히 지켜져야 한다. 두렵다. 괴물이 튀어나올까 봐. 이 생각을 정말 행동으로 옮기게 될까 봐.

등 뒤, 운전석의 창문이 열렸다. 돌아보자 희수가 운전석 쪽으로 고개를 내밀었다.

"라멘 먹을래요?"

레스토랑 앞에 차를 세우자 안에서 정장을 갖춰 입은 직원이 뛰어나왔다. 그리고 나기의 차를 향해 90도 인사를 했다. 그가 아직 차에서 내리지도 않았는데 말이다. 그는 운전석에서 내려 곧장 희수에게로 왔다. 희수의 토슈즈가 땅에 닿지 않도록 안아 들고서 레스토랑 안으로 들어갔다. 창피했다. 카펫이 깔린 레스토랑 바닥은 걸어도 괜찮다고 말했지만 그는 듣지 않았다. 식사를 하고 있던 사람들이 돌아봤고 홀의 웨이터와 주방 쪽 사람까지 다 나와서 마찬가지로 90도 인사를 했다. 특히 머리가 희끗희끗한 아저씨는 두 사람의 뒤를 따라오며 희수를 뚫어지게 쳐다봤다. 정말, 정말로 창피했다.

홀을 지나 2인용 테이블이 놓여 있는 작은 룸으로 들어갔다. 무사히 의자에 앉혀졌을 때 희수는 창피해서 얼굴이 빨개져 있었다. 따라온 반백의 아저씨와 나기가 인사말을 주고받았다. 아는 사이인 듯 그의 얼굴에 좀처럼 나타나지 않는 미소가 살짝 떠올랐다. 그 미소를 훔쳐보다 눈이 마주치자 희수의 얼굴이 더 빨개졌다.

"잠깐 있어."

그는 반백의 아저씨와 대화를 하며 방을 나갔다. 두 사람은 멀리 가지 않고 문 앞 복도에서 대화를 나눴다. 3분의 1쯤 열린 문 사이로 낮은 대화 소리가 들려왔다. 알아듣지도 못하는 말을 괜히 엿듣고 있는 것만 같아서 자리에서 일어났다. 작은 룸에는 흰 천이 덮인 각진 테이블과 원목 의자가 있었다. 그리고 유럽식 문양의 접시가 든 수납장이 있는 게 전부다. 깔끔하고 검소한 어느 가정집 식당에 와 있는 기분이 들었다.

가장 안쪽에 있는 수납장 앞에서 접시를 구경하는데 뒤에서 그가 허리를 감아 당겼다. 흠칫 놀라 몸을 빼려 했지만 그의 힘에 이끌려 탄탄한 몸에 기댈 수밖에 없있다. 목덜미에 그의 숨결이 느껴졌다. 그는 깊은 쇄골에 코를 파묻고 그녀의 체취를 흠뻑 들이마시더니 한숨처럼 속삭였다.

"あぶない."

"뭐…… 뭐랬어요?"

손이 스치는가 싶더니 엄지로 손목 안쪽 보드라운 살을 어루만지는
게 느껴졌다. 귓불에 그의 입술이 닿았다. 희수의 몸이 파르르 떨렸다.
가는 허리를 감고 있던 손이 올라와 그녀의 가슴을 만졌다. 놀라서 그
의 손을 잡아 내렸다.

"자, 잠깐만…… 하지 마요."

"キスして。"

그는 희수의 턱을 잡아 뒤로 당겼다. 한껏 목이 젖혀진 희수의 입술
이 무방비 상태로 열렸다. 곧장 입술이 내려와 키스했다. 하루 종일 굶
주린 것을 흡입하듯 절박한 키스였다. 떨림과 설렘, 부끄러움은 있었
지만 저항감은 전혀 없었다.

어째서 이런 일들이 순식간에 아무렇지도 않게 이뤄지는 걸까?

곱고 섬세한 목을 쓰다듬던 그의 손은 더 가까이하지 못해 화가 난
것처럼 여리고 호리호리한 몸을 압박해왔다. 희수는 발랑 까진 날라
리처럼 열렬히 응하고 있었다. 날카롭게 잘생긴 그의 얼굴을 만지다
가 밤처럼 새까만 머리칼 속으로 손을 넣었다. 어제까지만 해도 이런
일이 가능하리라고는 꿈에도 생각해본 적이 없었다. 남자친구가 생기
면 어떨까 생각해본 적은 있지만 결코 이런 장면은 예상치 못했다. 그
런데 그가 하자면 끝까지 가버릴 것 같다. 망측한 일도, 부끄러운 것도
모르고 다 해버릴 것 같다. 만난 지 24시간도 안 된 이국의 남자에게 이
렇게 속절없이 끌려갈 줄이야.

뜨거운 연인들처럼 깊은 키스를 거침없이 나눴다. 아침에 그에게 젖

가슴이 만져지고 알몸까지 보였다는 걸 생각하면 그를 똑바로 쳐다볼 수조차 없는데도 기분이 좋았다. 수치감에 낯이 뜨거워지지만 그의 뜨거운 입술에 사로잡혀 있노라면 다른 건 아무래도 좋아졌다. 수치심도, 걱정도, 불안도 하얗게 사라져버리고 오로지 그에게 더 다가가픈 욕망만 더했다.

희수는 몸을 돌려 그의 목에 팔을 감았고, 그는 가는 허리에 팔을 감고 희수를 가볍게 들어 올려 더 깊숙이 키스했다. 그의 다른 손이 자기 것인 양 봉긋한 가슴을 만지고 주물렀다. 그녀 자신조차도 해본 적이 없는 방법으로 그녀의 몸을 만지고 쓰다듬고 있었다. 그런데도 그녀는 전혀 거부감이 느껴지지 않았다. 오히려 더 만져지길 원했다. 그의 뜨거운 숨소리가 너무 좋아서 몸이 자꾸 꼬이고 그에게 더 가까이 닿고 싶었다.

"내 거야, 넌."

귓가에 굵고 낮은 속삭임이 들렸다. 사귀자는 것보다 더 확실하고 뜨거운 고백, 약속. 이 남자의 것이 된다는 것, 그게 어떤 것인지는 잘 몰라도 엄청 떨렸다.

희수는 그의 가슴에 뺨을 대고 뜨겁고 세찬 고동 소리를 들으며 멍하니 종업원을 봤다. 그의 등 뒤로 종업원이 테이블 위 잔에 물을 따르고 있었다. 언제 들어왔는지, 노크 소리가 들렸는지도 알지 못했다. 다만 그가 큰 체구로 종업원의 시야에서 희수를 가려주고 있다는 게 다행일 뿐이었다.

종업원이 서둘러 나간 뒤 그가 포옹을 풀고 희수의 뺨을 가볍게 어루만졌다. 지그시 내려다보는 그의 눈에는 소유욕이 강하게 자리 잡고 있었다. 아직 뜨거운 키스의 여운이 가시지 않은 몸이 여리게 떨렸다. 그의 손에 이끌려 자리에 앉을 때까지도 희수의 표정은 홀린 듯 멍했다.

"그, 그냥 라멘이나 먹자고 했는데…….."

목소리가 쉬어 나왔다. 그러고 보니 입술도 얼얼하다. 분명 빨갛게 달아올랐을 것 같다.

"아버지 쪽에 아직 라멘집은 없으니까."

"아버지 쪽?"

무심코 되묻다가 그와 시선이 마주쳤다. 그의 파고드는 눈빛을 본 순간 몸이 달뜨며 얼토당토않은 생각이 머리를 스쳤다. 이 남자를 정말 사랑하는 것 같다. 첫눈에 사랑에 빠졌다는 로미오와 줄리엣은 영화 속 이야기가 아니라 진짜 이 세상 곳곳에서 일어나고 있는 일이었던 걸까? 그렇다고 해도 이건 너무 심하다. 무슨 사랑이야. 너무 빨라. 낯선 사람이랑 사랑이라니, 미쳤나 보다, 진짜. 하지만 그에게 끌리는 몸과 마음을 다른 무엇으로 설명해야 할지 알 수가 없었다.

희수는 자신의 생각에 당황해 물을 마시는 척하며 시선을 피했다.

"아직 위험하단 소리야. 다른 곳은 위험해."

"무슨 말인지 모르겠어요. 왜 위험해요?"

나기는 대답 없이 물을 마셨다. 희수 역시 흐리멍덩한 머릿속을 챙기느라 입을 다물었다. 가볍게 노크 소리가 들리고 그가 대답하자 예의 그 종업원이 큰 접시를 들고 들어왔다. 희수와 그가 떨어져 있어 안도하는 표정이다. 빵과 치즈, 그리고 먹기 아까울 만큼 예쁘게 담긴 애피타이저가 나왔다. 그와 이런 화려하고 거창한 요리는 안 어울릴 것 같은데 막상 그가 빵에 버터를 바르는 걸 보니 꽤 어울리는 모습이다.

"생각났는데……."

말을 하려다 멈췄다. 그가 희수의 접시 위에 버터 바른 빵을 놓았기 때문이다. 정말 연인 같다. 희수는 얼떨떨한 미소를 짓고서 다시 말을 이었다.

"어떻게 생각하는지, 시후가 궁금해요."

그가 자기의 빵에 버터를 바르며 희수를 쳐다봤다.

"어머니 뵈러 갈 건지……."

"네 생각은?"

갑작스러운 그의 질문에 살짝 당황했다.

"내 생각이 뭐 중요한가요? 내가 말하면 그대로 할 거예요?"

"말해봐."

시후를 위해서라면 그가 어머니를 방문해주길 바란다고 해야겠지만, 아줌마를 생각해서라도 그래야겠지만 사실 희수의 솔직한 생각은 아니었다. 외도로 집을 나간 희수의 아버지는 어머니가 아닌 다른 여자와 이미 가정을 꾸리고 있었다. 세 살배기 아들도 하나 낳아 기르면서 말이다. 그런 아버지에 대한 배신감과 미움이 희수에게 있었다. 그래서 조금이나마 나기의 기분을 이해할 수 있었고 강요하고 싶지 않았다. 오래전에 나기를 버린 어머니가 아닌가. 그 어머니 역시 강요당해서 어쩔 수 없었다지만, 아무것도 모른 채 버림받아야 했던 히가시데 나기에게 그런 어머니를 외면할 권리조차 없다면 너무 불공평한 게 아닌가.

"나는 모르겠어요. 형님 입장이 아니니까."

손으로 빵을 뜯어 입에 넣던 그가 '형님'에 멈칫하고 희수를 쳐다봤다.

"어머니를 만나고 안 만나고는 형님의 선택인 것 같아요. 시후 아줌마를 위해서는 형님이 만나주면 좋겠지만…… 어쨌든 형님의 생각이 중요한 거죠. 내키지 않으면……."

"형님? 내가 네 형님이야?"

어이없다 못해 불쾌하단 표정이다. 희수는 민망해 웃고 말았다.

"시후 형님이니까…… 그럼 뭐라고 불러요? 나기 씨? 나기 군? 그렇게 불러도 돼요?"

장난스럽게 말하고는 적당한 호칭을 찾아 눈을 굴렸다.

"뭐가 좋을까나. 아니면……."

"배고프다며."

그가 말을 자르며 희수의 애피타이저 접시를 가리켰다. 하지만 본론은 아직 꺼내지 못했다. 시작한 김에 해야 될 숙제를 끝내버리고 싶었다. 지금 말하지 않으면 용기를 다시 내기가 어려울 것 같아서다.

"저…… 할 말이 있어요. 1년에 한 번, 미국에서 유스 아메리카 그랑프리라는 대회가 있는데 올해 거기 출전했었어요. 운 좋게도 입상했고, 영국 로열 발레학교에 들어가게 됐어요. 그래서 내년부턴 영국에서……."

희수의 목소리가 점점 잦아들었다. 점점 굳어지는 나기의 표정 때문이다. 왠지 혼나는 기분에 주눅이 들었다. 희수는 시선을 피하고서 말을 끝맺었다.

"내년 1월에 영국으로 떠나요."

자신의 상황을 얘기하려니 이상하게 서운하고 슬픈 감정이 올라왔다. 발표 당시에는 너무 좋아서 엄마랑 부둥켜안고 울었었다. 너무 기쁘고 좋은 소식이고 여전히 행복하고 기대감에 부풀어야 할 이야기인데 그를 다시 못 볼지도 모른다는 생각부터 들었다. 영원한 베프, 소울메이트라고 생각하는 시후와 헤어지는 것보다 단지 24시간 전에 본 사람인 그와 헤어진다는 게 더 서운했다. 슬퍼진다. 그렇다고 발레를 포기할 순 없다. 그녀에게 발레를 뺏는 건 죽으라고 하는 것과 마찬가지다. 하지만 그를 다시 못 본다고 생각하니 가슴이 따끔거리면서 아팠다. 발레가 전보다 즐겁지 않을 것 같은 생각마저 든다.

"나한테 그런 말을 왜 해?"

눈빛과 목소리가 얼음처럼 차가웠다. 화를 내는 건지, 비아냥거리는 건지 알 수는 없어도 분명 좋은 느낌은 아니었다. 희수는 전혀 예상치 못한 반응에 당황했다. 그는 전혀 서운하거나 아쉽지 않은 것 같았다.

"난 그, 그냥…… 연락하고 지내면 좋을 것 같아서…… 그냥 친구로 말이에요."

"친구? 누가 친구야."

처음엔 놀라서 멍했다가 곧 얼굴이 달아올랐다. 사랑이니 뭐니 혼자서 헛물켜고 있었던 거다. 혼자 아쉬워하고 마음이 아프기까지 했으니

김칫국도 이만저만 들이켠 게 아니다. 혼란스러웠다. 그렇다면 왜 그런 행동을 한 걸까? 아무 여자한테나 그러는 사람이었던 걸까? 애정 가득한 그의 눈빛이 다 연기였을지도 모른다고 생각하니 배신감이 들었다. 자존심 상하는 것보다 상처가 더 컸다. 애써 감정을 누르려고 해도 자꾸만 눈물이 차올랐다. 눈에 분명히 보이는 그의 차가움이 자신을 비웃는 거라고 해도 확인을 해야만 했다. 바보스럽게도 그를 정말로 좋아하기 때문이다.

"나는…… 나는……."

마지막 자존심에 눈물을 꾹 눌렀더니 목구멍이 따가웠다. 눈물 머금은 코맹맹이 목소리가 나왔다.

"나 좋아하는 줄 알았어요. 헤어지면 아쉬울 것 같아서…… 아니었어요?"

"누가 헤어지는데?"

"말했잖아요. 나 영국으로 간다고."

"누구 맘대로."

무슨 말인지 알아듣지 못하고 찡그렸다. 바라보는 그의 표정은 잔뜩 경직돼 있었다. 감정이 폭발하려는 걸 참는지 테이블 위에 올려놓은 주먹 관절이 튀어나올 것 같았다.

"겨우 만났는데 내가 보낼 것 같아? 그리고 친구는 강시후랑 해. 난 너 가질 거야."

뒤늦게 그의 말뜻을 알아들은 희수는 핑크빛으로 물들었다. 좋아서 눈물 그렁그렁하던 눈에 미소가 차올랐다. 가슴이 두근거렸다. 헤어지고 싶지 않은 건 그도 마찬가지였던 거다. 하지만 어쩔 수 없는 상황이다. 안도와 함께 아쉬움의 한숨이 나왔다. 그래도 표정과 목소리는 한결 밝아졌다.

"어쩔 수 없어요. 나도 여행 와서 이런 이상한 일이 생길 줄은 몰랐거든요. 안 그래요? 이건…… 우리 너무 빠르잖아요. 너무 빨라서 뭐가 뭔지 하나도 모르겠어요. 또 아직 미성년자고……."

부끄러움을 무릅쓰고 말했건만 그는 전혀 동의하는 기색이 아니었다.

"날 만난 게 이상한 일이야?"

"만난 건 이상한 게 아닌데…… 이런 기분이 드는 건 이상해요."

"어떤 기분?"

"홀린 기분……."

희수는 괜히 빵 조각을 손끝으로 톡톡 건드렸다. 기쁨도 잠시, 심란해졌다. 그의 말대로 겨우 마음에 드는 남자를 만났는데 금세 헤어져야 한다는 게 너무 싫었다. 며칠만이라도 더 그와 함께 있고 싶은데 내일 당장 떠나야 했다. 핑계 대고 가지 말까 하는 고민이 진지하게 들었다. 오타루의 공기 탓일까? 이국적인 풍경, 알아들을 수 없는 언어, 어쩐지 허무함이 느껴지는 겨울 바다의 유빙, 마음을 빼앗고 산란하게 만드는 것들. 나를 모르는 낯선 땅에 있다는 게 앞뒤 생각 않고 마음 가는 대로 할 수 있게 하는 건지도 모르겠다.

"여기에서 해. 일본에서."

"뭘요? 발레?"

"포기하면 더 좋고. 그냥 내 옆에 있어. 넌 아무것도 안 해도 돼."

희수는 말도 안 되는 소리에 어이가 없어 웃었다가 그가 진지한 걸 보고서 표정이 굳어졌다. 자신이 영국을 가기 위해 얼마나 노력해왔는지 몰라서겠지만 쉽게 말하는 그의 태도가 언짢았다. 마치 발레를 돈 벌기 위해서 하는 것처럼 보는 태도가 아닌가. 희수는 애써 화를 가라앉히고 차분히 설명했다.

"나 발레 일곱 살 때부터 했어요. 4년 전부턴 하루 여덟 시간씩 연습하고 있어요. 잠도 잘 못 자요. 온몸이 아파서. 근데도 무대만 올라가면 아픈 걸 몰라요. 꿈이었어요. 영국 가는 거, 절대 포기 못 해요."

날카롭게 희수를 보는 그의 눈빛이 점점 더 사나워졌다. 그의 억지스러운 태도에 화가 나긴 희수도 마찬가지였다.

"꿈 없어요? 꿈이 아니더라도 소중하게 생각하는 게 있을 거 아니에요. 어떻게 그렇게 쉽게 포기하라고 말해요? 자기가 뭔데."

"그럼 선택해. 영국과 나, 어느 쪽이야?"

희수는 대답 대신 코웃음을 쳤다. 너무 어이가 없어 정말 그렇게 물었는지 귀를 의심할 지경이다.

"유치하다, 정말."

"이게 유치해?"

"네, 엄청요. 엄마도 아빠도, 왜 다들 나한테 선택하라고 하는지…… 진짜 웃겨요."

희수가 헛웃음을 짓자 그는 대단히 기분이 상한 표정으로 희수를 노려봤다.

"지금 이 순간이 아무것도 아냐? 난 영혼까지 탈탈 털려서 다 뺏긴 기분인데 넌 아무것도 아냐? 꼭두각시처럼 네 말 한마디에 심장이 롤러코스터를 타는데 이게 넌 웃겨? 아버지 명령 거스르고 널 가지고 멀리 숨어버리고 싶어 미치겠는데 이게 다 유치해?"

그의 얼굴은 붉게 상기되어 있었고 눈빛은 금방이라도 타오를 듯이 강렬했다. 분노와 뒤엉킨 욕망이 그를 송두리째 뒤흔들고 있는 것처럼 보였다. 희수는 처음으로 듣는 그의 진심에 놀라서 말문이 막혔다. 실은 자신도 같은 상태였고 그 역시 같은 기분일 거라고 짐작은 하고 있었다. 이렇게 통하는 느낌이, 운명 같고 절대적인 사랑 같은 이 느낌이 혼자만의 것은 아닐 거라고 느꼈다. 그렇다고 뭘 할 수 있나. 우린 아직 어리고 해야 할 것들이 있다. 어지럽고 혼란스럽고 막막했다. 세게 얻어맞은 것처럼 몸과 마음이 모두 흔들리고 있었다. 하지만,

"영국 갈 거예요."

만난 지 이틀도 안 된 남자 때문에 발레를 포기할 수는 없었다. 헤어지기 싫다고 말했을 때 차라리 일본과 영국으로 떨어져 있는 게 잘된 일인지 모른다고 생각했다. 너무 빨리 진도가 나가서 정신없이 빠져드는 이 마음이 불안하기도 했으니까. 특히, 걷잡을 수 없이 깊어지는 육체적인 관계는 강하게 끌릴수록 두렵고 무서웠다. 그러니 떨어져서 전화나 편지를 주고받으면서 또래 친구들처럼 풋풋하게 시작하면 좋지 않을까. 열여섯과 열아홉의 어설프지만 설레는 첫사랑을 말이다.

"뭔가 결정하기엔 너무 시간이 없었어요. 난 떨어져서 생각해보고 싶어요."

"못 가게 할 수 있어."

"난 가야 돼요. 가서 전화할게요. 화상 통화하면 얼굴도 볼 수 있잖아요."

"만질 수는 없어."

노골적인 그의 표현에 부끄러워졌다. 잘생긴 그의 얼굴을 보고 있으면 그대로 응하고 싶은 유혹이 생겼다.

"그래도 방학 있으니까, 짧지만……."

"그게 연애야?"

불만만 말하는 그의 냉랭한 태도에 속이 상하기 시작했다. 헤어지기 싫은 건 마찬가지라고 말했건만 조르는 아이처럼 칭얼대기만 해서 어쩌자는 건지. 성숙한 척하더니 겉모습만 어른이지 철딱서니 아이랑 다를 게 뭔가.

"그럼 같이 영국으로 갈래요? 그럴 순 없잖아요. 그러니까……."

"알았어. 같이 가."

뜻밖의 대답에 놀라서 눈이 커졌다.

"정말요? 어떻게……."

"여기 지겨워진 지 오래됐어. 나가서 살아보겠다면 말리진 않으실 거야. 아파트 얻어서 같이 살자."

그는 마치 중년의 남자가 권태를 못 이기고 고향을 떠나려는 것처럼 홀가분한 표정을 했다. 하지만 희수는 그의 성인 버전의 대화 내용을 따라갈 수가 없었다. 그가 같이 간다면 정말 좋겠다는 생각을 했다가 곧 난감해졌다.

"난 기숙사에서 지내야 돼요. 그리고 잊었나 본데요, 나 아직 열여섯 이에요. 남자랑 같이 사는 걸 엄마가 허락하실 거 같아요?"

그와 이런 대화를 하고 있단 게 너무 당황스러웠다. 생각해보면 그에 대해 아는 거라곤 이름과 학교, 혼자 살고 있는 집 정도이다. 그를 백 퍼센트 신뢰한다고 해도 그가 말하는 모든 것이 희수에게는 너무 벅차서 감당이 안 되는 것들이었다.

그는 자리를 박차고 일어나 의자 뒤를 서성거렸다. 어떻게 해도 해결이 안 될 것 같자 금방이라도 폭발할 것 같은 표정이다.

"너 내 앞에 왜 나타난 거야? 떠날 거면서 왜 나타나서 사람을 이렇게 만들어!"

그는 불같이 화를 냈다. 황당한 비난에 화가 났다.

"나타나서 미안하네요."

희수는 인내심이 바닥났다. 서운한 마음에다가 화가 나서 마음에도 없는 말을 쏘며 벌떡 일어났다.

"사라져줄게요. 안녕히 계세요."

꾸벅 인사까지 했다.

"사요나라."

획, 문 쪽으로 가려는데 반백의 아저씨가 들어왔다. 그는 화난 눈으로 쳐다보았고 반백의 아저씨는 사과를 하는 듯 허리를 굽히며 말했다. 그 말에 그의 눈썹에 치켜 올라갔다. 단순히 방해를 받아 화난 게 아니라 뭔가에 분노가 끓어오른 표정이다.

열린 문으로 검은 옷을 입은 남자 둘이 나타났다. 그에게 목례를 하고는 곧장 희수의 팔을 잡으려 했다. 놀란 희수가 뿌리치려는 것과 동시에 그의 두 주먹이 탁자를 내리쳤다. 유리잔이 떨어지고 빵 조각이 튀어 올랐다. 그가 낮고 거친 목소리로 명령하자 남자 둘이 희수에게서 물러섰다. 그는 차분하지만 분노에 찬 음성으로 다시 명령했고, 남자 둘은 잠깐 머뭇거리다가 조용히 방을 나갔다. 반백의 아저씨가 나가면서 문을 닫았다. 다시 둘만 남자 그가 휴대전화를 꺼내 전화를 걸었다.

이대로 나가도 좋은 건지, 걱정스러워진 희수는 선 채로 통화하는 그를 지켜보고 있었다. 화가 단단히 난 그의 음성은 거칠고 차가웠다. 일본어로 화를 내다가 갑자기 한국어가 튀어나왔다.

"내가 책임지겠다고 했잖아요!"

전화 받은 상대가 무슨 말을 했는지 나기의 표정이 더욱 심하게 일그러졌다. 그리고 분노가 녹아 있는 몇 마디의 일본어. 전화를 끊는 그의 표정이 심상찮았다.

"무슨 일이에요?"

"아버지. 내가 너 잡아먹을까 봐."

무슨 소린지 알아들을 수가 없었다. 그러다가 어떤 장면이 떠올랐다. 어머니가 검사냐고 물으면서 화를 내던 그의 모습. 시후의 말대로 그의 아버지가 야쿠자라서 검사 딸은 골치 아프단 뜻일까? 그런 이야기를 이미 그는 아버지와 나누었던 모양이다. 이미 안 될 사이, 반대가 확정된 관계였나.

통화 후, 금방이라도 폭발할 것 같던 그의 분위기가 바뀌었다. 손바닥으로 얼굴을 비비더니 가면이라도 쓴 것처럼 차분하고 냉정한 얼굴이 되었다.

"밖의 놈들, 아버지 사람들이야. 호텔까지 안전하게 데려다줄 거야. 가."

조금 전에 당차게 '사요나라!' 인사했던 건 희수다. 그런데 지금의 이 배신감은 뭘까? 정말 이대로 끝인 건가. 갑자기 두려움이 엄습했다. 알 수 없는 서러움에 호흡이 흐트러지고 위장까지 아파왔다. 태어나 처음 느껴보는 강렬한 이 감정을 어떻게 해야 할지 알 수 없었다. 지금 가면 다신 못 볼지도 모른다. 생각한 순간 이유를 알 수 없는 복잡한 감정이 울컥 올라왔다.

파르르 떨리는 손으로 어깨에 걸치고 있던 재킷을 벗어 그에게 건넸다.

"여, 여기요."

"가져가. 너한테 더 잘 어울려."

희수는 세차게 고개를 젓고 완강히 재킷을 내밀었다. 그녀의 분위기를 감지한 그의 눈빛이 흔들렸다.

"기회는 지금뿐이야. 가, 빨리."

"이럴 거면서 키스는 왜 했어요? 학교는 왜 왔어요? 바닷가는 왜 데리고 갔어요? 어떻게 하려고 했는데? 이제 어떡할 거데!"

희수의 화난 표정을 보고 그의 굵은 목에 핏줄이 곤두섰다. 불끈 쥔 주먹, 꽉 문 어금니. 그는 참고 있었다. 치솟는 그 감정이 뭔지 몰라도 안간힘으로 억누르는 게 느껴졌다.

"한번 하려고."

"뭐?"

알아듣지 못하는 희수의 표정을 보고 그는 차게 비웃음을 띠었다.

"엣치."

"엣치?"

"섹스. 한 번 하고 나면 잊어버릴 것 같아서."

비틀린 그의 표현에 희수의 눈이 커졌다. 낯 뜨거운 충격에 눈물이
왈칵 쏟아지려 했다. 입술을 깨물어 꽉 참은 건 자존심 때문이 아니었
다. 진실을 알고 싶어서다.

"그, 그래요? 그럼 바닷가에서 하지 그랬어요? 여기로 올 게 아니라
어제 그 집이나 호텔로 데려가지 그랬어요?"

"여기서 못 한다고 누가 그래?"

그가 한 걸음에 다가들었다. 놀란 희수는 반사적으로 뒤로 물러났고
금세 출입문과 그 사이에 갇혀버렸다. 그는 양손으로 문을 짚고 희수
를 내려다봤다.

"문 잠가."

희수는 고개를 들고서 그의 눈을 뚫어지게 쳐다봤다. 겁은 나지 않
고 화가 났다. 모욕감이 두려움을 덮어버렸다. 입으로 말하는 게 정말
진실인지, 그의 눈은 혹여 다른 말을 하고 있는 건 아닌지 열심히 살폈
다. 하지만 그의 눈은 검은 가면을 덧씌운 듯 아무것도 읽히지가 않았
다. 감정을 숨기는 데에 능숙한 사람이었다.

"한번 하면 잊어버려요?"

큰 눈에 감정을 가득 담고서 솔직히 말했다.

"그럼 난…… 난 안 할래요. 잊어버리게 하고 싶지 않아요."

부끄럽지도, 자존심이 상하지도 않았다. 그게 진심이었으니까. 순간 나기의 눈빛에 섬광 같은 불꽃이 일었다 사라졌다.

"무슨 소리야. 좀 아프긴 하겠지만 너도 한번 하고 이런 건 잊어버리는 게 좋아. 처녀딱지 거추장스럽지 않아? 첫 상대가 나인 건 꽤 행운이잖아. 응?"

가볍고 능글맞은 이죽거림은 그답지 않다고 여겼다. 안 지 겨우 이틀밖에 안 된 사람을 그렇게 잘 아냐고 비웃어도 좋다. 쉽게 사람을 믿다니, 순진하다고 얕봐도 좋다. 자신의 직감은 그가 진중한 사람이라고 말하고 있으니까. 직감을 믿으련다. 그가 이러는 데에는 그만한 이유가 있으리라고.

"비켜줘요. 갈게요."

희수는 뒤로 손을 뻗어 문손잡이를 잡았다. 그의 셔츠 단추 쪽으로 시선을 떨어뜨리고 그가 비켜나길 기다렸다. 그러면서 마지막으로 딱 한 번만 그의 품에 안기고 싶다고 생각했다. 갈빗대가 부서지도록 심장이 쿵쾅거렸다. 그걸 느꼈는지 그의 숨결도 흐트러져 셔츠 속 근육이 눈에 띄게 불끈거렸다. 그리고 흐르는 망설임. 그의 목울대가 크게 위아래로 움직이더니, 이윽고 그가 문에서 손을 떼며 물러섰다. 희수는 천천히 몸을 돌려 방을 나왔다. 등에 그의 시선이 따갑게 느껴졌다.

밖에서 기다리던 두 남자는 반백의 아저씨와 얘기를 나누고 있었다. 희수가 나타나자 한 사람은 희수의 앞에, 한 사람은 희수의 뒤에 서서 경호원인지 감시원인지 모를 형태로 붙었다. 대기하고 있던 검은 리무진 뒷자리에 앉았다.

타자마자 차는 부드럽게 출발했다. 지나치게 성능 좋은 차는 엔진 소리조차 들리지 않았고 차내에는 침묵만이 가라앉아 있었다. 도시는 어둠에 싸여 있었고 차량과 가로등 불빛 속에 씨알 굵은 눈송이들이 흩날렸다. 긴 눈이 내릴 것 같다.

얼마나 흘렀을까. 치마를 움켜쥔 희수의 손등 위로 물방울이 떨어졌다. 희수는 소리 없이 울고 있었다. 그의 언사가 분해서인지, 이별이 슬퍼서인지, 어느 쪽도 딱 맞는 이유라고 할 수는 없다. 모르겠다. 눈에서 물이 흘러나와 멈추질 않는 병에 걸린 건지도.

앞의 두 남자가 대화를 주고받더니 리무진이 갑자기 급정차했다. 앞으로 몸이 쏠린 희수는 상황을 보려 고개를 들었다. 눈물로 희뿌예진 시야에 리무진을 가로막고 선 흰색 벤틀리가 보였다. 그다.

차에서 내리는 그의 모습을 보고 얼른 고개를 숙여 눈물을 닦았다. 그가 창문을 두드렸다. 운전석의 남자가 희수 쪽 창문을 내렸다. 찬바람과 함께 흰 눈송이가 안으로 들어왔다. 희수는 고개를 들지 않았다. 무릎 위로 빨간 백팩이 툭 떨어졌다. 가방을 돌려주러 온 거였다. 가방을 돌려준 뒤에도 그는 돌아가지 않았다. 안으로 들어온 손이 희수의 뺨을 잡아 돌렸다. 이어 젖혀진 입술 위로 그의 입술이 닿았다. 혀가 얽히는 강렬한 키스는 순식간에 끝이 났다.

"사요나라라고 하지 마."

희수만이 들을 수 있는 낮은 음성이었다. 그리고 그는 왔던 것보다 더 빨리 사라졌다. 달아오른 희수의 입술에 닿은 하얀 눈송이가 촉촉이 녹아내렸다. 희수는 혀끝으로 녹은 눈송이를 핥았다.

눈송이는 그의 맛이었다.

06

이듬해, 서울.

1월 1일, 새해가 되던 날 희수의 가족은 동네 카페에 모였다. 막 청소를 마치고 문을 연 카페에는 손님이 희수네 가족뿐이었다. 몇십 년 만에 왔다는 한파에 거리는 을씨년스러울 정도로 한산했다. 한강은 얼었고, 스키장엔 인파가 넘쳤으며, 어느 동네에선 수도관이 동파해 때 아닌 물난리에 곤욕을 치르고, 빙판에 낙상한 할머니를 업어 병원까지 나른 군인의 미담이 화제가 되고 있었다.

"내일은 날이 좀 풀린다더라."

"출국 준비는 잘하고 있지? 필요한 거 있음 말하고."

부모님의 말에 희수는 고개만 끄덕였다. 오타루를 떠나온 후 희수의 시간은 멎었다. 겨울이 깊어지고 출국일이 다가왔지만 감각이 없었다. 시간도, 공간도, 피부에 닿는 바람의 촉감도 모두 한 달 전의 오타루에서 멈춰 있었다. 희수는 바람에 쫓기어 굴러가는 낙엽을 멍하니 바라보다가, 뿌연 김 오르는 머그잔을 보다가, 커피 머신에서 나는 소음에 고개를 돌렸다. 엄마는 지루한 표정으로 카페라테를 휘저었다. 직원이 예쁘게 그려놓은 우유 하트가 순식간에 일그러졌다. 화장실에 간 아빠가 돌아왔다. 영국으로 떠나기 전 마지막으로 얼굴이나 보자며 모였다면 차라리 낭만적이었을 거다. 하지만 4개월 만에 만난 부모님의 목적은 이혼, 그리고 희수의 확답.

"아빠…… 한테 갈게."

"뭐?"

"서희수!"

엄마는 충격을 받았고 아빠는 당황했다. 지금껏 엄마와 살고 있었고, 아빠의 외도와 새 가정에 대한 존재를 모르지 않으니 엄마를 선택하는 건 당연시되고 있었다. 오타루에 가기 전 희수의 마음도 확실히 엄마 쪽이었다. 그런데 마음이 바뀌었다. 전적으로 히가시데 나기 때문이라고는 할 수 없다. 물론 그가 대단히 큰 이유이긴 하다. 혼자 살고 있는 그의 모습을 보니 자신이 한없이 어리게만 느껴졌다. 빨리 어른이 되고 싶었다. 하지만 그 이유가 전부는 아니다. 더 이상 부모라는 존재에 휘둘리기 싫을 뿐. 더 이상 엄마에게 짐이 되기도 싫었다. 이제 영국에 가게 되면 발레 하는 딸내미 뒷바라지 하느라 고생한 엄마도 자유롭게 살 수 있을 것이다. 다 키워놨더니 간섭 말라는 못된 딸이라고 해도 좋다. 그게 사실이니까.

희수를 전혀 고려하지 않고 새 가족과 호주 이민을 결정해둔 아빠는 당황해서 어쩔 줄을 몰랐다. 겉으론 웃고 있었지만 어떻게 된 거냐며 엄마를 보는 눈빛엔 그렇게 끼고돌더니 꼴좋다는 비난의 기색이 역력했다. 모르긴 몰라도 당장에라도 양육권을 포기하고 싶은 마음이 굴뚝같을 것이다.

"어차피 영국으로 가면 2, 3년은 안 돌아올 거야. 돌아올 때 되면 나도 성인일 거구, 성인 되면 당연히 독립해야지. 엄마, 아빠, 나, 이제 각자 인생 살자. 그렇다고 가족이 아닌 건 아니잖아."

엄마는 화를 냈고 아빠는 안도의 한숨을 내쉬었다.

"너 일본에서 무슨 일 있었지?"

카페 만남 이후, 촉이 좋은 엄마는 틈틈이 희수의 생각을 떠보려고 심문을 해댔다.

"왜 갑자기 맘이 변했는데? 네 아빠가 나 몰래 무슨 얘기 한 거 아냐?"

"무슨 얘기?"

"몰라. 전에 네 아빠, 너 따라 순회 공연 다니면서 세계 일주하면 좋겠다는 둥 얼척 없는 소리를 하더라. 아니지?"

희수는 너무 어이가 없어 웃었다. 아빠를 미워하고 싫어하게 됐다는 걸 아빠는 모르는 걸까? 남자란 이토록 무감각한 동물일까? 아니면 다 알면서도 제 욕심만 챙기는 욕심꾸러기인가. 그도 그랬던 걸까? 마지막에 한 번 하려고 했단 말이 사실인 걸까? 단지 나를 농락하기 위해서 위하는 척, 아끼는 척, 부드러운 눈길을 하염없이 보냈던 걸까? 그를 보면서 확신했던 많은 생각과 감정들이 불안스러워져간다. 자신이 안다고 생각하는 히가시데 나기는 모두 거짓이고 착각일 수도 있겠다는 의심이 쌓여간다. 떨어져 있으니 너무 그리워서 자꾸만 그를 원망하게 된다.

연습실 창문으로 빗방울이 또르르 흘러내렸다. 출국일이 일주일 뒤로 성큼 다가왔지만 희수는 아직도 멍한 채로 빗방울만 쳐다보고 있다. 영어 공부도 해야 되고 발레 연습도 더 열심히 해야 되는데 도무지 아무것에도 집중할 수가 없다. 블랙 진을 입은 남자의 뒷모습만 봐도 가슴이 뛰고, 눈이 내리면 눈물이 솟구쳤고, 흰색 벤틀리를 보고선 몇 블록을 쫓아가기도 했다. 밤이 되면 증세가 더 심해져 눈을 뜬 채로 멍하니 누워 밤을 꼴딱 새웠다. 그러다 무언가가 북받쳐 올라서 그의 전화번호를 눌렀다. 히가시데 나기는 전화를 받지 않았다. 일본어 메모리가 무슨 말을 하는지 몰라, 미치게 답답해서 사전을 뒤졌다. 사용이 중단된 번호.

일본의 학교로 연락을 해볼까? '핑크오션'의 번호를 알아볼까? 그의 바닷가 집에 전화가 있었던가? 그의 아버지 이름이라도 알아둘 걸 그랬다. 전화를 해서 꼭 해야 할 말 같은 건 없다. 그냥 그의 목소리가 너무 듣고 싶을 뿐이다. 그가 무사한지, 잘 지내는지 궁금할 뿐이다.

"서희수!"

화난 개인 선생이 호통을 쳤다.

"로열스쿨 들어갔다고 성공한 거 같애? 세계에서 춤 좀 춘단 애들은 다 모였을 건데 이따위로 할 거야? 거기 가서 너 못 하면 바로 잘려. 아이구, 창피해. 그럼 얼마나 창피할까."

꾸중인지, 놀리는 건지 모를 말에 희수는 픽 웃었다.

"웃어? 이게 요새 정신 빠져가지고. 몸 풀기부터 다시!"

"몸은 벌써 다 풀렸는데."

투덜거리면서도 희수는 얌전히 바를 잡고 섰다. 그에게 말했다. 영국 가는 게 꿈이었다고. 포기하라며 무시하는 그의 태도에 화를 내고 떠나왔다. 그랬으면서 정작 발레를 등한시하고 있는 건 자신이었다.

절대 그럴 일은 없어야겠지만 만약에라도 로열스쿨에서 쫓겨나면 창피한 정도의 일이 아닐 것이다. 그를 떠나고 선택한 발레의 가치를 제대로 보여주지 않으면 죄가 된다. 그에게나, 발레에게나.

온몸이 땀과 피로에 지쳐 연습실을 나온 시각은 밤 10시. 저녁도 거른 채 꼬박 네 시간을 쉼 없이 춤을 추었더니 몸이 초절임 상태다. 가방을 챙겨 복도를 나오던 희수의 휴대전화가 울렸다. 엄마였다. 데리러 오겠다면 혼자 갈 수 있다며 독립 정신을 발휘해야지 싶었는데 엄마의 목소리는 잔뜩 가라앉아 있었다. 비보였다.

출국을 일주일 앞둔 그날, 시후의 어머니가 돌아가셨다.

히가시데 나기는 생모를 닮지 않았다. 아담한 어머니와 달리 그는 키가 컸고, 하얀 그녀와는 달리 그의 피부는 구릿빛이었다. 그래서 좀 더 강력하게 주장하고 매달리지 못했던 걸까? 그가 아줌마의 아들이라는 사실을 완전히 실감하지는 못했었던 것 같다. 좀 더 그를 설득해서 아줌마와 만나게 했으면 좋았을 것을.

희수는 많이 울었다. 정든 그녀와의 이별이 슬펐고, 그를 데려오지 않은 게 미안했고, 엄마를 잃은 시후가 가여웠다. 그리고 그도 딱했다. 히가시데 나기는 생모를 만날 기회를 영영 잃어버린 거다.

"자, 먹어."

희수는 시후의 손에 숟가락을 쥐여주었다. 검은 양복 팔에 상주의 띠를 두른 시후는 평소보다 훨씬 어른스럽게 보였다. 눈물이 마른 얼굴은 파리하게 지쳐 있었고 눈자위는 눈물에 짓물러 빨갰다. 장례 이

틀째, 조문객의 방문은 끊이지 않았다. 시후 아버지 쪽으로 이어지는 재계 인사들과 외가로 닿은 문화계 저명 인사들이 줄줄이 들어왔다. 첫날엔 방송사 카메라까지 나와 스케치를 해 갔다. 덕분에 시후는 무릎이 나가도록 절을 해야 했고 이틀 동안 한 끼도 제대로 먹질 못했다. 자정이 가까워서야 겨우 조금 틈이 생긴 참이다. 희수는 의지 없는 시후의 손에서 숟가락을 뺏어 국을 떴다.

"자, 한 숟갈만."

"됐어. 내가 먹을게."

"아 해, 빨리."

한숨을 쉬고 마지못해 입을 벌린 시후에게 국을 떠먹였다. 밥도 먹이고 나물도 먹였다. 말없이 받아먹던 시후가 문득 뒤를 돌아봤다. 어머니의 영정 사진을 본다.

"엄마가 너 며느리라고 불렀지?"

"어. 유치원 때부터."

"목소리가 들리는 것 같애."

"나두."

희수와 시후의 엄마들은 대학 때부터 친구였다. 친구를 잃은 희수의 엄마는 그 어느 때보다 약한 모습을 드러냈다. 희수는 처음으로 엄마가 소리 내어 오열하는 모습을 봤다. 남편의 외도, 이혼, 딸의 배신과 겹쳐 더 힘든 게 아닌가 해서 미안하고 죄스러웠다. 독립 운운했던 건 결국 히가시데 나기한테 달려가고 싶어서라는 걸 부정할 수 없다. 당장에라도 일본으로 날아가 온 나라를 다 뒤져서라도 그를 찾아내 다시 만나고 싶었다. 그 갈증에는 엄마의 아픔도, 발레도 다 무시되고 있었다. 단 이틀 만난 사람 때문에 어쩜 이럴까. 사랑에 빠지면 그 사랑밖에는 안 보인다더니, 이렇게 철없고 이기적인 딸이 또 어디 있겠나.

"일본까지 가서 허탕이나 치고, 제대로 설명도 못 해보구 뭐냐. 이럴 줄 알았으면 강제로라도 형 끌고 와서 엄마 보여주는 건데 그랬어."

희수는 죄책감에 할 말이 없었다. 몇 번이나 그를 설득할 기회가 있었지만 그러지 않았다. 다른 생각은 할 수가 없었다. 정신을 잃고 속절없이 빠져들어서는 진짜 중요한 일을 놓치고 말았던 것만 같다. 미안하고 후회가 되었다. 이제는 어떻게 해도 돌이킬 수 없다는 게 더 비참한 노릇이다.

"그 형, 아니, 이제 형도 아니지 뭐. 엄마 돌아가신 거 알기나 할까? 돌아가셨다고 해도 꿈쩍도 안 하겠지? 어떻게 그럴 수 있냐? 이해가 안 돼. 나 같음 궁금하기도 할 것 같은데…… 낳아준 엄만데…… 좀 철면피 아니냐?"

희수는 시선을 피했다. 은근히 마음을 떠보려고 일부러 자극적인 단어를 쓰는 건지 몰라도 동의할 수가 없었다. 시후가 날카로워진 건 충분히 이해하고도 남는다. 그가 원망스럽기도 할 것이다. 하지만 그의 입장을 조금은 이해하고 있는 희수로서는 같이 욕해줄 수가 없었다. 오히려 그를 아버지에게 두고 온 시후의 어머니에게 원망스러운 부분이 있었다. 어쩔 수가 없었던 사정이야 분명히 있었겠지만 그래도 지금의 그는 좀 가엾다.

그는 혼자 살고 있다. 가난하진 않지만 풍요로워 보이지도 않는다.

냉장고는 텅 비었고 사람 온기 없는 집 안은 썰렁했으며 낯선 남자의 칼에 찔려 죽을 뻔했다. 위험해서 아무 곳에나 들어가 밥을 먹을 수도 없고, 줄담배를 피우고 멋대로 술을 마셔대도 등짝 갈겨주는 사람 하나 없다. 세상에는 밥 못 먹는 아이도 있고, 총탄 빗발치는 전쟁터에서 공포에 떠는 아이도 있다.

그런데도 지금 희수에겐 히가시데 나기가 세상에서 가장 딱해 보인다. 제일 가슴 아픈 사람이다.

만약 어머니 손에서 자라났으면 어땠을까? 그럼 그는 좀 더 잘 웃는 사람이 되지 않았을까? 시후처럼 말이다. 하지만 그녀가 아는 히가시데 나기의 세상엔 웃음이 없다. 학생답지도 못하고 늘 가까이 도사리고 있는 위험에 대비해야 하며 자신의 의지와 희망은 전혀 고려되지 않는 세상, 그는 그런 세상에서 살고 있다.

희수는 조용히 침묵을 지켰다. 절친 시후가 아니라 그의 입장에서 생각하고 이해하는 걸 시후에게 드러낼 수는 없었다.

희수가 끝내 히가시데 나기에 대한 언급을 피하자 시후는 포기하고 화제를 돌렸다. 한숨과 함께.

"너까지 영국 가면 나 어떡하냐?"

"자주 전화하자. 메일도 하구, 놀러도 오구. 열심히 해서 내년엔 너도 들어와. 아메리칸 시어터나 다른 쪽에 가지 말고, 꼭 같이 다니자."

"엄마가 너랑 백조의 호수 하는 거 보고 싶댔는데."

"나중에 해야지. 보고 계실 거야. 얼른 먹어. 국 다 식어."

"이제 안 먹여주냐?"

짐짓 어이없다는 표정으로 웃었더니 시후도 웃는다. 어머니가 돌아 가셔도 웃음이 난다. 밥은 먹어야 하고 해는 뜨고 시간은 흐르며 아이 는 성장한다. 밥 먹는 시후를 보는데 어쩐지 쓸쓸한 기분이 들었다. 엄 마 같은 미소로 바라보면서 새삼 시후가 있어, 친구가 있어 다행이라 는 생각을 했다.

"국 더 줄게. 잠깐만."

"됐어. 배불러."

만류하는 시후를 뒤로하고 일어섰다. 울컥해져서 눈물을 보일까 봐 자리를 피한 거다. 따뜻한 국을 다시 가져오는데 입구로 검은 옷을 입 은 남자 셋이 들어왔다. 무심코 고개를 돌렸다가 그중 한 남자와 눈이 마주쳤다. 낯이 익었다. 그리고 다음 순간 국그릇을 놓치고 말았다. 뜨 거운 국물이 발등으로 쏟아졌다. 뜨거움에 숨을 들이켰다.

"야, 괜찮아?"

시후가 달려와 얼른 희수의 양말을 벗겼다. 일하는 사람들이 달려와 국물을 닦고 찬 물수건으로 발등을 닦아주었다.

"국이 덜 뜨거워 다행이네. 저기 가서 찬물에 좀 씻어요."

"괜찮아요……."

"괜찮긴. 야, 업혀."

말릴 새도 없이 시후의 등에 업혔다. 시후는 화장실로 달렸고 희수 는 돌아보기가 무서웠다. 눈이 마주친 남자는 그가 '아버지 쪽 사람'이 라고 말했던 남자 중 하나였다. 그녀를 호텔까지 태워줬던 리무진의 운전사 쪽. 그리고 그 가운데에 우뚝 솟은 남자는 분명 히가시데 나기일 것이다. 비록 떨려서 제대로 쳐다볼 수도 없었지만.

나기에게 어머니의 부고를 전한 건 아버지였다.
"갈 테냐?"
가야 했다. 그녀를 만나기 위해서.
"네."
아버지는 못마땅한 기색이었지만 24시간을 허락했다. 인천공항에
도착한 게 밤 11시. 다시 한 시간을 달려 장례식장에 도착했다. 하규선
이란 이름을 찾아 입구에 들어선 순간 기분이 이상했다. 아버지를 따
라, 혹은 아버지를 대신해서 조문은 꽤 해봤지만 한국의 빈소는 처음
이었다. 자정이 가까운데도 꽤 많은 사람이 빈소를 지키고 있었고 조
금은 시끄럽다고 느껴질 정도로 말소리가 많았다. 더러는 웃음소리도
들렸다. 그리고 사진으로도 보지 못했던 어머니란 사람의 얼굴을 보았
다. 영정 사진의 그녀는 환하게 웃고 있었다. 조금 어색하고 불편한 기
분이 드는 걸 느끼는데 옆에서 소란이 일어났다. 돌아봤을 땐 업혀 가
는 희수의 등만 보였다. 서희수가 여기 있었다. 25일 만이다.
  향을 피우고 두 번의 절을 하고 시후의 아버지와 인사를 나눴다. 나
기는 양복 안주머니에서 명함을 꺼내 내밀었다.
  "하 사장님 한복 쇼를 주최한 석이 있습니다."
  "아, 일본에서 오셨군요. 와주셔서 감사합니다."
  "고인의 명복을 빌겠습니다."
  나기의 명함에는 아버지 소유의 호텔 이름과 홍보이사라는 직책이

영어로 씌어 있었다. 실제로 나기가 사용하고 있는 명함이었고 허울뿐인 그 직책을 가지고 있는 것도 사실이었다. 다만 한복 쇼 같은 건 개최한 적이 없지만 말이다. 강시후의 부친은 그의 말을 곧이곧대로 믿었다. 일본에서 온 젊은 이사로 보는 것 같았다. 나기는 큰 키와 자신감 넘치는 표정, 차분한 움직임이 그를 나이보다 훨씬 성숙해 보이도록 한다는 걸 알고 있었다.

가볍게 목례하고 돌아서는데 시후가 들어왔다. 나기를 본 시후가 놀라서 눈을 크게 떴다가 원망 가득한 눈초리로 나기를 쏘아봤다. 그래도 아버지 앞에서 아는 척하지 않고 자제하는 걸 보니 분별력이 아예 없진 않은 모양이다. 강시후를 지나쳐 사람들이 모여 앉은 테이블로 가지 않고 그대로 빈소를 나왔다. 기다리고 있던 경호원이 뒤로 따라붙었다.

"잠깐만."

따라 나온 강시후가 불러 세웠다. 복도 벽을 따라 일렬로 빽빽이 선 조화 화환의 국화 향기에 머리가 지끈거렸다. 게다가 실내는 여름처럼 더웠다. 엄청난 열기의 히터 바람이 묵직한 돌덩이처럼 숨통을 죄어왔다. 나기는 검은 넥타이를 조금 풀고 단추도 풀었다.

"여긴 왜 왔어요? 부탁했을 땐 거절했으면서 뭐하러 왔어요?"

나기는 바지 주머니에서 담뱃갑을 꺼냈다. 손바닥에 톡 쳐서 한 개비를 꺼내 입에 무는데 시후가 홱 뺏어갔다. 그러곤 겁도 없이 담배를 바닥에 패대기쳤다.

"병원은 원래 금연이에요. 그것도 몰라?"

째려보다가 알았다. 이 녀석은 제 엄마를 닮았다. 둥근 얼굴선이며 흰 피부, 짙은 쌍꺼풀이 똑같다. 나기에겐 쌍꺼풀이 없었다.

"말하고 싶은 게 뭐야?"

할 말이 잔뜩 있는 것처럼 씩씩대며 노려보던 강시후는 의외의 말을 했다.

"내일 발인이에요. 오전 9시. 오든지 말든지."

그러고는 다시 빈소, 자신의 자리로 돌아갔다. 나기는 몸을 돌려 머리를 지끈거리게 만드는 국화 향기를 피해 건물을 나왔다. 머리카락이 주뼛 설 정도로 차가운 공기가 얼굴을 할퀴었다. 담배를 물었다. 불을 붙이고 따라붙어 있는 경호원에게 차는 두고 예약한 호텔로 먼저 가라고 지시했다.

"돌아가는 비행기는 탈 테니까 호텔로 가. 따돌리겠다고 맘먹으면 얼마든지 따돌릴 수 있어. 약속은 지킬 테니까 공항에서 만나."

마지못해 떠나는 그들의 등에 대고 덧붙였다.

"아버지께 보고는 하지 않아도 돼."

그런 부탁을 일일이 해야 하는 상황이 바로 현재 자신의 위치다. 한마디로 어정쩡하다. 조금씩 일을 맡고 있지만 아직 어린 탓에 좀처럼 큰일은 맡겨지지 않았고 그만큼 조직에서의 입지도 불분명했다. 아버지가 조직의 보스라고 해서 그가 다음 자리를 잇는 건 아니다. 단지 그가 얼마나 일을 해낼지 지켜보는 눈이 많았고, 그래서 부담감과 함께 기대도 한 몸에 받고 있는 탓에 내부에선 차기 황태자쯤으로 인식되고 있었다.

현재 조직은 불법적인 일들을 정리하고 합법적인 일로 전환하는 과정이라 내부의 반대와 잡음이 심한 상황이다. 거기에 자신의 문제까지 보태어 아버지를 곤란하게 만들고 싶지 않았다. 아버지를 거스르고 희수를 끝까지 지켜낼 수 있을지 고민했다. 용기도 없었고 겁도 났다. 그래서 아버지의 명령을 따랐다. 희수를 떠나보낼 때 그걸로 끝이라고 생각했었다. 전화, 편지, 이따금 만나는 걸로는 미쳐버릴 것 같았고, 그럴 바엔 차라리 끝내버리는 게 낫다고 생각했다. 어린 나이, 너무 빨리 만났다. 지금의 자신은 너무 무기력하니까. 좀 더 힘을 가지면 그때 다시 그녀를 찾아서 데려오겠다 다짐했다. 그녀가 어떤 상황이건 관계없이 무조건 데려와 평생 자신의 여자로 살게 하겠노라고.

　줄담배를 피우고 마지막 남은 담배에 불을 붙이려는데 희수가 나왔다. 나이 든 여자와 함께다. 희수는 아직 그가 있는 걸 보지 못했고, 어둠 속에서 나기는 불을 붙이지 않은 담배를 다시 주머니에 넣고서 그녀를 지켜봤다.

　"엄마 이만 들어가지. 난 괜찮아. 연고도 발랐어."

　"가서 씻고 푹 자. 그리고 내일 올 때 엄마 옷이랑 가방 좀 챙겨 오고."

　"바로 출근하게?"

　"그래야지. 춥다. 택시 타고 가."

　희수의 검사 엄마였다. 그녀는 희수의 목에 두른 목덜미를 꼭꼭 여며주고 코트의 먼지를 툭툭 털어냈다.

　"도착하면 바로 전화하고."

"응."

"씻고 발등에 연고 발라. 연고 챙겼지?"

"알았어. 들어가."

그러고도 모녀는 서로를 돌아보며 손을 흔들었다. 누가 보면 먼 길 떠나보내는 줄 알 것처럼 애틋하다.

희수의 긴 머리가 바람에 날렸다. 겨울 황소바람에 자라목을 하고서 총총 걸어가는 희수의 모습은 어쩐지 낯설었다. 오타루에서 본 그녀의 모습은 밝은 햇살같이 싱그러웠고, 맴도는 상큼한 향기는 달콤했다. 하트형 얼굴을 가득 채우는 큰 눈에 아련함을 담고 꿈꾸는 듯 자신을 바라보는 그녀를 보면 성스러운 느낌마저 들었다. 그녀의 손이 닿으면 상처도 아프지 않을 것 같았다. 누군가의 수호천사가 지상으로 소풍 왔다가 재수 없게 그에게 걸려든 게 아닌가 했다. 그래서 누군가의 수호천사를 강탈하고 자기 걸로 만들려면 지옥의 악마와 싸워야 한다고 생각했다. 그게 당연한 자신의 운명이라고 말이다. 헌데 지금의 희수는 소녀 같다. 천사의 날개가 꺾인 뒤 세상에서 100년은 살아 천상의 기쁨과 행복을 다 잃어버린 소녀.

한숨, 또 한숨. 그녀는 계속 한숨을 내쉬고 있었다. 정차해 있는 택시의 뒷자리에 앉아서도 한숨을 쉬는 게 보였다. 그의 앞을 스쳐 지나간 택시는 10미터를 못 가 멈춰 섰다. 희수가 그를 본 거디. 몇 초 후, 뒷좌석의 문이 열리고 그녀가 내렸다. 나기는 돌아보는 그녀의 손을 낚아채고선 주차장으로 향했다. 희수는 말없이 끌려왔다. 렌터카에 그녀를 태우고 운전석에 앉았다. 시동을 거는데 그녀의 향취가 코끝으로 화악 스며들었다. 그건 마치 본능을 깨우는 스위치와 같아서 한순간에 말초 신경이 자극되었다.

"어디 가는데요? 집에 가야⋯⋯."

홱 고개를 돌려 그녀의 입술을 강탈했다. 보고 싶었다. 후회했었다. 어리석고 철없는 자신이 죽이고 싶도록 싫었다. 떠나는 리무진에서 울고 있는 그녀를 봤을 때 심장에 비수가 꽂히는 것처럼 아팠다. 다시는 울리고 싶지 않다. 상처 주고 싶지 않다. 그 모든 마음을 담아 키스했다.

그녀는 주춤 피하는가 싶더니 부드럽게 입술을 오물거리며 혀끝을 내밀었다. 달콤한 혀에 입 맞추고 가볍게 빨았다. 갈급했던 욕망이 일말의 해갈을 맛보고는 짐승 같은 소리를 냈다. 분출하는 성욕에 몸이 다 떨렸다. 달래듯이 얼굴을 쓰다듬는 그녀의 손이 따뜻했다. 작은 손으로 연신 그의 얼굴을 보듬는 감촉이 이상하리만치 애달파서 가슴이 울렁거렸다. 처음 느껴보는 감정이었다.

이 작은 소녀에게 위로받는 이 느낌은 뭘까? 가슴이 아리다.

입술을 떼고 가만히 그녀를 응시했다. 보드라운 뺨을 어루만지고 촉촉해진 입술을 쓰다듬었다.

"기다리게 해서 미안해."

속삭이자 그녀의 눈에 이슬이 차올랐다. 그리고 금방 또르르 굴러 떨어졌다.

"누가⋯⋯ 난⋯⋯ 난 안 기다렸는데⋯⋯."

부정하는 그녀의 눈물에 감미롭게 키스하고 시동을 걸었다. 더 손을 댔다간 결심이 다 무너지고 말 거다.

07

렌터카는 강변을 따라 달렸다. 자정을 넘긴 시각이라 그런지, 한파에 차도 사람도 얼어붙었는지, 드물게 도로가 한산했다. 덴 발등에 연고를 바르고 빈소로 돌아왔을 때 그의 모습은 보이질 않았다. 그를 수행하던 일본 남자들도 사라졌다. 시후에게 물어보고 싶은 걸 참았고 뛰쳐나가 찾고 싶은 마음을 억눌렀다. 어머니의 장례에 참석한 것일 뿐인 거다. 그러니 인사도 없이, 얼굴도 보지 않고 사라진 거겠지. 희수는 서운하고 분하고 씁쓸했다. 달려 나가 그를 붙잡고 싶은 마음은 굴뚝같지만 그랬다간 또 서로 상처만 받게 되겠지. 어차피 일주일 뒤엔 영국으로 떠나야 하니까.

택시에서 그를 보았을 때 다급히 "아저씨!"를 외쳤다. 세워달라고 부탁하는 게, 내릴지 말지 결정하는 게 너무 쉬웠다. 갑작스러운 그의 등장은 25일간의 노력을 가볍게 물거품으로 만들었다. 헤어졌으니 잊어야 했다. 노력하고 노력했는데 전혀 효과가 없었던 거다. 오히려 노력이 더 그를 생각하게 하고 집착하게 만들고 그리워하게 만들었음에 틀림없다. 택시에서 내려 돌아보는 순간 그에게 붙잡혔고 키스했고 다시 그와 함께 있다. 오타루에서 헤이질 때 그 미움 그대로다. 그리움에 더해져 더 원하게 됐으니 이 노릇을 어찌 할까.

복잡한 머릿속, 진한 그의 체취, 뜨거운 숨결, 떨리는 심장 박동, 모든 게 너무 예민하게 느껴졌다. 그가 다시 옆에 있다는 게 꿈만 같았다. 조심스레 그를 살펴보는데 핸들을 잡은 손목에 김은 고무줄이 보였다. 희수는 손가락을 뻗어 고무줄을 만졌다. 자기만의 생각에 빠져 있었는지 그가 놀라며 팔을 들었다.

"그거 내 고무줄…… 맞죠?"

"침대 밑에 있었어."

"쥐요. 내 거예요."

"이건 기념이니까, 다른 걸로 100개 사줄게."

그의 말에 기분이 좋아져서 가볍게 농담을 했다.

"그럼 하루에 한 개씩 사줘요. 만날 때마다 하나씩."

그는 대답하지 않았다. 대신 핸들을 쥔 주먹에 힘이 들어가 관절이 하얗게 드러났다. 희수는 머쓱해져서 침묵했다. 몇 분 후, 차가 멈췄다. 바로 앞에 한강이 보이는 공터였다. 조용해서 심장 떨리는 소리가 다 들릴 것만 같았다. 긴장해서 목소리도 떨렸다.

"장난인데…… 안 사줘도 돼요."

정말 장난 같아 보이라고 바보처럼 헤실헤실 웃었다.

"100번을 어떻게 봐, 100번을…… 한 동네도 아니구…… 그죠?"

"강시후랑은 몇 번이나 봤어? 100번도 넘어?"

"넘죠. 유치원 때부터 봤으니까. 유치원 때 내가 발레 학원 다니는 거 보고 자기도 하겠다고 아줌마 졸라서 그때부터 같이 학원 다녔어요. 10년 동안 죽, 거의 매일 봤죠."

가로등 불빛에 비친 그의 옆얼굴은 음영이 깊었다. 검은 양복 때문인지 전보다 마른 것 같았고 턱선은 더 날카로워져 있었다. 잘생긴 얼굴과 다부진 체격에서 뿜어 나오는 성적인 매력이 그를 더 어른스러워 보이게 했다.

"어떻게 지냈어요? 잘, 지냈어요?"

"음."

긍정인지 부정인지 모를 애매한 대답. 그는 언제나 이렇다. 가슴 깊숙한 곳까지 성큼 다가오는가 싶으면 애매한 태도로 저 멀리 사라져버린다. 그의 불안한 태도는 가슴 떨리는 말을 상처로 바꾸고, 좋았던 추억이 불안과 의심으로 얼룩지게 만든다. 내 거라고 해놓고 뒤도 안 돌아보고 가버렸던 사람이다. 그럼에도 불구하고 설레고 가슴 두근거리는 자신이 한심스러울 뿐이다. 25일간 밤잠을 설치게 한 고민과 괴로움은 모두 그의 탓이다. 곱씹을수록 혼란스럽고 답답해서 가슴이 터질 것 같았다. 희수는 원망과 재회의 기쁨이 뒤섞여 감정이 통제가 되질 않았다.

"난 그동안 준비를 끝냈어요. 영국 갈 준비. 그리고 누구누구 엄청 미워했어요. 오타루에서 있었던 일이 다 거짓말 같고, 속은 것만 같아서…… 순진하고 멍청한 계집애, 갖고 노니까 재밌어요?"

그는 서운함과 원망 가득한 희수의 눈을 보기만 했다. 어둠에 가려 표정을 알 수 없었다. 답답함에 야릇한 떨림이 더해서 되는대로 마구 부성을 부렸다.

"우리가 찾아갔을 때 어머니 상관없었잖아요. 궁금해하지도 않았으면서 왜 왔어요? 나 왜 붙잡았어요? 또, 한 번 하려고? 그러려고 왔어요?"

"뭘 해?"

"몰라서 물어요?"

"네가 하고 싶다면."

희수가 기가 막힌단 표정으로 사납게 째려보자 그가 픽 웃었다. 좀처럼 볼 수 없는 미소에 희수는 더 약이 올랐다. 오타루에선 한 번도 보지 못했던 저 여유는 뭔가. 반신반의했는데 정말 갖고 놀고 있는 게 아닌가 의심이 되기 시작했다.

"커피 마실래?"

"집에 갈래요."

내리려고 하자 그가 붙잡았다.

"있어. 위험하니까 문 꼭 잠그고 있어."

그는 차에서 내려 100미터 정도 떨어져 있는 편의점으로 갔다. 멀어지는 그를 돌아보다가 희수는 또 한숨을 내쉬었다. 그의 뒷모습에서는 진한 어둠, 적당한 긴장감, 진중함 같은 게 어우러져 상남자의 아우라 같은 게 느껴졌다. 그도 이제 스무 살이 되었을 뿐인데 양복 화보 속 30대 남자 모델 같은 느낌이 드는 건 뭘까. 결국 제대로 화도 못 내고, 따지지도 못하고 그의 모습을 홀린 듯 바라보고 있었다. 한심하기 짝이 없었다. 어쩌다 이렇게까지 돼버린 걸까? 계속 속으면서도 사기꾼한테 당하는 사람이랑 뭐가 달라. 한심하고 비참하고 무기력했다. 멍하니 앉아 주인이 어서 돌아오기만을 기다리는 애완견이 된 기분이다.

그는 검은 비닐봉지를 들고 돌아왔다. 봉지에는 데워진 캔 커피와 바나나, 소시지, 카스텔라, 담배가 들어 있었다. 맥락 없이 손닿는 대로 집어온 것 같았다. 그는 캔 커피를 따서 희수에게 주고 자신은 담배를 물었다. 창문을 조금 내린 뒤 불을 붙이고는 희수를 돌아봤다.

"냄새 싫어?"

"담배 냄새 좋은 사람도 있어요?"

"그런가?"

그는 아쉽다는 듯 길게 한 모금을 빨고 바로 비벼 껐다.

"언제부터 피웠어요?"

"그런 걸 일일이 어떻게 기억해. 너만 했을 때부터였나."

"열여섯? 아, 나 이제 열일곱이다."

"나이가 아니라 키. 키가 너 정도였을 때."

"나 커요. 165예요."

그가 또 웃었다. 웃으면 더 잘생겨 보인다는 소리라도 들은 걸까? 벌써 두 번이나 웃었다. 그는 희수의 손에서 캔 커피를 가져가 한 모금을 마시고 돌려주었다. 희수는 이 커피를 마셔야 할지 말지, 마시면 입을 대고 마셔야 할지 생각했다. 그러다가 이미 그와 깊은 키스까지 나눴다는 게 떠올랐다. 그것과는 별개로 캔 커피에 입술을 대는 걸 부끄러워하는 자신이 어이가 없지만 그래도 어색했다.

"네 살 때 처음으로 집에 여자가 왔어. 마마라고 부르라고 해서 그렇게 불렀어. 100년쯤 살 것처럼 자기 취향대로 집안을 다 들쑤셔 꾸미고 바꾸더니 1년을 못 채우고 나갔어. 그 뒤로 서너 명이 더 있었어. 옷을 사주고 요리를 해주면서 마마라고 부르라고…… 아버지 여자들이었어. 그중에 여자 하나가 나한테 손을 댔어."

희수는 숨을 죽이고 그를 지켜보다가 조용히 물었다.

"맞았어요?"

"아니, 안 앉았어. 섹스."

희수는 놀란 티를 내지 않으려고 꿀꺽 침을 삼켰다. 그는 다시 픽 웃었고 씁쓸한 여운 속에서 강물을 응시했다.

"그길로 집을 나와서 혼자 살았어. 그때 키가 너만 했을 때고 담배도 피웠지."

"그 바닷가 집?"

"거기 산 지는 1년밖에 안 됐고, 전엔 작은 아파트에 살았어."

"학교는 왜 안 가요?"

"일이 많아서."

그의 손이 뻗어와 희수의 머리를 귀 뒤로 넘겨주었다. 그 손길이 너무나 부드러워 저절로 눈이 감겼다. 눈을 감았다 뜨니 그가 그윽이 보고 있다. 이 눈빛에 담긴 따스함도 가짜라면 세상 뭘 믿어야 할지 모르겠다. 희수는 의심의 여지없이 그와 자신 사이에 흐르는 끌림과 떨림을 믿고 싶었다.

"무슨 일?"

"클럽 관리. 아버지 조건이었어. 혼자 살게 해줄 테니 일해서 돈을 벌어라."

"키가 나만 했을 때부터?"

"응."

그가 바나나를 까서 희수에게 내밀었다. 별로 먹고 싶진 않았지만 거절하고 싶지 않아서 한입 베어 먹고 되돌려주었다. 그는 나머지를 순식간에 해치우고 껍질을 뒤로 던져버리고선 차의 시동을 걸었다.

"가자. 집에 데려다줄게."

"하나만."

희수는 기어에 얹혀 있는 그의 손을 보았다. 똑바로 얼굴 마주 보고 묻기엔 부끄러움이 있었다.

"그런 얘기 나한테 왜 하는 거예요?"

"너한테 전화하려고."

"전화? 영국으로? 그건 연애가 아니라서 싫다고 했잖아요. 엄마가 검사라서 안 된다고, 아버지가 허락 안 하신다고 했잖아요."

"아니야, 내가 틀렸어. 네가 맞아."

더 설명이 필요했다. 주소를 말하지 않았는데 차량의 내비게이션에는 그녀의 집 주소가 저장돼 있었다. 그는 내비게이션을 따라 운전했다. 한국은 일본과 운전석 방향이 다르다. 그런데도 그의 운전 실력은 꽤 능숙했다. 빠르지도 느리지도 않았고 희수가 불안을 느낄 만한 행동도 전혀 하지 않았다. 그래선가 잠이 들어버렸다. 궁금한 게 산더미인데…….

달칵, 소리에 눈이 뜨였다. 눕기 편하게 뒤로 젖혀진 의자에서 몸을 일으키고 보니 그의 양복 상의가 흘러내렸다. 그가 덮어준 모양이다. 희수는 자신도 모르게 양복을 코에 갖다 대고 향기를 맡았다. 그가 피우는 담배의 아릿한 냄새와 그에게서 늘 풍기는 향취가 익숙하게 느껴졌다. 차는 어느새 희수의 집 앞에 도착해 있었다. 그는 차에 기대어 담배를 피우고 있었다. 오타루의 바닷가에서도 이 비슷한 그림을 본 게 떠올랐다. 그때는 석양이 그의 쭉 뻗은 몸을 붉게 물들이고 있었다. 유혹하는 듯한 바람이 살랑살랑 불었었다. 하지만 지금은 새벽 2시가 가까운 시각. 서울은 춥다. 영하의 날씨에 흰 셔츠만 달랑 입고 선 그가 걱정되었다.

희수는 그의 양복을 들고 얼른 차에서 내렸다.

"감기 들어요."

빨리 입으라고 양복을 들자 마지못한 듯 담배를 끄고 팔을 꿰었다.

"데려다줄게."

희수는 등에 가볍게 닿는 그의 손길에 이끌려 아파트 안으로 들어갔다. 엘리베이터를 기다리는 동안 그는 말없이 옆에 서 있었다. 어쩐지 어색한 기분이 들었다. 바로 옆이 아니라 한 걸음 정도 떨어진 거리, 등에 닿았던 손은 어느새 그의 바지 주머니에 꽂혀 있다. 엘리베이터가 도착하자 다시 그의 손이 보호하듯 살짝 어깨에 닿았다가 이내 떨어져 버튼 쪽으로 갔다. 23층의 버튼을 눌렀다. 그는 희수의 집주소를 정확히 알고 있었다. 엘리베이터가 위로 움직이기 시작했다.

새벽의 엘리베이터는 공포감과 뒤섞인 은밀한 무엇을 상상하게 했다. 차 안에 단둘이 있을 때보다 더 떨리고 긴장이 돼서 숨이 막혔다. 엘리베이터 안 거울에 그의 모습이 비쳤다. 희수는 곁눈질로 살짝 그의 표정을 훔쳐봤다. 그는 올라가는 숫자판만 뚫어져라 보고 있었다.

뭔가 서두르는 분위기. 설마, 집으로 들어오려는 걸까? 그럼 어떡하지? 머릿속으로 상상되는 그림에 얼굴이 화끈 달아올랐다. 그에게 안기면, 키스당하면 거부할 수 없을 것 같다. 그가 좋지만 선을 넘는 게 무섭고 두렵기도 했다. 무슨 생각을 하는 거야, 그런 일은 없어. 생각하지 마.

"언제 돌아가요, 일본?"

긴장감을 깨려고 일부러 밝게 물었다.

"지금 바로?"

"내일, 저녁 8시 비행기."

그러면서 이제야 생각났다는 듯 주머니에서 휴대전화를 꺼냈다. 그가 통화 버튼을 누르자 희수의 코트 주머니에서 휴대전화가 울렸다.

"바뀐 번호야."

"왜 바뀠어요?"

"너 정리하려고."

희수가 찡그리며 보는데 엘리베이터가 멈추고 문이 열렸다. 조금 겁이 났다. 그가 따라 들어온다면 무슨 일이 벌어질지 걱정이 되었다. 사실은 이대로 그가 가버리면 어떡하나 두려운 건지도 몰랐다. 정말로 자신이 뭘 원하고 있는지도 모를 정도로 혼란스러웠다. 이제 갓 열일곱이 된 희수가 감당하기엔 너무나 강렬한 감정, 빠른 변화라 받아들이기가 벅찼다.

머뭇거리며 엘리베이터에서 내린 희수는 천천히 집 쪽으로 걸어갔다. 그런데 따라오는 기척이 느껴지지 않았다. 돌아보니 그는 엘리베

이터 문을 몸으로 막고 서서 그녀를 지켜보고 있었다. 의문 담긴 눈으로 보자,

"연습 중이야. 참는 거."

"뭘 참는데요? 화장실?"

그의 자세가 화장실 쪽인 것처럼 보여서 웃음이 났다. 희수가 키득키득 웃자 그도 픽 웃더니 냉소적인 표정으로 말했다.

"비슷해. 같은 배설이란 의미에서."

"배설? 똥?"

"못 알아들은 척하지 마."

"못 알아들은 척해줘서 고맙다고 해야죠."

희수는 짐짓 화난 표정으로 그를 째려보았다.

"나도 무슨 뜻인지 알아요. 주위에 여자 많고, 경험도 많아서 배설이니 그런 식으로 하찮게 여기는지 모르겠지만, 난 아직 안 그래요. 내 앞에서 다시 그런 단어 쓰지 마요. 난 좋게 생각하고 있다구요. 남자 여자 사랑하는 일을 어떻게 그렇게 표현해요?"

굳어 있던 그의 표정에 웃음기가 떠올랐다. 놀리는 게 분명하다. 희수는 화가 나서 더 매섭게 째려보았지만 그는 아예 대놓고 소리 내어 웃었다.

"어리네."

잘난 척은. 화가 나서 휙 돌아서려는데 그가 말했다.

"지금 내가 너 만지면 너 영국 못 가. 전세기에 태워서 쥐도 새도 모르게 일본으로 데려갈 거야."

희수는 자신의 귀가 의심스러웠다. 모처럼의 웃음 끝에 나온 그의 말은 정말이지 이해하기가 어려웠다. 범죄 영화에서나 본 듯한 말에 인상을 썼다. 농담이래도 미울 소리를 진심처럼 하고 있었다. 아니, 진심인가 보다. 그와 희수는 3미터쯤의 거리를 두고 마주선 상태였다. 거리라도 가까웠음 그의 따귀라도 때려줬을 텐데.

"그다음엔 뭘 어떡할 건데요?"

"가두는 거지. 이름도 바꾸고 나이도 바꾸고, 다른 사람 만들어서 내 집에 가둘 거야. 아무도 못 찾게."

"납치에 감금까지? 원래 그런 일 하는 사람이에요? 아무렇지도 않게?"

희수는 실망과 비난 섞인 눈으로 그를 째려봤다. 진짜 그런 일을 당한 것처럼 기분이 나빴다. 자신을 두고 그런 생각을 했다는 것 자체가 불쾌하고 두렵고 화가 났다.

"진짜 누가 어린가 모르겠네."

휙 몸을 돌렸다. 재빨리 비밀번호를 누르고 문을 열었다. 안으로 들어가려다 멈칫했다. 반쯤 안으로 들어갔다가 다시 엘리베이터 쪽을 봤다. 그는 여전히 엘리베이터 문을 막고서 같은 자세로 서 있었다. 마치 자신의 자제력을 지탱하듯 한 팔과 다리로 엘리베이터 문을 꽉 누르고 있었다.

"들어가."

그의 눈가가 붉어 보이는 건 자신의 착각일까?

"내일 전화해도 돼요?"

떨어진 거리에도 불구하고 그가 거칠게 숨을 들이켜는 게 느껴졌다. 엘리베이터 문을 막고 있는 주먹을 떼고서 걸어왔다. 천천히, 하지만 당당한 걸음으로. 희수는 떨려서 숨을 쉴 수가 없었다. 가까이 다가오는 그를 보느라 점점 얼굴이 젖혀졌다. 바로 앞까지 다가오더니 곧장 입술이 다가왔다. 떨고 있는 희수의 입술이 아니라 달아오른 뺨을 향해서. 뜨거운 혀가 희수의 뺨을 핥더니 세게 흡입하고선 떨어졌다. 희수의 볼엔 빨간 자국이 새겨졌다.

천천히.

그렇게 들렸다. 그녀에게 속삭인 말이지만 그 자신에게 다짐하는 말인 것 같기도 했다. 정신을 차렸을 때 희수는 집 안으로 들어와 있었고 닫힌 문 너머로 엘리베이터의 벨소리가 들렸다. 뒤늦게 정신을 차린 희수는 부리나케 베란다 쪽으로 뛰어갔다. 차가운 바람이 몰아치는 것에도 아랑곳하지 않고 창문을 열고서 아래를 내려다봤다. 그의 차가 새끼손톱보다 작게 보였다. 창틀을 밟고 난간 위로 상체를 다 기울이며 기다렸다.

1분이나 흘렀을까. 그가 보였다. 차에 타기 직전 담배에 불을 붙이는 게 보였다. 그의 동작 하나하나가 머리로 그려졌다. 이렇게 좋을 수가……. 미쳤나 보다. 심장이 쿵쾅거렸다. 꿈이 아니다. 히가시데 나기가 서울에 왔다. 서희수를 만나기 위해서, 연애를 하기 위해서, 천천히…….

춥고 유난히 고독한 겨울날 꿈처럼 나타난 서희수가 떠났다. 헤어져

25일을 보냈다. 25년 같았다. 술을 마셨고 싸웠고 잠을 잤다. 동화 속 주인공처럼 잠에서 깨어나면 10년쯤 지나 있기를 바랐다. 그 나이가 되면 뭐라도 해볼 수 있을 테지. 희수도 영국에서 돌아왔을 테지. 근데 단 여섯 시간이 지나 있었다. 다시 마시고 싸우고 잠들고, 피를 토하고 싸우고 잠들고, 눈을 뜨니 이틀이 지나 있었다. 아버지에게 맞았고, 일을 했고, 고무줄을 찾았고, 생각이라는 걸 하기 시작했다. 25년 같은 25일이 지나고서야 자신의 성급한 욕망을 컨트롤하지 않으면 천 년 같은 하루를 보내게 될 거란 걸 깨달았다. 가소롭고 하찮게 여겼던 다른 사람들의 연애 방식이, 천진난만하게만 생각했던 희수의 '우린 아직 사귀지 않잖아요!'가 얼마나 중요한 과정인지 절감하게 됐다.

천 년에 한 번이라도 그녀의 목소리를 들어야 살 수 있겠다. 머리를 써서 제대로 생각이란 걸 하지 않으면 서희수를 가질 수 없다. 이건 인생을 건 긴 싸움이고 반드시 목표를 성취해야 한다.

희수를 들여보낸 뒤 나기는 차가운 밤거리를 헤매다가 새벽 5시가 다 돼서야 호텔로 들어왔다. 꽁꽁 얼어붙은 몸에 다시 얼음장 같은 찬물을 들이부었다. 아예 냉동이라도 돼버리면 편할지 모르겠다. 잠시 잠깐 정신을 놓치고 있다간 희수의 집 현관문을 부수고 있을지도 몰랐다. 희수랑 같은 서울 하늘 아래 있다. 조금만 달려가면 그녀의 사랑스러운 몸을 안을 수 있다. 제기랄. 생각한 것만으로도 몸이 다시 뜨거워진다. 나기는 차가운 물줄기 아래 머리를 들이밀고 한동안 얼어붙은 듯 서 있었다.

발인, 오전 9시.

강시후의 메시지가 떠올랐다. 아마 희수도 참석하겠지. 그런 곳에
가서 뭘 어쩌라는 건지. 어머니에 대한 애틋함도, 원망도 없다. 그저
한 생명의 죽음에 애도했을 뿐. 억지로 싫어하게 만든 아버지의 감정
에 편승해서 미워했던 적도 있었다. 하지만 언제부턴가 '여자 사람'이
라는 것으로 객관화되었다. 아버지의 '마마'들에 질려서인지 아무런
감정도 느끼지 않게 되었다.

　나기는 잠을 설쳤다. 희수의 얼굴과 어머니의 영정 사진이 번갈아
등장하더니 어느 순간엔 겹쳐져서 블랙홀처럼 나기를 빨아들였다. 혼
란스러운 꿈에 시달리다 깬 시각은 오전 11시. 발인에 참석할 생각은
아니었지만 기분이 찜찜했다. 일어나 냉장고에서 물을 꺼내 마시며 희
수에게 전화를 걸었다.

　- 여보세요?

　불현듯 들리는 희수의 목소리에 흠칫 소름이 돋았다. 희수는 낮은
목소리로 조용히 속삭이고 있었다.

　- 어디예요?

　귀를 간질이는 소리에 아랫도리가 뭉근해졌다. 처음에도 그랬다. 희
수의 전화 목소리는 나기의 욕망을 점화시키는 발화기 같았다.

　"호텔. 넌?"

　- 납골당이요.

　납골당? 처음 듣는 단어다.

　- 올 거예요?

　"어딘데?"

– 나도 잘…… 잠깐만요. 주소 찾아서 찍어줄게요. 나 가봐야 돼요. 끊어요.

대답도 기다리지 않고 전화는 끊어졌다. 룸서비스로 브런치를 주문해놓고 경호원에게 전화했다.

"지금부터 간단히 식사를 하고 호텔 나가서 납골당이란 곳을 갈 텐데, 붙으려면 다른 차를 수배해서 따라와. 눈에 안 띄었으면 좋겠어."

그들이 희수를 보는 건 막을 수 없다고 해도 희수가 그들의 존재를 의식하게 하는 건 싫었다. 아버지 쪽 사람들이라고 말했고 허락하지 않는다는 것도 알 테니 부담스러워할 것이었다.

30분 후, 나기는 호텔 주차장에 세워둔 렌터카에 앉았다. 희수가 보내온 주소를 내비게이션에 옮기고 출발하려는데 차 앞으로 흰 상자가 굴러왔다. 순간 브레이크를 밟아 차를 세우고 주위를 살폈다. 뭔가 이상했다. 상자 같은 게 굴러다니려면 누군가가 던졌다든가, 움직이는 차량에서 떨어지거나 아닌가. 헌데 조용하다. 아무것도 움직이지 않는다. 긴장으로 몸을 굳히고 자연스럽게 안전벨트를 맸다. 그리고 빠르게 액셀러레이터를 밟고 박스를 피해 주차장 출구로 달렸다.

그때였다. 맞은편에서 트럭이 달려왔다. 나기는 브레이크 대신 핸들을 꺾어 피하려고 했지만 속도가 너무 빨라 주차장 기둥을 들이박고 말았다.

에어백에 파묻혔다. 충격에 머리가 띵하고 목도, 갈비뼈도 욱신거렸다. 간신히 정신을 차렸을 때 트럭에서 검은 옷의 남자가 내렸다. 일본인이다. 나기는 거칠게 에어백을 잡아 뜯고서 차의 시동을 걸었다. 다행히 차는 움직였다. 뒤로 후진했다가 놈을 향해 돌진했다. 놈이 허리춤에서 총을 빼 겨누었다.

나기는 두 눈을 부릅뜨고 그대로 액셀러레이터를 밟았다. 놈은 차와 부딪치기 직전에 몸을 피했고 다음 순간 나기는 오른쪽 관자놀이로 뜨거운 기운을 느꼈다. 차의 유리창으로 붉은 피가 번져 흐르고 있었다. 눈앞에 뿌예지더니 엄청난 충격이 온몸을 강타했다. 나기의 차가 다른 차량과 부딪혔고, 나기의 몸은 앞 유리창으로 튕겨나가 앞 보닛 위로 떨어졌다.

핏물이 흐르는 시야로 검은 옷의 남자가 보였다. 그리고 점점 의식이 멀어져갔다.

일주일 뒤, 희수는 런던행 비행기에 올랐다. 납골당에 나타나지 않았던 그는 그 이후로도 연락이 없었다. 일주일 동안 희수는 능욕당한 여자마냥 처참한 기분이었다. 밤마다 울었고 해가 뜨면 밝은 얼굴의 가면을 쓰고 빈껍데기로 굴러다녔다. 시간 맞춰 밥을 먹고 연습을 가고 영어 공부도 했다. 하지만 그 어디에도 그녀의 영혼은 존재하지 않았다. 또 한 번 히가시데 나기에게 속았다. 오타루에서도, 서울에서도, 그는 진심이 아니었고 약속도 지키지 않았으며 거짓말만 잔뜩 늘어놓았던 거다. 당하고 당했는데도 여전히 눈물이 나고 화가 나고 원망이 되고 기다려진다. 그렇게 반 정신이 나간 미치광이 상태로 도착했다. 런던은 비가 내리고 있었다. 마치 그녀의 앞날을 예고라도 하듯, 어둡고 춥고 스산했다.

08

현재, 도쿄.

희수는 침대 옆에 웅크리고 앉아 펑펑 울었다. 오랫동안 참았던 눈물이 끝내 폭발하고 말았다. 히가시데 나기가 죽었다는 소식을 들었을 때는 밤마다 숨 죽여 울었다. 기숙사 방에서 이불을 뒤집어쓰고 눈물이 마를 때까지 울었었다. 그래도 날이 밝아오면 다시 눈물이 차올랐다. 눈부신 햇살을 봐도, 스산한 바람이 불어도, 비가 내려도, 눈이 내려도, 마음 한구석의 우물은 그를 향한 그리움으로 더욱 깊어지고 어두워졌다.

온몸의 수분이 다 빠지고 앉아 있을 힘도 없이 탈진해버린 희수는 바닥에 쓰러지듯 몸을 뉘었다. 모든 걸 다 내버리고 바닥까지 떨어진 뒤에 찾아오는 허탈감과 묘한 나른함이 전신을 감쌌다. 커튼 틈으로 밝은 햇살이 들어오고 있었다. 이대로 땅으로 스며들어 영원히 잠들고만 싶었다. 스르르 눈이 감기는데 현관문이 닫히는 소리가 들려왔다. 감았던 눈을 뜬 희수는 다시금 현실로 돌아왔다. 멍하니 생각했다.

어떻게 착각할 수 있나. 아무리 닮았기로서니, 그는 죽었는데⋯⋯ 출장 와서 낯선 남자랑 무슨 짓을 한 걸까. 먼저 유혹한 거나 다름없다. 미쳤다, 서희수. 처음 만난 남자한테 몸을 던지다니, 천치, 등신, 머저리. 짐 싸서 도망가버릴까? 창피하다.

행동 하나하나는 떠오르지 않아도 감각은 되새길 수 있었다. 남자가 불러일으킨 흥분은 히가시데 나기가 아닌 다른 남자에게선 한 번도 느껴보지 못했던 거였다. 나기의 키스, 나기의 포옹, 나기의 손길, 귓가를 달구던 나기의 숨소리는 여전히 생생히 기억하고 있었다. 그런데 이젠 모르겠다. 무엇이 나기이고 무엇이 그 남자인지. 남자가 그 기억에 끼어든 거다. 뭐가 뭔지 혼란스러웠다. 단 한 번의 접촉으로 이럴 수 있을까? 나기라고 착각했다 하더라도 접촉은 현실이었고 그 대상은 나기가 아니라 그 남자였는데 어떻게 그런 반응을 할 수 있었을까?

남자와 무슨 짓을 했는지 깨닫자 새삼 파도처럼 밀려오는 수치심에 달아나고픈 심정이었다. 그때 전화벨이 울렸다. 흘러내린 가운 주머니 속에서 휴대전화를 꺼내 보았다. 공항으로 마중 나왔던 유우신의 직원이었다. 일어나 침대 위에 앉으며 목소리를 가다듬고 전화를 받았다.

"여보세요?"

— 일어나셨습니까? 잠을 깨운 건 아닌지…….

친절한 목소리를 들으니 비로소 현실감이 들었다. 서서히 평상시의 자신으로 돌아왔다. 습관처럼 사무적인 미소를 띠었다.

"아니에요. 일어나 있었어요. 회의는 몇 신가요?"

— 아, 그것 때문에 연락을 드렸습니다. 한 시간 늦춰졌어요. 10시부터니까 천천히 준비하셔도 됩니다. 9시까지 맨션 앞으로 마중을 가겠습니다.

"지하철로 가면 되는데요. 초행이지만 지도가 있으니까……."

그래도 데리러 오겠다고 해서 거절할 수가 없었다. 정중한 사양이라도 일본인에겐 오해를 불러일으킬 수 있어서 조심스러웠다. 감사히 받아들이기로 하고 전화를 끊었다. 다시 정적이 찾아왔다. 멍하니 앉아 있다가 밖의 소리에 귀를 기울였다. 아까의 소리는 남자가 나가는 소리였을까? 다시 들어오는 건 아닐까? 다시 마주친다면 사과를 받아야 할까, 해야 할까. 스스럼없이 안겨놓고는 갑자기 내쳤으니 황당하고 무안했을 것이다. 하지만 먼저 덤빈 건 그쪽 아닌가.

당황스러워 한숨이 흘러나왔다. 적극적으로 거부하지 않았으니 할 말이 없어진다. 죽은 사람과 착각했다고 하면 황당하겠지? 기분 나쁠지도 모른다. 하지만 정말로 그를 닮았다. 세상에는 자신과 쌍둥이처럼 똑같이 생긴 사람 하나는 있다더니, 그런 사람을 만난 걸까. 운명의 장난도 이쯤 되면 범죄 아닌가. 전체적인 모습은 영락없이 히가시데 나기였다. 자세히 뜯어보면 조금씩 다르고 분위기도 좀 더 온화하지만 나기의 그림자를 지울 수가 없었다. 문신이 없다는 걸 확인하기 전까진 그일지도 모른다고 생각했었다. 아니, 그이길 바랐다. 지독하게 그가 그리워서, 단 한 번만이라도 그의 품에 안기고 싶어서, 착각 속이라도 스스로 빠지고 싶었던 거다.

화장대의 거울에 비친 자신의 몰골은 귀신 같았다. 눈은 빨개서 퉁퉁 부었고 머리는 산발이 되었으며 입술은……. 희수는 당황해서 휙 고개를 돌렸다. 남자와의 키스가 떠올랐다. 자신의 입술을 덮치던 남자의 입술이 떠올랐다. 그를 닮아 어쩔 수 없이 끌렸을 테지만 데이트 상대였던 남자들과는 확실히 달랐다. 남자는 잊고 있었던 폭풍 같은 열정, 몸을 태우고 정신을 빼앗고 영혼을 송두리째 바치고픈 욕망을 되살려놓았다.

희수는 떨치듯 고개를 흔들고 갈아입을 속옷을 챙겨 들었다. 이렇게 넋 빠져 있다간 일을 망쳐버릴 것이다. 일을 하러 왔다는 걸 스스로에게 상기시키며 마음을 다졌다. 잊어버리자. 잊어버려야 한다. 어차피 다시는 볼 수 없고 볼 일도 없는 남자다. 히가시데 나기나 그를 닮은 남자나.

오전 10시, 희수는 유우신의 회의실에 있었다. 샤워를 하러 방에서 나왔을 때 다른 인기척은 없었다. 대신 욕실 문에 쪽지가 붙어 있었다.
'아무 생각 말고 느긋이 아침 식사를 즐기십시오. 나중에 봅시다.'
휘갈겨 쓴 일본어는 꽤 남성적이었다. 혼란스러운 기분과는 달리 남자의 쪽지대로 느긋이 아침을 즐겼다. 냉장고에는 충분한 식재료와 완성된 음식들이 있어서 먹고 싶은 대로 골라 먹을 수가 있었다. 미국식 아침이든 프랑스식이든 일본식이든.
평소 아침 식사를 든든히 하는 습관이 붙어 있는 희수는 성게 알을 넣고 덮밥을 만들어 먹었다. 회의에 필요한 자료들을 펼쳐 정리를 하면서 딸기로 후식까지 마치자 데리러 온다는 9시가 가까워져 있었다. 후다닥 준비를 마치고 현관문을 나서니 어제의 검은 양복이 엘리베이터 앞에서 기다리고 있었다. 어색하게 아침 인사를 하고 남자를 따라 엘리베이터에 탔다. 카드 키를 꽂자 아래로 움직이기 시작하는 기계를 보고 문득 생각이 들었다. 만약 새벽의 남자가 강제로 덮쳐왔어도 도망갈 길이 없었겠구나. 카드 키가 없으니 이놈의 엘리베이터는 작동하지 않았을 거고, 정말 피하고 싶으면 빌딩 밖으로 몸을 던지는 수밖에 없었겠구나.

회의 인원은 모두 여섯. 남자 둘, 희수를 포함한 여자가 넷이었다. 팀장은 50대 초반의 남자였고 공항으로 마중 나왔던 남자가 직급상 그 다음, 나머지 여자 셋은 그 아래의 직원이었다. 희수는 밝고 진지한 표정으로 회의에 임했다. 그들에 대한 예의와 호의로 유우신의 뉴 브랜드에서 내놓은 최신상의 원피스를 구입해 입고 온 것부터 점수를 좀 얻은 것 같았다. 잘 어울린다며 칭찬을 해주었고 느낌이 어떠냐며 칭찬을 듣고 싶어 하는 것도 재밌었다.

그들이 보는 대로 원피스는 희수에게 꽤 잘 어울렸다. 일단 하얀 피부에 은은한 베이지색이 더 고급스럽게 보였고 몸에 착 달라붙는 디자인을 늘씬한 희수의 몸이 모델처럼 잘 소화해냈다. 원피스는 허벅지의 중간까지 내려와 아래로 하얀 무릎과 날씬한 종아리가 돋보였다. 출장 때는 좀처럼 챙기지 않는 굽 높은 앵클부츠를 신은 것도 맵시를 더해주었다.

희수는 두 시간 동안 쉬지 않고 준비해 온 것들을 열심히 설명했다. 홈쇼핑의 구매 계층과 매출 실적을 보기 좋게 도표로 정리해서 보여주며 그들의 상품이 결코 저평가되지 않을 것임을 강조했다. 여성스러운 외모로 어필하려는 게 아니라 제대로 일해 보이겠다는 의지로 믿음을 줘야 했다. 사실 부탁을 하는 입장은 희수네 회사였기 때문이나. 일본 기업 유우신은 내수 시장과 유럽 수출로 꽤 큰 매출을 올리며 성장하고 있는 회사다. 아직 한국에는 알려지지 않았지만 관광객들의 입소문을 타고 조금씩 한국에서도 알려지기 시작하고 있었다. 백화점이나

단독 매장으로 국내에 들어올 날도 머지않았다. 그전에 선점하고 싶은
게 희수의 욕심이자 회사의 목표였다.

점심시간이 되자 그들은 칼같이 회의를 멈췄다. 그제야 긴장이 풀린
희수는 시장기를 느꼈고 다 같이 구내식당으로 향했다. 밖의 음식보다
훨씬 맛있다며 자랑을 해서 꼭 먹어보고 싶어졌다. 선약이 있다는 팀
장이 빠지고 다섯 명이 함께 엘리베이터를 탔다. 유우신의 본사는 지
은 지 얼마 안 된 12층의 건물로 깔끔하면서 아기자기한 느낌이 있었
다. 의류 회사답게 곳곳에 창의적인 의상들을 입은 마네킹이 있고 독
특한 오브제들로 장식이 돼 있었다. 엘리베이터 안의 모니터에는 도쿄
에서 열린 패션쇼에 참가한 유우신의 의상들이 영상으로 보였다.

"오후에는 매장을 한 번 둘러보시겠어요? 마침 머무시는 숙소 근처
에 있는 매장이 저희 1호 매장입니다. 제일 크고 오래됐죠."

남자 직원의 말에 앞에 서 있던 여직원이 돌아보며 눈을 동그랗게
떴다.

"숙소가 그쪽이에요? 숙소가 어딘데요?"

"회사 사택에 머물고 있어요."

"사택?"

여직원은 의문이 담긴 눈으로 남자 직원을 쳐다봤다. 그렇잖아도 호
텔로 옮기고 싶다는 의사를 전해야 했다. 유우신의 다른 직원들과 함
께 사용하는 건 상관이 없지만 새벽의 남자만은 피하고 싶었다.

'나중에 봅시다.'

쪽지에 남긴 말이 의례적인 인사로 여겨지지 않았다. 실천하지 않을

말을 남길 사람으로 보이지 않았다. 전혀 모르는 남자인데 어쩐지 그런 느낌이 들었다.

"저기……."

숙소 얘기를 꺼내려던 희수는 문득 모니터에 비친 얼굴을 보고는 소스라치게 놀랐다. 처음엔 히가시데 나기인 줄 알았고 곧 그가 아니라 새벽의 남자라는 걸 깨달았다. 그렇다고 놀람이 덜한 건 아니었다. 남자는 말끔한 양복을 입은 채 패션쇼장에 있었다. 맨 앞줄에 다른 양복을 입은 남자들과 함께 말이다. 유심히 모델을 살펴보는 남자를 카메라는 꽤 오랫동안 비췄다. 유우신의 직원이라고 했으니 패션쇼장에 있는 게 당연할지도 몰랐다. 하지만 같은 업계에 종사하는 사람으로서 그가 앉은 자리가 어떤 의미인지는 모르지 않았다. VIP석이었다.

"저 사람……."

희수의 시선을 따라서 본 여직원이 답했다.

"아, 저희 회장님이세요. 야마구치 회장님이요."

점심 식사가 끝나고 조금의 휴식 시간이 주어졌을 때 희수는 일본 구글로 검색을 했다. 야마구치 쇼. 나이는 서른셋. 히가시데 나기가 살아 있다면 서른, 그러니까 그보다 세 살이 많다. 희수는 그와 다른 사람이라는 증거가 쏟아져 나오는데도 미련을 버리지 못하고 계속해서 비교를 하고 있었다. 도쿄에서 고등학교를 나왔고 미국에서 경제학 공부를 했으며 부모는 모두 일본인. 특히 아버지는 도쿄의 경제를 쥐고 있다는 금융계의 대부 야마구치 유키무라(山口幸村)였다. 은퇴한 야마구치 유키무라의 최근 사진은 스모 선수처럼 큰 풍채를 갖고 있었다. 남자의 커다란 체격은 아버지 쪽 유전자인 모양이다. 그러고 보면 나기의 몸은 날렵했다. 10년 전이라 어리기도 했었고 마른 편이었다. 군살 하나 없는 근육질 몸이었지만 골격이 이 남자처럼 크진 않았었다.

희수는 눈에 불을 켜고 자료들을 훑었다. 유학에서 돌아온 야마구치 쇼가 유우신을 맡은 건 불과 3년 전이었다. 지난 3년 동안 유우신의 매출이 눈에 띄게 성장하고 젊은 기업으로 거듭난 것도 그의 영향이었던 거다. 하지만 희수에겐 그보다 중요한 게 있었다. 우선 알고 싶은 건 그의 가족이었다. 실낱같은 희망을 걸고 형제를 검색했지만 제대로 밝혀놓지 않았다. 형제가 있는지, 혹시 사촌이 히가시데는 아닌지 궁금했지만 알 수가 없었다.

사촌이면 뭘 어쩔 건데? 어떤 희망이 있는데? 그가 살아 돌아오는 것도 아닌데…… 순간 이상한 느낌이 들었다. 이상한 걸 넘어 변태스러운, 아니, 엽기적인 생각일지도 모른다. 사촌이면 조금은 그와 가까이 있는 게 아닌가 하는 생각 말이다.

약속에서 돌아온 팀장에게 인사를 하고 매장 방문을 위해 준비를 하고 있는데 검은 양복의 남자가 나타났다. 아침에 맨션에서 회사까지 태워준 남자였다. 회의실까지 안내한 뒤 남자는 꾸벅 목례를 한 번 하고는 사라졌었다. 그제야 의심이 들었다. 아무래도 그는 야마구치 회장의 지시로 움직이는 사람 같았다.

갑자기 나타난 검은 양복이 희수에게 다가와 자신의 휴대전화를 내밀었다. 휴대전화는 통화중 상태였고 희수는 통화 상대가 누구일지 직감했다. 전화기를 받는 손끝이 떨렸다. 긴장인지 불안인지 모를 흥분에 가슴이 뛰고 목이 잠겼다.

"여보세요?"

— …….

못 들었나? 왠지 모를 기시감을 느끼며 목소리를 가다듬고 다시 말했다.

"여보세요?"

2, 3초의 틈을 두고 상대의 목소리가 들렸다.

— 아침 식사는 잘했습니까?

부드러운 말투, 낮고 굵은 목소리, 역시 그 남자였다. 이제는 제대로 알게 된 남자, 유우신의 회장 야마구치 쇼.

어째서 알아보지 못했을까? 후회막심이었다. 유우신의 자료들을 꼼꼼히 살폈건만 오너에 대한 것들은 간과했었다. 희수는 말단이라 유우신의 실무자나 팀장을 만나는 것만도 엄청난 기회였다. 오너가 이렇게 젊을 거라고는 생각지 못했고 당연히 그와 그렇게 만날 줄은 꿈에도 몰랐었다. 하필이면 회장이라니. 유우신의 회장과 키스를 했다니.

사실은 키스보다 진도가 더 나갔다는 생각에 얼굴이 화르르 달아오른 희수는 아무런 말도 하지 못했다.

— 지금 좀 봅시다.

"저…… 지금은 매장에……."

어떻게든 피하고 싶은 마음에 간신히 대답했는데 그는 간단히 묵살해버렸다.

– 지금.

그리고 전화가 끊겼다. 검은 양복의 남자가 멍한 희수의 손에서 휴대전화를 가져갔다. 기다리고 있는 다른 직원들에게 뭐라고 말해야 할지 몰라 머뭇거리는데 검은 양복의 남자가 대신 말했다.

"회장님 호출입니다."

직원들은 의아한 눈으로 희수를 보았다. 희수는 애써 미소를 지으며 다녀오겠다는 말을 남기고 검은 양복의 남자를 따라갔다. 감히 회장의 명령을 어찌 거절하겠는가.

회의실은 5층이었고 회장실은 12층이었다. 하지만 검은 양복은 1층을 눌렀다.

"차에서 기다리고 계십니다."

회장실이 아니라 차. 더더욱 불안해졌다.

"어디로 가는지 알고 있나요?"

물었지만 검은 양복은 대답이 없었다. 엘리베이터 문이 열렸고 로비로 들어서자 회전문 앞 도로에 서 있는 흰색 세단이 보였다. 나기는 흰색 벤틀리를 탔는데 그것과는 종류가 다른 차였다. 더 이상 야마구치 쇼와 나기를 비교하지 말아야지 하면서도 어느새 또 그를 떠올렸다. 나기는 운전을 잘했었는데…….

회전문을 통과하자 운전석에서 기사가 내려 뒷좌석의 문을 열었다. 열린 문 안으로 남자의 구두가 보였다. 다가가자 안쪽에서 남자가 말했다.

"어서 타요. 매장 같이 갑시다."

희수가 차에 오르자 검은 양복의 남자도 조수석에 탔다. 미끄러지듯 조용히 차가 출발했고 희수는 회의 자료와 태블릿 PC로 묵직한 가방으로 무릎을 가렸다. 그러고서야 조금 안정이 돼 옆의 남자를 힐끔 보았다. 그 역시 무릎 위에 노트북을 올려놓고 뭔가를 열심히 보고 있었다. 1.5인분의 자리를 차지하고 있었고 머리가 차의 천장에 닿을 듯 말 듯 했다. 척추를 곧추세우면 닿을 것 같은 느낌이었다. 새벽에 본 것과는 다른 양복 차림이었다. 어두운 네이비블루의 고급스러운 빛이 남자를 나이보다 더 중후해 보이게 했다. 단추 하나를 푼 와이셔츠에 실크 넥타이가 다이아몬드 핀으로 고정돼 있었다.

"관찰 끝냈으면 이제 인사를 좀 해도 되겠습니까?"

희수는 당황했다. 남자는 여전히 노트북에 시선을 둔 채여서 자신을 두고 하는 말 같지가 않았다. 노트북을 탁 닫고 돌아본 남자의 얼굴에는 놀리는 듯한 미소가 떠올라 있었다. 나기의 미소를 본 적이 있던가? 가물가물하다.

"덕분에 난 한결 괜찮아졌어요. 여기."

남자는 자신의 복부를 가리켰다. 그제야 정신이 든 희수는 새벽의 일을 떠오르지 않으려고 애쓰며 정중히 고개를 숙였다.

"죄송합니다. 그땐 제가 몰라 뵀어요. 무례를 했다면……."

갑자기 남자가 오른손을 불쑥 내밀었다.

"무례는 내가 했죠. 자, 다시 소개를 할까요?"

희수는 얼떨결에 남자의 손을 잡고 악수했다. 남자의 손은 커다란 글러브처럼 희수의 손을 감쌌고 결코 약하지만은 않은 힘으로 꼭 쥐었다. 나기의 손은 따뜻했었나?

"야마구치 쇼입니다. 환영합니다. 서희수 씨."

"감사합니다."

이름은 벌써 알고 있는 게 확실하고 더 무엇을 소개해야 할까? 막상 말하려니 아무것도 떠오르질 않았다. 유우신의 오너라서 어려운 것도 있었고 새벽의 일로 창피한 것도 있었지만 뭣보다 가장 당황스러운 건 여전히 그의 모습에서 나기를 떠올린다는 거였다.

야마구치 쇼는 손을 놓지 않았다. 놀라 쳐다보았다가 남자의 눈에 떠오른 욕망의 빛에 흠칫했다. 빼려는 희수의 손을 꽉 잡은 채 그는 계속해서 뜨겁게 응시했다. 먼저 눈을 피하고 시선을 내린 건 희수였다. 잡힌 손을 바라보며 나직이 사과했다.

"오해하시게 했다면 죄송합니다. 새벽의 일은 서로 실수였던 것 같네요. 다른 사람으로 착각을 했습니다. 정말 죄송합니다."

억지로 손을 뺐다. 아니, 남자가 놓아준 거였다.

"착각이라…… 그건 좀 불쾌하군."

더 이상 할 말이 없었다. 그와의 사이에 감도는 이 알 수 없는 열기가 단순히 착각 때문이란 걸 어떻게 설명한단 말인가. 사실은 스스로도 확신할 수 없을 만큼 혼란스럽다는 걸 말이다. 히가시데 나기와 닮은 외모에 경계심은커녕 호기심이 가득했고 어째서 어제와 같은 일이 생긴 건지도 궁금했다. 이 남자에 대해서 더 알고 싶었다. 그렇다면 히가시데 나기와 다른 사람이라는 걸 확실히 깨닫고 타인으로 대할 수 있을 것 같았다.

"이쪽은 하루 종일 일이 손에 잡히지 않았어요."

남자의 조용한 말에 희수는 당황스러웠다. 무슨 뜻으로 하는 말인지 혼란스러웠다. 게다가 앞좌석에 앉은 사람들이 듣고 있다는 생각에 더더욱 민망했다.

"일단은 일부터 합시다. 내가 직접 매장 안내를 할 생각인데, 의견이 있으면 기탄없이 말해주길 바라요. 서희수 씨 솔직한 의견을 듣고 싶으니까."

불편하고 부담스러웠지만 받아들이는 수밖에 없었다. 차는 조용히 도심을 가르고 있었다. 창 밖 풍경에 잠시 시선을 주던 희수는 호텔 건물을 보고는 문득 생각이 났다. 고개를 돌리자 곧장 회장의 눈과 마주쳤다. 놀라고 당황한 희수와는 달리 그는 무안해하지도 않고 시선을 떼지도 않았다. 내내 그녀를 바라보고 있었던 걸 숨기지도 않고 지그시 응시했다.

"머리를 그렇게 하니까 또 다른 사람 같네요."

희수는 좀 더 성숙한 직장 여성처럼 보이도록 머리를 올려 흘러내리지 않게 핀으로 고정하고 있었다. 입사 후, 회사 오리엔테이션에서 전문 아티스트의 메이크업을 받은 적이 있었다. 그때 그의 말을 빌자면 희수의 경우, 머리를 걷으면 얼굴 윤곽과 이목구비가 두드러져 고전적인 미인으로 보인다고 했다. 차분하고 우아한 인상은 일을 할 때 도움이 될 거라면서 말이다. 그래서 중요한 회의 때는 꼭 머리를 올리곤 했다.

회장의 시선이 그 머리에서 얼굴을 지나쳐 풍만하게 솟은 가슴에 닿는 게 느껴졌다. 무례한 시선에 당황스럽기도 하고 화가 났다. 이런 상황을 자초한 자신에게는 실망을 넘어 절망스러운 기분이었다.

"외람된 말씀이지만 새벽에 있었던 일은 잊어주셨으면 좋겠어요. 그리고 제가 묵고 있는 숙소가 사실은 사택이 아니라 회장님의 개인 소유라고 하던데, 맞나요?"

무례한 시선에 화를 내는 대신 사무적인 예의를 가장한 표정으로 분명하게 말했다.

"그런 줄은 정말 몰랐어요. 오늘 호텔로 옮기겠습니다. 이런 얘기는 회장님께 할 필요가 없는 거지만 점심 식사 때 담당 직원분한테 말씀드렸더니 곤란한 표정을 하셔서요. 마치 제가 숙소를 옮기는 데 회장님의 허락이 필요하다는 느낌을 받았습니다. 제 느낌이 틀렸나요? 틀렸다면……."

"아니, 맞아요."

회장은 의외로 순순히 인정했다. 희수는 더더욱 혼란스러워져 회장을 쏘아보았다.

"무슨 이윤지 여쭤봐도 될까요?"

따지듯 묻자, 회장은 화가 나서 조금 상기된 희수의 표정을 재밌다는 듯 바라보았다.

"거기 머무는 게 싫습니까?"

"타당하지 않아요. 제가 머물기엔 과분하다고 생각합니다."

"자신을 과소평가하는 겁니까? 아니면 날 피하기 위한 핑계?"

혼란스러운 희수와는 달리 회장은 마치 모든 걸 다 알고 있다는 듯이 태연하고 침착했다. 희수는 상대가 누구인지 잊지 않으려고 애쓰며 그의 얼굴을 쳐다봤다.

"혹시, 이전에 저를 만나신 적이 있습니까?"

그러자 회장은 갑자기 당황한 듯 창 밖으로 시선을 피하더니 머쓱한 미소를 지으며 다시 희수를 돌아봤다.

"들켰네요."

순간, 희수의 심장이 쿵 멎었다. 야마구치 쇼가 히가시데 나기일지도 모른다는 착각은 더 이상 하지 않으려고 노력했다. 그러면 왜 그녀를 모른 척하겠는가? 그럴 이유가 있다고 하더라도 이렇듯 완벽히 모르는 얼굴을 할 수는 없다. 그런데 회장의 말은 그동안 연기였다는 의미가 아닌가? 알면서 모르는 척했다는 거다. 왜? 설마 자신을 숨기기 위해서? 정말 나기일까?

눈앞의 그를 꼭 닮은 남자를 보고 있노라면 더더욱 그가 그리워져 고통스러웠다. 희수의 커다란 눈이 괴로움으로 금세 젖어들었다. 숨조차 멈춘 채 그의 대답을 기다렸다.

"작년에 그쪽 홈쇼핑을 방문했다가 일하고 있는 서희수 씨를 봤어요."

희수는 기억에 없었다. 언제라도 봤다면 기억했을 테니 이쪽에선 보지 못했던 거다.

"그…… 그게 다예요?"

희수의 목소리는 떨렸다. 그렇지 않을 것이다. 그게 다일 리가 없다. 희수는 억지를 부리고 싶었다. 눈앞의 남자를 붙잡고 소리치고 싶었다. 드라마 같은 일이 있었노라고. 당신은 사고로 기억을 잃어버렸거나, 누군가 강제로 기억을 지우고 이름을 바꿔치기했을 것이라고, 당신은 히가시데 나기이고 시간이 흐르면 나를 기억하게 될 거라고 말이다.

하지만 그런 일은 일어나지 않는다. 희수는 애써 감정을 추스르고 자세를 바로잡았다.

"그럼 이 출장과 숙소는 모두……."

"내가 지시했어요."

그제야 모든 게 이해가 됐다. 본부장의 특별 지시, 단독 출장, 호화 숙소에 대한 의혹이 이제야 풀렸다.

"실망했습니까?"

회장의 질문에 희수는 부정하지 않았다. 조용히 고개를 끄덕이고 차분하지만 단호한 목소리로 말했다.

"네, 저한테요. 저녁 비행기로 바로 돌아가겠습니다."

입 밖으로 내뱉자 마음이 조급해졌다. 어리석은 자신에 대해 분노가 치밀었고 이 남자의 비열한 방법에도 화가 났다.

"내리고 싶어요. 차 세워주세요."

09

흰색 세단은 오모테산도 매장 앞에 멈춰 있었다. 운전기사와 검은 양복의 남자는 주위를 경계하듯 차 옆에 서 있었다. 매장 앞에는 회장의 불시 방문에 초긴장한 점장과 직원들이 나와 일렬로 대기해 있는 상태였다. 희수는 회장과 함께 차의 뒷좌석에서 경직된 채 그런 이상한 상황을 어이없게 바라보았다.

"내려서 얘기하는 게 좋겠어요."

민망해서 얼른 자리를 피하고 싶었다. 내리려고 차 손잡이를 잡는데 그가 다른 손을 잡아끌었다.

"하나 제안을 합시다."

희수는 손을 빼내려고 했지만 오히려 회장은 손을 끌어당겨 자신의 두꺼운 허벅지 위에 올려놓았다. 벗어나려고 힘을 줄수록 몸이 끌려가 그의 커다란 몸에 밀착되었다. 그러자 긴 팔이 아예 희수의 어깨를 안아 자신의 품에 가두었다. 화가 난 희수는 밀어내려고 그의 가슴에 손을 댔다가 손바닥에 닿는 뜨거운 두근거림에 놀라고 말았다. 그의 가슴은 미친 듯이 뛰고 있었다.

"느낀 그대로, 난 당신을 원해요."

희수는 몸 안에 휘도는 열기를 분노 때문이라고 치부하고 거칠게 몸을 버둥거렸다. 그러자 회장의 굵은 팔뚝이 강철처럼 희수를 휘감아 단단히 안아버렸다.

"난 아니에요. 놔요."

자신의 흥분한 목소리를 들은 희수는 당황했다. 더 매섭게 남자를 뿌리치려고 해도 목소리에 섞여 흘러나오는 열기를 다 들킬 것만 같았다. 희수가 벗어나려고 안간힘을 쓸 때마다 그의 팔은 더 억세게 조여왔다. 그 바람에 그녀의 풍만한 가슴이 그의 넓은 가슴에 밀착되어 열기는 더욱 상승했다.

"제안, 들어볼게요. 그러니까 놔줘요."

창피해서 한발 물러섰다. 그와의 접촉에 반응했다는 걸 들킬까 봐 두려웠고 밖에서 기다리고 있는 사람들이 뭘 상상할까 추측하니 민망해서 얼굴을 들 수가 없었다.

"난 이대로가 좋은데⋯⋯."

회장의 목소리에 묻은 능글맞은 장난기를 감지한 희수는 더 화가 났다. 휙 고개를 들고 째려보려다가 눈이 마주쳤다. 내려다보는 그의 눈빛은 말보다 더 깊은 소유욕으로 가득 차 있었다. 그 눈빛을 본 것만으로도 얼굴이 화끈거렸다. 세포들이 예민하게 반응하며 욕망을 향해 촉수를 곤두세우는 것만 같았다. 희수는 뜨거워진 얼굴을 숨기며 간신히 냉정한 목소리를 가장했다.

"지위를 이용한 남자에게 농락당하고 있는 기분입니다. 저를 지금 쓰레기 취급하고 계신 거예요. 다시 분명히 말씀드리는데 전 싫습니다. 놔주세요."

옭아매고 있던 회장의 팔이 느슨해졌다. 벗어나려는데 정수리에 그의 입술이 닿았다. 얕은 한숨을 내쉬더니 입술을 누른 채 낮은 목소리로 말했다.

"당신이 원하는 건 다 들어줄 생각이야. 딱 한 가지만 빼고."

천천히 희수의 얼굴을 감싸 쥔 회장은 경계심이 가득한 희수의 얼굴을 빤히 쳐다봤다. 희수는 정말이지 알 수가 없었다. 회장의 눈에서는 뜨거운 욕망과 함께 따뜻한 애정이 넘실거렸다. 일렁이는 그 눈빛은 나기에게서조차 느껴보지 못한 온기를 주었다. 그건 한 남자에게 절실하고도 유일한 사랑을 받고 있다는 기쁨과 행복감 같은 거였다.

"당신이 날 거부하는 건 받아들일 수가 없어요."

하지만 희수는 달아났다. 그의 눈에서, 느낀 감정에서, 그의 손길에서 도망가고만 싶었다. 히가시데 나기를 닮았다는 이유만으로 느끼는 것이 아니었다. 그가 전하는 눈빛, 메시지 하나하나가 희수의 가슴을 파고들어와 영혼을 흔들고 있었다. 뒤로 몸을 빼 그의 손길에서 벗어난 희수는 떠오른 감정을 삭이려 애를 썼다.

그에게서 시선을 떼고 무릎 위에 놓인 가방을 꼭 쥐었다. 이 출장을 위해 얼마나 열심히 일하고 준비했는지가 떠올랐다. 허탈한 기분에 다시 화가 나려 했다.

"공사 구분…… 못 하나요?"

"이 상황에서 내가 어떻게 공사 구분을 할 수 있겠습니까."

어이가 없어 고개를 돌려보자 회상의 눈에 다시 웃음기가 감돌고 있었다. 낯 뜨겁게 바라볼 때는 언제고 금세 분위기가 바뀌었다. 이 남자는 어지간히 장난을 좋아하는 것 같다. 그건 히가시데 나기와는 180도 다른 점이다. 나기는 열아홉의 청춘임에도 불구하고 무거울 정도로 진지하고 심각했었다.

"회장님, 어떻게 보일지 모르겠지만 저는 이번 일을 제대로 하고 싶습니다. 결과에 상관없이 최선을 다하고 싶어요. 부탁드리는데, 유우신의 실무자들이 냉정히 판단할 수 있도록 회장님께선 빠져주실 수 없겠습니까? 제가 원하는 건 다 들어주고 싶다고 하셨으니까 부탁드릴게요."

회장은 또 웃었다. 이번에는 아예 눈까지 반짝거리며.

"내가 한 말을 그렇게 써먹다니, 맹랑한 아가씨네."

희수는 그의 얼굴을 바라보지 않으려고 노력했다. 웃는 회장의 얼굴은 나기를 지우고 대신 자신을 각인시키는 위력이 있었기 때문이다.

"좋아요. 내 제안도 그거였으니까."

의외의 말에 고개를 들었다.

"대신 맨션에서 나랑 같이 지냅시다."

놀라 말문이 막혔다. 희수의 표정을 본 남자는 다 안다는 듯이 덧붙였다.

"당신이 원하지 않는 일은 아무것도 안 해. 근데 난 비밀을 하나 알고 있어요."

놀라 경직된 표정으로 남자를 보았다. 혹시 히가시데 나기를 알지도 모른다는 기대감과 다시 실망할 거라는 두려움이 겹쳐 불안했다.

"서희수 씨가 이미 날 원하고 있다는 거."

회장의 표정은 담담했다. 장난기도 없었고 의기양양한 거만함도 보이지 않았다. 부정할 기회가 많았음에도 희수는 응대하지 못했다. 자신의 생각과 마음을 분명히 할 수 없을 정도로 혼란스러운 상태였기 때문이다. 그녀가 아는 진실은 자신이 여전히 히가시데 나기를 그리워한다는 거고, 회장이 그를 닮았다는 것뿐이었다.

"자, 일하러 갑시다."

회장은 자신 쪽의 문을 열고 차에서 내렸다. 희수는 앞으로 어떻게 해나가야 할지 불안해 움직이질 못했다. 굳어 있던 희수는 자신 쪽의 문을 열어주는 운전사를 보고서야 마음을 다잡고 다리를 내렸다. 그때, 검은 양복의 남자가 운전사에게 눈짓을 보냈고 운전사는 당황한 듯 물러섰다.

차로 돌아온 회장이 눈앞으로 다가오더니 내리는 희수를 에스코트했다. 높은 구두를 신었음에도 그의 어깨까지밖에 머리가 닿지 않았다. 등에 가볍게 닿는 남자의 손이 느껴졌다. 이래서는 일을 하러 온 게 아니라 마치 남자친구와 함께 쇼핑을 나온 모습 아닌가.

희수는 불편함을 표시하기 위해 걸음을 멈추고 살짝 고개를 숙였다.

"회장님께서 먼저 가시죠. 뒤따라가겠습니다."

깍듯하게 예의를 차리는 것은 당연히 거리를 두기 위함이다. 눈치 빠른 회장은 무슨 의미인지 알아차렸다는 듯 희수를 보았다.

"원한다면."

회장은 손을 바지 주머니에 넣고선 앞서 걸었다. 매장 입구에 도열해 있던 점장과 직원들은 90도 각도로 인사를 했고, 희수는 일부러 그 민망한 인사에서 조금 떨어져 있었다.

"각자 일들 봐요. 오늘은 이 아가씨랑 데이트입니다. 천천히 둘러볼 테니까 우리 신경 쓰지 말고 일해요."

남자는 간단히 희수의 의도를 묵살하고 불편하게 만들었다. 화가 나그를 노려보았지만 분위기는 이미 그의 페이스대로 흘러가고 있었다. 점장은 웃으며 희수를 힐끔거렸고 직원들은 호기심 가득한 표정으로 희수를 쳐다봤다.

회장은 희수가 말한 대로 유유히 앞서 매장 안으로 들어갔다. 화도 나고 자존심도 상해서 이대로 돌아가버릴까 하는 치기가 생기는 걸 간신히 억눌렀다. 그의 페이스에 말려들고 싶지 않았다. 회장의 태도에 상관없이 최선을 다해 이 출장을 제대로 끝내겠노라는 오기가 뻗쳤다. 다시 마음을 다지고 회장의 뒤를 따라 매장 안으로 들어갔다.

미리 공부한 정보에 의하면 오모테산도 매장은 와인 바처럼 어두운 조명과 끈적끈적하고 나른한 음악을 콘셉트로 하고 있다. 미술 갤러리처럼 의류를 하나의 작품으로 디스플레이하는 것도 특징이라고 할 수 있다. 사진으로 본 대로 매장은 단순히 옷만을 파는 다른 매장들과는 확연히 다른 분위기였다. 한쪽에는 음료를 즐길 수 있는 바가 마련돼 있었고, 곳곳에 마련된 넓은 탈의실엔 3면의 거울과 여자를 예뻐 보이게 한다는 은은한 조명이 갖춰져 있었다. 옷을 갈아입고 충분히 자신의 모습을 볼 수 있도록 말이다.

"와요. 이쪽부터가 올해의 봄여름 신상품이에요."

회장의 안내에 따라서 보니 흰색 실크 드레스가 핀 조명을 받아 눈부신 빛을 발하고 있었다. 진주 목걸이나 다른 액세서리를 할 필요도 없이 보석처럼 빛나는 옷이 유우신의 뉴브랜드가 추구하는 것이었다.

"그쪽에서 기획하려고 하는 상품은 면 니트 셔츠라고 들었는데."

매장 안으로 들어오자 들어올 때의 시시껄렁한 태도와는 달리 회장은 진지했다. 희수 역시 제대로 일하겠다 다짐한 터라 곧장 사무적인 태도를 취했다.

"일단은 그렇습니다. 가격 면이나 제품의 사용 면에서나 소비자에게 접근성이 좋은 것부터 시작해서 유우신의 브랜드 네임을 알리는 게 우선이니까요."

"그럼 그쪽 홍보 전략은 유우신 하면 싼 면제품을 만드는 회사라는 겁니까?"

"네."

희수의 대답에 회장은 무슨 소리냐는 표정으로 돌아봤다.

"홈쇼핑에서 저렴하다는 건 굉장히 중요한 포인트예요. 좋은 제품을 백화점이나 다른 매장보다 싸게 구입할 수 있다는 믿음을 주지 않는다면 굳이 홈쇼핑을 이용할 이유가 없으니까요."

설명에도 회장은 마뜩찮은 표정으로 날카롭게 물었다.

"그건 홈쇼핑이 추구하는 것이고, 우리가 추구하는 이미지는 달라요. 전혀."

"알아요. 유우신이 추구하는 건 싼 면제품이 아니라 천연 소재의 고급스러운 면세품이죠. 바람, 물, 나무, 풀, 공기처럼 몸에 닿는 자연 그대로의 감촉."

희수는 회장의 움직임에 따라 걸음을 옮기면서 열띤 설명을 덧붙였다. 회사에서도 그랬다. 몇 달 전부터 유우신의 옷이 주는 편안한 매력에 빠졌고, 그걸 꼭 홈쇼핑의 소비자에게 소개하고 싶은 욕심에 열심히 선배들을 설득하고 프레젠테이션 기회를 얻기 위해 밤을 새워가며 노력했었다.

"저희가 최종적으로 추구하는 것도 유우신과 다르지 않습니다. 실크, 면, 캐시미어, 메리노울 같은 고급스러운 천연 소재만을 이용해 만들어 편안하면서도 결코 품격을 잃지 않는 일상의 옷이라는 이미지를 전달하는 게 저희의 최종 목표니까요. 그러면서도 매년 새로운 디자인과 색상을 제시해서 결코 지루하지 않다는 것, 또 제작에 마무리까지 철저하게 메이드 인 저팬을 고수한다는 걸 강조해서 소비자들에게 크게 어필할 거구요."

열띠게 설명하는 중간중간에 회장이 진지한 표정으로 희수를 쳐다보며 귀 기울여 듣고 있다는 표시를 했다. 이상하게도 일 얘기를 하는 동안에는 나기를 닮은 그의 외모나 커다란 체구 때문에 주눅 드는 느낌이 전혀 없었다. 오로지 일에만 집중하고 있는 그의 표정 때문인지, 희수 역시 자신이 생각하는 것들을 분명하게 전달할 수가 있었다.

"꽤 공부를 열심히 했네."

흡족한 회장의 표정에 한결 마음이 놓였다. 긴장감이 풀리자 좀 더 파고들고 싶어졌다.

"이번에 유우신에서 독자 개발한 이중 처리 기술에 대해서 설명해주실 수 있나요?"

"아, 그거……."

회장은 중얼거리더니 갑자기 말을 잊어버릴 만큼 마음에 드는 걸 발견했다는 듯 옷걸이에 걸려 있는 실크 원피스를 들었다.

"이거 한번 입어봐요."

일 얘기에서 벗어나려는 건가 싶어 경계심 어린 눈으로 쳐다봤다.

"팔려면 직접 입어봐야지."

"실크 원피스는 아직 해당 사항이 없는데요, 회장님."

"이중 처리 기술에 대해서 궁금하다고 하지 않았나? 일정에 치바 현에 있는 공장 견학을 넣는 조건이면 어떨까. 거긴 연구원도 있고 디자이너도 있거든."

그러고선 실크 원피스를 희수의 품에 안기고는 곧장 탈의실로 밀어넣었다.

"자, 입어봐요. 치수는 아마 맞을 거야."

매너가 좋은가 싶으면 일방적이고, 치근덕거리는 건가 싶으면 진지한 얼굴이다. 회장의 태도는 종잡을 수가 없었다. 탈의실 거울엔 망연자실한 표정의 희수가 세 개의 거울에 비쳤다. 당혹스러운 기분과는 달리 손에 잡히는 실크의 촉감은 상쾌하고도 부드러웠다. 그의 말대로 팔려면 입어봐야 했다. 애초에 매장을 방문하는 이유도 상품을 살펴보고 직접 착용해보는 데 있었다. 남자의 강제성을 띤 권유가 아니라면 훨씬 기분 좋게 입어봤을 것이다.

의식적으로 탈의실 문을 잠그고 입고 있던 베이지색 니트 원피스를 벗었다. 머리 위로 벗다 보니 고정한 핀이 살짝 흔들려 머리카락 몇 가닥이 빠져나왔다. 얼굴에 거추장스럽게 붙은 걸 떼어 귀에 걸고 실크 원피스를 집는데 갑자기 발밑이 흔들렸다. 뭐지? 하는 순간 탈의실의 조명이 꺼지더니 건물이 흔들렸다. 반사적으로 벽을 붙들었는데 거기에서도 진동이 느껴져 화들짝 놀라 주저앉고 말았다.

"서희수 씨! 괜찮아요?"

문 밖에서 회장의 목소리가 들렸다. 놀라긴 했지만 몸이 상한 건 아니었다.

"네…… 네, 괜찮아요."

놀란 가슴을 추스르고 겨우 대답하고 나서야 깨달았다. 지진이다.

"문 열어요!"

그러고 싶은데 몸을 움직일 수가 없어요. 젠장.

지진이 났을 때 어떻게 대처해야 하는지 알아둘 걸 그랬다. 희수는 천천히 일어나려다가 다시 땅이 울렁거리는 바람에 놀라 헉 숨을 들이켰다. 처음 느껴보는 지진의 공포감은 생각했던 것보다 훨씬 위력적이었다. 바닥은 물론이고 건물까지 무너질 것 같은 느낌이었다. 강도가 점점 더 세지는 느낌에 죽음의 공포감이 엄습했다. 한 치 앞도 보이지 않는 캄캄한 어둠 속, 밀폐된 공간에 홀로 갇혀 이대로 죽는 건가. 막막한 두려움에 머릿속이 멍해졌다.

그때 쿵 소리가 나더니 다른 공기가 유입됐다. 어렴풋이 열린 문의 형체가 보였다.

"지진인 거죠?"

회장에게서 풍기는 향수 냄새가 났다. 어둠 속에서 커다란 형체가 다가오더니 망설이거나 더듬지도 않고서 곧장 희수의 몸을 감싸 안았다. 그의 눈은 야행성 동물처럼 어둠 속을 꿰뚫어 보는 모양이다.

"괜찮아요? 다치지 않았어?"

그의 음성에서 긴장감이 느껴졌다. 마치 어미가 새끼를 확인하듯 손으로 희수의 몸을 더듬었다. 다친 곳이 있는지 직접 확인하려는 거였다. 희수는 맨살에 그의 손을 느끼고서야 자신이 팬티와 브래지어 차림이란 걸 깨달았다. 놀라서 얼른 그의 손을 밀어냈다.

"다친 곳 없어요. 괜찮아요."

조금씩 어둠에 익숙해지니 창피해져서 바닥을 더듬었다.

"근데 왜 대답을 안 해? 놀랐잖아."

정말 걱정을 많이 한 듯 크게 안도의 한숨을 쉬는 게 느껴졌다. 묘한 기분이 들었다. 부상으로 꽤 오랫동안 병원 신세를 진 이후에 주변의 괜찮냐는 질문과 걱정 어린 시선에 질려버렸었다. 그래서 웬만큼 아파서는 티조차 내지 않았다. 그래서 최근엔 걱정하고 염려하는 소리를 들어본 적이 없었다. 그가 걱정해주는 소리가 듣기 좋은 건 아마 너무 오랜만이어서일 것이다.

"지, 지진이 처음이라서 좀 놀란 것뿐이에요."

더듬거리며 변명을 하는데 손에 실크 원피스가 잡혔다. 얼른 쥐고서 입으려는데 다시 바닥이 흔들려 중심을 잃고 말았다. 바닥에 주저앉은 희수를 그가 가볍게 들어 올렸다. 자신의 허벅지 위에 희수를 앉히고는 아기를 안듯 감싸 안았다. 놀라고 당황한 희수는 밀어내려다가 멈칫했다. 회장이 자신의 양복 상의로 희수의 몸을 감싸고 있었기 때문이다.

"곧 멈출 거니까 안심해요."

그러고는 가만히 그녀를 안고만 있었다. 이 상황을 기회로 손을 뻗어오지 않을까 했는데 남자는 뜻밖에 희수를 달래며 위로하려 애썼다. 남자의 품은 넓고 따스하고 안전한 느낌을 줬다. 긴장감이 풀려버렸다. 이 남자에 대해 알고 싶다는 생각을 한 건 그를 거부하기 위해서였다. 히가시데 나기를 닮은 외모 때문에 관심이 있었고 호기심이 생겼었다. 결론적으로 야마구치 쇼는 안중에도 없었던 거다.

그런데 갑자기 야마구치 쇼가 눈에 들어왔다. 지금 이 순간, 자신을 안고 있는 남자가 누군지 진심으로 궁금해졌다.

"당신 심장 뛰는 소리가 느껴져."

부끄러웠다. 자신의 감정 변화를 다 들킨 것 같아서.

"이, 이제 끝난 것 같은데……."

그의 품에서 벗어나려고 하자 어림없다는 듯 더 센 힘이 끌어당겨 옴짝달싹 못하게 만들었다.

"그러다가 다치는 수가 있어. 조금 뒤에 나가는 게 좋아."

그 조금이 얼마인지 몰라도 빨리 벗어나고 싶었다. 그의 단단한 몸과 체취가 너무나 의식됐기 때문이다.

"당신이 다칠까 봐 두려워."

어둠 속에서도 그의 시선이 느껴졌다. 굳이 고개를 들고 그의 눈빛을 확인하지 않아도 알 수 있었다. 어깨에 닿은 그의 심장이 세차게 뛰는 게 느껴졌고 이마에 속삭이는 그의 숨결이 델 듯 뜨거웠기 때문이다.

"그러니까 내 옆에 꼭 붙어 있어요."

그때 탈의실의 불이 켜졌고 당황한 희수는 붉게 물든 표정을 들키고 말았다.

도쿄 전역에 봄비가 내렸다. 거리를 화사하고 풋풋하게 물들이던 분홍의 꽃들이 수분을 머금고 빗줄기를 따라 가지에서 벗어났다. 나무에 매달려 있을 땐 매달린 그대로, 허공에 흩날릴 땐 또 흩날리는 그대로의 아름다움이 있었듯, 바닥에 떨어져 흘러가는 꽃잎들도 떠나는 아름다움을 보여주고 있는 듯했다. 석양이나 낙엽처럼 말이다.

5.2 강도의 지진으로 일부 노선에서 지하철 운행이 멈추고 가게의 물건이 떨어져 타박상을 입은 사람이 생겨났다. 마침 퇴근 시간이라 시내의 교통은 마비되었고 거리마저 붐볐다. 다행히 쓰나미는 관측되지 않았다.

화산 폭발, 지진, 토네이도, 쓰나미 같은 대형 자연 재해는 인간이 쌓아올린 것들을 한순간에 쓸어버릴 수 있는 위력을 갖고 있다. 땅이 갈라지고 건물이 무너지고 집이 사라지고 가족이 죽고, 그런 끔찍한 일들을 눈 깜박할 새에 해치워버린다. 그것들을 보고서 과연 아름답다고 할 수 있을까. 차디찬 빗줄기가 사람들의 칭송을 한 몸에 받았던 분홍 꽃잎을 흘려보내듯, 자연스러운 것이라고 받아들일 수 있을까. 분명한 건, 예측할 수도 없고 막을 수 없는 그런 상황을 다신 겪고 싶지 않다는 거다.

차창을 타고 흐르는 빗줄기는 검은 눈물 같았다. 그 유리에 통화를 하고 있는 회장의 옆얼굴이 비쳤다. 웃고 있는 얼굴인데도 마치 검은 눈물이 흐르는 것처럼 보였다. 그는 직접 식당을 예약하고 있었다. 건물 바닥이 흔들렸던 그때 그는 그녀를 찾아 탈의실로 왔다. 일본인이라면 지진이 났을 때 조심해야 되는 것 정도는 알 텐데. 머리에 무거운 거라도 떨어졌으면 어쩔 뻔했나. 그는 그녀가 다칠까 봐 두렵다고 했었다. 그 말을 곱씹다가 결국 자신도 같은 심정이란 걸 깨달았다. 그가 다치거나 그보다 더 큰 일이 일어났을지도 모른다는 생각을 하면 심장이 졸아드는 것 같았다. 손끝으로 체온이 빠져나가 온몸이 싸늘하게 얼어붙는 기분이다. 그가 누구를 닮아서인지, 자신에게 호감을 갖고 있는 남자여서인지, 이유는 모르겠다. 굳이 따지고 싶지도 않다. 그냥, 무조건, 절대적으로 싫었다. 이틀 전까지만 해도 모르는 사람이었는데 말이다.

일본 전통 요릿집 맨 안쪽의 다다미방에 그와 마주 앉았다. 6인용의 테이블이었지만 최소한 30첩은 될 것 같은 넓은 방이었다. 그의 등 뒤 벽은 붉은 매화가 그려져 있는 족자가 걸려 있을 뿐 깔끔했다. 희수의 등 뒤는 일본 전통 문양의 빗살문이 벽면을 다 차지하고 있었다. 그리고 방의 안쪽, 다다미 마루가 끝나는 곳에는 통나무로 만든 구름다리가 있었고 그 끝에는 돌로 만든 어항이 있었다. 어항의 물은 맑고 얕아서 붉은 잉어 떼가 노니는 게 보였다. 구름다리의 양쪽에는 벗나무가 있었다. 거리의 꽃잎은 차가운 빗물에 씻겨가는데 실내의 벚꽃은 화려한 생동감을 자랑했다.

그가 저녁으로 뭘 먹겠냐고 했을 때 희수는 진한 육수의 제대로 된 라멘이라고 대답했다. 그런데 그가 데려온 곳은 도무지 라멘집으로는 보이지 않았다. 겉에서도 이미 화려한 식당의 외관을 하고 있어 입구에서 제지를 했다.

"여기가 라멘집인가요?"

그는 씨익 미소를 짓더니 대답 없이 희수를 안으로 끌었다. 단정한 옷차림의 남자 직원이 깍듯이 그들을 맞으며 안내한 방이 바로 이곳이다. 30첩의 다다미방.

"옷이 잘 어울려요."

희수는 그가 고른 실크 원피스를 입고 있었다. 가슴 아래 절개선을 기준으로 윗부분은 흰 블라우스 느낌이었고 절개 아랫부분의 하늘하늘한 스커트는 부드러운 민트색이었다. 실크와 오간자의 디테일이 우아하고 여성스러웠다. 입고 거울을 봤을 때 솔직히 그의 안목에 수긍할 수밖에 없었다. 몸에 딱 맞을 뿐만 아니라 여성스러운 디자인이 희수의 피부색과 체형의 장점을 잘 살려주었기 때문이다.

탈의실의 불이 켜졌을 때 희수는 화들짝 놀라 그에게서 벗어났다. 그의 재킷으로 몸을 가리고 그를 탈의실 밖으로 쫓아냈다. 나가면서 그는 실크 원피스를 입으라고 했다. 그는 부서진 문을 닫고선 문지기처럼 문 앞에 서서는 이런 저런 간섭을 해대더니 문 안으로 은빛 샌들까지 넣었다. 결국 그가 원하는 대로 입고 신었다. 입어보는 건 희수의 일이기도 했다. 다만 공짜로 선물받는 게 문제였다. 하지만 대놓고 거절할 수가 없었다. 매장의 점장과 직원들이 지켜보고 있었기 때문이다.

"이 옷은 지젤이 생각나요."

희수는 담담하게 말하려 했지만 자신이 듣기에도 목소리에 쓸쓸함이 배어나왔다.

"말해봐요."

남자를 쳐다봤다. 그는 탈의실에서 희수를 감쌌던 겉옷을 벗어 옆의자 등받이에 걸쳐두었다. 거추장스러운지 와이셔츠의 단추를 풀어 소매도 걷었다. 흰 셔츠가 남자의 몸에 잘 어울렸다. 커다란 어깨며 넓은 가슴, 굵은 팔뚝에도 전혀 조임 없이 꼭 맞는 걸 보면 맞춤 셔츠인 모양이다.

"뭘 말해요?"

"발레."

희수의 눈이 커졌다. 미간을 모으고서 그를 꿰뚫을 듯 쳐다봤다.

"제가 발레 한 걸 알아요?"

"알아. 당신에 대해서 꽤 많은 걸 알지."

그는 뻔뻔하게 인정했다. 테이블 위에 팔꿈치를 올리고는 두 손을 깍지 끼고서 그 너머로 희수를 지그시 바라보았다. 그 눈빛에는 동정이나 안타까움이 아니라 약간의 분노가 자리 잡고 있었다.

"그 소꿉친구랑 파혼해요."

희수는 다시 놀랐고 어떻게 아는 건지 궁금했다. 물어보려는데 노크 소리가 들렸다. 그가 대답하자 문이 열리고 기모노를 완벽하게 차려입은 여직원이 쟁반을 들고 들어왔다. 종종 걸어와서는 테이블 앞에 무릎을 꿇고 앉더니 라멘 두 그릇과 오니기리, 새우튀김과 간장, 그리고 생강절임을 내려놓았다. 여직원은 주방장의 특별 메뉴라고 말하며 화사한 미소를 지었다. 나기는 감사의 인사를 전하라고 했고 여직원은 머리가 바닥에 닿는 인사를 하고 방을 나갔다.

"여기 주방장 아들이 요 옆에서 라멘집을 해요. 거기서 공수해 온 거면서 나한테 생색을 내는 거지."

그는 해맑게 웃고 있었다. 방금 전까지 화난 얼굴을 했으면서.

"먹어봐요. 그 아들 꽤 하거든."

보기만으로도 라멘은 먹음직스러웠다. 육수는 걸쭉한 게 진해 보였고 갖가지 야채와 잘 삶은 고기가 듬뿍 들어가 있었다. 냄새가 이미 식욕을 자극했다. 하지만 희수는 먼저 궁금증을 풀어야 했다.

"제 약혼자에 대해서도 뒷조사를 했나요?"

그는 젓가락으로 라멘을 잔뜩 집어 올리면서 고개를 끄덕였다.

"강시후 부친 국회의원 선거에 맞춰서 약혼했지. 아들놈 때문에 약점 잡혀서 선거에서 지면 안 되니까."

희수는 소스라치게 놀랐다. 지금 그의 말은 강시후와 그녀밖에 모르는 비밀을 알고 있다는 의미 같아서다.

"그럼……."

"그럼 아냐고? 알지. 그놈이 게이인 거."

너무 놀라 말문이 막혔다. 그는 후르르 소리를 내며 맛있게 라면을 먹었다. 큼지막한 오니기리도 젓가락으로 집어서는 크게 베어 먹었다. 체격만큼 왕성한 식욕이었다.

"어, 어떻게 알아냈죠? 걔를 24시간 감시라도 한 거예요?"

"그쪽 회사를 방문한 게 7개월 전이야. 그때 당신을 봤는데, 내가 왜 여태까지 참고 기다렸다고 생각해?"

그는 새삼 짜증이 난다는 표정을 지으며 희수를 나무라듯 쳐다봤다. 7개월 전이면 시후와 약혼한 직후다. 회사에도 그녀의 약혼은 알려져 있었다. 그러니까 약혼자가 있다는 걸 알고 포기했다는 건가?

"먹어요. 식어. 내가 아니라 당신을 위해서 주문한 거야."

희수는 여전히 충격이 가시지 않아 의문이 담긴 눈으로 그를 쳐다봤다. 갑자기 넓은 테이블 너머로 그의 손이 뻗어와 희수의 손에 숟가락을 쥐여주었다.

"그놈의 아들 집은 저녁 시간엔 두 시간씩 줄을 서야 돼요. 좌석이 적어서 그렇기도 하지만 그만큼 맛있다는 증거지. 자, 국물부터."

더 버텼다간 아예 떠먹일 기세였다. 하는 수 없이 희수는 따지고 싶은 걸 참고 국물을 떠먹었다. 담백한 육수가 진하고 간이 잘돼 입에 딱 맞았다.

"어때요?"

희수는 덤덤한 표정으로 고개를 끄덕였다.

"맛있어요."

젓가락을 잡다가 바라보는 시선이 느껴져 고개를 들어서 보았다. 눈이 마주치자 갑자기 그가 시선을 피했다. 먹는 데 열중하는 척 라면 그릇을 들고 국물을 후르르 마셨다. 언뜻 스친 그의 표정에 떠오른 느낌은 고통이었다. 뭘 아파하는 걸까?

"사케 한 잔 합시다."

라면 그릇을 내려놓은 그는 갑자기 일어나더니 문 옆에 달린 줄을 당겼다. 옛날 유럽의 귀족들이 쓰던 고전적인 호출 벨 같았다. 라멘을 가져왔던 여직원이 무릎을 꿇은 채 문을 열었다. 마치 그가 주문을 할 것을 알고 있었다는 듯이 쟁반에 은색 그릇과 술병을 들고서 말이다. 술병을 본 그는 역시라고 말하며 소리 내어 웃었다.

그는 여직원이 가져다준 은색 그릇에 술을 따랐다. 어쩐지 투박해 보이는 그릇은 로마 시대의 것처럼 이국적이고 오래돼 보였다.

"좋은 사케는 이 주석 잔에 마셔야 제대로 맛이 나요. 먹기 좋게 부드러워지지."

안주는 에다마메. 그가 좋아하는 안주라고 했다. 그러면서 내민 술잔엔 맑은 사케가 바닥에서 3센티미터쯤 차 있었다.

"언젠간 당신 취한 모습 보고 싶지만 오늘은 아냐."

그는 반쯤 채운 자신의 잔을 들고서 건배를 했다. 희수는 한 모금으로 향을 음미하고는 3센티미터의 사케를 깨끗이 비웠다. 목 넘김이 부드럽고 향도 좋았다. 술맛에 대해 잘 모르지만 일본의 사케는 100년 넘는 전통을 자랑하는 집이 많다고 들었다. 이 술도 그중 한 집에서 만든 술이 아닌가 했다. 척 보기에도 고급스러워 보이는 술병으로 손을 뻗었다.

"한 잔만 더 할게요."

다시 3센티미터를 채우고 이번엔 단번에 마셔버렸다. 그가 보더니 술병을 자신의 앞으로 끌어놓고는 희수 앞으로 오니기리와 새우튀김을 밀었다.

"먹어요."

두 접시를 번갈아 보다가 오니기리로 손을 뻗었다. 손으로 들고서 우적우적 먹기 시작했다. 연어가 들어간 오니기리는 밥알이 고슬고슬하고 연어에 간이 잘돼 있었다. 오니기리 하나를 깨끗이 먹고 라멘의 면도 다 건져 먹고 국물만 조금 남겼다. 그리고 다시 사케를 반잔쯤 마셨다. 희수가 잘 먹는 걸 보고선 그도 말리지 않았다. 발레를 할 때부터 희수는 잘 먹는 편이었고 대학 가서는 술도 곧잘 마시게 되었다. 아픈 상처를 달래는 데 술만 한 약도 없다는 것도 알게 되었다.

다다미방을 나왔을 땐 비가 그쳐 있었다. 식당 마당에서 희수는 그를 기다렸다. 그는 주방장에게 인사를 하고 오겠다고 했다. 그의 뒤로 주방장이 함께 나와 인사를 했다. 푸근한 인상의 아버지 같은 주방장이었다. 희수는 잘 먹었다며 마주 인사를 하고 가게를 나왔다.

"좀 걷고 싶어요."

취하진 않았다. 조금 나른하고 비 개인 도쿄의 공기에 센티해졌을 뿐.

어깨에 그의 양복 상의가 둘러졌다. 쌀쌀했었는지 온기가 느껴졌다. 그리고 그의 팔이 소유를 주장하듯 그녀의 어깨를 감싸 안았다. 세지도, 느슨하지도 않은 힘에서 욕망이 느껴졌다. 사케를 마시면서 이따금 마주쳤던 눈빛에서부터 그는 욕정을 숨기지 않았고, 침묵은 그걸 억누르고 있다는 암시 같았다.

그는 가게 뒤쪽의 한적한 길로 이끌었다. 한쪽에는 자전거 도로가 나 있고 다른 쪽에는 라이트업 된 벚나무가 줄지어 있었다. 빗물에 떨어진 분홍 꽃잎이 바닥을 장식했지만 여전히 남아 있는 분홍 꽃잎이 불빛과 어우러져 커다란 트리처럼 빛을 발했다. 비가 오고 조금 쌀쌀해져서인지 거리엔 사람이 별로 없었다.

무의식중에 몸을 감싸 안았더니 그가 물어왔다.

"추워?"

고개를 흔들었지만 그는 어깨를 안은 팔에 힘을 주고 그녀를 자신의 품으로 더욱 끌어당겼다. 그의 다른 손은 바지 주머니에 넣은 채였고 그리 멀지 않은 뒤쪽에선 그의 흰색 세단이 따라오고 있었다.

"나한테 원하는 게 뭐예요?"

질문을 하기 전 희수는 가슴 밑으로 교차한 팔에 힘을 주고서 한껏 방어태세를 갖추었다. 고집스럽게 바닥만 내려다보고 그의 몸에 의지하지 않으려고 척추를 꼿꼿이 하고 걸었다. 그가 어떤 대답을 하든 부정할 준비가 돼 있었다. 어떤 호감도 받아들일 수 없노라고, 엮이고 싶지 않다고 분명히 말할 것이다. 한국으로 돌아간 뒤에도 계속해서 그가 궁금할 것이고 보고 싶어질지도 모른다. 거절한 것을 후회하고 번복하기 위해서 다시 도쿄로 날아올지도 모른다. 하지만 그러지 않기 위해서 노력할 것이다. 죽은 사람과 혼동해서 마음을 준다면 서로가 괴로울 거다.

대답을 기다리는 시간이 길어졌다. 이윽고 돌아온 대답은 간단했다.

"웃어."

장난치는 건가. 무슨 의미인지 표정을 보려고 고개를 돌렸더니 그는 담담한 표정으로 먼 곳을 응시하고 있었다. 길이 끝나는 소실점 그 어딘가를 헤매는 것 같은 시선은 생각이 여기 있지 않은 사람 같았다. 팔에 그녀를 안고 자신의 생각을 말하고 있지만 정작 영혼은 다른 곳에 가 있는 게 아닌가 싶었다.

"당신이 행복했음 좋겠어. 내가 행복하게 해주고 싶어."

가슴이 울렁거렸다. 남자에게서 그런 말을 처음 들었다. 데이트하는 남자가 그런 말을 했다면 내색은 못 해도 속으로는 기쁘면서도 오글거린다고 생각했을 것이다. 그런데 떨리고 설렜다. 그의 표정에서 진심이 느껴졌기 때문이다. 어떤 대답을 예상한 건 아니었지만 그 대답이 이렇게 자신을 흔들 줄은 몰랐다. 속절없이 이 남자에게 끌려가는 기분이다.

희수는 동요를 숨기고 애써 딱딱하게 말했다.

"우린 함께할 수 없어요. 뒷조사 좀 한 걸 가지고 날 안다고 할 순 없을 거예요. 나도 당신에 대해서 아는 게 없구요."

"나에 대해서 알고 싶긴 해?"

서운해하는 말투였다. 하마터면 솔직히 그렇다고 대답할 뻔했다. 하지만 그런 여지를 줘서 관계를 더 복잡하게 만들고 싶진 않았다. 여기서 정리하지 않으면 혼란만 더할 뿐이다.

"올가을에 결혼할 거예요. 조사하신 대로 시후는 제 오랜 친구예요. 마음도 잘 맞고 서로를 잘 알고 이해하고……."

그가 쥔 어깨가 아팠다. 그의 손에 힘이 들어간 탓이다. 그의 시선은 정면을 향해 있었고 표정을 굳이 보지 않아도 마음 상한 기색이 느껴졌다.

"가장 큰 이유는 당신을 좋아할 수가 없다는 거예요."

그가 걸음을 멈추고 돌아봤다. 따가운 시선이 느껴졌다. 그에게서 조금 떨어져 고개를 들었다. 내려다보는 눈빛에 장난기는 전혀 없었다. 오히려 그 반대로 조금이라도 빈틈을 보이면 사납게 공격할 것처럼 날카로웠다.

"난 원하는 사람이 따로 있어요. 당신한테 끌리는 이유는 그 사람을 닮아서예요. 당신을 보고 있어도 내 눈엔 그 사람이 보이고, 안길 때도 그 사람을 생각할 거예요. 내 눈엔 당신이 당신으로 보이지 않아요."

그건 거절의 고백이었다. 그런데 가슴 한쪽에 아스라이 스며드는 고통과 아쉬움은 뭘까. 슬픔이 밀려왔다. 그를 통해서 재회했던 히가시데 나기를 다시는 못 보게 되어서일까. 솔직히 그를 통해서라도 보고 싶었다. 가짜라도 갖고 싶은 이기적인 마음이 들었다. 아니, 이 남자가 차라리 그였으면 했다.

10년 전, 히가시데 나기를 사랑하고 싶었다. 온 마음을 다해서 사랑하고 안고 싶었다. 그런데 사랑하는지 아닌지, 얼마나 사랑하는지 알아볼 시간마저 부족했다. 좋아하는 마음을 제대로 표현하지도 못했고 사랑을 주지도 못했다. 영원히 그 기회를 잃어버렸다. 어쩌면 풋사랑이었는지도 모르고, 어쩌면 사람들이 말하는 것처럼 첫사랑의 실패를 겪었을지도 모를 일이다. 하지만 못다 한 사랑은 짧은 추억을 수만 번 되새김질을 하고서 눈덩이처럼 커져 그녀의 온 마음을 차지하고 있었다. 후회와 그리움으로 말이다.

그의 생각에 감정이 북받친 희수는 고개를 돌렸다. 커다란 손이 희수의 얼굴을 감쌌다. 감정을 들키지 않으려 시선을 피했지만 그의 손으로 눈물이 흘러내렸다. 그는 엄지로 희수의 눈물방울을 닦아냈다.

"괜찮아. 나를 보면서 그 사람을 생각하고 나한테 안겨서 그 사람 사랑해도 돼."

희수는 놀랐다. 눈물 가득한 눈을 들어 그를 보았다. 진지한 그의 눈빛엔 단호한 의지와 넘치는 애정이 담겨 있었다. 상처를 어루만지는 그 다정한 눈빛에 꽁꽁 얼어 있던 가슴속 응어리가 녹아내리는 것 같았다. 한 번 터진 감정은 봇물 터진 듯 눈물을 쏟아내게 만들었다. 희수는 주체할 수 없는 감정의 격랑에 놀라 두 손에 얼굴을 파묻었다. 마음속 깊은 곳에 묻어두었던 슬픔이 눈물과 함께 터져 나왔다.

"그 사람이…… 너무 보고 싶어요…….”

그리움과 회한에 눈물이 멈추질 않았다. 커다란 손이 뻗어와 넓고 따뜻한 품으로 그녀를 감싸 안았다. 아무 말도 없이 안아서 달래는 남자의 가슴이 너무 안락해서 아이처럼 울고 말았다. 희수의 얼굴을 자신의 가슴에 기대게 하고서는 맘껏 울 수 있도록 해주었다.

그의 손이 계속해서 머리를 쓰다듬었다. 강하게 안는 팔의 단단함이, 넓은 가슴의 따스함이 희수의 모든 방어벽을 무너뜨렸다. 혼자 버티고 있던 그 모든 걸 다 놔버리고 그의 그늘에서 편안히 의지하라고 하는 것 같았다. 그의 품은 따뜻하고 안전한 아군의 영지였고, 그 어떤 침입과 공격에서도 그녀를 안전하게 지켜줄 완벽한 성이었다.

10

맨션으로 돌아오는 차 안에서도 희수는 그의 품에 안겨 있었다. 눈물은 말랐고 머릿속은 멍했으며 수분이 다 빠져버린 몸은 마른 스펀지처럼 물러 있었다. 어쩌다 이렇게 나약해져버렸을까. 그의 어깨에 머리를 기대고서 눈을 감았다. 이따금씩 그는 희수의 팔을 부드럽게 쓸어내렸다. 그건 오열하는 그녀를 달랠 때와는 다른 느낌의 애정이 실려 야릇한 분위기를 자아냈다.

차에 타기 전, 희수가 조금 진정되기 시작하자 그는 포옹을 풀고 눈물을 닦아주었다.

"한 사람이 한 사람 곁에 오래도록 머문다는 게 얼마나 고마운 일인지 당신은 알 거야. 내 옆에만 있어요. 다른 건 바라지 않아."

하지만 그럴 순 없다고 생각했다. 그를 히가시데 나기와 구분할 수 없기 때문이다. 자신뿐만 아니라 그도 힘들어질 거였다.

"그럴 수 없어요. 그건 불행을 자초하는……."

말이 끝나기도 전에 그의 손이 머리를 뒤로 잡아당기더니 그대로 입술을 덮쳤다. 위에서 찍어 누르는 키스였다. 그 힘에 가녀린 목이 한껏 젖혀졌다. 비틀거리자 이께에 걸치고 있던 상의 안으로 우람한 팔이 들어와 잘록한 허리를 감아 당겼다. 하체가 밀착되고 풍만한 가슴이 팽팽하게 솟아올랐다. 부드러운 입술을 가르고 흥분한 혀가 침입해왔다. 남은 수분마저 모두 빨아들일 기세였다. 지배욕이 담긴 거침없는 욕망이 거칠게 그녀의 복종을 요구하며 더 깊이 파고들어왔다. 느끼고 생각할 새도 없이 열정에 휩싸였고 그의 목덜미에 팔을 둘렀다. 발뒤꿈치를 들고선 열렬히 키스에 응했다. 달뜬 호흡 속에서 입술을 뗀 그가 속삭였다.

"이 느낌만 생각해. 이게 가짜일 순 없어."

맨션으로 오는 차 안에서 그는 한마디도 하지 않았고 심지어 희수를 쳐다보지도 않았다. 그래서 더 긴장이 되었다. 가만히 안겨만 있는데도 그의 몸이 전달하는 성적인 메시지가 너무 강렬했기 때문이다. 그 메시지를 눈치 챘단 걸 인정했다간 차 안에서 무슨 일이 벌어지고 말았을 것이다. 10년 전엔 두려워서 어떻게 해야 할지를 몰랐던 열정이, 뭐가 뭔지도 몰랐고 감당할 수도 없었던 관능이 혈관을 타고 흐르고 있었다.

도쿄의 밤을 달린 차가 맨션 앞에 멈춰 섰다. 마지못해 희수를 품에서 놓고 먼저 내린 그는 기다릴 수 없다는 듯 곧장 손을 내밀었다. 그 손을 잡으면 뿌리치지 못할 거란 걸 알았다. 그녀 역시 그를 원하고 있다는 걸 인정하게 되는 거였다. 망설이는 그녀를 보고서 그는 성급히 희수의 손을 잡아 낚아챘다. 희수는 그 손을 뿌리치지 못했다.

그에게 손을 잡힌 채 맨션의 엘리베이터에 탔다. 엘리베이터 문이 닫히기 전에 주변을 살피던 검은 양복은 사라졌고 승강기는 조용히 꼭대기를 향해 움직였다. 깨어난 욕망 때문에 몸이 떨렸다. 주체할 수 없는 열기가 몸 안을 휘돌고 있었다. 그 역시 마찬가지라는 걸 느낄 수 있었다.

엘리베이터 문이 닫히고 둘만 남게 되자 그가 참을 수 없다는 듯 거친 숨을 토해냈다. 휙 몸을 돌려선 그녀의 머리를 감아쥐었다. 다가오는 그의 어깨에 두 손을 받치고 버텼지만 이미 그의 몸은 한 치의 빈틈도 없이 그녀의 몸을 압박했다. 날카로운 그의 얼굴은 검붉게 물들어 있었고 눈빛은 이미 먹이를 앞에 둔 야수처럼 번들거렸다. 그건 바로 히가시데 나기의 얼굴이었다. 아니라는 걸 알면서도 놀랐고 떨림이 멈추질 않았다.

"히, 히가시데 나기……란 이름 알아요?"

머릿속에 떠오른 문장이 제어되지 못한 채 터져 나왔다. 묻지 않으려 했었다. 그가 어느 쪽의 대답을 하든 괴롭긴 마찬가지일 것 같아서다. 히가시데 나기를 안다면 다시 한 번 그의 죽음을 확인하게 될 것이다. 그리고 모른다면, 홀로 그 이름을 끌어안고 자기 연민에 빠져버릴 것이다. 그런데 갑자기 알고 싶어졌다. 눈앞의 남자와 관계를 맺는다면 히가시데 나기를 떠나보내야 할 것 같은 두려움 때문이었다. 어떻게든 나기를 붙잡아두고픈 못난 미련이었다.

"히가시데 나기, 나기는 바람이 멎고 바다가 잔잔해진다는 뜻이고…… 얼굴은 당신을 닮았어요. 히가시데 나기…… 그렇게 부르는 건 무례한 거라고 했었는데……."

"그만 말해. 당신 입에서 다른 남자 이름은 듣고 싶지 않아."

그는 딱딱한 표정으로 말하고는 희수를 끌어당겨 키스하려 했다. 단단한 몸으로 끌려간 희수는 다가오는 그의 얼굴을 피했다. 입술을 향해 오던 그의 입술은 희수의 부드러운 뺨에 닿았고 이어 훑으며 귓불을 애무했다. 희수는 몸의 떨림을 무시하려 애쓰며 그의 셔츠를 꽉 움켜쥐었다.

"대답해봐요, 제발! 알아요? 들어본 적이라도 없어요?"

다그치듯 매달리자 그가 고개를 들더니 희수의 머리를 잡아 움직이지 못하도록 고정했다. 그의 살벌한 눈이 다가들었다. 아랫배를 누르는 묵직한 남성의 기운에 흠칫 놀라 몸을 비틀었지만 더 이상 물러설 곳도 없었다.

"데려와. 죽여버릴 테니까."

어이가 없어 그저 차가운 눈을 멍하니 쳐다봤다. 얼음장 같은 말투는 진심인지 협박인지 알 수가 없었다. 농담 같았다면 차라리 화를 냈을 것이다. 그는 더 캐물을 틈도 주지 않았다. 곧장 희수의 얼굴을 잡고 들어 올린 그는 고개를 외로 틀더니 진한 키스를 퍼부었다. 그가 머리를 꽉 움켜쥐고 있어 피할 수도 없었다. 입술을 짓이기는 저돌적이고 농염한 키스가 희수의 입술을 태웠다. 다시 한 번 밀어내려던 희수의 나약한 이성은 거칠게 파고드는 그의 혀에 녹아들고 말았다. 그의 셔츠를 움켜잡고 있던 손을 올려 두꺼운 목을 안았다. 머리를 기울이며 깊이 들어온 그의 혀에 혀를 대었다. 그는 참지 못하겠다는 듯 작은 혀를 깊이 빨아들였다. 그러고는 스커트 속으로 손을 넣어 가는 허벅지를 잡아들어 올렸다. 희수의 다리 사이로 자신을 바짝 밀어붙인 채 목 부위 천을 잡아 거칠게 끌어내렸다. 그 바람에 블라우스의 진주 단추가 떨어져 나갔고 희수는 놀라서 숨을 들이켰다.

그는 하얗게 드러난 젖가슴 위 피부를 훑으며 지분거렸다. 희수는 미지의 세계로 끌려 들어가는 것 같은 두려움과 함께 폭풍처럼 밀어닥치는 열정에 휩싸여 헐떡거렸다. 허벅지 위로 올라온 그의 손이 엉덩이를 거칠게 감싸더니 서슴없이 가운데 부분으로 침범해 들어왔다. 소스라치게 놀란 희수는 간신히 정신을 차리고 주먹으로 그의 어깨를 밀었다. 벗어나려 몸부림쳤지만 그는 희수의 두 다리를 잡아 간단히 들어 올렸다.

"안 돼요!"

희수는 그에게서 벗어나려고 몸을 버둥거렸다. 몸이 들어 올려져 그의 얼굴이 눈 아래에 있었다. 올려다보는 그의 눈은 먹잇감을 찾은 짐승의 눈 그 자체였다. 야성적이고 거친 눈빛이 델 듯 뜨거웠다. 인간의 말로는 그 동물적인 욕망을 막을 수 없을 것 같았다. 그가 주는 두려움 때문인지, 몸 안을 휘도는 열기 때문인지, 울고만 싶어졌다.

"이건…… 잘못됐어요. 후회할 거예요."

"그렇지 않아. 날 믿어. 내가 다 막아줄게."

삼켜버릴 듯 짐승 같은 눈을 한 남자의 말은 부드럽기 그지없었다. 모습과 말이 도무지 어울리지 않는데도 믿어졌다. 믿고 싶었다.

희수는 두 다리로 그의 허리를 감아 매달린 채 집 안으로 옮겨졌다. 엘리베이터에서 현관문까지 걸어가는 동안에도 190센티미터의 거구는 가볍게 희수를 안고 있었다. 현관문을 넘자마자 희수의 등은 벽에 밀쳐졌다. 침대로 옮기는 그 잠깐의 시간도 아깝다는 듯이 선 채로 희수의 입술을 덮쳤다. 격렬한 키스를 퍼부으면서 벌어진 블라우스를 젖혀 하얀 살결을 탐했다. 흰색 브래지어가 드러났고 그 위로 봉긋하게 솟은 가슴 둔덕이 유혹하듯 부풀었다. 뜨거운 입술이 그 위에 닿자 희수는 몸 안으로 찌릿한 전율을 느꼈다. 본능적으로 그의 머리를 잡고서 거기에 입술을 눌렀다.

"당신 안으로 들어가고 싶어. 못 참겠어."

가슴 위에서 그가 말했다. 희수는 그 말이 의미하는 것을 깨닫고 놀라서 고개를 들었다. 무슨 일이 벌어질 것이라는 생각에 두려움이 스며들었고 반사적으로 몸이 경직되었다. 그녀의 변화를 감지한 그가 고개를 들었다.

"밀어내지 마. 그럼 나도 무슨 짓을 할지 몰라."

희수는 고개를 저었다.

"말했잖아요. 내가 원하는 사람은⋯⋯."

말하는 희수의 입술이 기습 키스로 막혔다. 약탈하듯 아랫입술을 이로 물어 당기더니 혀로 핥았다. 입술로 입술을 보듬듯 부드러운 키스에 절로 눈이 감겼다. 게걸스럽게 혀를 빨아들이고 타액이 섞이는 깊은 키스가 이어졌다. 천천히 입술을 뗀 그는 깊은 저음을 울리며 부드럽게 말했다.

"나도 말했어. 괜찮다고."

희수는 세차게 고개를 저었다.

"괜찮지 않아요. 당신을 만난 지 이틀밖에 안 됐어요. 모르는 남자에게 이렇게 끌리는 게 정상이라고 생각해요?"

여전히 이글이글 타오르는 그의 눈을 보면 가슴이 뛰고 몸이 떨려서 제대로 생각을 하기가 어려웠다. 하지만 급작스럽게 가까워지고 깊어지는 이 상황을 바로잡아야 했다. 흐르는 대로 뒀다간 상처만 받을 것 같았다.

"난 이런 적이 한 번도 없어요. 그 사람 이외엔 한 번도 이렇게……."

"그럼…… 처녀야?"

그의 놀란 얼굴을 보고 희수는 창피해서 째려봤다. 굳이 부끄러워할 건 아니었지만 스물일곱이나 먹도록 경험이 없다는 게 여자로서 매력이 없다는 것 같아서 마음이 상했다. 얼굴을 붉히며 째려보자 그가 싱긋 웃었다.

"뭐, 하는 수 없지. 내가 노력하는 수밖에."

그의 농담에도 희수는 걱정과 불안을 지울 수가 없었다.

"내가 하려는 말은, 내가 이렇게 끌리는 건 당신 때문이 아니라는 거예요. 당신이 그 사람을 닮았고, 그래서 당신을 그 사람으로 착각해서 이런 거예요. 이게 괜찮아요? 어떻게 괜찮을 수가 있어요?"

"나한테 끌려? 분명히 지금 끌린다고 했지?"

즐거워하는 그의 얼굴을 보고 희수는 어이없고 답답했다. 그는 자기가 듣고 싶은 말만 듣고 맘대로 해석했다. 속이 탄 희수가 한마디 쏘아붙이려 하자 그가 막았다.

"당신이 누군지, 내가 누군지 생각할 필요 없어. 당신은 아름다운 여자고 난 당신을 사랑하고 원하는 남자야. 그게 진실이고 전부야."

희수는 한참 동안 그의 눈을 바라보았다. 웃음기 가신 그의 얼굴은 무겁지도, 심각하지도 않았다. 그저 담담하고 편안한 표정을 보자 덩달아 마음이 차분해졌다. 불안이 걷히고 세상 밖으로 향해 있는 문이 차단되는 기분이었다. 그의 눈에서 시선을 내리자 붉게 젖은 입술이 눈에 들어왔다. 남자답고 섹시한 느낌의 입술을 만졌다. 손끝으로 아랫입술을 부드럽게 쓸자 그가 짐승처럼 손가락을 물었다. 아픔은 느껴지지 않았다. 대신 그의 혀가 손가락을 빠는 느낌에 몸이 떨렸다. 그는 희수를 안은 채 성큼성큼 안으로 걸음을 옮겼다. 희수는 그의 어깨에 턱을 올리고는 가는 두 팔로 그의 목을 껴안았다.

오늘 일의 책임을 져야 할 순간이 올지도 몰랐다. 하지만 이후에 어떤 괴로움이 닥칠지 생각하지 않을 것이다. 이 편안하고 따스하고 황홀한 느낌을 저버리지 못한 나약함에 대해 벌을 받아야 한다면 받겠다. 하지만 지금 이 순간만큼은 이기적이고 대책 없는 이브가 되련다. 아담을 유혹하고 금단의 열매를 탐하련다.

희수는 자신의 방 침대에 눕혀졌다. 불을 켜지 않아도 유리문으로 정원의 불빛이 들어와 조명 역할을 해주었다. 은은한 불빛 속에서 그녀의 하얀 피부는 달빛 같았고, 검은 그는 그 달빛을 감싸는 밤의 어둠 같았다. 달빛 위로 검은 구름이 드리우듯 그의 몸이 희수를 덮으며 키스했다. 그의 키스는 뜨거운 열기만큼 거칠었고 눈물이 날 정도로 달콤했다. 가늘고 여린 목덜미에 입술이 닿았고 가슴에 서늘한 공기가 느껴졌다. 블라우스를 젖히고 파고든 그의 손이 브래지어를 풀어내리고 있었다. 희수가 놀라서 훅 숨을 들이켜는 것과 동시에 그의 손이 젖가슴에 닿았다. 발레를 그만둔 뒤 그녀의 몸은 조금 살이 올랐다. 혹독한 훈련과 음식 조절을 놓고 나니 가슴과 엉덩이가 커졌다. 그가 만지자 풍만한 젖가슴 위의 분홍빛 유두가 꼿꼿이 섰다. 그는 손바닥과 손등을 이용해 가슴을 부드럽게 쓸며 애무했다. 그 감촉이 불러일으킨 감각은 이전엔 한 번도 느껴보지 못한 쾌감이었다. 부끄러움에 질끈 눈을 감았다.

"눈 떠요."

그의 요구에 천천히 눈을 떴다. 그의 손길이 불러일으킨 희열에 희수의 큰 눈은 촉촉하게 이슬을 머금고 있었다.

"난 당신 거야. 당신 마음대로 해도 돼."

몽롱한 열기에 잠긴 눈으로 잘생긴 얼굴을 보았다. 욕망을 가득 담은 눈과 하얀 셔츠 사이로 보이는 구릿빛 피부가 섹시했다. 남자의 몸을 보고서 안기고 싶다는 생각이 드는 건 처음이었다. 마음의 결정을 내린 이상 수동적인 여자가 되긴 싫었다.

자신의 욕망을 인정한 희수는 손을 뻗어 그의 셔츠 단추를 풀기 시작했다. 그 작업은 생각보다 더 부끄러워서 하얀 피부가 분홍빛으로 물들었다. 그는 두 팔로 상체를 버티며 희수가 단추를 열 때까지 꼼짝도 하지 않았다. 떨리는 손이 서툴게 단추를 풀어갈 때마다 그의 상체가 크게 움직이며 들썩거렸다. 조금씩 드러나는 근육질 피부에 그녀의 손가락이 스쳤고 그 작은 접촉에도 그의 호흡이 흐트러졌다.

희수는 감히 눈을 들어 그를 볼 용기가 나지 않았다. 보지 않아도 얼마나 뜨겁게 타오르고 있을지 피부로 느껴졌다. 그는 눈으로 그녀의 피부를 핥고 삼키고 있었다.

희수가 마지막 단추를 열자 그는 빠르게 셔츠를 벗어 던졌다. 근육질 가슴이 눈앞으로 다가들었다. 얼굴이 화르르 달아올랐다. 동시에 드러난 자신의 가슴이 부끄러워서 젖혀진 블라우스를 끌어다 가슴을 가렸다. 얇은 실크가 유두에 닿는 촉감에 소름이 돋았다. 실크를 꽉 쥔 손을 그가 가져갔다. 희수의 양손을 붙들어 자신의 목에 두르게 하고서 상체를 내렸다. 탄탄한 근육이 부드러운 젖가슴에 닿을 때까지.

떨며 신음하는 희수의 입술을 가르고 그의 혀가 들어왔다. 혀끝으로 위아래 입술을 가볍게 핥더니 점점 더 깊고 진한 키스를 퍼부었다. 희수는 헐떡이며 그의 몸에 자신의 몸을 비벼댔다. 단단하고 두꺼운 어깨를 애무하며 가슴을 들어 올렸다. 그의 입술이 잘 익은 열매 같은 젖꼭지를 빨았다. 희수는 공포심과는 전혀 다른 느낌의 전율에 소름이 돋았다. 절로 몸이 떨리고 발끝까지 찌릿하더니 아랫도리에 촉촉한 물기가 느껴졌다. 마치 그 반응을 확인이라도 하듯이 그의 손이 내려왔다. 허벅지 안쪽의 부드러운 피부를 더듬더니 그녀의 가장 은밀한 부위까지 들어왔다. 타인의 손길이 처음 닿는 곳이었다. 당황한 희수는 자신도 모르게 몸을 사리며 그에게서 벗어나려 했다.

"안 돼. 도망가지 마."

그의 몸에 갇혀서 꼼짝할 수가 없었다. 고개를 돌려도 그의 입술이 따라와 집요하게 키스를 퍼부었다. 묵직한 혀가 입안으로 들어와 끈질기게 파고들었다. 피하려는 희수의 혀를 잡고서 자신의 입안으로 빨아들였다.

희수는 강한 쾌감에 몸을 떨었다. 그리고 자신의 팬티 안으로 그의 손가락이 들어오는 걸 느꼈다. 온몸이 긴장으로 굳어졌다.

처음에 희수는 멈추라고 하고 싶었다. 너무 강렬한 희열에 정신을 차릴 수가 없어서 무서웠다. 마치 희수의 생각을 다 아는 듯 그는 여유를 주지 않고 바로 희수의 옷을 벗겨 내렸다. 그의 눈앞에서 완전히 알몸이 된 희수는 당황스러웠고 이내 자신의 옷마저 벗어던진 그를 보고선 할 말을 잃어버렸다. 그의 아랫도리가 크게 팽창해 있는 게 보였다.

다리 사이로 그의 머리가 파고들어왔다. 당혹감은 신음이 되고 신음은 흐느낌이 되었다. 몸이 말을 듣지가 않았다. 반응을 보이지 않으려고 해도 목에서 색기 가득한 쉰 소리가 나오고 아랫배가 꿈틀거렸다. 온몸이 성감대인 것마냥 그의 손이 스치기만 해도 떨리고 호흡이 가빠졌다. 그는 혀로 그녀의 음문을 핥고 있었다. 눈을 질끈 감고 있는 희수에겐 그 소리와 자극이 지나치게 음란하게 들렸다. 몸이 열기구라도 된 것처럼 뜨겁게 달아올라 붕 떠올랐다. 숨이 가빠지고 머리끝까지 불꽃이 타올라 폭발할 것 같은 기분이었다.

그의 입술이 안쪽의 분홍빛 살집을 물고 빨았다. 혀끝으로 간질이며 안달 나게 하더니 깊숙이 들어와 안쪽을 헤집었다. 절로 비명이 터져나왔다. 자신도 몰랐던 몸의 반응에 충격이 몰려왔다. 그녀의 몸은 지나치게 예민하고 섬세했다.

온몸이 산산이 부서지는 걸 경험한 뒤 희수는 깃털 하나 들 기운도 없이 떨고만 있었다. 뜨겁게 경련하는 몸 안으로 그의 성기가 들어왔다. 순간 온몸에 힘이 들어가며 뻣뻣해졌고 두려움에 신장이 터질 듯이 뛰었다.

"이 순간을 기다렸어. 너무나⋯⋯."

쉰 목소리로 속삭인 그는 발그레한 희수의 얼굴에 키스를 뿌리며 젖가슴을 부드럽게 애무했다. 희수는 그의 눈에서 그 순간이 왔다는 걸 알았다. 심호흡을 하고 떨리는 팔을 들어 그의 어깨를 잡았다. 희수의 미끈한 허벅지를 한껏 벌리고서 커다란 그가 들어왔다. 탱탱하게 부풀어 오른 젖가슴을 만지는 그의 손길은 한없이 부드러웠지만 몸 안으로 침투해 들어오는 불기둥은 뜨겁고 거칠었다. 한 번에 밀고 들어와서는 그녀를 찢어놓았다. 아픔에 눈물이 났고 불편한 이물감에 숨이 쉬어지지가 않았다. 숨을 참고 있기는 그도 마찬가지였다. 희수가 숨을 토해내자 그도 따라 거친 신음 소리를 내뱉었다.

"이렇게 좋을 줄 알고 있었어."

빡빡하게 조인 상태에서 그가 움직이기 시작했다. 희수의 몸은 본능적으로 움직이며 그를 조이고 빨아들였다. 고통은 사라졌고 이성은 무시되었고 남은 건 오로지 그가 주는 쾌감을 향한 갈망뿐이었다. 커다란 몸이 덮치듯 그녀를 안으며 세차게 움직였다. 그의 근육이 불끈불끈 일어나 온몸이 강철처럼 단단해졌고, 부드러운 희수의 피부는 열기로 녹아서 부드러운 크림처럼 그를 감쌌다. 그의 호흡이 거칠어지더니 점점 속도를 높여갔다.

"내 여자니까, 넌."

몇 번이나 갔을까.

.

.

.

희수는 몇 번이나 정신을 놓쳤고 이대로 죽는 게 아닐까 싶을 정도로 타올랐다. 나중엔 그가 걱정이 되었는지 몸을 빼고 차가운 물을 키스로 흘려 넣어주었다. 입술에 묻은 물방울을 핥는 그녀의 혀를 그가 훔쳐갔다. 키스는 짙어졌고 아직도 거대하게 선 남성이 세차게 들어와 촉촉하게 젖은 그녀의 안을 탐닉했다. 희수는 다시 음탕한 신음 소리를 내어 그의 이성을 끊어놓았다.

그의 거친 숨소리를 들은 것도 같다. 온몸의 에너지가 다 빠져 꼼짝도 할 수가 없었다. 지쳐 그대로 잠에 빠지려는 희수의 뺨에 낮게 쉰 그의 음성이 닿았다.

"서희수…… 괜찮아?"

이게 꿈일까? 만약 이게 꿈이라면 깨지 않을 거다. 나기의 목소리를 들을 수 있으니까.

10년 만의 재회였다. 첫 관계에 희수가 그토록 뜨겁게 반응할 줄은 몰랐다. 기다린 시간만큼 욕정에 굶주려 있었다. 부드럽게 하고 싶었지만 제어가 되지 않았다. 희수의 입에서 자신의 이름이 나오는 순간 이성을 잃어버린 거나 마찬가지였다. 혼란스러운 표정, 마음의 갈등, 경계심끼지는 예상하고 있었지만 그리움은 생각지 못했다. 10년이 흐른 뒤에도 자신의 이름을 그렇게 애타는 눈빛으로 부를 줄은…… 그녀의 입에서 히가시데 나기를 듣는 순간, 마음이 불타는 듯 뜨거워지더니 한순간에 까맣게 타서 먹먹한 재가 되었다. 심장을 묵직한 쇠망치로 내려치는 듯 욱신거렸다. 그 아픔은 당장에 갖고픈 소유욕으로 다시 타올랐다.

스물일곱이 된 희수의 몸은 탐스럽게 무르익은 여체 그 자체여서 숨겨둔 그의 무자비한 사냥 본능에 불을 질렀다. 그의 손끝에 따라 반응하는 그녀의 몸은 놀랍도록 예민하고 뜨거웠다. 알지도 못하면서 본능적으로 움직이는 동작 하나하나에 교태가 넘쳐 그를 미치게 만들었다. 사랑을 위해 타고난 몸, 그를 위해 태어난 여자였다. 순진무구한 여체는 마치 그만을 기다렸다는 듯이 그를 유혹하고 자극했다. 이제 그녀를 두고 작다고만은 할 수 없을 것 같다. 단숨에 그의 자제력을 부숴버리는 엄청난 파괴력을 가지고 있으니.

희수가 하네다 공항에 도착했다는 보고를 받았을 때 그는 미국 출장에서 돌아오는 비행기 안이었다. 실은 그녀를 빨리 만나고픈 마음에 일정을 조정하고 귀국을 서둘렀는데 비행 사정이 좋질 않아 연착을 했다. 한 시간 뒤 그녀가 맨션으로 들어갔다는 보고를 받았고 마음이 초조해지기 시작했다. 저녁을 거르고 보드카를 마신 것 정도로 위경련 같은 게 일어날 건 아니었다. 그 정도로 나쁜 상태는 아니었다. 이유는 오로지 서희수였다.

10년 만에 그녀를 본다, 드디어 만난다, 어떤 얼굴로 볼 것인가, 자신을 기억하고는 있을까. 소심하고도 성급한 추측과 불안으로 온 신경이 초긴장 모드였다. 새벽 4시를 넘겨 맨션에 도착했고 위경련이 일었다. 그녀를 보려면 아침까지 기다려야 한다는 생각이 일으킨 짜증 때문에 위가 폭발한 거였다.

강철 같은 몸에 위경련을 일으키게 하는 여자, 자신의 여자가 지금 옆에서 곤히 잠들어 있다. 눈으로 보고 애태우게 하는 체취를 맡고 있으면서도 믿을 수가 없다. 처음 만난 그 순간부터 가지고 싶었던 여자를 10년이 지난 지금에서야 가졌다. 그녀가 자신의 집에, 침대에 함께 있다는 게 꿈만 같다.

　하얀 베개 위에 긴 머리를 흐트러뜨린 채 고요히 잠든 희수의 모습은 세상 그 어떤 존재보다 아름다워 보였다. 하얀 시트만큼이나 흰 어깨, 그 아래로 봉긋한 젖가슴이 살짝 엿보였다. 자면서도 가슴 앞으로 이불을 꼭 쥔 손이 아이 같았다. 그렇게 이불로 가리고 있다고 해도 그녀의 몸은 이미 자신의 것이었다. 나기는 이불 속으로 손을 넣어 희수의 허리를 끌어당겼다. 탄력 넘치는 뽀얀 엉덩이에 뭉근하게 달아오른 자신의 하체를 밀어붙였다. 허리에서 매끈한 복부로 손을 내려 쓰다듬다가 가슴 쪽으로 움직였다. 풍만한 유방이 만져졌다. 부드러운 감촉에 반응한 아랫도리가 성마르게 부풀어 올랐다. 투명하도록 맑은 뺨에 혀를 대었다. 핥고서 부드럽게 흡입하자 희수가 살짝 뒤척였다. 그래도 깨지 않는 걸 보면 어지간히 깊이 잠든 게 틀림없다. 깨워야 할까? 깨우고 싶다.

　야마구치 쇼를 본 희수는 예상한 대로 충격을 받았고, 화를 냈고 울었고, 어찌할 바를 몰라서 혼란스러워했다. 그럼에도 불구하고 위경련을 일으킨 그를 돌봤고 뜨겁게 안아줬으며 자존심을 세우고 자신의 일을 포기하지 않았다. 그리고 히가시데 나기를 아직도 그리워하고 있었다.

재회한 다음 날, 희수가 회의실에 나타났다는 보고를 받았었다. 사무실에서 실시간으로 전송되는 영상을 열었다. 보드를 터치하는 손가락이 살짝 떨리고 호흡이 흐트러졌다. 회의실에 앉은 희수가 보였다. 밝고 진지한 표정으로 회의에 임하는 그녀에게선 지난밤 뜨거운 키스의 흔적 같은 건 찾아볼 수 없었다. 그가 만지고 흩트렸던 긴 머리는 한 가닥의 이탈도 없이 하나로 꼭 묶여 핀으로 고정돼 있었다. 그녀의 단단한 의지가 엿보였다.

당신이 누구든 나한테 아무런 영향도 주지 않아. 히가시데 나기를 닮았다고 해서 흔들릴 줄 알아? 절대 당신의 농간에 놀아나지 않겠어.

그를 향해 시위를 하는 것 같았다. 화면 속 그녀는 손을 뻗으면 실제로 맑은 피부가 만져질 것처럼 선명했다. 자연스러운 미소와 유창한 일본어. 회의를 하는 담당자들은 완전히 그녀에게 매료된 듯 보였다. 그들은 맑고 청초한 희수의 외모에 넋을 놓은 듯했다. 그 이면에 관능적인 요부가 있다는 사실을 알면 그들은 아마 그녀를 똑바로 쳐다보지도 못할 것이다. 자신이 아닌 다른 남자가 쾌락에 젖어 색기 흐르는 그녀를 본다는 건 상상조차 할 수 없었다. 극단적인 소유욕이 치솟았다. 당장 화면 속으로 뛰어 들어가 그녀를 데리고 나오고 싶었다.

뚫어버릴 듯 화면만 보고 있던 나기는 제품의 샘플을 보기 위해 일어나는 희수를 보고 숨을 들이켰다. 회의 테이블에 가려 그녀의 하의는 보이질 않았다. 단정한 풀오버 차림인 줄 알았는데 굽 높은 앵클부츠를 신고 몸에 찰싹 달라붙는 베이지색 니트 원피스를 입고 있었다. 지나치게 섹시했다. 스타킹에 감싸인 끝도 없이 긴 다리가 늘씬하게 뻗어 있었다. 걸음을 옮길 때마다 허벅지 위로 올라갈 것 같은 미니 원피스에 나기는 심장이 다 졸아들었다. 희수가 회의실을 나가 화면에서 사라졌다. 나기는 급하게 인터폰을 눌렀다.

"서희수 다음 스케줄은 뭐지?"

- 매장 몇 군데 둘러볼 예정입니다.

"회의 취소하고 차 대기시켜."

예정에 없던 일이다. 희수를 다시 만나는 건 오늘 밤이었다. 그런데 그녀의 모습이 나기를 자극했다. 지금 당장 저 몸을 안지 않으면 아무것도 할 수 없을 것 같았다. 결국 매장 안내를 직접 하겠다는 핑계를 대고 그녀를 만났다. 그리고 탈의실에서 그녀를 품에 안을 수 있었다. 지진 덕분이었다.

나기는 잠든 희수의 얼굴을 어루만졌다. 간밤의 격렬한 희수가 떠올랐다. 자신의 몸 아래에서 뜨겁게 요동치던 탄력 넘치는 육체는 그를 짐승처럼 울부짖게 만들었다. 그렇게 거칠게 대하려던 의도는 아니었는데 희수가 그를 미치게 몰아붙였다. 밀어내려고 발버둥치던 긴 다리가 어느새 그의 허리를 감으며 옥죄일 때는 그대로 죽어도 좋을 만큼 황홀했다. 그녀의 몸은 연주자의 손길을 기다리는 명품 악기 같았다.

새벽 3시. 격렬한 정사 이후 곧장 잠든 희수와는 달리 나기는 잠들 수가 없었다. 갓 동정을 떼고 발정 난 짐승처럼 성욕이 들끓던 중학생 시절로 되돌아간 것 같다. 간밤의 그녀는 아파했다. 사정 후 그는 금세 발기했고 미치도록 다시 그녀를 갖고 싶었다. 하지만 처음이면서도 몇 번이나 절정을 느끼고 기절하듯 잠든 그녀를 도저히 깨울 수가 없었다. 잠든 그녀의 어깨에 오래도록 키스했다. 그리고 네 시간을 참았다. 그 이전에 10년을 기다렸다. 자그마치 10년이다. 지금 와서 멈추라고 한다면 살인이라도 저지를지 모른다.

"서희수……."

나기의 목소리는 희수가 거기 있다는 걸 믿지 못하겠다는 듯이 떨리고 있었다. 그리움이, 가슴 졸였던 시간들이 손끝에 묻어났다. 귓가에 이름을 속삭이며 가슴을 어루만지자 잠든 희수의 입에서 나른한 신음이 흘러나왔다. 손 안에 꽉 차는 젖가슴을 잡고 입술을 내렸다. 오똑 선 유두를 깨물자 희수는 몸을 떨며 반응했고 그의 머리를 쓰다듬었다. 잠든 희수의 민감한 반응은 나기의 자제력을 날려버렸다.

이불을 젖히고 매끈한 허벅지 안쪽 깊숙한 곳으로 손을 넣었다. 손가락으로 희롱하듯 애무하자 희수가 눈을 떴다. 몽롱한 채로 눈을 끔벅이다가 그를 보고는 금세 얼굴을 붉혔다. 당황해서는 그의 손을 밀어내려고 버둥거렸다.

"뭐, 뭐하는 거예요?"

"안아줘."

대답하고 곧장 그녀의 몸을 덮쳤다. 키스를 하며 혀를 밀어 넣자 거부하며 달아나려 했다. 움직이는 머리를 붙잡고서 달콤한 입술을 핥았다. 그녀에게서 옅은 신음 소리가 새어나왔다. 나기는 기회를 놓치지 않고 그녀의 입술을 거칠게 탐하기 시작했다. 희수의 몸이 깨어나며 반응을 해왔다.

키스가 격렬해지자 부드러운 혀가 나와 그의 입술을 삼키듯 빨았다.

하얀 여체가 경련하며 탄탄한 그의 근육을 타고 움직였다. 이미 달아오른 나기는 희수의 다리를 벌려 손으로 안쪽을 뜨겁게 애무했다. 달뜬 신음 소리를 내며 그녀가 젖어드는 것을 보고는 더 이상 참지 못하고 자신의 것을 넣었다. 이미 크게 팽창한 것이 허기진 짐승처럼 날뛰었다. 따뜻하고 촉촉한 물기를 머금은 곳으로 들어가자 활개를 치며 부풀어 올랐다. 희수의 몸이 젖혀지며 그의 어깨를 잡은 손에 힘이 들어갔다. 나기는 희수의 엉덩이를 잡고서 움직이게 했다. 그의 몸을 타고 움직이는 탄력적인 몸이 말할 수 없이 관능적이었다.

"안아줄게요."

그녀가 먼저 팔을 뻗어왔다. 그 말을 하는 희수의 표정은 말할 수 없이 섹시했고 나기의 야수성을 끓어오르게 만들었다. 가녀린 희수의 몸을 일으켜 허벅지 위에 앉혔다. 여신처럼 아름다운 희수의 나신이 무너지듯 그에게 안겨왔다. 그는 붉게 달아오른 그녀의 입술을 약탈했다. 탐욕스럽게 핥고 빨면서 자신의 욕정을 거칠게 분출시켰다. 탱탱한 유방을 어루만지며 엉덩이를 깊숙이 밀어 넣었다. 희수의 입에서 환희의 탄성이 흘러나왔다. 탱글탱글한 젖꼭지를 애무하며 바라보자 희수의 눈가가 촉촉이 젖어 있었다. 열정이 격해져 나온 눈물일 수도 있겠지만 다른 의미의 눈물일지도 모른다는 생각이 들었다.

"그 사람 때문에 우는 거야?"

희수는 고개를 저었고 눈물이 굴러 떨어졌다. 순간 나기는 명치끝에 실질적인 통증을 느꼈다. 애틋한 감정이 솟아 마음이 찢어지는 듯 아려왔다. 자신이 히가시데 나기란 걸 밝히고 싶어졌다. 그러니 제발 울지 말라고…….

"미안해요…… 지켜주지 못해서…….."

그녀는 한국어로 말하고 있었다. 순간, 나기는 울컥했고 희수의 눈에 고여 있는 눈물을 보았다.

"외롭게 혼자 떠나게 해서…… 정말 미안해요."

젖은 목소리로 낮게 속삭이는 그녀의 한국어는 그의 가슴을 저며놓았다. 그녀의 고통과 슬픔이 고스란히 느껴져 아무런 말도 할 수가 없었다. 알아들었다는 걸 들킬까 봐 표정을 숨겨야 했다. 그저 부드러운 손길로 아끼고 아끼는 것을 만지듯 쓰다듬으며 조심히 희수의 입술에 키스했다. 애틋한 키스는 점점 감미로워지고 격정의 파도를 예고하듯 관능적으로 변했다.

그들의 알몸은 하나로 엉켜들었고 뜨겁게 불타올랐다. 그에게 '천천히'라는 건 해당하지가 않았다. 지난 10년의 공백을 한꺼번에 메우기라도 하려는 듯 미친 듯이 그녀를 갈구했다. 엉덩이를 흔들며 절정으로 치닫는 희수의 몸은 너무나 아름다웠다. 하지만 나기는 그녀를 그대로 가게 두지 않았다. 끓어오르는 희수를 붙잡고서 눈을 마주치게 했다. 열에 들떠 초점이 흐릿해진 희수의 눈을 들여다보았다.

"말해. 여기, 내 옆에 있겠다고."

열에 들뜬 희수는 멍한 채로 그가 무슨 말을 하는지 모르겠다는 표정이었다.

"약속해."

그녀는 말끄러미 그를 보기만 했다. 희수가 무슨 생각을 하는지 알

수가 없었다. 말없이 빤히 그를 보고만 있었다. 좋은 건지, 싫은 건지 알 수 없는 표정에 점점 속이 탔다. 어떤 사람에게도 이렇게 구걸해본 적이 없건만 희수는 농염하게 앉아 보고만 있었다. 그 표정이 얼마나 사람을 홀리는지 그녀는 아마 모를 것이다. 완벽하게 똑 떨어지는 계란형 얼굴에 큰 눈과 도톰한 입술은 완벽한 바비 인형 몸매와 어우러져 남자의 애간장을 태우기에 충분했다. 그런데 그 얼굴에 저렇게 묘한 눈빛을 하면 남자는 미쳐버리게 된다. 내가 뭘 잘못했나. 화가 난 건 아닐까. 이러다 놓쳐버리는 건 아닐까.

"대답해."

조바심에 대답을 재촉했다. 근데 희수는 아무런 반응이 없었다. 그게 더 상대방을 초조하게 만든다는 걸 아는지 모르는지. 그때 본능적으로 아래를 조이는 희수의 움직임에 나기는 신음 소리를 냈다. 참지 못하고 허리를 움직이자 교태 섞인 신음을 흘려서 그를 나약하게 만들었다. 찔러 넣은 것에 힘을 주며 안을 휘저었다. 굴곡진 여체가 쾌락에 녹아 흐느적거렸다. 그는 가는 허리를 한 팔에 안고서 엉덩이를 더욱 세게 움직였다.

근육질 어깨를 잡고 매달린 희수는 몸을 휘며 관능적인 반응을 했다. 날카로운 신음 소리와 함께 희수의 몸이 파르르 떨렸다. 벌써 느끼는 거다. 이성을 잃은 나기는 거칠게 그녀를 가졌다. 희미한 조명의 침실은 짐승 같은 힐띡임으로 한껏 달아올랐다. 점점 절정으로 치달은 희수는 두툼한 어깨를 핥으며 빨다가 아찔한 쾌감에 몸부림쳤다. 본능적인 그녀의 애무에 나기의 움직임은 더 거세졌고 희수의 신음 소리는 비명으로 바뀌었다.

혀가 뽑힐 정도로 깊은 키스를 했다. 그녀가 누구의 것인지 제대로 알도록, 그녀의 몸에 새겨지도록 독점욕을 한껏 폭발시켰다. 절정에서 떨고 있는 그녀가 정신을 차릴 때까지 키스하고 또 키스했다. 부드러운 뺨을 핥고 뽀얀 젖가슴에 얼굴을 파묻고 지분거렸다. 그리고 다시 한 번 그녀를 절정에 올려놓기 위해서 허리를 움직였다. 그녀는 다시 떨면서 그의 어깨에 매달렸다. 소리 지른 게 창피했는지 이번엔 그의 목덜미에 입술을 묻었다. 그리고 그가 또 한 번 맹렬히 속도를 더해가자 희열을 참지 못하고 그의 어깨를 물어버렸다. 그는 고통보다 더한 욕정을 느꼈고 마침내 그녀의 안에서 폭발했다.

나기는 격정의 여운에 떨고 있는 희수를 품에 안았다. 두 팔과 넓은 가슴에 보듬어 안고서 입술이 닿는 모든 곳에 키스를 했다. 자신이 할 수 있는 한 가장 부드럽고 가장 달콤하게. 차츰 정신이 들었는지 희수의 몸이 꿈틀거렸다. 떼고 얼굴을 보려 하자 그의 가슴에 파고들어왔다. 그 느낌이 너무 좋았다. 매끄러운 등을 쓰다듬으며 자신의 안에 가두었다. 다시는 놓지 않을 것이다.

II

침대에서 깨어났을 때 온몸이 두들겨 맞은 듯 욱신거렸다. 더듬더듬 잡은 휴대전화 시계가 7시 10분을 가리키고 있었다. 숙면했고 이불도 잘 덮여 있는데 몸은 물에 젖은 솜처럼 무겁고 쓰리고 아팠다. 특히 다리 사이가.

이불 속의 몸이 알몸인 걸 깨닫고 얼굴이 붉어졌다. 한 번도 알몸으로 자본 적이 없었다. 자다가 깨서 또 그와 격렬한 사랑을 나눴던 게 떠올랐다. 꿈이 아니었던 거다. 희수는 부끄러움에 자학하듯 머리를 흔들었다.

"미쳤어."

중얼거리며 일어나려다가 문이 열리는 소리에 화들짝 놀랐다. 얼른 이불을 끌어 가슴을 덮으며 들어오는 그를 보았다. 그는 진한 회색 양복 차림에 쟁반을 들고 있었다.

"일어났어요?"

경쾌하게 인사를 하며 침대 옆 테이블에 쟁반을 놓았다. 맛있는 베이컨 냄새가 났지만 신경은 온통 이불 속 알몸과 그의 표정에 쏠려 있었다. 빨개져서 제대로 쳐다볼 수조차 없는데 그는 당당히 침대 위에 걸터앉았다. 님싱적인 향쥐에 모델처럼 완벽한 모습을 하고서 말이다. 막 일어나 눈곱도 못 떼고 부스스한 자신의 모습을 생각하니 왕자와 거지가 따로 없었다. 그렇다고 창피할 건 아니잖나. 이건 불공평한 거다. 왜 나만 부끄러워해야 하나. 약이 오른 희수는 턱을 들고 새침한 표정으로 덤덤한 척했다.

"벌써 출근하시나 봐요?"

그가 다 안다는 듯 웃으며 끄덕였다.

"같이 출근하고 싶은데 회사에 일이 생겨서 지금 나가봐야 돼요."

"전 괜찮아요. 어서 가보세요."

희수는 잠에서 깨어난 직후 남자와 대면하는 게 늘 있는 일인 것처럼 태연하고 세련되게 보이고 싶었다. 이불을 겨드랑이에 꼭 끼고는 쟁반 위에 있는 주스 잔으로 팔을 뻗었다. 그가 대신 집어 건네주었다.

"그래서 말인데, 공장 견학은 사카이 과장이랑 가야겠어요. 내가 데리고 가려고 했는데 급히 해결해야 될 게 있어서."

무슨 문제인지 궁금했지만 주제 넘는 것 같아 물을 수가 없었다. 희수는 알겠다는 뜻으로 고개를 끄덕이고는 주스를 마셨다. 그의 손이 다가와 흘러내린 머리카락을 뒤로 쓸어 넘겨주었다. 갑작스러운 접촉에 놀라서 하마터면 삼키려던 주스를 뿜어낼 뻔했다.

"내 눈을 안 보는 건 부끄러워서인가, 아니면 후회해서인가?"

희수의 얼굴이 귀까지 새빨개졌다. 그러자 그가 소리 내어 웃었다.

"알겠어. 어느 쪽인지."

그러더니 손이 뻗어와 희수의 턱을 잡고 들어 올리더니 막을 새도 없이 키스했다. 입술에 묻은 주스를 남김없이 핥고는 소리 나게 입맞춤을 하고 입술을 뗐다.

"저녁에 봅시다."

그가 침실을 나가고 문이 닫힌 뒤에도 희수는 붉어진 고개를 들지 못했다. 첫사랑을 하는 소녀처럼 심장이 미친 듯이 뛰고 설레었다. 이 감정은 뭘까? 행복…… 하다.

히가시데 나기의 사망 소식을 듣고 부상을 입고 발레를 포기한 뒤로는 정말 행복하다고 느껴본 적이 없었다. 발레 때문에 그동안 멀리할 수밖에 없었던 공부를 하고 대학에 합격하고 어렵다는 취직까지 성공했지만 행복하진 않았다. 기분이 좋다, 기쁘다, 즐겁다는 것과 행복감은 조금 다른 것 같다. 행복하다는 건 몸 안의 불순물이 다 빠지고 깨끗하고 맑은 물이 가득 찬 느낌이다. 세상이 모두 핑크빛으로 보이고 자신의 주변 모두를 사랑하고도 넘쳐 누구에게나 막 퍼주고 싶은 마음이다.

샤워를 하고 나왔을 때 그가 말한, 공항으로 그녀를 마중 나왔던 유우신의 직원 사카이 과장에게서 전화가 왔다. 회사 로비에서 9시에 만나 출발하자는 내용이었다. 오늘은 그와 함께 치바 현에 있는 유우신의 공장을 견학하기로 한 날이었다. 회장이 자신이 고른 실크 원피스를 입는 조건으로 내세운 일종의 상이었다. 희수에게는 꿈도 꾸지 못했던 기회였고 특혜라 거절할 이유가 없었다. 물론 이 일의 결과가 좋을 거라고는 생각지 않았다. 회장이 개인적인 감정과 연관시켜 일처리를 한다면 오히려 이쪽에서 사양해야 할지도 몰랐다. 그럼에도 일정을 접고 한국으로 돌아가시 않은 건 회장 때문이다. 히가시데 나기를 닮은 이 남자를 더 알고 싶어서다.

희수는 가는 줄무늬가 있는 진청색 스커트에 단정한 디자인의 검정색 셔츠를 받쳐 입었다. 화사하다기보다는 침착하고 세련된 직장 여성으로 보이도록 말이다. 긴 머리는 단정히 빗어 목 뒤에서 하나로 묶고 넓은 공장을 돌아다녀야 할 때를 대비해서 굽 낮은 펌프스를 신었다. 루비가 박힌 귀걸이로 포인트를 주고 단장을 마치자 검은 양복의 남자가 방문을 노크했다.

"준비 되셨습니까?"

희수는 얼른 가방과 회색 트위드 재킷을 챙겨 들었다.

"나가요."

방을 나가자 거실에서 낯선 여자 셋이 청소를 하는 게 보였다. 정기적으로 청소를 하러 오는 사람들이라고 했다. 눈인사를 하고 얼른 검은 양복의 남자를 따라 엘리베이터로 향했다.

"저기…… 아직 이름도 모르네요."

처음으로 검은 양복에게 말을 걸었다. 갑자기 검은 양복은 휙 몸을 돌리더니 90도 인사를 했다.

"죄송합니다. 소개가 늦었습니다. 다나카 타이치(田中太一)라고 합니다."

얼떨결에 희수는 꾸벅 인사를 했다.

"네, 전 서희수예요."

"알고 있습니다."

다나카는 다시 곧은 자세로 엘리베이터 문 앞을 향해 섰다. 뒤에서 보면 늘 같은 자세, 같은 표정의 남자였다. 조용하고 어딘가 모르게 위험한 느낌이 드는.

"회장님의 비서신가요?"

묻자 다나카는 잠깐 뜸을 들이더니 고개를 저었다.

"아닙니다. 전에는 그랬습니다만 지금은 서희수 씨 전담입니다."

전담? 희수는 그게 무슨 의미인지 다시 물으려 했지만 엘리베이터 문이 열리는 바람에 기회를 놓쳤다. 다나카가 맨션 관리 직원이 가져다놓은 차의 뒷문을 열어주었다. 그러고 보니 여태 아무 생각도 없이 뒷좌석에 탔었다. 그가 늘 당연하다는 듯이 뒷문을 열어서기도 했지만 다나카의 옆에 앉는 게 어쩐지 어색했기 때문이다.

"타십시오."

갑자기 뒷자리에 타는 게 더 어색하고 불편하단 생각이 들었다. 희수는 차 앞으로 돌아서 조수석 쪽으로 갔다.

"아니, 이쪽에 탈게요."

"그건 안 됩니다. 이쪽에 타십시오."

이미 조수석 쪽의 문을 연 희수는 미간을 찡그리고서 다나카를 보았다. 별 표정 없는 얼굴이지만 안 된다는 말은 선택의 여지가 없다는 듯 들렸다. 장난기가 발동한 희수는 슬쩍 뒤로 가는 척하다가 잽싸게 조수석에 올랐다. 얼른 문을 닫았는데 다시 문이 열렸다.

"회장님께서 용납하지 않으실 겁니다. 뒤에 타십시오."

다나카의 고집스러운 얼굴은 마치 명령대로 움직이는 군인이나 로봇 같은 분위기였다. 희수는 순순히 따라줄까 생각했지만 이 무뚝뚝한 남자가 당황하는 모습을 보고 싶기도 했다.

"다나카 씨는 제 전담이라면서요? 저는 앞에 타겠습니다."

그 말에 다나카의 눈썹이 꿈틀 하고 움직였다. 뭔가 내적 갈등을 하고 있는 모양이다. 희수는 살짝 웃음을 흘리며 안전벨트를 맸다.

"어서 출발해줄래요, 다나카 씨? 이러다 늦겠어요."

마지못해 운전석에 앉은 다나카는 큰 범죄라도 저지른 듯 굳은 표정이었다.

"이번 한 번뿐입니다."

희수는 그저 웃었다. 자신이 해야 할 일을 잘 알고 있는 사람은 믿음직하다. 그 일을 행동으로 옮기고 있다면 정말 멋있는 사람이다. 다나카는 그런 사람 중의 하나다. 자신이 할 일을 알고 있고 하고 있는 사람. 조용히 운전에 집중하는 다나카의 손을 보면서 생각의 화살은 자신에게로 향했다. 출장을 와 뭘 하고 있는지 한심해졌다. 가방에서 치바 현에 있는 유우신의 공장 정보와 자료들을 꺼내 읽었다. 어젯밤에 봐두었어야 하는 것들이었다. 그런데 어젯밤엔 자신의 욕망에 빠져 허우적대고 있었다.

생각하자 다시 그가 떠올라버렸다. 히가시데 나기가 아니라 어젯밤의 남자, 야마구치 쇼가.

어젯밤, 새벽의 격한 정사 뒤 나기도 잠이 들었다. 그를 깨운 건 두 시간 뒤 걸려온 아버지의 전화였다. 바지 주머니에서 전화기가 진동음을 울렸다. 희수가 깰까 재빨리 휴대전화를 꺼냈다.

"네, 총장."

ㅡ 이쪽으로 좀 들어와야겠다.

"네."

나기는 짧게 답하고 휴대전화를 내려놓았다. 도쿄의 아침이 밝아오고 있었다.

굳은 목을 움직여 잠을 깨웠다. 희수를 만나고 긴장했던 몸이 완전히 풀려 활력을 찾고 있었다. 어젯밤의 완벽한 섹스는 그의 몸에 에너지를 불어넣었고 표정마저 밝게 만들었다. 유리문으로 들어온 긴 아침 햇살이 침실 안으로 깊이 침투해왔다. 나기는 옆으로 몸을 움직여 품 안의 희수를 조심스레 쓰다듬었다. 곤히 잠든 희수는 그의 허리에 팔을 두르고 가슴에 머리를 기대고 있었다. 하루 종일 이렇게 그녀를 안고만 있고 싶어졌다. 하지만 그에겐 해야 할 일이 있었다.

나기는 아쉬움의 한숨을 내쉬었다. 그래도 떨어지고 싶지 않아서 하얗게 드러난 희수의 어깨를 쓰다듬었다. 잠깐 뒤척이던 희수는 그의 가슴 안쪽으로 머리를 움직이더니 편해졌는지 다시 조용해졌다. 나기는 흘러내린 이불을 끌어 희수를 덮어줬다. 자신의 가슴 위에 퍼져 있는 부드러운 머릿결을 보고 있자니 다시금 욕망이 번졌다.

어젯밤에 더할 나위 없이 뜨겁고 격렬한 재회를 했지만 그걸로는 부족했다. 아니, 24시간 평생을 가져도 부족할지 모른다. 나기에게 있어 희수는 그런 존재였다.

깨지 않게 머리를 들어 베개에 뉘었다. 그의 허리에 있던 손이 빠져나가 베개를 꼭 쥐었다. 자신의 몸에서 떨어지는 희수가 서운하고 아쉬웠다. 나기는 이불을 덮어준다는 핑계로 매끄러운 등을 어루만졌다. 희수의 하얀 피부는 투명하고 부드러워서 자꾸만 더, 더 만지고 싶어지게 했다. 손을 내려 부드러운 가슴과 탱탱하게 올라붙은 엉덩이까지 만지고 싶었다. 그래서 희수가 깨면 키스하고, 투정하면 달아오르게 만들어서, 만지면 바로 젖어버리는 그 안으로 들어가고 싶었다. 나기는 떠오르는 것들을 눌러 참으며 희수의 머릿결을 쓰다듬었다. 손가락에 휘감고서 입술을 대는데 다시 휴대전화가 울렸다.

아버지는 성격이 급한 사람이다. 들어오라면 지금 당장이란 뜻이다. 여전히 아버지의 지시를 따라야 한다는 건 싫지만 그는 야망이 있었다. 10년 전에는 아버지가 원하는 걸 해왔다면 지금은 자신이 꿈꾸는 걸 이루려 하고 있다. 아버지가 이끌고 있는 히가시데 조직을 차지할 것이다. 조직에선 아직도 사채, 마약, 인신매매 같은 불법적인 일들이 행해지고 있다. 그 일에 직접 손을 대고 있진 않지만 그것으로 얻은 이익으로 합법적인 회사들을 인수하고 경영하는 게 현재 그가 하는 일이다. 그리고 언젠가는 조직의 모든 자금을 운영하게 될 것이고 결국은 아버지의 뒤를 이어 총장이 될 것이다. 그때는 그 누구도 야쿠자 조직이라고 무시하지 못하게 된다. 왜냐하면 그가 제대로 된 계열사를 거느린 그룹 회사로 만들어갈 테니까. 그리고 그때 옆에는 반드시 희수가 함께할 것이다.

나기는 맨션에 희수를 두고, 치바 현 동행까지 취소해야 하는 상황에 짜증이 났다. 금방 일어나 흐트러진 모습으로 침대에 앉은 희수가 너무나 요염하고 매혹적이어서 더더욱.

떨어지지 않는 걸음으로 향한 곳은 아버지와 총무성의 수장 요시다 총무대신과의 조찬 모임 합석이었다. 일하는 데 알아두면 좋을 인물이었고 앞으로도 도움이 될 사람이었다. 일전에도 만난 적이 있었다. 그때는 초면이었고 빨리 관계를 맺기 위해 일종의 접대를 해야 했다. 나기는 수집한 정보대로 긴자의 오랜 전통 술집으로 갔다.

총무대신 요시다의 취향은 잘 훈련된 게이샤의 비파 연주와 춤을 보면서 여흥을 즐기는 것. 단 하룻밤을 함께하는 데 300만 엔이 들어가는 게이샤를 불러놓고 술과 음악을 즐기다가 점잖게 돌려보낸다. 적어도 대외적으로는 청렴한 이미지를 지키기 위해서다. 잠자리는 다음 날이다. 평범한 아파트를 물색해 게이샤와의 밀회를 즐기는 것이 요시다의 방법이었다. 아파트는 수시로 옮겨야 했으며 아파트 이외의 곳에서 만나는 것은 철저하게 피했다. 그 밀회와 뒤처리를 해야 했다. 나기로서는 성가시고 짜증 나는 일이었지만 해야 되는 숙제였다.

조찬에서 요시다 총무대신은 노골적으로 게이샤 리에에게 푹 빠졌다는 걸 드러냈다. 하지만 리에에겐 다른 스폰서가 있었다. 그걸 알면서 그런 말을 하는 건 나기에게 해결하라는 의미였다. 아버지가 부른 것도 같은 의미였다. 어디 네 실력을 한 번 볼까 하는.

귀찮은 일에 짜증이 났다. 이런 일에까지 나서야 된다는 게 성가셨지만 차기 총리 후보인 요시다를 함부로 무시할 순 없었다. 히가시데 조직의 힘이 되진 않는다고 해도 조직에 타격을 가할 수는 있는 인물이니 비위를 맞춰줄 수밖에 없다. 조찬 모임을 끝낸 이후 나기는 곧장 리에가 있는 요정으로 향했다. 가는 차 안에서 희수에게 전화를 걸었다.

– 여보세요?

희수의 여성스러운 목소리는 여전히 나기의 체온을 상승시키는 위력을 갖고 있었다. 10년 전의 그 순간이 떠올랐다. 구정물에 떠 있는 부유물처럼 더럽고 하찮고 쓰레기 같았던 자신에게 찾아온 한 줄기 빛, 맑고 깨끗한 청정수 같았던 전화 목소리.

– 여보세요?

다른 사람에겐 흔한 음성인지도 모른다. 비슷한 목소리도 많을지 모른다. 그러니 일종의 주파수 같은 게 맞는 게 아닐까. 그의 귀에 가장 섹시하게 들리는 주파수를 희수가 갖고 있는 거다. 전화가 끊어졌다. 끊어? 나기는 미간을 찌푸리고는 다시 통화 버튼을 눌렀다.

– 여보세요?

"어떻게 전화를 끊을 수가 있습니까, 서희수 씨? 여태 내 번호도 저장 안 해놨나?"

짐짓 화난 목소리로 말했더니 꾸며낸 상냥한 목소리가 답해왔다.

– 죄송합니다. 모르는 번호라서요.

옆에 누가 있는 모양이었다. 나기는 절로 미소가 번지는 걸 참지 못하고서 억지로 딱딱하게 말했다.

"당장 저장해둬요. 아직 이동 중인가?"

– 네.

"통화하기 곤란해요?"

– 네.

"저녁에는 내가 데리러 갑니다. 기다려요."

잠깐 뜸을 들이더니 난처한 듯 낮게 속삭이는 목소리가 대답했다.

– 그러실 필요까지는 없는데요. 호의는 감사하지만…….

애써 그와의 관계를 옆의 사카이 과장에게 들키지 않으려는 모습이 역력히 그려졌다. 그 모습을 상상하자 귀여워서 웃음이 났다. 나기의 웃음소리에 앞에 앉은 경호원이 움찔 놀랐다. 평소답지 않은 보스의 모습에 거울로 살펴볼 정도였다.

"그래요? 그럼 한 마디만 해봐요. 어젯밤에 어땠는지."

다시 경호원의 눈이 움직였다. 대놓고 보진 않아도 정말로 나기의 행동에 충격을 받고 있었다. 나기는 짓궂게 요구했지만 진심이 섞여 있었다.

"남자는 그런 걸 확인하고 싶어 하는 동물이거든. 자, 말해봐요."

옅은 한숨 소리가 들려왔다. 짜증이 났거나 정말로 나기가 한심스러워 나온 한숨일 것이다. 나기는 일부러 마음 상한 것처럼 말했다.

"지금 그 한숨은 실망했다는 뜻입니까?"

– 맞아요.

"맞아?"

– 네. 어떻게 얼마나 실망했는지는 나중에 상세하게 설명 드리도록 하고 이만 전화 끊겠습니다. 그럼.

나기가 뭐라고 말할 틈도 없이 희수는 전화를 끊었다. 나기는 혼자 너털웃음을 터트렸다. 갑자기 희수가 너무 보고 싶어졌다. 어떻게 얼마나 실망했는지 요목조목 설명하는 걸 빨리 듣고 싶었다. 그리고 잔뜩 벌할 것이다. 다신 그런 농담은 하지 못하도록. 다시 안아서 몇 번이나 오르가슴을 느끼도록 해줄 것이다.

나기는 귀찮은 일을 빨리 처리하고 희수를 데리러 치바 현으로 가기로 했다. 따로 장소를 정해 만나는 것조차 껄끄러워 요정 앞의 도로에 차를 세웠다. 차의 뒷자리에 앉아서 비서를 시켜 리에를 불러오게 했다. 기모노를 입은 리에가 나왔다. 살짝 비낀 목례를 하고는 나기의 옆에 탔다. 아직 가부키 화장을 하지 않은 리에는 일본 전통 미인과는 달리 눈이 크고 콧날이 뾰족한 서구형의 미인이었다. 아마도 가부키 화장 전후의 그 갭이 사내들을 홀리는 것 같았다.

리에는 마음을 숨기지 않았다. 어느 쪽도 상관없지만 돈이 문제라고 적나라하게 속을 터놨다. 노래할 때와는 달리 목소리가 허스키했다. 요정에서 가장 인기 있는 게이샤답게 도도했지만 어딘가 지쳐 보이기도 했다. 엷은 화장을 한 상태였는데 생각했던 것보다 나이가 들어 보였다. 돈과 권력에 휘둘려 끌려다니다 보니 산전수전 다 겪은 듯 무덤덤했다. 경쟁 입찰을 하는 것처럼 스폰서가 그녀를 사들일 때 쓴 것에 웃돈까지 얹어야 할 상황이었다. 돈도 문제였지만 스폰서는 쉽사리 물러설 것 같지 않았다.

"그 사람, 하야미 조의 사람이에요."

하야미 조(速水組)는 아버지의 조직에서 떨어져 나간 하야미 타다요시(速水忠義)가 만든 조직이었다. 결성된 건 얼마 되지 않았지만 이미 오랜 세월 동안 야쿠자로의 기반을 다져온 초로의 무리들이 중심부를 잡고 있어 꽤 탄탄했다. 10년 전 나기의 사고를 지시한 장본인이기도 했다. 그는 아버지를 치고 조직의 보스 자리를 노렸지만 결국 도려내져서 추방되었었다. 우선은 하야미 조의 누구인지, 어떤 위치의 인물인지 알아봐야 했다. 자칫 잘못 건드렸다간 조직 간의 전쟁이 될 수도 있었다. 머리가 지끈 아파왔다. 불현듯 담배 생각이 간절해졌다. 리에를 내려 보내고 지시했다.

"하야미 조의 누군지 알아봐. 바로 처리해야겠어."

성가신 일이어서 빨리 처리하고 싶었다. 뭣보다 희수에게 집중하고픈 마음이 더 컸다.

다시 회사로 들어가 어제 미뤘던 중역 회의를 하고 결재 서류를 읽었다. 바쁘게 일을 하다 보니 어느덧 날이 저물었고 희수를 데리러 가야 할 시간이었다. 그때 수하에게서 리에의 스폰서와 연락이 닿았다는 보고가 올라왔다. 오늘 밤에 만나는 것도 좋다는 대답이었다. 희수와 아버지의 일 중에 선택을 해야 했다. 희수를 홀가분한 마음으로 보고 싶다는 것으로 결론을 내렸다.

게이샤 리에의 스폰서가 되는 놈과 약속을 잡으라 지시한 뒤 다케다를 치바 현으로 보냈다. 나기는 다시 희수에게 전화를 걸었다.

– 네, 여보세요?

언제 들어도 보고 싶은 목소리다. 나기는 노을이 지기 시작한 사무실의 창문을 보며 의자 등받이로 몸을 젖혔다. 귀찮은 일 때문에 날카로웠던 탓인지 목이 뻣뻣한 소리를 냈다. 그러고 보니 운동을 빼먹었다. 섹스가 그 어떤 운동보다도 좋다고 생각하지만 몸을 단련하는 건 다른 문제였다. 다시는 10년 전과 같은 사고는 당하지 않을 생각이니까.

"먼저 전화해주는 것도 좋다고 생각하는데. 내가 안 궁금해요?"

– 저는 지금 일하는 중입니다만.

여전히 사무적인 목소리다. 살짝 짜증이 나려 했다. 희수가 내는 달콤한 신음 소리를 듣고 싶었다.

"사카이 과장이 나 대신 하루 종일 당신이랑 붙어 있는 거군."

서운함이 묻어났는지 부드러운 목소리가 돌아왔다.

– 저녁 식사는 하셨습니까?

약 오르게도 금세 기분이 풀린 나기는 응석이 부리고 싶어졌다.

"아직입니다만. 설마 날 두고 맛있는 회 같은 걸 먹는 건 아니겠지?"

– 맛있는 회는 아니고 맛있는 소바를 먹을 예정이에요.

"아, 거기. 바닷가 쪽에 잘하는 소바집이 있지. 사카이 과장이 선택을 잘했네. 그래서 당신은 내가 안 보고 싶어?"

– 나중에 얘기해요.

속삭이는 그 목소리에 나기는 신음 같은 한숨을 흘렸다. 지금 당장 희수를 안고 싶어 미칠 것 같았다. 그래서 더욱 아버지의 일이 짜증이 났다. 하지만 그 또한 자신이 감수해야 할 야망의 그림자였다.

"데리러 가려고 했는데…… 아무튼 다나카를 보냈어요. 그 차를 타고 와요."

– 그러실 필요 없다고…….

"사카이 과장 처가가 치바 현 쪽입니다. 아내가 출산한 지 얼마 안 돼서 치바 현에 있으니까 하루쯤 묵게 해주자고."

희수의 알겠다는 대답과 함께 비서가 노크를 했다.

"이따 집에서 봅시다."

나기는 전화를 끊고 비서를 보았다.

"보스, 준비됐습니다."

"알았어."

의자에서 일어나는 나기의 눈빛이 변했다. 한때 나기는 자신 안의 괴물을 발견하고서 충격을 받았었다. 언제 어떻게 그 괴물이 튀어나와 사람들을 해치고 물어뜯을지 몰라서 불안했었다. 그 최초의 발견은 희수를 만났을 때였다. 분출하는 욕망을 주체할 수 없었고 그건 욕망에만 해당하는 괴물이 아니란 걸 곧 알게 되었다.

10년 전 사고를 당한 뒤 나기는 변했다. 자신 안의 괴물을 감추려고만 했던 소년에서 그 괴물을 조련할 줄 아는 남자가 되었다. 생의 끝에서 맛보게 되는 좌절과 분노는 복수심을 일으켰고, 생을 다시 찾게 되었을 때 그 복수심을 어떻게 써먹을지 생각하게 되었다. 나기는 야마구치 쇼의 이름을 이용하고 있을 뿐, 여전히 뼛속까지 야쿠자의 아들 히가시데 나기였다. 한순간에 잔인하고 살벌한 짐승이 될 수 있는.

두 시간 뒤, 나기는 맨션으로 향하는 차 안에서 아버지와 통화를 했다.

"총장, 히가시데 나기입니다."

아버지는 여전히 동일본을 지배하는 조직의 보스로서 건재했다. 10년 전 나기의 사고는 아버지의 편에 있는 조직원들에게 공분을 사기에 충분했고, 덕분에 분리된 조직원들은 힘을 잃고 떨어져 나갔다. 나기의 희생이, 더 정확히 말하자면 나기와 희수의 희생이 아버지의 자리를 더 공고히 해준 결과를 낳은 것이다. 하지만 그 후, 조직에서 밀려난 몇몇이 개인적인 원한을 가지고 복수를 행하려는 조짐들이 보였다. 그래서 아버지는 나기를 보호하는 차원에서 그를 죽은 사람으로 만들었던 거였다.

게이샤 리에의 스폰서를 만나기 위해 회사 앞을 벗어나자 곧 아버지의 조직원들이 그의 차량 뒤로 따라붙었다. 그들은 차기 보스를 위해 이미 완벽히 움직이고 있었다. 차에서 내리자마자 앞으로 둘, 뒤로 셋이 붙었다. 물론 사람들이 전혀 의식하지 못할 정도의 경호로 말이다. 히가시데 나기가 살아 있다는 게 세상 밖으로 알려지면 조직에 문제가 생기게 된다. 10년 전, 조직의 구역이 아닌 홋카이도에 살았음에도 불구하고 그들은 나기를 쉽게 찾아냈다. 서울까지 쫓아와 총질을 해댔고 결국 그가 이름을 버려야 하는 사태까지 생겼다. 그러니 히가시데의 조직과 야마구치 쇼가 무슨 관계가 있는 것처럼 보여선 안 되는 것이다. 비록 그가 아직 히가시데 조직의 비밀스러운 후계자라고 해도 말이다.

"요시다 건은 잘 처리했습니다."

— 하야미 조에서 네가 야마구치 쇼라는 건 아는 거냐?

"알려면 알 수도 있겠죠."

아버지는 나기가 조직을 물려받을 때까지 신분을 드러내지 않길 바랐다. 야마구치 쇼라는 신분마저 조직에 드러나면 야마구치 쇼마저 위험할 수 있다고 판단하는 거였다. 또 조직에는 나기의 얼굴을 아는 사람이 몇몇 있었고, 사고로 인해 피치 못한 성형을 했다고 해도 야마구치 쇼의 얼굴은 나기와 닮았으니 의혹을 살 수도 있었다. 희수처럼 말이다.

– 하야미의 누구를 만났어?

"무네노리 부조장입니다."

– 그 녀석은 돈에 약하지.

리에 정도 되는 게이샤의 스폰서를 하려면 꽤 돈이 많이 들기도 하지만 힘도 있어야 한다. 그런 면에서 하야미조의 간부급 정도일 거라고 예상은 했었다. 추측대로 스폰서는 하야미조의 2인자였다. 처음엔 쓸 만한 부하를 시켜 처리하려고 했지만 무네노리는 곧 뒤의 힘을 알아채고 본인이 아니면 얘기하지 않겠다고 했다. 그렇다고 요시다 총무대신을 노출시킬 순 없어서 그가 나섰다. 사업으로 왔다가 리에를 절실히 원하게 된 한국의 기업가인 척했다. 신빙성을 더하기 위해 통역까지 대동하고 그는 한국말만 했다.

"1억 엔으로 처리가 됐으니까 그렇게 아십시오."

– 요시다는 그만한 가치가 있어.

아버지의 말에 동의할 순 없었지만 토를 달진 않았다.

"회장님, 도착했습니다."

비서의 말에 돌아보니 차가 맨션 앞에 멈춰 있었다. 이미 어둠이 짙게 깔려 있는 시각이었다. 요시다 건으로 하루가 다 가버렸다. 빌어먹을 요시다.

"요시다한테서 빼먹을 건 빨리 진행하세요. 하야미 조 녀석 오래가진 않을 겁니다. 금방 날뛸 거예요. 그리고 저 결혼합니다."

나기는 차에서 내려 건물 안으로 들어갔다. 곧장 엘리베이터로 향하는데 걸음이 자신도 모르게 점점 빨라졌다.

－ 그 아이랑 말이냐?

"네. 서희수요."

유우신의 직물 공장은 도쿄에서 차로 두 시간 정도 걸리는 치바 현에 위치하고 있었다. 어제의 어색함은 사라지고 사카이 과장은 활기차고 적극적으로 설명해주었다. 친절함이 일본인의 미덕이라지만 사업을 할 때는 또 냉정한 게 일본인이다. 일개 2년차 MD에게 베푸는 관심과 친절치고는 과분하다고 느꼈다. 이 역시 그의 영향력이라고 생각한다면 지나친 걸까? 회사 내부에 이미 소문이 났을까? 그의 맨션에 묵고 있으니 이상하게 생각하는 게 당연할 거고, 그의 차로 움직이고 있으니 더 수상할 게 아닌가. 숨기려는 몸부림은 그저 웃음거리일지도 모르겠다.

공장을 둘러보고 샘플을 이것저것 챙기다 보니 어느덧 저녁 시간이 가까워왔다. 담당자는 단골 식당을 소개하겠다며 바닷가 가게로 데려갔다. 가는 차 안에서 그의 두 번째 전화를 받았다. 사카이 과장의 아내가 출산한 지 얼마 되지 않았고, 처가가 근처라는 것까지 알고 있었다. 과연 우리 홈쇼핑의 회장은 내 이름조차 알까? 그 생각을 하니 갑자기 야마구치 쇼가 멋지게 느껴졌다. 그런 건 정말 나기와는 다르다. 나기는 부러질 듯한 강함 속에 여린 구석이 있었다. 그런데 야마구치 쇼 회장은 그 여림이 밖으로 드러나 있었다. 자상함과 너그러움으로 말이다. 게다가 어젯밤에 어땠냐니. 그런 걸 대놓고 묻는 능글맞음은 나기에겐 절대 없는 거였다.

사카이 과장이 안내한 곳은 작고 아담한 소바집이었다. 비록 크기는 작았지만 그 맛은 일본에 와서 먹어본 음식 중에서 가장 입맛에 맞았다. 메밀 면을 쯔유 간장에 찍어 먹는 간단한 음식임에도 불구하고 너무나 맛있어서 면을 추가해서 먹었다. 곁들이는 산채밥과 새우튀김도 먹었는데 쯔유 간장에 섞인 무와 버섯으로 감칠맛이 일품이었다.

식사가 끝날 즈음 사카이 과장이 먼저,

"회사에서 차가 온다구요?"

했다. 당황했지만 애써 미소를 지으며 어떻게 아는지 물었다.

"조금 전에 회사에서 문자를 받았습니다. 그렇잖아도 내일 휴가를 냈거든요. 이 근처에 처가가 있어서요. 아내가 출산을 하고 거기서 지내고 있는데, 아기가 보고 싶어서 말입니다."

"축하드려요. 첫 아이신가요?"

"네. 아들인데, 아주 귀여워요."

사카이 과장은 들뜬 미소를 지었다. 어린아이처럼 천진해진 과장의 얼굴에 웃음이 났다. 같이 웃다가 문득 그의 아들을 생각하고 말았다. 그를 닮은 작은 사내아이……

"그런데 내일은 저랑 수석 디자이너 야스다 유이 씨랑 회의를 하기로 하시지 않았나요?"

"아, 못 들으셨군요."

사카이 과장은 조금 난처하다는 표정으로 설명했다.

"그 일정은 취소되었다고 들었는데요."

"취소요?"

"네. 위에서 그렇게 지시가……."

위에서? 희수는 굳은 얼굴을 보이지 않으려고 허겁지겁 새우튀김을 집어 먹었다. 화가 나려 했다. 일과 개인적인 감정을 분리해달라고 말했건만. 애초에 그녀를 희롱하기 위한 도구로 일을 이용한 것이라는 결론밖에 나오질 않는다.

소바집을 나오니 다나카가 이미 차를 대기시키고서 기다리고 있었다. 사카이 과장과 인사를 했다. 회의 취소 같은 건 미처 못 들었지만 다른 계획이 있을 테니 걱정 말고 아기와 잘 보내라고 덧붙였다. 회의를 취소시킨 그에 대한 분노와 이런 상황에서 버티고 있는 자신에 대한 한심함으로 머리가 지끈지끈 아파왔다. 다른 생각은 할 수가 없어서 다나카가 문을 열어주는 대로 뒷자리에 탔다가 사카이 과장의 시선을 느끼고 아차 했다. 이래선 정말 글러먹은 게 아닌가. 자신의 태도부터가 말이다.

조금씩 어둠이 짙어지더니 봄비가 부슬부슬 내리기 시작했다. 꽤 빡빡한 일정을 보낸 희수는 두통에 시름시름 앓다가 잠이 들었다. 잠결에 어렴풋이 들린 휴대전화 소리에 뒤척였지만 깨고 싶지 않았다. 깨면 골치 아픈 생각들에 시달릴 것만 같았다. 그러다 앞에 다나카가 있다는 걸 깨닫고서는 억지로 눈을 뜨고는 휴대전화를 찾았다. 꺼내려는데 전화가 끊어졌다. 누군지 보려다가 귀찮아서 다시 눈을 감는데 이번엔 다나카의 휴대전화가 울렸다.

"네, 보스."

희수는 잔뜩 몸을 웅크리고 다시 숙면 자세를 취했다. 비몽사몽간에 다나카의 통화 소리가 들려왔다.

"주무십니다. 깨울까요?"

그였다. 받을까 하다가 감정이 격해질 것 같아서 그대로 자는 척을 했다.

"20분이면 도착합니다."

20분? 벌써 도쿄인가? 슬쩍 눈을 떠보니, 아니나 다를까, 도심을 달리고 있었다. 잠깐 졸았다고 생각했더니 그대로 잠에 곯아떨어졌었나 보다.

"네, 알겠습니다."

다나카는 전화를 끊더니 다시 꼿꼿이 정면을 보고선 운전에 집중했다. 희수는 잠이 달아나 몸을 일으켰다. 흐트러진 머리를 만지며 자세를 바로잡는데 다나카가 말했다.

"조금 빨리 달리겠습니다. 회장님이 맨션에서 기다리고 계십니다."

기다리는 게 아니라 그게 그 사람 집 아니냐고 대꾸하려다가 참았다. 어째서 회장을 기다리게 하는 게 자신의 탓인 것마냥 말하느냔 말이다. 희수는 살짝 다나카를 흘겨보다가 한숨을 내쉬었다. 다른 사람을 탓할 상황이 아니었다. 단지 만난 지 사흘밖에 되지 않는 남자에게 이끌려서 보고 싶은 마음에 들뜨고 설레는 건 다른 그 누구도 아닌 자기 자신이니까.

12

희수가 엘리베이터에서 내리자 다나카는 엘리베이터 안에서 인사를 하고는 그대로 내려갔다. 가방과 재킷이 아침보다 무거워졌다고 생각하며 정원으로 들어서는데 불빛이 보였다. 청동 돔의 지붕에 푸른 불빛이 켜져 있었다. 그 아래 자쿠지에서 뽀글뽀글 물거품 소리가 났다. 자쿠지 안에는 그가 앉아 있었다. 희수를 발견하고는 미소를 보냈다.

"여어."

두 팔을 욕조 가장자리에 넓게 걸치고는 느긋하게 목욕을 즐기는 모습이었다. 물이 꽤 따뜻한지 김이 살짝 피어올랐다. 그 물에 몸을 담그면 하루의 피로가 싹 가실 것만 같았지만 그의 유혹에 응하고 싶진 않았다. 화가 나 있었고 허탈감과 배신감 같은 게 복잡하게 얽혀 있었다. 감정을 숨기며 천천히 다가갔다. 수면 아래의 그의 알몸이 보이지 않을 정도까지만.

"좋아 보이네요?"

"그쪽은 무지 피곤해 보여. 사카이가 무리하게 끌고 다닌 거 아니야?"

"반대예요."

희수는 그의 새로운 헤어스타일을 보았다. 머리를 감았는지 젖은 머리가 이마 위로 흘러내렸다. 위로 넘긴 평소 헤어스타일보다 어리고 활기 넘쳐 보였다. 그러니 더욱 히가시데 나기를 닮았다. 마치 10년 전의 나기를 보는 것 같았다.

"반대라니?"

"내가 끌고 다녔거든요. 궁금한 게 많아서 귀찮게 하고 여기도 가보
자, 저긴 뭐냐. 모르긴 몰라도 엄청 피곤했을 거예요. 아기도 못 보고
잠만 자는 건 아닌지 모르겠어요."

희수는 복잡한 생각을 들키지 않으려고 일부러 밝게 말했다.

"나도 들어가서 씻어야겠어요."

돌아서려는데 그가 놀리듯 말했다.

"그리로 가봤자 도망갈 데 없어요. 들어와요. 같이 합시다."

"고맙지만 사양할게요. 혼자 많이 즐기세요."

다시 돌아서는 희수의 발걸음을 그의 목소리가 붙잡았다.

"당신 목소리가 이상한데?"

그는 귀신같이 희수의 감정을 포착해냈다.

"무슨 일 있었어요?"

희수는 감정을 누르며 차분히 돌아서서 그를 보았다.

"겁이 나요. 예전엔 그렇지 않았는데 지금은 겁나요. 그 사람에게 반
했을 땐 사랑에 빠지는 게 행복했었어요. 그땐 즉흥적이고 모험심 강
하고 도전 정신도 있었거든요."

"지금은?"

"지금은 없어졌어요. 소심하고 조심성 많은 겁쟁이가 됐어요."

"성숙해진 거겠지."

희수는 고개를 저었다.

"그래서 말인데요, 내일 첫 비행기로 돌아갈래요. 어차피 내일 일정을 취소해주셨다니까 덜 죄송해도 되겠죠? 일과 상관없이 결정한 거니까 그런 표정 하지 마요. 그냥 무리였다는 걸 깨달은 거예요."

거짓말이었다. 일정을 취소한 건 그가 자신을 여자로서만 대한다는 걸 깨달았고 무시당한 기분에 화가 났다는 의미다. 그의 계략으로 오게 되었다는 걸 알게 되었지만 온 이상 최선을 다하려고 했었다. 하지만 그렇지를 못했고 자책도 했다. 그에게 무시를 당해도 할 말이 없는 거였다. 그래도 서운하고 화가 나고 자존심이 상해서 참을 수가 없었다. 그에겐 하찮을지 몰라도 자신에겐 꽤 중요하고 기대되는 일이었기에 더더욱 말이다.

"나중에 다시 인사드리겠지만 그동안 감사했습니다."

더 이상 말했다가 감정이 터져 나올 것만 같았다. 휙 몸을 돌린 희수는 빠른 걸음으로 집 안으로 들어갔다. 곧장 방으로 가서 캐리어 가방을 꺼냈다. 서랍 속에서 옷들을 꺼내다가 문득 시선을 느끼고 고개를 들어보았다. 커튼이 활짝 열려 유리문으로 자쿠지에 앉은 그의 모습이 그대로 보였다. 눈이 마주쳤다. 수면에 반사된 불빛에 비친 그의 표정은 무덤덤해 보였다. 무슨 생각을 하는지 알 수 없지만 이쪽을 빤히 보고 있는 것만은 확실했다. 희수는 못 본 척 등을 돌리고 짐을 싸기 시작했다.

그는 알몸으로 쳐들어왔다. 유리문이 열리더니 커다란 몸에서 물을 뚝뚝 흘리며 그대로 방 안으로 성큼 들어와 희수를 낚아챘다. 처음엔 그의 알몸엔 놀랐고 다음 순간엔 다짜고짜 그의 어깨에 휙 둘러메졌다.

"뭐, 뭐하는 거예요!"

놀라서 소리쳤지만 그는 아랑곳없이 그녀를 짐짝처럼 어깨에 메고는 자쿠지 쪽으로 걸어갔다.

"내려놔요! 내려놓으라구요!"

소리치며 버둥거려봤자 그는 꼼짝도 하지 않았다. 머리로 피가 쏠렸다. 벗어나려고 몸부림을 치다가 눈 아래로 거품이 일고 있는 물을 보고는 화들짝 놀랐다. 그의 두 발은 이미 자쿠지 가운데로 들어와 우뚝 서 있었다.

"아, 안 돼요! 옷 망가진다구요!"

물 안으로 떨어뜨릴 거라는 걸 알고는 어떻게든 그의 몸을 붙잡아 매달리려고 했다.

"옷? 어느 쪽? 치마? 블라우스?"

그는 그렇게 화난 말투가 아니었다. 오히려 장난을 치고 있는 것 같았다. 희수는 혼자 열을 올리고 흥분하고 있는 것 같아 더 화가 나고 약이 올랐다.

"둘 다요!"

"그럼 둘 다 새로 사줄게."

그러더니 가볍게 희수를 돌려 안았다. 어깨에서 가슴 앞으로 내려 두 팔로 들고서는 희수를 내려다보았다. 아크로바틱을 하는 치어리더가 된 기분이었다. 머리를 묶었던 고무줄이 빠져 머리카락이 마구 헝클어졌고 치마는 허벅지 위로 말려 올라갔으며 블라우스는 엉망으로 구겨졌다. 뭣보다 눈앞이 어지러웠다. 개구쟁이 손에 놀아나는 봉제인형이 된 것처럼 정신이 없었다.

자쿠지의 물은 여전히 김을 모락모락 피워 올리면서 보글보글 거품이 일었고, 청동빛 조명을 반사해 지중해의 물빛을 하고 있었다. 희수는 물에 떨어지지 않기 위해서 그의 어깨에 매달렸다.

"왜 이러는 거예요?"

"내가 왜 이러는지 잘 알 텐데?"

가까이서 본 그의 눈빛엔 강한 자신감과 함께 여유가 있었다. 희미한 미소를 비치고는 곧장 욕조 안으로 내려앉았다. 그녀를 안은 채 말이다. 희수는 화를 참으며 눈을 감았다. 따뜻한 물이 느껴지더니 이내 가슴까지 물이 차올랐다. 그는 욕조 바닥에 발을 뻗고는 느긋이 앉은 상태로 희수를 안고 있었다. 희수는 얼떨결에 그의 허벅지에 앉은 자세가 돼버렸다. 풍성한 스커트 안으로 물거품이 들어와 위로 부풀어 올랐다. 그 바람에 허벅지가 다 드러나 팬티가 보일락 말락 했다. 당황한 희수는 치맛자락을 잡아 고정했다. 그의 손이 다가와 희수의 턱을 잡아 자신을 보게 했다.

"내가 당신이 떠나도록 둘 거라고 생각해?"

턱을 잡은 손가락에서 엄지가 떨어져 나와 희수의 아랫입술을 어루만졌다. 희수는 고개를 돌려 그의 손을 떼어냈다.

"어차피 내일모레면 돌아가는 일정이었어요. 아무리 생각해봐도 우린 연인이 될 수 없어요."

"난 이미 우리가 연인이라고 생각했는데, 아닌가?"

그의 손이 블라우스 단추를 풀기 시작했다. 희수는 얼른 그의 손을 잡아 멈추게 하고는 그의 품에서 벗어나려 어깨를 밀었다.

"이렇게는 얘기가 안 돼요. 거실에서 얘기해요."

하지만 그는 그녀를 놓아줄 생각이 전혀 없다는 듯 가는 허리에 팔을 둘러 더욱 세게 안았다. 부푼 젖가슴이 바로 그의 눈 아래에 놓였고 그를 밀어내려다 놓친 치맛자락이 펄럭이며 수면 위로 떠올랐다. 그는 재밌다는 듯이 치마를 보더니 그 안으로 손을 넣어 매끄러운 허벅지를 쓰다듬었다.

"이러지 마요."

희수는 허벅지 안쪽으로 다가오는 그의 팔을 잡았다.

"이런 관계가 계속될 수 있을 것 같아요? 난 계속 다른 사람과 혼동하면서 과거에 매달리고 자기 연민에 빠지고 있는 것 같아요. 당신과 있을 땐 아무 생각도 못 해요. 일도 다 망쳐버렸고 내 페이스를 잃어버렸어요."

자괴감에 빠져 거의 비명을 지르고 싶은 심정이었다. 그를 만난 뒤로 쌓였던 충격과 정신적인 스트레스가 폭발해버릴 것만 같았다. 버텨보려고 간신히 정신을 붙들고 있으려니 더더욱 신경이 예민하고 날카로워져만 갔다. 그를 원망스럽게 보자 부드러운 손길이 머리를 쓰다듬었다.

"나랑 있을 때만 아무 생각을 못 해? 난 하루 종일 머릿속이 온통 당신 생각뿐이야. 당신이야말로 내 일을 망치고 날 바보로 만들고 있어."

"난 한국, 당신은 일본에 있어요. 우린 만나는 것도 쉽지 않아요."

그가 잠깐 멈칫하더니 희수의 뺨을 잡고서 차분하게 말했다.

"그래서 말인데, 당신이 이쪽으로 와. 도쿄로."

그는 그 말에 희수가 반발할 것을 미리 알고 있는 듯했다. 희수는 불신의 눈으로 그를 쏘아봤다. 거칠게 그의 팔을 뿌리치며 화를 냈다.

"그럴 줄 알았어. 내일 일정을 취소했을 때부터 알아봤어요. 당신은 그냥 날 장난감으로 생각하는 거예요. 갖고 싶은 장난감!"

화가 난 희수를 그의 팔이 완강히 잡아 고정했다. 씩씩거리며 노려보는 희수를 보고선 황당해했다.

"내일 일정을 취소한 건 내가 아니라 수석 디자이너야. 유럽 출장 날짜를 착각했대. 그 여자가 원래 잘 깜박하고 스케줄도 제멋대로야."

희수는 당황했다. 멍한 표정으로 보자, 어떻게 된 건지 알겠다는 듯 피식 웃었다.

"근데 내가 지시했다고 오해했군. 그래서 화가 나서 떠나겠다고 이 난리를 친 거야?"

멍하니 있던 희수는 노려보던 시선을 그의 가슴께로 내리고는 고집스럽게 말했다.

"그래도 마찬가지예요. 내일 일정이 취소된 이상 여기 있을 이유가 없어요."

"그렇게 말해봤자 소용없어요."

그의 손이 올라와 가는 희수의 목을 한 손에 잡더니 애무하듯 부드럽게 어루만졌다. 희수는 난감한 상황에 빠졌다. 화를 냈던 게 미안하게 돼버렸고, 오해했다고 생각하니 왈칵 눈물이 나려 했다. 평소 같으면 웃으며 넘겼을 실수에 왜 이렇게 감정적이 되는 걸까. 신경이 예민해진 탓일까? 그에게 속절없이 끌려가는 자신을 주체하기 위해 방어벽을 세우는 데 지친 건지도 모른다. 어젯밤처럼 아무 생각 없이 욕망을 따르고 싶은 건지도…….

"당신은 이미 내 포로입니다."

희수는 미간을 찡그리며 오만한 그의 발언이 얼마나 권위적이고 이기적인지 말하려 했다. 하지만 목 뒤의 근육을 주무르는 그의 부드러운 손놀림에 절로 신음을 흘리고 말았다. 뭉쳐진 근육을 찾아 꾹꾹 누르며 풀어주는 그의 안마에 긴장이 풀리는 것 같았다. 자신도 모르게 눈을 감았다. 따뜻한 물에 잠긴 데다가 그가 근육까지 풀어주니 점점 더 나른해졌다. 그의 손이 블라우스를 젖히고 하얗게 드러난 어깨를 주물렀다. 브래지어까지 벗겨내고 젖가슴 위를 스치는 그의 손길을 느꼈지만 희수는 눈을 뜨지 않았다. 스르르 녹아든 몸이 자연스럽게 그의 탄탄한 몸 위로 쓰러지듯 기대었다.

190센티미터의 몸이 희수를 감싸 안았다. 그의 몸은 탄탄한 근육으로 뭉쳐진 넓은 요람 같았다. 희수는 복잡한 생각을 잊고 다시 그에게 빨려들어가는 자신을 느꼈다. 이렇게 무기력하게 계속 피하기만 하다간 고민만 더 키울 것 같았다. 희수는 눈을 떴다. 멀리 어둠과 불빛에 싸인 도쿄의 건물이 보였고, 가까이에는 자쿠지 옆 테이블에 놓인 붉은 장미꽃이 눈에 띄었다.

"무슨 생각 해?"

찰랑이는 수면에 잠겼다가 드러나는 가슴 위로 그의 손이 닿았다.

희수는 신음을 흘리며 뒤로 고개를 젖혔다. 이미 나른한 열기로 흐릿해진 눈으로 그를 보자 그의 눈빛이 욕망으로 짙어졌다.

"나는 당신을 좋아할 수밖에 없어요."

희수는 손을 뻗어 그의 얼굴을 어루만졌다.

"그 사람 때문에…… 어쩔 수가 없어요."

그의 입술이 희수의 손가락을 따라 움직였다. 손가락을 따라 핥다가 손목 안쪽까지 혀를 미끄러뜨리며 핥고 키스했다.

"그런데 당신은 내가 왜 좋아요? 왜 날 원해요?"

그는 세상에서 가장 어려운 질문이라도 받은 것처럼 당황스러운 표정을 하더니 이내 어이없다는 미소를 지었다.

"그 이유를 내가 안다고 생각해? 알았으면 벌써 그 이유를 제거해버렸을 거야. 단순히 사랑에 빠진 게 아니야, 우린. 이건 운명이야."

운명…… 희수는 머릿속으로 그 단어를 곱씹으며 그의 말이 맞을지도 모른다고 생각했다. 그렇지 않고서야 비슷한 얼굴의 남자를 이렇게 또 만날 수가 있을까. 굳이 찾으려 들지 않았지만 나중에 알고 보니 만났던 상대가 다 비슷하게 생겼더라는 얘기도 들은 적이 있다. 운명이 아니라면 아마도 자신이 끌리는 특정한 유형이 있는지도 모른다. 이 남자가 히가시데 나기를 닮아서가 아니라 그런 사람에게 끌려서 저절로 찾아지는 걸지도 모르겠다.

생각에 빠졌던 희수는 몸 안을 관통하는 날카로운 쾌감에 숨을 들이켰다. 가슴을 지분거리던 그의 손이 유두를 잡아 자극했다. 희수는 신음하며 허리를 꿈틀거렸고 엉덩이가 발기하기 시작한 그의 남성을 건드렸다. 그는 거친 숨을 내쉬며 희수의 귀에 혀를 밀어 넣었다. 귓불을 핥으며 길고 하얀 목덜미를 따라 혀를 미끄러뜨렸다. 희수는 파르르 떨며 반응했고 더 이상 생각 같은 건 할 수가 없어졌다.

턱을 잡힌 희수는 그의 요구대로 고개를 뒤로 젖힌 채 입술을 열었다. 천천히 내려온 그의 입술이 그녀의 입술을 탐하기 시작했다. 그의 혀와 손가락은 같이 움직였다. 구강을 헤집는 깊은 키스처럼 그의 손가락은 희수의 팬티 안까지 침범해 안팎을 들락거렸다. 희수는 혼란스러웠지만 아무런 생각도 할 수가 없었다. 그저 그가 하는 말을 듣고 그가 주는 것을 받을 수밖에 없었다.

한 팔로 그의 목을 껴안고서 뜨겁게 키스를 되돌렸다. 그의 손가락이 일으키는 쾌감에 요동치며 엉덩이를 흔들었다. 그러자 그가 희수의 손을 끌어다 자신의 성기를 만지게 했다. 화들짝 놀란 희수는 멈칫 하고서 고개를 숙였다. 자신의 엉덩이를 찌르고 있는 커다란 물건을 내려다보았다. 그러자 그가 거친 신음 소리를 흘리며 희수의 팬티를 벗겨내고는 다리를 벌려 걸터앉게 했다. 투명한 물속으로 맞닿아 있는 서로의 음모가 고스란히 드러나 보였다. 희수는 그 퇴폐적인 모습에 얼굴이 빨갛게 달아올랐지만 도망가진 않았다. 오히려 그 반대였다. 손가락으로 그의 것을 만지며 애무했다.

"좋아……."

그가 거친 신음을 흘렸다. 배의 근육이 팽팽하게 당겨지며 복근이 선명하게 드러났다. 그는 희수의 가슴을 움켜쥐더니 양손으로 주물러 댔다. 욕망에 흐려진 그의 표정과 불끈 일어선 근육을 본 희수는 점점 더 대담해졌다. 손으로는 그의 것을 만지면서 단단한 근육에 솟은 유두에 키스했다. 무쇠처럼 단련된 몸이 부르르 떠는 것을 즐기면서 혀로 유두를 굴렸다. 살짝 핥고 이로 깨물자 그는 또 떨면서 흥분했다.

"그만."

외치며 그의 입술이 내려왔다. 다급히 희수의 머리를 안아 당기면서 짙은 키스를 퍼부었다. 희수는 두 팔을 그의 어깨에 올리고선 목을 감싸 안았다. 솟구치는 쾌감에 그의 등에 손톱을 세웠다. 희열에 떠는 남자의 몸이 이토록 아름다웠던가. 희수는 야릇한 승리감을 느끼며 그의 귀에 입을 맞추었다. 그는 신음하며 날씬한 등에서 동그랗게 솟은 엉덩이까지 손을 오르락내리락하며 어루만졌다. 탱탱한 엉덩이를 부드럽게 주무르다가 세게 잡고선 자신의 것 위에 올려놓았다.

희수는 검붉게 팽창한 그의 성기에 자신을 문대었다. 허리를 돌리자 서로의 음모가 뒤섞이고 젖어서 끈적이는 소리를 냈다. 안쪽의 돌기에 그의 성기가 닿아서 말할 수 없는 쾌감을 일으켰다. 그의 분신은 뜨겁고 단단했다. 그것과 마찰할 때마다 아래에서 촉촉한 액체가 흘러나왔다.

그는 으르렁 소리를 내며 자신의 두툼한 그것을 잡고 그녀의 안으로 넣었다. 그리고 희수의 엉덩이를 잡고선 몸을 내리게 했다. 희수는 비명이 터져 나오려는 걸 참고 입술을 깨물었다. 발끝까지 지잉 울리는 전율에 몸을 떨면서 깊이깊이 내려앉았다. 두 눈을 감고서 그 감촉을 음미했다. 몸이 활처럼 휘어지고 절로 가슴이 팽팽히 부풀어 올랐다. 몸을 타고 흐르는 관능에 휩싸인 희수는 빡빡하게 가득히 머금고서 본

능적으로 엉덩이를 흔들었다. 그녀의 교태 넘치는 움직임에 그의 관자
놀이에 힘줄이 솟았다.

　그는 손을 뻗더니 희수의 머리를 당겨 온 얼굴에 키스를 퍼부었다.
한 군데도 남김없이 키스를 할 작정인지 쉴 틈 없이 그녀의 얼굴을 핥
았다. 그러면서도 손은 희수의 가슴을 부드럽게 애무하며 유혹하길 멈
추지 않았다. 희수는 새어나오는 신음을 참으며 그의 탄탄한 등을 어
루만졌다. 그의 입술은 얼굴에서 목을 타고 더 아래로 내려갔다. 혀끝
으로 유두를 희롱하다가 이로 살짝 깨물었다. 희수의 새하얀 육체가
파르르 떨며 희열을 느끼는 걸 보고서 그는 만족한 듯 유두에 키스했
다.

　"지금 당신 표정이 어떤지 알아? 남자 노예를 굽어보는 여왕 같아."

　희수는 붉게 상기된 그의 얼굴을 쓰다듬었다.

　"당신을 이렇게 위에서 내려다보니까 기분 좋아요. 언제나 내가 올
려다봐서 약 올랐는데."

　그 말에 벌이라도 주듯 그의 손이 풍만한 젖가슴을 움켜쥐고는 크게
머금었다. 유두를 입안에 넣고는 힘차게 빨아댔다. 희수는 신음을 참
지 못하고 몸을 떨며 그의 머리를 꽉 안았다. 그는 마치 즙이라도 나오
는 것처럼 젖꼭지를 빨고는 열에 들뜬 눈으로 희수를 바라보았다.

　"다른 놈이랑 이럴 수 있을 것 같아? 다른 놈은 당신을 봐서도 안 되
고 만져서도 안 돼. 알겠어?"

　"난……."

　말을 하려던 희수는 아래를 찌르는 아찔한 감각에 머리가 울려서 헐

떡거렸다. 전신이 심하게 떨려서 그의 몸을 꽉 끌어안았다. 그의 두꺼운 팔이 경련하는 몸을 꽉 안아주었다.

"어떤 놈이든 당신 옆에 얼쩡거리게 하지 마. 죽여버릴 거야."

처음엔 무슨 소리인지 몰랐다. 나중에야 그 어떤 놈의 대표가 강시후를 가리킨다는 걸 깨달았다. 그땐 시후의 존재도, 자신이 약혼했다는 사실마저도 까맣게 잊고 있었다. 생각 같은 건 달아난 지 오래였다. 파고드는 그의 근육질 몸을 느끼는 것 이외에 다른 건 아무것도 생각할 수가 없었다. 완전히 그에게 홀린 몸은 제멋대로 반응하며 그를 갈구했다. 채워도 채워지지 않는 욕정에 미친 듯 그를 안았다.

더, 더…… 더…….

어슴푸레한 새벽, 잠결에도 찬 기운이 느껴졌는지 눈이 뜨였다. 본능적으로 옆을 더듬었지만 희수의 온기가 느껴지지 않았다. 자쿠지에서 격정적인 사랑을 나눈 뒤 알몸으로 희수를 안고 나왔다. 희수의 침대에서 또 한 번 사랑을 나누었고 그대로 같이 잠이 들었었다. 품에 꼭 안고서 잠들었는데 희수가 옆에 없었다. 놀라서 벌떡 일어난 나기는 곧장 거실로 나가려다가 옅은 불빛에 드러난 희끄무레한 형체를 발견했다. 정원으로 난 유리문 앞에 흰 가운을 입고 앉은 희수가 보였다. 희수는 20센티미터 정도 문을 열고 정원을 바라보고 있었다. 긴 머리가 흘러내려 표정은 보이지 않았지만 웅크리고 앉은 모양새가 어쩐지 쓸쓸해 보였다. 깊은 상념에라도 잠긴 듯 머리를 외로 틀고는 작은 한숨을 내쉬었다. 푸른 불빛으로 물든 정원은 풀벌레도 잠든 듯 조용했고 식은 자쿠지의 물도 잔잔했다. 이따금씩 바람이 불어와 희수의 머리칼을 가볍게 흔들었다.

조용히 뒤로 다가가 희수를 안았다. 그는 알몸이었지만 개의치 않고 바닥에 앉았다. 그는 본디 옷 입는 게 더 거추장스러운 남자였다. 다리 사이에 희수를 넣고 끌어당겼다. 희수는 놀라지 않고 자연스럽게 그의 가슴에 등을 기댔다.

"깼어요?"

"응. 당신이 없어서."

희수의 가운 속으로 손을 밀어 넣었다. 이제는 희수를 보면 손을 대지 않고선 참을 수가 없었다. 나기는 바로 잡히는 유방을 부드럽게 주무르며 희고 섬세한 목덜미의 연한 살을 찾아 입술로 살짝 물었다. 흐트러지는 희수의 숨소리가 좋았다.

"무슨 생각 하십니까, 아가씨?"

"당신을 어떻게 해야 될지 모르겠단 생각."

"생각하지 말고 그냥 받아들여."

나기는 한 손으로 희수의 턱을 잡아 뒤로 젖히게 하고선 입술을 내렸다. 밤이 깊도록 핥고 빨고 가졌는데도 불구하고 그 입술이 또 먹고 싶어졌다. 혀를 얽으며 깊이 키스하자 희수의 손이 뻗어와 그의 머리를 당겼다. 그녀에게 다시 욕망이 피어오르는 걸 보니 참을 수가 없었다. 나기는 가슴을 희롱하던 손을 내려 그녀의 다리 사이로 넣었다. 팬티 안으로 넣어 무성한 음모를 헤치고 더 안으로 손가락을 넣어 쓰다듬었다.

"당신은 누구예요?"

희수는 허벅지를 오므려 다리 사이로 들어온 그의 손을 움직이지 못하게 했다. 나기는 달빛에 드러난 하얀 허벅지와 긴 종아리를 눈으로 핥았다.

"누굴 닮았어요? 부모님은 어디에 계세요? 형제는 있나요?"

"아버지를 닮았고 부모님은 외국에 계시고 형제는 없어."

나기는 차분히 대답했지만 마음은 좋질 않았다. 언젠가 희수가 이 모든 게 거짓인 걸 알게 되면 어떤 상황이 벌어질지 생각만 해도 끔찍했다. 그러니 될 수 있는 한 빨리 그녀를 완벽히 자신의 것으로 만들어야 한다. 어떤 의심도 없이 말이다. 가정을 이루고 아이가 생기면 더 좋을 것이다. 오래도록 이 거짓이 드러나지 않기만을 바랄 뿐이다.

나기는 점점 호기심의 불이 켜지는 희수의 눈을 보았다. 예전처럼 말이다. 그때의 희수는 호기심이 일면 갑자기 엉뚱하고 돌발적인 질문을 쏟아내고 이상한 행동도 서슴지 않았다. 겁도 없이 혼자 그의 집에서 하룻밤을 자고 난 뒤에도 걱정보다 호기심으로 눈을 반짝거리던 소녀였다. 본인의 말대로 지금은 겁쟁이가 되었다지만 그의 눈엔 여전히 충동적이며 도전적인 면이 보였다. 정말 겁쟁이라면 그를 본 순간 달아나야 했다. 그가 손을 뻗었을 때 거부해야 했고, 그가 안으려고 했을 때 두려워해야 했다. 하지만 희수는 이성보다 열정에 끌렸다. 예전과 달라진 거라면 그런 자신의 모습에 가책을 느낀다는 거다.

"발 사이즈는 얼마예요?"

뜬금없이 희수는 바닥에 아무렇게나 뻗어 있는 그의 발을 물끄러미 바라보며 질문을 쏟아냈다.

"키는 얼마죠? 언제부터 컸어요?"

휙 고개를 돌려 그를 보더니 진지한 눈으로 다그쳤다.

"오타루에 가본 적 있어요? 거기 친척은 없어요? 유빙을 본 적은
요?"

그녀의 질문 하나하나가 날카로운 칼이 되어 그의 심장을 그어댔다.
예상한 시험지에 있던 질문이었다. 아니, 처음 만난 날 이런 것들을 물
을 거라고 잔뜩 긴장하고 준비했었다. 그래서 위경련까지 일으킨 게
아닌가. 그런데 첫날 그녀는 아무것도 묻지 않았다. 그가 야마구치 쇼
라는 이름을 밝히자 새하얗게 질린 얼굴을 하고서도 아무런 질문을 하
지 않았다. 뒤늦게 받은 질문들이 아픈 건 그녀를 품에 안아서인지도
모른다. 희수를 안는다는 건 단순히 육체만의 접촉이 아니었다. 그건
영혼의 교감이고 자신의 가장 쓰라린 상처, 더러운 치부까지 공유한다
는 의미였다.

나기는 장난스러운 미소로 대답을 회피했다.

"지금 당신 질문을 나에 대한 관심이라고 생각해도 되겠지? 이제 드
디어 내가 궁금해진 거야. 그치?"

가볍게 받아친 나기는 더 이상 질문을 하지 못하도록 희수의 얼굴을
끌어다 키스를 퍼부었다.

"당신이 날 깨웠으니까 책임져."

그는 황당해하는 희수의 손을 끌어다 자신의 성기에 갖다대었다. 이
미 부풀어 올랐다는 걸 알게 된 희수는 얼굴이 빨개져서는 나기에게서

벗어나려 했다.

"나 잘래요."

다시 이불 속으로 들어가는 희수를 보고서 나기는 픽 웃었다. 느긋하게 쫓아가 희수의 발쪽의 이불을 들추어 들어갔다. 희수는 소리를 지르며 다리를 버둥거렸지만 이내 애끓는 신음 소리를 내며 나기의 머리를 움켜잡았다. 다시금 욕정에 휩싸인 두 사람은 새벽이 가도록 쾌락의 늪에서 헤어 나오질 못했다.

그녀는 까무러쳤다 깨어나기를 반복했다. 일부러 그렇게 만들었다. 나기는 이제 그녀의 몸을 너무 잘 알았다. 어떻게 하면 그녀의 이성을 앗을 수 있는지, 어떻게 하면 그녀를 절정으로 올릴 수 있는지 말이다.

나기에게는 10년의 시간이 있었다. 서희수를 완전히 자신의 것으로 만들 완벽한 계획을 짤 시간 말이다. 그녀가 어디에서 무엇을 하고 있는지, 어떤 집에서 어떻게 살고 있는지, 가까운 동료는 누군지, 자주 어울리는 친구는 있는지, 그녀의 가족은 어디에서 누구와 지내는지, 봄여름가을겨울 어떤 옷을 즐겨 입는지, 좋아하는 음식과 취미 생활 등등등. 어쩌면 그녀에 대해선 그녀 본인보다도 더 잘 알고 있을 거다. 그리고 생각했다. 어떻게 하면 10년 전의 실수를 되풀이하지 않고 그녀를 곁에 둘 수 있는지.

적당한 기간 연애를 하고, 서로의 주변 사람들과 얽히고, 청혼을 하고, 가족이 되고는 그의 방식이 아니었다. 그건 너무 오래 걸린다. 그는 바로 가족이 되는 방식을 선택했다. 그녀와 결혼을 할 것이다. 그녀와의 교감은 그 모든 과정을 뛰어넘을 만큼 완벽하니까. 그것만이 그녀를 온전히 자신의 것으로 만들 수 있는 방법이라고 결정했다.

허물어지듯 잠든 희수의 알몸을 품에 안았다. 자면서도 불안스러운지 이따금씩 미간을 찌푸리고 엄지를 주먹 안에 말아 쥐고는 그의 가슴팍을 밀어냈다. 나기는 팔을 뻗어 멀어지려는 희수의 등을 잡아 바짝 끌어당겼다. 포위하듯 안고서 잠든 희수의 머리를 부드럽게 쓰다듬었다. 반복하니 미미하게 남아 있던 힘마저 풀렸는지 스르르 안겨왔다. 무방비 상태의 희수는 아릿한 감정을 불러일으켰다.

충격 사고 이후, 그대로 이 여자를 놓아줄까도 생각했었다. 그냥 평범한 사람들처럼 살게 해주는 게 좋지 않을까 하고 말이다. 그런데 되지가 않았다. 이 여자를 보지 않고는 살 수가 없었다. 10년을 견뎌 겨우 만난 사람이다. 이제야 품에 안은 사람이다. 헤어진다는 생각만으로도 희수를 안은 팔에 힘이 들어간다. 잠시라도 떼어놓고 싶지 않은데 한국으로 돌아간다면 어떻게 할 것인가. 애초에 돌려보낼 생각 따윈 없었는데 그녀가 고집을 부린다면 싸우게 될 것 같아 싫다. 불안하다. 다시 그녀를 잃게 될까 봐.

가슴 깊이 부드러운 여체를 꼭 안았다. 희수의 팔이 자연스럽게 그의 허리에 둘러졌다. 가벼운 숨결이 가슴 근육을 간질였다. 잠든 그녀의 몸은 따뜻하고 부드럽고 섬세했다. 그런 몸을 안고 있으면 세상을 다 얻은 것 같은 기분이었다. 이대로 삶이 멈췄으면 싶을 정두로 행복해졌다. 일에서 해냈다는 성취감은 남자에게 자신감과 함께 어느 정도의 뿌듯한 기쁨을 선사한다. 운동을 하거나 게임을 할 때도 그 비슷한 희열은 있다. 하지만 이런 충만한 행복감과 평화로움, 안정은 한 여자를 통해서만 얻어진다. 아직 세상을 모르는 아이였을 때 어머니에게서 느끼는 어떤 감정인지도 모르겠다. 하지만 그에게 그런 어머니는 존재하지 않았다. 그래서 그에겐 희수뿐인 거다.

나기는 탄력 넘치는 엉덩이를 부드럽게 만지면서 자신의 아랫도리에 바짝 붙였다. 욱신욱신 전율이 일었다. 그렇게 닿아 있는 것만으로도 불끈 일어서려 하는 걸 달래며 눈을 감았다.

희수의 고른 숨소리에 맞춰 등을 쓰다듬다가 그도 잠이 들었다. 새벽 3시가 넘은 시각이었다.

13

희수는 짧은 핫팬츠에 한쪽 어깨가 드러나는 헐렁한 셔츠를 입고서 샐러드를 준비하고 있었다. 긴 머리는 동그랗게 말아 정수리에 아무렇게나 고정해놓았다. 삐져나온 몇 가닥의 머리가 목덜미를 타고 흘러내려 어깨를 간질였다. 손으로 양상추를 뜯다가 멈추고서 그를 보았다.

"지금 뭐라고 했어요?"

걷은 와이셔츠 소매 아래로 나온 두꺼운 팔뚝이 프라이팬을 들고 흔들었다. 새우와 베이컨이 들어간 볶음밥이 허공에서 춤을 출 때마다 팔뚝 위 힘줄이 섰다.

"결혼하자고 했어."

그는 7개월 전에 희수를 봤다고 했다. 하지만 제대로 얼굴을 본 건 일주일도 되지 않는다. 그런데 결혼이라니. 희수는 황당해서 헛웃음을 지었다. 남녀의 감정과 시간이 꼭 정비례하는 게 아니라는 건 이미 경험으로 알고 있다. 10년 전에도 그랬고 지금도 그랬다. 첫눈에 반하고 한순간에 깊이 빠져 정신을 차릴 새도 없이 운명적인 사랑이라 느끼고 허우적대는 것 말이다. 그렇게 순식간에 깊어질 수도 있는 게 남녀 관계다. 그래도 결혼은 한 번도 생각지 않은 단어였고 너무 멀었다. 그에 대한 끌림은 아직도 꿈만 같은데 결혼은 현실이니까 말이다. 지금 희수에게 있어 결혼이란 단어는 오히려 정신 차리라는 채찍질같이 들렸다.

희수는 버무린 샐러드를 접시에 옮겨 담고는 테이블로 가져갔다. 커틀러리를 세팅하는데 등 뒤로 다가온 그가 드러난 희수의 어깨에 입을 맞추고는 양손에 든 접시를 내려놓았다. 접시 위에는 먹음직스러운 태국식 볶음밥이 담겨 있었다.

"자, 먹읍시다. 앉아요."

그가 의자를 빼고선 기다렸다. 희수는 자리에 앉으며 그가 만든 볶음밥을 내려다보았다. 결혼 얘긴 실없는 농담이고 못 들은 걸로 한 채.

"먹을 수 있는 거예요?"

의심스럽게 보자 그가 무슨 소리냐며 자신만만한 미소를 지었다.

"매일 해달라고 할걸? 미국에서 공부할 때 엄청 많이 해 먹었지. 먹어봐요."

"잘 먹겠습니다."

희수는 한 숟갈 듬뿍 떠서 볶음밥을 먹었다. 그는 된장국을 가져와 놓고선 희수의 반응을 빤히 지켜보았다. 희수는 일부러 알쏭달쏭한 표정을 지으며 오래도록 씹었다.

"어때?"

조바심 내는 그에게 장난을 쳤다. 무심한 표정으로 겨우 말해줬다.

"맛이 없진 않네요."

"정말 인색한 여자구만."

희수는 웃었다. 사실은 너무 맛있어서 놀랐다고 실토했다. 그제야 그는 흡족한 표정으로 자신의 볶음밥을 먹기 시작했다. 그가 먹는 모습을 지켜보던 희수의 얼굴에서 미소가 점점 사라졌다. 그의 모습에 나기와 처음 같이했던 날의 아침이 떠올랐기 때문이다. 그때 그는 희수가 먹는 걸 지켜만 보고 있었다. 자신은 먹지 않고서 희수가 다 먹기를 기다렸었다. 흘러내리는 긴 머리를 잡고서 말이다.

"빠르면 빠를수록 좋아. 그래서 내키진 않지만 결론을 내렸지. 예정대로 내일 귀국을 해요. 한국으로 돌아가서 정리를 해. 회사, 집, 약혼 같은 거. 내가 할 수도 있지만 당신은 분명 본인이 직접 하고 싶을 테니까."

처음엔 그가 무슨 말을 하고 있는지 몰랐다. 과거를 회상하느라 집중하지 못한 것도 있었고 결혼은 농담이라고 생각했기 때문이다.

"정리하는 데 이틀이면 될까? 하루면 더 좋고."

그는 마치 옆 동네로 이사를 하는 것처럼 간단하다는 듯 말했다. 희수는 어이가 없었다. 먹던 숟가락을 놓고 물을 마셨다. 그는 볶음밥을 입안 가득 넣어 씹으며 그녀를 쳐다봤다. 희수는 뭐라고 할 말이 없었다. 자신과는 너무 다른 그의 생각과 태도를 따라갈 수도, 이해할 수도 없었다.

"머릿속이 복잡해?"

또 다 안다는 듯한 표정이다. 희수는 자신만 아무것도 몰라서 어쩔 줄 모르고 쩔쩔매는 초보 운전자가 된 기분이 들었다.

"한 달."

"뭐?"

희수는 신중히 생각한 것처럼 대답했지만 사실은 즉흥적인 거였다. 그와의 관계에 대해 생각한 지금 이 순간의 결론이었다. 당장 결혼하자는 그의 말은 당연히 이해할 수도 없고, 받아들이는 건 100년 정도는 빠르다. 하지만 그와 함께할 것인가, 그의 연인이 될 것인가로 바꿔 질문한다면, 지금 이 순간 그녀의 대답은 이거였다.

"내 생활로 돌아가서 한 달 정도 지내볼게요. 당신이 궁금하지도 않고 돌아오고 싶지 않으면, 그렇게 계속 지낼 수 있으면 헤어지는 거예요."

그가 먹고 있던 숟가락을 접시 위에 탁 놓았다. 얼굴은 이미 밥맛이 떨어졌다는 표정이었다. 한 손으로 된장국 그릇을 들고는 후르르 마시고는 예리한 눈빛으로 그녀를 쳐다보았다. 속마음을 꿰뚫어 보려는 듯이.

"그 말은, 나를 잊도록 노력해보겠단 뜻이야?"

그는 독심술을 넘어 희수가 미처 생각지도 못한 것을 끄집어냈다. 그의 말을 듣고서 자신의 진짜 속마음이 그거라는 걸 깨달았다. 사실 그를 보지 않으면 잊을 수 있을 거라는 생각을 하고 있었던 거다. 그는 결코 히가시데 나기가 아니니까 말이다. 그녀가 그리워하며 잊지 못하는 건 히가시데 나기이며 그와의 추억이지, 야마구치 쇼가 아니라는 걸 깨닫게 될 거라고 말이다.

"지금은 괜찮을지 몰라도 나중엔 분명히 문제가 될 거예요. 내가 그 사람을 생각하는 게 싫어지고 화를 낼 수도 있어요."

희수는 스스로의 감정을 방어하듯 가슴 앞으로 팔짱을 끼었다.

"그러니까 당신도 생각할 시간을 가져봐요. 어쩌면 당신이 먼저 날 잊어버릴지도 모르잖아요."

"지금 내 감정을 못 믿겠다는 거야?"

그의 눈빛이 다소 화난 듯 번득였다. 희수는 말싸움이 될 것 같아서 한숨을 내쉬고 자리에서 일어났다.

"출근부터 해요. 늦겠어요."

가려는데 그가 팔을 잡고서 돌려 세웠다. 희수 못지않게 그의 표정도 굳어졌다.

"못 믿느냐고 묻잖아."

"당신은 날 믿어요?"

"믿어."

그의 말은 지나치게 단호하고 자신만만했다. 표정에서 드러나는 진심이 오히려 희수를 얼어붙게 만들었다. 자신은 이토록 혼란스럽고 마냥 휘둘려서 중심을 잡을 수가 없는데 그는 완벽하게 자신의 페이스를 지키고 있는 것 같았다. 자신감 넘치는 그가 얄밉고 원망스러워졌다.

"이상하네요. 나도 내 감정을 모르겠는데 뭘 믿는다는 거예요?"

희수는 못마땅한 기색으로 쏘고는 잡힌 팔을 뿌리쳤다. 몸을 돌려 방으로 가려다가 거실에서 다시 팔을 붙잡혔다.

"말해봐. 과거 그 남자를 외모만 보고 사랑했어?"

그의 목소리가 싸늘했다. 눈빛도 얼음처럼 냉랭해서는 희수를 얼려 비릴 것 같았다.

"내가 쓰레기 같은 인간이라 당신을 때리고 욕하는데도 어젯밤 같은 일이 일어났을까? 외모 때문에? 단지 그 남자를 닮았다면 범죄자라도 괜찮아?"

그녀에게 한 번도 보인 적 없던 사나움이었다. 단단히 화가 난 모양이지만 희수의 분노 또한 만만찮았다.

"스물일곱이 되도록 연애할 기회 없었을 것 같아요? 만난 남자 중에 당신만큼 부자에 잘생기고 근사한 남자가 없었을 것 같아요? 그 어떤 남자한테도 끌리지가 않았어요. 그런데 왜 하필 당신일까요? 왜 당신한텐 이렇게 맥없이 끌릴까요? 이유는 하나밖에 없어요. 그 사람 때문이에요!"

그에게 화낼 일은 아니었다. 절망감에 가슴 답답한 건 오로지 자신의 문제였다. 하지만 결혼 얘기까지 꺼내며 몰아붙이는 그를 도저히 감당할 수가 없었다. 마음의 갈피를 못 잡는 자신이 마냥 한심한데 그는 모든 칼자루를 쥐고서 마구 휘둘러대는 것 같았다.

꼿꼿이 선 채로 좌절감에 떨고 있자 그가 한 걸음 앞으로 다가왔다. 희수는 피하지 않고 그를 노려보았다.

"뭐가 마음에 안 드는데? 응?"

그가 조금 누그러뜨린 어조로 희수의 어깨를 잡았다. 떨치려고 몸부림치자 아예 들어서 소파에 눕혀버렸다.

"뭐하는 거예요? 놔요!"

화가 나서 이성을 잃은 희수는 비명을 지르며 그를 마구 때렸다. 닥치는 대로 팔다리를 휘젓다가 엄청난 힘에 팔이 꺾였다. 이번엔 아파서 비명이 나왔다. 등 뒤로 꺾인 팔을 조금 풀어주며 그가 성난 표정으로 화를 냈다.

"자극하지 말고 가만있어!"

"놔요! 아파요."

팔은 풀렸지만 여전히 몸은 그에게 눌려 있었다. 전투태세였던 그의 날카로운 눈빛에 다른 그림자가 드리웠다. 희수는 그것이 욕망이란 걸 알아보고 그의 가슴팍을 밀었다.

"출근 준비 해야 돼요. 비켜요."

비록 수석 디자이너와의 일정은 취소됐지만 보고 자료를 준비하기 위해서 유우신으로 출근하기로 했다. 오늘이 일본 출장의 마지막 날이라 그들과 작별 인사도 해야 했다.

"계속 밀어내면 출근 못 하는 수가 있어."

희수는 그의 가슴팍에서 손을 거두고는 시선을 내렸다. 여전히 분노의 앙금은 남았지만 그의 몸이 가까이 있으면 제대로 생각하는 게 힘들었다. 위에서 빤히 내려다보는 그의 시선이 느껴져 얼굴이 뜨거웠다.

"당신은 날 미치게 만들어. 그렇게까지 화낼 일이 아니었는데…… 팔 괜찮아? 미안해."

"됐어요. 괜찮아요."

"근데 말야, 아까 당신 말 속에 다른 남자 얘기가 나왔던 것 같은데, 맞아?"

갑작스러운 그의 태도 변화에 희수는 어이가 없었다. 좀 전까지만 해도 화를 내던 사람이 욕망의 눈빛을 하고는 질투까지 하고 있었다.

"그만 일어나요."

밀어내는데 그의 얼굴이 다가왔다.

"그 녀석들 명단을 좀 받을 수 있을까?"

"네?"

"기분 나쁜 놈들이네."

농담인지 진담인지 모를 말을 하고는 키스를 해왔다. 밀어내려는 시도는 압도하는 달콤한 열기에 녹아서 얼마 가지를 못했다. 심장 박동이 느껴지는 그의 가슴 위를 쓰다듬으며 열렬히 키스에 응했다. 그의 혀가 유혹하듯 희수의 혀를 감아 당기고서는 달콤한 즙을 흡입하듯 빨아 댔다. 희수의 목구멍에서 요염한 소리가 흘러나왔다. 그는 조르듯 그녀의 입술을 핥고서는 마지못해 떨어졌다. 희수는 호흡을 고르며 그의 뺨을 어루만졌다. 열정적인 키스의 여운에 손끝이 떨리고 있었다. 타오르는 눈빛으로 그녀를 응시하던 그는 혀를 내밀어 고양이처럼 그녀의 손끝을 핥았다.

"당신 때문에 미쳐버릴 거야, 난."

그는 엄지손가락으로 붉게 물든 희수의 입술을 만졌다. 그 손가락을 따라 소리 나게 입을 맞추고는 낮은 목소리로 덧붙였다.

"이러다간 정말 출근 못 하겠지? 이따 봅시다."

그는 달달한 키스의 여운을 남기고 출근을 했다. 아침부터 언성을 높인 다툼에 희수는 진이 다 빠져 멍한 채로 앉아 있었다. 결혼이라니…… 그가 자신을 아끼고 있다는 건 알고 있었다. 같이 있을 때 그의 눈은 언제나 그녀를 향해 있으니까. 잠시라도 눈을 뗄 수 없다는 듯이 그녀의 실루엣을 눈으로 그리듯 바라보았다. 무심코 돌아보다가 자신을 바라보는 그의 눈빛과 마주칠 때면 낯이 뜨거워져 못 본 척 피하곤

했던 것이 한두 번이 아니었다. 그의 눈은 뜨거웠고 다정했으며 애정이 넘쳤다. 하지만 결혼을 생각하고 있을 줄은 몰랐다. 그 어떤 남자에게도 느껴본 적이 없는 감정을 느끼고 있지만 여전히 혼란스러운 상태고 불안했다. 아직도 현실 같지가 않았다. 그런데 결혼이라니…….

절레절레 고개를 저으며 일어나는데 다나카가 통화를 하며 들어왔다. 그녀를 보고선 인사를 하더니 희수가 묵고 있는 방의 반대쪽 복도로 걸어갔다.

"지금 바로 가지고 가겠습니다."

그와 통화를 하는 모양이다. 희수는 식탁 위의 먹다 만 아침 식사를 보고 짧게 한숨을 쉬었다. 그와 같이 아침을 준비할 때만 해도 군침을 흘릴 정도로 배가 고팠었는데 지금은 식욕이 싹 달아나버렸다. 결혼 얘기를 꺼낸 그의 마음이 어떨지 생각하니 심란하기도 했지만 그 없이 혼자 먹는 것도 내키지 않았다. 남은 음식들을 정리해서 냉장고에 넣는데 다나카가 나왔다.

"내려가서 전해드리고 오겠습니다."

"아, 네."

다나카의 손에는 그의 휴대전화가 들려 있었다. 다투는 바람에 아침도 제대로 못 먹고 나갔으니 휴대전화 챙길 정신이 없었을 것이다. 괜히 아침부터 프러포즈를 해서는……. 자신의 잘못도 아닌데 괜히 미안한 생각이 들었다. 빈 그릇을 씻어놓고 출근 준비를 하러 방으로 가려는데 문득 반대쪽 복도가 궁금해졌다. 다나카가 그의 휴대전화를 찾은 건 분명 그의 방이겠지?

그러고 보면 여태 그는 그녀가 묵고 있는 방에서 같이 잠들었다. 아침엔 같이 씻었고, 그러곤 출근 준비를 하기 위해서 자신의 방으로 갔었다. 그 방이 이 방인가?

희수는 살짝 열린 방문을 보고 조심스럽게 밀어보았다. 맨션에 온 첫날 잠겨 있던 방이라 열어볼 생각도 하지 않던 방이었다. 방 안으로 들어선 희수는 먼저 그가 사용하는 향수의 향기를 맡았고 자신의 방과는 확연히 다른 방 분위기에 놀랐다. 벽은 어두운 회색이었고 창에도 일본식의 창살이 빛을 쪼개어 조금은 어두운 느낌이었다. 넓은 방 한가운데에는 성인 4인은 충분히 잘 법한 커다란 침대가 있었다. 그의 키와 체구를 생각하면 당연히 주문 제작해야 될 것 같긴 했다.

방의 인테리어는 남성적인 느낌이 물씬 풍겼다. 유리로 된 면에는 희수의 방에서는 볼 수 없는 정원의 또 다른 풍경이 한 폭의 수묵화처럼 들어와 있었다. 바닥에는 카키색 양탄자가 깔려 있고 그 위에 검정색 카우치가 둥근 테이블과 함께 놓였다. 푸른색 시트가 깔린 커다란 침대 너머는 드레스룸과 욕실로 통하고 있었고 앤틱 느낌의 중후한 장식장에는 책과 모형 자동차, 그리고 겨울 풍경의 사진이 놓여 있었다.

무심코 침대로 향한 희수는 조심스럽게 그 위에 걸터앉아 주변을 보았다. 몰래 그의 세계를 침범한 느낌이 들었다. 푸른색 베개 커버를 만지다가 침대 옆 협탁에 있는 액자를 보았다. 손바닥만 한 작은 액자가 침대에 누워 잘 볼 수 있는 각도로 놓여 있었다. 그의 사생활을 훔쳐보는 것 같긴 했지만 호기심을 누를 수가 없었다. 손을 뻗어 액자의 방향을 자신에게로 돌렸다.

사진을 본 희수의 눈이 커졌다. 처음엔 몰라봤다가 사진 속 여자가 10년 전의 자신이라는 걸 깨달았다. 사진 속의 그녀는 옆모습이 찍혀 있었다. 지젤 의상을 입은 채였고 누군가를 향해 환한 미소를 짓고 있었다. 오타루의 히가시데 나기가 다니던 고등학교 강당에서였다. 강시 후와 지젤을 춤추었던 그때의 희수였다. 때와 장소는 똑똑하게 기억하고 있지만 사진을 찍히는 건 알지 못했었다.

"어떻게……."

그가 어떻게 이런 사진을 갖고 있을까? 놀람 뒤에는 의혹이 생겼고 혼란스러웠다. 뒷조사를 했다고 했으니 그 과정에서 구한 걸까? 하지만 10년 전의 사진이다. 그것도 하필이면 나기를 만났을 때의 사진을 어떻게 구했을까? 이것도 우연의 일치라고 봐야 하나. 이상하고 의심스러운 게 한두 가지가 아니었다.

그러다가 액자 옆에 있는 작은 상자를 보았다. 반지 상자보다 조금 더 큰 상자는 질 좋은 가죽의 재질이었다. 뚜껑을 열어본 희수는 그대로 굳어버렸다. 고급스러운 상자 안에 있는 건 흔하디흔한 검정색 고무줄이었다.

오전 10시. 나기는 수행 비서와 함께 중국인 바이어를 만나러 나가는 길이었다. 회사 로비에서 다나카의 급한 전화를 받았다.

– 회장님, 서희수 씨가 사라졌습니다.

걸음과 함께 쿵 심장이 멎었다. 순간 머릿속이 하얘지고 아무 생각도 나질 않았다. 설명하는 다나카의 목소리가 제대로 인지된 건 몇 초쯤 흐른 뒤였다.

─ 회의 도중에 잠깐 화장실을 다녀오겠다고 하고 돌아오지 않았답니다. 자리 비운 지 20분이 지났습니다.

겨우 정신이 들었지만 머릿속은 여전히 버퍼링 상태였다. 혈관 속 피가 싸늘하게 얼어붙어 꼼짝도 할 수가 없었다. 서희수가 사라졌단 말을 듣는 순간 가장 먼저 떠올라 머릿속을 온통 공포로 몰아넣은 건 '납치'라는 단어였다. 뒤를 이어 감금, 사고, 실종 같은 끔찍한 것들이 떠올랐고 등골로 날 선 칼이 들어온 것처럼 온몸이 서늘해졌다. 애써 살벌한 단어들을 밀어내고 심호흡을 하고서 발길을 돌렸다. 따라오던 수행 비서가 당황한 얼굴로 얼른 엘리베이터를 세웠다.

"전화 추적은?"

─ 휴대전화를 두고 가셨습니다. 지금 보안실에서 CCTV를 확인하고 있습니다.

나기는 곧장 전화를 끊고 다시 방향을 바꿔 보안실로 향했다.

"일정 모두 취소해!"

그 어느 때보다 굳은 그의 표정을 본 수행비서는 영문도 모른 채 지시에 따랐다. 보안실 문을 열고 들어가자 이미 모든 경비원들이 일렬로 서서 대기해 있었다.

"25분 전에 회사를 나가신 것 같습니다."

다나카가 가운데 커다란 모니터 화면을 가리켰다. 화면에는 엘리베이터를 나와 회전문을 향해 걸어가는 희수의 모습이 보였다. 타탄체크의 폭 좁은 스커트에 풍성한 튜닉 블라우스를 입은 차림이었다. 긴 머리는 하나로 높게 올려 고정했고 중간 길이의 가죽 부츠를 신고 있었다. 화면에서 표정은 보이질 않았지만 걸음도 급하지 않았고 별달리 이상한 느낌은 들지 않았다.

"25분 전입니다. 외투랑 가방은 그대로 사무실에 둔 채로 나가셨습니다. 지갑, 휴대전화, 아무것도 소지하지 않은 상탭니다."

납치나 사고는 아닌 것 같았다. 협박 전화 같은 것도 없었고 쫓기는 걸음도 아니다. 누군가를 만나러 가거나 잠깐 바람을 쐬러 나간 걸 수도 있다.

"무슨 일이 있었나?"

아침에 한 결혼 얘기 때문인가 생각했다. 고민이 돼서 머릿속이 복잡해진 거다. 그래서 혼자 조용히 생각할 시간이 필요했을 거다. 하지만 회의 중에 빠져나갔다는 건 희수답지 않았다. 아무리 개인적인 스트레스가 심하다고 해도 일에 방해될 일은 하지 않았을 것이다. 그렇다면 그가 모르는 다른 문제가 있는 건가.

"실은 제가 실수를 한 것 같습니다."

다나카의 말에 고개를 돌려보았다. 허리를 굽힌 다나카의 표정이 벌겋게 익은 채 경직돼 있었다. 좀처럼 표정 변화가 없고 감정을 드러내지 않는 녀석이 그러하다는 건 당황했다는 뜻이었다.

"아침에 휴대전화를 가져오면서 회장님 방문을 잠그는 걸 잊었습니다. 올라와서 뒤늦게 잠갔습니다만, 아무래도 그사이에 방 안을 보신 것 같습니다. 죄송합니다, 회장님. 제 실수입니다."

빌어먹을, 올 게 왔구나. 화가 나 다나카를 칠 수도 있었다. 하지만 휴대전화를 두고 와 일을 만든 자신의 책임도 있었다. 방문을 꼭 잠그라는 지시를 하지 않은 잘못도 있었다. 무엇보다도 지금은 그런 잘잘못을 따질 때가 아니었다. 나기는 홱 고개를 돌려 다시 모니터 속 희수의 모습을 클로즈업 해 자세히 살폈다. 빠르지도 느리지도 않은 저 평온한 걸음 속에 얼마나 많은 감정을 누르고 있는지를 생각하자 두려워졌다. 곧장 그를 찾아와 알게 된 사실을 따지고 확인하고 화를 낼 것이지 어딜 가는 걸까. 어쩌면 납치, 감금보다 더 큰 일이 터진 건지도 모른다.

희수가 제 발로 나간 것이다. 충격 때문에, 속은 것에 대한 분노와 배신감 때문에 스스로 그의 레이더망을 벗어난 것이다.

"다나카."

"네, 회장님."

"찾아. 한 시간 내로."

그의 명령에 다나카는 말없이 허리를 굽히고는 곧 부하들에게 지시를 내리기 시작했다. 무전기와 휴대전화를 들고서 회사에 배치된 경비대를 총동원하고 조직에까지 명령을 하달했다.

급하게 맨션으로 들어온 나기는 자신의 방 안을 살폈다. 출근할 때의 모습 그대로였고 특별히 손을 댄 흔적 같은 건 보이지 않았다. 침대옆 희수의 사진도, 작은 상자도 말이다. 만약 희수가 여길 본 게 아니라면 다른 이유가 있다는 의미다. 방을 나가려던 나기는 문득 스치는 예감에 가죽 상자를 열어보았다. 훅, 하고 숨이 터져 나왔다. 아니나 다를까, 상자는 비어 있었다. 10년을 간직해온 그녀의 고무줄이 사라진 것이다.

사고가 있기 전날, 희수는 고무줄을 돌려달라고 했었다. 대신 나기는 같은 걸로 사주겠다고 했다. 희수는 100개를 사달라고 했다. 나기는 그러겠다고 했다. 하지만 약속을 지키지 못했다. 사고 당일 그의 손목엔 그녀의 고무줄이 있었다. 그가 의식을 차리지 못하고 있을 때에도 고무줄은 마치 부적처럼 그의 손목에 둘러져 있었다. 그걸 희수가 가져갔다는 건 무슨 의미일까.

나기는 희수의 방으로 들어갔다. 혹시나 그녀가 가방을 챙겨 떠났을지도 모른다는 불안감에 옷장을 열어봤다. 캐리어 가방도, 옷들도 그대로 놓여 있었다. 작은 가방 속에 여권도 그대로였고 욕실의 세면용품들도 사라지지 않았다. 평소와 다른 거라면 화장대 위 물건들이 제 멋대로 흩어져 있다는 것.

나기는 옆으로 쓰러져 있는 미스트 병을 들어 세웠다. 늘 가지런히 줄을 맞춰 세워져 있던 병들이 어지럽혀져 있는 건 그녀의 마음도 그만큼 복잡했다는 뜻일 거다. 가방도, 여권도 가져가지 않았다면 돌아온다는 의미다. 그럼 도대체 어딜 헤매고 있는 걸까. 따지고 화낼 대상은 여기 있는데 왜 혼자 속을 끓이고 있느냔 말이다. 그러다 사고라도 당하려면 어쩌려고. 수상쩍은 놈들이 시비라도 걸면, 이미 다른 조직에서 희수의 존재를 파악하고 끌고 가기라도 했다면…… 불안감이 극에 달해 화가 나기 시작했다.

맨션을 나온 나기는 직접 운전을 해 주변을 돌았다. 다나카와 경비대가 회사 주변이며 그녀가 갈 만한 곳을 찾고 있지만 명령한 한 시간이 지나도록 아무런 소식이 없었다. 점점 피가 마르고 있었다. 다나카에게 전화해 혹시 모르니 주변 경찰과 병원에 사람을 배치하도록 명령했다. 시간이 흐를수록 불안과 초조감이 더해갔다. 그가 알기로 희수가 일본에 아는 사람이라곤 히가시데 나기뿐이다. 멀리 갈 수 있는 경비도 지니지 않았고 휴대전화도 두고 나갔다. 도대체 무슨 생각일까. 죄를 짓고서 채찍이 날아오기를 기다리는 것마냥 두렵고 조급해졌다. 차라리 빨리 채찍을 휘두르면 좋으련만.

답답해진 나기는 차를 세워두고 희수의 가방을 열었다. 회의실에서 가져온 희수의 물건은 베이지색 트렌치코트와 늘 가지고 다니는 갈색 가방이었다. 가방에는 태블릿 PC와 유우신의 자료들, 파우치, 휴대전화, 지갑, 그리고 그녀가 즐겨 쓰는 향수가 들어 있었다. 지갑 안에는 신용카드와 현금이 조금 들어 있었고, 지퍼 안쪽에선 한국의 신분증과 명함 크기의 봉투 하나가 나왔다. 봉투를 열어본 나기는 자신조차도 낯선 자신의 얼굴을 발견하고 흠칫 놀랐다. 봉투 속엔 사진이 있었다. 그가 오타루에서 다니던 고등학교의 입학 사진. 작고 동그란 종이의 재질이 신문인 걸 보면 어딘가의 신문에 난 그의 사망 기사에서 오려낸 사진인 것 같았다.

"서희수⋯⋯."

나기의 꽉 쥔 주먹 안에서 가죽 지갑이 구겨졌다. 10년 전 어린 희수가 받았을 상처와 고통이 전해져 가슴이 욱신거렸다. 숨이 막혀 가슴을 들썩이며 크게 숨을 내쉬었다. 폐에 공기가 부족한 듯 헐떡였다. 분노 때문이다. 가슴을 파고드는 고통과 슬픔이 분노가 되어 끓어올랐다. 난폭하게 핸들을 내려치며 소리를 지르고서도 분이 풀리지가 않았다.

질끈 눈을 감고서 거친 숨을 내쉬었다. 빌어먹을! 왜 우리한테 이런 일이 일어났을까. 매일 행복하게 웃고 사랑할 수 있었던 시간을 10년이나 버렸다. 열렬히 아끼고 행복할 수 있었던 10년을 고통과 슬픔 속에서 보냈다. 왜 하필 넌 나를 만나서…….

어쩌면 이건 희수를 보내주라는 운명의 신호인지도 모른다. 다시 그녀를 만나고 원하고 사랑하게 되었다는 건 자신이 내건 운명론이고 합리화가 아닐까. 만나선 안 될 사람이고 만나면 불행해지는 운명, 악연인 게 아닐까. 그러니 이건 히가시데 나기에게 내리는 신의 경고 같은 걸지도 모르겠다. 희수를 그만 놓아주라는.

오후 4시. 희수는 여섯 시간째 행방불명이다. 다나카의 목소리는 이제 잔뜩 날이 서서 차로는 더 이상 찾을 수 없다고 보고해왔다. 작정하고 몸을 숨긴 거라면 도쿄를 이 잡듯 뒤질 수밖에 없다고 했다.

"차는 두고 한 사람씩 탐문하겠습니다."

걸어서 도쿄를 다 뒤지는 한이 있더라도 찾겠다고 했다. 경찰의 힘을 빌면 거리의 CCTV를 확인하고 인력을 더 동원할 수 있을 것이다. 밤이 되어도 그녀가 돌아오지 않고 찾지 못한다면 그렇게 할 수밖에 없게 된다. 하지만 그렇게 되면 그녀의 얼굴을 일반인에게 공개해야 된다는 의미다. 나중에 사진을 삭제하라고 명한다고 해도 반드시 구멍은 생기게 마련이다. 차후, 사진이 다른 조직 쪽으로 흘러 들어가 어떤 일에 희수가 휘말리게 될지도 모른다. 희수가 자신의 여자인 게 알려지는 건 위험했다. 그런 위험을 감수할 수는 없었다. 그래서 더더욱 희수가 돌아와주기를 바랐다. 다나카를 죽여버리기 전에.

　– 찾았습니다, 회장님.

　알려온 건 오후 6시가 다 됐을 무렵이었다. 가만히 앉아 기다릴 수가 없어 회사와 맨션 주변의 거리를 헤매고 있을 때였다. 노랗게 물들어가는 서쪽 하늘을 등지고 선 나기는 휴대전화를 부셔져라 쥐었다.

　"무사해?"

　– 무사하십니다만, 지금 병원 응급실입니다. 탈진 상태라 수액을 맞고 계십니다.

　나기는 세워둔 차를 향해 달렸다. 병원의 위치를 듣자마자 휴대전화를 내던지고 곧장 차를 몰았다. 찾을 때는 피가 마르더니, 막상 찾았다고 하니 화가 솟구쳤다. 애초에 그녀를 속인 건 자신이면서 말이다. 그리고 잠깐 동안은 홀로 고해성사까지 했었다. 그녀만 무사히 돌아온다면 놓아주겠다고, 그녀가 원한다면 보내주겠다고, 그녀가 불행하다면 다신 찾지 않겠다고 말이다. 헌데 지금은 그런 간절함은 온데간데없이 달아나고 화만 났다. 왜 이렇게 사람 속을 썩이느냐 말이다.

　병원 주차장에 거칠게 차를 세운 나기 앞으로 거구의 사내 둘이 다가왔다. 그들은 오래된 조직원으로 아버지의 최측근이었다. 그들까지 동원되었다는 건 아버지의 귀에도 들어갔다는 의미다. 나기는 90도 인사를 하는 그들을 지나쳐 곧장 응급실 쪽으로 향했다. 잔뜩 굳은 얼굴로 성큼성큼 걸음을 옮기는 나기의 뒤를 따라온 사내가 말했다.

"놀이터에 계셨습니다."

"놀이터?"

힐끗 돌아봤지만 걸음을 멈추진 않았다. 검은 양복들이 둘러싼 베드는 금방 나기의 눈에 띄었다. 아니, 실내의 모든 사람들이 그쪽을 경계하고 있었다. 얼빠진 놈들, 이렇게 이목을 끌면 희수가 드러난다는 걸 모르나!

베드엔 커튼이 쳐져 있었고 나기를 본 다나카가 다가왔다.

"병원이야. 시끄럽게 하지 말고 철수시켜."

간호사들의 눈총을 받으며 서 있던 부하들이 줄 지어 응급실을 나갔다. 그들이 아니어도 응급실은 다소 시끄러웠지만 나기의 등장은 주목을 받았다. 의료진이나 환자, 간병인 할 것 없이 힐끔거리며 나기를 위아래로 훑고서 평가하기에 바빴다.

다나카가 데려온 젊은 의사는 건조한 어조로, 탈수 상태고 심한 스트레스 때문에 기력이 약해진 것뿐이라고 말했다. 나기는 의사의 말을 진지하게 들었다. 아직 커튼 속의 희수는 보지 않은 상태였다. 보기 전에 마음을 가라앉혀야 했다. 그렇지 않으면 히가시데 나기 속에 있는 괴물이 미쳐 날뛸지도 몰랐다. 괴물은 자신 이외의 다른 생각은 못 하도록 희수를 가둬버리고 싶어 한다. 자신만 바라보고 웃고 안고 사랑하는 여자로 만들어버리려고 한다. 괴물은 그녀가 망가지든 말든 상관하지 않는다. 그의 욕구가 채워질 때까지 원하는 걸 위해 수단방법을 가리지 않을 것이다.

고해성사는 이미 외곬의 집착으로 바뀌어 있었다. 놓아주겠단 생각은 피부 속에 추적용 칩을 이식해서라도 붙잡아둬야겠다는 다짐으로 바뀌었다. 그리고 그녀에게 철저히 가르칠 것이다. 여덟 시간 가까이 피를 말리고 초조하게 만든 것에 대한 대가를 치르게 할 것이다. 다시는 달아날 생각을 하지 못하도록.

심호흡을 하고 베드에 쳐놓은 커튼을 젖히자 하얗게 누운 희수가 드러났다. 오전에 회사 로비를 빠져나가던 모습 그대로의 차림이었고 상처는 없어 보였다. 수액을 맞느라 드러난 한쪽 팔이 유달리 가냘파 보인다는 것 이외에 그녀의 모습은 아침과 다름없었다. 다만 눈빛이 공허했다. 얼굴빛은 더 하얗게 얼어서 흰 시트와 구별이 되지 않을 정도였고 천장을 향해 뜬 눈은 깜박임도 없이 고정돼 있었다. 마치 영혼 없는 인형처럼 표정이 없었다. 그가 곁으로 다가가 위에서 내려다보는데도 움직이지 않았다.

"괜찮아?"

대답이 없었다. 나기는 미동조차 하지 않는 희수를 보고 있으려니 울컥 가슴이 미어졌다. 더 이상 속이지 않아도 된다. 이젠 숨기는 것 없이 과거를 이야기할 수 있고 그녀를 위로해줄 수도 있다. 단지 그녀가 이 상황을 이해하고 받아들이기만 해준다면. 하지만 그녀는 충격을 받고서 마음을 닫으려 하고 있었다. 이유를 묻고 따지고 화내주길 바라는 건 이쪽의 이기심일까.

"사람 피 말려 죽일 작정이야?"

나기는 손을 뻗어 희수의 뺨을 만졌다. 꼿꼿이 천장을 향해 있는 그녀의 얼굴을 돌려 눈을 마주 보게 했다. 초점 없는 눈이 그를 지나쳐 허공을 맴돌다가 천천히 그의 얼굴을 보았다. 커다란 눈에 자신이 담기는 걸 본 나기는 복잡한 감정에 잠시 할 말을 잃고 희수를 바라보았다. 야마구치 쇼였을 때도 자신이었지만 자신의 정체가 밝혀졌다고 생각하니 희수를 바라는 눈길부터가 달라졌다. 가슴 저릿한 아픔과 고통만이 있는 게 아니었다. 아련한 슬픔과 추억이 되살아났고, 10년 전 그때의 그 뜨겁고 거칠었던 소유욕도 느껴지는 것 같았다.

"집에 가고 싶어요."

그건 한국어였다. 집은 서울의 집을 말하는 건가 물으려는데 희수가 몸을 일으켰다. 그러고는 팔에 꽂힌 주사바늘을 스스로 뽑아냈다. 거칠진 않아도 단호한 동작이었다. 묶어 올린 머리에서 빠져나온 머리카락을 걷어 올리며 베드에서 두 다리를 내리고 섰다.

"아직 수액이 남았어."

그 역시 한국어로 답했다. 희수는 질끈 입술을 깨무는가 싶더니 그를 보지 않고서 부츠에 발을 밀어 넣었다. 나기는 무릎을 굽히고 앉아 부츠를 신겨주려 했다. 희수의 손이 그를 떨쳐냈다. 그 역시 거칠진 않아도 단호했고 그를 거부하고 밀어내려는 희수의 감정을 느낄 수 있었다. 쳐다보자 희수의 시선은 고집스럽게 그를 외면하고는 부츠를 마저 신었다. 나기는 그런 희수를 빤히 쳐다봤고 희수는 끝내 그를 피하고서 지나쳐 갔다.

"서희수."

화가 나 부르자 그녀가 멈춰 섰다. 다나카가 적정 거리까지 다가와 혹시라도 모를 사태에 대비해 주변을 경계하고 섰다. 희수의 눈은 다나카를 향해 있었고 그에게 등을 돌린 채 움직이지 않았다. 다가간 나기는 희수의 팔을 잡아 돌려세웠다. 그녀는 여전히 그를 보기를 거부하며 시선을 내리깔았다. 그녀는 화를 내야 마땅했고 그는 변명이 준비돼 있었다. 아니, 해명을 하고 싶었다. 그런데 희수는 듣기를 거부하고서 감정도, 시선도 차단하고 벽을 치고 있었다.

"날 봐."

고집스러운 희수의 표정을 보고 턱을 잡아 올렸다. 제대로 눈을 마주칠 때까지 놓아주지 않을 작정이었다. 주위의 시선이 따갑건, 뭐라고 참견을 하건 들리지 않았다. 가슴 졸인 여덟 시간으로 신경이 예민할 대로 예민해졌고 이 상황에 화가 났다. 희수의 맑은 피부 아래 지친 기색이 느껴지고 눈물 자국까지 보였다. 애가 탔다. 절로 목소리가 까칠해지고 손에 힘이 들어갔다.

"보라고."

애초에 이따위 연극을 하는 게 아니었다. 시작을 했으면 완벽해야 했다. 들킨 게 화가 나고 민망하고 미안한 마음에 어찌할 바를 모르겠다. 헌데 그녀의 반응이 더 그를 초조하게 몰아붙였다. 속은 게 화가 나는 건 당연한 일이다. 하지만 그녀 스스로 말했듯 10년 동안 못 잊고 그리워했던 히가시데 나기 아닌가. 눈앞에 이렇게 살아 있는데 어떻게 외면만 할 수 있나. 기쁨이 분노보다 약한가. 왜 속일 수밖에 없었는지 이유를 따져 물어야 하지 않은가 말이다.

"놔요."

나기가 버티고 놓아주지 않자 희수의 시선이 살짝 그를 쳐다보더니 이내 다시 떨어졌다.

"집에서 얘기해요."

희수는 그의 손을 떨쳐내고 응급실을 나갔고 그 뒤를 다나카가 따랐다. 희수가 그렇게 가도록 내버려둔 건 집이라고 했기 때문이다. 그녀가 말한 집은 서울이 아니라 자신의 집이었던 거다. 단순하게도 그 말에 기분이 풀려버렸고 화까지 가라앉았다.

나기는 그녀를 따라 집으로 향했다.

14

퇴근길 정체에 휩쓸린 차는 도로에서 정차와 서행을 번갈아 되풀이했다. 희수는 차창을 향해 고개를 돌린 채 어둠에 싸인 도시의 불빛만 바라보았다. 무표정을 가장하고 있지만 그녀의 긴 침묵은 분노의 표시였다. 불안하고 걱정스러워도 그녀가 입을 열기 전엔 어떤 말도 꺼낼 수가 없었다. 그녀가 어디까지 알고 어디까지 짐작하고 있는지 알아야 했다. 차량 내부에는 무거운 침묵만이 가라앉아 있었고 나기는 희수가 쳐놓은 벽에 갇혀 숨 막히는 40분을 보냈다.

이윽고 그들을 태운 차가 맨션 앞에 도착했다. 곧장 차에서 내린 나기는 손을 내밀었다가 반대편으로 내리는 희수를 보고 한숨을 내뱉었다. 희수는 그를 쳐다보지도 않고 건물 안으로 들어갔고 다나카가 그 뒤를 따랐다. 빌어먹을, 숫제 이건 투명인간 취급이다.

이미 도착한 엘리베이터가 입을 벌리고 그를 기다리고 있었다. 눈치 빠른 다나카는 엘리베이터 밖에서 그를 기다렸고 희수는 안쪽 벽에 바짝 붙어 시선을 바닥으로 향한 채 서 있었다. 엘리베이터에 오르기 전 나기는 건조한 목소리로 말했다.

"다나카, 이 시각 뒤로 넌 해고다."

희수가 고개를 들었고 다나카는 당연하다는 듯 90도로 고개를 숙이며 수긍했다.

"면목이 없습니다, 회장님."

다나카는 엘리베이터 문이 닫힐 때까지 허리를 들지 않았다. 문이 닫히고 엘리베이터가 조용히 위로 올라가자 뒤에서 희수가 입을 열었다.

"나 때문이에요?"

나기는 돌아보지 않은 채 바지 주머니에 손을 찔러 넣었다.

"네가 다칠 수도 있었어."

덤덤히 말했지만 속은 떨리고 있었다. 실제로 그럴 수도 있었다. 잠깐 방심하는 사이에 희수가 그의 정체를 알게 된 것처럼 말이다. 그의 주변엔 적이 많았다. 호시탐탐 틈을 노리며 쳐놓은 덫에 희수가 걸려들 수도 있는 것이다. 상상하는 것만으로도 모골이 송연해지는 일이다.

"그 사람 탓이 아니에요."

희수의 말에는 뼈가 있었다. 그를 비난하고 있는 게 틀림없었다. 돌아보는데 엘리베이터 문이 열렸다. 나기는 하려던 말을 참고 살짝 몸을 비켜 희수가 먼저 내리도록 했다. 희수는 빠른 걸음으로 정원을 지나 현관문 앞에 서서 그가 문을 열어주기를 기다렸다. 현관문은 그의 오른쪽 엄지의 지문으로 열렸고 희수는 곧장 그를 지나쳐 자신의 방으로 향했다. 뒤따라 집으로 들어간 나기는 우선 냉장고에서 우유를 꺼내 유리잔에 따랐다. 들고서 희수의 방으로 갔더니 그녀는 캐리어 가방을 꺼내놓고 짐을 싸고 있었다.

나기는 한숨을 내쉬며 유리잔을 화장대 위에 놓으면서 중얼거렸다.

"저 가방을 왜 안 치웠나 모르겠네."

나기는 옷걸이에서 옷을 빼내고 있는 희수의 곁으로 다가갔다. 가는 허리에 팔을 둘러 난딱 들어 올려서는 그대로 침대 위에 놓았다.

"그대로 꼼짝 말고 있어."

나기의 경고에 희수는 매서운 눈길로 그를 노려봤다. 비로소 화난 얼굴이다. 나기는 유리잔을 가져와 희수의 앞으로 내밀었다.

"자, 마셔."

옷을 움켜쥔 희수의 주먹이 바르르 떨렸다. 나기는 그 주먹을 억지로 펴 옷을 빼내 던져버리고는 그 손에 유리잔을 억지로 쥐여주었다.

"마시든지, 나한테 던지든지, 네 맘대로 해."

그 정도로 유리잔이 부서지진 않겠지만 꽉 쥔 희수의 손이 불안했다. 우유가 찰랑거리며 쏟아질 듯 흔들렸고 희수의 눈은 여전히 그를 노려보며 분노로 떨고 있었다. 가슴이 들썩거릴 정도로 숨이 거칠었고 잘근 깨문 아랫입술이 터질 듯 빨갰다. 그렇게 꼼짝도 하지 않을 것 같았다.

"고집불통."

나기는 한숨을 내쉬고 하는 수 없이 희수의 손에서 우유 잔을 다시 가져가 탁자 위에 놓고서 그녀의 앞에 앉았다.

"말해봐. 내 고무줄은 어디 있어?"

"버렸어."

곧장 날아온 대답은 마치 그를 난도질하고 싶어 미치겠다는 듯 독기로 가득 차 있었다. 희수에게 이런 면을 한 번도 본 적이 없었던 나기는 놀라면서도 매력을 느꼈다. 이미 사랑하는 여자에게 다시 또 끌리는 게 가능한 건지 몰라도 화르르 호기심이 일었다. 그들은 자연스럽게 한국어로 대화를 하고 있었다.

"내 걸 왜 네 맘대로 버려?"

"뻔뻔하게……."

그 말을 내뱉는 희수에 눈에 불길이 치솟았다. 머리끝까지 화가 끓어오른 모습인데 아름다웠다. 감정에 격해진 그녀는 사랑을 나눌 때 절정에 다다른 모습을 떠올리게 했다. 이 표정을 보기 위해서 일부러 화를 내게 만들고 싶을 정도다.

"말해봐요. 처음부터 다."

그녀는 간신히 폭발을 억누르며 그의 설명을 요구했다. 막상 진실을 요구하는 희수의 눈을 대하자 하고 싶은 말들이 싹 사라졌다. 변명은 구차하게 느껴졌고 과거를 떠올리기가 새삼 고통스러웠기 때문이다. 그저 불꽃 담은 희수의 눈에 키스하고 날이 새도록 그녀의 부드러운 품에 안겨 있고만 싶었다. 과거는 그만 흘려보내고 새롭게 찾아온 자신들의 운명에 감사하며 행복하게 누리면 안 될까.

나기는 침묵한 채로 희수를 그윽이 응시했다. 손을 올려 흐트러진 희수의 머리를 쓰다듬으며 자신의 마음이 희수에게도 전달되기를 바랐다. 하지만 분노에 휩싸인 희수의 눈빛은 더 냉랭해졌고 눈 안의 불꽃도 차갑게 일어붙이 그의 손을 떨쳐냈다.

"사고 직후부터 듣고 싶어요. 내가 당신 어머니 모신 납골당에서 밤이 깊도록 당신 기다린 그날부터."

희수의 표정은 한 치의 빈틈도 허용치 않겠다는 듯이 완고했다. 나기는 잠깐 비겁해지고 싶었다. 기억나지 않는다고 말해버릴까 했다. 그 기억은 아직도 트라우마였기 때문이다. 하지만 희수에겐 물을 자격도, 알 권리도 있었다. 희수의 지갑 속에 있는 오랜 사진은, 자신조차 가지고 있지 않은 입학식의 사진은 희수가 얼마나 고통스러운 시간을 보냈는가를 알게 해주었다.

나기는 담담히 머리 옆쪽을 손으로 짚었다.

"여기, 총알을 맞았어."

희수의 미간이 꿈틀 움직였고 그의 손을 따라 시선을 옮기는 동공이 심하게 흔들렸다. 치맛자락을 꽉 쥔 주먹은 풀릴 줄을 몰랐고 다시 그를 보는 눈은 촉촉이 젖어 있었다. 침착함을 잃지 않으려고 입술을 앙다물고 숨을 고르는 모습이 애처로웠다. 보는 사람이 다 애간장이 탈 지경이었다.

"수술이 잘됐고 기적처럼 살았는데, 깨어나진 못했어. 1년 8개월 동안은 식물인간이었어."

희수의 눈이 커졌다. 하지만 그의 얘기를 방해하지 않으려고 아무런 말도 하지 않았다. 나기는 그 시절의 자신을 떠올리는 게 싫었다. 식물인간으로 있었지만 뇌는 살아 있었기에 모든 걸 인지하고 있었다. 말 그대로 식물처럼 말이다. 하지만 더 끔찍한 건 움직이기 시작한 이후였다. 모든 근육은 사라지고 관절은 마비되었다. 손가락 하나부터 시작한 움직임은 지옥과 맞먹는 고통을 맛보게 했다. 그 시간을 떠올리는 것도 싫지만 희수에게 전달하는 건 더 싫었다.

나기는 최대한 감정을 싣지 않고 말했다.

"1년 8개월 만에 깨어났어도 사람은 아니었어. 깨진 건 머리만이 아니었거든. 일곱 번 수술에 몸이 만신창이였지. 특히 얼굴. 덕분에 얼굴도 바뀌었고, 손가락 하나도 내 힘으로 움직일 수가 없었어. 걷고 말하는 것부터 연습했어. 예전처럼 돌아가는 데 2년이 걸렸고, 미국으로 유학을 갔고, 돌아와서 유우신을 맡았어. 그게 지난 10년 동안 나한테 일어난 일이야."

나기는 손을 뻗어 두 손으로 희수의 얼굴을 감쌌다. 복잡해진 희수의 표정에 미소를 지었다.

"네가 날 이렇게 애타게 기다릴 줄 알았으면 좀 더 빨리 찾을 걸 그랬지?"

하지만 희수는 나기의 속임수에 넘어가지 않았다. 꼿꼿하고 차분한 눈길로 그를 꿰뚫을 듯이 바라보며 문제의 핵심을 찔렀다.

"어째서 야마구치 쇼예요? 왜 속였어요?"

나기는 희수의 얼굴에서 손을 거두었다. 이 순간이 오지 않기만을 바랐는데 다시 또 그녀에게 거짓말을 해야 하는 상황이 온 거다.

"처음엔 내 의지가 아니었어. 식물인간으로 누워 있는 동안 아버지가 벌이신 일이지. 조직을 위해서, 또 나를 위해서 차라리 죽은 걸로 하는 게 낫다고 판단하셨어. 날 보호하기 위해서."

ㄱ 말은 사실이었다. 아버지로서는 신분 세탁이 어려운 일이 아니었고 조직과 나기의 신변을 위해선 일석이조라고 생각했던 것이다. 덕분에 나기는 꽤 유명한 금융 실업가의 아들로 둔갑했다. 금융 실업가는 아버지의 오랜 친구였고 자식도 없던 터라 흔쾌히 그를 자신의 아들로

받아들였다.

"나한테 숨길 것까진 없었어요. 내가 의심하고 물었을 때도 당신은 시치미를 뗐어요. 왜 그랬어요?"

나기는 잠깐 말문이 막혔다. 자신을 바라보는 희수의 눈에 슬픔과 고통이 가득했다. 좀 전까지만 해도 분노로 폭발해버릴 것 같았는데 지금은 가슴 에이게 아파하고 있었다. 그래서 하마터면 사실대로 말할 뻔했다.

가까스로 마음을 가다듬은 나기는 거칠게 머리를 쓸어 넘기고서 희수를 바라보았다. 충격과 스트레스가 그녀의 눈 밑에 검은 그림자를 만들어놓았다. 하루 종일 아무것도 먹지 못했을 것이다. 물 한 모금조차. 그러니 탈수 증세까지 온 게 아닌가. 그런데도 희수의 눈엔 어느덧 눈물이 고여 있었다. 그 눈물이 흘러내리지 않는 건 참아서가 아니라 고통에 맺혀서일 것이다. 아픔이 지독하게 심해지면 눈물마저 통증에 물들어 얼어버릴 때가 있다.

"사실대로 말해요."

뭔가를 알고 있을까? 무슨 추측을 하고 있는 건가? 나기는 가만히 희수의 눈을 바라보았다. 치맛자락을 꽉 쥔 주먹과 파르르 떨리는 입술이 그녀가 얼마나 힘들어하고 있는지를 여실히 보여주고 있었다. 거기에 대고 진실을 말할 수는 없었다. 말하면 그녀는 사라져버릴 것이다. 영영 그녀를 못 볼지도 모른다.

"너, 서희수. 왜 발레 그만뒀는지 말해봐."

희수의 눈동자가 흔들렸다. 갑자기 무슨 말을 하는 건지 모르겠다는 표정이었다.

"영국 가서 6개월도 못 채우고 한국으로 돌아왔잖아. 왜 그랬어?"

그때를 떠올린 나기는 시선을 돌렸다. 정원에 켜진 불빛 아래 붉은 넝쿨장미가 향기롭게 피어 어둠을 유혹하고 있었다. 심호흡을 하며 울컥 치미는 감정을 억눌렀다. 미안해서다. 희수가 너무 가여워서다.

다시 희수에게로 고개를 돌린 나기는 담담히 말했다.

"일곱 살부터 발레 한 서희수. 어렸을 때부터 신동이었는데, 세계적인 발레리나가 될 수 있는 아이였는데 내가 다 망쳤지. 내 소식 듣고 밥도 못 먹고, 잠도 못 자고, 아는 사람 하나 없는 영국에서 넋 나간 애처럼 멍하게 있다가 발등으로 착지하는 바람에 불구가 될 뻔했으니까."

그렇게 말한 건 희수와 함께 로열 발레학교에 다니던 일본인 여학생이었다. 그녀는 희수의 룸메이트였다. 희수를 찾은 건 그가 식물인간에서 깨어나 재활 치료를 받은 지 6개월 후쯤이었다. 겨우 의사소통을 할 수 있게 됐을 때, 겨우 희수와 전화 통화라도 할 수 있겠다 싶었을 때였다. 희수를 찾아 영국의 발레학교로 연락을 취했지만 돌아온 대답은 그녀는 없다는 거였다. 그녀가 부상으로 귀국했다는 소식을 들었지만 상세한 이유는 알지 못했다. 나중에서야 일본인 룸메이트를 찾았고 그녀에게서 자세한 이야기를 들었다.

"너한테서 발레를 뺏은 건 나야."

"그건…… 그냥 내 실수였어요."

희수는 고개를 흔들더니 이내 모르겠다는 표정으로 그를 쳐다봤다.

"근데 그 얘기랑 당신이 날 속인 거랑 무슨 상관이에요?"

"그런 남자가 살아 있다는 게, 살아서 널 다시 원한다는 게 너한테 좋은 일일까?"

나기는 손을 올려 희수의 부드러운 뺨을 쓰다듬었다. 파리하게 질려 있던 얼굴에 조금씩 핏기가 돌고 있었다. 수액의 효과인지, 분노가 풀려서인지 몰라도 피부에 따스한 열기가 느껴졌다. 문득 어쩌면 열이 있는 건지도 모르겠다는 생각이 스쳤다. 나기는 미간을 모으며 희수의 목덜미를 어루만졌다.

"너 아파? 열 있는 거 아냐?"

"말 돌리지 마요."

희수의 손이 그를 밀어내고는 불안감이 가득 담긴 눈으로 재촉했다.

"아직 대답 안 했어요. 왜 속인 건지."

"간단해."

나기는 이미 준비해둔 대답을 꺼냈다.

"내가 변했으니까."

희수는 믿을 수 없다는 듯 머리를 저었다.

"성형 말이에요?"

"성격도 바뀌었을 텐데? 생각도 많이 달라졌고. 죽었다고 생각한 사람이 살아 돌아온다면 아무래도 마음이 흔들릴 거야. 그런 식으로 널 흔들긴 싫었어. 지금 있는 그대로의 날 받아주길 바랐으니까."

가만히 그를 바라보던 희수는 천천히 고개를 숙였다. 표정이 보이지 않으니 무슨 생각을 하는지 알 수가 없었다.

나기는 희수의 얼굴을 잡고서 들어 올렸다.

"왜? 못 믿겠어?"

희수의 눈에 다시 공허함이 차올랐다. 나기는 그 눈빛이 불길했다. 감정을 차단하고 멀어지려는 신호 같았다.

"알았어요. 무슨 말인지……."

정말 안 것 같지 않았다. 불안해 바라보는데 희수는 시선을 피하려고만 했다.

"짐을…… 싸둬야겠어요. 내일 오전 비행기니까."

그를 떨치고 일어나려는 희수를 붙잡았다. 그러자 갑자기 희수가 주먹을 휘둘렀다. 갑작스러운 일격에 나기는 깜짝 놀라 얼굴을 피했다.

"나한테 손대지 마!"

희수는 소리치며 그를 밀어냈다. 나기는 반사적으로 희수의 양팔을 낚아채 힘으로 밀어붙였다. 침대로 쓰러진 희수는 벗어나려고 두 다리를 버둥거렸다.

"나쁜 자식! 놔! 갈 거야! 놔!"

욕을 하며 마구 걷어차는 희수는 미친 사람처럼 제정신이 아니었다. 놀란 나기는 자신의 몸으로 희수를 누르고서 제압했다. 머리 옆으로 양손이 눌린 희수는 그래도 벗어나려고 버둥거리다가 침대로 털썩 머리를 떨어뜨렸다. 나기는 거친 숨을 몰아쉬며 희수를 내려다보았다. 하루 종일 억누르고 있던 감정이 폭발한 듯 보였다. 걱정과 불안으로 초조하게 그녀를 찾아 헤맨 시간 동안 그녀는 갖은 상상으로 속을 끓였을 것이다.

"서희수."

나기는 커다란 눈에 차오른 두려움을 보았다.

"다시는 싫어. 놔줘요, 제발⋯⋯."

그에게서 고개를 돌리고 멍하니 정원 쪽을 바라보는 그녀의 눈엔 순수한 두려움과 함께 고통이 떠올라 있었다. 흐느낌도 분노도 없이 그저 처연히 슬픔이 쏟아져 나왔다.

나기는 애타는 마음으로 희수의 뺨을 쓰다듬으며 자신을 보게 했다.

"차라리 나더러 죽으라고 해."

피하는 희수를 억지로 잡아 마주 보게 했다. 그리고 희수의 눈에 어리는 아픔을 보았다. 순간 그녀를 잃을지도 모른다는 두려움과 함께 걷잡을 수 없는 소유욕이 끓어올랐다.

"10년이야. 보고 싶은 걸 몸부림치면서 참았어. 달려가고 싶은 걸 죽을힘으로 참았어. 이제 겨우 가졌는데 넌 왜 자꾸 도망갈 생각만 해. 네가 날 떠날 수 있을 것 같아?"

희수는 그를 피해 고개를 돌렸다.

"싫어요. 다시는 싫어."

그 말에 맺힌 고통이 너무나 처절하게 느껴져서 그대로 둘 수가 없었다. 두 손으로 희수의 얼굴을 꽉 잡아 다시 마주 보게 했다. 피하려는 희수의 눈을 직선으로 응시하며 또렷이 물었다.

"왜 싫어? 뭐가 싫은데?"

그녀의 눈에 다시 짙은 어둠이 드리워졌다. 거기에 공포가 스치는 걸 본 나기는 표정을 험악하게 일그러뜨리고는 다그쳤다.

"서희수, 피하지 말고 대답해."

"봤어요."

희수의 눈에 점점 눈물이 차올랐다.

"뭘?"

"10년 전에 그 사람…… 당신 아버지 쪽 사람. 오타루에서 나 호텔까지 데려다주던 사람. 어머니 장례식장에 왔던 사람!"

충격에 잠깐 멎었던 머릿속으로 아버지의 최측근인 두 남자가 떠올랐다. 희수가 놀이터에 있었다고 말했던. 하필이면 그가 희수를 발견했던 모양이다. 그리고 희수는 그를 알아본 것이다. 그는 아직 아버지 쪽 사람으로 일하고 있다. 지위가 올랐으니 경호원들의 총책임을 맡고 있을 거다. 그녀는 알고 있었던 거다. 이리저리 둘러대면서 가장 숨기려고 했던 진실을 희수는 이미 알아내고서 공포에 떨고 있었던 거다.

희수의 눈에 떠오른 고통과 두려움이 돌덩이처럼 그의 가슴을 짓눌렀다. 이대로 있다간 희수를 영영 잃을지도 모른다는 공포감이 엄습했다. 등줄기로 서늘한 얼음 칼이 꽂히는 기분이었다. 주체하지 못하고 벌떡 일어나 실내를 서성거렸다. 머리 위로 피가 솟구치는 기분이었다. 뭐라도 집어던지고 싶은 걸 꾹꾹 억눌렀다. 여기서 터트려서는 안 된다. 상황을 더 악화시킬 뿐이다.

"아니야."

일단 부정했다. 희수가 뭘 걱정하고 뭘 두려워하는지 알 수 있었다. 지금 어떻게든 둘러대지 않으면 그녀는 걱정으로 미쳐버릴 것이다.

"그 사람은 이제 내 사람이야. 아버지랑은 관계없어. 그 사람도 나도 더 이상 조직원이 아니야. 그 사고 이후로 아버지랑은 인연을 끊었어.

내가 왜 이름을 바꿨다고 생각해? 히가시데 나기가 아니라 야마구치 쇼로 살고 있다고. 알겠어?"

하지만 그녀는 전혀 그의 말을 듣는 것 같지 않았다. 뺨으로 하염없이 흘러내리는 눈물이, 그를 바라보는 애틋한 시선이 그의 가슴을 먹먹하게 만들었다. 입고 있는 것들이 답답하고 뜨거운 족쇄처럼 몸을 옥죄어왔다. 숨통이 조이고 가슴을 압박당하는 느낌에 몸 안의 혈관들이 다 터져버릴 것만 같았다. 양복을 벗어 바닥에 패대기치고 와이셔츠의 단추를 풀기 시작했다. 그것도 성가셔서 아예 단추를 뜯어버리고서 성큼 그녀에게 다가갔다. 여린 어깨를 잡고 일으켜 앉혀서는 흔들었다.

"날 믿어, 서희수. 아니야."

"당신도 알아요. 그래서 날 속인 거야. 당신이 여전히 그 세계에 있는 걸 알게 되면 내가 미쳐버릴 걸 아니까. 그래서 속였어. 내가 어떻게 해서 발레를 못 하게 됐는지 알았으니까. 그래서……."

그녀는 그를 너무 잘 알고 있었다. 콕 집어내 눈앞에 들이대는 진실 앞에서 그는 숨이 막혀왔다. 부정은 먹히질 않고 변명할 수 있는 건 아무것도 없었다. 침대에 앉은 채로 올려다보는 희수의 머리를 양손으로 붙들고서 얼굴을 가까이 가져갔다.

"그냥 날 좀 믿으면 안 돼?"

어금니를 씹듯, 목구멍을 긁어내는 듯 탁한 목소리가 나왔다.

"내가 아니라면 아닌 거야."

"영국에서, 당신이 죽었다는 기사를 신문에서 봤어요. 죽을 것 같았어요. 다시는 안 겪고 싶어."

그 말에 담긴 의미보다 희수의 눈빛이 더 아팠다. 차갑지 않았다. 슬펐다. 희수의 눈은 슬픔을 가득 담고 있었다. 처연해진 슬픔이 상처로 자리 잡고서 그를 떼어내려 하고 있었다.

"서희수…… 난 너 못 보내. 모르겠어? 이건 숙명이야. 난 너 놓을 수가 없어."

무릎을 꿇지만 않았지 비는 거였다. 눈물을 쏟지는 않았어도 그보다 더 몇 곱절 간절했다. 하지만 희수의 눈은 점점 더 멀어지고 있었다. 스산한 가을바람을 타고 떠나는 나룻배처럼.

"무슨 말이든 해."

떠난다는 말은 받아들이지 않을 거였다. 싫다는 말도 듣지 않을 거였다.

"나기……."

나기는 숨을 들이켰다. 그녀가 부르는 자신의 이름에 눈가가 뜨거워지며 몸 안의 피가 뜨겁게 소용돌이쳤다. 그건 10년 동안 묵은 울분이었고 그리움이었다.

"나기……."

희수가 두 팔을 뻗어 그의 목덜미를 안아왔다. 갑작스러운 포옹은 가슴속 깊이 묻어두었던, 이미 오래전에 내던졌다고 생각한 고통과 상처를 끄집어내 어루만지는 것 같았다. 그녀의 눈물과 손길은 그에겐 어마어마한 위력을 지니고 있었다.

"나한테 이러지 마요…… 거기서 나와요, 제발…… 다시 당신을 잃을 순 없어…… 나기…….”

흐느낌 소리와 함께 터져 나온 그녀의 말은 그의 가슴을 후벼 팠고 울게 만들었다. 매달리는 그녀의 눈물과 호소 앞에서 가슴은 속절없이 무너져 내렸다. 애끓는 목소리로 수없이 되뇌는 자신의 이름이 이토록 아플 줄은 몰랐다.

나기는 숨이 막히도록 희수를 안았다. 흐르는 눈물을 감추기 위해.

희수는 무릎을 안고 웅크린 채로 침대 위에 멍하니 앉아 있었다. 눈물은 다 말랐고 고통은 재가 되어 내장까지 새까맣게 다 태웠으며 미래에 대한 고통과 불안은 더 이상 현실 같지가 않았다. 히가시데 나기가 살아 있으며 야마구치 쇼였다는 사실을 안 것은 차라리 가벼운 해프닝이었다. 뒤이어 닥친 사실은 그녀를 지옥과 같은 공포로 밀어 넣었다. 그는 여전히 야쿠자의 아들이었고 그 어둠 속에서 세력을 키우고 있었던 거다.

“먹을 걸 시켜놨으니까 20분이면 올 거야. 씻고 먹을까, 먹고 씻을까?”

통화를 끝내고 들어온 그의 목소리는 담담했다. 아무 일도 없었다는 듯이 다시 우유 잔을 내밀었다.

“알맞게 식었어. 너무 찬 우유는 안 좋아.”

그의 말대로 그는 꽤 변했다. 다정할 줄 알고 농담도 하고 웃을 줄도 알았다. 의심은 하면서도 확신은 못 했던 이유다. 뭣보다도 전보다 의사 표현이 많아졌다. 말이 많아졌다는 의미도 된다. 과거엔 답답할 정도로 과묵했고 일방적이고 저돌적인 표현뿐이었다. 하지만 그 서툰 것이 좋았다. 서툴러서 진짜 같았으니까.

입가까지 다가온 우유 잔을 받아 한 모금을 마셨다.

"난 씻고 먹고 싶은데."

그의 말에도 멍하니 바라보기만 했다. 이 맨션에서 나가는 순간 다시 그의 머리에 총알이 박힌다고 해도 하나도 이상하지 않을 것이다. 여전히 그는 어둠의 세계에서 벗어나질 않은 것이다. 전엔 어쩔 수 없이 매여 있는 것처럼 보였는데 지금은 어쩐지 분위기가 다르다. 극도의 세계에서 보스가 되려는 건 아닌지 의심스럽다.

"그럼 씻고 거실에서 만날까? 아님 같이 씻어도 되고."

그의 농담과 미소에는 그늘이 있었다. 당연한 거겠지만 그도 이 상황이 힘든 것이다. 그래서 거짓말을 하고 속였던 것이리라. 그녀의 이런 반응을 예상했을 테니까.

희수는 그를 두고 일어났다. 말없이 방을 나와 욕실로 들어갔다. 기계적으로 옷을 벗고 샤워를 했다. 머릿속이 복잡했다. 어쩌면 간단한 문제를 복잡하게 생각하고 있는지도 모른다. 그를 떠날 수 있느냐 없느냐의 문제다. 그가 도쿄에 살아 있다는 걸 알면서도 보지 않고, 달려가지 않고 살 수 있을까. 그의 머리에 총알이 박히는 꿈을 꾸지 않고 살 수 있을까. 그가 오늘은 무사한지, 내일은 무사할 건지, 걱정으로 미치지 않고 살아갈 수 있을까.

따스한 물줄기를 맞으며 서 있었다. 세찬 물줄기가 복잡한 머릿속까지 말끔히 씻어줬으면 싶었다. 긴 머리를 타고 흘러내린 물방울이 풍만한 젖가슴을, 굴곡을 타고 붉은 유두에 맺혔다. 그 아래로 힘줄이 솟은 남자다운 손이 들어와 젖은 피부를 쓰다듬으며 애무했다. 희수는 흠칫 놀랐지만 뿌리치지는 않았다. 머릿속은 복잡하고 몸은 지쳤지만 욕망은 사라지지 않았다. 오히려 스트레스를 날려버릴 강렬한 게 필요했다.

희수는 눈을 감으며 몸을 젖혔다. 등에 닿는 단단하고 커다란 몸에 자신을 기대었다. 그의 입술이 어깨에 입 맞추더니 목덜미를 타고 귀 밑의 연한 살에 닿았다. 희수가 떨자 평평한 복부를 어루만지며 짙은 음모 속으로 손을 내렸다. 자연스럽게 다리를 벌린 희수는 뜨거워진 숨소리를 내며 그의 강건한 팔을 쓰다듬었다. 뺨에 닿은 그의 입술이 볼 살을 흡입하고선 살짝 깨물었다. 추억과 함께 파고드는 강렬한 전율에 눈을 떴다. 그녀의 볼을 빠는 건 10년 전 그가 하던 버릇이었다. 희수는 울컥하는 감정에 눈가가 젖어들었다.

그의 손이 탱탱하게 부풀어 오른 젖가슴을 애무하며 젖꼭지를 희롱했다. 희수는 사시나무 떨듯 경련하며 팔을 올려 그의 머리를 끌어당겼다.

"나기⋯⋯."

잔뜩 쉰 목소리로 그의 이름을 부르며 야성적인 입술을 향해 입술을 열었다. 옅은 신음 소리와 함께 그의 입술이 내려왔다. 깊은 애정과 욕망이 담긴 진한 키스를 했다. 따뜻한 물줄기보다 몸이 더 뜨거워졌다. 희수는 부드러운 혀를 내밀어 파고드는 그의 혀를 뜨겁게 휘감았다. 농염하고 짙은 키스에 숨이 가빠졌다. 그가 달콤하게 입술을 빨고서 목덜미로 입술을 옮겨 갔다. 쇄골을 따라 섬세한 피부를 핥으며 그녀의 안에 넣은 손가락을 움직였다. 긴 손가락이 젖은 곳을 헤집으며 희수의 안쪽을 탐색했다. 희수는 몸을 떨며 반응했다. 엉덩이를 찌르는 커다란 남성이 점점 더 뜨겁게 부풀어 오르는 게 느껴졌다.

"밤마다 이 몸을 상상했었어. 10년 동안…… 밤마다."

그는 두 팔로 그녀를 휘감아 안으며 자신의 단단한 몸에 밀착시켰다. 발기한 남성의 끝부분이 그녀의 속살을 유혹하듯 간질였다. 희수는 몸 안을 휘도는 강렬한 쾌감에 헐떡이며 그의 몸에 자신을 비볐다. 희열에 물든 희수의 몸은 어느새 분홍빛을 띠며 꿈틀거렸다. 흔들리는 엉덩이의 요염한 몸짓이 그를 사로잡았다. 그는 참을 수 없다는 듯이 찡그리며 꿈틀대는 희수의 몸을 어루만졌다. 풍만한 젖가슴에서 가는 허리, 복부를 지나 촉촉이 젖은 안까지 한 번에 쓸어내렸다. 그러더니 더 이상 참지 못하겠다는 듯 그의 성기가 다리를 가르고 들어왔다. 뒤에서 파고드는 뜨거운 양물에 희수는 헉 하고 숨을 들이켰다. 이내 그를 받아들이고 몸을 활처럼 휘며 엉덩이를 흔들었다. 그의 손이 턱을 당겨 희수의 입술을 찾았다. 격렬한 키스와 함께 몸 안을 휘젓는 거친 공격에 희수의 몸은 쾌락의 늪으로 빠져들었다.

"미치도록 널 원해."

그가 거친 호흡과 함께 그녀의 귀에 속삭였다.

"네가 아니면 안 돼."

그의 목소리에서는 열정과 함께 분노도 느껴졌다. 희수는 가녀린 팔을 들어 달래듯 그의 뺨을 감쌌다. 그러자 홱 그녀의 몸을 돌려세운 나기는 그대로 희수를 안아 들었다. 희수는 긴 다리로 그의 허리를 감싸고는 그의 어깨를 잡고 매달렸다. 다시 안으로 들어온 그의 분신을 가득 머금고서 달뜬 눈으로 그를 바라보았다.

"벗어나려고 해도 벗어날 수가 없어."

그도 그런 노력을 했던 걸까? 지난 10년 동안 그녀를 잊으려고 다른 여자라도 만난 걸까? 문득 드는 생각에 희수는 미간을 찌푸렸다. 갑자기 질투심이 치솟아서 머릿속이 뜨거워졌다. 자신도 모르게 손톱을 세웠는지 그의 등에 자국이 생겼다. 하지만 거친 욕망에 휩싸인 그는 조금의 아픔도 느껴지지 않는지 그녀를 욕실 벽에 밀치고는 맹렬한 기세로 파고들어왔다.

"널 보기만 해도 미칠 것 같아."

희수는 자신의 젖가슴에 얼굴을 파묻고 유두를 핥고 있는 그의 머리를 쓰다듬었다. 희열이 몸 안을 휘돌았다. 희수는 손으로 그의 턱을 감싸 들어 올렸다. 드디어 그와 눈을 마주치자 뜨겁게 일렁이는 애정이 드러났다. 마음 가득 넘실대는 사랑이 그의 눈에 가득했다. 희수는 기쁨과 애틋함이 뒤섞인 미소를 지었다.

"넌 날 떠날 수 없어, 절대."

"히가시데 나기……."

나른한 눈빛을 보내며 손을 뻗었다. 농염한 희수의 표정을 본 나기는 흥분으로 달아오른 얼굴에 짐짓 못마땅한 표정을 지었다.

"그렇게 부르는 건 예의가 아니야."

희수는 아련한 미소를 지으며 그의 얼굴을 쓰다듬었다. 이마와 눈썹, 언제나 그녀를 향해 있는 깊은 눈, 날이 선 콧날과 남자다운 입술, 야성적인 근육들…….

"당신 살아 있었어…….”

순간 그의 눈썹이 꿈틀 하고 움직였다. 뜨거운 욕망과 애정으로 타올랐던 그의 얼굴에 묘한 감정이 뒤섞였다. 아마도 지금 희수가 느끼고 있는 것과 같은 감정일 것이다. 지난 시간의 그리움과 후회, 그리고 가슴속 깊은 곳에 꼭꼭 숨겨두어야 했던 슬픔 말이다.

"나기…….”

희수는 떨리는 손을 들어 그의 두툼한 어깨를 쓰다듬었다. 단단한 어깨 근육에 입술을 누르고서 부드럽게 핥았다. 부드러운 터치에 금세 반응한 그의 근육이 꿈틀거렸다. 힘이 들어간 근육은 손가락을 튕겨낼 듯이 단단해졌다. 나기는 자신의 어깨에 키스하는 희수의 머리를 끌어올려 키스했다. 진한 키스의 끝에 희수는 낮은 목소리로 고백했다.

"사랑해요."

일순 그의 표정이 진하게 붉어지는가 싶더니 금세 덤덤한 듯 고개를 끄덕였다.

"알아."

희수는 손끝으로 그의 입술을 쓸며 부드럽게 속삭였다.

"가장 후회되는 거였어. 말하지 못한 거…… 내 마음 제대로 고백하지 않은 거…… 이것만 잊지 마요, 히가시데 나기. 내가 정말 많이 사랑한다는 거. 10년 전에도, 지금도."

말하자 그의 입에서 억눌린 듯한 신음 소리가 흘러나왔다.

"그만 말해."

나기는 자신을 겹쳐 벽으로 그녀의 몸을 짓누르면서 키스로 그녀의 말을 막았다. 희수는 크고 단단한 몸의 압박에 몸이 달아올랐다. 뜨겁게 키스를 되돌리며 그의 목을 껴안았다. 혀를 내밀어 그의 입술을 핥고 그의 혀 위에 자신의 혀를 미끄러뜨렸다. 관능적인 키스를 하며 천천히 엉덩이를 움직이자 그도 허리를 흔들어 장단을 맞춰줬다. 온몸을 휘감는 열정에 몰입한 희수는 눈을 감고서 몸을 젖혔다. 등줄기를 타고 쾌락의 광선이 폭포처럼 흐르는 것 같았다. 절로 교태 가득한 몸짓을 하며 빠르게 엉덩이를 흔들자 그가 몸을 떨었다. 거친 신음 소리를 내며 절정으로 치달으려는 희수의 머리를 잡았다.

"아직 아니야."

그는 끝도 없이 몸을 밀어붙이며 희수를 탐하고 가졌다. 검은 폭풍처럼 휘몰아치는 그의 열정에 희수는 완전히 함몰돼 자신을 잃어버렸다. 어떤 소리를 내고 어떤 행위를 하는지 인식조차 하지 못했다. 넓은 욕실 가득 색정적인 신음 소리가 울려 퍼졌고 정원으로 나 있는 유리창엔 뿌연 김이 피어올랐다. 동물적 본능이 시키는 대로 갈구하고 반응하는 동안 희수의 의식은 점점 멀어져갔다.

가늘게 눈을 뜨자 흐릿한 시야 속에 자신을 내려다보는 나기가 있었다. 깊은 정글 속 검은 퓨마처럼 날카로운 눈을 하고서 입가엔 만족스러운 미소를 짓고 있었다. 체력이 바닥 난 희수는 축 늘어진 눈꺼풀을 간신히 열고서 힘없이 그의 몸에 자신을 맡겼다. 다리에 힘이 풀려 서 있을 수가 없었다.

단단한 팔에 들어 올려진 희수는 욕조 속에 앉혀졌고 이어 따뜻한 물이 욕조로 차올랐다. 몽롱한 채로 빠르게 샤워를 끝내는 그를 쳐다보았다. 알몸인 채로 다가온 그는 욕조 속에 노곤히 앉은 그녀의 머리를 쓰다듬었다.

　"조금만 있다가 나와. 저녁 차려놓을 테니까."

　그는 수없는 키스로 빨갛게 부풀어 오른 희수의 입술에 소리 나게 입을 맞추고는 욕실을 나갔다. 멍한 채로 욕조 속에 앉아 있던 희수는 차츰 정신을 차리고 몸을 움직였다. 수도꼭지를 잠그고 욕조 속에서 몸을 씻었다. 느릿느릿 비누거품을 내고 몸을 문지르면서 둔한 머리로 생각했다.

　선택은 내가 해야 한다. 그에게 그의 아버지와 나, 둘 중 하나를 선택하라고 하는 건 못 할 짓이니까.

15

고급 식당의 일품요리를 공수해 온 것은 다나카가 아닌 다른 얼굴이었다. 아마도 그의 수행원 중 하나인 듯했다. 수행원은 음식을 전달하고 나가던 길이었고 희수는 막 방에서 나오던 참에 마주쳤다. 갓 목욕을 마쳐 머리는 덜 마른 상태였고 민낯에 헐렁한 티셔츠와 레깅스 차림이었다. 꾸벅 인사를 하고 사라진 남자의 얼굴을 제대로 보진 못했지만 다나카가 아닌 것만은 확실했다. 마음이 불편해졌다.

나기는 식당 테이블에 음식을 차리고 있었다. 그 역시 머리는 젖은 채였고 알몸에 검은 가운만 걸친 차림이었다. 가운 사이로 단단한 가슴 근육이 드러나 보였다. 그의 곁으로 다가가는데 심장이 떨렸다. 마치 여중생이 처음으로 반라의 남자를 본 것처럼 얼굴도 달아올랐다. 10년 전 오타루에서 그랬던 것처럼. 그때 그는 한겨울인데도 거의 옷을 입지 않았고 언제나 맨발이었다. 지금 나기는 검은색의 가죽이 덧대어진 실내화를 신고 있었다.

"앉아. 국이 아직 따뜻해."

시각은 저녁 9시를 넘기고 있었지만 시장기는 별로 느껴지지 않았다. 여러 가지 충격을 겪은 탓도 있겠지만 거의 하루 종일 굶은 탓에 위장이 감각을 잃은 것도 같았다. 그녀를 찾으려고 속을 끓였을 그도 굶긴 마찬가지였으리라. 희수는 풍성하게 차려진 식탁에 부담감을 느끼면서 식탁 앞에 앉았다.

공수해 온 저녁은 아름다운 문양이 새겨져 있는 3단 찬합에 담겨 있었다. 밥과 국을 기본으로 회와 쇠고기가 있고 구운 생선에 각종 채소 요리, 계란찜, 장아찌와 튀김이 있었다. 분리된 칸 하나하나에 정성과 노력이 듬뿍 담겨 음식마다 정갈하고 예쁜 장식이 먹기 아까울 정도였다. 각 음식마다 양은 많지 않았지만 종류는 다양했다.

"자, 이것부터 먹어봐."

그는 한쪽 접시에 따로 담겨 있는 흰 미음 같은 것을 권했다. 그가 먼저 먹으며 시범을 보였다. 젓가락으로 떠먹자 걸쭉한 끈이 이어졌다. 마를 이용한 요리였다.

"난 이런 식감은 별로예요."

접시를 밀치자 그가 미간을 모으며 보더니 다시 그녀 앞으로 밀었다.

"몸에 좋은 거야."

희수는 어이가 없어 헛웃음을 지었다.

"왜?"

"아저씨 다 됐다 싶어서요."

희수는 끈적끈적한 걸 내려다보다가 아무래도 내키지 않아서 다시 옆으로 밀어놓았다.

"결혼하면 너도 아줌마야."

그가 민감한 주제를 건드렸다. 당장 내일도 어찌할지 고민이고 모르겠는데 결혼이라니, 너무나 멀다. 희수는 대답을 피하려다가 가볍게 응수했다.

"난 결혼해도 아가씨 같을걸요. 10년 후면 모를까."

희수는 밥과 함께 계란찜을 먹었다.

"시간이 너무 아깝다."

갑작스러운 그의 말에 고개를 들어보았다.

"아무것도 모르는 꼬맹이였는데."

마주 보는 그의 눈빛이 그윽했다. 아마도 10년 전 희수를 떠올리고 있는 것 같았다. 희수 역시 과거의 그가 떠올라 물었다.

"담배는 끊은 거예요?"

그가 픽 웃었다.

"사고 때문에 좋아진 게 있다면 그거 하나야. 병원에서 깨어나서 피워봤는데 몸이 거부를 했어. 엄청 기침이 나더라고."

희수도 따라 웃었다. 복잡하고 민감한 얘기는 밀쳐둔 채 10년 전으로 돌아간 듯 소녀, 소년처럼 대화를 나눴다. 어느덧 저녁도 꽤 먹었고 잔잔한 웃음도 끊이질 않았다. 희수는 어떻게 대학을 다녔고 홈쇼핑에 입사했는지에 대해서 얘기했다. 꼼꼼하게 기억하고 있는 것도 아니었고 이렇다 할 추억도 없었는데 그에게 얘기하고 있자니 즐거운 추억이 돼버렸다. 뒤늦게 자기 얘기만 실컷 쏟아냈다는 걸 깨닫고 그에게 물었다.

"키도 더 많이 컸고 몸도 골격이 달라졌어요. 그래서 더 헷갈렸단 말이에요."

"남자가 근육을 키우면 골격도 조금은 달라져. 키는 병원에 있을 때 갑자기 컸지. 담배를 끊어서 그런가."

"하긴 시후도 그랬어요. 시후도 고3 때 갑자기……."

그의 눈이 못마땅하다는 기색을 노골적으로 드러내며 그녀를 흘겨보았다. 희수는 놀리듯 웃었다.

"동생한테 질투해요?"

"그 자식이랑 약혼할 줄은 몰랐어. 당장 정리해. 네가 안 하면 내가 해."

불만스러운 표정을 했지만 화가 난 것 같진 않았다.

"약혼은 어떻게 알았어요? 그리고 7개월 전에 회사에서 날 봤다는 건 뭐예요? 왜 지금 날 찾아온 거예요? 유우신을 맡은 건 3년 전이잖아요."

"그걸 한꺼번에 다 들어야겠어?"

"왜요, 말 못 할 다른 비밀이라도 있어요? 여자가 있었다거나."

그 말에 눈을 찡긋하더니 다소 놀랍다는 듯 그녀를 보았다. 희수는 질투심을 들키지 않으려고 먹은 것들을 치우며 자리에서 일어났다.

"이 그릇들은 돌려줘야 되죠? 씻을까 봐요."

빈 찬합들을 주방으로 옮기는데 그가 다가왔다. 싱크대에 기대고선 긴 다리를 들어 그녀의 앞을 막았다. 쳐다보자 가슴 앞으로 팔짱을 끼고서 능글맞은 웃음을 짓고 있었다.

"왜 웃어요?"

"10년 동안, 아니, 재활 기간을 빼면 7년 정돈데, 7년 동안 내가 독수공방했을 것 같아?"

"아니겠죠, 당연히."

희수는 발로 그의 다리를 차버리고 개수대 안에 찬합을 넣었다.

"당신이 먹은 건 당신이 씻어요."

유치하다고 생각하면서도 짜증스러운 말투는 어쩔 수가 없었다. 남은 음식을 쓰레기통으로 쓸어 넣는데 그가 자신의 찬합을 들고 와 쓰레기통에 넣었다.

"뭐하는 거예요?"

"돌려줄 필요 없어. 그냥 버리면 돼."

"아깝게."

희수는 다시 쓰레기통에서 찬합을 꺼내 개수대로 옮겼다. 설거지를 시작하자 그가 가운의 소매를 걷으며 옆에 섰다.

"암튼 고집은."

그와 설거지를 했다. 각자 자신의 찬합을 씻었다. 작은 칸으로 나뉘어 있어 씻기가 여간 까다로운 게 아니었다. 의외로 그가 희수보다 더 꼼꼼해서 커다란 손가락을 모서리에 넣고선 열심히 문지르는 모습에 웃음이 났다. 개수대와 키가 맞지 않아 다리를 넓게 벌리고 등도 구부정했다. 웃는 희수를 보고선 팔꿈치로 옆구리를 툭 쳤다.

"나 잘하지? 그래서 웃는 거 아냐?"

"잘하네요. 전엔 체온계도 다룰 줄 모르더니."

"체온계?"

그러더니 이내 생각이 났는지 웃었다.

"아, 그거. 맞아, 그랬지."

그때의 그는 정말 원시인에 가까웠다. 동물적 감각만 발달해서 세상

물정은 하나도 모르는 늑대 소년 같았다. 추억에 미소를 짓자 갑자기 그가 목에 팔을 감아 끌어당기더니 입술을 덮쳤다. 희수는 고개를 젖히고서 그의 키스를 받아들였다. 짧고 강렬한 키스였다. 입술을 뗀 그는 씨익 미소를 지으며 그녀를 내려다봤다.

"그때도 이렇게 하고 싶었어. 네가 날 놀리면서 웃었을 때."

이마에 그의 입술이 닿았다. 관자놀이와 머리, 뺨에도. 무차별적으로 키스를 뿌리고서야 그녀를 놔주었다. 희수는 남은 찬합을 씻어 가지런히 눕혀두었다. 그 옆에 그의 찬합도 놓였다. 늘 해왔던 일상 같지만 이건 그녀가 꿈에서 그리던 모습이다. 절대 이루어지지 않을 걸 알면서도 꿈꾸고서 슬퍼했던 그림.

시후와의 관계는 안정적이었다. 시후의 모든 것에 대해서 알고 있으니 불안할 게 없었다. 하지만 시후를 사랑할 순 없었다. 시후 역시 마찬가지다. 좋아하지만 원하진 않는다. 그게 그와 다른 점이었다. 그래서 그가 무서웠다. 이 관계가, 이 감정이 두려웠다. 평생을 알아온 시후보다 더 가까운 사람으로 느껴지게 만드는 이 강렬한 끌림은 도대체 어디서 오는 건지 알 수가 없다.

옅은 조명에 둘러싸인 희수는 정원 카우치에 앉은 채 그를 지켜보았다. 그는 이동식 난로에 불을 지피고 있었다. 난로는 높이 1미터 정도 크기의 원뿔 모양이었고 둥근 구멍으로 불을 피우면 원뿔 위로 연기가 나가는 형태였다. 밤이 되니 기온이 내려가 조금 쌀쌀해졌지만 짙은 장미향이 그들을 정원으로 유혹했다. 테이블 위에는 두 잔의 붉은 와인이 있었다. 그는 이미 반 잔을 마신 상태였고 희수는 입술만 조금 축였을 뿐이다. 무의식중에 무릎 위의 흰 담요를 쓰다듬으며 타닥타닥 소리를 내는 장작을 바라보았다. 희수에겐 담요까지 두르게 하고선 정작 그는 알몸 위에 가운만 입은 채였다. 그는 여전히 추위에 강하고 더위에 민감한 체질인가 보다.

"따뜻하지?"

불을 피우고 의기양양하게 돌아온 그는 와인 잔을 들며 희수의 옆에 앉았다. 다시 길게 한 모금을 마시고는 잔을 내려놓고 당연하다는 듯 희수의 어깨에 팔을 둘러 안았다.

"춥다고 안 했어요."

"추워질 거야. 넌 감기 잘 들잖아."

그는 자신은 덮지 않는 담요를 끌어다 꼼꼼히 희수를 덮었다.

"달에 한 번씩 보고를 받을 때마다 감기 중이랬어. 환절기만 되면 감기, 여름에도 독감 걸려 고생하고. 오늘도 쓰러졌지. 넌 몸이 약해."

희수는 놀라서 몸을 돌려 그를 보았다.

"달에 한 번씩 보고를 받았어요? 날 감시했어요?"

"내가 널 안 보고 어떻게 살았을 것 같아?"

어깨에 두른 손으로 희수의 부드러운 뺨을 만지작거렸다. 희수는 그 감촉에도 전율이 일어 대화에 집중할 수가 없었다. 제대로 대화하기 위해서는 그와 좀 떨어질 필요가 있었다. 어깨에서 그의 손을 내리고 엉덩이를 움직여 조금 떨어져 앉았다. 그가 찌푸리며 바라보더니 잠시라도 만지지 않고선 견딜 수 없다는 듯 그녀의 머리카락을 쥐었다. 희수는 그 손마저 떨쳐내고 진지하게 물었다.

"누가 날 감시했어요?"

"다나카. 그리고 감시가 아니지. 널 보호한 거지."

희수는 놀라서 말문이 막혔다. 그럼 꽤 긴 시간 동안 그는 한국에 있었단 얘기다. 그녀를 감시하기 위해서든 뭐든.

"언제부터?"

"유학을 가는 조건이었어. 너한테 달려가지 않는 대신, 공부를 하는 대신 한 달에 한 번 네가 잘 지내는지 보고를 받는다."

조금도 눈치 채지 못했다. 누군가 자신을 지켜보고 있을 줄은. 무서운 생각이 들면서 화가 나기 시작했다. 분명한 사생활 침해다. 하지만 그에게 그런 말이 먹힐 리가 없었다. 그는 마치 당연한 자신의 권리인 것처럼 생각하고 있으니까.

"재활 치료가 끝나자마자, 아니, 그전에도 몇 번씩 너한테 전화를 걸고 싶었어. 병원에서 도망치기도 했어. 너한테 가려고 공항으로 달려 갔다가 번번이 실패했어. 그날도 경호원들한테 붙잡혔는데 아버지가 그러더라. 그 여자애를 행복하게 해줄 자신이 있냐."

멋대로들이다. 그도, 그의 아버지도. 식물인간이든 뭐든 살아 있다는 전화만 있었어도 그녀는 부상을 당하지 않았을지 모른다. 그럼 지금도 발레를 하고 있었을지 모른다. 달려오지 않아도 좋았다. 얼굴을 볼 수 없어도 괜찮았다. 그 당시 그녀가 바라는 건 아주 작은 희망 하나였다. 살아 있다는 작은 증거, 살아 있을 수도 있다는 희망 말이다. 그저 전화 한 통이면 되었는데…….

운명은 모질고도 잔인하다.

분노보다는 착잡한 감정에 입맛이 썼다. 희수는 와인 잔을 들어 작게 한 모금을 마셨다. 잔을 내려놓으려는데 그의 손이 뻗어와 희수의 팔을 당기고는 와인 잔으로 고개를 숙였다. 희수는 얼떨결에 잔을 들어 그의 입에 대주었다. 그가 순식간에 반 잔을 흡입할 동안 희수는 와인 잔을 기울이고 있었다. 그는 와인에서 입술을 떼고서 곧장 희수의 몸을 끌어당겨 자신의 허벅지 위에 앉혔다.

"나기, 이럼 얘기를 못 하잖아요."

그의 무릎에서 내려오려고 했지만 손에 든 와인 잔이 방해가 되었다. 잠깐 방심한 사이에 완전히 그의 품에 안겨 꼼짝할 수가 없었다. 얇은 셔츠 속으로 그의 손이 들어와 브래지어에 감싸인 가슴을 만졌다.

"널 앞에 두고 손을 대지 말라는 건 고문이야."

셔츠 속에서 그의 손이 희수의 등으로 움직였다. 브래지어의 버클을 찾는 걸 눈치 챈 희수는 얼른 와인 잔을 들어 벌컥 마셨다. 그러고는 빈 잔을 그의 눈앞에 대고 흔들었다.

"한 잔 더 할래요?"

그가 어이없다는 듯 웃더니 눈을 흘겼다.

"여우."

희수도 지지 않고 응수했다.

"늑대."

나기는 소리 내 웃고는 희수를 무릎에서 내려놓고는 와인을 가지러

안으로 들어갔다. 그의 뒷모습을 바라보는 희수의 얼굴에선 웃음이 차츰 말라갔다. 선택을 해야 했다. 사랑의 고통과 이별의 아픔 중에서 무엇이 덜할까.

그의 곁에 있는 건 쉬웠다. 세상에서 가장 행복한 일이고 죽어도 좋을 만큼 행복할 것이다. 하지만 그게 얼마 가지 않을 거라는 게 함정이다. 곧 불안해질 것이고 공포에 떨게 될 터였다. 매 시간 그가 안전한지 궁금할 것이고 그것 때문에 자신은 물론이고 나기까지 불행하게 만들 것이다. 뭣보다 다시 그가 다친다면…… 희수는 질끈 눈을 감았다. 등줄기부터 소름이 돋아 머리가 주뼛 섰다. 손끝이 떨려 결국 쥐고 있던 와인 잔을 떨어뜨리고 말았다. 다행히 푹신한 러그에 떨어져 깨지지는 않았다.

희수는 떨리는 손으로 와인 잔을 집어 테이블에 놓았다.

그는 지나친 걱정이라고 말할 것이다. 그녀 스스로도 알고 있다. 하지만 트라우마는 여전하고 공포감은 그녀를 마비시킬 정도로 끔찍했다. 그렇다고 이별이 쉬운 건 아니다. 그를 떠나서 살 수 있을까? 그를 그리워하면서, 무사한지 걱정하면서 확인을 하지 않은 채 한 시간이나 제대로 버틸 수 있을까? 생각만으로도 눈가에 이슬이 고였다. 그가 회의 중이거나 해서 연락이 안 되기라도 한다면 아마 미쳐버리고 말 게 틀림없다.

"왜 그레?"

와인을 병째 가져온 그는 곧장 그녀의 안색이 달라진 걸 알아챘다. 은은한 불빛에 반사된 그녀의 눈이 촉촉한 물기로 반짝거렸다. 눈물을 포착한 그는 와인 병을 내려놓고 커다란 손으로 희수의 얼굴을 감싸 마주 보게 했다.

"무슨 생각 하는 거야?"

가만 그를 보다가 뾰로통한 목소리로 말했다.

"다나카 씨가 마음에 걸려요."

그는 어이없다는 표정을 했다.

"지금 다나카 때문에 운단 소리야?"

그의 손에서 얼굴을 빼내고는 아무렇지도 않게 눈을 비볐다.

"눈에 연기가 들어가서 그래요."

그러고는 홱 그를 째려보고선 뾰족한 투로 따졌다.

"어떡할 거예요? 그렇게 오랫동안 날 감시, 아니, 보호해줬다면서, 그런 사람을 진짜 해고할 거예요?"

전혀, 절대 보호라고는 생각하진 않는다. 사생활 침해고 스토킹이다. 하지만 그렇게 따져봤자 그는 눈 하나 깜짝하지 않을 거고 이제 와 말해봤자 변할 것도 없다.

"일일이 그 사람한테 얘기를 하고 나가야 되는 거였으면 말하고 나갔을 거예요. 그냥 잠깐 머리 식히러 나갔다가…… 길을 잃었어요."

"길을 잃어? 그럼 여덟 시간 동안이나 행방불명된 게……."

"네. 나 길치예요. 이제 만족해요?"

그는 믿을 수 없단 표정이었다. 비웃진 않았지만 비웃는 거나 다름 없었다. 어쩔 수 없이 감수했다. 한 남자의 일자리를 잃게 만들었다는 죄책감보다는 나으니까.

"해고, 취소할 거죠?"

"그새 정이라도 들었어?"

의심스럽다는 눈빛에 희수는 어이가 없어 입을 벌리고 쳐다봤다.

"그렇게 쳐다볼 거 없어. 너 무슨 생각 하는지 내가 모를 것 같아?"

희수는 움찔해서 그의 표정을 살폈다. 덤덤한 듯 와인을 따르고 있지만 분위기가 달랐다. 그제야 그녀가 밝은 척 연기하는 동안 그 역시 장단을 맞춰주고 있었다는 걸 깨달았다. 민망해졌다. 그리고 긴 한숨이 흘러나왔다. 그때 갑자기 그의 손이 뻗어왔다. 손가락으로 뺨을 눌러 입술을 벌리게 하더니 입을 맞추었다. 키스를 하려는 줄 알았다가 입안으로 흘러들어온 액체에 놀라 후르르 빨아들였다. 입술을 타고 흐른 와인 한 줄기가 턱에서 방울지자 그의 혀가 쓰윽 핥아 올렸다.

"넌 기억 못 하겠지만, 전에 너 감기 걸렸을 때 이렇게 물을 먹였어. 생각 나?"

희수는 어안이 벙벙한 채로 머리를 흔들었다.

"내일 떠날 거야?"

갑자기 훅 들어온 질문에 놀라 기침이 나왔다. 잔기침을 하면서 그를 쳐다봤다. 이미 그도 눈치를 채고 있었는지 담담한 표정이었다.

"얼마나 가 있을 건데?"

"나기……."

"전에 말했지? 이틀이야. 회사, 집, 정리하는 데 이틀. 더 이상은 안돼."

그의 말처럼 간단한 게 아니다. 10년 전 그때도 좋아하는 사람과 있는 게 쉽지가 않았다. 꿈이 있었고 가족이 있었고 물리적인 거리도 있었다. 지금은 더 복잡해졌다.

"시후를 저버릴 수가 없어요. 파혼하면 시후가 곤란해져요."

불빛에 영롱하게 반짝이는 붉은 수면을 바라보는 그의 눈빛에는 동요가 없었다.

"그리고?"

평온한 듯 보이지만 그가 화를 누르고 있다는 게 느껴졌다. 와인 산을 쥔 그의 손목 안쪽에 힘줄이 솟은 게 보였다.

"엄마가 당신 얼굴을 알아요. 장례식 때 봤잖아요. 시후가 말했어요. 형이라고."

그의 눈썹이 꿈틀 움직이더니 돌아보는 눈빛이 매섭게 빛났다.

"그래서?"

"시후랑 진짜 좋아 약혼한 걸로 아니까 결사반대하실 거예요. 동생이랑 약혼했다가 형이랑 어떻게 그러냐고 하실 거예요. 어떻게든 당신 못 만나게⋯⋯."

그가 들고 있던 와인 잔을 거칠게 내려놓았다. 유리잔이 깨지진 않았지만 와인이 몇 방울 흘러넘쳤다. 희수는 그 기세에 놀라 움찔했다.

"그런 것들이 우리보다 중요해?"

돌아보는 그의 눈이 날카로웠다.

"너도 알고 있을 거야. 그런 건 10년 전에도 상관없었고 지금도 나한텐 안 통해. 제대로 된 이유를 말해."

희수는 추궁하는 그의 눈을 피하며 한숨을 내쉬었다. 그토록 애타게 그리워했던 사람을 만났는데, 그를 다시 볼 수만 있다면 죽는 것도 두렵지 않다고 생각했는데, 지금은 그의 곁에 있는 게 두렵다는 사실을 어떻게 말할까. 아무리 나약한 자신을 탓해봐도 두려움은 가시질 않는다.

"서희수!"

그가 팔을 잡아 희수의 몸을 돌렸다. 어쩔 수 없이 그를 바라보게 된 희수는 막막하다 못해 먹먹한 표정을 드러냈다.

"무서워?"

그는 곧장 희수의 마음을 집어냈고, 희수는 부정하지 않았다. 길을 잃은 게 아니었다. 막상 회사를 빠져 나가니 될 수 있는 한 그로부터 멀리 떨어져 있고 싶었다. 닥치는 대로 걸었고 지쳐 다리가 꺾일 때까지 걸었다. 그가 왜 자신을 밝히지 못하고 속였는지 생각했다. 그럴 만한 이유는 단 하나뿐이라는 결론에 도달했다. 그건 다나카가 실은 유우신의 직원이 아니라 나기의 개인 경호원이라는 직원들의 말로 증명이 되었다. 그녀에게 경호가 필요하다면 그 이유 역시 하나뿐이리라. 그리고 10년 전에 보았던 남자를 보았다. 정처 없이 걷다가 지쳐 주저앉은 놀이터 벤치에 그늘을 드리우며 다가온 남자의 얼굴이 낯익었다. 10년 전 그 남자는 야쿠자였다. 그 분명한 증거 앞에서 희수는 비틀거렸고, 정신을 잃고 쓰러졌었다.

"말해봐요."

감정을 억누르고 차분하게 말하려고 애썼다.

"내가 이 맨션을 경호원 없이 혼자 나갈 수 있어요?"

그의 표정이 움찔하더니 긴장으로 굳어졌다. 희수는 이미 대답을 알고 있고, 두 사람 모두 알고 있는 뻔한 질문을 다시 했다.

"우리한테 아이가 생기면 그 아이는 어때요? 태어날 때부터 경호원을 달고 다녀야 되는 거 아니에요? 언제까지라는 기한은 있어요?"

답답한 마음에 목소리가 점점 격앙되었다.

"오늘 당신이 병원에서 그랬죠? 피 말려 죽일 작정이냐고. 내가 그럴 거예요. 당신이 출근하는 그 시각부터 난 피가 마를 거예요. 누가 주차장에 숨어 있다가 당신한테 총을 쏘지는 않을까, 차로 밀지는 않을까……."

희수는 눈을 감았다. 턱이 덜덜 떨려 더 이상 말을 이을 수가 없었다. 고개를 떨구었다. 꼭 쥔 두 주먹에 담요를 움켜쥐고 마음을 가라앉히려 애썼다.

"겁쟁이가 됐다고 말했죠? 난 못 견딜 거예요."

"헤어지면, 그건 견딜 수 있을 것 같아?"

차분하다 못해 냉랭한 그의 목소리에 고개를 들었다. 먼 곳을 응시하는 그의 표정은 굳은 채였고 단단해 보였다. 눈물 어린 호소도, 애원도 통하지 않을 거란 건 알고 있었다. 그래서 애초에 그에게 선택을 강요하지 않았던 거다. 조직에서 벗어날 수 있는 1퍼센트의 가능성이라도 있었다면 자신의 이름을 속이는 연기 같은 건 하지 않았을 테니까 말이다. 그렇게까지 했던 건 벗어날 수 없다는 거다. 어쩌면 벗어나고 싶지 않은 걸지도 모르지만.

천천히 호흡을 고르며 냉정을 되찾은 희수는 조용히 그를 바라보았다. 시선에 고개를 돌린 그의 표정에는 막다른 골목으로 내몰린 짐승 같은 처절함과 함께 냉혹함이 서려 있었다.

"생각해볼게요. 당신이랑 떨어져서……."

"얼마나?"

얼마나? 모르겠다. 그와 떨어져 있다는 생각만으로도 가슴이 덜컥 거리는데…….

"한 달?"

되는대로 말해버렸다. 그의 눈빛이 찌르는 듯 날카로워졌다.

"10년 전에도 넌 이랬어. 생각할 시간이 필요하다, 천천히 하자. 그래서 생긴 결과를 봐. 10년을 못 봤어. 10년이야. 반복할 거야? 안 돼. 허락 못 해."

"이 결과가 내 탓이라는 거예요?"

억울해 그를 쏘아보았다. 그는 거칠게 머리를 쓸어 넘기더니 깊은 한숨을 내쉬었다.

"일주일."

그의 목소리는 한층 묵직했고 표정은 단호했다. 10년 전보다 훨씬 무겁고 깊어진 목소리다.

"일주일 안에 정리하고 들어와. 안 오면 데리러 간다."

희수는 원망스러운 눈빛으로 그를 쳐다봤다.

"이기적인 거 알아요?"

"알아."

"그리고 비겁해요."

분연히 일어선 희수는 정원을 가로질러 자신의 방으로 향했다. 거칠게 유리문을 열고 들어와서는 커튼까지 쳐버렸다. 괴로움에 머리가 다지끈거렸다. 소파 손잡이에 무너지듯 걸터앉아 욱신욱신 쪼는 관자놀이를 눌렀다. 유리문이 열리고 그가 들어왔다. 양쪽 어깨에 그의 손이 닿았다. 천천히 주무르며 압박하자 절로 한숨이 새어나왔다. 뭉쳤던 근육이 단단한 그의 손 안에서 풀려가고 있었다.

희수는 시선을 들어 눈앞의 그를 보았다. 가운의 매듭이 있었고 그 아래로는 검은 털이 부숭부숭한 다리가 보였다.

"위경련은 언제부터 있었어요? 검사는 받아봤어요?"

손을 뻗어 가운 위로 그의 복부를 쓰다듬었다.

"위염이면 약을 꼭 챙겨 먹어야 되는데……."

그의 손이 그녀의 머리를 잡아 마주 보게 했다.

"강해져야 돼, 서희수. 내 여자는 그래야 돼."

"조직에서 당신이 무슨 일을 하는지 묻기도 겁이 나요. 말해주지도 않을 거죠?"

갑자기 그의 표정이 고통스러운 듯 찡그려졌다. 그러더니 그녀를 끌어 올려 가슴 깊이 안았다. 숨이 막힐 정도로 세게.

"그쪽이랑 관계없다고 말했잖아. 그리고 걱정 마. 너랑 헤어질 일은 안 해."

착각일까? 그의 몸이 떨리고 있었다. 세게 힘을 줘서인지 목소리도 떨렸다.

"절대."

놀랍게도 그는 겁을 내고 있었다. 처음으로 드러내는 여린 모습에 마음이 아팠다. 괜찮을 거라고, 돌아올 거라고, 아니, 아예 떠나지 않 겠다고 말해버리고 싶어졌다. 하지만 그를 향한 끌림이 강하면 강할수 록 두려운 것도 사실이었다. 그건 희수 스스로도 어쩔 수 없는 방어 본 능이다. 10년 전, 그를 잃고서 얻었던 고통과 상처가 아직도 희수를 두 렵게 하고 있었다.

"기적 같은 일인데…… 마냥 행복할 줄 알았는데……."

가슴이 아프다 못해 쓰라렸다. 그의 뺨을 쓰다듬자 낮은 신음 소리 와 함께 그의 입술이 다가왔다. 솜털처럼 부드러운 키스가 기어코 희 수의 눈물을 건드렸다. 눈물로 채워진 시야로 그의 눈을 마주 보았다. 두 손으로 그의 얼굴을 잡고서 속삭였다.

"날 찾지 말았어야 했어요, 나기."

순간 그의 눈에 은빛 불꽃이 스쳤다. 하지만 무슨 생각을 하는지 알 수는 없었다. 눈물방울이 떨어지는 것과 함께 그의 입술이 덮쳤기 때 문이다. 그는 거칠었다. 전장의 장수가 전리품을 취하듯 무자비했다. 강탈하는 키스에 굴복해서 희수가 매달릴 때까지 파고들어왔다. 지배 욕을 드러내며 입안 깊숙이 혀를 넣어 훑고서는 빨아들였다. 희수의 입술이 부풀어 오르도록 한껏 빨고는 낮게 속삭였다.

"내가 이 여자를 왜 만났을까, 처음부터 후회했어. 처음 본 순간부 터."

희수의 일렁이는 눈빛을 보고 그가 안타깝다는 듯 입을 맞추었다. 그윽이 응시하며 희수의 얼굴을 쓰다듬었다.

"정신 못 차리게 하는 여자를 만난다는 건 그리 유쾌한 일만은 아냐."

희수는 깊이 그의 눈을 보았다. 열아홉, 그때도 이 남자의 눈은 사람의 마음을 꿰뚫을 듯이 날카롭고 깊었다. 블랙홀처럼 사람을 빨아들이는 마력이 있어 한 번 본 사람은 절대 이 남자를 잊지 못할 거다.

두 팔로 그의 허리를 안고 따뜻한 가슴에 뺨을 기댔다. 정수리에 그의 입술이 닿는 게 느껴졌다. 그 입술을 향해 고개를 들었고 기다렸다는 듯 그의 입술이 내려왔다. 부드러운 키스를 시작하자 셔츠 속 젖가슴이 부풀어 올랐다. 그의 손은 곧장 부푼 가슴을 만졌다. 가는 허리를 타고 내려가 엉덩이를 쓰다듬고는 매끄러운 허벅지를 어루만졌다. 희수는 금세 몸이 녹아서 다리가 후들거렸다. 그가 번쩍 안아 들고선 침대로 옮겨 눕혔다. 곧이어 육중한 그의 몸이 기분 좋게 압박해왔다. 희수는 신음하며 벌어진 가운 속으로 손을 넣어 넓은 가슴 근육을 어루만졌다.

그는 담대하고 거침없는 손길로 그녀의 몸을 점령해갔다. 부드럽고 뜨거운 손으로 풍만한 둔덕을 간질이듯 어루만졌다. 희수의 몸이 반응하며 떨자 좀 더 강한 힘으로 유방을 주물렀다. 희수는 열에 들뜬 신음 소리를 흘리며 그의 머릿속으로 손을 집어넣어 헝클였다. 그의 머리가 가슴으로 파고들었다. 그리고는 굶주린 듯이 젖꼭지를 빨아대기 시작했다. 부푼 젖가슴을 빠는 소리가 음란하게 들렸다. 뜨거운 호흡과 달아오른 체온에 주위의 공기는 아지랑이가 피어오를 듯 어질어질했다. 동물적인 반응을 이끌어내는 박력 넘치는 그의 애무에 몸은 계속해서 떨림을 전하고 있었다. 가슴에서 복부를 타고 내려간 그의 입술이 그녀의 안쪽을 빨았다. 마치 그녀의 정신을 산란하게 만들어 자신의 목표를 이루려는 것처럼 더욱 달콤하고 끈적거리는 애무를 해댔다. 귓가에 그의 뜨거운 숨결이 닿았다.

"일주일이야, 서희수."

희수는 신음하다가 달뜬 눈으로 그를 봤다.

"약속해."

낮게 속삭인 그는 곧장 희수의 다리를 밀어 올리며 안으로 들어왔다. 이미 이성을 잃은 희수는 그의 목을 안고서 뜨겁게 허리를 흔들었다. 그는 신음 소리를 흘리며 풍만한 젖가슴을 허겁지겁 물었다. 너무 탱탱한 살결이 입안에서 요동치며 튕겨나가는 걸 즐기며 마음껏 희롱했다. 희수의 교성이 높아가고 나기의 근육질 몸이 땀으로 번들거렸다. 이어 격한 신음을 내뱉은 나기는 희수를 눕히고 자신의 모든 것을 그녀의 위에서 불태웠다. 느껴보지 못한 쾌감에 희수는 비명을 지르다가 끝내 울음을 터트리고 말았다. 흐느끼는 희수를 달래듯 그의 입술이 부드럽게 속삭였다.

"두려워할 필요 없어."

달콤하게 입 맞추며 여운에 떠는 몸을 꼭 안아주었다.

"다신 안 놔, 절대."

고요했다. 깊은 밤이라고 생각했다. 그러다 희수의 숨소리가 느껴지지 않는다는 걸 깨달았다. 번쩍 눈을 뜨고 옆을 살폈다. 비어 있었다.

그대로 벌떡 일어나 휙 커튼을 열었다. 창문 가득 들어찬 햇살이 그의 나신을 적나라하게 까발렸다. 방 안을 돌아본 나기는 깨끗이 비어 있는 화장대 앞에 가지런히 놓여 있는 캐리어 가방을 확인하고서야 숨을 내쉬었다. 악몽이었다. 희수가 다치는 꿈을 꿨다. 잠깐 사이 관자놀이를 타고 식은땀이 흘러 내렸다. 거칠게 닦고서 바닥에 떨어져 있는 가운을 집어 걸쳤다. 매듭을 묶는 둥 마는 둥 하고서 성큼 방을 나왔다.

주방에서 물소리가 들렸다. 야채를 씻고 있는 희수의 등이 보였다. 길게 늘어뜨린 머리에 윤기가 흘렀다. 이미 공항으로 떠날 준비를 마친 모양이다. 부지런하기도 하지. 씁쓸히 되뇌며 다가갔다. 다가갈수록 점점 불만이 커졌다. 몸의 선이 다 드러나 보이는 얇은 블라우스는 용서한다고 해도 탱탱한 엉덩이를 감싼 짧은 핫팬츠는 마땅치가 않았다. 가늘고 긴 다리가 훤히 드러나 있었다. 돌아보는 그녀와 눈이 마주쳤다.

"일어났어요?"

바구니에 씻은 야채를 가득 담고서는 미소를 지었다. 금방 일어나 부스스한 그에 비해 그녀는 갓 딴 오렌지처럼 싱그러워 보였다.

"씻고 와요. 주스 만들어줄게요."

희수는 도마를 꺼내더니 당근을 놓고 썰기 시작했다.

"다 위경련에 좋은 거예요. 당근이랑 사과랑 브로콜리랑."

"아직 비행기 시간 남았잖아. 왜 이렇게 서둘러?"

후회가 됐다. 한국으로 돌아가는 것쯤 며칠 늦춰도 되는 거였다. 거기에다 일주일의 시간까지 허락했다. 뭐에 홀린 게 아닌가 싶다. 희수의 눈물에 약해져서 다 양보해버린 거다. 생각할 시간을 달라고 했을 때 안 된다고 했어야 했다. 그깟 며칠이 무슨 의미가 있나. 그는 10년을 생각했고 고민했다. 잊어버리겠다고 발버둥도 쳐보았고 다른 여자에게 눈을 돌려도 보았다. 그래도 역시나 제자리였다. 그녀가 그 시간들을 안다면 그를 두고 돌아가겠다는 말은 결코 못 할 것이다. 그래, 그녀도 겪어봐야 알 거다.

"그래도 출장이라고 왔는데 회사 동료들 기념품이라도 사야죠. 안 씻을 거면 아침부터 먹어요. 벌써 7시 넘었어요."

그녀가 가리킨 식탁을 보니 이미 아침이 차려져 있었다. 이른 시각부터 바쁘게 움직였는지 식탁이 꽤 풍성했다.

"아, 잠깐만요. 그래도 주스부터."

썬 야채가 믹서기에서 돌아가기 시작했다. 눈을 반짝이며 지켜보는 모습이 아이 같았다. 커다란 눈을 동그랗게 뜨고는 깜박이는 걸 잊어버린 듯 뚫어져라 주스를 지켜보는 모습이 10년 전의 소녀 같았다. 손을 뻗어 부드러운 뺨을 잡고선 끌어당겼다.

"모닝 키스부터."

조리대 위로 상체를 기울여 분홍빛 입술을 맛보았다. 달콤한 입술의 감촉에 취해 제대로 먹고 싶어졌다. 떼려는 희수의 목덜미를 잡고선 얼굴을 틀어 깊이 혀를 넣었다. 밀어내던 희수가 키스를 되돌리며 애틋이 입술을 빌어붙여왔다. 마지막 작별 인사라도 하는 듯한 그 키스의 온기가 싫었다. 나기는 희수의 혀를 감아 빨아들이며 숨이 막히도록 키스를 퍼부었다. 달뜬 그녀의 신음을 삼키고는 거칠게 입술을 뗐다.

"일주일이다."

희수는 무슨 말인지 모르겠다는 듯 멍한 눈빛이었다.

"공항엔 다나카가 데려다줄 거야."

나기는 달아오른 희수의 뺨에 키스를 남기고 돌아섰다. 그녀가 떠나는 걸 보고 싶지 않았다. 혼자 들어가는 걸, 끝내 돌아오겠다는 약속을 하지 않은 그녀의 뒷모습을 가만히 보고만 있을 자신이 없었다.

주방에 그녀를 두고 자신의 방으로 들어와 다나카에게 전화를 했다.

– 네, 회장님.

"해고는 취소야. 희수, 공항에 데려다주고 와. 이륙할 때까지 긴장 늦추지 말고."

– 같이 가시지 않습니까?

"안 가. 금방 돌아올 거니까."

휴대전화를 침대 위로 던져놓고 방과 연결된 욕실로 들어가 샤워를 했다. 전신으로 떨어지는 차가운 물을 맞으며 지금이라도 번복할까 생각했다. 애초에 실수였다고 할까. 일주일은커녕 단 하루도 보내줄 수가 없다고 솔직하게. 생각할 시간 같은 건 줄 수 없다고, 네가 생각한다는 자체가 두렵다고…… 빌어먹을.

16

4월, 서울.

다나카는 복직되었고 나기는 작별 인사를 하지 않았다. 불만스러운 표정에 거친 모닝 키스가 그의 기분을 말해주었다. 밝은 척했지만 그녀 역시 무겁고 복잡한 기분은 마찬가지였다. 도쿄에 머문 시간은 일주일이었다. 10년 전에도 그랬듯 그를 만나면 폭풍 같은 감정의 소용돌이에 휩싸여 일주일이 1년같이 느껴진다. 꿈을 꾼 게 아닐까? 그가 정말 살아 있었나? 갑자기 모든 게 꿈만 같다. 지난 일주일이 꿈인지, 서울의 하늘이 꿈인지, 어지러웠다.

산뜻함과는 거리가 먼 서울의 공기가 낯설게 느껴졌다. 도쿄의 벚꽃에다 개나리, 진달래에 철쭉까지 피어 거리거리가 알록달록 꽃물결이었다. 집으로 가는 택시 안에서 휴대전화의 전원을 켜자 바로 벨이 울렸다.

"여보세요?"

– 다나카입니다. 도착하셨습니까?

"네. 집으로 가는 길이에요."

– 알겠습니다. 그럼.

"지, 잠깐만."

끊기려는 통화를 급하게 붙들었다.

– 네, 말씀하십시오.

막상 물으려니 민망했다. 지금 필요한 건 지난 일주일이 꿈이 아니라는 증거였다. 히가시데 나기가 정말 살아 있다는 생생한 증언 말이다.

"주, 주스 먹었는지 물어봐줄래요?"

민망함에 볼이 분홍빛으로 물들었다. 괜히 트렌치코트의 허리 벨트를 꼬며 덤덤한 척 창밖을 쳐다봤다.

─ 잠시만 기다리십시오.

바로 옆에서 그가 듣고 있었던 게 틀림없다. 말을 전하는 다나카의 목소리에 이어 곧장 그의 음성이 조금 떨어진 곳에서 들려왔다.

─ 궁금하면 직접 와서 확인하라고 해.

목소리는 퉁명스러웠지만 그걸로 희수는 안도의 한숨을 내쉬었다. 꿈이 아니었고 히가시데 나기는 생생히 살아 있었다.

안도감은 잠시뿐, 곧 마음이 무거워졌다. 그는 속임수를 썼다. 그런 방법을 써야 할 만큼 자신의 상황이 좋지 않다는 걸 스스로도 알았음이 틀림없다. 희수가 그 상황을 알면 도망가버리라는 걸 말이다. 그래서 끝까지 인정하지 않은 거다. 인정할 수가 없었겠지. 10년 전의 사고가 되풀이될 수 있다는 걸, 그래서 그녀가 그때의 고통과 상처를 떠올리게 되리란 걸 알았을 테니까. 그는 여전히 야쿠자의 아들이며 그 조직의 힘을 휘두르고 이용하고 저지르고 있나 보다. 이 사실을 어떻게 받아들여야 할지 모르겠다.

희수는 회사 근처의 오피스텔에서 살고 있었다. 대학을 졸업할 무렵 엄마가 부산지검으로 발령을 받았다. 그때부터 혼자 지내기 시작했고 지금의 회사에 취직을 한 이후엔 오피스텔을 얻어 독립을 했다. 나기의 맨션에 비하면 턱없이 작은 공간이었지만 스스로의 힘으로 처음 얻은 보금자리다. 가구 하나, 그릇 하나도 다리 품 팔아가며 제 손으로 직접 구한 것들이다. 애정이 없을 수 없고 그만큼 편안한 공간이었다.

비밀번호를 누르고 현관문을 열자 좁은 공간이 한눈에 들어왔다. 한 짝을 던지듯 벗어놓았던 실내화와 급하게 나가느라 아무렇게나 던져버렸던 수건이 소파에 그대로 놓여 있었다. 전신을 누르던 긴장감이 확 풀리는 기분이 들었다. 캐리어 가방을 현관 입구에 두고선 침대로 몸을 던졌다. 코트도 벗지 않고 사지를 뻗고 누웠더니 절로 눈이 감겼다. 누가 뭐랄 것인가. 이대로 내일 아침까지라도 잘 수 있을 것 같았다.

그런데 그 안락함은 1분을 넘기지 못하고 깨졌다. 감은 눈 안으로 그의 얼굴이 떠올라서다. 뭘 하고 있을까? 무슨 생각을 하고 있을까? 왜 직접 전화하지 않았을까? 생각에 생각이 꼬리를 물고 뻗어 머릿속을 어지럽혔다. 희수는 휙 눈을 뜨고 생각의 꼬리를 자르기 위해 몸을 움직였다.

근처 마트에서 장을 봤다. 오는 길에 단골 카페에 들러 커피와 머핀도 포장해 왔다. 냉장고를 가득 채우고 한바탕 청소를 한 뒤, 식은 커피와 머핀을 먹으며 캐리어 가방을 정리했다. 가방 속에서 실크 원피스가 나왔다. 유우신의 매장 탈의실에서 지진을 겪었을 때 그가 사준 옷이다. 그때 처음으로 그가 누군지 궁금해졌다. 히가시데 나기가 아닌 남자에 대해서 알고 싶어진 건 그때가 처음이었다. 아이러니하게도 결국 그가 히가시데 나기였지만 말이다. 하지만 그건 단순한 아이러니만은 아니다. 10년 전의 남자가 아니라 현재의 그에게 가진 순수한 호감이었기에 의미가 있는 것이다. 그와 맺어진 인연의 끈, 운명을 부정할 수 없게 만드는 의미다.

희수는 원피스를 안은 채 눈을 감았다. 그때의 장면이 떠올라 얼굴이 화끈거렸지만 부끄러움보다 그리움이 더했다. 자신도 모르게 원피스를 들어 냄새를 맡았다. 혹시나 그의 체취가 묻어 있지나 않을까. 그러다 원피스를 놓고 분연히 일어났다. 벌써부터 그를 그리워하다니 안 될 일이다. 그는 일주일이라고 기한을 못 박았지만 희수는 자신을 자유롭게 놔둘 생각이었다. 일주일 동안 머릿속이 어떤 생각으로 가득 차는지, 어떤 마음으로 보내는지 스스로를 살펴볼 작정이다. 자신 안에서 일어나는 싸움과 갈등이 어떤 결과를 빚을지 말이다. 그리고 그에 대한 생각만으로 넋 놓고 생활을 망치는 건 경계할 것이다. 최대한 일주일 전의 서희수처럼 밝고 씩씩하게 지낼 것이다. 그를 잊으려는 노력이라고 해도 할 수 없다. 그런 노력보다 히가시데 나기란 더 강력한 존재가 있기 때문이다.

오후 시간은 요리로 보냈다. 밑반찬은 근처 반찬가게를 이용하고 회사에서 파는 제품들도 더러 사 먹었지만 국이나 찌개는 직접 만들어 먹는 편이었다. 콩나물국을 끓이고 고등어조림을 했다. 칼질이 서툴러 시간은 오래 걸렸지만 그래서 더 좋았다. 요리를 하는 동안은 그의 생각을 하지 않을 수 있었다.

홈쇼핑 채널을 틀어놓고 친분 있는 쇼호스트의 열띤 멘트를 들으며 저녁을 먹었다. 샤워를 하고 욕실 청소를 한 뒤 침대에 앉아 책을 펼쳤을 때는 밤 10시가 넘은 시각이었다. 열어놓은 창문으로 대로를 달리는 스포츠카의 굉음이 들려왔다. 그러다 알게 됐다. 책을 펼쳐 놓고 한 줄도 제대로 읽지 않았다는 걸.

엄마와 통화를 했다. 회사의 친한 선배에게도 귀국 보고를 하며 수다를 떨었다. 그에게선 전화가 없었다. 문자 메시지도 없었다. 희수도 전화를 걸지 않았다. 더 이상 자신의 침대가 안락하게 느껴지지 않았다. 좁은 실내를 휘둘러보며 할 일을 찾다가 결국 밤늦도록 영화를 봤다. 어떻게 잠들었는지 몰라도 아침에 일어나 보니 TV는 켜진 상태였다. 몇 편의 영화를 봤는지, 무슨 영화인지 전혀 기억이 나질 않았다.

다음 날 희수는 출근을 했다. 날씨가 한결 포근해져서 소녀풍의 흰 블라우스에 정장 느낌이 나는 베이지색 팬츠를 입었다. 금빛 자수가 들어간 7부 소매의 트위드 재킷을 챙겨 들고 나왔다. 오피스텔 주차장엔 일주일 동안 타지 않은 그녀의 파란 미니쿠페가 주차돼 있었다. 출근길 교통체증을 능숙하게 뚫고 출근한 그녀는 아무 일도 없었던 것처럼 밝게 열심히 일했다. 계절이 바뀌면 홈쇼핑은 눈코 뜰 새 없이 바빠진다. 봄이 되면 자연은 생동하고 자연의 일부인 사람 또한 변화를 꿈꾸며 희망을 품어보게 된다. 새로운 것을 맞이할 준비 같은 거다. 그에 발맞추어 홈쇼핑은 빠르게 준비해야 한다. 사람들이 꿈꾸는 것들, 이를 테면 가벼운 이불, 밝은 커튼, 화사한 옷차림, 미지에로의 여행 등 등등.

9년차 베테랑 쇼호스트가 홈쇼핑에선 드문 고가의 상품을 조기 완판하고 당당하게 MD실로 들어왔다. 하루에 두세 번씩 매진 기록을 달성한 전력이 있대도 조기 완판은 늘 환호받는 일이었다. 기립 박수로 서로 축하하고 저녁 회식을 약속했다. 하지만 희수는 다음 판매 상품을 준비하기에 바빴다. 의식적으로 일을 찾고 있었다. 갓난쟁이를 떼어놓고 출근한 워킹맘 선배를 위해 야근도 자처했다.

"출장 느긋이 다녀와서 미안한가 보네?"

"어떻게 그 까다로운 일본 쪽을 뚫었대? 비법이 뭐야?"

선배들의 놀림, 동료들의 시기를 받았다. 출근하자마자 유우신에서 긍정적인 회신을 해왔기 때문이다. 자세한 조건은 협의를 해야겠지만 대부분을 수용한다는 입장까지 전해와 희수를 당황스럽게 만들었다. 기뻐해야 마땅할 일인데 곤혹스러웠다. 뭐라고 대답했는지, 어떤 표정으로 마주했는지 전혀 기억이 없었다. 입사 이후 거의 매일 보던 사람들이, 평범한 일상이 너무나 생경하게 느껴졌다. 마치 TV를 보는 듯했다. 자신은 그대로인데 그들만 바쁘게 움직이는 것처럼 말이다.

겁도 없이 또 그를 생각하고 있다. 그에게 안긴 밤을.

문득 고개를 들어보면 꿈꾸는 듯 생각에 빠져 상상의 나래를 펼쳐내고 있다. 그와 함께하는 나날, 일상들을 그려본다. 먼 미래까지 헤매고 있다. 아이는 예쁠 것이고 그는 멋진 아빠가 될 거라는 생각을 해버린다. 그러다 주변을 보고 현실을 깨닫게 되면 겁도 없이 겁을 내지 않는 자신을 책망한다.

어쩌자고 그래. 꿈에서 깨라, 서희수.

잠을 자지 않고도 꿈을 꾸면서, 정작 자려고 하면 신경이 곤두섰다. 수만 개의 면도칼이 눈꺼풀을 긁는 듯 예민해져서 잠을 잘 수가 없었다. 눈 밑에 그늘이 생기고 머릿속에 솜뭉치가 든 것마냥 멍해져도 졸음은 오지 않았다. 침대에 누워 뒤척이다 보면 어느새 새벽이 밝아왔다. 그렇게 하루하루가 흘러갔고 한 것도 없이 사흘이 지나갔다. 시곗바늘이 화살이 되어 심장을 겨누고 쏠 준비를 하고 있는 것 같다. 그는 연락이 없고 희수도 연락하지 않았다.

그는 죽었을지도 모른다.

가끔씩 멍하니 앉아 모니터를 보면서 총에 맞는 그를 보았다. 휴대전화가 울리면 소스라치게 놀라 비명을 지를 때도 있었다. 동료들이 차츰 걱정의 말을 하기 시작했다. 피곤해서 그런가 보다고 둘러대고 한바탕 세수를 했다. 거울 속 수척해진 얼굴을 보는데 휴대전화가 울렸다. 심장이 멎었다. 주머니에서 울리는 그것이 마치 시한폭탄 같아서 꺼내기가 두려웠다. 그의 전화라면 받지 않을 것이다. 그런데 모르는 번호라면 어떻게 해야 하나? 히가시데 나기가 죽었다는 걸 알리기 위한 전화라면…….

공항을 나온 그 순간부터 지난 사흘 동안 희수를 괴롭히는 게 바로 이거였다. 10년 전 그 시간이 되풀이될지도 모른다는 불안감.

– 여보세요?

전화는 시후였다.

"어. 어…… 너구나."

– 뭐야? 목소리가 왜 그래? 무슨 일 있어?

329

"아, 아니, 반가워서. 어쩐 일이야?"

– 나 지금 서울. 막 들어왔어.

희수는 모처럼 퇴근이란 걸 했다. 지난 사흘간 회사에서 살다시피 일했더니 상사가 오히려 그녀의 퇴근을 반겼다.

시후는 희수의 회사 근처 불고기집에서 기다리고 있었다. 희수를 보자마자 시후는 얼굴을 찌푸렸다.

"너 왜 이렇게 말랐어? 다이어트 해?"

"예뻐졌단 소리지? 넌 좀 늙었다?"

애교 섞인 농담을 했다. 시후를 만나니 평소의 모습이 나왔다. 오랜 친구를 만난 안온함이 지난 며칠간의 긴장을 조금이나마 잊게 해주었다.

"밥부터 먹자."

"또 기내식 안 먹었어? 그래서 어쩌니? 앞으로 비행기 탈 일 많을 건데."

"공중에서 먹음 소화가 안 돼."

희수가 영국 로열 발레학교에 들어간 이듬해, 시후는 아메리칸 발레 시어터의 주니어클래스에 입단했다. 그리고 현재는 아메리칸 발레시어터의 무용수가 되어 왕성한 활동을 하고 있는 중이다. 처음 발레를 시작한 건 희수였고, 신동이라는 소리를 들으며 두각을 나타냈던 것도 희수였다. 그런데 아이러니하게도 희수를 따라서 시작했고 별 열의도 없었던 시후가 성공한 발레리노가 된 거다.

희수는 과거를 떠올리며 쓸쓸한 미소를 지었다.

"왜?"

쌈을 싸서 한입 가득 불고기를 먹던 시후가 웃으며 변명한다.

"나 먹는 거 처음 봐? 이거 오늘 첫 끼란 말야. 너도 빨리 먹어."

"지가 다 먹구선. 체해. 천천히 먹어."

"더 시켜, 그럼. 이모!"

시후의 식욕은 여전히 왕성했다. 그래도 군살이란 건 전혀 없었다. 말랐던 몸은 이제 댄서답게 단단한 근육이 붙어 훨씬 보기가 좋았다. 아이처럼 동글동글했던 얼굴에 살이 빠지고 짙은 쌍꺼풀도 깊어지면서 제법 남자다워 보였다.

시후는 불고기 3인분을 먹고는 남은 국물에 밥을 비벼 먹고 후식으로 김치말이 국수까지 뚝딱 해치우고선 식당을 나왔다. 봄바람은 적당히 선선했고 가벼웠고 유혹적이었다.

"아, 배부르다. 좀 걷자."

희수는 희미한 미소를 지은 채 고개만 끄덕였다. 그녀는 거의 말이 없었다. 걱정이 될 정도다. 원래 수다스러운 여자는 아니지만 둘이 있으면서 이렇게 대화가 끊긴 적은 별로 없었다. 이건 확실히 그의 그림자다. 시후는 희수가 걱정스러웠다.

어렸을 때, 열일곱 그때에는 서희수랑 결혼해야지 했었다. 태어난 그 순간부터 옆에 있는 여자애가 있는데 살면서 그 여자애보다 예쁜 애를 보지 못했다. 예쁘고, 착하고, 순하고, 말도 잘 통하고, 뭣보다 발레를 하는 모습은 이 지구상에서 제일 아름다운 여자애였다. 용기가 없어서 말도 못 하고 빙빙 돌면서 딴 여자애나 집적거리고 있었는데 그가 나타났다. 어머니의 또 다른 아들.

"신촌 오랜만이구만. 귀국해도 올 시간이 있어야 말이지."

"여긴 늘 복잡해."

"좋다, 야. 사람 구경 실컷 하자."

희수는 이제 형식적인 미소조차 짓지 않았다. 오가는 사람들을 멍하니 보고 있었다. 또 혼자 자기 세상에 빠져 있는 표정이다. 오타루로 가는 버스 안에서도 그랬다. 그래서 감히 말 붙이기도 어려웠다. 친구로서는 한없이 가까운데 남녀로서는 제일 먼 것 같은 느낌이었다. 그 거리를 어떻게 좁혀야 하는지, 좁힐 수 없어서 답답해하고만 있었던 그때, 그가 나타났던 거다. 어둠의 기사처럼 나타나 순식간에 희수를 낚아채 가버렸다.

일본의 학교 강당에서 공연을 한 뒤, 그를 따라가는 희수의 표정을 보고 알았다. 자신은 그녀의 안중에도 없다는 걸. 그래서 후회했다. 형을 찾겠다고 희수를 동원한 걸 말이다. 희수가 그를 만나지 않았더라면 발레를 포기하는 일도 없었을 것이다.

"야, 저 집 괜찮다. 한잔 할래?"

시후가 모퉁이의 아담한 술집을 가리켰다. 희수는 멀거니 손가락을 따라 바라보더니 무감각한 표정으로 시후를 돌아봤다.

"너 내일 공연 있잖아. 일찍 들어가 쉬어야지."

"이게 쉬는 거지 뭐. 호텔 들어가봐야 할 거 없어."

"호텔? 집에 안 가고?"

"어, 벤이랑 같이 왔어."

무심히 고개를 끄덕이는 희수의 표정은 멍했다. 몸만 있지 영혼은 어디 다른 곳에 두고 온 것 같았다. 별 관심이 없을 것이다. 처음 희수에게 커밍아웃을 했을 때도 그랬다. 처음엔 당연히 놀라는 반응이었지만 금세 납득했다. 나중에 주변 몇몇 사람들에게 알리게 되었지만 희수와 같은 반응을 하는 사람은 없었다. 그들은 그것에 대해서 말하고 싶어 했고 충고해주고 싶어 했다. 판단하지 않고 그대로 받아들여준 건 희수뿐이다. 그녀는 정말로 소중한 친구다.

작지만 아기자기해 보이는 맥주 집으로 들어갔다. 살랑대는 봄바람에 대부분의 손님은 바깥 테이블을 차지하고 있었다. 시후는 조용한 쪽을 택해서 제일 안쪽의 자리를 잡았다. 맥주 한 병을 다 마실 동안 희수는 조용했다. 이따금씩 경쾌한 팝음악에 맞춰 손가락을 까닥일 뿐이었다. 앞의 테이블 쪽의 남자들이 그런 희수를 힐끔거렸다. 유치원 때부터 그랬다. 다니는 학교, 학원, 동네마다 제일 예쁜 아이로 통했고 남학생들의 관심을 한 몸에 받았다. 희수는 남자들이 돌아보게 만드는 여자다. 지금처럼 긴 갈색 머리에 아무런 치장도 없고 단순한 디자인의 원피스를 입고 있을 뿐이어도 말이다.

"나 그 사람 만났어, 히가시데 나기."

시후의 말에 희수가 고개를 들었다. 멍하고 아연했던 눈빛에 비로소 전원이 켜졌다.

"어떻게?"

"찾아왔더라. 미국으로."

"언제?"

"어제, 한국 들어오기 직전에. 하마터면 엇갈려서 못 만날 뻔했지."

다그쳐 묻던 희수가 조용해졌다. 생각에 빠진 듯 미간을 찌푸리더니 의문 가득한 시선을 던졌다. 시후는 픽 웃었다. 뜸 들여서 희수를 안달 나게 해보고 싶은 짓궂은 생각이 들었다. 그런데 희수의 눈 밑에 그늘이 드러나 보였다. 얼마나 속을 끓이고 있는지 알 만했다.

"너 표정 보니까 장난 안 통하겠다. 다 말할게."

"살아 있긴 한가 보네."

희수는 멍한 표정으로 그렇게 중얼거렸다. 그러고는 다시 무표정이 되었다. 그가 또 죽었다는 소식이라도 들은 건지, 살아 있어서 다행이란 건지, 어떤 설명도 없이.

"그 사람이 뭐래?"

"파혼하래, 너랑."

시후는 처음엔 그를 못 알아봤다. 10년 전 그는 날카로웠고 어두웠다. 큰 키에 마른 몸매, 눈빛은 매섭고 목소리는 음침했다. 어젯밤 살인을 저지르고 오늘 밤 그 시체를 토막 낸다고 해도 전혀 이상할 게 없어 보였던 남자다. 너무 살벌해 보여서 다가가기 싫은 느낌이었다. 이런 게 과연 야쿠자의 아들이구나 생각했었다. 그런 사람에게 따뜻한 눈길을 주고 홀린 듯 끌려가는 희수가 이상했고 뜨악했고 걱정되고 불안했었다. 영락없는 미녀와 야수 같은데, 희수는 그 야수가 정말 마법에 걸린 왕자라도 되는 것처럼 대했다. 시후의 눈에는 그저 험악한 건달, 조폭, 양아치 그 이상도 그 이하도 아닌데 말이다. 희수를 보며 느껐던 불안감은 그의 사망 소식을 듣고 틀리지 않았다고 생각하게 되었다. 희수가 다치지 않아 다행이라고 말이다.

"나는 처음에 무슨 격투기 선순 줄 알았네. 그때 봤을 때도 컸잖아. 도대체 성장을 몇 살 때까지 한 건지, 190도 넘겠더라. 그 덩치에 앞뒤로 보디가드는 뭐하러 달고 다니는지. 자기 몸이 무기더만. 아르마니 양복에 선글라스까지 끼고 있으니까 알 수가 있나. 그리고…… 죽었었잖아. 죽은 걸로 알았잖아, 우린."

"파혼하래서 그런다고 했어?"

희수는 차분했다. 아니, 냉정해 보였다. 이미 그와 이런저런 일을 겪은 게 틀림없었다. 시달리고 있는 거면 무슨 일이 있어도 그를 막을 거다. 절대 10년 전의 아픔을 다시 겪게 하진 않을 거다.

"미쳤냐? 누구 좋으라고. 그리고 너, 그 사람한테 나랑 벤에 대해서 얘기했어?"

희수는 고개를 저었다.

"아니, 근데 알고 있더라."

"그렇지. 네가 할 리는 없지. 그래도 어떻게든 알아냈겠지. 야쿠자니까."

이 대목에선 화가 치솟는다. 그는 협박을 했다. 사진을 갖고 있었다. 벤과 함께 있는 은밀한 사진을 말이다. 벤은 서른여섯 살의 독일인으로 컬럼비아 대학교의 수학과 교수다. 그리고 시후의 지지부진한 이성 관계의 원인이 실은 동성에게 끌리는 게이이기 때문이라는 걸 깨우쳐준 사람이다. 성장기에 느꼈어야 할 성적 취향을 뒤늦게 안 건 시후가 그만큼 둔감한 탓도 있었지만 희수와의 우정도 한몫을 했다. 그 우정을 이성에게 끌리는 감정으로 착각하고 있었으니 말이다.

"너 놔주지 않으면 우리 아버지한테 알린다고 했어. 내가 게이인 거."

희수는 짐작한 듯 옅은 한숨을 내쉬었다.

"미안해."

"미안할 거 없어. 나도 제대로 한 방 먹여줬으니까."

무슨 소리냐며 보는 희수의 눈을 보니 미안해졌다. 그녀의 아픔을 그런 식으로 휘둘러서는 안 되는데 그의 뻔뻔한 태도에 너무 화가 났다. 마치 희수가 그의 여자이고 자신이 그의 여자를 넘보는 파렴치한 인 것처럼 느껴지게 했다. 그래서 그가 얼마나 끔찍한 짓을 저질렀는지 다 말해버렸다. 당신은 절대 서희수를 가질 수 없노라고 말이다.

"네가 어떻게 발레를 그만두게 됐는지 말했어."

희수의 눈빛이 어두워졌다. 흔들림 속에 비난의 빛이 서렸다. 그 얘긴 희수의 가족 사이에서도, 절친인 두 사람 사이에서도 금기였다. 그때의 희수를 떠올리는 건 서로에게 고통이었기 때문이다.

"어떻게…… 말했는데?"

시후는 죄 지은 기분에 고개를 숙이고 한숨을 내쉬었다.

"강시후."

"다, 다 말했어. 네가 얼마나 힘들어했는지, 얼마나 정신이 나가 있었는지. 어떤 수술을 했고 어떻게 재활 치료를 했고, 춤 못 추게 되고 얼마나 울고 얼마나 좌절했었는지 다 얘기했어. 서희수한테서 발레를 뺏은 건 당신이고, 그건 살인이나 마찬가지고, 당신이 그 살인자라고. 그렇게 말해줬어."

오렌지빛 조명 아래서도 느낄 수 있었다. 희수의 얼굴이 하얗게 질려 굳어 있는 걸. 변명하자면.

"미안하다. 근데 정말 화나게 하잖아, 그 인간이."

10년 전, 희수의 고통을 보면서 아무것도 해줄 수 없는 자신의 무기력함에 찢어지게 괴로웠었다. 그리고 만날 수만 있다면 그를 다시 죽여놓고 싶었다. 그랬는데 10년 만에 살아서 나타난 그는 너무 강했고 다부졌고 당당했다. 미워서, 화가 나서, 분하고 억울해서 견딜 수가 없었다.

"서희수, 잘 들어. 난 반대야."

시후는 다시 먼 곳을 헤매는 듯한 희수를 집중시키기 위해 어깨를 잡고 흔들었다. 그리고 진지하고 단호하게 경고했다.

"아버지한테 내가 내 입으로 말할 거야. 네가 나 보호하느라 약혼한 거 다 말하고 취소시킬 거야. 그 인간 협박 때문이 아니라 더 이상 비겁해지기 싫어서야. 이 나이에 아버지 무서워서 커밍아웃 못 하는 것도 창피하잖아. 근데 너 파혼했다고 그 인간한테 가라는 소리 아냐. 반대야. 그 인간은 절대 안 돼. 알겠어?"

또다시 자신의 의견은 허공에 메아리만 칠 뿐일지도 모른다. 10년 전엔 희수를 뺏기는 것 같아서 반대했다. 첫눈에 반했다고 해도, 그게 영화가 아니라 현실에서 가능한 일이라고 해도, 아무리 생각해봐도 말이 안 됐다. 그는 나쁜 물이었고 희수는 청정 해역에서 살아야 할 깨끗하고 예쁜 물고기였으니까. 희수가 나쁜 꾐에 빠진 것 같았고 친구로서 어떻게든 막고 싶었다. 그런데 미처 손쓸 새도 없이 희수는 그에게 빠져들었고 크나큰 상처를 입었다. 한순간의 감정 때문에 그녀의 인생이 엉망진창이 돼버린 거다.

"그렇게 말하지 말지……."

"왜?"

그렇게 당하고도 정신을 못 차리고. 속이 상해서 말이 곱게 나가지가 않았다.

"그 인간 상처받았을까 봐? 너 발레 못 하게 된 걸로 죄책감이라도 느낄까 봐? 천만의 말씀이야. 눈 하나 까딱 안 하더라."

"뭐래?"

"선택은 네가 한대. 그러니까 난 꺼지라더라. 더 이상 너한테 기대면 안 봐주겠대. 씨이, 그건 맞는 말이다. 아버지한테 민폐 끼치기 싫어서 너 이용했잖아, 내가."

히가시데 나기는 강했다. 자신이 본 사람 중에서 가장 대하기가 어렵고 불편하고 짜증 나게 만드는 인간이었다. 한때는 형이 생기는 줄 알고 철없는 기대감도 있었다. 하지만 그는 다른 인간이었다. 아버지가 다르긴 해도 비슷한 구석이 한두 가지는 있을 법한데 닮은 구석은 커녕 전혀 납득할 수 없는 성격이었다.

10년 전에 무슨 일이 있었는지는 모르지만 그래봐야 희수를 두세 번 봤을까. 첫사랑이었다고 해도 10년이나 지나면, 그저 잘 살고 있나 한 번 생각해보는 정도가 정상 아닌가.

그런데 그는 기어이 희수를 찾아내 다시 망치려 한다. 그것만 봐도 확실히 정상인 인간은 아니다.

"이건 사랑도, 집착도 아냐. 내가 보기엔 무슨 게임하는 것 같아. 널 목표로 두고 꺾는 게임. 그렇지 않고서야 10년이 지난 여자한테 이럴 리가 있어? 그리고 넌 뭐냐? 너 흔들려? 다시 좋아?"

희수는 쓴웃음을 짓더니 맥주를 마시고 자괴감에 빠진 듯 말했다.

"나 무서워서 도망 왔어."

"그 인간이 너도 협박하데?"

시후는 눈에 불을 켰다. 여차하면 공권력까지 동원할까 싶다. 국회의원 아버지, 검사인 희수 엄마한테까지 알려 연합 작전이라도 펼칠까 보다. 시후에게는 이 일이 남녀 간의 연애 문제로 여겨지지 않았다. 희수의 신변이 위험할지도 모른다는 걱정마저 들었다. 히가시데 나기는 그만한 무력을 행사할 힘도 갖고 있고 능히 행사할 인간이니까.

"나는 그 사람이랑 변변한 연애 기간도 없었어. 그런데 왜 이렇게 아픈가 몰라. 그 사람 생각하면 아프고 무섭고 그래. 옛날 같은 일 또 벌어지면 이번엔 못 견딜 것 같아. 그래서 미리 겁먹고 도망 왔어."

희수의 먹먹한 표정을 본 시후는 한숨을 내쉬었다. 자신도 연애를 하고 있고 한 사람을 열렬히 사랑하고 있으니 그 감정을 모르는 건 아니다. 내가 하는 건 사랑이고 남이 하는 건 불륜이라더니, 희수의 사랑은 믿음직스럽지가 않다. 연애 기간이며 환경이며 여러 가지를 따지지 않더라도 우선 상대가 불안정하지 않은가.

히가시데 나기는 절대 같이 놀지 말라고 경고하고 싶은 인간이다.

"잘 도망 왔는데 얼굴은 왜 그 모양이야? 힘들어?"

"걱정돼."

나 참, 누가 누굴 걱정하는 건지 원. 답답해서 핀잔을 주려다가 참았다.

"내가 말했잖아. 경호원을 넷이나 달고 다닌다고. 한 번 당했으니 조심하겠지."

"경찰이나 소방관을 애인으로 둔 사람들은 어떻게 지내나 몰라."

시후는 어이가 없어 콧방귀를 뀌었다.

"야, 비교할 게 따로 있지. 그런 숭고한 일 하는 분들이랑 깡패를 비교하냐?"

희수가 갑자기 웃음을 터트렸다.

"깡패. 한 번도 그렇게는 생각 안 해봤는데…… 내가 진짜 홀렸나 보다."

깡패를 깡패라고 한 게 뭐가 그렇게 재밌는지 희수는 깔깔거리며 웃었다. 결코 그렇게 생각하지 않는다는 의미일 것이다. 시후는 모른 척하고 농담처럼 충고했다.

"그래. 콩깍지 떼고 이제 정신 좀 차리자, 서희수."

웃으며 건배를 하고 서울 공연 얘기에 이런저런 주변 얘기를 한참 나누다가 헤어졌다. 희수는 대리 운전을 불렀고 시후는 택시를 탔다.

밤은 점점 깊어가는데 신촌의 거리는 오히려 더 화려한 빛을 발했다. 사람도 많아지고 차도 많아 이제부터 뭔가가 일어날 것만 같은 분위기다. 택시 앞으로 10대로 보이는 어린 연인들이 서로의 허리를 안고 걸어가는 게 보였다. 주변의 어떤 시선도 신경 쓰지 않는 것 같고 미래 따위에도 관심이 없어 보인다. 그래도 밉지 않다. 오로지 서로만 바라보며 맹목적으로 사랑하는 건 저 나이여서 할 수 있는 거고, 또 저 나이여서 예쁜 거다.

그런데 서희수와 그 인간은 뭔가. 서른이나 된 나이에 철없이…….

"난데."

시후는 택시 안에서 희수에게 전화를 걸었다.

– 벌써 도착했어?

"아니, 가는 중인데. 너 어떡할 건지 대답 못 들은 것 같아서. 그 인간 너 포기 안 할 것 같던데 어떡할 거야. 차라리 나랑 미국 갈래?"

전화 너머에서 희수가 픽 웃었다. 그러더니 땅이 꺼져라 깊고 긴 한숨을 내쉬었다.

– 내 마음이 정말 떠나면, 진심으로 싫다고 하면 억지로 강요할 사람 아냐.

다시 짧은 한숨을 내쉬더니 씁쓸한 어조로 말했다.

– 문제는 나한테 있어. 같이 있을 때보다 더 생각해. 그 사람이 총 맞는 꿈을 꿔. 잠자는 게 무서워.

전화를 끊은 뒤에도, 호텔로 들어가 벤을 안은 뒤에도 희수의 한숨 소리가 귓가에 맴돌았다. 지난 10년 동안 희수에겐 연인이 없었다. 남자친구가 생겼다고 한 적이 딱 한 번 있었지만 한 달도 못 가서 끝났다고 말했다. 별로 놀랍지도 않았다. 생각해보니 그랬다. 자신조차도 희수가 다른 남자를, 히가시데 나기가 아닌 다른 남자를 사랑할 수 있다고 생각해본 적이 없었던 거다.

　시후와 마신 맥주 두 병으로 희수는 잠을 잤다. 시후와 헤어져 택시를 타고 집까지 돌아오는 20분 동안 까무룩 기절한 듯 잤다. 잠을 깨운 건 시후의 전화였고 비몽사몽간의 대화는 숨겨둔 진심을 털어놓게 만들었다.
　내일은 닷새째 날이다.
　집으로 들어온 희수는 곧장 옷을 벗고 욕실로 들어갔다. 몸이 얼 정도의 차가운 물을 틀고 샤워를 했다. 뜨거운 눈물이 얼어붙어 더 이상 흐르지 못하도록.
　그 누가 사랑하는 사람의 죽음에 면역이 있으랴.
　샤워를 마치고 나와 간단히 로션을 바르고 침대로 갔다. 까무룩 20분은 긴 밤을 앗아갈 생각인지 밤이 깊어갈수록 정신은 더욱 또렷해졌다.
　그래도 그는 아직 살아 있다.
　전화를 하는 게 두려웠다. 받지 않을까 봐 무서웠다. 받으면 그다음 번이 또 두려워질 것 같아서 전화를 걸 수가 없었다. 일어나 노트북을 켰다. 유우신의 담당자와는 계속해서 일을 추진하고 있었다. 기획안을 완성시키면 보고를 올리고 유우신 측이 승인을 얻으면 계약이 체결될 것이다. 제일 아래 직원들끼리 만들어가는 기획안이라 표면상으로 그는 개입하고 있지 않았다. 일본의 담당자와 통화를 할 때도 그의 얘기는 일절 등장하지 않았다. 마음속 깊이 그의 안부가 궁금해서 온 신경이 곤두섰지만 물어볼 수가 없었다.

아, 회장님요. 어제 사망하셨습니다.

그러지나 않을까. 그럴 수도 있다. 영화 같은 일이 정말로 벌어지는 걸 이미 겪었으니까.

다시는 겪지 않겠다.

어슴푸레 여명이 밝아왔다. 꼬박 밤을 새우고 완성한 기획안을 상사의 메일로 전송하고서 일어났다. 찌뿌드드한 몸을 일으켜 습관대로 기초 스트레칭으로 몸을 풀고 곧장 출근 준비를 했다. 굳이 출근 시간까지 기다려 러시아워를 견딜 필요가 없으니 이른 출근을 했다.

시후의 말이 맞다. 절대 안 되는 일이다.

17

희수는 저녁까지 거르고 일에 집중했다.

일주일째 날이다.

정신을 차리고 보니 회식 자리에 앉아 있었다. 오랜만의 회식에 불
콰해진 팀장이 선심 쓰듯 2차를 제안했다. 평소 아부 좀 한다는 남대리
가 회사 근처의 클럽으로 이끌었다. 은근히 동안이며 젊은 감각을 잃
지 않고 있다는 걸 과시하고 싶어 하는 팀장을 부추기기 위해서다. 팀
장의 과시욕을 뻔히 알면서도 좋은 척 따라주는 직원은 많지 않았다.
미운털 박히는 것쯤이야 우습게 아는 능력 좋은 MD들은 각자의 핑계
를 대고 자리를 떴고 미물에 불과한 말단만 남았다. 희수는 주장 없이
휩쓸려 갔다. 그녀의 온 신경은 오로지 방전된 휴대전화에 가 있었다.
하루 종일 업무에 시달린 휴대전화는 1차 회식 자리에서 전원이 꺼졌
다. 충전을 하지 않으면 그의 전화를 받을 수가 없다. 다행일까.

그는 살아 있을까.

연예인이 운영한다는 클럽은 발 디딜 틈 없이 빽빽했다. 희수는 세
잔의 모히토와 테킬라를 마셨고 모르는 남자들과 춤을 췄다. 자정을
넘어서자 클럽은 열기로 달아올랐고 사람은 더 많아져서 숨쉬기도 어
려울 지경이었다. 체력이 바닥 난 팀장을 달래고 추슬러서 보낸 후 본
격적인 춤판은 벌어졌다. 얼마 지나지 않아 고삐 풀린 망아지처럼 신
나게 놀던 여직원 하나가 건들거리는 남자와 시비가 붙었다. 더 불이

붙어 못 볼 꼴 보기 전에 파장을 해야 한다는 신호였다.

취한 여직원 하나에 남대리가 붙었다. 어차피 대리 운전을 불렀으니 자기가 데려다주겠노라고 했다. 평소 둘의 분위기를 눈치 채고 있었던 터라 방해하지 않고 보냈다. 남대리의 차가 떠나고 나자 줄에서 맨 앞에 있던 택시가 그녀 앞으로 다가왔다. 희수는 타지 않겠다는 표시로 고개를 흔들고 깊이 심호흡을 했다. 그리고 천천히 옆쪽으로 시선을 돌렸다. 클럽에서 나올 때부터 검은 벤츠를 보았었다. 취한 여직원을 부축해 남대리의 차에 태울 때 벤츠에서 내리는 그를 보았다. 보지 않으려고 해도, 보지 않은 척했지만 그를 발견하고야 말았다. 그는 검은 셔츠의 소매를 걷고 한 손을 회색 바지 주머니에 넣은 채 이쪽을 보고 서 있었다.

일순, 복잡하고 시끄러운 골목이 고요해졌다. 아무런 소리도 들리지 않았다. 오가는 행인들도 보이지 않았다. 오로지 다가오는 그의 존재만 가득하다.

10년 전, 단 며칠을 만난 남자에게 정신을 잃고 빠졌었다. 어려서, 처음이라서 덜 익었다고 생각하지 말라. 어려서, 처음이라서 한순간에 모든 걸 바칠 수 있었다. 그래서 더 깊었고 아팠고 고통스러웠다. 돌이켜 보면 지난 10년을 그 추억으로 버텼다. 아이러니하게도 그 지독한 그리움이, 뼈아픈 상처가 삶의 농력이었다. 눈앞의 그는 집착하고 있던 과거의 고통에서 벗어나라고 한다. 버리고 다시 시작하자고 한다. 두려웠던 건 그를 다시 잃을지도 모른다는 불안이 아니라 새롭게 마주할 삶이 두려웠는지도 모른다. 처절하도록 아름다운 과거의 추억을 망치게 될까 봐.

다가오는 그를 보고 몸을 돌려 반대쪽 길을 건넜다. 건너편 상가에서 내놓은 좌판으로 다가갔다. 수제 봉제인형이 줄지어 누워 있었다. 그중 하나로 손을 뻗었다. 숨기려 애썼지만 손끝이 달달 떨리고 있었다. 심장 박동이 가게에서 흘러나오는 힙합 음악의 비트보다 더 빨랐다.

"이, 이거랑…… 이거…… 얼마예요?"

손이 닿는 대로 두 개를 골랐다. 뒤에서 팔이 뻗어 나왔다. 그는 말없이 현금을 내밀었고, 희수는 상점의 여주인이 거스름돈을 챙기는 동안 인형도 집지 않고서 몸을 돌렸다. 다시 길을 건너려는데 그가 팔을 잡아당겼다. 차가 그녀의 치맛자락을 아슬아슬 스치며 지나갔다. 다음 순간 손을 잡혔고 그대로 끌려서 도로 건너편에 주차된 그의 차에 억지로 탔다. 난폭하진 않았지만 그의 움직임은 빠르고 강해서 숨 쉴 여지도 주질 않았다. 조수석에 앉혀졌을 땐 숨이 가빠왔다.

운전석에 앉은 그도 숨이 찼는지 잠시 숨을 몰아쉬었다. 핸들을 꽉 쥔 주먹을 보고서 숨이 차서가 아니라 감정이 격해져서라는 걸 알았다. 그때 묘한 감정이 피어올랐다. 일본에 있을 땐 그가 자신을 숨 막히게 한다고 생각했다. 현실적으로 판단해볼 여지도 주지 않고 밀어붙이는 그가 미웠다. 남의 상처 같은 건 살펴보지도 않고서 제 욕심만 부린다고 생각했고, 다시 상처받지 않으려면 도망가는 것뿐이라고 결론 지었었다.

그런데 일주일간의 마음 전쟁이 한순간에 종식되는 것 같은 이 평안

함은 뭘까? 비로소 내가 내가 된 것 같은 안정감이 든다.

"더 이상은 못 기다려. 1분 1초도."

핸드브레이크를 풀고서 돌아보는 그의 눈에는 단호함이 서려 있었다. 한 치의 반발도 허용치 않겠다는 표정치고는 조금 지쳐 보였다. 시후는 눈 하나 깜빡하지 않았다고 했지만 희수는 그렇지 않을 거라고 생각했었다. 시후가 반대라고 거듭 강조할 때마다 마음속 깊은 곳에서는 '너는 그를 몰라.' 했다. 그는 속을 끓였을 것이다. 희수가 발레를 못하게 된 것에 대한 죄책감에 시달렸던 사람이다. 자세한 상황까진 몰랐을 텐데 그 얘기를 생생히 전해 들었으니 더 괴로웠을 것이다.

차츰 몸 안의 긴장이 풀리는 게 느껴졌다. 눈앞이 흐릿해지더니 팔다리에 힘이 들어가지지 않았다. 나른했다. 도로에서 그를 본 순간 깨달았다. 두려움은 그리움보다 질기지 못하고, 그리움은 연민보다 강하지 못하다는 걸.

서울로 돌아온 후 일주일 내내 잠을 설쳤던 데다 꽤 진한 알코올의 부추김으로 수마에 빠져들었다. 그가 옆에 있다는 게 안심이 되어 긴장이 다 풀려버린 것이다. 잠깐 눈을 떴을 때 희수가 본 것은 비행기였다. 날개에 검은 테두리가 있는 비행기가 보였다. 그의 행동은 빨랐다. 새벽 도로를 달려 도착한 곳은 비행기 계류장이었고, 거기에선 그의 전용기가 대기하고 있었다.

"나 여권 없어요."

잠결에 깨서 중얼거린 말을 듣고도 그는 태연했다.

"괜찮아."

그는 아랑곳없이 희수를 안아 들고는 걸음을 재촉했다.

"어디 가는 거예요?"

"집."

상암동에 있는 그녀의 집을 비행기 타고 갈 리는 없을 테니 당연히 그의 집을 말하는 거다.

"아직 정리 못 했어요. 회사에 말도 하고, 짐도 챙기고……."

"내가 다 알아서 처리할 거니까, 넌 자."

어떻게 알아서 한다는 건지, 멍하게 생각하다가 어지러워 눈을 감았다. 마지막 테킬라는 마시지 않는 건데…….

다시 눈을 떴을 땐 비행기 안이었다. 넓고 쾌적한 비행기 안은 안마 의자처럼 푹신하고 큰 의자들에 커다란 회의 테이블, 작은 바까지 마련돼 있었다. 황당해서 상체를 일으켜보는데 그가 어깨를 눌렀다. 의자에 푹 앉히고는 벨트를 채웠다. 그리고 그가 자신의 벨트를 채우자 내부의 조명이 꺼지며 엔진 소음이 시작되었다. 그가 재촉했던 건 비행기 이륙 시간에 맞추기 위해서였던 것 같다. 정말 이대로 도쿄로 갈 모양이다.

"괜찮아?"

"안 괜찮아요."

희수는 체념의 한숨을 쉬며 등받이에 머리를 기댔다. 다시 눈이 감겼다. 이제 와 그를 향한 감정을 부정한다면 새빨간 거짓말이 될 것이다. 그 역시 처음 만났을 때부터 느꼈을 테니까. 그는 들키고 싶지 않은 희수의 속마음을 다 꿰뚫어 보고 있었다. 그러면서도 항상 조급하게 밀어붙였다. 지나친 억측일지 몰라도 그의 어린 시절 환경 탓이 아닐까 싶었다. 계속해서 바뀐 '마마들' 말이다.

"간도 크지. 술을 마셔?"

희수는 어이없어하는 그의 목소리를 들으며 잠이 들었다. 다시 설핏 눈을 떴을 땐 나기의 품에 안겨 어디론가 옮겨지고 있었다.

"나기……."

잠결에 중얼거리자 그의 입술이 내려와 이마를 눌렀다. 사랑스러워 견딜 수 없다는 듯이 머리에 입을 맞추며 꽉 안았다.

"괜찮아. 자."

부드러운 속삭임에 안심한 희수는 다시 평온한 잠으로 빠져들었다.

한 달 후, 도쿄.

부산의 엄마는 바쁜지 전화를 받지 않았다. 저녁에 다시 전화하기로 하고 유리문을 넘어 정원으로 나갔다. 벌써 더워지려는 모양인지 넓은 잔디에 드리워진 햇빛이 강렬했다. 수도꼭지와 연결된 고무 호스를 들고 화초에 물을 뿌렸다. 물방울 너머 무지개가 펼쳐지고 그 너머로 멀리 푸른 운하와 다리가 보였다. 다시 도쿄로 돌아와 그와 함께 산 지 한 달이 흘렀다.

지난 한 달은 꿈결 같은 시간이었다. 그는 그녀가 원하는 것이면 뭐든 함께 해줬고 밤에는 황홀한 쾌락을 선사했다. 시간이 조금 흐르면 익숙해지고 조금은 식지 않을까 생각했던 건 그녀의 오산이었다. 그의 열정은 갈수록 더해서 언제나 희수의 몸에 목말라 했다. 처음 일주일 은 아예 출근도 접고서 24시간을 그녀와 함께 보냈다.

그가 쉬는 동안엔 대체로 맨션에서 보냈지만 저녁엔 가까운 식당이 나 펍으로 외출을 했고 디즈니랜드도 갔다. 그렇게 꼭 가보고 싶었던 건 아니지만 그와 함께하면 재미있을 것 같아 가자고 졸랐다. 그처럼 큰 체격에 남자다운 남자가 의외로 고소공포증이거나 놀이기구를 못 타는 걸 상상했었다. 그런데 그는 재미없게도 전혀 반응이 없었다. 혹 시 무서워서 얼어버린 게 아닐까 했지만 오히려 그 반대였다. 너무 시 시하다며 지루한 표정을 하고 있었다. 반면 희수는 무서워도 소리 지 르며 타는 걸 좋아해서 꺅꺅 비명을 질러댔다. 그때마다 나기는 그런 희수가 재밌다는 듯 보며 웃었다.

"와, 진짜 재미없다. 로봇이랑 같이 있는 거 같아. 무서운 거 없어 요?"

"없어."

대답하며 희수의 입가에 묻은 아이스크림을 손으로 닦아줬다.

"번지점프 해봤어요?"

"아니."

"뱀."

"뱀? 실제로 본 적은 없는데."

"번지점프보다 뱀 쪽일 거예요. 그건 무서울 거야."

다리가 아프도록 돌아다녔지만 행복해서 자꾸만 웃음이 났다. 놀이 기구를 탈 때를 제외하고는 그의 팔은 항상 그녀의 몸을 안고 있었다.

어깨에 팔을 두른다거나 허리와 엉덩이 사이에 올려놓거나, 가끔은 뚜렷한 의지를 갖고서 뺨을 만지거나 했다. 그럴 때마다 그를 돌아보면 키스하고 싶어 하는 눈빛이 역력해서 얼굴이 달아올랐다. 아이스크림을 사서 들고 오는 그에게 다른 여자들의 시선이 꽂힌 걸 보고서는 질투도 났다. 그의 큰 키와 두꺼운 몸은 어딜 가나 시선을 끌었다. 선글라스로 가리고 있어도 잘생겼다는 걸 알았을 것이다. 다비드상보다 멋진 그의 구릿빛 알몸이 떠올랐다. 그에게 안기고 싶어서 조바심이 났다. 둘만이 있을 수 있는 장소를 찾고 싶을 만큼.

어둠이 내리자 퍼레이드가 시작됐다. 길고 긴 행렬이 동화 속 주인공들과 놀라운 싱크로율을 자랑하며 등장했다. 자동차만 한 신데렐라의 유리구두가 번쩍번쩍 빛을 발했다. 전구로 가득한 드레스를 입은 백설 공주는 그대로 동화 속에서 튀어나온 것처럼 예뻤다. 잠시 동심에 젖어 꿈꾸듯 바라보는데 뒤에 서 있던 그가 얼굴을 끌어당겼다. 고개를 돌린 희수는 이글거리는 그의 눈빛과 다가오는 섹시한 입술을 보고는 눈을 감았다. 입술을 벌리고 들어오는 그의 혀를 부드럽게 빨았다. 그의 키스는 동화처럼 아름답고 환상적이었다. 거기에 짜릿한 전율까지 더해서 온몸이 아이스크림처럼 녹아내릴 것만 같았다.

디즈니랜드에서 돌아오는 길에 생각했다. 그의 주변에 쌓인 해골들을 차곡차곡 수거해 묻어주고 그를 웃게 해야겠다고 말이다. 그게 운명이 자신을 그의 옆에 묶어둔 이유일지 모른다고.

고무 호스를 정리하는데 발소리가 들렸다. 돌아보자 다나카 타이치가 서서 지켜보고 있었다.

"저 운하를 건너가면 오다이바죠? 운동 겸 갔다 올까요?"

물었더니 조금 당황한 듯 고개를 숙였다.

"회장님께 말씀드려보겠습니다."

곧장 돌아서서 휴대전화를 꺼내는 그를 보고 희수는 어이없어서 한숨을 쉬었다. 그런 것까지 일일이 그의 허락을 받지 않아도 좋을 텐데 말이다. 다나카를 본 지도 한 달이 넘었는데 그는 여전히 어색하고 무뚝뚝했다. 단답형의 대답을 하거나 고개를 끄덕이거나, 그나마도 안 할 때가 많아서 도무지 대화라는 게 되지가 않았다.

그가 허락을 하거나 말거나 오늘은 밖으로 나가볼 생각이다. 그의 퇴근을 기다리면서 집에만 있은 지도 벌써 일주일이 넘었으니까. 희수는 방으로 들어와 가방에 파우치와 선글라스를 챙겨 넣었다. 쌀쌀해질 때를 대비해서 카디건도 챙겼다. 방을 나오니 다나카가 따라왔다. 그가 허락을 한 모양인지 아무런 말도 없었다. 엘리베이터는 이 남자와 그가 가진 전용 카드로만 움직였다. 먼저 엘리베이터에 오른 다나카가 양복 안주머니에서 카드 키를 꺼내 넣었다. 건물은 총 48층이었고 그의 집은 맨션 꼭대기의 펜트하우스였다. 엘리베이터는 논스톱으로 내려가 로비까지 도달했다.

따뜻한 봄 날씨에 햇빛이 좋아서 걸어가기로 했다. 챙겨 온 선글라스를 끼고 도로를 건넜다. 생각했던 것보다 멀었지만 선선한 바람에 기분이 좋았다. 다리를 건너기 위해선 버스와 배를 이용하는 방법이 있었다. 희수는 크루저를 이용하기로 하고 선착장으로 향했다. 표를 사려고 지갑을 열어보니 쓰고 남은 엔화가 조금 있었다. 표를 끊으려는데 다나카가 직원에게 다가가 뭔가를 보여줬다. 그러면서 그냥 타라고 했다.

"맨션의 입주민은 무료입니다."

얼떨떨했다. 돈을 아껴서 좋았지만 벌써 이곳의 주민이 되었다는 게 낯설고 어색했다. 너무 빠르게 많은 것들이 바뀌고 있었다.

한 달 전, 희수는 잠이 든 채로 도쿄로 옮겨졌다. 불안했던 게 언제였나 싶게 그를 보자마자 편안해서 그동안 설쳤던 잠을 몰아서 자버렸다. 그를 떠나 있는 게 더 불안하다는 걸 깨달았고 그와 함께 있는 것 이외의 다른 건 생각할 수가 없었다. 다음 날 정오가 되도록 깨어나지 않았고 그는 그녀를 둔 채 출근을 했다. 눈을 떴을 땐 그의 방 침대 위였다. 이미 상암동 오피스텔의 짐까지 도착해 드레스룸에 놓여 있었다.

희수는 제대로 인사도 못 한 채 회사를 그만둬야 했다. 깨어나자마자 전화를 했더니 회사의 상사는 짐작했던 것보다 더 놀라운 사실들을 얘기해줬다. 뭐라고 둘러댈까, 변명으로 모면해볼까 했지만 어떤 것도 적절치 않아 보였다. 그래서 솔직히 말했다. 사람을 만나러 일본에 왔고 회사에는 돌아가지 못할 것 같다고 말이다. 죄송하다는 사과의 말은 너무 얄팍해서 말하는 자신이 더 민망할 정도였다. 필요하다면 충원을 할 때까지 출근을 하겠다고 했지만 들려온 답은 차가운 거절이었다. 남자 때문에 무단결근을 하고 규정도 따르지 않고 퇴사를 하는 것이니 그런 취급을 당해도 할 말이 없었다.

– 그쪽에서 희수 씨 찍어서 보내달라고 할 때부터 알아봤지. 다른

사람은 안 된다, 서희수를 보내라고 하더라고. 본인한테는 비밀로 해야 된다면서.

그랬을지도 모른다는 짐작은 했었다. 위의 선배들도 있는데 막내 MD가 단독으로 기획을 맡고 그런 여유로운 출장을 하는 건 특혜였다. 40대 싱글인 상사는 결혼하면 청첩장을 보내라며 놀림인지 비웃음인지 모를 축하 인사를 했다.

서운한 건 그다음 말이었다.

– 상대가 유우신의 꽤 높은 사람인가 봐? 서희수 씨랑 상관없이 계약은 이미 우리한테 유리하게 진행하기로 했어. 서희수 씨 보내는 조건이었거든.

거래의 대상이 된 거 같아 기분이 나빴다. 가서 무슨 일을 당할지도 모르는데 그런 일방적인 조건을 전혀 얘기해주지 않았다는 게 씁쓸한 기분이 들게 했다. 2년 모자라게 일했지만 나름대로 열심히 했고 좋아하던 일이었다. 뭣보다 화가 나는 건 히가시데 나기다. 이 모든 일을 계획한 사람이고 이런 감정이 들게 한 사람이니까. 그와 함께하기 위해서 또 뭘 포기해야 하는 걸까. 자신이 내린 선택이니 누구를 탓할 건 아니다. 그를 선택한 자신이 감당해야 할 몫이었다.

회사와 통화를 하고 엄마에게 전화를 걸었다. 사실대로 말할 수가 없어서 휴가를 내고 일본 여행 중이라고 둘러댔다. 그리고 짐을 풀었다. 도쿄 생활의 시작이었다.

그날 밤, 그는 조금 늦은 퇴근을 했다. 거실에 서서 정원의 불빛을 보며 생각에 잠겼던 희수는 다가오는 인기척에 고개를 돌렸다. 그의 손이 뻗어와 뺨을 어루만졌다.

"이제 와요?"

그의 손은 미세하게 떨리고 있었다. 비로소 그녀를 일본으로 데려왔고 일주일 만에 재회했다는 것에, 그녀가 자신의 옆에 있다는 것에 가슴 벅찬 표정이었다. 애틋하게 만지는 그의 손을 잡았다. 애잔한 감동이 밀려와 자신도 모르게 그의 손에 입술을 가져갔다. 천천히 입을 맞추자 손가락이 그녀의 입술을 만졌다. 혀끝으로 살짝 핥았더니 그의 눈빛이 짙어졌다. 어둠 속에서도 느껴지는 뜨거운 눈길에 희수는 밭은 숨을 내쉬었다.

희수는 발뒤꿈치를 들고 그의 목을 안았다. 넓은 어깨에 턱을 올리고서 양팔로 그의 목을 꼬옥 끌어안았다. 두꺼운 팔이 그녀의 몸을 으스러지도록 안았다. 한참의 시간이 흐른 뒤에도 그는 포옹을 풀지 않았다. 일주일 만의 재회였다.

희수는 바늘 끝 하나 들어가지 않을 정도로 꽉, 그의 품에 안겨 있었다. 그의 목덜미에 얼굴을 묻고 폐 깊숙이 그의 체취를 마셨다. 남자다운 체취에 가슴이 아플 정도로 두근거렸다. 좋아서 그의 턱에, 목덜미에 입을 맞추었다. 입술을 누르고 가만히 있었다. 그의 품에 안겨 있다는, 비로소 그와 함께할 거라는 기쁨의 여운에 가슴이 벅찼다. 그 역시 같은 감정인지 그의 피부가 파르르 떨리고 있는 게 느껴졌다. 그러다 뜬금없는 생각이 떠올랐다.

"위경련, 병원 갔다 왔어요?"

그의 심장에 귀를 대고 나지막이 속삭이자 두꺼운 팔에 힘이 더해졌다.

"응."

희수는 고개를 들고 그를 보았다. 사랑스럽다는 듯 뜨겁게 보는 그의 눈길에 가슴이 뛰었다. 넓은 어깨에서 손을 내려 흰 와이셔츠에 감싸인 두툼한 가슴을 만졌다. 희수의 손길이 닿자 얇은 셔츠 아래 탄탄한 근육이 긴장하며 단단해졌다. 희수는 손가락 끝으로 간질이듯 그의 가슴을 쓰다듬었다. 그녀의 손길이 점점 진해지자 그의 숨이 흐트러졌다.

"말 잘 듣네요? 뭐래요?"

"이상 없대."

그의 손이 그녀의 짧은 스커트 위로 엉덩이를 만지다가 손가락으로 스커트를 끌어올렸다. 스커트 안으로 들어온 손이 매끄러운 허벅지를 쓰다듬으며 점점 안까지 파고 들어왔다. 희수는 달아올라서 허리를 꿈틀거렸다. 셔츠 깃 사이로 그의 목덜미를 어루만지며 단단한 어깨에 머리를 기댔다. 호흡이 가빠져 쉰 목소리가 나왔다.

"그럼 왜 그렇대요?"

손을 올려 조금 홀쭉해진 것 같은 그의 뺨을 만졌다. 짧은 앞머리를 지나 머리칼 속으로 손을 넣어 쓰다듬었다. 이 어딘가에 총알이 스쳤다면 그 모습이 얼마나 처참했을지 상상이 가지 않았다.

"그냥 스트레스?"

끔찍하고 가슴 아파 일부러 피해왔지만 이제는 용기를 낼 참이다. 다시는 그가 홀로 쓰러지게 하지 않을 생각이다. 다시 또 그런 일이 터진다고 해도 옆에 있을 것이다. 그를 외롭게 두진 않겠다.

"너 때문이야. 보고 싶어서."

그의 손이 희수의 팬티에 닿았다. 그 가벼운 접촉만으로도 희수의 몸은 불꽃처럼 파팟 튀어 올랐다. 아찔한 전율에 날카로운 신음을 흘리고 그의 뺨에 입술을 댔다. 몸이 저절로 꼬이며 타오르기 시작했다. 가슴을 내밀어 그의 단단한 가슴을 간질였다. 복부에 그의 것이 닿아서 속이 꿈틀거렸고 손은 어느새 셔츠 안으로 들어가 불끈거리는 근육을 더듬고 있었다. 희수가 갈망에 안달하며 매달리자 그의 얼굴도 붉게 물들었다. 곧장 희수를 안아 들고 침대로 옮겨 갔다.

그의 방, 그의 침대로 옮겨지는 동안에도 희수의 몸은 조급한 갈망으로 떨렸다. 이성은 이미 날아가서 자신이 무슨 행동을 하는지도 몰랐다. 그저 그에게 안기고 싶다는 욕망뿐이었다. 그의 목덜미에 키스하고 혀를 대고서 핥고 빨았다. 그가 거친 숨을 토해내며 흥분으로 떠는 게 느껴졌다. 그의 뒤로 문이 닫히고 옅은 조명이 켜졌지만 희수는 알지 못했다. 지금 그녀의 눈에는 자신을 굶주린 듯 보고 있는 한 남자밖에 보이지 않았다.

희수는 침대에 눕혀졌다. 포옹을 풀지 않고 그를 끌어당겼다. 묵직하게 눌러오는 그의 무게가 좋았다. 희수는 떨리는 손으로 그의 옷을 벗겼다. 재킷을 벗기고 와이셔츠의 단추를 하나씩 풀어내려갔다. 그러는 동안 그는 희수의 얼굴에 키스했다. 흩뿌리는 키스가 아니라 진한 여운을 남기는 감미로운 키스였다. 어깨 위로 와이셔츠를 밀어내자 구릿빛 상체가 드러났다. 희수는 두 손에 다 잡히지도 않는 두꺼운 팔 근육을 어루만지다가 그 팔에 키스했다. 그는 입술을 내려 그녀의 뺨을 핥았다. 부드럽게 핥고서 얄팍한 살집을 입안으로 빨아들였다. 절로 눈이 감기는 달달한 전율이 희수의 전신을 타고 흘렀다. 단단한 가슴 근육을 어루만지며 천천히 아래로 손을 내렸다. 부드럽게 미끄러지는 손길에 울퉁불퉁한 근육이 불끈 긴장하며 반응했다. 복근을 지나 검은 털이 나기 시작한 곳으로 뻗어 갔다. 드디어 바지의 버클에 손이 닿았다. 희수는 눈을 내리고서 이미 불룩하게 솟은 그의 바지 앞을 보다가 살짝 만졌다. 그는 부르르 몸을 떨더니 입술을 덮쳤다.

다급하게 희수의 셔츠를 벗기면서도 그의 키스는 멈추지 않았다. 점점 더 열기를 더하며 입술을 빨더니 입안 깊숙이 파고들어왔다. 희수는 한껏 입을 벌리고서 그의 혀를 받아들였다. 정신이 아득하도록 진한 키스가 이어졌고 더 크게 부풀어 오른 젖가슴 위로 그의 손이 닿았다. 단숨에 브래지어가 벗겨지고 그가 머리를 내렸다. 유두가 빨린다고 생각한 순간 이성이 끊어져버렸다. 양쪽 가슴이 거칠게 만져지고 팬티가 내려갔다. 그의 열정으로 희수의 몸은 뜨거운 비명을 질러댔고, 침실의 공기는 거친 호흡으로 가득 찼다.

희수는 그가 다급하게 바지를 벗는 걸 보고 상체를 일으켰다.

"내, 내가……."

헐떡이는 목소리를 내며 그의 검정색 팬티로 손을 뻗었다. 그는 팬티만 입은 모습으로 침대 위에 무릎을 세운 채 멈췄다. 윤곽만으로도 얼마나 크게 부풀어 올랐는지 알 수 있었다. 희수는 가는 손가락으로 그 형태를 어루만졌다. 손가락으로 부드럽게 쓸며 시선을 들자 그가 위험한 눈빛을 하며 희수의 손을 잡았다.

"지금은 안 돼."

그는 한 손으로 희수의 머리를 움켜잡고 거친 키스를 퍼부으며 스스로 팬티를 벗었다. 손으로 희수의 젖은 곳을 애무하며 쾌락에 떠는 몸을 핥았다. 탄력 넘치는 엉덩이에 키스하고 한껏 입에 머금었다. 입술을 옮겨 에액으로 뜨겁게 젖은 곳에 키스했다. 혀로 분홍빛 살집을 핥으며 들어가 입술로 물고서 빨았다. 흥분한 희수의 몸이 팔딱이는 물고기처럼 튀어 올랐다. 혓바닥으로 길게 핥아 올리고는 혀끝으로 간질이자 붉게 달아오른 여체가 꿈틀거리며 그를 유혹했다. 더 이상 참지 못한 나기는 매끈한 허벅지를 잡아 들어 올리고 그대로 깊게 삽입했다.

희수는 비명을 지르며 그의 어깨를 안고 매달렸다. 상체를 일으키고는 그를 타고 앉아 엉덩이를 흔들었다. 터져 나오는 날카로운 신음을 그의 입술이 뜨겁게 삼켰다. 타액이 흐르는 무아지경의 키스를 하면서 희수의 몸은 절정을 향해 타올랐다.

"나기……."

희수는 열락에 떨며 그의 이름을 불렀다. 그녀의 안에 욕정을 쏟아낸 그 역시 쾌감의 여운에 아무런 말도 하지 못한 채 헐떡이고 있었다.

"나기……."

나기는 울먹이는 희수를 꼭 안고서 부드러운 어깨와 가슴, 목덜미와 뺨, 입술이 닿는 대로 키스를 흩뿌렸다. 완전히 녹아내린 희수는 까무러칠 듯 나기의 몸에 자신을 기대었다. 너무 좋아서 두려웠다. 너무나 좋아했던 두 가지, 그와 발레를 10년 전에 잃었었다. 그대로 죽고 싶었다. 기적처럼 그를 다시 만났지만 두려웠다. 그래서 그와 헤어지려고 했지만 되지가 않았다. 차라리 같이 죽을지언정 그를 놓을 수가 없었다. 희수는 부드러운 젖가슴으로 그를 꼭 안았다. 다시는 떨어지지 않을 거다. 강해지지 않으면 안 된다. 그와 함께하려면.

크루저에는 간단한 음료를 즐길 수 있는 스낵바와 프랑스 식당, 이탈리아 식당이 있었다. 고급스러워 보이는 식당은 혼자 들어가서 먹기엔 민망할 것 같았고 엄청난 가격이라 엄두도 나질 않았다. 계획 없이 나왔으니 두서없이 돌아보기로 하고 커피와 도넛을 사 먹었다. 혼자 먹기 미안해 다나카 쪽을 쳐다봤다. 그는 희수가 신경 쓰이지 않도록 떨어져 있었지만 경계를 늦추지 않고 있었다. 커피를 권했다간 오히려 일을 방해하는 게 될 것 같았다. 태국이나 베트남을 여행할 때, 사람의 동력을 이용해 움직이는 운송 수단을 탈 때와 비슷한 기분이다. 인력거나 시클로 같은 것 말이다. 땀 흘리며 뛰는 사람 뒤에서 편히 앉아 있노라면 괜히 미안해지지만 그 미안함이 오히려 허영 같은 기분이 들지 않나. 이런 것도 익숙해져야 될지 모른다.

희수는 갑판에 앉아 커피를 마셨다. 혼자 밖에 나와 한가롭게 여유를 즐긴 게 얼마 만인지 모른다. 머릿속에 여러 가지 복잡한 생각들이 하늘의 뭉게구름처럼 떠다니고 있었지만 굳이 붙들어 매달리지 않기로 했다. 생각나면 그저 흘려보내고 바람과 햇볕과 커피를 즐겼다.

사진을 찍는 연인이 시야에 들어와 저도 모르게 흐뭇하게 지켜보았다. 중국 관광객으로 보이는 젊은 관광객과 눈이 마주치기도 했다. 야구 모자를 쓴 백인 청년이 핫도그와 콜라를 들고 조금 떨어진 옆 테이블에 앉았다. 하이, 라고 인사해서 미소를 지어 보였더니 더 말을 걸어왔다. 거리가 멀어 잘 들리지가 않았다. 그러자 청년이 희수 옆으로 다가왔고 동시에 다나카가 나타났다. 강한 눈빛으로 청년을 제지하고 자리로 돌려보냈다. 어이없어하는 청년의 표정에 희수는 민망해졌다.

　자리에서 일어나 다른 곳으로 옮겨 갔다. 그러지 말라고 다나카에게 말해야 하는 건지 알 수 없었다. 그와 함께하기 위해선 견뎌야 하는 부분일지 모른단 생각에 마음이 무거워졌다.

　크루저가 향한 곳은 오다이바. 희수는 갑판에서 가라앉았던 기분을 추스르고 경쾌한 걸음으로 오다이바를 돌아다녔다. 햇볕이 내리쬐는 가운데 조금씩 빗방울이 돋기 시작했다. 선글라스를 벗고 밝은 표정으로 주위를 둘러보는 희수는 회색 도시의 유일한 컬러 같았다. 선홍색의 니트 셔츠는 그녀의 뽀얀 피부를 더 맑고 투명하게 보이도록 했고 짧은 반바지는 드러난 다리를 더 길어 보이게 했다. 타인에게 관심 없는 일본인들도 힐끗 그녀를 돌아보곤 했다. 날씨는 조금씩 쌀쌀해지기 시작했고 하늘도 어두워졌다. 비까지 내리니 뜨끈하고 고소한 튀김우동이 생각났다. 희수는 첫눈에 바로 띈 건물에서 우동집의 간판을 발견했다.

　안으로 들어간 희수는 작은 식탁에 자리를 잡았다. 튀김우동을 주문하려고 했지만 메뉴에 없어서 가케우동과 튀김을 따로 주문했다. 맑으면서 깊은 간장 육수와 느끼하지 않고 고소한 튀김까지 배불리 먹었다. 배를 채우고 나니 빗방울이 한층 굵어져 있었다. 좀 더 여기저기 둘러볼 생각이었는데 이대로 돌아가야 할 것 같았다.

가게의 창가에서 비를 보고 앉았는데 다나카가 다가와 휴대전화를 내밀었다. 그가 집으로 돌아왔는지도 모른다고 생각하니 금세 기분이 들떴다.

"어디예요?"

— 일 때문에 누굴 좀 만나야 돼. 늦을 것 같아.

그 말에 희수는 피식 웃음이 났다. 직장에 나간 남편이 아내에게 하는 말인 것 같아서다. 물론 희수의 부모는 그것과 달랐다. 희수의 부모님 중 더 바쁜 쪽은 엄마였기 때문에 늦을 것 같다는 말로 서운함을 느끼게 한 건 엄마 쪽이었다. 10년 전에는 미웠고 이해할 수 없었지만 이젠 아버지의 외로움을 알 것도 같았다. 일하랴, 발레 하는 희수를 챙기랴, 엄마에게 아빠는 맨 뒷전이었다. 외도가 잘한 짓은 아니어도 그만큼 소외감을 느꼈을 것이다.

— 그만 들어가. 비도 오잖아.

이번엔 꽤 명령조다. 반항심이 장난기를 발동시켰다.

"비 오면 쓰라고 있는 게 우산이에요."

창 밖으로 자유의 여신상이 보였다. 초록색 여신이 비 맞는 걸 보며 느긋한 목소리로 말했다.

"산책 겸 아쿠아시티까지 가볼까 봐요. 여기서 얼마나 걸리려나? 전부터 일본 오면 꼭 가보고 싶었거든요. 쇼핑도 좀 하구……."

— 비 오잖아. 내일, 내일 같이 가자.

그가 조급한 듯 말을 잘랐다. 희수는 웃음이 났지만 짐짓 불만스럽단 기색을 드러냈다.

"왜요? 난 오늘 시간 많은데."

화를 참는지 조용했다. 희수는 쿡 웃음이 나오고 말았다. 그 웃음의 의미를 깨달았는지 그가 다소 놀랍다는 듯 물었다.

— 장난 친 거야?

"장난이죠, 그럼. 아쿠아시티를 혼자 무슨 재미로 가요. 당신 끌고 가서 지루하게 물고기 구경 시켜야지."

그가 다시 조용해졌다. 화났나?

"왜요?"

— 보고 싶어.

아침에도 봤는데 철없는 아이처럼 성마르게 조르는 그의 말에 왜 떨릴까. 왜 그 말이 낯간지럽거나 유치하지 않을까. 언제나 가슴을 깊이 찌른다. 굵은 그의 저음의 고백은 마음 깊숙한 곳 찐득찐득하게 응고된 에센스를 토해내는 것 같다. 그래서 얼굴이 붉어지고 눈이 젖어드는 설렘과 감동을 준다. 아무런 대답도 할 수가 없었다. 가슴이 벅찼고 정말이지 그가 보고 싶었다.

— 하고 싶어.

속이 뜨거워졌다. 부끄러움에 저도 모르게 눈을 내리깔았다. 솔직히 답해서 그를 기쁘게 해줄까 하다가 생각을 바꿨다.

"음…… 그건 생각 좀 해봐야겠네요."

— 많이 할 거야. 내일 아침까지.

"그만."

희수는 그의 웃음소리를 들으며 전화를 끊었다. 뺨이 빨갛게 물들어서는 헤죽헤죽 웃음이 멈추질 않았다. 옆에서 보는 다나카의 시선이 느껴져 민망했다. 얼른 전화기를 돌려주고 자리에서 일어났다.

"갈까요?"

18

엘리베이터에서 내려 공중 정원의 잔디를 걷다가 유리문으로 안쪽을 보았다. 실내의 불은 모두 꺼져 캄캄했고 커튼까지 쳐져 있었다. 정원의 등불 몇 개만으로는 내부를 전혀 볼 수가 없었다. 자지 않고 기다리고 있을 줄 알았는데 조금 실망감이 들었다. 전화로 '하고 싶다.'고 말했던 건 장난이 아니었다. 술을 마시고 게이샤의 춤을 보면서도 희수를 안고 싶다는 생각이 머리에서 떠나질 않았다. 그 생각에 빠져 자신도 모르게 달아올라서 곤혹스러웠던 때도 있었다. 같이 자리한 은행장은 그 반응이 게이샤 때문인 줄 알고 음흉한 웃음을 지었지만 사실은 달랐다. 희수의 벗은 몸을 떠올리다가 벌어진 일이었다. 아랫도리가 긴장돼 겉으로도 표시가 날 정도가 돼버린 건.

그녀가 서울로 떠난 뒤, 그는 가만있을 수가 없어서 미국으로 날아갔다. 강시후와 담판을 짓고 확실히 떼어놓으리라 작정했다. 약자에게 마음 여린 희수는 결코 강시후를 버리지 못할 것 같아서다. 녀석이 동성애자이건 말건, 그건 강시후가 짊어져야 할 몫이지 결코 희수의 몫은 아니지 않은가. 그런데 녀석은 폭탄을 갖고 있었다. 잔뜩 겁을 줘서 희수 앞에 얼씬도 못 하게 히리라 작정했건만 오히려 뒤통 얻어맞고 말았다. 서희수를 망친 살인자라는 비난은 그를 제대로 휘청거리게 했다.

한 달 전, 희수를 다시 데려온 날, 그는 날이 샐 때까지 잠든 희수를 옆에서 바라보기만 했다. 손을 대는 순간 그 옆으로 파고들고 말 것 같아서였다. 이불을 덮어주고 욕실로 갔다. 빠르게 샤워를 하고 나와 다시 희수를 살폈다. 여전히 그 자리에, 자신의 침대에 있는 걸 확인하고서야 안심이 되었다. 속옷을 입고 와 살피고, 바지를 입고 와서 확인하고, 셔츠의 단추를 채우면서도 자는 그녀를 내려다보았다. 출근 준비를 다 마친 뒤에도 발길이 떨어지지 않아 침대 한쪽에 앉고 말았다. 유혹을 못 이기고서 살짝 벌어진 입술에 키스했다. 혀끝으로 입술을 핥고 떼려니 감질 맛이 나 아쉬웠다.

일주일간의 휴가 같은 걸로 그녀가 떠날 수 있는 여지를 준 게 아닌가 불안했다. 자신의 집으로 데려왔어도 불안했다. 여차하면 돌아가버리는 건 아닌지, 평생 함께한다는 것에 동의를 하는 건지 궁금했다. 단순한 욕정과 그리움에 못 이겨 따라왔지만 다시 제대로 생각해보니 역시 그의 삶은 위험해서 같이할 수 없다는 건 아닌지 말이다.

한 달이 흘렀건만 그에게 있어 희수는 여전히 감질 나는 여자였다. 거의 매일 밤을 안고 가졌지만 그래도 부족했다.

"자?"

"네. 침실로 들어가셨습니다."

현관의 다나카를 보내고 들어갔다. 경보 장치를 작동시켜놓고 한 걸음 내딛는데 발에 뭔가가 걸렸다. 아직 꺼지지 않은 현관의 불빛에 비친 것은 양말이었다. 보라색의 작고 얇은 양말은 분명 자신의 것은 아니었다. 그리고 두세 걸음 앞에는 회색의 짧은 반바지가 있었다. 그 앞에는 선홍색 니트 셔츠, 그리고 침실 문 앞에는 파란색 브래지어가 떨어져 있었다. 눈으로 훑던 나기의 입가에 미소가 떠올랐다. 처음엔 아무렇게나 벗어던져놓은 건가 했다가 곧 희수의 신호란 걸 깨달았다. 하나씩 주워들고서 침실 쪽으로 갔다.

문을 열고 들어가니 침대에 누운 희수의 여성스러운 몸이 보였다. 옆으로 누워 한 팔로 머리를 괴고는 짐짓 태연한 미소를 짓고 있었다.

"다 벗고 있을 줄 알았는데?"

나기는 주워 온 희수의 옷을 침대 밑에 놓고는 다가갔다.

"이것도 엄청 용기 낸 거예요."

희수는 뾰로통한 표정을 지으며 엉덩이를 간신히 가리는 짧은 슈미즈의 아랫단을 끌어내렸다. 그러자 위쪽이 내려와 깊은 가슴 계곡이 드러났다. 희미한 조명에 검정색 실크 슈미즈가 유혹적으로 빛나고 있었다. 그 아래로 길게 뻗은 하얀 다리가 욕정을 자극했다. 나기는 긴 다리를 쓰다듬고는 재빨리 양복 상의를 벗어던졌다. 넥타이를 끄르고 한 손으로는 셔츠의 단추를 풀면서 다른 손으로는 희수의 다리를 들어 종아리에 키스했다. 무릎을 애무하며 허벅지까지 입술을 옮겨 갔다. 하얀 허벅지를 길게 핥고선 부드러운 살집을 빨았다.

"네 피부는 벌꿀 같아."

"간지러워요."

희수는 웃으며 다리를 오므렸다. 나기는 셔츠를 벗어던지고 희수의 다리 사이로 들어갔다. 아직 바지는 입은 채였지만 키스가 하고 싶어 미칠 것 같았다. 한 손으로 희수의 머리를 잡고 입술에 키스했다. 희수는 기다렸다는 듯이 입술을 열고 혀를 감아왔다. 두 팔로 그의 목을 꼭 껴안아 당기고선 적극적으로 키스를 되돌렸다. 부드러운 실크 아래로 꼿꼿이 선 유두가 느껴졌다. 나기는 슈미즈의 가는 끈을 내리고 한쪽 가슴을 애무했다. 손바닥으로 원을 그리며 비비다가 세게 주무르기를 반복했다. 잠시 입술을 뗀 희수가 열기로 촉촉이 젖은 눈으로 속삭였다.

"푸우 알죠?"

나기는 이해하지 못하면서도 웃었다. 그냥 그 발음을 하는 희수의 입 모양이 귀여워서다.

"뭐라고?"

"꿀통에 빠진 곰. 푸우."

나기는 웃었다. 희수의 양볼을 잡아 입술을 오므리게 하고선 나무라듯 재촉했다.

"다시 말해봐. 뭐라고?"

"푸우."

말하는 그 입술에 입을 맞추고는 혀를 밀어 넣었다. 입천장을 훑고 목구멍 깊숙이까지 넣어서 한껏 휘젓고 빨았다. 희수가 젖은 신음 소리를 내며 매달려왔다. 풍만한 가슴이 솟아올라 그의 가슴을 스치며 유혹했다. 나기는 입술을 미끄러뜨려 젖가슴을 핥았다. 혀끝으로 유두를 간질이며 슈미즈 안의 엉덩이를 주물렀다. 그러자 희수가 무릎을 세우고는 엉덩이를 들었다. 서로의 성기가 닿았고 나기의 음경은 금세 자극당해 부풀어 올랐다.

나기는 부푼 유방을 어루만지며 희수를 보았다.

"천천히 할까?"

"뭐를요?"

순진하게 되묻는 희수의 말에 나기는 웃었다. 미소를 지으며 바지를 벗었다.

"그러게. 그게 될 리가 없는데 말이지."

나기는 알몸이 되자마자 희수의 긴 다리를 잡아 자신의 어깨에 올리고선 엉덩이를 한껏 밀어 올리며 삽입했다. 이미 젖어 있는 그곳은 뜨겁게 그를 맞았다. 열정에 떠는 희수의 몸은 그를 금방 취하게 만들었다. 말했듯이 희수의 몸은 달콤한 꿀과 같아서 아무리 핥고 탐해도 입술을 뗄 수가 없었다. 그를 원하는 뜨거운 눈망울을 보고 신음 소리를 들으면 그대로 미칠 것만 같아서 야수의 본능이 들끓었다. 부드러운 입술과 달콤한 혀를 맘껏 들이마시고 풍만한 가슴을 한껏 유린하고도 부족해서 그대로 그녀를 집어삼키고만 싶었다. 날뛰는 욕망에 이성은 날아갔고 대신 야수성이 폭발했다. 저도 모르게 있는 힘껏 안으로 파고들었다가 날카로운 희수의 비명에 놀라 멈췄다.

"왜 그래? 아파?"

걱정스러워 부드러운 뺨을 쓰다듬는데 희수가 그를 안은 팔에 힘을 주고는 상체를 일으켜 앉았다. 그러고는 더할 나위 없이 부드럽게, 그러면서도 강하게 그를 안았다. 그 따뜻한 포옹에 나기는 울컥 가슴이 요동쳤다. 그 누구도 그를 이렇게 안아준 사람이 없었다. 아주 어렸을 때 아버지의 '마마들'이 안으려 들긴 했지만 그가 거부했었다. 그들은 가짜 같았고 곧 떠날 사람들임을 알았기 때문이다. 하룻밤 상대의 여자들과도 포옹 같은 걸 했을지도 모른다. 그러나 감히 비교조차 하고 싶지 않다. 희수는 그의 영혼을 부서뜨리고 있었다. 딱딱하고 차갑게 얼어붙은 걸 녹여내고 있었다.

"무서워요."

왜냐고 묻고 싶은데 나기는 아무 말도 할 수가 없었다. 가슴이 울렁거려 입을 열었다간 희수에게 들키고 싶지 않은 뭔가가 튀어 나올 것만 같았다. 나기는 말없이 희수를 꼭 안고서 곧은 등을 쓸어내리고선 뼈가 으스러지도록 안았다.

"너무 좋으면…… 무섭지 않아요?"

무슨 말을 하는지 알 수 있었다. 마침내 희수가 자신의 곁에 머문다고 생각하면 기뻐 날뛰고 싶으면서도 불안했다. 그건 아마도 10년 전의 이별을 겪은 두 사람이 같이 극복해가야 할 감정일 거다.

나기는 가는 몸이 파르르 떨리는 걸 느끼며 더 힘주어 안았다.

"그럴 땐 눈 꼭 감고 나한테 숨어. 내가 지켜줄게."

표정이 보이진 않았지만 희수가 옅게 웃고 있는 걸 알 수 있었다. 그도 자신의 입에서 그런 느끼한 말이 나올 줄은 몰랐다. 뭐라고 변명이라도 하려는데 희수가 움직였다. 나기는 변명 대신 쾌감의 신음을 흘렸다. 한없이 부드럽고 아름다운 여체가 그의 몸을 탐하며 부딪쳐오는 느낌은 말할 수 없이 관능적이었다. 희수의 몸은 그가 원하는 판타지였고 완벽함 그 이상이었다. 그래서 보는 것만으로도 흥분해서 열기가 치솟고 만지고 싶어 몸부림을 쳤다. 드디어 그녀가 자신의 것이 되었는데도 갈증은 더해서 한시도 떼어놓고 싶지가 않았다. 될 수만 있다면 이대로 그녀 안에 파묻히고 싶다. 영원히.

"나기, 잠깐만……!"

너무 격한 쾌감에 희수는 전율했다. 그의 가슴을 밀며 몸을 빼려다가 날카로운 비명을 지르며 절정에 다다랐다. 나기는 떨고 있는 희수의 머리를 부드럽게 쓰다듬고는 다시 움직였다. 그가 엉덩이를 움직일 때마다 온몸의 근육들도 같이 꿈틀거렸다. 마치 성난 버펄로처럼 열기를 내뿜으며 밀고 들어갔다. 희수의 신음 소리는 다시금 높아졌고 그의 머리를 당기더니 키스를 퍼부었다. 달콤하게 부푼 희수의 입술은 그의 욕망을 더욱 부추겨서 더욱 거칠게 만들었다. 희수의 머리를 꼭 잡고서 속도를 높여갔다.

"서희수…… 눈 떠."

희열에 정신을 잃은 희수의 눈이 간신히 그의 눈과 마주쳤다. 열기로 젖은 몽롱한 눈망울에 그가 비치길 기다렸다. 차츰 초점이 맞춰지고 그를 제대로 응시하자 희수의 얼굴에 애틋한 감정이 떠올랐다. 한마디로 정의할 수 없는 그것은 깊고 깊었다. 나기는 그녀의 시선을 붙들고서 더 깊게 파고들었다.

"도망가지 마. 날 봐."

희수의 손이 뻗어왔다. 그의 얼굴을 어루만지는 가는 손가락을 잡아 키스했다. 손가락 하나하나, 마디마디에 키스하고 핥았다. 손목 안쪽 부드러운 살집에 입 맞추고 향긋한 체취를 들이마셨다. 그러는 동안에도 나기의 움직임은 점점 더 사나워져서 희수의 호흡이 흐트러졌다. 더 이상 참지 못하겠다는 듯이 비명을 지르며 매달리는 희수를 꽉 안고서 쾌락의 늪, 그 끝까지 침투해 욕망을 토해냈다.

　얼마 후 나기는 아직도 쾌감의 여운에 떨고 있는 희수를 부드럽게 안았다. 볼에 키스하고 혀로 핥다가 입술을 찾았다. 자신의 타액으로 물든 입술을 핥았다. 턱을 잡고서 빨아들이듯 키스하자 다시금 욕망이 살아났다. 하지만 먼저 확인해둬야 할 것이 있었다. 두려워서 차마 묻지 못하고 있던 것들이다.

　"어머니랑, 통화했어?"

　희수는 힘없이 고개를 끄덕이고는 나른한 듯 눈을 끔벅거렸다. 턱을 잡아 올려 두 눈을 마주 보게 했다.

　"그래서?"

　아직도 멍한 눈빛이 무슨 말인지 모르겠다는 듯 그를 쳐다봤다.

　"결혼 얘기 했어?"

　조금 정신이 든 희수는 힘없이 웃더니 눈을 흘겼다.

　"나도 아직 동의 안 했거든요?"

　희수는 짐짓 기분 나쁘단 표정으로 그의 가슴에 주먹을 댔다. 단어 하나씩 강조할 때마다 주먹으로 그의 가슴을 톡톡 쳤다.

　"왜 자기 멋대로 날짜를 정해요? 난 아직……."

　나기는 따지는 입술에 키스했다. 희수의 미소는 천사처럼 아름답지만 화내는 얼굴은 매혹적이었다. 도리질 치며 밀어내는 희수를 몸으로 제압하고서 더 깊이 혀를 얽었다. 이윽고 희수가 신음을 흘리며 그의 등과 가슴을 쓰다듬었다. 달콤한 소리와 함께 입술을 떼고서 희수를 내려다봤다. 다시 분홍빛이 된 얼굴이 분하다는 듯 그를 쏘아보고 있었다.

"비켜봐요. 얘기 좀 하게."

"난 이대로 좋은데?"

나기는 장난질 치듯 탱글탱글 솟은 젖가슴을 어루만졌다. 유두를 잡고서 살짝 비틀자 희수의 몸이 나비의 날갯짓처럼 파닥 떨렸다.

"나기…… 나한테 자유를 좀 줘요."

희수의 말에 희롱하던 걸 멈추고 표정을 살폈다.

"뭐라고 했어?"

"혼자 나갈 수 있음 좋겠어요."

희수는 희미한 한숨을 내쉬었다.

"급하게 뭐 여성용품을 사러 가거나, 잠깐 바람을 쐬러 나가거나 그럴 때마다 다나카 씨 부르는 거, 미안하고 불편해요."

"그래서?"

"현관이랑 엘리베이터 키 줘요."

"안 돼."

정색을 하고서 일어나려는 희수의 팔을 잡았다.

"현관문은 해결해줄 수 있어. 어차피 넌 아무 문이나 열리는 걸로 드나들잖아. 근데 엘리베이터는 안 돼. 불편하면 다나카를 정원에 대기시키도록 할게. 아무튼 너 혼자서 맨션 밖으로 나가는 건 안 돼."

"되게 해요. 그 정도는 할 수 있어야 돼요. 내 옷 어디 있어요?"

희수는 그의 팔을 밀어내며 침대 주변을 두리번거렸다. 하지만 나기는 요점을 놓치지 않고 있었다. 다시 희수의 팔을 잡고서 끌어당겼다.

"너 결혼식 얘기는 왜 피하는 거야?"

"눈 감고 있어요. 나 욕실 들어갈 동안."

"서희수."

마음이 졸아들어 희수의 머리를 잡아 자신에게 집중하게 하고선 다 그쳤다.

"정말 하기 싫어?"

"근데 아까 들어올 때 여자 향수 냄새 나던데…… 아, 찾았다."

"뭐?"

나기는 황당해서 시트에 엉킨 슈미즈를 찾아 머리 위로 입는 희수를 보고만 있었다. 잡을 새도 없이 침대를 빠져나가 욕실 앞에 선 희수는 가슴 앞으로 팔짱을 끼고서 나무라듯 그를 흘겨봤다.

"여자랑 있었죠?"

여자에게 이런 추궁을 당해본 적이 없는 나기는 어떻게 말해야 할지 몰랐다. 당황해선가 허허 웃음밖에 안 났다.

"그냥…… 게이샤야."

"흐흠, 게이샤."

희수는 무슨 뜻인지 모를 반응을 하고는 욕실로 들어가버렸다. 한 대 맞은 듯 멍해 있던 나기는 뒤늦게 희수가 아직 대답을 하지 않았다는 걸 알았다. 화가 났다. 분연히 일어나 욕실 문을 쾅 열어젖혔다. 샤워 중이던 희수가 놀라서 돌아봤다.

"문 부서지겠네."

성큼 안으로 들어선 나기는 알몸 그대로였다. 샤워기에서 떨어지는 물을 피해 선 희수의 시선이 그의 아랫도리에 꽂혔다. 얼굴이 빨개져서는 휙 등을 돌렸다. 나기는 물에 젖은 매끄러운 희수의 나신을 보고는 신음을 흘렸다. 조금 떨어져서 바라본 그녀의 몸매는 완벽했다. 가늘고 긴 팔다리에, 하늘하늘한 허리는 한 팔에 감길 정도로 얇고, 발레로 다져진 엉덩이는 높고 탄력이 넘쳤다. 긴 머리카락을 따라 떨어진 물방울이 엉덩이의 곡선을 타고 흐르는 걸 보자 참을 수가 없었다. 뒤로 다가가 허리를 감아 당겼다. 한 손으로는 부드러운 엉덩이를 주무르며 명령조로 말했다.

"대답해."

"싫어요. 게이샤랑 있었으면서."

미끈거리는 어깨에 키스하면서 가슴을 만졌다. 탱탱한 엉덩이가 사타구니에 닿는 감촉이 말로 형용할 수 없을 만큼 좋았다.

"장난할 기분 아냐, 서희수. 제대로 대답하라고."

뽀얀 엉덩이에 자신의 것을 비비며 대답을 재촉했다. 몸을 빼려던 희수는 본능적으로 그의 몸에 자신을 기대었다. 스스로 엉덩이를 움직여 잔뜩 힘이 들어간 그의 성기를 애무했다.

"그쪽이야말로…… 제대로…… 설명…… 해봐요…… 게이샤랑 뭘 했는지……."

신음 소리에 뚝뚝 끊기 희수의 목소리는 그의 손이 다리 사이로 들어가는 순간 비명으로 바뀌었다. 나기는 희수의 턱을 잡아 돌리고선 키스했다. 한 손으로는 음부를 쓰다듬고 다른 손으로는 꼿꼿하게 솟은 유두를 집어 돌렸다. 그의 손이 움직이는 것에 따라 희수의 몸도 꿈틀거렸다. 젖은 소리와 함께 입술을 떼고서 귓속에 혀를 넣어 핥았다.

"그냥 술자리였어. 일로 만난 술자리에 게이샤를 부른 것뿐이야."

"예뻤어요?"

그제야 나기는 알았다. 희수의 얼굴을 잡아 눈을 마주치고선 씨익 웃었다.

"질투하는 거야?"

그러자 희수의 손이 뒤로 뻗어와 발기한 그의 것을 쥐었다.

"질투 안 해요. 당신은 내 거니까."

나기는 가녀린 희수의 어깨에 대고 쾌감의 신음을 흘렸다. 풍만한 젖가슴을 주무르며 음부를 쓰다듬던 손가락을 안으로 밀어 넣었다.

"이제 네가 대답할 차례야. 예정대로 결혼식 하는 거지?"

"생각 중이에요."

희수는 열에 들뜬 목소리를 내면서도 나직하게 한숨을 쉬었다. 나기는 응징하듯 가슴을 세게 잡고선 목덜미를 빨았다. 떨리는 희수의 다리 하나를 들고선 쪼개진 엉덩이 사이로 손을 미끄러뜨렸다. 비명을 지르며 달아나는 허리를 꽉 잡고선 뒤에서 삽입했다. 전율에 쓰러지려는 희수를 세우고는 턱을 잡아 돌렸다.

"대답 들을 때까지 안 놓을 거야. 각오해."

"너무 빠르다구요. 난 아직……."

말하는 입술을 덮쳤다. 진한 키스를 퍼부으며 허리를 튕기자 희수의 몸이 활처럼 휘어 파르르 떨었다. 욕실에서의 진한 정사는 시작에 불과했다. 샤워를 마치고 침실로 돌아온 나기는 깨끗해진 희수를 참을 수가 없어서 또 몸을 겹쳤다. 지쳐 몽롱해진 희수를 안아 다시 씻겼다. 그저 씻겨만 주겠다고 약속하고선 손 닿는 곳마다 입술을 대고 말았다. 입술을 내기 시작하자 걷잡을 수 없는 열기에 휩싸였고 약속한 대로 나기는 여명이 밝아올 때까지 희수를 가졌다.

 다음 날, 둘은 심야 영화를 보기로 했다. 하루 종일 집 안에서 열정의 시간을 보낸 뒤였다. 포장해 온 음식을 먹으며 낮인지 밤인지 시간도 잊은 채 길고 긴 사랑을 나눴다. 심야 영화를 보자고 제안한 건 희수였다. 더 이상 다그치진 않았지만 결혼식에 대한 확답을 않고 어떻게 해서든 피하려는 그녀를 나기는 이해 못 하는 표정이었다. 그가 서운해하고 있다는 것도 모르지 않았다. 그 이유에 대해서 설명하지 않았기 때문에 더 그럴 것이다. 그걸 알면서도 피할 수밖에 없는 건 시후 때문이었다.
 며칠 전 통화에서 시후는 아버지에게 커밍아웃을 하지 못했다고 말했다. 아버지의 건강 때문이었다. 시후의 아버지 강 의원은 정기 건강검진에서 대장의 종양이 발견돼 수술을 하게 되었다. 그 바람에 마음이 약해져서 부쩍 손자 얘기를 꺼내신다는 거였다. 당분간은 약혼 상태를 유지해달라는 게 시후의 부탁이었다. 커밍아웃을 할 만한 좋은 때라는 게 있을 순 없겠지만 아버지의 병을 악화시킬까 두렵다고 했다. 시후에게는 괜찮으니 얼마든지 이용하라고 해놓고선 정작 그에겐 말을 못하고 있다. 조만간 강 의원의 병문안을 가야 하는데 나기는 결혼식 얘기뿐이니 어떻게 말을 꺼내야 할지 모르겠다.

희수는 진지한 대화를 피해 그를 밖으로 끌어냈다. 그가 사람 많은 곳을 싫어하는 줄 알면서 억지로 끌어내 근처의 대형 멀티플렉스를 찾았다. 때마침 그녀가 좋아하는 남자 배우 톰 하디가 나오는 '매드맥스'가 상영 중이었다.

나기는 한 번도 영화관에 와본 적이 없는 남자였다. 10년 전까지만 해도 아예 텔레비전조차 없이 지냈으니 그가 얼마나 타인과의 소통 없이 살았는지 알 만하지 않은가. 별로 먹고 싶진 않았지만 그의 첫 경험을 위해 콜라와 팝콘을 샀다. 그다지 내키지 않는 일도 그녀가 원하면 군말 없이 응해주긴 하던 그가 영화관은 영 불편한지 내내 말이 없었다. 3분의 1 정도 찬 관객석에서 맨 끝줄을 다 차지하고 앉았음에도 그는 시큰둥한 기색을 풀지 않았다. 희수가 팝콘을 그의 무릎 위에 놓고 팔짱을 끼고서 어깨에 머리를 기대고서야 굳은 표정이 조금 누그러졌다.

영화가 흥미로웠는지 관람을 마치고 나올 때에는 그의 표정도 밝았다. 특히 질주하는 차량 신에선 완전 몰입해서 희수가 내미는 팝콘을 무심코 받아먹기까지 했다. 그는 팝콘을 좋아하지 않았다.

사건은 영화가 끝난 뒤에 일어났다. 그를 잠깐 세워두고 화장실에 갔다 나오는 길에 낯익은 얼굴을 만났다. 오다이바로 가는 크루저 안에서 잠깐 스쳤던 백인 청년. 그 역시 화장실에서 나오다가 희수를 보고는 엇! 아는 척을 했다. 서로를 금세 알아본 것도 신기했지만 연이은 마주침은 더 재미있었다. 청년 역시 같은 생각을 했는지 운명 아니냐며 너스레를 떨었다. 더듬거리는 일본어와 영어를 섞어 말하는 그에게

선 희미하게 맥주 냄새가 났다. 혼자 심야 영화를 본 건 여자친구에게 바람을 맞았고, 그 여자친구가 이 근처 산다고 했다. 바람맞은 남자와 맥주 한잔 하지 않겠냐는 말에 남자친구와 같이 왔다고 했더니 가슴에 총 맞은 시늉을 해 보였다. 우스꽝스러운 표정에 웃자 청년도 활짝 웃으며 다음 우연을 기약하자고 했다. 짧지만 유쾌한 대화를 마치고 돌아서는데 그가 서 있었다. 그녀가 늦으니 찾으러 온 거였다.

"나기, 저 사람……."

말하며 다가가는데 나기는 그녀를 지나쳐 갔다. 스치는 순간에 본 그의 표정이 심상치 않았다. 상황을 눈치 챈 희수는 청년 쪽으로 가는 나기의 팔을 붙잡았다.

"나기, 전에 잠깐 본 사람이라서 그냥 인사한 거예요."

"전에? 그럼 아는 사람이야?"

설명하려는데 나기가 희수의 뒤쪽을 향해 고갯짓을 했다. 다나카가 청년을 향해 다가가는 게 보였다. 희수는 당황스러워서 말렸다.

"그러지 마요. 다나카 씨도 전에 본 사람이잖아요."

그는 대답 없이 희수의 팔을 잡고 끌었다. 버티며 청년을 살펴보려 했지만 힘으로 실랑이를 벌였다간 더 볼썽사나운 모습이 연출될 것 같아서 그저 눈으로만 좇을 수밖에 없었다. 끌려가는 와중에 돌아본 청년의 모습은 다나카와 그의 경호원에 의해 둘러싸여 황당하단 표정이었다. 미안했고 민망했고 화가 났다.

영화관에서 집으로 돌아오는 차 안에서 희수는 그에게 화를 냈다.

"도대체 왜 그러는 거예요? 우연히 만난 게 반가워서 인사한 거예요. 그것도 못 해요?"

"조용히 해."

그는 꽉 닫힌 표정으로 정면을 보고서 운전만 했다. 눈빛은 냉랭하고 숨소리가 느껴질 정도로 호흡이 거칠었다. 꽉 다문 턱 관절의 근육이 울근불근 움직였다. 화를 참는 게 역력해 보였다. 걱정이든 질투든 뭐든 그의 반응은 너무 지나쳤다. 말도 안 되는 상황이지만 그의 화가 조금 가라앉을 때까지 참아보려 했다. 화가 날 땐 아무것도 안 보이고 안 들리니까. 하지만 참으면 참을수록 속에선 화가 부글부글 쌓여갔다. 잘못한 것도 없이 주눅 들어 있는 자신의 모습이 억울하고 분해서 참을 수가 없었다.

맨션에 차가 도착하자마자 희수는 자신 쪽의 문을 열고 내렸다. 차가 멈추기 직전이라 하마터면 위험할 뻔했다. 나기는 놀라서 재빨리 뒤따라 내렸지만 화가 난 희수는 차의 문도 닫지 않은 채 맨션으로 뛰어 들어갔다. 라운지의 경비원은 애써 모른 체했지만 희수의 화난 기색에 놀라는 눈치였다. 곧장 따라 들어간 나기는 전용 엘리베이터의 버튼을 부서져라 두드리고 있는 희수를 낚아챘다.

"뭐하는 짓이야!"

팔을 잡아 돌리자 거칠게 뿌리쳤다. 가방에 박힌 빨간 돌이 그의 턱 부위를 할퀴었다. 금세 빨간 줄이 그어지더니 선혈이 묻어났다. 긁힌 상처쯤이야 아무렇지도 않았지만 노려보는 희수의 눈빛은 그의 분노에 기름을 끼얹었다. 한 번도 보이지 않았던 독기가 느껴질 정도로 차갑고 거칠었다. 그때 엘리베이터가 도착하자 나기는 희수의 팔을 잡고 엘리베이터 안으로 들어갔다.

"들어오지 마."

따라 들어오려던 다나카가 멈췄고 그의 등 뒤로 엘리베이터 문이 닫혔다.

희수는 폭발 직전이었고 뭐라도 잡히면 부서뜨리고 싶은 심정이었다. 10년 전에도, 지금도 자신의 감정과 의견은 전혀 존중받지 못했다는 생각이 들었다. 걷잡을 수 없는 분노에 숨이 가빠지고 머리까지 어지러울 지경이었다. 안간힘을 써서 버티며 죽일 듯 노려보는데 그의 시선이 몸 위를 훑는 게 느껴졌다. 이 상황을 어떤 식으로 해결하려는지 알게 되자 더한 분노와 함께 공포에 휩싸였다. 여기서 그에게 굴복하면 또다시 반복될 거라는 생각이 들었다. 그의 위험한 분위기를 감지한 희수는 하얗게 핏기가 가신 얼굴로 뒷걸음질 쳤다.

"우린 얘기가 필요해요, 히가시데 나기! 내 말 듣고 있어요?"

희수의 말이 끝나기도 전에 그의 몸이 다가들었다. 밀어내려는 그녀의 팔을 잡아 머리 위 벽에 눌러 꼼짝도 못 하게 만들었다. 희수는 몸을 비틀다가 화가 나 그를 세게 노려봤다.

"날 가둬놓고 싶은 거예요? 이웃도 못 사귀냐구요. 여긴 아무도 없어요. 직장 동료도 없고 친구도 없고 가족도 없고……."

말을 하기 시작하지 생각지도 않던 서러움이 북받쳐 올랐다. 무의식 속에 있던 외로움인지 갑자기 사방팔방 꽉 막힌 동굴에 갇힌 기분이 들었다. 점점 흥분해서 목소리는 격앙되었고 입술이 파르르 떨렸다.

"하루 종일 당신만 보고 있어야 돼요? 그랬다간 아마 당신 숨통을 조이거나 내가 숨 막혀 죽을 거예요. 동물원 짐승도 아니고, 날 도대체 뭐라고 생각…….”

별안간 그의 손이 희수의 머리를 감아 세게 당겼다. 놀라서 보자 화를 참는 기색이 역력한 표정이었다. 애써 자제하려는지 한숨을 내쉬었다. 그는 분노를 감추고서 차분한 목소리로 말했다.

“이럴 줄 몰랐어? 내가 사는 게 장난 같이 보여?”

철모르는 어린아이를 대하는 태도였다. 사과는 아니어도 해명은 할 줄 알았다. 잘못된 걸 인정하진 못해도 그녀의 기분을 이해해줄 줄 알았다. 그런데 그는 오히려 그녀를 비난하는 거였다. 너무 어이가 없어서 말문이 막혔다.

“내가 히가시데 나기란 걸 숨기고 사는 게 쉬울 것 같아? 나 하나가 달린 문제가 아니야. 조직이 부서지는 문제라고. 그래, 나 아직 조직에 있어. 너 그거 알면서 나한테 왔어. 받아들이기로 한 거잖아.”

그는 이제 더 이상 거짓말도 하지 않았다. 차라리 거짓말이라도 해줄 때가 좋았다. 그 거짓말은 단순한 거짓말이 아니라 그녀의 걱정과 두려움을 알고서 배려해주는 것처럼 느껴졌었다. 그런데 이제 그는 배려조차 하지 않았다. 희수는 상처를 받았다. 또한 그 두려움과 정면으로 마주한 기분에 호흡이 떨렸다.

“의도적으로 접근한 놈일 수도 있어. 앞으론 친구 만들고 싶은 사람 있으면 먼저 나한테 알려. 성가시고 불편해도 체크해두는 게 좋아. 너한테 사고 나면 내가 죽어.”

그의 말이 맞았다. 다 알고서 그의 곁으로 왔다. 하루라도 못 보면 죽을 것 같아서, 그가 곁에 없는 삶은 죽은 거나 다름없는 것 같아서. 어쩌면 이제 겨우 그와 함께한다는 의미의 실체에 한 걸음 다가선 건지도 모른다. 도망갔던 건 이런 일이 벌어질 걸 본능적으로 예상하고 피하려고 했던 건지도 모른다. 앞으로 더 어떤 큰일들이 닥칠까. 끔찍한 상상들이 머리를 스쳐 멍해졌다.

머리에 있던 손이 내려와 얼굴을 쓰다듬었다. 갑자기 그의 모습이 너무나 낯설게 느껴졌다.

"내 숨통을 조여도 좋으니까 친구 같은 거 만들지 말라고 하면 화낼 거야?"

쓰다듬는 그의 손은 이리도 따뜻하고 다정한데 가슴 한쪽이 왜 이리 서늘할까. 희수는 가만히 그를 보다가 굳은 표정으로 고개를 돌렸다.

"모르겠어요. 멍청이가 된 거 같아."

"그래? 그럼 천천히 생각해봐. 근데 남자는 안 되겠다. 여자 친구는 괜찮을지도 모르지."

조금은 의기양양한 기색으로 말하더니 머리를 잡아 돌리고선 입술을 덮쳐왔다. 짧지만 희수의 입술이 얼얼해질 만큼 압도하는 키스였다. 그는 자신의 트레이드마크인 볼 살을 빨아들이는 키스를 하고선 멀어졌다.

"여기서 발동 걸리면 안 되니까……."

아쉬운 듯 희수를 놓고선 손을 잡아끌었다. 엘리베이터는 어느새 공중 정원에 도착해 있었다. 희수는 끌려가면서 자신의 손목을 꽉 쥐고 있는 그의 손을 보았다. 마치 족쇄 같다는 느낌을 지울 수가 없었다.

19

현관문이 닫히자마자 희수는 벽으로 밀쳐졌다. 곧장 그의 머리가 다가와 짓이기듯 입술을 눌러왔다. 그를 원하지만 마음속에 고여 있는 불만과 숨을 죄는 압박감이 그를 거부하고 있었다. 입술이 심하게 빨려 터져버릴 것만 같았다. 간신히 고개를 돌려 입술을 빼냈다.

"얘기 좀 해요."

그는 들을 의지가 전혀 없는지 아랑곳하지 않고 희수의 목에 파고들어왔다. 얇은 블라우스 단추를 끄르고 곧장 가슴을 쥐고서 주물러댔다. 두 팔로 밀어내려고 했지만 그는 꿈쩍도 하지 않았다.

"지금은 싫다구요!"

다시 분명히 말했더니 그가 고개를 들었다. 마주친 그의 눈빛엔 이미 욕정이 가득했고 얼굴은 흥분으로 붉게 얼룩져 있었다.

"그래?"

다음 순간 아랫입술을 물렸다. 얼얼하도록 맹렬히 빨아들이고는 다시 거칠게 입술을 떼어 갔다. 그의 난폭한 기세에 입술 안쪽으로 비릿한 피 맛이 느껴졌다.

"그 백인 놈 때문에 지금 날 거부하는 거야?"

희수는 그가 한 말을 믿을 수가 없었다. 그는 그녀가 왜 화를 내는지 물어보질 않았다. 자신이 화가 난 이유도 제대로 말하지 않았다. 걱정했다는 건 알지만 도가 지나치다는 생각은 안 하는 걸까? 왜 항상 일방적이고, 왜 항상 섹스로 해결하려고 할까? 따지고 싶은 것들이 너무나 많았지만 아무런 말도 할 수가 없었다. 화이트 데님의 지퍼를 열고 들어온 그의 손이 곧장 팬티 안으로 들어와 다리 사이를 만졌기 때문이다.

"나기!"

그의 손목을 잡아 빼려고 했지만 그는 막무가내였다. 표정이 평소의 그와 너무나 달랐다. 부드러운 애정은 온데간데없고 상대를 제압해서 물어뜯으려는 짐승의 본능만 날뛰고 있는 것 같았다.

"난 당신 꼭두각시가 아니에요, 히가시데 나기."

팬티 안에서 그의 손이 움직였다. 애써 노려보며 분노를 표출하려고 했지만 그가 불러일으키는 감각을 무시할 수가 없었다. 짜릿한 쾌감이 감전된 것처럼 희수의 몸을 울렸다. 발끝까지 퍼졌다가 정수리까지 치솟아 오르는 전율에 저절로 몸이 떨렸다. 그래서 더 화가 났다.

"가고 싶은 곳이 있으면 갈 거고, 만나고 싶은 사람이 있으면 만날 거예요. 그리고 내가 싫으면 싫은 거예요. 날 당신 맘대로 할 생각 말라구요!"

마지막 말은 날카로운 신음 소리와 함께 터져 나왔다. 그의 손이 뜨겁게 빚어내는 열기에 다리가 후들거려 제대로 서 있을 수가 없었다. 힘이 빠진 다리에 비틀거리면서도 그에게 화를 내고 있자니 스스로가 너무 초라하게 느껴졌다. 그의 손길 아래선 너무나 무기력한 자신이 싫었다.

그는 얇은 레이스 팬티 안쪽에 손을 넣은 채 희수의 머리를 감아 당졌다.

"근처에 다른 놈 얼씬거리게 안 한댔지. 난 네가 다른 놈 보는 거 싫어. 알겠어?"

희수는 키스하려는 그를 홱 밀쳤다.

"어린애 같은 소리 마요!"

화가 끓어올라 가슴이 심하게 들썩거렸다. 소유욕과 구속은 분명히 다르다. 그는 그녀를 물건이나 애완동물처럼 여기는 것 같았다. 갑자기 그가 두려워지기 시작했고 앞으로의 날들이 막막하게 느껴졌다. 숨이 막히고 가슴을 쇳덩이로 누르는 듯 답답해졌다.

"손 치워요!"

희수는 자신의 몸에서 그의 손을 빼내려고 안간힘을 썼다. 그를 밀어내려고 몸부림을 치다가 꿈쩍 않는 그의 커다란 체구에 화가 나 소리쳤다.

"난 당신 개가 아니야! 이렇게 함부로 대할 거면 왜 데리고 왔어!"

분노가 폭발해 두 손을 마구 휘저으며 그를 때렸다. 어느덧 눈가에 눈물이 고였고 흥분으로 몸이 심하게 떨렸다. 격앙된 감정에 무릎이 꺾였다. 쓰러지려는 희수의 몸을 그가 안아 들었다.

"어린애 같아도 할 수 없어. 널 원하니까."

거실의 가죽 소파에 희수를 천천히 눕히고 두 팔로 자신의 몸을 지탱하고선 팔 안에 가둔 그녀를 집어삼킬 듯 내려다봤다. 바라보는 그의 얼굴엔 고통과 같은 욕정이 서려 있었다.

"세상에서 너만큼 원해본 게 없어. 10년 전 겨울, 스스키노 지하 룸에서 처음 본 그 순간부터 지금 이 순간까지. 아무것도 모르는 순진한 계집애였을 때부터 지금까지. 점점 더 널 원해. 나도 날 멈출 수가 없어."

그의 목소리는 절박하게 느껴졌다. 벗어나려고 해도 벗어날 수 없는 굴레에 포박당한 자의 울분, 답답함이 느껴졌다. 불가항력의 힘에 의해 끌려가는 노예, 지구를 받치고 있는 아틀라스처럼 숙명에 고통받고 있는 것 같았다. 그런 느낌을 받고 있는 건 희수도 마찬가지였다. 도저히 그를 잊고는 살 수가 없었으니까. 일주일이 1년 같았으니까. 그렇다고 그를 이해하고 받아들일 수 있는 건 아니었다.

"오늘은 멈춰요. 혼자 있고 싶어요."

희수는 그를 밀어내고 일어나려 했다. 하지만 그는 전혀 물러날 생각이 없는지 미동도 하질 않았다. 그의 고집스러운 표정을 본 희수는 미간을 찌푸렸다. 두려움과 함께 다시금 분노가 치솟았다. 그는 거친 손길로 희수의 옷을 벗겨내기 시작했다.

"나기!"

희수는 소리치며 반항했지만 그의 표정은 사이보그처럼 냉정했다. 그녀의 감정에는 아랑곳없이 자신의 욕구만 채우려는 의지로 굳어져 있었다. 순간 희수는 처음으로 그가 폭력을 쓸지도 모른다는 공포심을 느꼈다. 그 공포심은 그녀도 알지 못한 힘을 발휘하게 했다. 그가 꽉 끼는 데님을 벗기는 틈에 벌떡 상체를 일으키고서 그를 밀쳐내는 데 성공했다. 반쯤 벗겨진 데님을 재빨리 벗어던지고 소파에서 벗어났다. 브래지어와 팬티 차림으로 내달려 방으로 들어가서는 뒤로 문을 잠갔다.

"서희수!"

문 밖에서 성난 그의 음성이 들렸다. 금세 따라온 걸 보니 하마터면 붙잡혔을지도 모른다. 놀라서 헐떡거리는 숨을 몰아쉬었다. 문의 손잡이를 꼭 쥔 손이 덜덜 떨렸다.

"가요! 내일 얘기해요."

한순간 무서웠다. 그가 자신을 해치지는 않을 거란 걸 알면서도 겁이 났다. 히가시데 나기의 여러 가지 면을 봤고 알고 있다고 생각했건만 방금 그는 전혀 다른 사람 같았다. 10년 전의 그도 분명 거칠거나 제멋대로인 구석이 있었지만 지금과는 달랐다. 그땐 자신의 거친 본능을 스스로 주체할 수 없어서 당황스러워하는 면이 있었다. 그런데 지금의 그는 분명히 자신을 컨트롤하고 있었다. 그러니까 이젠 자신 안의 괴물을 제대로 휘두를 줄을 알게 된 거다.

여전히 문손잡이를 붙잡은 채 바닥에 주저앉은 희수는 멍하니 방 저편의 커튼을 바라보았다. 정원의 푸른 조명이 흰 커튼에 드리워져 지중해의 물빛처럼 어른거렸다. 하늘하늘 흔들리는 커튼 자락을 보고 있자니 가쁜 호흡이 조금씩 가라앉았다. 그러다 화들짝 놀랐다. 커튼이 흔들린다는 건 유리문이 열려 있다는 얘기였다. 희수는 벌떡 일어나 커튼 쪽으로 달려갔다. 하지만 이미 검은 그림자가 다가오고 있었다. 커튼을 휙 젖히고 들어온 그는 놀라서 뒷걸음질 치는 희수를 가볍게 잡았다. 기겁해서 비명을 지르는 희수를 침대 위로 던지고는 자신의 몸으로 덮어 눌렀다.

"소린 왜 질러? 도망은 왜 가!"

그는 정말 이해할 수 없다는 표정이었고 더불어 자존심이 상한 듯 얼굴이 붉었다. 거친 숨을 내쉬며 버둥거리는 희수의 두 팔을 잡아 머리 위로 눌러버렸다.

"비켜요! 난 분명히 싫다고 말했어요."

희수는 먹히지 않는다는 걸 알면서도 두 다리를 버둥거리며 그를 사납게 노려봤다.

"10초만 줘."

"뭐라구요?"

"10초면 돼."

곧장 그의 입술이 덮쳐들었다. 뜨거운 혀가 한 번에 깊숙이 파고 들어와서는 거칠게 구강을 범했다. 피하려고 해도 몸을 움직일 수가 없었다. 이미 브래지어는 걷혔고, 커다란 손이 가슴을 덮고선 거칠게 주물러댔다. 난폭한 키스에 숨이 막혔다가 점점 질척해지는 키스의 열기에 전신이 화르르 달아올랐다. 유두가 삐죽이 솟아오르고 온몸이 흐물흐물 녹아내릴 것 같았다.

"싫어?"

그건 질문이 아니라 어이없다는 반문이었다. 충격에 멍한 눈으로 본 그의 표정은 험악했다. 감히 날 거부해? 넌 날 거부할 수 없다는 오만함과 본능적인 야수성이 그를 비열하고도 난폭한 짐승처럼 보이게 했다.

"난 너 때문에 항상 전전긍긍해. 어떻게 하면 네 맘에 들 수 있을까.

어떻게 하면 네가 좋아할까."

스스로를 향한 그의 비웃음은 무섭도록 차가웠다.

"이번 주는 더 미쳐버릴 것 같았어. 결혼을 하지 않겠다는 건 날 떠나려고 그러는 건 아닐까. 돌아왔을 때 네가 여기 없으면 어떡하나."

희수는 당황스러웠다. 화난 그의 표정을 뚫어져라 보니 그 안에 정말 불안과 초조함이 보였다. 회사에 출근해서도 몇 번씩 전화를 하고 외출을 했는지 체크하고, 밤에는 내일 생이 끝나는 사람처럼 격렬하게 그녀를 안고 또 안고. 급기야는 결혼을 서둘렀던 이유가 그거였나. 그녀가 떠날까 불안해서…….

"그런 얘길 왜 이제…… 우리 얘기 좀 해봐요."

희수는 그를 밀어내고 일어나려다가 거칠게 어깨를 잡아 누르는 그의 힘에 놀랐다.

"그런데 겨우 그런 자식 때문에 내가 싫어? 가둬놓고 싶은 거냐고? 그렇다면 어쩔 건데? 응!"

그의 눈에 다시 위험한 빛이 일렁거렸다.

"나기, 아파요."

희수는 미간을 찡그렸다. 잡힌 어깨가 아파 그의 팔을 밀어내려고 했지만 오히려 그는 더 세게 누르고서 다가들었다.

"가둬둘 거야. 아무 데도 못 가게."

사납게 말하고선 입술을 부딪쳐왔다. 입술을 비집고 들어와 거칠게 입안을 휘저었다. 그는 희수의 레이스 팬티를 끌어내리고선 재빨리 자신의 옷도 벗기 시작했다.

"나 할 얘기가 있어요. 얘기부터 해요. 나기……."

거친 그의 키스에서 겨우 놓여났을 때 달래듯 그의 팔을 붙잡았지만 그는 이미 미친 맹수 같았다. 이성은 없고 욕정만 살아 그녀의 목소리는 들리지도 않는 듯했다. 나기는 남은 분노를 표출하듯 희수의 두 손을 한 손으로 결박해 누르고는 잔혹하게 그녀를 가졌다. 거부할수록 그의 힘은 강했고 피할수록 열정은 집요하게 그녀를 따라붙으며 유혹했다. 결국 그녀는 관능에 사로잡혀 음란한 신음 소리를 내며 몸부림쳤다. 정신없이 그에게 매달려 그의 혀와 입술을 갈구했다. 살아 있는 건 원색적 본능뿐이었다. 촉촉이 젖어 윤기를 띠는 그녀의 안으로 그가 성난 짐승처럼 침범해왔다.

그는 분노와 욕정이 뒤섞인 눈으로 희수의 눈에서 시선을 떼지 않은 채 천천히 자신의 것을 넣고서 그녀를 가득 채웠다. 희수는 익숙한 자극에 훅 숨을 들이켰고 그것이 신호라도 되는 듯 그의 몸이 거칠게 움직이기 시작했다. 가녀린 어깨에 키스를 퍼붓고는 아래로 내려와 풍만하게 솟은 젖가슴을 애무하며 빨았다. 희수는 몸을 관통하는 쾌감을 견디지 못하고 그의 목을 안았다. 부드럽고 단단한 근육을 어루만지자 그가 거칠게 희수의 손을 잡아 침대에 눌렀다.

"싫어?"

희수는 열에 들떠 흐릿해진 눈으로 그를 쳐다봤다.

"이런데도 싫어?"

희수는 도망가려는 시도조차 하지 못했다. 이미 몸이 욕망으로 물든 탓도 있지만 그의 두 손이 엉덩이를 꽉 잡고 있었기 때문이다. 그때부터였다. 그는 한순간에 그녀의 몸에서 빠져나갔다. 그러고는 희수의 거부를 벌주기라도 하는 듯이 온 에너지를 쏟아 그녀를 희롱했다. 머리끝에서부터 발끝까지, 희수의 몸 구석구석 그의 혀가 닿지 않은 곳이 없었다. 시간을 들인 끈질긴 애무로 희수의 몸은 불덩이처럼 달아올랐다. 희고 늘씬한 몸은 그의 타액으로 젖었고 타오르는 욕정에 몸부림치다가 그의 성기에 손을 대기까지 이르렀다.

"나기……."

그의 눈은 붉게 물들었고 성난 야수처럼 거친 숨을 몰아쉬고 있었다. 이미 이성을 잃은 희수는 커다란 두 눈 가득 욕정을 담고서 그의 성기를 끌어 자신의 안에 넣었다. 하지만 그는 움직이지 않았다. 꼿꼿이 부푼 것을 넣고서 희수를 가만히 내려다보았다. 들끓는 욕망으로 그의 몸도 경련하고 있었지만 뭘 기다리는지 그녀를 애틋이 보기만 했다. 희수가 엉덩이를 높이 흔들며 유혹을 해도, 나른한 눈길을 보내도 소용이 없었다. 몸을 일으켜 그를 밀어 넘어뜨리려 해도 꼼짝도 하지 않았다.

"나기……."

욕망에 휩싸인 희수는 굴욕적으로 그에게 매달리며 애원했다. 뚫어지게 보는 그의 시선을 피하며 단단한 목을 바싹 끌어당겨 안았다. 그의 귓가를 핥다가 입술을 찾아 키스했다. 유혹 가득한 몸짓으로 엉덩이를 들썩거리며 그의 입술을 핥았다. 더욱 짙어진 그의 깊은 눈빛을 보고서 애원했다.

"나기, 제발……."

한동안 희수의 눈을 바라보던 나기는 으르렁 소리를 내며 풍만하게 차오른 가슴을 거칠게 물고서 빨았다. 쾌락에 몸부림치던 희수는 자괴감에 빠져들었다. 그에게 화가 났고 너무 미운데도 몸서리치게 그를 사랑한다는 사실이 괴로움의 원인이었다.

　갑작스럽게 감정이 솟구친 희수는 울음을 터트리고 말았다. 그와 재회를 하고, 직장을 잃고, 도쿄로 이사를 오고, 엄마와 시후에게 거짓말을 하면서 받았던 스트레스들이 한꺼번에 몰려왔다.

　처음엔 절정에 다다른 희수가 격정의 눈물을 흘리는 거라고 생각했던 나기는 고통스러운 흐느낌 소리를 듣고서야 동작을 멈추고 희수를 살폈다. 눈물에 젖은 머리카락을 떼어내고서 부드럽게 얼굴을 쓰다듬었다.

　"왜 그래?"

　그의 목소리는 아직 거친 열정에 잠겨 낮고 허스키했다. 희수는 그의 눈을 피하며 고개를 저었다. 그러자 그는 한숨을 내쉬며 희수의 눈물의 흔적에 키스를 하더니 뺨에 입술을 대고 가만히 있었다.

　"너랑 싸우기 싫은데……."

　눈을 감고는 조용히 속삭이는 목소리가 우울하게 들려왔다.

　"미안해. 내가 잘못했어."

　희수는 흐르는 눈물을 주체하지 못하고 고개를 돌려 그를 외면했다. 그의 손이 그녀의 젖은 뺨을 감싸며 자신에게로 돌려놨다.

　"그러지 마. 네가 피하면 미칠 것 같으니까."

　그는 낮고 거친 목소리로 말하고 희수의 몸을 부드럽게 쓸어내렸다.

예민해진 젖가슴에서부터 잘록한 허리와 풍만한 엉덩이를 만지다가 복숭앗빛 무릎에 키스했다. 그러고는 희수의 두 팔을 잡아 자신의 몸에 두르게 하고 엉덩이를 밀어 올렸다. 단단한 구릿빛 몸에서 근육이 울퉁불퉁 일어섰고 혈관이란 혈관은 다 팽창한 듯 몸이 뜨거웠다. 희수의 다리 사이를 파고드는 그의 힘은 그 어느 때보다 힘찼고 뜨거웠다. 거친 야생마 같았다.

지칠 줄 모르고 돌진하던 그가 격한 숨을 내뿜더니 입술을 삼키는 깊은 키스를 퍼부었다. 점점 더 속도를 높여가던 그는 절정의 신음을 희수의 귓가에 토해냈다. 그의 소리가 열락의 늪에 잠긴 희수에게 고통을 동반한 환희를 선사했다. 나른하고 충만한 기운이 그녀를 감쌌다. 서로를 묶고 있는 몸 안의 신경들이 다 끊어져 드넓은 우주를 둥둥 떠다니는 것 같았다. 그 아래에는 분노와 쓸쓸함의 여운이 깊은 안개처럼 가라앉아 있었다.

격정의 여운에 몽롱한 채로 누워 있던 희수는 따뜻한 것이 몸을 감싸는 걸 느꼈다. 그가 이불을 끌어와 그녀와 자신의 몸을 덮었다. 희수는 고치 속의 누에처럼 꼼짝도 하지 않았다. 옆에 누운 그가 희수의 머리를 부드럽게 쓸었다.

희수는 멍하니 중얼거렸다.

"목 말라요."

"있어. 가져올게."

그녀의 머리에 입을 맞추더니 그가 침대에서 내려 방을 나가는 기척이 느껴졌다. 희수는 등을 돌린 채 누워 하늘거리는 커튼을 바라보았다.

그는 금세 돌아와 희수의 눈앞에 주스 잔을 대고 흔들었다. 잔을 받아든 희수는 몸을 일으켜 침대에 앉았다. 그는 자신의 몫으로 가져온 맥주를 따서 마셨다. 그도 목이 탔는지 단숨에 거의 반병을 비웠다. 희수는 주스를 한 모금 마시고 갈증을 해소한 뒤 무릎 위에 유리잔을 올려놓고 침대에 앉아 있었다.

고개를 숙이자 하얀 시트와 구분이 가지 않는 희고 마른 어깨 위로 긴 머리가 흘러내렸다. 간지러운 느낌에 머리를 거두자 그의 시선이 느껴졌다. 침대 끄트머리에 앉은 채로 맥주를 마시며 그녀를 지그시 응시하고 있었다.

그의 시선이 닿는 피부마다 반응을 하듯 따끔따끔했다. 그와 한 공간에 있으면, 그가 보고 있는 걸 느끼면 호흡부터 흐트러졌다. 체온이 상승하고 심장이 병아리 가슴처럼 파닥파닥 뛰었다. 그들 사이엔 금세 성적인 긴장감이 흘러 공기가 알알해졌다.

희수는 달아오르는 공기를 떨치려 일부러 건조한 목소리로 입을 열었다.

"엄마한테 아직 당신 얘기를 못 했어요."

그는 말없이 맥주를 마시며 그녀를 쳐다보기만 했다. 실오라기 하나 걸치지 않은 알몸인데도 전혀 어색하지 않았고 당당했다.

"시후가…… 시후한테 문제가 좀 있어요. 그래서 아직 파혼할 수가 없어요."

그의 커다란 손아귀에서 맥주 캔이 힘없이 일그러졌다. 마음에 들지 않아할 건 짐작했었다. 그래서 내내 말을 못 하고 눈치만 보고 있었던 거다.

"서울에 좀 다녀와야 돼요. 시후네 아버지가 아프세요. 병문안도 하고 엄마도 보고 올게요."

"다음 주에 같이 가. 시간 비울 테니까."

희수는 고개를 들었다. 그의 시선이 이불 위로 드러난 뽀얀 젖가슴에 가 있는 걸 보았다. 금세 사랑을 나눴는데 또 군침을 흘리는 표정이다. 벌써 한 달이 넘도록 가진 몸인데 마치 여자의 몸을 처음 보는 소년처럼 보는 그가 참 이상하고도 신기했다. 희수는 무의식적인 것처럼 이불을 더 끌어올리며 말했다.

"이번엔 혼자 갔다 올게요. 엄마랑 얘기할 것도 있고…… 다음에 같이 가요."

그의 얼굴이 서서히 굳어지더니 냉랭한 기운이 감돌았다. 그녀가 무슨 생각을 하는지 꿰뚫어 보려는 듯 날카롭게 쳐다봤다.

"뭔가 나한테 숨기는 게 있는 거 같은데?"

희수는 부정도 긍정도 하지 않고서 담담히 그의 시선을 받았다. 그는 흔들림 없는 희수의 표정에서 아무것도 알아내지 못하고선 답답한 듯 한숨을 내쉬었다.

"언제 갈 거야?"

"내일."

그의 표정이 순식간에 일그러졌다. 눈썹이 꿈틀거리더니 눈에 불꽃이 일고 뺨의 근육이 경련하듯 움직였다.

"너 그거 무슨 뜻이야?"

그가 화낼 거라는 건 예상한 일이었다. 애초에 생각은 주말이었지만 내일 당장 떠나야겠다고 생각한 건 오늘 그의 태도 때문이었다. 즉흥적인 결정이었다. 그렇다고 틀렸다고는 생각지 않는다. 때론 이성보다 본능이 이끄는 게 옳을 때도 있다. 지금 당장 그와의 관계를 바로잡지 않으면 하루하루가 점점 더 힘들어질 거라는 생각이 들었다. 생각이 든 순간 행동으로 옮겨야 했다. 지금 당장 이 문제를 해결하지 않고선 하루도 더 못 버틸 것 같기 때문이다.

"오해하지 마요."

희수는 별일 아니라는 듯 가볍게 굴진 않았다. 그렇다고 그를 몰아세우고 괜한 걱정을 끼치는 것도 싫었다. 마음 한쪽에선 괴로운 기분만큼 갚아주라고 유혹하지만 그가 힘들어하는 걸 보면 자신이 더 괴로울 거였다.

"아무 뜻도 없어요. 미리 얘기한다는 걸 깜박한 것뿐이에요."

하지만 그는 속지 않았다. 일순간에 무시무시한 표정이 되더니 버럭 소리를 질렀다.

"말이 되는 소릴 해!"

단순히 화가 난 게 아니라 완전히 꼭지가 돈 표정이었다. 레이저로 쏘는 것처럼 눈에는 불꽃이 일었고 얼굴은 격앙된 감정으로 붉은 기운이 올라 있었다.

"오늘 일 때문이야, 너. 지금 나한테서 도망가는 거라고! 아니야?"

희수는 이불을 꽉 움켜쥔 채 애써 침착한 눈으로 흥분한 그를 바라보았다.

"뭐가 불안한데요? 날 못 믿어요?"

그는 흥분한 채로 희수의 눈을 뚫어지게 응시했다. 하지만 분노를 가라앉히기엔 그의 마음속에 있는 불안과 두려움이 더 컸는지 싸늘한 표정이 됐다.

"내가 못 가게 하면 어떡할 건데?"

처음엔 화가 났다. 자신을 애완동물처럼 구속하려 드는 그에게 분노했었다. 이런 상황을 만든 건 그 자신인데 왜 그녀가 피해를 보고 우리 안 짐승처럼 살아야 하는지 억울하고 답답했다. 억지로 안으려 들고 그녀의 말은 듣지도 않고서 자신의 욕구를 해소하고 자신의 생각을 관철시키려는 그가 미웠다. 그런데 지금은 안타깝다. 그가 무엇 때문에 그렇게 행동하는 건지 조금은 알 것 같기 때문이다.

"갈 거예요."

"어림없는 소리!"

그의 목소리는 얼음처럼 차가웠다. 딱딱하게 굳은 표정은 조금의 빈틈도 허용치 않겠다는 듯 냉랭하고 단호했다.

"너 여기서 한 발짝도 못 나가."

그리고 그는 방을 나갔다. 쾅! 소리와 함께 방문이 닫히고 곧이어 그의 발소리가 멀어졌다. 등줄기를 꼿꼿이 세우고 긴장하고 있던 희수는 심지를 뺀 양초처럼 힘없이 허물어져 내렸다. 베개에 몸을 기대고는 참았던 한숨을 토해냈다.

그가 짐작한 대로 오늘 일이 결정적이었다. 그전에도 이 문제에 대해 생각했었고 어떻게 얘기를 꺼낼까 고민을 하긴 했었다. 맨션을 마음대로 출입할 수 있게 해달라고, 다나카 없이 외출할 수 있게 해달라고 한 건 최대한의 완곡한 표현이었다. 실은 그에게 결혼식을 어떻게 할 거냐고 되묻고 싶었다. 가짜 부모님을 모셔다놓고 성대하게 할 것인지, 아니라고는 하면서 아직도 연결되어 있는 히가시데 조직의 총장인 아버지를 결혼식장에 모실 것인지, 제대로 따져 묻고 싶었다.

결국 아무런 말도 못한 건 그에게 조직을 나오란 말이 튀어나올 것 같아서다. 그건 곧 그가 지난 10년간 쌓아온 것들을 포기하란 의미가 될 것이다. 자신으로 인해 그와 친아버지 사이가 벌어지는 건 아닌지 두려웠다.

그에게 혈육이라곤 아버지 한 분뿐이다.

희수는 침대에 누운 채 생각에 잠겼다. 그와 자신을 위한 최선의 길이 뭔지, 그를 행복하게 하고 자신을 행복하게 하는 타협점은 없는지…… 씻어야겠다고 생각하는데 졸음이 몰려왔다.

아무런 일도 하지 않은 채 그를 바라보고만 있은 지도 한 달이 넘었다. 잉여 인간이 되어가고 있다. 경호원 없이는 집 밖으로 나가지도 못하고, 어딜 가나 경호원이 따라다니는 상황에서 뭘 할 수 있을까?

이대로는 정말 안 된다. 자신의 일을 가질 것이다. 어떻게든…….

자신의 방으로 들어온 나기는 거칠게 서성거렸다. 가슴속 분화구에서 용암이 끓어오르고 있었다. 다시 돌아가 희수를 달래고 달래서, 안 되면 소리치고 위협해서라도 절대 자신의 곁에서 떠나지 않겠다는 답을 받아내고 싶었다. 그전에 눈꽃처럼 하얀 희수를 안고서 자신을 갈구하도록 만들고 싶었다. 하지만 그 어떤 것도 지금의 해결책은 못 되는 것 같았다. 그래서 답답했다. 터지지 못한 용암은 부글부글 속앓이를 하며 내장을 태웠다.

차가운 물에 샤워를 하고 나서도 몇 분이나 더 강한 물줄기 아래 서 있었다. 용암은 다소 잠잠해졌지만 분화구는 더 벌어져 가슴이 쓰라렸다. 그녀가 원하는 게 뭔지 모르지 않았다. 그녀는 평범한 사람처럼 살기를 원하는 것이다. 하지만 나기에게 있어 그건 선택의 문제가 아니었다. 그녀가 자신의 여자로 운명지어졌듯 그가 살아가고 살아가야 할 세계도 운명지어져 있는 거였다. 태어나는 그 순간부터 말이다.

젖은 채 방으로 들어온 나기는 그대로 침대에 몸을 뉘었다. 희수를 도쿄로 데려온 뒤로 따로 잔 적은 한 번도 없었다. 그녀의 방으로 가 부드러운 그녀를 품에 안지 않으면 잠이 올 것 같지가 않았다. 하지만 그렇게 되면 그녀가 원하는 대로 해주게 될 것 같았다.

그렇지 않아도 그녀가 가여웠다. 보내지 않겠다고, 가둬버리겠다고 윽박질러댔지만 그 이면에는 미안함이 있었다. 그녀가 뭘 두려워하고 힘들어하는지 뻔히 알면서 자신의 세계로 들어오라고, 이대로 만족하는 걸 넘어서 행복하라고 강요하는 거나 마찬가지였으니까. 그걸 알면서 애원하는 그녀의 눈을 무시하고 거부하는 건 너무나 힘든 일이었다. 애간장이 다 타버릴 것 같다.

나기는 그녀의 방으로 가는 걸 포기하고 잠을 청했다. 허물어져서 그녀를 품에 안았다간 후회할 말을 해버릴 것 같아서다. 결과에 상관없이 그녀가 원하는 대로 다 해주고 싶어질 테니까.

　나기가 눈을 뜬 건 아침 6시 30분이었다. 창으로 들어온 아침 햇살이 그의 구릿빛 나신에 드리웠다. 햇살의 따스함을 느낀 몸이 거부감을 표시하며 그의 의식을 깨웠다. 상체를 일으키는데 복부에 찌르르 통증이 왔다. 희수와 말다툼한 게 원인일 것이다. 언제나 그랬다. 희수가 조금이라도 불편하거나 힘없는 기색을 보이면 위장이 먼저 반응을 해왔다. 잠긴 목을 헛기침으로 풀고 일어나는데 전신이 찌뿌드드했다. 며칠 체육관을 가지 않은 탓인지 근육이 뭉쳐진 느낌이 들었다. 목을 움직이며 일어선 나기는 욕실로 가 볼일을 마친 다음 간단히 세수를 했다. 알몸으로 생활하는 데 익숙한 건 히가시데 나기였을 때였다. 병원에선 당연히 환자복을 입어야 했고 그때부터 그의 버릇은 조금 변했다. 그런데 희수를 만나고부터 다시 예전의 모습으로 돌아가버렸다. 다시 알몸이 편해진 몸에 검은 가운을 걸쳤다.

　거실에도, 주방에도 희수의 흔적은 보이질 않았다. 꽤 일찍 일어나는 편인데 오늘은 늦잠을 자는 모양이다. 간밤에 한 말다툼 때문에 방에서 나오지 않을 생각인지도 모른다. 나기는 냉장고에서 물을 꺼내 마시다가 멈칫했다. 식탁 위에 어제 입었던 자신의 옷이 놓여 있었기 때문이다. 어젯밤 그녀의 방에 벗어두고 온 거였다. 순간 서늘한 기운이 등줄기를 날카롭게 훑고 지나갔다. 성큼 식탁으로 간 나기는 동그랗게 말려 있는 넥타이 위에 놓인 쪽지를 발견했다.

　'서울 가요. 전화할게요.'

다급히 양복 상의 안쪽 주머니에 손을 넣은 나기는 엘리베이터 키가 사라진 걸 확인하고서 욕설을 내뱉었다. 곧장 휴대전화를 찾아 전화를 걸었다.

"다나카, 서울행 첫 비행기가 몇 시지?"

– 알아보겠습니다.

"아니, 잡아. 무조건 잡아야 돼."

휴대전화를 던져놓고 희수의 방으로 갔다. 침대는 사람이 잤던 흔적도 없이 깨끗이 정돈돼 있었다. 옷장을 열어보는데 손끝이 떨렸다. 혹시나 하는 불안감에 심장이 덜컥거리고 속이 쓰렸다. 옷걸이에 걸려 있는 희수의 옷을 보고서야 받은 숨을 토해냈다. 떠난 건 아니었다. 희수가 아주 떠난 건 아니다. 안도감에 침대에 털썩 주저앉은 나기는 방 안에 떠도는 희수의 향기를 맡고선 질끈 눈을 감았다. 오전 6시 40분이었다.

희수는 서울행 첫 비행기를 탔다. 일종의 충동적인 가출이었지만 꽤 성공적이었다. 잠결에 뒤척이다가 바닥에 떨어져 있는 엘리베이터 키를 봤다. 처음엔 뭔지 몰랐다가 가까이 떨어져 있는 그의 옷가지들을 발견하고서 잠이 확 달아났다. 새벽이었고 의식도 아직 비몽사몽인데 몸이 먼저 움직였다. 조용히 일어나 숨을 죽이고 간단한 짐을 쌌다. 옷을 챙겨 입고 엘리베이터 키를 손에 쥐고 그에게 쪽지를 썼다. 발소리를 죽여 방에서 나와선 식탁에 그의 옷을 놓고 쪽지도 놓았다. 잠든 그를 잠깐 보고 싶은 유혹이 들었지만 애써 뿌리치고 현관을 나왔다. 그녀를 본 맨션의 경비원은 의아한 눈으로 인사를 했다. 희수는 아무렇지 않은 척 밝게, 그렇게 태연하고 느긋한 걸음으로 맨션을 빠져나왔다.

비행기가 서울에 도착했을 때까지만 해도 긴장을 늦출 수가 없었다. 그의 사람들이 이미 공항에서 그녀를 기다리고 있을 것만 같았다. 재빠르게 공항을 빠져나와 병원으로 향하는 택시를 탔다. 상암동 오피스텔은 이미 처분한 상태여서 서울에서 그녀가 갈 수 있는 곳은 몇몇 친구들의 집뿐이었다. 하지만 평일 아침부터 뜬금없이 민폐를 끼치고 싶지 않아 시후의 아버지가 입원한 병원부터 가기로 했다.

택시 안에서 켠 휴대전화에는 부재중 전화와 메시지가 가득 들어차 있었다. 그의 번호로 도착한 건 예상했던 것과 그리 다르지 않은 시각부터였다. 아마 일어나자마자 한 전화였을 것이다. 그리고 나머지는 모두 다나카의 번호였다.

희수는 다나카의 번호를 눌렀다. 단 한 번의 통화음에 다나카의 음성이 들려왔다.

― 어디십니까?

인사도 없이 다그치다니 그 주인에 그 부하다 싶었다.

"그 사람 옆에 있죠?"

― 바꿔드리겠…….

"아뇨."

희수는 얼른 그의 말을 막고서 차분히 자신의 말을 전해달라고 했다.

403

"우선은 시후네 아버지 병문안을 할 거라고 하세요. 그리고 바로 부산에 가서 엄마를……."

― 어디야?

그의 목소리였다. 옅게 떨리는 그의 저음이 심장을 파고들어왔다. 몇 시간 떨어진 것뿐인데 갑자기 울컥 그가 보고 싶었다. 그의 목소리는 마력을 가져서 그녀를 수줍게 만들고 설레게 만들었다.

― 서희수, 대답해.

희수는 애써 아무렇지 않은 듯, 잠시 외출해 통화하는 것처럼 가볍게 통화하기로 했다.

"서울이에요. 병문안 가요. 엄마 보고, 수다 좀 떨고 모레 갈게요. 아침은 먹었어요?"

― …….

침묵하는 그의 상태가 어떤지 짐작이 가고도 남았다. 희수는 미안한 마음이 들었지만 드러내지 않고 부드러운 목소리로 말했다.

"나기, 난 지금 친정에 가는 거예요. 여잔 한 번씩 엄마가 보고 싶을 때가 있어요. 경호원 없이 여기까지 왔고 무사히 당신 옆으로 갈 거예요. 난 앞으로도 이렇게 생활할 거예요. 당신 불안한 건 당신이 감당해요. 내 불안은 내가 감당할 테니까. 경호원들 움직여서 쫓을 생각 말고 밥 잘 챙겨 먹고 있어요. 다시 전화할게요."

잠시 그의 대답을 기다렸지만 끝내 그는 아무런 말도 하지 않았다. 어찌 됐든 통화를 하고 나자 한결 마음이 가벼워졌다. 그가 걱정되지만 이건 일종의 따끔한 예방 주사 같은 것에 불과하다.

앞으로 그녀는 더 많은 활동을 할 생각이었다. 이건 단지 시작에 불과할 것이란 걸 그도 알 필요가 있었다.

20

6월, 부산.

　보스의 지시로 곧장 부산으로 날아온 다나카는 카페 구석에 앉아 서희수 모녀를 지켜보고 있었다. 다나카가 처음 서희수를 본 건 2년 전으로 거슬러 간다. 누군가 맡고 있던 임무를 이어받은 것으로 전임자는 한 장의 사진 이외엔 어떤 정보도 주지 않았다. 거기엔 그 어디에서도 본 적이 없는 여자가 있었다. 발레리나였다. 사진이건 어디서건 발레리나를 처음 본 데다가 그렇게 밝은 빛을 내뿜으며 웃는 얼굴도 처음이었다. 아무것도 모르는 어린아이의 순수한 웃음소리 같은 게 들리는 것 같았다.

　명령을 받고 서울로 갔다. 신학기 무렵이었고 그녀는 대학 2년생이었다. 나이답게 풋풋하기도 했지만 뭣보다 그녀의 첫인상은 아름다웠다. 조직에 들어가서 거의 처음 맡은 임무였기에 열심히 한 것도 있지만 그녀의 아름다움에 넋을 잃었다는 이유가 컸다. 그렇다고 흠모하며 사랑에 빠졌다는 의미는 아니다. 굳이 이름을 붙이자면 동경이었고 숭배에 가까웠다. 보스의 여자가 아니라고 하더라도 접근하기 어려웠을 것이다. 그녀에겐 감히 넘보기에도 아까운 고결함이 있었다. 교황이 살고 있는 동화 속 성 같은 성당에서 노래 부르는 성가대의 소녀 같다고 할까. 그녀의 맑은 눈은 괜히 왈칵 눈물이 나려고 하는 이상한 기분이 들게 했다.

지난 이틀간의 그의 임무는 희수가 무사히 어머니를 만나고 보스의 곁으로 돌아갈 때까지 들키지 않고 보호하는 것이었다. 그건 그녀가 사라지고 정확히 세 시간 40분 뒤, 보스와 첫 통화를 한 후 내려진 명령이었다. 그때 보스의 눈엔 핏발이 서 있었고 전화기를 쥔 손의 혈관은 터질 듯 솟은 상태였다. 하지만 그녀에게 걱정도 분노도 내비치지 않았다. 그 분노의 화살을 받은 건 회장실 책상이었고 다나카였다.

그녀와의 통화를 끝낸 후 보스는 책상 위를 쓸어버렸다. 그렇게 분노한 보스를 보는 건 처음이었고, 이성을 잃고 소리치는 걸 듣는 것도 처음이었다.

"어떻게 된 여자가! 당장 가서 데려와!"

히가시데 조직의 총장은 하나밖에 없는 아들을 조직의 후계자로 생각하고서 일을 추진하고 있었다. 겉으로 보기에도 히가시데 나기는 야쿠자라는 모습을 하고 있었다. 기본적으로 타고난 큰 키와 골격에다가 탁월한 운동 감각이 더해져서 누가 봐도 싸움꾼이었다. 야쿠자가 아니면 격투기 같은 운동으로 프로가 됐을 법한 몸이다. 더 무서운 건 본인의 노력이다. 조직 내에서 암암리에 전해지는 이야기에 의하면 머리에 총을 맞았다는데, 그러고도 살아서 무섭게 운동을 하는 모습을 보면 존경심이 절로 우러났다. 보스는 맨션의 2층에 체력 단련을 할 수 있는 시설을 완벽히 갖춰놓고 하루에 두세 시간씩 국가 대표 선수처럼 몸을 단련했다. 그런데 온몸이 강철로 되어 있다고 해도 이상하지 않을 정도로 강인한 남자가 그녀 앞에선 맥도 못 추고 무너졌다.

한바탕 화를 터트린 보스는 위가 아픈지 복부 쪽을 움켜쥐고 있었다. 보스에게 그런 증상이 생긴 건 8개월 전쯤부터다. 서희수가 강시후와 약혼한다는 사실을 보고받고 며칠 뒤, 보스는 위경련으로 응급실을 찾아야 했었다.

"보스."

다나카는 서랍에서 약을 찾아 물과 함께 책상 앞에 올려놓았다. 보스는 양팔로 책상 모서리를 짚은 채 눈앞의 알약을 노려보았다. 더 이상 소리치지는 않았지만 얼굴은 분노로 일그러져 있었고 풀어 내린 넥타이가 간신히 매달려 흔들거렸다. 헝클어진 머리에 셔츠가 심하게 구겨진 모습이 그를 더 험악하게 보이게 했다. 통증을 참고 있는 건가 했는데 생각에 잠긴 표정이다. 전화에서 그녀가 한 말을 곱씹고 있는 것 같다. 보스의 상태와는 대조적으로 그녀의 목소리는 침착했고 오히려 그를 걱정하는 여유마저 있었다.

"그래, 이번 것까진 맞춰줘. 자기가 어떤 세계에 있는지 모르는 게 나아."

보스는 들키지 말고 그녀를 보호하라고 지시했다. 자신의 분노보다 서희수의 안전이 더 중요하고, 그녀의 기분을 맞춰주는 게 자신의 위경련에 더 좋다고 판단을 내린 모양이다.

다나카는 먼저 도착해 차량을 수배하고 그녀를 기다렸다. 부산의 공항에서 게이트를 나오는 서희수를 멀리서 지켜보았다. 그녀는 택시를 타고 부산지점으로 이동했고 지점 앞에서 퇴근하는 엄마의 차량에 합류했다. 그녀의 엄마 장희주 검사는 대학교 3학년 때 사법고시에 합격한 수재였다. 외모는 그저 평범한 가정주부처럼 작고 통통했지만 카랑

카랑한 목소리에 괄괄한 타입이었다. 여성스러운 서희수와는 달리 털 털했고 다소 우악스러운 느낌마저 있었다. 운전을 하는 모양새가 그랬 다.

모녀는 저녁을 달맞이고개에 있는 횟집에서 해결한 뒤 근처의 카페 로 옮겨 와 커피를 마시는 중이다. 다나카는 카페의 구석에서 모녀의 테이블과는 등을 진 채로 앉아 있었다. 휴대전화를 보는 척하고 있었 지만 사실은 액정으로 서희수를 지켜보고 있었다. 직원에게 커피 두 잔을 받아 테이블로 가던 그녀가 힐끗 다나카가 있는 쪽을 보았지만 이상하게 여기고 있는 것 같진 않았다. 모녀는 웃으며 수다를 떠는가 싶더니 차츰 분위기가 변했다. 먼저 서희수의 얼굴에서 웃음기가 가셨 고 뒤이어 장희주 검사가 기가 막힌다는 표정으로 희수를 째려봤다.

그녀는 죄 지은 사람처럼 고개를 숙이고 있더니 휴대전화를 꺼내 내 밀었다. 사진을 보여주는 듯했다. 그렇게 카페에서 두 시간을 심각하 게 얘기한 모녀는 다시 다정한 친구처럼 팔짱을 끼고선 카페를 나갔 다.

그녀의 2박 3일간의 외유는 특별한 일 없이, 다소 지루하다고 생각할 정도로 평온하게 흘러갔다. 근처 바닷가를 산책하고 마트에 들러 장을 봤을 뿐 대부분의 시간을 어머니 집에서 나오질 않았다. 그동안 다나 카는 그 집 앞에 차를 세워두고 머물렀고 보스와는 두 시간마다 통화 를 했다. 중역 회의 중이거나 바이어를 만나는 중에도 보스는 직접 전 화를 받았다. 어떤 때는 벨이 울리기도 전에 전화를 받았고, 그때마다 아주 상세한 것까지 보고받기를 원했다. 그녀가 어떤 옷을 입고 어떤 표정으로 누구를 만났는지.

"오늘 일정은 여기서 끝인 것 같습니다."

저녁 6시 즈음, 양손 가득 장을 봐 온 모녀는 집으로 들어간 뒤 나오지 않고 있었다.

– 내일 몇 시 비행기지?

"그건 아직 모르겠습니다. 예약을 하시지 않아서."

전화 저쪽에서 상소리가 들려왔다. 보스는 그녀가 관계되면 성급해지고 날카로워져서 어린애 같을 때가 있다. 평소에는 냉정하고 어른스러운 기업가 같다가도 그녀 얘기가 나오면 금방 흥분해버린다. 지금처럼 말이다.

– 예약을 안 한 거야, 못 한 거야! 내일 안 온단 소리야?

"본인에게 직접 물어보심이……."

전화는 그대로 끊어졌다. 다나카는 차의 좌석을 뒤로 젖히고서 밝은 불이 켜져 있는 아파트의 5층 쪽을 올려다보았다. 그 안에서 모녀가 저녁을 만들어 먹고 하루 종일 보였던 모습처럼 티격태격 다투고 웃으며 하루를 마감할 것이다. 그게 평범한 사람의 일상이라면 다나카의 일상은 언제나 다른 사람을 중심으로 움직인다. 최근 몇 년간은 서희수를 중심으로 움직이고 있다. 그녀를 지켜보고 그녀가 안전한지, 화가 났는지, 불편한지 기분을 파악하면서 말이다.

"넌 이제부터 경호원이지 야쿠자가 아니야. 팔목의 그 문신도 지워."

처음 그녀의 경호를 맡기면서 보스는 꽤 세세한 것까지 명령을 내리고 주의를 줬다.

"무기 같은 거 들키지 말고, 희수가 보는 앞에선 야쿠자 말투도 안 돼."

굳이 말하지 않아도 그렇게 했을 것이다. 왠지 그녀가 보게 하고 싶지 않았고 알게 하고 싶지 않았다. 자신의 진짜 모습 같은 건 말이다. 그녀는 꼬박꼬박 다나카 씨라는 호칭을 쓰고, 이따금씩 혼자 먹는 걸 불편해하며 그를 쳐다보고 말을 걸까 말까 망설였다. 그럴 때면 귀 뒤로 뜨거운 것이 돌고 식은땀이 났다.

모른 체하고 있었지만 자신을 신경 쓰고 보통 사람 대하듯 하는 그녀를 보면 이상하게 마음이 물렁해지고 순해졌다. 초등학교 때부터 이미 칼을 쓰고 소년원을 들락날락하고서, 못된 놈들과 몰려다니며 사람들을 괴롭히고 때렸던 자신의 모습은 완전히 잊은 채 말이다.

다음 날, 그녀는 모친과 함께 아파트를 나왔다. 모친은 차로 그녀를 공항까지 데려다주고서 출근을 했다. 그녀는 오전 9시 비행기를 탔고, 다나카는 그녀의 좌석과 한참 떨어져 있는 뒷자리를 잡았다.

"하마터면 몰라볼 뻔했어요, 다나카 씨."

착륙이 가까울 무렵 그녀가 말을 건넸다.

"그렇게 입으니까 완전 딴 사람 같네요."

웃고서 자리로 돌아갔지만 몸을 돌리기 직전 그녀는 분명 어이없다는 한숨을 내쉬었다. 다나카는 낭패감에 고개를 숙였다. 검은 야구 모자를 푹 눌러쓰고 그녀에겐 한 번도 보이지 않았던 청바지와 반팔 셔츠 차림인데도 그를 알아본 것이다. 어쩌면 그동안 가까이서 보면서 낯이 익었다는 의미일 것이다. 그래도 이건 굴욕에다가 비상사태였다. 그녀와 보스 사이에 싸움거리를 제공한 꼴이니까 말이다.

하네다 공항에 도착했다. 다나카의 좌석이 출구에서 더 가까웠기에 먼저 비행기에서 내렸다. 일부러 빨리 벗어나 눈에 띄지 않으려고 했지만 그녀는 굳이 다나카의 위치를 찾으려고 하지 않았다. 의혹이 아니라 다나카가 쫓아왔다는 걸 이미 확신하고 있다는 거였다.

게이트를 먼저 빠져나온 다나카는 한쪽에 서서 희수를 기다렸다. 비행기를 타기 직전 보스에게 비행기 도착 시각을 알렸으니 공항에 마중 나왔을 수도 있었다. 보스가 직접 나오지 않았다면 차량이라도 보냈을 거였다.

살짝 주변을 살펴본 다나카는 아는 얼굴을 발견하고 멈칫했다. 그들은 때마침 게이트를 빠져나오는 희수에게 접근해 에워쌌다. 다나카는 굳어졌고 민첩하게 사람들을 헤치고 달려가 그녀의 앞을 막아섰다.

"무슨 일이십니까?"

"비켜라, 다나카. 총장님 명령이다."

그들을 알아본 순간 짐작했었다. 그들은 총장의 수하들이었다.

"일단 보스에게 연락해주십시오."

다나카는 굳건히 막아서는 정중히 요청했다.

"보스 허락 없인 안 됩니다."

"뭐라는 거야, 이 자식."

주먹이 명치 깊이 쑤시고 들어왔다. 단순히 날아온 주먹 한 방이었지만 다나카는 무릎이 꺾였다. 구토가 느껴졌다. 간신히 몸을 세우려는데 그녀의 손이 다가와 팔을 잡았다.

"괜찮아요, 다나카 씨?"

그녀의 손은 서늘했고 얼굴도 하얗게 질린 것 같았다. 예쁜 얼굴에 근심이 가득해서 그를 바라보더니 총장의 수하들을 향해 말했다.

"갈 테니까 다나카 씨는 보내줘요."

"안 됩니다. 저도 같이 가겠습니다."

다나카는 신음 소리를 삼키고서 몸을 일으켰다. 그때 갑자기 그녀의 얼굴이 다가왔다. 다나카는 이 상황에 그런 느낌이 드는 건 바보 같다고 생각하면서 흠칫 가슴이 떨렸다. 그녀의 향기가 폐부 깊숙이 들어와 이른 봄 흰나비처럼 날아다녔다. 그녀는 조용한 목소리로 그의 귀에 속삭였다.

"그 사람 이틀 동안 나한테 전화 한 번 안 했어요. 자존심 상해서 내가 먼저 전화 못 하니까 다나카 씨가 남아서 그 사람한테 연락해줘요."

보스가 전화를 안 한 것에 화가 잔뜩 나 있는 건 확실했다. 하얗게 질렸던 얼굴에 화색이 돌면서 화를 내는 표정이 됐다. 그런 표정을 하면 자신이 엄청 섹시해진다는 걸 그녀는 모른다. 평소의 아름답고 순수한 여자에서 새침하고 도도한 여자가 되는데, 그땐 정말이지 제대로 쳐다보는 것조차 힘이 들었다. 성가대 소녀가 그렇게 야해지면 안 되는 거 아닌가.

다나카는 더 말리지도 못하고 멍하니 떠나는 그녀를 보았다. 그녀는 척 보기에도 야쿠자 같은 남자들에 둘러싸여서는 보스처럼 당당히 걸어갔다. 뒤늦게 정신을 차리고 쫓아가던 다나카는 보스가 보낸 운전기사를 발견했다. 그녀와 총장의 부하들은 세 대의 차에 나눠 탔고 다나카는 대기하고 있던 차량을 이용해 그들의 뒤를 따랐다.

차 안에서 보스에게 전화를 했다.

"보스, 일이 생겼습니다."

희수는 옷차림이 신경이 쓰였다. 아직 결혼식을 올리지도 않았고 결혼을 약속한 것도 아니지만 어쨌든 그의 아버지라면 시아버지가 될 분이다. 격식을 차리진 못해도 경박해 보이진 않아야 할 텐데 후자에 가까워 보일 것 같아 걱정이었다. 희수는 단순한 디자인의 랩 원피스를 입고 있었다. 서면 허벅지 중간까지 내려오는 치마 길이였지만 막상 걸으면 옆이 벌어져서 민망해질 것 같았다. 게다가 브이 라인으로 팬목선도 너무 많이 파인 게 아닌가 싶어 몸가짐이 조심스러웠다. 카디건이라도 꺼내 입으면 좋겠지만 그러려면 가방을 뒤져야 하는데 그럴 여유가 없었다.

공항에서 향한 곳은 차로 40분 정도 떨어진 곳에 위치한 산사였다. 울창한 녹음으로 둘러싸인 웅장한 전통 가옥이 고풍스러워 보였다. 다보탑을 옮겨놓은 듯 층층이 높은 지붕을 갖고 있는 문을 지나면 본격적으로 사찰의 위용이 드러났다. 탑이 놓여 있는 넓은 마당을 지나 중심 건물의 왼쪽으로 돌아가니 자갈이 깔린 길이 나왔다. 깊은 산 속으로 들어가는 것처럼 나무가 우거졌고 새소리와 진한 소나무 향이 가득했다. 일본 특유의 아기자기한 정원을 지나 사내들이 안내한 곳은 그

돌길의 끝에 있는 연못 위 정자였다. 그 정자의 주변으로 검은 옷을 입은 남자들이 죽 에워싸고 경계를 하고 있었다. 희수는 꿀꺽 불안의 침을 삼켰다. 당장 저 위에서 만나게 될 '총장'에 대한 두려움보다 바닥에 앉게 되면 말려 올라갈 치마 길이가 더 걱정이 됐다.

정자를 둘러싸고 있는 연못 수면에 분홍색 연꽃이 입을 벌리고 인자한 아름다움을 발하고 있었다. 희수는 돌계단 아래 서서 위를 쳐다봤다. 가지런히 벗어놓은 남자 구두를 보면 누군가 앉아 있는 게 틀림없었다. 천천히 심호흡을 하고 계단을 올랐다. 번쩍거리는 구두 옆에 놓일 자신의 여름 샌들이 초라하게 느껴졌다. 애써 차분히 정자로 올라서는데 새빨간 페디큐어에 박힌 보석이 눈에 확 띄었다. 얼른 자리에 앉는 게 상책일 것 같았다.

희수는 허리를 접어 90도 인사를 했다.

"안녕하세요? 서희수라고 합니다."

고개를 들자 차가 놓인 테이블 앞에 앉은 초로의 신사가 보였다. 나이는 한 예순 살쯤 되었을까. 보는 순간 알았다. 그의 아버지였다. 그를 꼭 닮아 있었다. 지금보다 더 검고 날렵하고 매섭게 보였던 10년 전 나기를 말이다. 다른 게 있다면 얼굴에 주름과 희끗한 머리, 그리고 콧수염 정도다. 장소가 장소인 만큼 전통적인 차림을 하고 있지 않을까 생각했는데 양복 차림인 것이 조금 의외였다.

"앉아."

곧장 날아온 명령. 차갑지도 따뜻하지도 않은 말투에 표정도 무덤덤했다. 무섭다기보다는 알 수 없다는 느낌, 그 역시 10년 전의 나기와 비숫했다.

　맞은편에 놓인 방석 위에 조심스럽게 앉았다. 최대한 발을 감추고 치마를 모으면서 말이다. 앞에 놓인 찻잔에 맑은 녹차가 따라졌다. 그의 아버지, 히가시데 조직의 총장이 손수 찻주전자를 기울이고 있었다. 의외로 그의 손은 험하거나 거칠어 보이지 않았다. 오히려 바깥일을 하지 않는 사람처럼 부드러워 보였다. 야쿠자의 총장이라고 해서 큰 칼이라고 차고 있을 거라고 생각한 건 아니지만 여하튼 생각보다 무섭진 않았다.

　"감사합니다."

　희수는 살짝 고개를 숙이고는 찻잔을 들어 입술을 축였다. 긴장에 목이 타는 참이었다. 꽤 고급 녹차여서 향이 좋았다. 순하고 부드러운 맛에 살짝 놀라서 조금 더 마셔보았다.

　"사진보다 나이가 좀 들어 뵈는구만."

　언제 적 사진을 보신 거냐고 물어보고 싶지만 감히 그런 농담을 할 순 없었다. 고개를 들어서 보지 않아도 얼굴에 닿는 시선이 날카로운 게 다 느껴졌다.

　"올해 스물일곱입니다."

　그런 대답을 하고서 조금 시선을 들어 총장을 봤다. 정좌를 하고 앉은 자세도 꼿꼿했고 이쪽을 보는 눈빛에도 틈이 보이질 않았다. 궁금해 한다거나 마땅찮게 여긴다거나 하는 감정이 전혀 느껴지지 않았다. 나기의 굵은 저음도 아버지에게 물려받은 게 틀림없다. 아버지 쪽이 좀 더 거친 느낌이긴 하지만 말이다.

"지금 자네가 누굴 상대하는지는 알고 있나?"

정확히 무슨 뜻인지는 알지 못했다. 머릿속이 복잡해 제대로 뉘앙스를 파악하지 못했다. 예비 시아버지가 자신을 부른 이유가 단순한 면담이나 면접이 아니라 반대하는 걸지도 모른다는 생각으로 복잡했기 때문이다.

"그 녀석은 제왕의 사주를 타고났어. 무슨 말인지 알겠나?"

제왕의 사주? 일본도 그런 걸 보고 믿는지도 몰랐던 일이다. 그렇게 용한 점쟁이를 알고 계시다면 소개를 받고 싶은 심정이다. 그의 수명은 얼마인지, 10년 전 사고 같은 게 또 일어날지 묻고 싶으니까.

"녀석을 놔줘. 10년 전 사고도 알고 보면 자네 탓 아닌가. 제 어미 장례식 같은 델 갈 녀석이 아니거든. 자네 때문에 간 거지."

희수는 심장이 쿵 했다. 그렇게는 생각해보지 않았다. 탓을 했다면 오히려 맞은편에 앉은 그의 아버지였다. 그에게 그런 환경을 준 사람이니까 말이다. 억울하다고 말하고 싶었다. 그를 놔달라고 애원하고 싶은 건 오히려 이쪽이다. 아들에게 나쁜 일을 시키려고 하는 게 아닌가. 물려줄 게 따로 있지, 뭐가 후계자이고 무엇의 제왕이란 말인가! 속에서 울화가 끓어오르는 걸 꾹 눌렀다.

"약혼자가 있다지?"

질문에 희수는 놀랐다. 그가 알아낸 걸 총장이 못 알아낼 리 없겠지만 시아버지가 될 사람에게 들으니 민망했다. 거기에 10년 전 사고를 그녀의 탓으로 생각하고 있으니 반대할 이유로 충분하겠다 싶었다. 그때 앞에서 웃음소리가 들렸다.

"그거 참, 강심장이군."

누구를 두고 하는 말인지 몰랐다.

"야쿠자의 여자를 건드리면 죽음뿐이지."

아, 시후를 두고 하는 말인가 보다. 하지만 약혼이 먼저라는 걸, 당신 아드님이 약혼자 있는 여자를 건드린 거라고 말해줄까. 변명이 하고 싶어졌다. 무슨 일을 하고 있건 그의 아버지인데 미움받기는 싫었다.

"그 녀석의 움직임이 좋질 않아. 평범한 놈이 돼버리려고 한단 말이야. 자네 탓이지? 자네한테 맞추려고 그러는 거야."

그게 자신의 탓인지는 몰라도 그가 평범한 사람이 되길 바라는 건 맞았다. 희수는 총장이 무슨 말을 하려는 건지 어렴풋이 알게 됐다. 짐작하는 게 맞는다면 그가 조직에서 벗어나려고 움직이고 있다는 뜻이다. 적어도 야쿠자 같은 나쁜 일은 하지 않는다는 의미다. 그걸 뒤에서 조종하고 있는 게 그녀라고 생각하는 것 같았다. 그러니 결국 총장에게 제대로 미운털이 박힌 거고 그와 헤어지길 바라는 것이다.

"왜 대답이 없나?"

희수는 총장을 바라보았다. 만약 그가 계속해서 평범한 놈이 되려고 한다면 이 사람은 어떻게 할까. 그 생각을 하자 비로소 두려워졌다. 눈앞의 총장이 상상했던 것처럼 무시무시한 살인마 같진 않아도 그 힘을 의심하진 않았다. 나기가 총을 맞았듯, 총장은 그런 일을 명령하고 직접 할 수도 있을 것이다. 영화에선 야쿠자가 조직을 떠나려면 손가락을 잘라야 했다. 차라리 그게 낭만적이라고 할 정도로 더 잔악하고 팍

팍해진 게 요즘 세상이다. 야쿠자 세상이라고 다를까.

"만약…… 만약 제가……."

"자넬 죽일 거냐고?"

질문은 그게 아니었지만 결론은 그거였다. 헤어지지 않는다면 어떤 일이 생길 것인가.

"내 아들의 여자를 해칠 순 없지."

안심이 되긴커녕 더 가슴이 졸아들었다. 갑자기 정사를 휘도는 바람이 숨통을 죄는 듯 답답하게 여겨졌다. 연못 위의 커다란 연꽃이 마치 독초처럼 끔찍해 뵈고 돌탑 사이로 망령이라도 튀어나올 듯 으스스한 기분이 들었다.

"주변이 괴롭겠지."

희수는 숨을 들이켰다. 그건 협박이었다. 총장의 무심한 표정이 더 공포스러웠다. 어두운 밤, 퇴근길 엄마의 차가 커다란 트럭에 깔리는 그림이 그려졌다. 그저 평범하게 생긴 이웃이 아무렇지 않게 접근해 칼을 휘두를 수도 있다. 아파트 엘리베이터 안이나 주차장에서나…… 등에 소름이 돋았다. 놀라고 무서웠지만 어떻게 해야 하는 건지 아무런 생각도 나질 않았다. 그와 헤어지겠다고 말해야 하는 걸까. 살려달라고 빌어야 할까. 그와 헤어지는 건 생각할 수 없다고 무릎 꿇고 빌어야 하는 게 아닐까. 하지만 마음엔 화가 일고 있었다. 야쿠자의 총장이 이런 치졸한 협박을 하다니 부끄러운 줄 알라고 소리치고 싶었다.

"그 사람은요? 아드님 손가락은 괜찮겠죠?"

그에 대한 걱정이 앞섰고 그게 제일 중요했다. 희수는 가슴을 졸이며 총장의 대답을 기다렸다.

"총장."

그때 멀리서 나기의 음성이 들려왔다. 머리 위로 드리운 그림자에 멍하니 고개를 들어보니 언제 왔는지 바로 옆에 그가 허리를 굽히고 서 있었다. 자신의 아버지에게 인사를 한 후 고개를 드는 그와 눈이 마주쳤다. 정신을 차린 희수는 애써 평온한 표정을 지었다. 어떤 대화가 오고갔는지 그에게 말은 해야겠지만 자신이 놀라고 두려웠다는 사실은 감추고 싶었다.

"쓸데없는 참견을 하시네요, 총장."

나기는 희수에게 시선을 돌리지 않은 채 말했다.

"이 여자는 총장과 관계없는 사람입니다."

"앉아."

총장의 명령에도 그는 돌아보지 않았다. 오히려 희수에게 손을 내밀었다.

"가자. 일어나."

그런 식으로 총장에게 반항하면 아들이래도 총을 또 맞는 게 아닌지 걱정스러웠다. 그러다 희수는 나기의 셔츠 앞쪽을 보고 미간을 찡그렸다. 심하게 구겨져 있는 그 형태는 익히 보아온 느낌이었다.

"어차피 내가 허락 안 하면 여기서 못 나가. 앉아."

총장에게로 휙 고개를 돌린 그의 표정이 험악했다.

"어디, 못 나가는지 볼까요?"

그는 화를 내고 있었다. 심하게 일그러진 이마 위가 살짝 번들거리

는 게 보였다. 그게 통증 때문인지, 분노 때문인지 헷갈렸다. 희수는
아직도 자신을 향해 뻗어 있는 그의 손을 잡았다. 역시나 축축했다. 희
수는 잡은 손에 힘을 줘 그를 아래로 끌어당겼다. 그녀를 돌아본 그가
뭐하는 짓이냐는 듯 내려다봤다.

"앉아요."

희수는 팔에 힘을 줘 그를 옆에 앉힌 다음 허벅지를 가리려고 덮고
있던 가방을 열었다. 기내에서 먹고 반쯤 남은 생수병과 항상 가지고
다니는 파우치를 찾았다. 그녀의 이상한 행동에 두 남자의 시선이 꽂
히는 게 느껴졌다. 최소한의 움직임으로 빠르게 처리하려고 얼른 파우
치를 열어 약통을 꺼냈다. 비상시를 생각해서 항상 파우치에 넣고 다
니는 그의 약이었다. 알약을 꺼내 생수병과 함께 내밀었다. 바라보는
그에게 조그만 목소리로 재촉했다.

"빨리."

그의 손을 잡아 억지로 알약을 쥐여주고 생수병의 뚜껑을 열었다.
마지못한 듯 알약을 입에 넣는 그에게 생수병을 건네고는 아무 일도
없다는 듯이 자세를 바로잡았다. 아까부터 꿇고 있었던 무릎이 조금씩
저리기 시작했다.

"뭐냐?"

"총장이야말로 뭡니까?"

나기는 생수병의 물을 거의 다 비우고서 테이블에 탁 놓았다.

"언제부터 총장이 제 여자관계까지 간섭하셨죠?"

"며느리는 달라."

희수는 놀랐다. 어느새 그가 결혼 얘기까지 아버지에게 한 걸까. 당황해서 두 남자를 번갈아 보는데 그가 미간을 찡그리며 무의식중에 손을 복부에 가져다댔다. 얼른 편하게 눕혀야 위경련이 좀 가라앉을 텐데.

"다시 말하마. 며느리는 장차 히가시데의 후손을 낳을 여자야. 조직이 우선이다. 네가 조직에서 나가면 며느리도, 후손도 다 소용없어."

"조직에 관한 문제는 여기서 논할 일이……."

"그럼 결혼하지 않겠습니다."

그의 말을 자르고 끼어든 희수의 대답에 두 남자의 시선이 모였다. 나기의 표정은 험악해졌고 총장은 생각을 알 수 없는 날카로운 눈으로 희수를 뚫어져라 바라보았다.

"아이도 낳지 않을게요."

"입 다물어, 서희수."

서슬 시퍼런 그의 화난 목소리에도 아랑곳하지 않고 희수는 총장을 바라보았다. 비굴하지 않으려고, 기죽어 보이지 않으려고 애쓰며 마음을 담아 말했다.

"그냥 이 사람 옆에만 있게 해주세요."

희수는 아파오는 무릎을 더 바짝 모으고 바른 자세로 간절히 부탁했다.

"이 사람 곁으로 돌아올 때 결심했어요. 다시는 혼자서 아프게 하지 않겠다구요. 아플 때, 힘들 때 이 사람 옆에 있고 싶어요. 아무 도움도 못 된다고 생각하실지 모르겠지만 이 사람 옆엔 제가 있어야 돼요. 그리고 저도 외롭게 혼자 두고 싶진 않습니다. 절대, 다시는 혼자 아프게 하지 않을 거예요. 제가 원하는 건 그것뿐이에요."

희수는 바닥에 이마가 닿도록 허리를 굽혔다.

"부탁드립니다, 총장님."

다음 순간 희수는 그에게 손목을 잡혀 끌려 나왔다. 몸을 일으킨 순간 무릎이 꺾여 비틀거렸고 그가 안아든 것밖에는 생각이 나질 않았다. 총장에게 제대로 인사를 한 건지, 산사를 어떻게 빠져나왔는지 진혀 인식에 없었다. 생각나는 건 그가,

"다나카!"

라고 외쳤고 정자 아래서 검은 옷의 남자들과 대치하다시피 서 있던 다나카의 뒷모습뿐이었다.

산사 앞엔 검은색 승용차가 여러 대 서 있었다. 검은 옷을 입은 남자들도 서 있었다. 그의 사람들이었다. 아버지의 사람들과 싸울 작정이라도 한 걸까. 조직의 총장에게 대항이라도 할 모양새다.

그의 품에서 내려진 희수는 대기하고 있는 승용차 중 하나에 태워졌고 그는 차문을 닫기 직전 희수의 뺨을 만졌다.

"집에 가서 쉬고 있어. 금방 따라 갈게."

희수는 벌어진 스커트를 여미며 최대한 평소의 모습을 보이려고 애썼다. 실은 눈물이 터질까 봐 그의 눈조차 제대로 못 보면서 말이다.

"그럴 필요 없어요. 회사 가서 일하고 저녁에 봐요."

"보스."

그의 뒤에서 다나카가 그녀의 샌들과 가방을 전달했다. 그는 무릎을

굽혀 그녀의 발에 샌들을 신겨주었다. 그의 손가락이 빨간 페디큐어 위에 박힌 보석을 훑었다. 희수는 심란한 가운데 미소를 지었다.

"엄마랑 했어요. 마트에 네일 숍이 있길래."

그때 그가 시선을 들었고 눈이 마주치고 말았다. 애틋한 그의 눈빛을 본 순간 울컥해서 얼른 시선을 내렸다. 괜스레 가방을 만지작거리는데 그가 몸을 일으켰다.

"도착하면 바로 전화해."

무뚝뚝한 목소리였다. 희수는 돌아서는 그를 보고선 자신도 모르게 팔을 뻗었다. 그의 허리를 안고 잡아당겼다. 내려다보는 그의 시선을 마주 보진 않았지만 그도 자신과 같은 감정이란 걸 느낄 수 있었다. 이 세상에 단둘뿐인 느낌 말이다. 서로를 이해하고 말하지 않아도 생각을 알고 같은 감정을 느끼는 건 이 세상에 그와 나, 단둘뿐이다.

희수는 손을 올려 마사지하듯 그의 복부를 만졌다.

"괜찮아요, 이제?"

차 안으로 그의 머리가 들어왔다. 다행히 차 안에는 희수뿐이어서 그들의 키스는 목격되지 않았다. 그는 격한 여운을 남기고 입술을 떼어 갔다. 희수는 달아오른 입술을 핥고서 멀어지는 그를 보았다. 다시 산사로 들어가는 그의 뒷모습이 어딘가 모르게 비장해 보였다.

21

그의 떨림이 온몸으로 전해졌다.

"나기……."

희수는 가늘고 부드러운 팔로 그의 머리를 끌어안았다. 그는 양손으로 희수의 엉덩이를 잡고서 뽀얗게 부풀어 오른 풍만한 가슴에 얼굴을 묻더니 거친 신음을 토해냈다. 말을 타듯 그의 허벅지에 올라앉은 희수는 다리 사이로 그의 것을 가득 물고 있었다. 자신의 안에 뜨겁고 진한 것이 번지며 불길에 타오르는 나비처럼 날아다녔다. 머릿속은 몽롱했고 극도의 감각을 느낀 몸은 이미 하얀 김처럼 공중으로 흩어졌지만 마음만은 기쁨과 행복으로 충만했다.

"씻자."

갑자기 그가 몸을 일으켰다. 여전히 그녀의 안에 자신을 넣은 채 그대로 안아 들고서 욕실 쪽으로 움직였다. 희수는 나른한 몸을 단단한 그에게 기대고는 만족한 한숨을 내쉬었다. 그의 어깨에 입을 맞추고는 뺨을 댔다. 그의 몸도 불같이 뜨거워 뺨의 열기를 식힐 수는 없었지만 든든하고 편안했다.

그는 희수를 안은 채 욕조 모서리에 걸터앉아서는 수도꼭지 아래 버튼을 눌렀다. 욕조에 채워지는 물소리를 들으며 눈을 감았다. 기분 좋은 피로감이 전신을 나른하게 늘어뜨렸다. 그의 두꺼운 팔이 그녀의 허리와 등을 안고서 부드럽게 쓰다듬고 있었다.

"당신…… 아직 켜져 있어요."

투정처럼 속삭였지만 그에게서 떨어지고 싶지는 않았다. 그의 손이 뻗어와 희수의 얼굴을 감싸고는 키스했다. 거친 키스에 이미 얼얼하게 부푼 입술을 열고서 그의 혀를 받아들였다. 두 손으로 그의 머리를 감싸고는 달콤하게 키스에 응했다. 만 이틀 만의 재회인데 그는 마치 10년은 떨어져 있었던 것처럼 그녀를 갈구했다.

산사에서 돌아오는 차 안에서 희수는 머리가 복잡했다. 그가 남아서 아버지와 무슨 이야기를 하려는 건지도 궁금했지만 그가 정말 조직을 떠나려고 하는 건지가 더 궁금했다. 그렇지 않고서야 총장이 직접 나서서 그녀를 떼어놓으려고 하지는 않았을 게 아닌가.

간단히 세수를 하고 다나카가 챙겨 온 짐을 풀었다. 부산을 다녀온 건 희수에게 꽤 의미 있는 여행이었다.

우선은 엄마와 속 터놓고 얘기를 나눴다. 어렵게 그와의 관계에 대해서 털어놓았다. 엄마는 시후의 돌아가신 어머니와 친구였고 일본에 두고 왔다는 아들에 대해서는 희수보다 먼저 알고 있었다. 그리고 시후의 어머니가 만난 남자가 야쿠자라는 것까지 말이다. 그래서 억지로 헤어졌고 아들을 두고 올 수밖에 없었다는 사연을 들었던 것이다. 하는 수 없이 희수는 거짓말을 했다. 그는 그의 아버지와 다르며 현재는 CEO가 되었다고 말이다. 예상한 대로 엄마는 펄쩍 뛰었고 여태 말하지 않은 것에 대해서 화를 냈다. 그리고 미심쩍어했다. 아마도 엄마 나름대로의 경로로 야마구치 쇼에 대해 알아볼 모양이다.

"중요한 건, 엄마, 그 사람이 누구냐보다 내 감정이잖아."

희수는 진심을 담아 자신의 마음을 이해시키려고 애썼다. 열여섯 그 때에 한 남자를 만났고 그와 지독한 사랑에 빠졌으며 지금 그와 함께 해서 행복하다고 말했다.

희수의 담담한 고백에 엄마는 뜻밖의 말을 했다.

"시후가 너랑 약혼하기 며칠 전에 나 찾아와서 그러더라. 자기가 게 이라고."

희수는 놀라서 엄마를 봤다.

"그럼 엄마도 알고 있었어?"

"그래. 네가 연애도 안 하고 자기랑 껍데기 결혼 해도 괜찮다고 했다 면서, 결혼까지 할 일은 없을 거지만 그게 미안해서 나한테는 말을 해 야겠다 싶어 찾아왔대."

두 사람이 약혼을 할 때 시후의 아버지는 국회의원 출마를 했고 선 거를 앞두고 있었다. 시후의 성적 취향에 대한 얘기가 상대 진영에서 나왔고 시후의 아버지는 어이없다고 반박했다. 당연히 시후에게 확인 을 해야 했지만 일말의 의심조차 하지 않았던 거다. 아버지를 곤경에 빠뜨릴 수 없어 고민하던 시후에게 아버지 쪽 선거 캠프에서 여자친구 를 내놓자고 제안했다. 그들이 말하는 여자친구는 어렸을 적부터 가깝 게 지내는 희수였고, 부산지검 차장 검사의 딸이라는 배경이 호재로 작용할 거라는 계산이었다. 희수는 재고의 여지없이 시후를 돕기로 했 다. 차라리 다행이다 싶었다. 시후는 여자를 만날 수 없고, 그녀는 평 생 연애를 하지 못할 것 같았기 때문이다.

"근데 다 알면서 왜 안 말렸어?"

"살다 보니까 그렇더라. 네 아버지를 선택한 것도 나고, 이혼을 한 것도 난데 누구를 탓하겠어. 그냥 그때는 다 그럴 수밖에 없는 이유들이 있었어. 그냥 네가 선택하는 거다 싶었어."

그리고 엄마는 세상에 나쁜 선택은 없다고 말했다. 그 선택에 책임만 진다면 말이다.

어쩌면 엄마는 그를 허락할지도 모르겠다는 생각이 들었다. 뭣보다 그가 죽었다고 생각하면서도 그리워한 희수와, 10년이나 지났는데도 기어이 첫사랑을 찾아낸 그의 사랑을 믿는 것 같았다. 사랑의 낭만이 아니라 결혼이라는 현실로 따져보지 않는다면 말이다. 여전히 그가 야쿠자의 세계에 있다는 걸 엄마가 알게 되면 어떻게 될까? 모르긴 몰라도 그의 아버지보다 반대를 더 했으면 더 했지 덜하진 않을 거다. 엄마에게 다 솔직하지 못했다는 생각에 마음 한쪽이 무거웠다. 하지만 할 수만 있다면 영영 모르게 하고 싶은 마음이었다.

짐을 풀고 커피를 끓이고 있는데 그가 들어왔다. 금방 돌아올 필요 없다고, 회사 일 보고 천천히 퇴근하라고 했지만 내심 그를 초조하게 기다리고 있던 참이었다. 묻고 싶은 말도, 하고 싶은 말도 많았다. 도쿄는 이미 더워지기 시작했던 터라 정원으로 나 있는 유리문을 활짝 열어놓고 있었다.

그 유리문으로 불쑥 들어온 그는 기척도 없이 희수를 안았다. 아이스커피를 만들기 위해 유리잔에 얼음을 넣던 희수는 놀라서 얼음을 떨어뜨렸다. 그의 손은 이미 원피스의 지퍼를 찾아내 끌어내리고 있었다.

희수는 허리에 감겨 있는 그의 팔을 쓰다듬으며 살짝 고개를 돌렸다.

"어떻게 됐어요?"

그의 입술이 내려와 귓불을 잘근 깨물며 말했다.

"나중에. 지금은 이게 더 급해."

원피스가 발밑으로 떨어지자마자 그의 손이 팬티 안으로 들어왔다. 엉덩이를 찌르는 그의 남성이 이미 빳빳하게 발기한 게 느껴졌다. 순간 걱정은 싹 달아나고 그 자리를 욕망이 파고들어왔다. 허겁지겁 그의 옷을 벗겨내고는 환하게 밝은 대낮 거실에서 사랑을 나눴다. 침실까지 옮겨 갈 여유조차 없었다. 소파에 그를 앉혀두고 그의 위에 올라탔다. 그녀는 실오라기 하나 걸치지 않은 알몸이었고 그의 몸에는 흰 셔츠만 남은 상태였다. 단추가 풀려 있는 셔츠 안으로 손을 넣어 그의 가슴을 어루만졌다. 그는 답답하다는 듯 남은 셔츠마저 벗어 던졌고 희수는 그의 탄탄한 허벅지 위에서 엉덩이를 비비적댔다. 이미 욕망의 노예가 된 그녀는 굶주린 듯 그의 입술을 탐했다.

그의 거친 신음 소리를 들으며 자신의 안으로 그의 것을 넣고서 쾌락의 소용돌이 속으로 빠져들어갔다.

한바탕 정사를 나눈 뒤임에도 불구하고 그의 근육들은 여전히 긴장한 채였다. 물이 가득 찬 욕조에는 라벤더 향기가 은은하게 번지며 거품이 일고 있었다. 그의 다리 사이에 앉아 넓은 가슴에 등을 기대고는 그의 손길에 자신을 내맡겼다. 그가 조심스러우면서도 부드러운 손길로 머리를 감겨주고 있었다. 따뜻한 물의 감촉과 향긋한 비누 향과 정성스레 마사지하는 그의 손길에 몸이 흐물흐물 녹아내릴 것만 같았다.

희수는 수면 위로 살짝 올라와 있는 그의 무릎을 어루만졌다. 비누 거품을 손바닥에 떠서는 검은 털이 부숭부숭한 허벅지까지 문질렀다. 샤워기로 긴 머리를 헹구던 그의 손이 내려와 희수의 가슴을 쥐었다.

희수는 편안히 그에게 몸을 기대고서 간질이듯 그의 허벅지를 쓰다듬다가 짐짓 거만한 투로 입을 열었다.

"빌린 엘리베이터 키는 당신 방에 갖다뒀어요. 잘 썼어요."

그가 픽 웃었다.

"호랑이 새끼를 키웠어."

"그래서 말인데, 우리 협상해요."

희수는 살짝 고개를 돌려 그를 올려다보았다. 탱탱한 젖가슴을 주무르며 갖고 노는 그의 손을 떼어내고선 움직이지 못하도록 그 손을 잡았다.

"당신한테 증명해 보이고 싶었어요. 2박 3일 혼자 있어도 아무 일 없지 않냐, 경호원 같은 건 필요 없다, 내가 최대한 조심하겠다. 근데 당신, 다나카 씨를 보냈더라구요?"

희수는 살짝 눈을 흘기고는 체념의 한숨을 쉬었다.

"공항에서 아버님이 보낸 사람들을 봤을 때 살짝 무서웠어요. 그렇게 사람 많은 공항에서도 이런 일을 당할 수도 있겠구나. 다나카 씨마저 없었으면 더 무서웠을 거예요."

"미안해."

그가 잡고 있던 손을 끌어올려 그녀의 손등에 키스했다.

"이번에 느꼈어요. 우린 서로한테 여유를 좀 가질 필요가 있어요. 아직도 우리가 이렇게 함께한다는 게 믿기지가 않고, 내일 아침 눈을 뜨면 다 꿈일 것 같고…… 그래서 서로를 너무 구속하고 걱정하고 있어요."

희수는 손을 풀어 목덜미를 파고드는 그의 머리를 잡아 올렸다.

"내 말 듣고 있어요?"

"미안해."

그는 같은 말을 반복했다. 표정이 상처받은 짐승처럼 복잡해 보였다. 슬픔과 날카로운 분노 같은 게 뒤범벅이 된 묘한 느낌.

"털끝 하나라도 상했으면 다 죽여버리려고 했어. 다신 그럴 일 없겠지만 만약에 또 그런 일이 생기면 오늘처럼 해. 하자는 대로 해줘. 그게 진짜 용기야. 네가 안 다쳐야 돼. 알겠어?"

"그렇다고 경호원을 늘리고 갇혀 지내는 건 싫어요."

키스하려고 다가오는 그의 얼굴을 피했다. 그래도 막무가내로 들어온 그의 입술이 귓가를 스쳐 뺨을 핥았다. 희수는 그를 제지하려고 어깨를 밀며 하고 싶은 말을 이었다.

"오래오래 함께하려면 우린 10년 전 일을 극복해야 돼요, 나기. 나도, 당신도 그 사고에서 벗어나야 돼요."

깊은 쇄골을 따라 그의 혀가 훑고 지나갔다. 희수는 본능적으로 몸을 떨며 그의 탄탄한 가슴을 애무했다. 손가락으로 쓸다가 손등으로 부드럽게 비비자 그가 신음 소리를 내며 입술을 찾았다. 희수는 고개를 뒤로 빼고서 다가오는 그의 입술을 손으로 막았다. 이미 붉게 물들어 있는 그의 눈자위는 욕실의 열기와 어우러져 어지러울 정도로 뜨거웠다.

"나기……."

그의 욕구를 다시 느낀 희수는 어쩌지 못하고 열기에 휩싸여갔다. 간신히 정신을 차리려 애쓰며 자신의 손가락을 빨고 있는 그의 입술을 바라보았다.

"잠깐만 내 얘기 좀 들어주면 안 돼요? 나중에 얘기하기로 했잖아요."

"만지지 않으면 죽을 것 같아. 네가 내 옆에 있는 걸 느끼고 싶어."

그의 손이 다시 유방을 덮고서 손바닥으로 문질러대기 시작했다.

"이렇게는……."

희수는 달뜬 신음을 삼키고는 단호히 그의 손을 잡아 제지했다.

"안 돼요. 얘기부터 해요."

"무슨 얘기를 하려고 그래?"

그는 달갑지 않은 것인지 대화를 피하려고 했다. 눈치 챈 희수는 양손으로 그의 손을 꼭 붙들고서 진지하게 물었다.

"아버님이랑 무슨 얘기 했어요?"

희수는 그가 멈칫하는 걸 느꼈고 있었던 일을 다 말하진 않을 거란 걸 알았다. 그래도 괜찮았다. 그가 말하지 않으려는 걸 굳이 알아내고 싶진 않았으니까. 하지만 그녀가 알고 싶은 것 단 한 가지에 대해선 솔직한 대답을 들을 작정이다. 그와 자신의 미래가 어떤 모습일지에 대한 걱정과 희망이 교차했다.

"다 잊어버려. 아버지가 너한테 한 말은 너랑 상관없는 얘기야. 나랑 아버지 사이의 문제고 오해니까 넌 신경 안 써도 돼."

그의 대답은 전혀 마음에 들지 않았다. 희수는 허리를 곧추세우고 그의 품에서 떨어져 나와 마주 보았다. 그녀의 자세가 진지해지자 그의 표정은 난감한 듯 굳어졌다.

"전에는 당신이 무슨 일을 하는지 묻지 않았어요. 왜인 줄 알아요? 당신이 대답하기 곤란할까 봐 그런 게 아니라 내가 감당할 수 없을 것 같아서 피했던 거예요. 그런데 이제는 도망가지 않을 거예요. 당신이 어떤 상황에 처해 있든, 어떤 결정을 하든, 당신 옆에 있을 거예요. 그러니까 둘러댈 생각 말고 제대로 말해요, 히가시데 나기."

똑바로 바라보며 말하자 그는 조금 놀란 듯 미간을 모으더니 이내 입꼬리를 씨익 올렸다. 웃는 그를 보자 덩달아 마음이 편해진 희수는 장난스럽게 눈을 흘겼다.

"시간 끌면서 얼렁뚱땅 넘어갈 생각 마요."

그는 하는 수 없다는 듯 욕조 벽에 등을 기대고는 지그시 희수를 응시했다.

"난 조직을 벗어날 생각이 없어."

이윽고 그의 입에서 흘러나온 말은 희수의 기대와는 거리가 멀었다. 실망감에 한숨이 나오려 했지만 애써 아무런 반응도 하지 않고 담담히 그를 마주 보았다.

"단지 아버지가 생각하는 조직의 미래와 내가 생각하는 조직의 미래가 다를 뿐이지. 불법적인 일들은 하나씩 하나씩 잘라낼 거야. 그걸 계속 고집하는 무리들이 있는데, 포기하지 않으면 조직은 다시 분열하겠지. 난 적극적으로 분열시킬 생각이야. 단, 전쟁 없이 적당한 협상으로."

전쟁 없이? 그게 가능할까? 자세히는 몰라도 10년 전의 사고도 조직 내 분쟁 때문에 일어났다고 들었다.

"불법적인 일들을 계속 고집하는 무리 속에 아버님도 계세요?"

그가 놀란 듯 눈을 뜨더니 금세 표정이 굳어져 희수를 다그쳤다.

"아버지가 뭐라고 했어? 말해봐."

희수는 꿀꺽 침을 삼켰다. 사실대로 말한다면 그는 화를 낼 게 분명했다. 하지만 그도 짐작하고 있을 터였다. 자신의 아버지를 잘 알 테니까.

"주변이 괴로울 거라고 하셨어요."

희수는 들은 말을 그대로 전했다. 그는 짐작한 듯 놀라지는 않았지만 분노하긴 마찬가지였다. 눈썹이 꿈틀하더니 한겨울 황소처럼 콧바람을 내뿜고서는 손으로 이마를 문질렀다. 화를 삭이더니 말했다.

"너 때문이 아니야. 미국 유학을 갔을 때부터, 아니, 그 이전부터 죽 생각하고 있었어. 야쿠자라는 건 지금의 모습으로는 오래 못 갈 게 뻔하니까."

커다란 손이 뻗어와 분홍빛으로 촉촉이 젖은 희수의 뺨을 위로하듯 어루만졌다.

"걱정 안 해도 돼. 아버지 말은 그저 말이야. 널 겁먹게 하려는 거지 진짜 행동은 못 해. 그렇게 되면 내가 어떻게 할 건지 아시니까."

그의 말을 전적으로 믿는 건 아니지만 마음 한쪽에 안도감이 드는 건 사실이었다. 그의 말대로 되지 않는다고 하더라도 그녀가 할 수 있는 게 뭐가 있을까? 지금이라면 두려움에 떨고 있기보다 당당히 맞서는 게 덜 힘들 것 같다. 더 이상 겁먹고 도망가는 일은 하지 않을 것이다.

희수는 무릎을 모아 안고서 그녀의 반응을 기다리며 긴장하고 있는 그를 보았다.

"좋아요. 그럼 나도 걱정 안 할 테니까 당신도 내 걱정 그만해요."

"그건 달라."

"2박 3일 동안 아무 문제 없었잖아요. 당신한테 무슨 일이 생기지나 않을까 불안에 떨면서 살지 않을 거예요. 나도 무서워서 집 안에만 갇혀 있기 싫구요. 그러니까 엘리베이터 키 줘요. 그리고 걸어서 갔다 올 수 있는 곳 정도는 혼자 다닐 거예요. 대신 차로 외출할 때는 꼭 다나카 씨를 부른다고 약속할게요."

빤히 보는 그의 표정은 무슨 생각을 하는지 알 수가 없었다. 희수는 거절당하기 전에 얼른 덧붙였다.

"그리고 이웃도 사귈 거예요. 친구도 만들고 일자리도 알아볼 거예요. 허락받으려는 거 아니에요. 통보예요."

보란 듯이 일그러진 그의 얼굴을 긍정의 뜻으로 해석한다면 너무 제멋대로일까? 그래도 상관없다. 그가 자신을 소유한 만큼 이제 그녀도 그를 제대로 소유할 작정이었고, 그의 마음에 파고들어 놓아주지 않을 생각이고, 그를 평생 자신에게 홀려 있도록 만들 생각이다. 그러기 위해서 지금보다 더 강해질 것이다. 그가 금방이라도 사라질까, 사고 같은 게 일어나 죽어버리지나 않을까 전전긍긍하며 불안하게 살지 않을 거다.

"오늘 일을 당하고도 그런 말이 나와?"

"오늘은 아버님이 부르신대서 간 것뿐이에요. 아니면 그렇게 사람 많은 공항에서 내가 순순히 따라갔겠어요?"

"서희수, 방금 내가 한 말 뭘로 들었어? 장소가 중요한 게 아냐. 사람이 아무리 많아도 일은 한순간에 터질 수 있어. 알겠어? 용기 같은 거 필요 없다고. 순순히 따라가."

그의 얼굴에는 근심이 가득했다. 희수 역시 다시 그런 일이 생기는 건 상상하기 싫을 정도로 소름이 끼쳤지만 애써 덤덤한 척했다.

"알았어요. 그래도 내 생각은 변함없어요. 지레 겁먹고 우리 안 동물처럼 살기 싫어요."

"안 된다면 어떡할 건데?"

"뭘 어떡하진 않을 거예요. 그건 그냥 당신 의견이니까."

희수는 할 말 다 했다는 표시로 고개를 끄덕이고는 욕조에서 몸을 일으켰다.

"물 식었어요."

욕조에서 나온 희수는 샤워기 아래 서서 비눗물을 씻어내렸다. 살짝 눈을 들어 욕조에서 나오는 그를 보았지만 전혀 관심 없는 척 시선을 돌렸다. 그가 느긋하게 다가왔다. 눈으로 미끈거리는 그녀의 몸을 훑으며 압박하듯 몸을 밀어붙여왔다. 벽으로 밀쳐진 희수는 고개를 들어 그를 올려다보았다. 샤워기에서 떨어지는 물방울이 그의 등과 어깨 근육을 타고 흘러내리고 있었다. 반들반들 윤이 나는 구릿빛 피부가 너무나 섹시했다. 탄탄하게 올라붙은 가슴 근육을 탐미하듯 바라보자 그의 입술이 다가왔다. 스치듯 입술을 마주 대고서 허스키해진 저음으로 속삭였다.

"결혼하지 않을 거야? 아이도 안 낳을 거고?"

눈앞의 섹시한 입술에서 눈을 들어 그의 눈을 보았다. 타오르는 눈은 서운하다고 말하는 게 아니었다. 자신의 아이를 낳아달라고 말하는 눈이었다.

"내 약을 가지고 다니는 건 기특한데 말야, 내 위는 너 때문에 미쳐 날뛴다고. 너 때문에……."

다가드는 그의 건장한 육체가 너무나 유혹적이었다. 희수는 참지 못하고 손을 내밀어 그의 옆구리를 만졌다. 울퉁불퉁한 근육을 위아래로 쓸며 선명하게 팬 치골을 손가락으로 덧그리듯 매만졌다. 그 선을 타고 조금만 옆으로 손을 움직이면 우뚝 솟은 불기둥에 닿을 거였다. 그의 몸이 긴장으로 굳어지며 옅은 신음을 내뿜었다. 희수는 빽빽한 음모 사이로 손가락을 미끄러뜨렸다. 그의 목 안에서 헉, 하고 거친 소리가 새어나왔다.

작은 혀를 살짝 내밀어 뜨거운 숨을 뿜어내는 그의 입술 사이를 핥아 올렸다. 그의 입술이 벌어지며 혀가 나와 희수의 혀를 건드렸다. 희수는 그의 혀를 입술로 빨고서는 고개를 들어 그를 바라보았다.

"나기, 더 이상 우리 불안해하지 마요. 결혼도 그렇고, 아이도 때가 되면 가지면 좋겠지만…… 어쨌든 우리가 같이 있는 게 더 중요한 거잖아요. 재촉하지 마요. 당신도 알잖아요. 우린 우리가 헤어지고 싶어도 헤어질 수 없는 거. 난 평생 당신 옆에 있을 거고, 항상 당신 옆으로 돌아올 거예요. 이젠 나도 그걸 알겠어요."

"이제 알겠다니…… 이러니 내가 불안하지. 이제 알았다고? 이제?"

희수는 어처구니없다는 그의 반응에 미소를 짓고는 손으로 그의 성기를 쥐었다. 손가락으로 부드럽게 쓰다듬자 그의 얼굴이 화르르 달아오르는가 싶더니 관자놀이로 힘줄이 불끈 일어섰다.

"너 뭐하는 거야?"

그러더니 갑자기 그의 입술이 홱 다가들었다. 찍어 누르듯 거친 키스는 희수의 이성을 완전히 앗아갔다. 발뒤꿈치를 들고 그의 어깨에 매달려서는 미친 듯이 키스를 되돌렸다. 딱딱한 그의 근육에 대고 자신의 부드러운 피부를 비비고 문질렀다. 그 감촉이 너무 좋아서 몸이 녹아내릴 것만 같았다. 탐욕 가득한 그의 손이 탱글탱글 솟은 그녀의 엉덩이를 잡고 주무르더니 가운데로 쓰윽 들어왔다. 희수는 아래에 닿는 그의 손길을 느끼고 입술을 뗐다. 열기로 흐릿해진 눈길로 그를 보며 엉덩이를 뺐다.

"나기…… 내가 그런 거 하면 어떨 것 같아요?"

의문의 눈으로 보는 그의 시선을 똑바로 보기엔 조금 창피했다. 하지만 이건 본능적인 호기심이자 사랑의 욕구 중 하나라고 생각하고 말했다.

"여기 키스하면."

손 안 가득 그의 것을 쥐고 있었으니 굳이 가리키지 않아도 그는 알 터였다. 꿈틀하는 그의 눈빛이 욕정 때문인지, 장난을 치는 건지는 알 수 없지만 좋아한다는 건 확실했다. 희수는 허리를 굽혀 머리를 내렸고 이어 그의 입에서 헐떡이는 소리가 들렸다. 그녀가 곧장 행동으로 옮길 거라고는 생각하지 않았는지 당황하는 기색이 역력했다. 벌리고 선 두 다리의 근육이 모조리 일어나서 불뚝거리고 있으니까 말이다.

희수는 그의 성기에 키스했다. 외피에 혀를 대고 핥자 갑자기 우악스러운 손이 그녀를 일으켜 세웠다. 그의 얼굴은 이제까지 본 적이 없을 정도로 붉어져 있었다.

"너 이런 거 어디서 배웠어?"

얼핏 보면 화를 내는 것 같지만 당황했다는 걸 희수는 알아차렸다. 빙긋 웃자 그가 정말 당황한 얼굴로 희수의 얼굴을 감싸 쥐었다.

"이 여자가…… 웃어? 어디서 배웠냐니까?"

새삼 부끄러워진 희수는 두 손으로 그의 가슴팍을 세게 밀었다.

"배우긴 뭘 배워요."

홱 그를 밀치고는 도망치듯 욕실을 나왔다. 알몸인 채로 얼른 자신의 방으로 뛰어 들어가는데 문이 닫히기도 전에 그가 달려왔다. 놀란 희수는 비명을 지르며 몸을 피하려고 했지만 재빠른 그의 손을 피할 수는 없었다. 허리를 잡혀서는 웃음을 터트렸다. 그래도 벗어나려고 장난스럽게 버둥거리다가 손을 뒤로 돌려 그의 갈비뼈를 간질였다. 거기가 그의 아킬레스건이라는 걸 알아서였다. 다른 곳엔 전혀 간지럼을 타지 않는 그가 유일하게 예민한 곳이 갈비뼈 쪽이었다.

약점을 당한 그는 깜짝 놀라며 그녀를 놓았고 희수는 얼른 침대를 넘어 도망치려 했다. 하지만 이내 그의 손에 다리를 잡히고 말았다. 침대에 누운 채 잡힌 다리를 빼내려다가 오히려 휙 끌려가고 말았다. 그의 크고 단단한 손은 단숨에 그녀의 몸을 자신 쪽으로 홱 끌었다. 졸지에 희수는 무방비 상태로 그의 눈앞에 다리를 벌린 채 누운 꼴이 되었다.

무릎걸음으로 침대로 올라온 그는 희수의 다리를 들고서 혀로 애무하기 시작했다. 알몸으로 그와 장난질을 할 때부터 몸은 이미 달아올라 있었다. 희수는 열기로 촉촉이 젖은 눈으로 애무하는 그를 바라보았다. 점점 허벅지 안쪽으로 다가오는 그의 머리를 보고서 희수는 기대감으로 들뜬 신음 소리를 흘렸다. 마침내 그의 입술이 그녀의 다리 사이로 들어왔다. 발끝까지 전류가 흐르는 것처럼 몸이 파르르 떨렸다. 비명 소리를 참으려 입술을 깨물고서 그의 짙은 머리카락 속으로 손을 넣었다.

그의 혀가 안쪽 깊숙한 곳까지 침범했다. 혀로 핥더니 입술로 물고 빨고선 예민한 곳을 자극했다. 머리를 울리는 쾌감에 허리를 비틀었지만 그의 손이 엉덩이를 꽉 잡고 놔주질 않았다. 능숙한 그의 혀는 기어이 희수의 입에서 비명이 터져 나오게 만들었다. 물고기처럼 튀어 오른 희수의 몸은 분홍빛으로 물들어 절정의 희열을 참지 못하고 파르르 떨고 있었다.

"난 네가 갈 때 얼굴을 보는 게 좋아. 미치겠어."

그의 입술이 이마에 닿았다 떨어졌다. 희수는 몽롱한 눈을 끔벅이며 그의 목소리를 들었다.

"다시 보여줘."

그리고 이미 뜨겁게 예민해진 곳으로 그의 손가락이 들어왔다. 다시 불붙는 쾌감에 희수는 젖은 눈을 들어 원망하듯 그를 흘겨보았다.

"복수할 거예요."

그의 사타구니 쪽으로 손을 뻗으려고 하는데 닿기 전에 그가 잽싸게 낚아챘다.

"아직까진 내 차례야."

안으로 들어온 손가락이 예민한 곳을 건드렸다. 희수는 숨을 들이켜며 다시금 몸 안을 파고드는 쾌락에 몸을 내맡겼다. 그의 손은 이미 그녀의 몸을 너무나 잘 알고 있었다. 능숙하게 안쪽을 자극해서 간단히 그녀를 점령했다. 그가 원하는 대로 쾌감의 비명을 지른 그녀는 자신도 알지 못하는 원초적인 표정을 다 들키고 말았다.

열에 들뜬 그녀의 몸 안으로 그가 들어왔고 희수는 다리를 들어 그의 허리를 휘감았다. 이미 그에게 길들여진 몸은 한껏 벌어져 촉촉하고 뜨겁게 그를 에워싸고서 굶주린 듯 빨아댔다. 거친 호흡이 뒤엉키고 열린 유리문으로 들어오는 끈적한 마파람이 음률을 더했다.

희수는 농염한 신음 소리를 흘리며 난폭하리만치 거칠게 파고드는 그의 몸을 받아들였다. 뜨거운 그의 혀가 굶주린 듯 허겁지겁 희수의 몸을 핥고 빨았다. 구강 끝까지 범하고선 가는 목덜미를 물고 핥더니 가슴 둔덕을 타고 내려가 젖꼭지를 빨았다. 그의 입안에서 젖꼭지가 빨갛게 익어가는 것 같았다. 희수는 쾌감을 참지 못하고 비명을 지르며 허리를 들었다. 파고드는 그의 것을 더 깊숙이 빨아들이기 위해서 요염하게 허리를 흔들어댔다. 희수의 하얀 몸은 타액과 사랑이 빚어낸 윤기로 피부가 반들거렸다.

절정의 마천루에서 이성이 끊어진 희수는 높은 교성과 함께 튀듯 몸부림을 쳤다. 온몸이 산산이 부서져 눈앞에 은하수가 떨어져 내리는 것 같았다. 숨이 넘어갈 듯 밭은 숨을 내쉬며 그를 보았다. 감각이 돌아오지 않아 그가 뿌옇게 보였다. 여전히 몸은 뜨거웠고 피부는 까슬까슬 예민했다. 간헐적으로 파르르 떨리던 몸이 차츰 안정되자 얼굴을 쓰다듬는 그의 부드러운 손길이 느껴졌다. 붉게 상기된 얼굴로 눈물 한 방울이 흘러내렸다. 강렬한 쾌감에 흐느끼며 그에게 매달렸던 게 떠올랐다. 몸 안이 그의 정액으로 뜨거웠다. 사정 직후여서 그의 물건은 아직도 팽팽하게 서 있었다.

"너 알고 있지? 우리 한 번도 콘돔 사용 안 했어."

다리 사이 끈적한 잔해를 그가 닦아내고 있었다.

"처음부터 안 썼어. 네가 날 야마구치 쇼라고 생각하고 있을 때도. 그때도 너 아무 말도 없었어. 생각 못 했던 거야, 아니면 내 생각을 아는 거야?"

몽롱한 눈에 초점이 잡히고 그의 말이 들렸다. 언젠가는 말할 생각이었지만 기대감에 미루고 있었다. 혹시나 그의 아이를 가지게 되면 감사하고 행복한 기분으로 말할 수 있을 테니까. 하지만 그런 기회는 찾아오질 않았다.

희수는 살짝 고개를 돌려 그의 시선을 피했다. 언제까지 피할 수만은 없을 거였다. 그런 걸 말하기 좋은 때라는 건 없을지도 모른다. 그래도 그가 너무하다고 생각했다. 끝도 없는 강렬한 쾌락 속으로 밀어넣을 땐 언제고 곧장 지옥문 앞으로 끌어낼 건 뭔가. 자신도 모르게 희미한 한숨이 나왔다. 공기가 습하더니 하늘이 점점 어두워지고 있었다. 정원의 잔디 위로 빗방울이 돋기 시작했다.

"나, 아이 가질 수 없을지도 몰라요. 발레, 부상당했을 때, 의사가 그러더라구요. 아마 힘들 거라구."

옆집 사람 얘기하듯 덤덤히 말하고선 불안한 마음으로 고개를 돌렸다. 예상한 대로 놀라서 굳은 그의 표정을 보니 마음이 아렸다. 그를 만나기 전까진 그렇게 걱정스럽지도 않았고 중요한 일도 아니었다.

처음엔 놓치고 있었다. 야마구치 쇼라는 낯선 남자와 관계를 가지면서도 히가시데 나기 생각뿐이었다. 그 생각에 매달리느라 콘돔이나 임신 같은 건 챙길 정신이 없었다. 그러다가 어느 날 문득 그가 콘돔을 쓰지 않는다는 걸 알았다. 당황스럽기보다 어쩌면 자신이 무의식중에 그 생각을 안 하려고 했던 게 아닌가 하는 생각이 들었다.

그리고 그때 그의 생각을 읽었다. 그가 결혼을 서두르고 아이를 갖고 싶어 하는 건 과거의 이별에 대한 상처와 두려움 때문이라는 걸.

그는 부정하지만 어린 시절 정이 들려고 하면 떠나버린 '마마들'에 대한 상처도 컸을 것이다. 아무리 그녀가 사랑에 대한 확신을 안겨준다고 해도 완벽한 가정을 가지는 것만큼 그를 안정되게 하는 건 없을

지도 모른다. 그걸 깨닫고 나니 더 말하기가 어려웠다. 그에게 완벽한 가정을 줄 수 없을 거라는 좌절감에 더 불안했던 거였다. 그를 놓아줘야 되는 게 아닌가 하고 말이다.

"당신 생각 알고 있는데 난 그럴 수가 없어요, 나기. 아이를 가질 수가 없어요."

마음이 갈기갈기 찢기는 것처럼 아팠지만 담담히 말했다.

"실망했어요?"

"왜 진작 말 안 했어?"

그의 목소리는 꺼끌꺼끌 탁했고 표정은 냉랭하게 굳은 상태였다. 그녀의 위로 드리워 있던 그의 몸이 멀어져갔다. 희수는 커다란 상실감만큼 추위를 느꼈다. 갑자기 침대 위에 알몸으로 누워 있는 자신이 한심하게 느껴졌다. 일어나 앉아 침대 머리에 등을 기댔다. 그의 발밑에 깔린 이불을 끌어 올 수는 없어서 베개를 집어 끌어안았다. 헝클어진 머리를 쓸어 넘기고서 딱딱하게 굳어 있는 그의 등을 바라보았다. 독수리 문신이 사라진 매끄러운 등이 그녀를 외면하고 있는 것 같았다. 침대 끝에 걸터앉은 그는 무릎 위로 팔꿈치를 괴고는 얼굴을 감싸며 괴로워했다.

"그 부상 나 때문이었잖아."

그가 그렇게 생각할지도 모르겠다는 생각을 안 한 건 아니었다.

"아니에요. 내 실수고, 그냥 사고일 뿐이에요."

그에게 미안하고 서글픈 마음은 있었지만 그리 마음이 무겁진 않았다. 그와 함께할 거라는 걸 알기 때문이다. 더 먼 미래는 아직 모르는 일이니 생각하고 싶지 않았다. 아이의 빈구석이 두 사람을 더 사랑하는 연인으로 만들어줄 수도 있을 거고, 그렇게 되기 위해 노력할 생각이니까.

"미안해요, 나기."

등 돌린 그가 가슴 아팠다. 병원에 가서 다시 진단을 받아야겠다는 생각을 했다. 당시에는 쉽게 포기했지만 그게 얼마나 중요하고 절박한 일인지 깨달은 지금은 어떻게든 방법을 찾아볼 것이다. 나기 때문이 아니라 자신을 위해서다. 그의 아이를, 그를 닮은 아이를 갖는다는 생각만으로도 가슴이 벅차고 행복해진다는 걸 알았기 때문이다.

품에 안은 베개를 꼬옥 움켜쥐고 있던 희수는 다가오는 손길에 고개를 들었다. 후두둑 떨어지는 빗소리가 애잔하게 들려왔다.

"내 생각을 안다면서 뭐가 미안해. 너 때문에 아이를 가지려는 거잖아. 아이가 있으면 네가 날 못 떠날 거니까."

커다란 그의 두 손이 희수의 얼굴을 감싸 쥐었다.

"내게 필요한 건 아이가 아니라 너야."

어쩐지 눈물이 터지려고 하는 건 갑작스러운 빗소리가 전하는 우울한 음률 때문일까. 하지만 희수는 울지 않았다. 그가 살아만 있게 해달라고 기도한 적이 있었다. 그렇게만 해준다면 뭐든 하겠다고, 평생 그를 보지 말라면 보지 않겠다고, 발레도 포기하겠다고, 아빠와 아빠의 여자를 미워하지 않겠다고.

눈앞에 그가 있다. 그가 자신을 필요로 하고 사랑하고 있다. 무엇을 더 바랄까.

"당신 가끔 엄청 유치한 거 알아요?"

희수는 웃으며 그를 놀렸다.

"선녀와 나무꾼도 아니고, 아이가 있다고 여자가 못 떠날 거 같아요? 으이그, 유치해."

그는 놀림에도 전혀 민망하지 않은지 오히려 여유만만하게 씨익 웃었다.

"유치한 김에 하나 더."

희수는 손가락을 올려 섹시하게 휘어진 그의 입술 선을 따라 더듬었다.

"여기서 더? 뭔데요?"

"사랑해."

희수는 웃음기 떠오른 눈을 동그랗게 뜨고 그를 보았다. 그는 쑥스러운 듯 시선을 피했다가 온기 가득한 시선으로 바라보며 희수의 머리를 쓰다듬었다.

"그 말, 안 할 줄 알았는데……."

어쩐지 가슴이 먹먹해졌다. 그의 사랑을 의심하지는 않았지만, 그리고 그 말을 듣고 싶다고 생각해본 적도 없지만, 막상 들으니 기뻤다. 그 기쁨 끝에 가슴 저릿한 여운도 함께 밀려왔다.

"그렇지. 해본 적이 없으니까."

"또 해봐요."

"싫어. 안 돼."

희수는 두 팔을 그의 두꺼운 어깨 위로 뻗쳐 척 걸치고는 애교스럽게 졸랐다.

"해봐요. 응?"

장난스럽게 윙크까지 해 보이자 어이없다는 듯 큭 웃더니 휙 끌어당겼다. 안고 있던 베개가 바닥으로 떨어지고 희수의 몸은 아기처럼 그의 허벅지 위에 안겼다. 매끄러운 허벅지 위로 그의 손이 움직였다. 희수는 다가오는 그의 얼굴을 감싸며 입술을 벌렸다. 키스는 달콤했고 그의 애무는 점점 깊어졌다. 활짝 몸을 열고서 그의 가슴을 쓰다듬었다. 목덜미를 타고 내려간 그의 입술이 젖가슴을 빨았다. 손 안에 꽉 차게 쥐어 뾰족하게 솟아오른 유두에 혀끝을 대고선 희수가 보란 듯이 혀끝을 대고선 간질였다. 몸 안을 휘도는 전율에 그의 머리를 끌어당겼다. 자신의 가슴을 희롱하던 그의 혀에 키스했다.

다리 사이가 축축하게 젖는 것을 느끼며 희수는 눈을 감았다. 차츰 빗소리가 멀어지고 있었다. 들리는 건 오로지 그의 거친 숨소리뿐이었다.

22

10월, 도쿄.

푸르던 정원이 알록달록 물들기 시작했다는 걸 안 건 희수가 침실에 들여놓은 손바닥만 한 유리병에 꽂아놓은 몇 송이 꽃 때문이었다. 짙은 감색이랄까, 밝은 자줏빛이랄까, 아무튼 오묘한 색깔의 작은 동전만 한 꽃송이가 옹기종기 모인 모양새가 소담했다. 은은한 향을 맡고서 그게 국화가 아닌가 짐작했다. 정원에도 그 비슷한 꽃들이 피어 있었고 정원수에도 붉은 단풍이 들기 시작했다. 계절의 변화를 느끼고 그것에서 어떤 감정을 받기 시작한 건 희수와 함께 살고부터다. 희수와 함께 살기 시작한 건 봄, 그리고 찬란한 여름을 보냈다. 먹어볼 생각조차 하지 않았던 단것이 잔뜩 들어간 빙수를 먹었고 오키나와 해변에서 비치 볼을 갖고 노는 걸 해봤다. 단언하건대 그녀가 아니라면 디즈니랜드나 아쿠아시티 같은 곳에서 녹차 하겐다즈를 들고서 사진을 찍을 일은 평생토록 없었을 것이다.

지난 한 달간 희수는 결혼식 준비로 몹시 분주했다. 상의 끝에 성대하진 않더라도 제대로 갖춘 결혼식을 올리기로 결정을 내렸기 때문이다. 희수의 엄마는 사흘 전에 이미 도쿄로 와서 관광과 함께 희수의 결혼식을 돕고 있었다. 예비 장모와의 첫 대면은 초여름 해운대 바닷가 호텔 식당에서 이뤄졌다. 그런 일이 처음이었던 터라 특별히 긴장을 했지만 그녀는 스스럼이 없었다. 취조실에서처럼 질문을 퍼부을 거라

예상했던 것과 달리 그녀는 자신이 더 말을 많이 했다. 대화 내용은 주로 그녀의 친구이자 그의 친모에 관한 거였다. 그의 현재는 벌써 다 파악을 해서인지 그의 과거에 대해 알고 싶어 했다. 어디서 어떻게, 누구와 함께, 무엇을 하며 자랐는지 말이다. 그녀에게 있어 그는 야마구치 쇼였고, 그가 히가시데 나기란 비밀은 아직까지 유효했다.

그녀의 언행은 직설적이었고 군더더기가 없었다. 희수가 잠깐 자리를 비운 틈에 그녀가 말했다. 그가 사윗감으로 마음에 드느냐를 떠나서 희수와의 질긴 인연의 끈을 자를 명분이 없다고 말이다. 10년 전 일본 공연을 다녀온 뒤부터 딸아이가 이상했다, 맘속에 누군가 있는 것 같아서 물어보면 아니라고만 했는데 그게 누군지 이제야 알았다, 어째서 10년 동안 애 맘고생을 시켰는지 모르겠지만 사정이 있었으리라 믿는다, 다시 또 그런 맘고생 시키면 용서치 않겠다는 말을 덧붙였다.

부모들 간의 상견례는 이뤄지지 않았다. 미국에서 노년을 보내고 있는 야마구치 회장이 거동이 불편해져서 비행을 할 수가 없었다. 상견례를 위해서 미국까지 가기엔 희수의 모친도 지점 일이 바빴다. 간단한 전화 통화로 인사를 대신하고 결혼식 날 보기로 했다. 야마구치 회장이 결혼식 날 올 수 있을지는 미지수지만 그도 참석하고 싶다는 의사를 보였다. 총장과의 친분으로 나기를 양아들로 맞았지만 자식이 없는 그로서는 나기의 결혼식이 꿈에 그리던 행사이기도 했기 때문이다.

강시후는 한 달 전 커밍아웃을 했고 아버지에게 의절당했다. 당시에는 폭풍이 거셌을지 모르겠지만 미국 생활로 돌아간 뒤 금방 회복이 됐는지 얼굴이 밝았다. 10년 전보다는 확실히 키가 컸고 무용을 해서인지 보기 좋게 마른 몸이 탄탄했다. 녀석이 도쿄에 나타난 건 이틀 전. 남성 잡지 모델처럼 하고서 나타났다. 귀를 덮는 살짝 긴 머리를 연한 갈색으로 염색을 하고서 라이더 가죽재킷에 데님을 입고 긴 다리를 뽐냈다. 오늘도 녀석은 희수의 어머니와 합류해서 결혼 준비를 돕는다는 명목 아래 모녀와 붙어 다니고 있다.

호주에 사는 장인은 불참 통보를 해왔다. 희수는 아버지가 그럴 줄 알았다고 했지만 서운한 듯 보였다. 예비 장모의 초청으로 가까운 친척 몇몇과 지점의 사람들도 올 거였다. 나기 쪽에선 회사의 중역들과 비즈니스로 친분을 맺은 몇몇 저명인사를 초대했을 뿐이다. 총장에겐 날짜를 통보했지만 돌아온 답은 없었다.

공항에서 총장의 부하들이 희수를 데려갔다는 보고를 받고서 속이 뒤집혔었다. 희수를 두고 누구든 그런 일을 할 수 있다는 사실에 분노가 폭발했고 동시에 두려웠다. 총장이 그녀를 해칠 리 없다고 생각하면서도 그녀가 느꼈을 낭패감과 불안을 알기에 그 몇 배로 화가 났다. 아니나 다를까, 위가 또 경보를 울려댔고 속에 있던 괴물이 튀어나왔다. 수하들을 집합시켰고 여차하면 산사를 쓸어버릴 작정이었다. 하다못해 총장 앞의 찻상이라도 엎었을 것이다. 그런 못난 짓을 막아준 건 용기 있는 희수의 모습이었다.

그날, 희수는 침착했다. 흥분한 그와는 달리 상황을 잘 파악하고 있었고 총장의 뜻도 이해했다. 그에게 진경제를 먹이고 총장 앞에서 떨지도 않고 그의 옆에 있게 해달라며 머리를 숙였다. 그녀는 단단했고 그녀의 애정을 본 그는 가슴이 지끈 울렸다. 어쩌면 한두 번쯤은 그녀의 감정을 의심했던 적이 있었을지 모른다. 무의식중에라도 말이다. 그건 평생 보살펴줄 것처럼 애정을 보이다가도 이별의 말도 없이 한순간에 사라진 '마마들'에 대한 트라우마 때문인지도 모른다. 10년 전의 사고 때문인지도 모르고, 만남과 이별이 쉬워진 세태 때문인지도 모르고, 자신 안에서 들끓는 괴물에 대한 불신 때문인지도 모른다. 그런데 그녀의 한마디가 그 모든 불안을 종식시켰다.

절대 혼자 두지 않겠다.

그녀는 차분했다. 총장 앞에서도 그가 아픈 걸 알아차릴 만큼.

그녀를 먼저 맨션으로 보내고 다시 총장 앞에 앉은 그는 다나카에게서 빌린 칼을 찻상에 놓았다.

"제가 하는 일이 못마땅하시면 이 자리에서 절 처리하세요."

"못난 놈. 사내놈이 여자 하나 때문에 대업을 포기해!"

"지금 처리하지 않으실 거면 1년 유예 기간 주십시오. 1년 뒤에도 제가 하는 일이 못마땅하시면 그땐 제가 조직을 떠나겠습니다. 대신 1년 동안은 방해하지 마세요. 밀어주시면 더 좋구요."

총장은 어림없다는 듯 콧방귀를 뀌었다. 하지만 나기는 총장이 자신을 의지하고 있다는 걸 알고 있었다. 이미 몇몇 조장들은 나기가 하는 일에 동조하면서 총장의 눈치를 살피고 있는 실정이었다. 총장이 우려하는 건 조직의 분열이었다. 그 역시 알고 있었다. 아무리 애쓴다고 하더라도 떨어져 나가는 조직원이 있을 것이었다. 그들은 어둠의 세계에 익숙해서 그 속이 아니면 살 수가 없을 만큼 몸에 배어 있는 자들이다.

"뭐가 더 중요한지 깨닫고 선택하실 때가 됐어요. 어느 쪽을 선택하든 아버지 마음이지만 저와 아버지 사이 일에 희수 끼워 넣지 마세요. 며느리가 보고 싶으시면 저한테 미리 연락하세요."

한동안 나기는 앉아서 침묵을 지켰다. 총장 역시 이따금 차만 마실 뿐 아무런 말도 하지 않았다. 나기는 찻상에 올려놓은 희수의 물병을 들어 남은 물을 마저 마셨다.

"아까…… 그 약은 뭐냐?"

그건 총장이 아니라 아버지의 목소리였다. 나기는 그 미세한 변화를 느끼고서 속으로 픽 웃었다. 예민하게 그런 걸 느끼다니, 자신이 희수를 닮아가고 있다는 느낌이 들었기 때문이다.

"위장약입니다."

총장과의 대화는 그것이 끝이었다. 나기는 침묵을 수긍으로 받아들이고 산사를 나왔다.

그리고 어느새 석 달이 흘렀다. 나기는 유리문 가까이에 날아든 희미한 새 울음소리를 들으며 잠에서 깼다. 그 희미한 소음에 눈을 뜬 건 아마도 품에서 희수가 빠져나갔기 때문일 것이다. 다시 잠들려다가 허전함을 느꼈고 그건 곧 못난 짜증을 불러일으켰다. 그녀가 옆에 없으면 이젠 제대로 잘 수도 없게 돼버렸다. 어쩔 수 없는 일정으로 해외 출장이라도 갈라치면 불면의 밤을 보내야 했다. 덕분에 신경이 예민해지고 컨디션도 엉망이 되곤 했다. 그나마도 희수가 밤새 통화를 해주었기 때문에 가능한 일이다. 그녀의 목소리라도 듣지 않으면 아예 잠이 들 수조차 없게 된 거다.

"어딨어, 서희수?"

칭얼대는 아이처럼 희수를 찾으며 몸을 일으켰다. 잠깐 희수가 안 보인다고 불안감을 느끼던 건 사라졌다. 대신 그 자리를 성마른 욕구가 차지해서 안달 나게 만들었다.

알몸인 채로 방을 터벅터벅 걸어 나오며 희수를 불렀다.

"서희수."

까치집 지은 머리를 더 헝클며 거실로 들어서니 주방에서 소리가 들렸다.

"서희수!"

부르며 주방으로 향했다. 아직 해도 뜨지 않은 아침인데 뭘 하는 걸까.

"그만 좀 불러요."

조리대 앞에 서 있던 희수가 돌아보고는 핀잔을 주었다. 그러다 곧 다가오는 그를 보고는 눈살을 찌푸렸다.

"안 춥나? 가운이라도 좀 입어요. 못살아, 정말."

나기는 거실 소파에 있는 담요를 툭 집어 걸음을 멈추지 않은 채 아랫도리에 아무렇게나 둘렀다. 옆구리 부근에 대충 매듭을 만들어 묶고는 주방으로 들어갔다. 희수는 헝클어진 머리를 하나로 질끈 묶고 화장기 하나 없는 얼굴로 뭔가를 썰고 있었다. 가까이서 보니 바게트다.

"아직 5시밖에 안 됐어."

나기는 뒤에서 그녀를 안았다. 가는 허리에 팔을 둘러 안고는 하얗게 드러난 목덜미에 입술을 눌렀다.

"배고파서 깼어요."

그러고 보니 불 위에선 어제 먹다 남은 고기 스튜가 데워지고 있었다. 채 데워지지 않은 스튜에 썬 바게트를 찍어서는 그에게 내밀었다. 나기는 입을 벌려 받아먹으며 희수가 고기를 집어 바게트 위에 올려 함께 베어 먹는 걸 지켜보았다. 잘 먹는 걸 보니 기분이 좋긴 했지만 한편 신기하기도 했다. 그의 기억으로는 희수가 어제 저녁에도 꽤 많은 양을 먹었던 게 생각나서다.

"그렇게 배고팠어? 어젯밤에 내가 너무 무리시켰나?"

나기는 일부러 능글맞게 말하며 손을 올려 희수의 가슴을 감싸 쥐었다. 선홍색 나이트가운의 실크 감촉 아래로 봉긋한 가슴과 유두가 느껴졌다. 가운만 걸쳤지 그 속은 알몸인 거다. 희수는 잠옷을 입고 자는 습관이 있었지만 나기는 그걸 허용하지 않았다. 그녀가 잠이 들면 어느새 잠옷을 벗겨버리고는 알몸의 그녀를 안고서 잤다. 푹 자는 편인 희수는 잠이 들면 모르기도 했거니와 이제는 길들여져 잠옷을 입지 않게 되었다.

나기는 만족한 미소를 짓고서 양손으로 그녀의 가슴을 주무르며 감촉을 즐겼다.

"답례품 말인데요."

희수는 다시 스튜 국물을 듬뿍 찍은 바게트를 그에게 내밀었다.

"당신이 정한 와인에 잔도 넣기로 했어요. 엄마랑 같이 발견한 건데 잔이 정말 예뻐."

나기는 그녀의 어깨 너머로 고개를 숙여 바게트를 받아먹었다. 하얀 손가락을 타고 흐르는 국물까지 핥자 희수는 간지러운지 킥킥 웃고는 다시 바게트를 손으로 뜯었다. 스튜는 아직 미지근했지만 고기의 육즙이 배어 있어 맛이 깊었다. 한 번 맛을 보니 식욕이 돌았고 보드라운 희수를 안고 있으니 성욕도 꿈틀거렸다. 손으로 가운 깃을 젖히고 드러난 어깨에 입술을 눌렀다. 깊이 숨을 들이켰다. 희수의 달달한 체취에 몸이 녹아내리는 것 같았다. 가는 허리를 더 꽉 끌어당겨 몸에 바짝 붙이자 탐스러운 엉덩이가 그를 자극했다.

"생각해봤는데요, 나기."

생각? 그건 별로 달갑지 않은 느낌이었다. 희수는 바게트를 오물오물 씹으며 진지한 얼굴을 하고 있었다. 작은 얼굴에서 큰 눈이 생각에 잠겨 깜박거렸다. 그녀에게 안달 나 뒤에서 끌어안고 지분대고 있는 그의 존재는 아랑곳없이 자기 생각에만 빠져 있는 것 같았다. 서운하고 약이 오른 나기는 가운 위로 솟은 가슴을 주무르며 귓불에 혀를 댔다. 입술로 물어 핥다가 이로 물자 희수의 몸이 반응하며 파르르 떨었다. 얇은 가운을 밀고 오뚝 솟은 유두가 보였다. 그녀의 몸에 흐르는 전율이 그의 몸에까지 전달되자 이루 말할 수 없는 기쁨이 번졌다.

"할 얘기가 있다니까요."

희수는 얼굴이 빨개져서는 그의 몸을 밀어냈다.

"들어봐요."

그를 벗어나 커피 머신 앞에 서서는 뭔가 중대 발표라도 하려는 듯이 뜸을 들였다. 나기는 성욕을 잠시 미루고 냉장고에서 물을 꺼내 마시며 희수를 보았다.

"뭔데?"

"신혼여행 오타루로 가요. 당장 말구, 당신 바쁜 거 끝나면."

그게 그렇게 중대하게 할 말인가? 나기는 희수의 양옆을 손으로 짚으며 지그시 내려다보았다.

"분부대로. 근데 거긴 왜 갑자기 가고 싶은데?"

희수의 두 팔이 자연스럽게 올라와 그의 어깨를 마사지하듯 쓰다듬었다.

"당신 처음 만난 곳이니까. 그 학교, 그 강당 가보고 싶어요. 거기가 내가 마지막으로 공연한 곳이에요. 사람들 앞에서 춤추고 박수 받고, 거기가 마지막이었어요."

그녀의 미소가 슬퍼서 가슴이 저미는 듯 아파왔다. 희미하게 젖은 그녀의 눈을 바라보고 있자니 목이 메는 기분이었다. 아무 말도 못 하고 그녀를 안았다. 넓고 단단한 가슴으로 그녀의 몸이 으스러지도록 꽉 안았다.

"나기."

그녀가 품에서 말했다.

"우리 행진 연습 다시 해봐요."

오 마이 갓. 나기는 허탈한 웃음을 지으며 희수를 난딱 안아 들고서 거실로 움직였다.

"싫어. 그만해."

결혼식을 준비하는 동안 몇 번이나 그 연습을 했다. 예행연습은 충분했다.

"이제 몇 시간밖에 안 남았어요. 딱 한 번만 해봐요."

정확히 여섯 시간 후가 되면 그들은 부부가 된다. 혼인 신고는 이미 한 상태지만 그것과 별개로 결혼식을 통해 사람들 앞에 보인다는 건 특별한 의미 같고, 그래야만 진짜 부부가 될 것 같은 느낌이다.

나기는 희수를 안은 채 거실 안락의자에 앉았다. 그녀는 가운 자락이 벌어져 허벅지가 보이자 얼른 붙잡아 오므렸다. 부드러운 실크에 감싸인 알몸이 더 그를 자극한다는 걸 모르는 모양이다. 나기는 실크 위로 그녀의 몸을 더듬었다.

"나기, 이러고 있을 때가 아니에요. 우리 준비해야 돼요."

그러면서도 그의 맨가슴 위를 가는 손가락이 유혹하듯 기어다니고 있었다. 나기는 달콤한 자극을 느끼며 실크 가운 깃 사이로 손가락을 밀어 넣었다.

"못 보던 가운인데?"

"맘에 들어요? 야스다 씨가 결혼 선물로 만들어준 거예요. 그 언니는 정말 재능이 있어요."

야스다 유이(安田結衣)는 희수가 최근에 사귄 친구다. 그녀는 그들이 사는 맨션의 23층에 살고 있는 35세의 싱글녀로 긴자에서 옷가게를 하는 디자이너였다. 희수가 그녀를 만난 건 맨션 내에 있는 수영장에서였다. 희수가 수영을 하겠다고 했을 때 처음에 그는 탐탁지 않아 했다. 하필이면 왜 수영이냐, 내 여자가 딴 놈들 눈요깃거리가 되는 거 싫다고 말이다. 철없는 아이가 투정하듯 말해놓고는 후회했다. 그녀가 자유롭지 않으면 행복하지 않다는 걸 깨달아가는 중이었지만 생각처럼 쉽게 되지는 않았다. 반성의 의미로 예쁜 수영복을 사주었다.

그녀가 수영장에서 어떤 여자와 대화를 나눴다는 얘기를 전해 들었다. 며칠 후 나기는 야스다 유이에 관한 신상 조사를 끝낸 뒤 친구를 허락했다. 희수는 어이없어했다.

"도대체 다나카 씨는 어떤 보고까지 하는 거예요? 나 숨 쉬는 것까지 세고 있는 거 아니에요? 그 여자 얼굴 기억도 안 나요. 수영하다가 수영모 벗겨져서 주워준 게 다라구요."

하지만 둘은 곧 친구가 되었고 희수는 그녀의 옷가게까지 방문했다. 갔다 온 뒤 희수는 흥분했다. 천재적인 디자이너를 발견했다며 말이다. 그리고 요즘은 그녀의 홍보 일을 하기에 이르렀다. 하던 일을 살려서 야스다 유이라는 디자이너를 세상에 내놓고 싶다고 했다. 희수가 일을 한다는 건 말리지 않을 생각이었지만 그녀를 마음대로 볼 수 없다는 건 불만이었다. 잠깐이라도 짬이 나거나 맨션 근처에서 일이 있으면 그녀를 보고 안았었다. 안달이 나서 더 강렬한 섹스를 했었다. 그런데 이제는 그가 그녀의 스케줄에 맞춰 기다려야 하는 판국이다. 점심을 먹자고 해도 야스다 유이와 어디를 가기로 했다거나 해서 거절을 당하기 일쑤였다. 친구를 허락한 게 후회가 되었다.

"오늘 야스다 씨랑 다른 디자이너들도 식장에 올 거예요. 소개시켜 줄게요."

전혀 달갑지 않았다. 내색하지 않고 매끄러운 실크 안으로 손을 슬쩍 넣어 젖가슴을 만졌다. 실크만큼 부드러우며 탄력적인 가슴을 손안에 가득 쥐고서 손바닥으로 문대며 주물렀다.

"안 돼요. 그만."

일어나려는 희수를 붙잡고서,

"이따가 행진 연습 한 번 해줄게."

어이없어하며 웃는 희수의 어깨에서 가운을 벗겨 내렸다. 드러난 한쪽 가슴에 곧장 입술을 내려 키스하고 혀끝으로 유두를 건드렸다.

"정말이죠?"

이미 그녀의 허리가 꿈틀거리며 반응하고 있는 걸 느끼고서 나기는 재빨리 가운의 매듭을 풀어 젖혔다.

"정말."

건성으로 약속을 하고 드러난 음모 사이로 손을 밀어 넣었다. 무릎을 열고서 그의 손길을 받아들이는 그녀의 안으로 손가락을 넣으면서 열기가 번지는 그녀의 눈을 바라보았다. 그의 손가락이 닿자 금세 촉촉해지는 안쪽의 느낌에 속이 뜨거워졌다.

"왜 점점 더 좋지?"

그녀의 얼굴에 행복한 미소가 번지더니 도톰한 입술이 살짝 벌어지며 그의 머리를 끌어당겼다. 유혹하는 희수는 너무나 매혹적이어서 그는 금세 이성을 잃어버렸다. 굶주린 짐승처럼 그녀의 입술을 탐했다. 파고들수록 그녀에게선 달달한 즙이 넘쳤고 점점 더 뜨겁고 야해서 맥을 못 추게 만들었다. 정신없이 자신을 드러내고서 그녀의 엉덩이를 끌어 앉혔다. 자신이 길들이고 자신만이 가질 수 있는 그녀의 안은 뜨겁고 촉촉하게 젖어 그의 것을 달콤하게 빨아들였다.

"나기……."

희수는 엉덩이를 흔들며 열에 들뜬 목소리로 그를 불렀다. 넓은 어깨와 탄탄한 가슴 근육을 어루만지던 손이 그의 유두를 자극했다. 차츰 좁아지는 허리 쪽으로 손으로 내리며 명치 주변의 근육을 쓰다듬고선 미소 띤 목소리를 내었다.

"난 당신 여기가 젤 좋아요. 멋있어."

울퉁불퉁 쪼개진 복근을 따라 손가락을 미끄러뜨리고선 배꼽 주변을 손바닥으로 문질렀다.

"여자도 이렇게 만들 수 있나? 이렇게 딱딱하게?"

"거기뿐이야? 좋은 게?"

부드러운 젖가슴을 핥으며 묻자 희수의 입술이 귓가에서 속삭였다.

"아니, 여기도."

대담하게 엉덩이를 흔들었다. 나기는 도발적인 그녀의 움직임에 신음 소리를 흘리며 고개를 들어 그녀를 보았다. 작은 머리를 한 손에 잡고 나무라듯 흔들었다.

"요망해졌어."

웃는 희수의 입술을 훔치고 가는 목선을 따라 가슴까지 혀로 핥으며 내려왔다. 손 안에 가득 차는 풍만한 살을 주무르며 붉게 익은 젖꼭지를 입안에 넣고 혀로 굴렸다. 쾌감의 전율에 몸을 떠는 희수는 너무나 자극적이어서 참을 수가 없었다. 나기는 한 팔로 가는 허리를 휘감아 안고서 허리를 튕겼다.

희수는 거친 비명을 지르며 상체를 뒤로 젖혔다. 그러고는 두렵다는 듯이 허겁지겁 그의 목을 안고서 매달렸다. 귓가에 그녀의 숨결이 닿는가 싶더니 달콤한 혀가 나와 그의 귀를 핥았다. 나기는 부르르 몸을 떨며 뜨거운 숨을 내뱉었다.

"한 번으로 안 될 것 같은데?"

고개를 든 희수는 발그레 달아오른 눈자위로 그를 흘겨보았다. 그래 봤자 욕정에 젖어 더 요염하게 보일 뿐이어서 안 된다는 그녀의 입술에 몇 번이나 입을 맞추었다. 도톰하게 부풀어 오른 입술을 빨고서도 부족해서 이로 잘근 물어 즙을 빨았다.

"정말 안 돼요."

입술이 물린 채 희수는 헐떡거렸다.

"결혼식 끝나고……."

그러더니 가볍게 엉덩이를 앞뒤로 흔들며 안을 조여 나기의 이성을 끊어놓았다. 그녀를 안은 채 안락의자에서 벌떡 일어난 나기는 긴 소파 위에 희수를 눕히고는 깊게 삽입했다. 날카로운 교성을 내뱉으며 헐떡이는 모습을 내려다보며 제왕처럼 그녀를 가졌다. 이제는 자신의 전부가 돼버린 그녀다. 가질수록 더 가지고 싶고 영원히 자신 안에 가두고 싶은 여자다. 그래서 때때로 두렵다. 그녀가 자신 옆에 있다는 걸 확인하기 위해서 안고 또 안는데도 말이다.

"나기, 같이……."

그녀가 흐느끼는 듯한 목소리로 두 팔을 내밀었다. 그래, 같이. 나기는 그녀를 안아 가슴에 안고는 힘차게 자신을 몰아붙였다. 그녀와 함께하기 위해서.

희수가 나기와 함께 고른 웨딩드레스는 깔끔하고 청초하면서 우아한 디자인의 크림색 드레스였다. 몸을 따라 흐르다가 자연스럽게 퍼지는 실크 위에 수놓인 클래식한 진주 자수가 기품에 화려함을 더했다. 얌전한 하이넥과 어깨를 살짝 덮는 퍼프소매는 모두 레이스 천이어서 희고 매끄러운 희수의 피부가 살짝 드러나 보였다. 머리는 귀 옆으로 한 가닥 머리카락이 흐르도록 빼놓은 뒤 자연스럽게 올려 고정했다. 티아라 대신 보석이 박힌 핀으로 머리 장식을 마무리하고 다른 장신구는 전혀 하지 않았다.

마지막으로 꽃잎의 러플이 독보적으로 화려하고 아름다운 페이션스 장미를 부케로 골랐다.

신부 화장을 마친 희수는 거울 속에서 엄마와 눈이 마주쳤다. 애써 밝은 미소를 지었지만 마음 한쪽이 시린 느낌이 있었다. 그와 이미 살고 있고 지난주에 혼인 신고도 이미 마쳤다. 그럼에도 불구하고 결혼식이라는 의식은 묘한 기분을 느끼게 했다. 그건 엄마도 마찬가지인지 '빨리빨리.'만 연발할 뿐 제대로 말도 잇지 못했다. 의외로 엄마는 그가 선물한 원피스 대신 한복을 가져와 입었다. 그러니 더더욱 이 예식이 더 진짜 같아져서 괜스레 울컥해졌다. 희수는 감정을 누르고 일어섰다.

"하나도 안 아쉽더니 막상 시간 다가오니까 그러네. 네 아버지는 해도 해도 참…… 근데 너 따라다니는 경호원은 어디 갔어? 안 보이네?"

"지루해하는 거 같아서 1층에 있으랬어요."

"엄마 화장실 갔다가 먼저 가서 차에 있을 테니까 얼른 내려와. 늦겠다."

462

예식이 가까워오니 엄마는 아버지 없이 식장으로 들어서는 걸 마음에 걸려 했다. 그에겐 아무도 없다는 걸 생각하면 행복인 줄 알면서도 서운하긴 했다. 휴대전화와 지갑, 파우치가 든 클러치를 챙겨 들고서 일어났다. 부케를 들고 서 있던 숍의 여직원이 그녀의 드레스 자락을 정리해주었다. 이제 나기와 하객들이 기다리고 있는 식장으로 출발할 때였다.

"괜찮아요. 혼자 할 수 있을 것 같아요. 수고하셨어요. 고마워요."

희수는 줄줄이 따라 나오는 웨딩 숍의 직원들과 작별 인사를 했다. 잠시라도 혼자 있고 싶은 기분이 들었다. 엘리베이터 문이 닫히고 혼자가 되자 절로 깊은 한숨이 나왔다. 아직 오전일 뿐인데 지쳐버렸다. 엘리베이터 거울에 비친 자신의 모습이 낯설게 느껴졌다. 프로의 손길이 닿은 그녀의 외모는 그 어느 때보다 아름답고 기품이 넘쳐 보였다. 이제 진짜 히가시데 나기의 여자가 된다. 10년 전 그를 처음 만났던 그 순간부터 오늘에 이르기까지의 일들이 파노라마처럼 뇌리를 스쳤다. 가슴이 벅찬 한편, 알 수 없는 슬픔이 느껴졌다. 가슴을 때리는 고통이나 처절한 회한 같은 슬픔이 아니라 애잔한 슬픔이다. 왜 이런 느낌이 드는 건지 이유는 몰라도 그 슬픈 감정이 싫지만은 않았다. 어쩌면 어른이 되는 것이리라.

희수는 차분히 숨을 고르고 1층의 버튼을 눌렀다. 엘리베이터가 움직이기 시작하고 몇 초 후, 그러니까 5층에서 3층으로 내려가자 문이 열렸다. 그런데 문 앞에는 아무도 보이질 않았다. 다시 문이 닫히려는 순간 문 양쪽에서 두 남자가 나타났다. 순식간에 엘리베이터 안으로 들어온 그들은 숍의 직원들와 똑같은 복장을 하고 있었다. 하지만 희수는 그들의 다른 분위기를 감지해 공포와 함께 숨이 턱 막히는 것을 느꼈다. 눈을 크게 뜬 채로 드레스 자락을 꽉 쥐었다.

엘리베이터 문은 닫혔고 1층의 버튼은 취소되었다. 지하 1층의 버튼에 불이 켜졌고 옆구리에 차갑고 딱딱한 것이 느껴졌다. 어렴풋이 그게 총이란 걸 알았다. 끔찍한 공포감에 온몸이 얼어붙어버렸다.

"조용히만 있으면 죽이지 않아. 앞으로 가."

어느새 엘리베이터 문이 열려 있었다. 지하 주차장이었고 어두웠다. 감히 옆으로 고개를 돌려 그들의 얼굴을 볼 엄두도 나지 않았다. 아니, 그들이 누군지 알고 싶지도 않았다. 그저 이 끔찍한 상황에서 벗어나고 싶을 뿐이었다.

그때 그의 목소리가 들리는 듯했다.

순순히 있어. 그게 진짜 용기야.

희수는 그 말을 주문처럼 되새기며 심호흡을 했다. 머뭇거리는 희수를 보고선 남자의 우악스러운 손이 희수의 팔을 잡고 끌어당겼다. 희수는 넘어질 듯 떨리는 걸음으로 엘리베이터를 나왔다. 그러다가 얼핏 그들이 검은 마스크를 하고 있고 보이는 건 눈뿐이라는 걸 알게 되었다. 그 눈을 쳐다보지는 못한 채 그들이 이끄는 대로 걸음을 옮겼다. 질질 끌리는 드레스 자락이 밟혀 넘어질 뻔했지만 용케 버텼다.

몇 걸음 가지 않아 검은색 승용차가 눈앞으로 달려와 멈췄다. 그들은 곧장 차의 문을 열고 희수를 밀어 넣었다. 순간 화악 코를 찌르는 담배 냄새에 숨이 막혔다. 운전석에 앉은 남자가 슬쩍 고개를 돌려 희수를 보고서 씨익 웃었다. 그 남자의 비열한 웃음에 속이 메스꺼워졌고 참을 수 없는 공포감이 밀려왔다. 그러고는 더 이상 생각할 겨를이 없었다. 순순히 있으라고 한 그의 당부 따위는 전혀 위안이 되질 않았다. 옆구리에 총구를 겨누고 있던 사내가 앞자리 조수석에 타는 걸 보고서 본능적으로 몸을 움직였다. 그건 순전한 생존 본능이자 공포로부터의 도주였다.

희수는 자신의 옆으로 타려는 남자를 발로 차 밀어내고 차에서 뛰어내렸다. 의도치 않게 남자의 낭심을 찬 건 행운이었다. 하지만 치렁치렁 흐르는 드레스 자락을 쥐고서 뛰는 게 얼마나 무모한지는 까맣게 잊고 있었다. 아니, 그것까지 고려할 정신이 없었다. 구두를 벗어던지고 비상구 쪽으로 뛰어가던 희수는 뒤에서 들리는 총성에 놀라 비명을 지르고 말았다. 공포에 돌아볼 수조차 없었고 다리를 멈추는 건 더더욱 할 수가 없었다. 총성은 한두 발이 아니었다. 희수는 꺅꺅 비명을 지르면서도 계속해서 달렸다. 앞만 보고서.

비상구 앞까지 도달한 희수는 무언가 뜨거운 것이 팔을 스치고 지나가는 걸 느꼈다. 그리고 이어 자신을 부르는 날카로운 목소리를 들었다.

"엎드려요!"

다나카의 목소리였다. 그렇게 인지하는 것과 몸이 움직이는 건 달랐다. 이미 다른 생각은 아무것도 할 수 없는 상태여서 그대로 비상구 문을 밀었다. 그런 그 팔을 누가 낚아챘고 소스라치게 놀란 희수는 소리를 지르며 팔을 뿌리치다가 다나카를 보았다. 팔을 허공에서 멈춘 채 그를 보았다. 그의 손이 자신의 팔을 잡고 있었다. 그리고 그의 다른 손에는 총이 들려 있었다. 그는 거친 숨을 몰아쉬고 있었고 이마에는 주름이 잡혀 있었다. 희수를 위아래로 살피는 눈엔 핏발이 서 있었다.

"피가……."

다나카의 뒤로 사람들이 보였다. 검은 옷을 입은 남자 셋이 바닥에 쓰러져 있는 남자들을 살피고 있었다. 희수는 자신에게 총구를 겨눴던 남자가 옆구리에서 피를 흘리며 누워 있는 걸 보았다.

"약간 스친 것 같은데…… 괜찮을 겁니다."

떨리는 다나카의 음성이 귀에 윙윙대는 소음에 섞여 어지러웠다. 희수는 간신히 정신을 차리고 부들부들 떨리는 호흡을 진정하려고 애썼다.

"어떻게…… 어떻게 알고……."

"엘리베이터 움직이는 게 이상해서 따라왔더니…… 병원부터 가셔야겠습니다."

병원? 희수는 갑자기 옷을 벗는 다나카를 보고서 찡그렸다. 양복 상의를 벗고 와이셔츠까지 벗고 있었다. 뭐하는 거냐고 물으려는데 벗은 셔츠를 뭉쳐 그녀의 팔에 대고서 묶었다. 그제야 희수는 하얀 드레스 자락에 묻은 붉은 핏자국을 보았다. 그리고 뒤늦게 팔에 통증을 느꼈다. 팔을 따라 피가 뚝뚝 흐르고 있었다. 전화기를 꺼내는 다나카를 보고서 희수는 퍼뜩 정신이 들었다. 다급히 그의 손을 잡아 막았다.

"안 돼요."

희수는 난감한 표정의 다나카를 보고서 단호하되 차분한 목소리로 부탁했다.

"오늘은 내 결혼식이에요, 다나카 씨. 망치고 싶지 않아요."

경호원들이 다친 남자들을 차에 실었다. 경찰도 오지 않았고 구급차 소리도 나지 않았다. 저들이 왜 자신을 납치하려고 했는지, 저들을 어디로 데려가고 어떻게 할 건지는 알고 싶지 않았다. 알리고 싶지도 않았다. 그는 절대 이 일을 알아서는 안 된다. 알게 되었다간 어떤 일이 벌어질지 상상하기조차 싫다.

"이건 없었던 일이에요. 다나카 씨 선에서 알아서 처리해줘요. 그 사람은 절대 몰라야 돼요. 무슨 말인지 알죠? 그 사람이 알면 이 일이 또 반복돼요. 끝이 없이……."

23

희수가 늦고 있다.

제국호텔의 연회장에 먼저 도착한 나기는 하객들을 맞이하고 있었다. 예식 시간이 가까워오는데 희수도, 예비 장모도 나타나질 않았다. 독일인 연인과 함께 도착한 시후가 초조해하는 그를 보고 놀렸다. 신부가 도망간 게 아니냐고. 이제라도 희수가 정신 차려서 다행이라고. 녀석의 턱에 주먹을 날리고 싶은 마음보다 불안감이 더 컸다. 상대하지 않고 심각한 얼굴로 몸을 돌리자 녀석이 따라왔다.

"뭐야? 희수한테 뭔 일 있는 거야?"

언제부터 이 녀석이 나한테 반말을 했지? 귀찮게 따라붙는 녀석을 경호원에게 맡기고 전화를 걸었다. 희수도, 다나카도 전화를 받지 않았다. 무슨 일이 터진 게 틀림없다. 순간 정수리에 뜨거운 용암을 들이붓는 듯 온몸이 타들어가는 기분이 들었다. 경호원들을 급히 웨딩 숍으로 보내고 총장에게 전화를 걸었다. 오늘이 결혼식이란 걸 알면서 이 결혼식을 반대할 인물 1순위로 떠오른 게 아버지였다. 지난번 일견으로 합의가 되었다고 생각했는데 그건 혼자만의 착각이었던가. 이후에 제대로 확답을 받아내지 않은 게 후회가 되었다. 그가 하는 일이 못마땅하거나 희수를 내치고 싶다면 이렇게 오래 기다릴 일이 아니지 않은가. 하필 오늘 움직인 건 야비했다. 아버지답지 않다고 생각하면서도 의혹과 불안을 지울 수가 없었다.

– 야마구치 상.

전화를 받은 건 아버지의 비서였다.

"바른 대로 말해. 총장, 지금 어디 계시지?"

– 사이타마입니다. 무슨 일이십니까?

총장은 지금 재계 인사들과 골프를 치는 중이라고 했다. 정말로 희수를 데려갔다면 거짓말로 둘러댈 총장이 아니다. 그렇다면 더 불안한 일이다. 차라리 총장이 데려간 거라면 억류는 할지언정 해치지는 않을 테니까.

나기는 더 불안해져서 다시 희수에게 전화를 걸었다. 손가락이 덜덜 떨리고 있었다. 위가 반응하기 시작하는지 속이 뜨거워졌다.

– 왜요, 서방님?

평소보다 낭랑한 목소리가 들려왔다. 나기는 헉, 하고 안도의 숨을 토해냈다. 멈췄던 피가 돌고 숨이 쉬어지고 속이 가라앉기 시작했다. 서희수에게 여유를 갖는 건 아직 100년은 빠른 모양이다. 희수가 알면 급속도로 초조해졌던 자신을 비웃을 게 뻔했다.

"어디야?"

태연하게 물었지만 걱정은 풀리지 않았다. 기다리는 하객들을 두고 늦을 희수가 아니었다.

– 드레스에 문제가 생겨서 바꿔 입느라 그래요. 그리고 원래 신부는 좀 늦게 나타나는 거예요.

"다나카 같이 있어? 전화를 안 받던데."

그때 희수의 엄마가 도착했다. 그녀는 혼자였다.

"웬 변덕인지 드레스 바꿔 입는다고 먼저 가래잖아. 옷 가지고 그러는 일 없는 앤데 결혼하려니까 예민하긴 한가 봐. 자네가 이해해."

전화를 끊고 웨딩 숍으로 보냈던 경호원들을 돌아오게 했다. 희수가 알면 또 과민 반응했다고 핀잔을 줄 거였다.

희수가 도착한 건 예식 시각에서 45분이 지난 뒤였다. 다나카가 문을 열어주는 가운데 차에서 내리는 그녀를 본 순간 나기는 숨이 턱 막혔다. 하얀 드레스에 감싸인 그녀는 러시아 공주처럼 우아하고 사랑스러웠다. 머리에는 진주가 박힌 왕관을 썼고 어깨에는 허리까지 내려오는 레이스 망토를 두르고 있었다. 그녀를 마중하기 위해 나아가는 걸음이 떨렸다. 황홀하리만치 아름다운 여자가, 희수가 자신의 신부가 된다는 사실이 아직도 믿어지지가 않았다.

차에서 내려 드레스 자락을 여미던 희수는 다가오는 그를 보고선 미소를 지었다. 손목을 감싸는 레이스 장갑을 낀 손을 내밀었다. 손을 잡은 나기는 조금 차가운 것을 느꼈다. 가까이서 보니 얼굴도 조금 창백해 보였다.

"추워?"

나기는 반사적으로 손을 올려 희수의 뺨을 만졌다. 희수는 감기가 잘 들었고 감기가 들면 열부터 심해지는 편이었다. 다행히 열은 없는 듯했다.

"떨려서 그래요. 긴장해서."

그러고는 그의 보타이를 만지며 속삭였다.

"우리 신랑, 오늘 진짜 멋있네."

그는 가는 줄무늬가 있는 짙은 남색 정장을 입고 있었다. 조금 반짝거리는 소재의 셔츠와 실크 보타이가 그를 평소보다 조금 들떠 보이게 했다. 크고 우람한 체격의 나기와 늘씬하고 새하얀 희수는 대조적이면서도 잘 어울렸다. 남자와 여자, 강함과 부드러움, 어둠과 햇살처럼 다르지만 서로가 없으면 결코 존재할 수 없는 것처럼 꼭 맞는 한 쌍이었다.

식장 안으로 들어서는 두 사람의 모습에 환호와 박수가 쏟아져 나왔다. 나기는 희수를 위해 화동으로 꼬마 발레리나 스무 명을 준비했다. 깜찍한 발레복에 슈즈를 신고서 희수와 나기 앞에 꽃가루를 뿌렸다. 그 모습을 본 희수는 그를 보면서 눈물을 글썽거렸고 장모와 그녀의 친척들은 벌써부터 눈물바다였다. 서로를 향해 성혼 선언문을 읽고 반지를 교환했다. 성혼 키스를 하려고 다가갔을 때 희수의 눈엔 눈물이 고여 있었다.

"행복해?"

희수는 고개를 끄덕이며 두 손으로 그의 뺨을 감싸고는 까치발을 들었다. 나기는 두 팔로 힘차게 당겨 안고는 깊이 키스했다. 환호와 야유가 터져 나올 때까지.

마지막 절차로 희수가 던진 부케는 웬 노랑머리 여자가 받았고 잠깐의 휴식 후 피로연이 진행되었다. 표정까지 조금 상기된 나기는 팔불출처럼 피로연 내내 희수의 옆에서 떠나질 않았다. 희수를 두고 타인을 경계하는 일은 조금 나아진 줄 알았는데 아니었다. 연회장 안에 모인 200여 명의 하객의 시선이 희수에게 꽂히고, 인사를 나누는 사람마다 신부의 아름다움을 칭찬하는 것을 듣고 있자니 슬슬 짜증이 몰려왔다.

1시부터 시작한 결혼식은 피로연으로 이어져 저녁 식사가 진행되고 있었다. 시간은 어느덧 7시를 향해 가고 희수는 화려한 수가 놓인 한복으로 갈아입고 있었다. 예정돼 있던 칵테일드레스를 두고 한복을 입은 건 슬슬 느슨해져가는 파티 분위기를 끌어올리는 효과를 낳았다. 곱세 한복을 입은 희수는 여기저기서 사진 촬영 요청을 받으며 바쁘게 불려 다녔다. 일본인이 대부분인 하객들에게 그녀의 한복 차림은 색다른 눈요기였던 거다. 희수의 옆에 붙어 있는 노랑머리에 통통한 여자가 특히 그랬다. 다나카의 보고에 따르자면 부케를 받은 저 노랑머리가 야스다 유이란 여자다. 희수에게 나이트가운을 선물한. 그리고 그들 사이에 강시후가 끼어 있었다. 모르는 여자들과 스스럼없이 어울리다니 뻔뻔한 녀석이다.

희수를 겨우 차지할 수 있었던 건 이어진 술자리에서였다. 한바탕의 축사와 축가가 이어진 뒤 남은 사람들은 술을 마시고 음악에 맞춰 춤을 추었다. 한복을 입은 희수는 평소보다 가냘프게 느껴져서 품 안에 쏙 들어와 안겼다. 피곤한지 그의 가슴에 머리를 기대고는 살짝 몸을 움직일 뿐 말없이 조용했다.

나기는 욕망과는 다른 소유욕을 느끼며 두 팔로 희수를 꼭 보듬어 안았다. 선망 어린 시선, 칭찬과 축복의 말들, 커다란 샹들리에에서 뿜어내는 화려한 불빛과 달콤한 음악, 그 모든 것으로부터 희수를 뺏어오고 싶었다.

"자, 다음은 나."

헌데 강시후가 끼어들어 다짜고짜 희수를 낚아챘다.

"버림받은 약혼자도 좀 위로해줘야지. 안 그래요, 형수님?"

나이를 먹더니 녀석은 능글맞아졌다. 녀석을 밀쳐내고 무시하고 싶은 마음을 알았는지 희수가 웃으며 그의 뺨을 만졌다.

"참아요. 동생이잖아요."

희수가 녀석의 품에 안겨 웃는 걸 못마땅하게 보고 있는데 다나가가 다가왔다.

"보스."

움찔했던 건 혹시나 총장이 나타난 건 아닌가 해서였다. 전화가 왔었다는 보고를 받았다면 혹시 그 전화를 오시라는 독촉으로 착각했을지도 모른다. 초대장은 보냈지만 골프를 치러 갔다면 오지 않기로 한 거였을 텐데 괜히 전화를 한 게 된다. 이 자리엔 총장의 얼굴을 아는 저명인사들이 몇몇 있었다. 아직 그들도 자리를 함께하고 있는데 총장이 나타난다면 뭔가 말이 나올 여지가 충분했다. 야마구치 쇼와 히가시데 조직 총장의 관계에 대해서 말이다. 긴장해서 돌아보니 다나카가 무거운 표정으로 말했다.

"아셔야 할 게 하나 있습니다."

"총장이 오셨어?"

"아닙니다. 오늘 늦은 이유에 대해섭니다."

다나카의 표정을 본 나기는 심상찮음을 느꼈다. 희수가 말한 드레스 말고 다른 문제가 있었고 그것이 결코 좋은 일이 아니라는 것 말이다.

다나카의 보고는 나기에게서 온기를 빼앗아갔다. 점점 차갑게 얼어붙는 몸속에서 분노가 끓어오르기 시작했다. 잠자고 있던 괴물을 깨운 것이다.

나기는 희수에게 표정을 들키지 않기 위해서 자리를 옮겼다. 옆의 빈방으로 들어가자마자 머리로 피가 솟구치는 걸 주체하지 못하고 발로 다나카의 가슴팍을 걷어찼다. 이성을 잃고서 쓰러진 다나카의 목을 구둣발로 짓눌렀다.

"이 새끼, 어따 총질을……!"

머리로 피가 몰려 눈앞이 온통 시뻘겋게 보였다. 나기는 그대로 피를 토하고 죽을 것처럼 시뻘게진 얼굴로 다나카를 죽일 듯 노려봤다.

"희수 앞에서 총질을 해! 팔이 아니라 머리에 박혔으면…… 이 새끼!"

참을 수 없는 분노에, 희수가 핏빛으로 물드는 공포에 머리가 다 어질했다. 다나카를 놓아준 건 제정신이 들어서가 아니라 아직 들어야 할 말이 있어서였다. 침을 흘리고 기침을 토해내며 일어난 다나카가 무릎을 꿇었다. 나기는 사시나무 떨리듯 부들거리는 주먹을 탁자 위에 꽂고서 물었다.

"어떤 새끼들이야?"

"하야미조…… 무네노리 부조장 지시인 것 같습니다."

"무네노리? 게이샤 리에 건으로 만났던 그 무네노리?"

"네. 자기 여자를 보스에게 뺏겼다고 조직 내에서 놀림감이 됐던 모양입니다. 그자가 리에를 찾는다는 소문은 계속 있었습니다."

"돈을 받아놓고서 나한테 복수라도 한다는 거야?"

이유는 상관이 없었다. 희수를 건드린 이상 놈을 살려두지 않을 것이다.

"당장 수배해."

"알겠습니다."

여전히 주먹의 떨림이 멎질 않았다. 차에서 내려 화사하게 미소 짓는 희수를 보고 러시아 공주 따위나 생각했던 자신이 한심했다. 엄연히 말해 자신 때문에 일어난 일이다. 제대로 처리하지 못한 일 때문에 희수가 당한 것이다. 그의 옆에 있지 않았다면 그 곱디고운 피부에 상처를 입는 일 따윈 없었을 텐데.

"정말 제대로 치료했어?"

"응급실에서 치료를 받고 진통제를 맞으셨습니다. 살짝 스친 건데 출혈이 좀 있었고 통증은 별로 없다고 하셨습니다. 그리고…….”

"말해."

"결혼식 망치지 말아달라고 하셨습니다. 보스가 알면 안 된다고, 이런 일이 끝없이 반복될 거라고 하셨습니다."

다나카를 보았다. 무릎 위에 두 주먹을 올려놓고서 꿇어앉은 녀석의 표정에 충성심이 보였다. 그건 보스인 그가 아니라 희수를 향한 거였다. 그가 이 상황을 해결하기 위해 결혼식을 파한다면 무슨 수를 써서라도 이 녀석이 막을 것 같은 분위기였다. 희수가 녀석을 홀린 것이다. 그러니 끌려가는 희수를 보고서 경호 수칙도 잊고서 총질을 해댄 것이다. 눈앞에서 그녀가 끌려가는 걸 보고 눈이 뒤집혔겠지.

"다나카."

"네, 보스."

녀석을 희수 옆에 둬도 좋을지 잠시 생각했다. 두면 제 목숨보다 더 희수를 지키겠지만 녀석이 품은 마음은 괘씸했다.

"무슨 일이 터져도 희수의 안전이 먼저다, 다나카. 명심해."

나기는 예복을 고쳐 입고서 피로연이 열리는 연회장으로 돌아갔다. 한복을 입은 희수가 보였다. 준비해뒀던 칵테일 드레스는 소매가 없는 것이니 팔의 상처 때문에 입을 수가 없었던 것이다. 희수는 시후의 독일인 애인과 얘기를 나누면서 웃고 있었다. 잠깐 고개를 돌리고서는 눈을 감았다 뜨는 얼굴에 피곤이 보였다. 파리해진 얼굴에 눈 밑 그늘이 짙어져 있었다. 잘 먹지 못했던 건 예식의 흥분 때문이 아니라 지쳐서였던 거다.

가슴이 쓰라렸다. 자책감에 고통스러웠다. 하지만 그 어느 것도 희수의 충격과 아픔에 비할 바가 못 될 거였다.

문득 돌아본 희수와 눈이 마주쳤다. 나기는 애써 자연스러운 미소를 지으며 다가가 덥석 안았다. 희수가 다친 팔이 어느 쪽인지 몰라서 될 수 있으면 양쪽 팔은 건드리지 않으려고 허리를 당겨 안았다. 그의 어깨에 올라온 손은 왼쪽, 아래로 늘어뜨린 손은 오른쪽이다. 다친 건 오른쪽 팔인 모양이다.

"이 정도면 참을 만큼 참았어. 그만 다 보내자."

정말 피곤했는지 희수도 주변 눈치를 보며 속삭였다.

"그래도 돼요? 아직 한두 시간은 더 있어야 되는 거 아니에요?"

안쓰러운 마음에 목이 다 메어왔다. 마음 같아선 이대로 안아 들고서 나가버리고 싶은 심정이다.

"우리 마음이지. 우리가 주인공인데."

나기는 진행자에게 신호를 보내 피로연을 마무리 짓도록 했다. 여기저기서 놀리며 원성을 터트렸지만 그것마저 나기의 귀엔 짜증스럽게만 들렸다. 희수의 고집으로 마지막까지 나란히 서서 돌아가는 하객들을 일일이 배웅했다. 일본식대로 답례품을 나눠주면서 눈을 마주치고 감사 인사를 전했다. 쓰러지기 일보 직전이면서도 희수는 미소를 잃지 않았다. 마지막으로 장모와 시후를 보내는데 인사가 길어졌다. 걱정에 초조해진 나기는 급기야 희희낙락 인사하는 시후를 잡아 끌어내었다. 막무가내로 차에 태워 보내고 나서야 희수와 단둘이 남게 되었다.

"결혼식은 두 번 할 게 아니네요."

맨션으로 돌아가는 차 안에서 희수는 쓰러지듯 그에게 기대 잠이 들었다. 한복의 풍성한 치마 위에 떨어져 있는 하얀 손이 유달리 작고 여려 보였다. 나기는 잠든 희수를 품에 안고서 심장이 숯덩이처럼 새까맣게 타들어가는 아픔을 느꼈다. 날카로운 칼로 도려낸 상처는 꿰매면 아물지 몰라도 숯덩이 된 가슴은 오래도록 고통으로 남을 것이다. 그 가슴을 부여잡고 희수의 다친 팔을 살짝 더듬었다. 한복 아래로 붕대의 두께가 느껴졌다. 마음이 아려왔다. 정신없이 잠든 희수의 뺨을 어루만졌다. 깊이 잠든 줄 알았는데 그 작은 접촉에도 속눈썹이 파르르 흔들리더니 눈을 떴다.

"자. 내가 옆에 있으니까 아무 걱정 말고 자."

희수가 그의 손을 잡았다. 놓치면 잃어버릴까 두려워하는 것처럼 두 손에 꼭 쥐더니 다시 눈을 감으며 중얼거렸다.

"우리 오늘 공식적인 첫날밤인데…… 미안해요."

울컥한 나기는 희수의 머리에 입을 맞추는 걸로 눈물을 참았다. 향기로운 그녀를 꼭 보듬어 안고서 지키지 못한 자신을 책망하며 괴로워하고 있으려니 새삼 자신이 좇고 있던 게 하찮아 보였다. 세상에서 가장 소중한 존재며 그녀가 없인 살 수가 없다는 걸 알면서도 야망을 포기하지 못했던 게 한심스러워졌다. 그녀와 야망, 둘 다를 가지는 게 불가능하다면 선택을 해야 한다. 그녀는 한 번도 선택을 강요하지 않았지만 피해자는 그녀였다. 결국 그녀를 희생시키고 있었다는 걸 인정하고 책임질 때가 온 거다.

맨션에 도착한 나기는 잠든 희수를 침대에 눕혔다. 입고 있는 한복을 벗겨야 했다. 옷고름을 풀고 조심히 저고리를 벗겼다. 소매에서 팔을 빼내다가 붕대를 본 나기는 고통의 신음을 흘렸다. 상처에 감은 붕대에 피가 배어나와 있었다. 가슴이 먹먹해지고 눈 주위가 뜨거워졌다.

나기는 크게 심호흡을 하고 눈을 질끈 감았다 떴다. 떨리는 손으로 붕대를 풀기 시작했다. 점점 더 피가 많이 보이더니 상처가 드러났다. 총상을 이미 겪은 바 있는 그로서는 더 끔찍한 상처에도 면역이 돼 있었다. 하지만 가느다란 팔에 움푹 팬 상처는 그의 눈에서 기어이 눈물이 흐르게 만들었다.

"나기……."

희수가 눈을 떠 그를 보고 있었다. 나기는 얼른 시선을 내리며 눈물을 삼켰다. 풀었던 팔의 붕대를 천천히 다시 감았다. 손의 떨림을 들키지 않으려고 최대한 태연한 척 꼼꼼히 붕대를 감았다.

"가만히 있으랬잖아. 나서는 게 용기가 아니라고, 다치지 말랬잖아."

희수는 떼꾼한 눈에 걱정을 가득 담고서는 그를 빤히 쳐다보았다. 나기는 가까스로 붕대 감기를 마무리 짓고 애써 차분히 희수의 치마를 벗겨냈다. 풍성한 속치마를 입고 의문 가득한 눈으로 그를 보고 앉은 희수는 보호 본능을 불러일으켰다. 그렇지 않아도 가여운데 무방비 상태로 앉아서는 그의 기분을 살피며 걱정하는 모습을 보니 더 마음이 아팠다.

"이만한 일로 움츠러들지 않을 거예요. 내 말 듣고 있어요? 나기……."

희수의 손이 뻗어와 검게 경직된 그의 뺨을 어루만졌다.

"달라질 거 없어요. 당신은 당신이 꿈꾸는 일 하면 돼요. 조금 더 조심하긴 하겠지만 다시 겁먹고 숨어 지내진 않을 거예요. 이런 일에 질 수 없어요. 지지 마요, 나기."

핏기 없는 그녀의 얼굴은 그 어느 때보다 영롱하게 빛났다. 울지 않았고 그를 보는 눈에는 애정이 가득했다. 나기는 차마 그녀를 안을 수도 없었다. 안았다간 바스러뜨릴 것만 같았고 울어버릴 것만 같았다. 그때 휴대전화가 울렸다. 나기는 양복 안쪽 주머니에서 휴대전화를 꺼내 들며 등을 돌렸다.

─ 무네노리 찾았습니다, 보스.

다나카의 보고를 받고 전화를 끊었다. 등으로 희수의 시선이 느껴졌다. 꼿꼿하게 앉아선 걱정 가득한 눈으로 그의 표정을 예민하게 살피고 있었다. 나기는 남아 있는 희수의 옷을 마저 벗겼다. 풍성한 속치마 속에 입은 짧은 속바지를 보고선 픽 웃음이 났다. 긴장으로 굳어진 분위기가 깨지고 희수의 얼굴에도 설풋 미소가 떠올랐다.

"뭐야, 이건?"

풍성한 속바지의 허리 고무줄을 당기며 놀리자 희수가 삐죽거렸다.

"원래 이렇게 입는 거예요."

머리는 조선시대 중전마마처럼 비녀를 찌르고서 브래지어에 우스꽝스러운 속바지만 입고 앉은 희수를 보았다. 개구쟁이 산골 소녀처럼 보여야 하는데 농염한 어우동처럼 보였다. 웃음이 날 줄 알았는데 섹시해서 욕정이 생겨버렸다. 그러다 핏물 배어나온 붕대에 시선이 가자 웃음도 욕정도 한순간에 사라지고 울분으로 변했다.

손을 올려 머리에서 비녀를 빼주었다.

"나갈 거예요?"

"응."

땋은 머리에 작은 핀이 여러 개 꽂혀 있었다. 불편할 것 같아 그 핀도 하나하나 빼주었다.

"지금?"

"너 잠들면."

희수의 눈동자가 불안하게 흔들리고 눈물이 고이는 걸 보았지만 모른 척했다. 지금은 희수에게 어떤 말도 해줄 수가 없었다. 무네노리를 만날 것이다. 그리고 그가 어떤 마음을 갖고 있는지 볼 것이다. 말이 통한다면 녀석을 살려둘 수도 있다. 하지만 지금 기분으로는 녀석이 막무가내 꼴통이어서 쳐 죽여도 아깝지 않을 놈이었으면 싶다. 조직 간의 전쟁이 되어도 상관이 없다. 철저하게 되갚아줄 생각이다.

마지막 핀을 빼내자 희수는 베개에 머리를 뉘었다. 앉아 있기 지쳤는지 한숨을 쉬며 이불을 끌어 덮었다. 눈은 그를 향해 있지 않았지만 온 마음이 그에 대한 걱정으로 가득 차 있다는 걸 모르지 않았다. 나기는 목 끝까지 이불을 덮어 감싸주고서 작은 얼굴을 쓰다듬었다.

"갔다 올게."

희수는 시선을 피한 채 고개를 끄덕였다. 어떤 말도 없었다. 가지 말라고 붙잡지도 않고 어디를 가느냐고 묻지도 않았다. 잠을 자려는지 눈을 감고서 고른 숨소리를 내었다. 하지만 미간에 잡힌 주름은 펴지지 않고 있었다. 그가 나가면 그녀는 울지도 몰랐다. 잠을 자긴커녕 그가 돌아올 때까지 바늘 끝 위에 선 사람처럼 초조하고 불안하게 있을 것이었다. 눈에 선하게 보이는 모습에 발이 떨어지지 않았다.

"필요한 거 없어?"

고개를 저은 희수가 그에게 등을 돌렸다. 힘들게 하지 않겠다고 했는데 상처를 입히고 말았다. 행복하게 해주겠다고 했는데 울게 만들어버렸다. 그녀는 그가 모르길 바랐다. 이런 일이 계속 반복될 거라고 걱정했다. 그녀의 말이 옳다. 복수는 또 다른 복수를 만들지도 모른다.

하지만 이 상황을 정리해두지 않으면 이런 일이 또 생길 것이다. 아예 복수의 씨앗을 잘라내지 않으면 안 된다.

희수는 방을 나가는 그의 발소리를 들었고 이어 닫히는 문소리에 심장이 쿵 내려앉았다. 그는 정말로 떠났다. 하루 종일 통증을 참으며 쓰러질 것 같은 피로감을 버텼는데 결국 가장 걱정했던 일이 벌어지고만 거다. 희수는 침대에 누운 채로 한동안 멍하니 눈만 끔벅거렸다. 유리문으로 보이는 정원에서 국화꽃이 한들한들 흔들리고 있었다. 생각해보니 무사히 결혼식을 치렀다. 하늘은 청명했고 바람도 적당히 불었던 것 같다. 높은 웨딩케이크는 화려했고 하객들도 모두 즐거운 표정이었다.

이불 속에서 손을 꺼내 약지에 낀 결혼반지를 보았다. 예쁘게 커팅된 다이아몬드가 눈이 부시게 빛나고 있었다. 이런 건 계속 끼고 있기엔 역시나 부담스러웠다. 희수는 일어나 화장대 서랍 속 보석함에 반지를 넣었다. 돌아보니 한쪽에 쌓여 있는 한복이 보였다. 한복을 정리하고 나니 엄마 생각이 났다.

"어디야, 엄마? 시후는?"

전화 건너편이 떠들썩했다. 엄마와 이모들, 시후와 벤이 호텔 룸에 모여 답례품으로 받은 와인을 즐기고 있다고 했다. 전화기를 뺏은 시후가 혀가 살짝 꼬인 목소리로 희수를 놀렸다.

— 야, 첫날밤도 아니잖아. 너도 와라. 신랑은 빼고.

엄마가 시후를 야단치는 목소리가 들렸다. 희수는 잘 자란 인사를 하고서 통화를 마쳤다. 세상은 아무 일도 없다는 듯이 돌아가고 있었다. 그리고 예정대로라면 희수야말로 지금 가장 행복한 시간을 보내고 있어야 하는 거였다. 그 역시 굶주린 하이에나처럼 밤거리를 헤매고 있어선 안 되는 날이다.

"그래, 오늘 결혼했어."

희수는 분연히 일어나 욕실로 갔다. 팔에 물이 가지 않도록 조심하면서 짙은 화장을 말끔히 지우고 헤어 제품으로 굳어 있는 머리도 감았다. 샤워는 참기로 하고 속바지를 벗고서 실크가운을 걸쳤다. 몸은 한 걸음도 뗄 수 없을 정도로 지쳤지만 정신은 송곳처럼 날카로워진 상태였다.

욕실에서 나와 다나카에게 전화를 걸었다.

"다나카 씨, 그 사람한테 전해요. 10분 뒤에 맨션 로비에서 만나자구요. 나 지금 나갈……."

― 왜 안 자.

다나카가 아니라 그였다. 그의 목소리를 들을 자신이 없어서, 그의 목소리를 들으면 울음이 터질 것 같아서 다나카에게 전화를 한 건데 그가 전화를 받은 거였다.

"왜, 당신이 받아요? 다나카 씨 바꿔요."

목소리가 떨려 나왔다. 못나게도 벌써부터 눈물이 고여 떨어졌다. 거칠게 눈물을 닦고서 짜증스러운 투로 요구했다.

"당신한테 볼일 없어요. 다나카 씨 바꿔요."

― 내가 다나카한테 전해줄게. 말해봐.

희수는 울고 있었다. 하루 동안의 스트레스가 북받쳤고, 그의 목소리가 좋았고, 그가 걱정돼 미칠 것만 같았다. 그를 믿는다고 센 척하면서 내보낸 걸 후회했다. 바짓가랑이 붙잡고 진짜 속마음을 토해내지 못한 게 후회되었다. 그리고 어쩌면 지금 그에게 칭얼대는 자신을 후회하게 될 것 같아서 속상했다. 그런데도 어쩔 수 없이 전화기를 꼭 붙들고 그가 이대로 자신의 곁으로 돌아와주기를 바랐다.

"그, 그럼 다나카 씨한테 전해요. 보스를 10분 뒤에 맨션 로비로 데리고 오라구요. 안 그럼 혼자서라도 나갈 거라구요. 나가서…… 나가서…… 대관람차를 탈 거라구요."

희수는 아무렇게나 만들어내고 있었다. 뜬금없이 대관람차를 꺼내놓고선 정말 그게 일생일대의 목표인 양 매달렸다.

"내 결혼식 날, 내가 결혼한 날 도쿄의 밤이 어떤지 볼 거예요. 오늘은 내 결혼식이었고 첫날밤이고…… 그러니까 난 신랑을 볼 자격이 있다고 다나카 씨한테 전해줘요."

그는 말이 없었고 희수는 울음을 삼켰다.

— 희수야…….

그가 부르는 소리를 듣고서 전화를 끊어버렸다. 그가 안 된다고 할 것 같아서다. 휴대전화의 전원을 끄고 젖은 머리를 대충 말렸다. 옷장에서 손에 잡히는 대로 꺼내 입고서는 맨션을 나왔다. 그와 통화를 한지 10분이 조금 지난 시각이었다.

로비에 그는 없었다. 5분을 더 기다렸지만 그도, 다나카도, 그가 보낼 법한 다른 경호원도 나타나지 않았다. 그가 나타나지 않을 생각이면 경호원을 보내 그녀를 제지할 거라고 짐작했었다. 그런데 아무도 보이질 않았다. 희수는 실망했고 절망했고 걱정에 가슴이 무너져 내리는 것만 같았다. 그러고도 10분을 더 로비에 서 있던 희수는 조용히 맨션을 빠져나왔다. 망부석이 되어 그를 기다리고 있다간 미쳐버릴 것만 같아서였다. 걱정시키는 그를 원망하며 괴로워만 하는 건 이제 졸업해야 했다. 그래서 10년 전처럼 자신을 잃고 꿈을 잃게 되는 실수는 다시 하지 않을 것이다.

단단히 마음을 굳힌 희수는 가을이 무르익은 도쿄의 밤거리를 걸었다. 크루저를 타고 오다이바로 향했다. 주변에서 검은 옷을 입은 남자 둘을 보고는 나기가 보낸 경호원들이라는 걸 알았다. 역시 그는 오지 않을 생각인 거다. 고통스러운 마음만큼 몸이 아파왔다. 추워졌고 열이 났고 팔이 잘려나가는 것 같은 고통이 엄습했다.

비너스포트를 찾아온 관광객 사이를 천천히 걸어 관람차로 향했다. 도쿄의 밤을 보기 위해 줄을 선 사람들 뒤에서 차례를 기다렸다. 검은 옷의 남자들이 주변을 서성대더니 사람이 많은 걸 보고선 안 되겠는지 아예 대놓고 그녀의 옆으로 다가와 섰다. 그러니까 두 사람이 줄이 아닌 줄을 만들어버린 것이다. 하지만 그들에게 좀 비켜 있으라는 말을 하는 것도 힘이 들었다. 체력이 거의 바닥이 난 상태인 데다가 몸 상태가 좋질 않았다. 무모하고 뜬금없는 일이라고 생각하면서도 커다란 관람차를 올려다보며 기다렸다.

"기념은 되겠네."

멍하니 중얼거렸다. 걱정과 불안이 들끓는 마음에 스산한 바람이 불

어와 한쪽으로 쓰윽 쓸어버린 느낌이다. 커다란 산처럼 모아두고 한쪽
은 비워져 허하고 시렸다. 때마침 불어오는 가을바람에 어깨도 으슬으
슬했다. 아무렇게나 꺼내 입은 옷은 얇은 원피스였다. 외투를 챙겼어
야 했는데⋯⋯ 그는 춥지 않을까? 생각하는데 그녀의 차례가 되었다.
눈앞에서 관람차가 멈추고 문이 열렸다. 타려는데 어깨에 따뜻한 것이
내려앉았다. 그라는 걸 안 건 뒤에서 전해져오는 그의 체취 때문이었
다.

　"옷을 왜 이렇게 입었어? 감기 들어."

　어깨에 둘러진 건 결혼식 때 입었던 그의 턱시도였다. 턱시도 위로
그의 팔이 감쌌고 희수는 고개도 들지 못한 채 관람차 안으로 들어갔
다. 그가 옆에 앉자 자리가 꽉 차는 느낌이었다. 동시에 따뜻했고 든든
했다. 문이 닫히자 바람과 소음이 멎었다. 그제야 고개를 든 희수는 떨
리는 눈으로 그를 바라보았다.

　"겁도 없이, 혼자서⋯⋯."

　나무라며 그의 머리가 다가와 콩, 하고 그녀의 머리에 부딪쳤다. 희
수는 안도감에 몸이 축 늘어졌다. 그의 어깨에 머리를 기대자 관람차
가 움직이기 시작했다. 덜컥거리자 갑자기 그가 옆의 봉을 잡았다.

　"이거 괜찮은 거 맞아?"

　불안해하는 그를 보자 웃음이 났다. 어디서 힘이 솟았는지 그의 뺨
을 톡톡 치며 장난스럽게 말했다.

　"걱정 마요. 내가 지켜줄게."

　"보통 이런 곳에서 키스하고 그러는 거 아냐?"

금세 불안이 가셨는지 내려다보는 눈이 그윽했다. 희수는 여전히 걱정이 가시지 않은 채였다. 그를 잠시 돌려세운 것뿐이라는 걸 모르지 않았기 때문이다. 오늘 밤이 아니면 내일, 아니면 그다음 날이라도 그는 무슨 일인가를 할 것이었다. 누군가에게 그녀가 입은 상처에 대한 대가를 치르게 하고 말 사람이니까.

"나기, 내가 걱정할 일은 하지 않는다고 약속해요."

관람차는 점점 더 높이 오르고 있었고 화려한 불빛으로 장식된 도시가 눈앞에 펼쳐졌다. 하지만 희수의 눈은 오로지 그를 향해 있었고 그 눈에서 약속과 믿음을 찾고 있었다.

"안 해. 이미 해결했어."

희수는 놀라 눈이 커졌다. 무슨 뜻인지 불안해서 그의 팔을 잡으며 열심히 그의 표정을 살폈다.

"경찰에 넘겼어."

그 말을 하는 표정이 영 개운치 않은 듯했다. 못내 아쉬운 듯 찜찜한 얼굴로 희수의 뒤로 펼쳐진 짙은 어둠을 째려보았다.

"어떻게든 그런 놈들이랑 네 이름이 연루되는 건 싫어. 다른 걸로 잡았지. 그놈 소굴엔 지저분한 것들이 얼마든지 있으니까."

희수는 팔을 뻗어 그의 허리를 안았다. 나른한 안도감과 함께 기쁨이 번졌다. 그래서 뭐가 어떻게 되었다는 건지 궁금하지도 않았다. 그저 그가 그녀를 위해서 자신 안의 괴물을 주저앉혔다는 것, 그가 안전하다는 것만이 중요했다.

"워낙 더러운 놈이라 최소한 15년은 못 나올 거야. 하야미조의 조장도 포기한 모양이니까…….”

희수는 굵은 그의 저음을 자장가처럼 듣고 있었다.

“앞으로도 말야, 그럴 일은 없어. 널 두고 내가…….”

눈이 감겼고 이미 도쿄의 밤은 인식에서 멀어져 있었다.

“고집불통.”

따뜻한 그의 온기와 부드러운 숨소리가 푹신한 침대와 포근한 이불처럼 그녀를 감쌌다. 완전히 수마에 빨려들어가기 직전, 입술에 그의 맛을 느꼈다. 부드럽고 달콤한 것을 혀로 핥고서 살짝 미소를 지었다. 보통 이런 곳에서는 키스를 해야 옳은 거다.

Epilogue

1월, 오타루.

삿포로를 거쳐 이곳에 도착한 건 어제 오후였다. 나기는 과거에 그가 홀로 살았던 집을 다시 사들여 수리를 해서 그들의 겨울 별장으로 이용하기로 했다. 밤사이 소복이 내린 눈이 꽤 쌓여서 바닷가 모래사장이 온통 새하얀 눈밭이었다. 집으로 들어오는 길목에도 어린아이 허리까지 찰 정도로 눈이 쌓였고 유리문 너머 세상은 푸른 바다를 제외하고는 온통 새하얀 눈의 나라였다.

샤워를 마친 희수는 지브라 무늬가 있는 분홍색 니트 셔츠에 같은 소재의 회색 스커트를 입었다. 털이 보송보송한 양말을 신고 방금 말린 머리는 자연스럽게 풀어놓고 거실로 나왔다. 나기는 주방에서 그녀를 기다리고 있었다. 전면의 유리창으로 다사로운 아침 햇빛과 눈에 뒤덮인 풍광이 한눈에 보였다. 그의 실루엣은 온통 금빛이었다. 유리창을 점령하고 안으로 들어온 햇빛이 그를 에워싸 눈부신 후광을 만들어내고 있었다.

그는 넓은 테이블에 아침 식사를 차리느라 분주했다. 브이 자 형으로 깊이 파인 흰 셔츠에 회색 바지를 입고서 차를 따르는 나기의 모습은 그 어느 때보다 편안해 보였고 근사했다. 그가 움직일 때마다 얇은 면 셔츠 밑에서 등의 근육이 윤곽을 드러냈다. 그는 웨이트 트레이닝은 따로 하지 않았다. 다만 일주일에 두 번씩 맨션의 아래층에 있는 체육관에서 권투나 격투기 같은 훈련을 했다. 훈련을 하는 날이면 등에 멍이 들거나 입술이 찢어져 오거나 했지만 그런 날이면 더 기분이 좋은 얼굴을 했다. 맞은 만큼 갚아줬다는 의미다.

식탁 위엔 작은 화로가 놓여 있었고 그 위에서 냄비가 하얀 김을 모락모락 피워 올리고 있었다. 냄비의 뚜껑을 열어보자 복어나베가 끓고 있었다.

"아침부터?"

놀라는 희수를 보고 나기는 의기양양한 미소를 지으며 찻잔을 내밀었다.

"어제 술 마셨으니까. 그럴싸하지?"

새삼 어제의 일이 떠올랐다. 둘은 어제 삿포로에서 온천욕을 즐기며 사케를 마셨었다.

삿포로의 전통 료칸에 있는 온천은 수영을 할 크기는 아니어도 어른 열댓은 앉을 수 있는 꽤 넓은 노천탕이었다. 그가 료칸을 통째로 빌려 넓은 온천을 둘이서 조용히 즐길 수 있었다. 탕을 둘러싼 나무와 바위 위로 눈이 쌓여 병풍을 만들었고 조금씩 흩날리는 눈송이가 솜사탕처럼 물 위로 스며들었다. 하얀 김으로 희뿌연 수면에 나무상자가 떠다녔다. 상자 안에는 사케와 에다마메가 들어 있었다.

평소 뜨거운 열기를 좋아하지 않는 나기는 금세 콧잔등에 땀이 맺혔다. 사케의 기운이 퍼져 더 열이 오르는 것 같았다. 희수는 붉은 매화 꽃이 그려져 있는 연한 회색 유카타를 입었다. 머리를 올려 묶어 가녀린 목덜미와 쇄골 라인이 하얗게 드러났다. 희수는 유카타를 입은 채 탕 안으로 들어가 그의 맞은편에 앉았다.

"그건 뭐예요?"

나기는 상자를 희수 쪽으로 밀어주었다. 반 정도 남은 사케를 보고 선 입술만 적시는 정도로 마셨다. 음미하다가 길게 한 모금을 마시고 는 상자를 다시 그에게 밀었다. 미는 힘이 약했는지 상자는 두 사람의 가운데서 멈추더니 빙그르르 돌았다.

"이쪽으로 와."

빙글 도는 나무상자를 보던 희수가 눈을 들어 장난스럽게 그를 보았 다.

"내기해요."

"무슨 내기?"

"잠수해서 일찍 나오는 사람이 사케 다 마시기."

그는 가소롭다는 듯 웃었다.

"넌 나 못 이겨."

"나도 수영 했어요."

애초에 뜨거운 온천물에 잠수 같은 걸 할 생각 따윈 없었다. 처음부 터 그를 곯려줄 작정이었고 순진한 그가 걸려들었다.

"쥰비, 시작!"

코를 잡고 들어갈 것처럼 외쳤지만 처음부터 물에 코끝조차 담그지 않았다. 하지만 간과한 게 있었다. 그가 꽤나 장난을 좋아한다는 것, 예전의 히가시데 나기가 아니란 것. 잠수한 채로 그는 움직이기 시작해 물속에서 그녀를 찾아내더니 피할 새도 없이 순식간에 유카타를 벗겼다. 희수는 비명을 지르며 버둥거렸고 금세 속임수는 들통이 나버렸다. 결국 사케를 마신 건 그녀였다.

"괜찮아?"

살짝 알딸딸해지기도 했고 진 게 약이 올라서 재경기를 요청하며 벌떡 일어났다. 벗겨진 유카타가 수면에 떠다녔고 그녀는 새하얀 알몸이었다. 희수는 대담히 그의 무릎에 올라앉았고 나기는 기다렸다는 듯이 희수의 젖가슴을 만지며 가는 목덜미에 키스를 하고 핥았다.

희수는 그의 머리를 밀어내고서 다시 도전했다.

"가위바위보 해서 진 사람이 마시기."

"너 취해."

"싫어요. 해요."

그가 다 안다는 듯이 그녀를 바라보았다. 희수는 덥석 나무상자를 집어 남은 사케를 마셔 입안에 머금었다. 그리고 그의 입술에 키스하며 그에게로 사케를 흘려보냈다. 그는 달콤한 것을 핥듯이 그녀의 입술과 혀를 핥으며 짙게 키스를 되돌렸다.

"나기."

"응?"

희수는 그의 목을 끌어안고 그의 어깨에 턱을 올려 기대었다.

"내일 그 학교에 갈 거죠?"

"응."

"기분이 이상해요."

"알아."

추억은 그리우면서 아팠고, 어제 일처럼 가깝게 느껴지면서도 생경했다. 희수는 취기가 도는 듯 멍했다. 눈앞에 과거의 장면들이 하나하나 떠올랐다. 그를 처음 만났던 그 순간은 찰나였던 것 같은데 기억은 세세히 쪼개져 한 컷, 한 컷을 천천히 떠올리고 있었다. 그의 입술이 추억에 잠긴 그녀를 끌어올렸다. 조금씩 머리를 기울이더니 점점 더 깊이 들어온 그의 혀가 유혹하듯 그녀를 삼켰다.

희수는 몸을 떨며 반응하면서 그의 머리를 껴안고 깊숙이 받아들였다.

풍만한 젖가슴을 빠는 그의 어깨에 입을 맞추고 손을 내려 그의 분신을 애무했다. 뜨거운 희열을 불러일으키는 그것을 손에 쥐고 부드럽게 움직였다. 그가 신음을 흘리며 그녀의 안으로 손을 넣었다. 희수는 매끈한 허벅지를 벌리고서 안쪽 깊숙한 곳으로 그를 맞이했다. 어느새 뜨거워진 그에게 안겨 방으로 들어갔다. 두껍게 쌓여 있는 요 위에 젖은 채로 누워 그의 입술을 탐했다. 가벼운 접촉만으로도 활짝 열린 몸은 더 격렬한 쾌감을 요구하며 그를 원했다. 과감히 그의 것을 핥고서 빨았다. 입안 가득 머금자 그가 헐떡였고 거친 소리를 냈다.

"내기해요, 나기."

그의 다리 사이에서 고개를 들고 말했다. 손 안에는 여전히 그의 것을 쥐고 주무르며 앙큼한 눈짓을 보냈다.

"먼저 가는 사람이 남은 술 다 마시기."

그는 붉어진 얼굴로 잠깐 희수를 보더니 이번에야말로 가소롭다는 듯 빙긋 웃었다.

"너 취해."

어젯밤 희수는 정말 취했고 그런 그녀가 재미있었는지 그는 굳이 말
리지 않았다. 그 바람에 과음을 한 건 사실이다. 숙취 같은 건 없었지
만 뜨끈하게 끓고 있는 뽀얀 국물을 보니 군침이 돌았다. 절로 속이 시
원해지는 기분이 들었다.

"앉아 있어. 금방 담아줄게."

희수는 테이블 앞의 긴 의자에 앉아 게살 수프를 먹었다. 대접에 복
어나베를 뜨는 그를 보는데 행복한 기분에 절로 미소가 번졌다. 예전
의 그에게선 찾아볼 수 없는 가정적인 모습이다.

무턱대고 떠도는 유빙 같다고 느꼈던 것처럼 그는 방랑벽이 있어 어
디에도 정착하지 못할 사람으로 보였었다. 집은 사무실처럼 썰렁했고
학교는 다니질 않았으며 또래 친구도, 가족도 없는 아이였었다. 핑크
오션의 어두운 방에 앉아 주인 행세를 하고 있지만 그 그늘이 제 구역
인 양 억지로 자기최면을 걸고 있는 것 같았다.

다시 만난 그 역시 크게 달라진 건 없었다. 표면적으로는 그 그늘에
서 벗어났다는 것 이외에는 말이다. 그래서 희수 역시 불안했었다. 그
의 옆에 정착한다는 것은 언제 녹아 사라질지 모르는 유빙 위에 올라
탄 북극곰이 된 기분이었다. 언젠간 망망대해에 버려져 굶주리고 외로
워 죽고 말 것 같았다. 무의식중에 그 기분이 행동으로 나타났고 그녀
역시 정착하지 못했다.

그게 나기가 자신을 더 구속하려는 이유라는 걸 알게 된 후, 희수는 노력하기로 했다. 불안을 안고 있는 이상 불행할 수밖에 없다는 걸 깨달았기 때문이다. 설사 10년 전의 일이 반복된다고 하더라도 껌딱지처럼 그의 곁에 붙어 있겠노라 다짐을 하고 생각을 바꿨다. 그와 진짜 가정을 이루고 일을 시작하고 세상에 둘도 없는 커플이 되기로 말이다.

"먹어봐."

나기는 냄비에서 복어 한 점을 집어 희수에게 먹여줬다. 희수는 먹고서 놀란 얼굴로 고개를 끄덕였다. 살이 연하고 싫어하는 냄새도 나지 않았고 간도 적당했다.

"우리 남편 소질 있네?"

그도 하나 집어 먹더니 흡족한 듯 제대로 식사를 하기 시작했다. 한동안 둘은 허겁지겁 먹으며 속을 풀었다.

희수는 포만감에 숨도 쉬기 어려울 정도가 되자 항복을 하고 그릇을 밀었다. 나기 역시 왕성한 식욕을 자랑하며 희수가 남긴 것까지 깨끗이 먹어치웠다. 희수는 밝은 햇살에 반짝거리는 물을 마시며 그가 먹는 모습을 흐뭇하게 지켜봤다. 실내의 공기는 알맞게 훈훈했고 뜨끈한 음식 덕분에 몸은 나른하게 풀렸다. 유리 너머로 보이는 푸른 하늘과 반짝이는 눈꽃, 이따금씩 흔들리는 눈송이가 평화롭고 한적하게 느껴졌다. 도시는 비록 불빛과 소음에 시달리고 있을지 몰라도 그들이 있는 공간은 고요하고 아늑했다.

"배부르니까 운동 좀 해야겠다."

희수는 리모컨을 찾아 새롭게 장만한 오디오를 켰다. 감미로운 사운

드가 주위에 휘돌았다. 블루지한 팝송이 흘러나왔다.

Ed Sheeran의 'Thinking Out Loud'.

"음악 좋다. 춤 춰요, 나기."

막 식사를 마친 나기는 어이없다는 듯 희수를 보고선 웃었다.

"춰봐."

희수는 음악에 맞춰 몸을 흔들었다. 등을 덮는 긴 머리가 부드럽게 흩날렸다. 다시 발레리나처럼 춤을 출 순 없어도 여전히 그녀의 몸은 가볍고 유연했다. 우아하고 정확한 포르 드 브라, 상체를 깊이 젖히는 캄블레, 아라베스크 같은 자세는 아직도 완벽하게 유지되고 있었다. 생각지도 않았던 동선들이 나오자 기분에 취해서 가벼운 점프와 함께 턴을 하면서 마룻바닥을 뛰어다녔다. 스커트가 펄럭이며 하얀 허벅지를 드러냈고 실내화가 벗겨졌다. 양말만 신은 채로 서서 자세를 잡고 제자리 턴을 해보는데 그가 눈앞에 서 있었다. 지그시 응시하는 그의 눈빛에 담긴 열기를 무시하고 그의 두 팔을 잡아 자신의 허리에 올렸다.

"자, 내가 움직이는 대로 따라 움직이면 돼요."

넓은 어깨에 두 손을 올리고 음악에 맞춰 허리를 흔들며 다리를 움직였다. 하지만 그는 팔에 힘을 줘 희수를 잡아당겼다. 허리 부분부터 아래로 완전히 밀착되어 다리가 엉켰다. 결국 그의 몸 위를 비비는 꼴이었다. 그와 함께 춤을 추고 싶었지만 그의 단단한 몸이 주는 자극이 더 좋았다. 희수는 천천히 몸을 흔들다가 그의 손이 엉덩이를 쓰다듬어 쥐는 바람에 스텝이 흐트러졌다. 올려다보니 가늘게 흐려진 그의 눈빛이 짙은 열기에 물들어 있었다.

"오늘따라 더 예쁘게 구네."

"그건 강아지한테나 하는 말이지만 오늘은 봐줄게요."

희수는 두 팔을 올려 그의 목을 안으며 눈웃음을 지었다.

"왜냐하면 부탁할 게 있거든요."

"뭔지 모르겠지만 미인계를 쓸 작정이면 좀 더 노력해야 될 것 같은데."

엉덩이를 주무르던 그의 손에 힘이 들어갔다. 그의 압박에 하체가 밀착되어 묵직한 그의 남성을 느낄 수 있었다. 등줄기를 타고 전율이 흘렀지만 애써 무시하고 가볍게 그의 가슴을 밀어내 공간을 벌렸다.

"들어보면 생각이 달라질지도 몰라요. 두 가지예요. 하나는 유우신 본사 앞에 광장 있잖아요, 거기 사흘만 쓰게 해줘요. 거기 유동 인구 많잖아요. 야스다 씨 팝업 스토어 좀 열게요."

"그리고?"

"그리고 하나는 다음주부터 2주일간 내가 무지 바쁠 거거든요. 저녁 늦게까지 일할지 몰라요. 저녁 혼자 해결할 수 있죠?"

그는 일부러 더 눈에 띄게 인상을 구겼다. 하지만 희수는 마냥 기분이 좋은 상태였다. 너무 들떴다고 할 정도로 말이다.

"첫 번째는 오케이, 두 번째는 노."

희수는 웃었다.

"그럼 야스다 씨 가게로 와서 같이 먹든가요."

농담을 하면서도 빙글빙글 미소가 멈추질 않았다. 그도 그럴 것이 첫 번째로 기획한 홍보가 꽤 좋은 효과를 얻었기 때문이다. 희수는 야스다 유이와 디자이너 네 명이 함께한 '쿠 드 푸드레'의 홍보를 맡았고, 그 첫 번째 기획으로 하라주쿠 거리에서 게릴라 패션쇼를 열었다. 다행히 좋은 반응을 얻었고 신문에서도 이슈가 되었지만 그것으로 매출까지 바라보기엔 아직 부족했다. 그래서 팝업 스토어를 열어 개성 있고 대담한 디자인을 소화해낼 젊은 층을 공략할 계획을 세웠다.

그런데 문제는 자금이었다. 오피스텔의 보증금과 조금 모아둔 돈은 이미 바닥이 났다. 야스다 유이가 맨션을 저당 잡히고 대출을 받겠다고 했지만 그게 희수는 불편했다. 제대로 투자자를 구하는 게 옳은 해결책인 것 같았다. 그래서 신인 디자이너를 후원해주는 기관들을 찾았지만 번번이 거절당한 상태였다.

그런데 꽤 이름 있는 금융 회사에서 투자를 하겠다고 먼저 제의를 해온 것이다. 희수가 부산에 다녀온 사이 야스다 유이가 전화를 받고 상담까지 끝냈다고 했다. 투자 조건이 너무 좋아 날아갈 것 같은 기분이었다.

"제이원 캐피털이라고 알죠? 거기서 우리한테 투자하겠다고 연락이 왔어요. 신문 보고 우리 홍보 자료를 찾아봤는데 관심이 간다면서 아주 적극적이에요. 물론 우리 디자이너들 작품이 워낙 좋아서겠지만."

"홍보 자료를 잘 만들었어."

"봤어요?"

"훔쳐봤지."

"어땠어요? 진짜 잘 만들었어요?"

"디자이너마다 개성도 잘 드러내면서 통일된 콘셉트를 용케 잘 찾았더라. 구성도 좋고 레이아웃도 세련되면서 독특해서 눈에 쏙쏙 들어왔어."

희수는 놀라 눈을 크게 떴다. 실은 며칠 밤을 새우면서 열심히 만들긴 했었다. 그가 잠들고 나면 몰래 일어나 거실에서 혼자 작업을 하기도 했고 좋은 사진작가를 섭외하느라 거액의 자금까지 들어간 결과물이었다. 디자이너들도 좋아했고 스스로도 내심 뿌듯하긴 했지만 그에게서 칭찬을 들으니 더 기분이 좋았다.

"어떻게 봤어요?"

창피해서 그에게는 보여준 적이 없었다.

"우연히. 근데 왜 나한텐 숨겨? 비밀 자꾸 만들지 마."

"그러는 당신도 나한테 회사 일 다 얘기 안 하잖아요. 지난번엔 무슨 건설 회사에서 전화 왔던데, 거기 지분도 갖고 있어요? 재산이 얼마예요?"

"이제야 남편 재산이 궁금해?"

희수는 그의 셔츠 속으로 손가락을 조금씩 밀어 넣으면서 유혹하듯 장난스러운 미소를 지었다.

"부분데 알 건 알아야죠."

그는 씨이 웃고는 조금 머쓱한 표정을 지었다.

"바지 주머니를 봐."

묻는 눈으로 보자 눈으로 오른쪽 주머니를 가리켰다. 주머니에 뭐가 들었는지 눈으로는 가늠이 되질 않았다. 희수는 바지 주머니 속으로

손을 넣었다. 작은 상자 같은 게 잡혔다. 꺼냈더니 은색 회중시계 같은
모양의 케이스였다.

"열어봐."

설레는 기분으로 케이스를 열자 검은 벨벳 천 위에서 다이아몬드가
영롱한 빛을 발했다. 꺼내보니 검은 고무줄이었다. 천 원짜리 고무줄
에 진짜 다이아몬드를 붙여놓은 거였다. 희수는 어이가 없어 벙찐 표
정이 되었다.

"세상에."

"전에 가져간 거 대신이야."

희수는 생각했던 것보다 훨씬 가슴이 벅차서 눈물이 차올랐다. 그가
고무줄을 가져가 그녀의 등 뒤에 섰다. 서툴게 그녀의 머리를 한 손에
모아 쥐고서는 잠깐 머뭇거렸다.

"이렇게 하는 거 맞나?"

"머리카락 뽑으면 혼나요."

새침하게 경고를 했지만 이상한 감정이 북받쳐왔다. 지난 시간들이
떠오르면서 떨리고도 아련한 기분에 가슴이 먹먹해지려 했다.

"얼추 됐다. 머리카락은 안 빠졌어."

겨우 고무줄을 묶고서 뿌듯해했다. 희수는 조르르 화장대로 달려가
손거울을 들고서 화장대 거울에 비친 뒷모습을 살펴봤다. 목 뒤에 느
슨하게 묶인 머리 위에서 다이아몬드가 번쩍거렸다. 우스꽝스러우면
서도 감동이 밀려왔다.

"맘에 들어?"

걱정이 됐는지 그가 따라왔다. 희수는 차마 말을 못 하고 고개를 끄덕였다. 동그란 다이아몬드는 검은 고무줄에 붙어 있기엔 지나치게 비싼 게 틀림없었다. 그래도 그녀가 좋아하는 디자인이었다.

"고마워요. 근데 잊어버리면 큰일이네. 간수 잘해야겠다."

"이제 슬슬 가볼까?"

희수는 고개를 끄덕이고 외출 준비를 했다.

이 여행은 굳이 이름을 붙이자면 그들의 늦은 신혼여행이었다. 그녀가 과거의 그곳을 보고 싶다고 말했고 그가 소원을 들어주었다. 희수는 검은 코트를 입고 목도리도 둘렀다. 가방을 챙겨 들고 나가자 그는 이미 차의 시동을 걸어놓고 그녀를 기다리고 있었다.

눈길을 운전해 나기가 다니던 고등학교를 방문했다. 그땐 커다란 버스를 탔고 옆자리엔 시후가 있었다. 그 길목이 세세히 떠올라 신기했다. 그가 심통 난 얼굴로 차에 태워줬던 운동장도 그대로였다. 공연장 앞에 내려주고 그가 말도 없이 떠났을 땐 서운했었다. 눈물이 날 것처럼 아쉬웠다. 그래도 아무 말도 못 했고 아무렇지도 않은 것처럼 공연장으로 들어갔다. 자존심 때문이었기도 했지만 미처 그 감정을 다 깨닫지 못했던 게 컸다. 그땐 그 감정을 알아차리지도 못할 만큼 어렸고, 또한 어린 그녀가 감당하기엔 너무 벅찬 감정이었다.

힉교 강당 안으로 들어서자 입구에서 그가 말했다.

"그 사진을 찍은 게 여기쯤이었나."

맨션의 침실에 있던 사진을 말하는 거였다. 희수는 지젤이었고 시후는 알브레히트 왕자를 맡았었다. 춤을 추고 내려와 일본의 학생들과 인사를 나눴다. 서툰 영어로 대화를 하고 미소로 얼버무리고 사진을 찍었다. 멀리서 그가 바라보고 사진을 찍었다는 건 그땐 알지 못했었다.

"그냥 천사 같았어. 너무 예뻐서 숨이 막히더라."

그의 아련한 표정이 너무 그윽하고 멋있어서 과거의 자신에게 질투가 났다. 그때로 돌아갈 수는 없지만 돌아간다면 거기 서서 자신을 찍는 그를 보고 싶었다. 그럴 수 있다면 환하게 웃으며 당당히 브이 자를 그려줄 텐데…….

"다시 오기를 잘한 거 같애."

차의 사이드미러로 멀어지는 학교 건물이 보였다.

"뭔가 작별 인사를 못 한 것처럼 찜찜했거든요. 미련이 있었나 봐."

과거의 히가시데 나기는 없다. 더 이상 발레도 하지 못한다. 과거에 어떤 영광과 상처가 있었건 이젠 정말 과거일 뿐인 거다.

차에서 내린 그들은 기다리고 있던 배로 옮겨 탔다. 두 사람을 태운 배는 해변을 떠나 먼 바다로 향했다. 얼마 가지 않아 멀리 유빙이 보이기 시작했다. 푸른 바다를 가득 채운 흰 얼음 왕국.

차가운 바닷바람이 희수의 볼을 빨갛게 물들였다. 희수는 거대한 유빙에 넋을 빼앗긴 채 그의 품에 안겨 있었다. 그의 넓은 등이 바람을 막고서는 희수의 몸을 감싸 안았다.

"감기 들라."

이 웅장한 광경을 눈앞에 두고 그런 분위기 깨는 말을 하다니. 희수는 어이없어 웃음이 났다. 놀리려고 고개를 돌려 보았다가 갑작스레

다가온 그의 입술에 키스를 당했다. 차가운 입술에 따뜻한 혀가 닿아 녹아내렸다. 달콤한 키스에 홀려 눈을 감기 직전 희수는 보았다. 그의 눈가가 촉촉이 젖어 있는 것을.

어쩐지 그의 기분을 알 것 같았다. 희수는 애틋이 그의 얼굴을 보듬고서 애정 가득한 키스를 되돌렸다. 그의 눈물은 시린 바닷바람 때문일 수도 있고, 그답지 않게 잠깐 감상에 빠졌거나 광활한 유빙이 빚어내는 경건함 때문일 수도 있을 것이다. 그 어느 쪽이건 중요하지 않았다. 지금 이 순간 그와 함께한다는 것이 더 소중했고 기적 같았다.

이제 그는 더 이상 떠도는 유빙이 아니다. 그녀가 그렇게 떠돌게 두지 않을 것이다. 설사 그가 떠나는 순간이 온다고 해도 그가 돌아왔을 때 항상 그녀가 기다리고 있을 거였다.

그가 외롭지 않도록.

– fin.